rowohlt
POLARIS

W0465329

SARAH LOTZ

Ist es Liebe?
Nein – es ist ….

Unmöglich

Roman

Aus dem Englischen
von Katharina Naumann

ROWOHLT POLARIS

Die Originalausgabe erschien 2022
unter dem Titel «Impossible»
bei HarperCollins Publishers Ltd., London.

Deutsche Erstausgabe
Veröffentlicht im Rowohlt Taschenbuch Verlag,
Hamburg, Mai 2023
Copyright © 2023 by Rowohlt Verlag GmbH, Hamburg
Copyright © 2022 by Sarah Lotz
Redaktion Nadia Al Kureischi
Covergestaltung FAVORITBUERO, München
Coverabbildung Shutterstock
Satz aus der Dolly Pro bei CPI books GmbH, Leck
Druck und Bindung GGP Media GmbH, Pößneck
ISBN 978-3-499-00694-4

Die Rowohlt Verlage haben sich zu einer nachhaltigen Buchproduktion verpflichtet. Gemeinsam mit unseren Partnern und Lieferanten setzen wir uns für eine klimaneutrale Buchproduktion ein, die den Erwerb von Klimazertifikaten zur Kompensation des CO_2-Ausstoßes einschließt.
www.klimaneutralerverlag.de

FSC
www.fsc.org
MIX
Papier | Fördert gute Waldnutzung
FSC® C014496

TEIL EINS

Sie haben Post

Von: NB26@zone.com
An: bee1984@gmail.com
Betr.: Was zum TEUFEL ist los mit dir?
Hör mal, du geiziger, hirnloser, flintenwütiger, Tweed tragender Landadels-Großkotz, dir gehört vielleicht die halbe Gegend hier, aber *ich* gehöre dir nicht. Meinst du etwa, ich laufe dir *gern* ständig hinterher? Meinst du, das macht mir *Spaß*? Aber wenn du glaubst, dass ich mich einfach zurücklehne und mich von dir verarschen lasse, wie du zweifellos alle verarschst, die im privilegierten Umkreis deiner feucht hechelnden Köter, Oldtimer-Landrover und posttraumatischen Belastungsstörungen durch jahrelangen Internatsaufenthalt in Eton auftauchen, dann bist du massiv auf dem Holzweg.
TU GEFÄLLIGST EINMAL IN DEINEM BESCHISSENEN FUCHSJAGD-DACHSHETZ-LEBEN DAS RICHTIGE.

Von: bee1984@gmail.com
An: NB26@zone.com
Betr.: Was zum TEUFEL ist los mit dir?
Hallo.
Vielleicht sollten Sie die Empfängeradresse noch einmal überprüfen. Soweit ich weiß, habe ich noch nie einen Landrover besessen und war auch ganz eindeutig nie in Eton (dazu habe ich als Frau und Otto-Normal-Bürgerin gar nicht das richtige Rüstzeug). Oder ist das ein verteufelt kreativer Betrugsversuch und Sie benutzen meine Antwort, um mir Schadsoftware auf den Computer zu schleusen? Wenn das so ist, dann hat es geklappt. Viel Spaß!

Von: NB26@zone.com
An: bee1984@gmail.com
Betr.: Was zum TEUFEL ist los mit dir?
Du meine Güte. Es tut mir ja so leid. Habe einen neuen Account benutzt und die Adresse falsch abgeschrieben. Danke, dass Sie geantwortet und mich darüber aufgeklärt haben. Tut mir leid, dass Sie das lesen mussten, wer auch immer Sie sind.

Von: bee1984@gmail.com
An: NB26@zone.com
Betr.: Was zum TEUFEL ist los mit dir?
Um ehrlich zu sein, hätte ich beinahe gar nicht reagiert, aber das war so ein Malcolm-Tucker-artiges Fluchen, das Sie da von sich gegeben haben. Fand es faszinierend. Hat der Empfänger Ihre Katze umgebracht oder so?

Von: NB26@zone.com
An: bee1984@gmail.com
Betr.: Was zum TEUFEL ist los mit dir?
Schlimmer. Er hat mir meine Arbeit nicht bezahlt. Und die Mail ist noch die handzahme Version, ob Sie es glauben oder nicht. Habe im letzten Moment noch alle «Sch…»-Wörter rausgenommen. Und davon gab es wirklich eine Menge.

Von: bee1984@gmail.com
An: NB26@zone.com
Betr.: Was zum TEUFEL ist los mit dir?
Was denn für eine Arbeit? Das müssen Sie natürlich nicht beantworten, ich versuche nur, ein wenig Zeit totzuschlagen. Normalerweise fange ich keine Unterhaltungen mit fremden Leuten an, das schwöre ich!

Von: NB26@zone.com
An: bee1984@gmail.com
Betr.: Was zum TEUFEL ist los mit dir?
Ich bin Ihnen eine Antwort schuldig – ich habe Sie einen Großkotz genannt. Ich bin freier Lektor, und mein konservatives Arschloch von einem Kunden hat mich damit beauftragt, seinen Roman zu redigieren. Musste das ganze Ding neu schreiben, so ziemlich von Grund auf. Habe es ihm vor zwei Monaten geschickt. Keine Reaktion. Keine Bezahlung. Nada.

Von: bee1984@gmail.com
An: NB26@zone.com
Betr.: Was zum TEUFEL ist los mit dir?
Das tut mir wirklich leid. Worum ging es denn in dem Roman? «Das Mädchen auf der Moorhuhnjagd»?

Von: NB26@zone.com
An: bee1984@gmail.com
Betr.: Was zum TEUFEL ist los mit dir?
HA! Nah dran! Wollen Sie es wirklich wissen?

Von: bee1984@gmail.com
An: NB26@zone.com
Betr.: Was zum TEUFEL ist los mit dir?
Klar. Sie würden mich damit vor den Gefahren des Online-Shoppens bewahren. Ich habe bereits einen Bettbezug mit David Bowies Gesicht darauf gekauft, den ich nicht brauche.

Von: NB26@zone.com
An: bee1984@gmail.com
Betr.: Was zum TEUFEL ist los mit dir?
Von David Bowie kann man nie genug haben. Ich würde sofort unter ihm schlafen, dabei bin ich so hetero, wie man nur sein kann. Krimi.

Kein übler Plot. Die Überreste einer Leiche, die auf einem Landsitz ausgegraben werden. Stellt sich heraus, dass es ein gewalttätiger Jagdgegner war, der in den 80ern verschwand. Erzählt von einem Großgrundbesitzer, der ihn vielleicht umgebracht hat. Oder auch nicht …

Von: bee1984@gmail.com
An: NB26@zone.com
Betr.: Was zum TEUFEL ist los mit dir?
Jetzt spannen Sie mich nicht auf die Folter. HAT er ihn umgebracht?

Von: NB26@zone.com
An: bee1984@gmail.com
Betr.: Was zum TEUFEL ist los mit dir?
Ja. Zufällig absichtlich. Wie man das so macht, wenn man Waffen zur Hand hat und die Unterschicht versucht, dich an deinem blutigen Sport zu hindern. Sollte eigentlich moralisch uneindeutig sein, bin aber nicht sicher, ob ich das herausarbeiten konnte. Ist ein bisschen schwierig, den Leser dazu zu bekommen, eine Hauptperson sympathisch zu finden, deren Vorstellung von Spaß darin besteht, Tierbabys umzubringen.

Von: bee1984@gmail.com
An: NB26@zone.com
Betr.: Was zum TEUFEL ist los mit dir?
Ist der Text autobiografisch? Wenn das so ist, sollten Sie vielleicht den Ton Ihrer Mail noch ein bisschen überarbeiten …

Von: NB26@zone.com
An: bee1984@gmail.com
Betr.: Was zum TEUFEL ist los mit dir?
Das würde ich ihm sogar zutrauen. Nee. Das ist nicht fair. Er hat gesagt, so was täte er nicht mehr.

Von: bee1984@gmail.com
An: NB26@zone.com
Betr.: Was zum TEUFEL ist los mit dir?
Was von beidem? Jagen oder morden?

Von: NB26@zone.com
An: bee1984@gmail.com
Betr.: Was zum TEUFEL ist los mit dir?
Beides (hoffe ich). Die Sache ist die, trotz seiner reaktionären Arschgesichtigkeit mochte ich ihn eigentlich, als wir uns kennenlernten. Ein alter Sack, der ordentlich dem Alkohol zuspricht und in einem dieser halb verfallenen Herrensitze wohnt, die direkt aus einem historischen Film über emotional verkrüppelte Adelige stammen könnten. Er sagte, er wolle einen Roman schreiben, bevor er stirbt, «habe aber nicht die Zeit dazu». Das sagen sie immer. Habe mir an seinem Manuskript wirklich den Arsch abgearbeitet, es ihm dann geschickt. Aber abgesehen von einem «Danke, werde es so bald wie möglich lesen» habe ich noch kein Wort gehört.
Aber das wollen Sie bestimmt nicht alles wissen.

Von: bee1984@gmail.com
An: NB26@zone.com
Betr.: Was zum TEUFEL ist los mit dir?
Ich teile Ihren Schmerz. Kunden, die nicht bezahlen, kommen direkt aus der Hölle und sind der Fluch der Freiberufler.

Von: NB26@zone.com
An: bee1984@gmail.com
Betr.: Was zum TEUFEL ist los mit dir?
Das sind die Worte einer Mitleidenden. In welcher Branche arbeiten Sie denn?

Von: bee1984@gmail.com
An: NB26@zone.com
Betr.: Was zum TEUFEL ist los mit dir?
Ich könnte jetzt im Genre bleiben und sagen: «Wenn ich Ihnen das verriete, müsste ich Sie umbringen.»

Von: NB26@zone.com
An: bee1984@gmail.com
Betr.: Was zum TEUFEL ist los mit dir?
Damit würden Sie mir einen Gefallen tun, so wie es gerade läuft. Wenn Sie Menschen für Geld umbringen, könnte ich Sie vielleicht engagieren. Nur ... dürfte ich dann vielleicht in Raten bezahlen?

Von: bee1984@gmail.com
An: NB26@zone.com
Betr.: Was zum TEUFEL ist los mit dir?
Haha. So aufregend ist das auch nicht. Ich arbeite in der Modebranche. Sozusagen.

Von: NB26@zone.com
An: bee1984@gmail.com
Betr.: Was zum TEUFEL ist los mit dir?
Sozusagen? Erzählen Sie mir mehr. Nur dass Sie es wissen, meine Vorstellung von Mode sind Hosen, die nicht mit Hundehaaren vollgeflust sind.

Von: bee1984@gmail.com
An: NB26@zone.com
Betr.: Was zum TEUFEL ist los mit dir?
Ich bin mehr so etwas wie eine bessere Schneiderin. Habe einen kleinen Laden und funktioniere alte Hochzeitskleider um.

Von: NB26@zone.com
An: bee1984@gmail.com
Betr.: Was zum TEUFEL ist los mit dir?
Zu was funktionieren Sie sie denn um? Leichentücher? Spitzendeckchen?

Von: NB26@zone.com
An: bee1984@gmail.com
Betr.: Was zum TEUFEL ist los mit dir?
Tut mir leid. Das war unhöflich. Ich bin ein Arsch. Es klingt cool. Und sehr nachhaltig.

Von: bee1984@gmail.com
An: NB26@zone.com
Betr.: Was zum TEUFEL ist los mit dir?
Verarschen Sie mich ruhig! Ich mache das auch ständig. Hmm. Leichentücher. Daran habe ich noch gar nicht gedacht. Ich könnte ja eine neue Kollektion starten: «Bis dass der Tod uns scheidet».
Ich funktioniere sie zu allem um, was die Kundin möchte. «Schenken Sie dem teuersten Kleid, das Sie je gekauft haben, ein neues Leben» sozusagen. Ich habe übrigens eine Menge geschiedener Kundinnen.

Von: NB26@zone.com
An: bee1984@gmail.com
Betr.: Was zum TEUFEL ist los mit dir?
Aha. Ein «Scheiß auf dich, Ex-Ehemann/Ehefrau»-Kleid?

Von: bee1984@gmail.com
An: NB26@zone.com
Betr.: Was zum TEUFEL ist los mit dir?
Ganz genau. Ich warte gerade darauf, dass sich eine Kundin meldet, damit wir eine Anprobe vereinbaren können. Um ehrlich zu sein, ist

sie ganz schön nervig, weshalb ich mich als Gegenmittel mit den Bowie-Merchandise-Artikeln beschäftigt habe.

Von: NB26@zone.com
An: bee1984@gmail.com
Betr.: Was zum TEUFEL ist los mit dir?
Erzählen Sie weiter. Geteiltes Leid ist halbes Leid.

Von: bee1984@gmail.com
An: NB26@zone.com
Betr.: Was zum TEUFEL ist los mit dir?
Sie kann sich einfach nicht entscheiden. Ist drei Mal zurückgekommen. «Ich habe überlegt, ob es vielleicht asymmetrisch sein sollte? Oder mit einem Schößchen? Mit Jacke vielleicht? Können wir es schwarz färben? Nein, streichen Sie das, pfirsichfarben?»
Jetzt jammere ich schon vor Fremden. Ich höre mich wie eine dumme Kuh an. Sie hat jedes Recht dazu, pingelig zu sein. Immerhin bezahlt sie.

Von: NB26@zone.com
An: bee1984@gmail.com
Betr.: Was zum TEUFEL ist los mit dir?
Es ist einfacher, sich bei einem Fremden auszukotzen. Und Sie haben sich schon mein Gejammer über meinen eigenen beschissenen Kunden angehört. Warten Sie kurz. Bin gleich wieder da.

Von: NB26@zone.com
An: bee1984@gmail.com
Betr.: Was zum TEUFEL ist los mit dir?
Tut mir leid, musste kurz den Hund rauslassen. Wenn sie rausmuss, muss sie raus.

Von: bee1984@gmail.com
An: NB26@zone.com
Betr.: Was zum TEUFEL ist los mit dir?
Was für eine Art?

Von: NB26@zone.com
An: bee1984@gmail.com
Betr.: Was zum TEUFEL ist los mit dir?
Ich glaube, das große Geschäft.

Von: bee1984@gmail.com
An: NB26@zone.com
Betr.: Was zum TEUFEL ist los mit dir?
Sehr witzig. Was für eine Art Hund!!

Von: NB26@zone.com
An: bee1984@gmail.com
Betr.: Was zum TEUFEL ist los mit dir?
Promenadenmischung. Genau wie ihr Besitzer. Sagen Sie Bescheid, wenn Sie der Pfirsichfrau eine E-Mail mit vielen Beschimpfungen schicken müssen. Ich würde sogar ein paar «Sch…»-Wörter gratis drauflegen.

Von: bee1984@gmail.com
An: NB26@zone.com
Betr.: Was zum TEUFEL ist los mit dir?
Und ich könnte Ihnen dabei helfen, den Tweed-Anzug Ihres Kunden schlecht abzuändern. Wir könnten die Billig-Ausgabe von Zwei Fremde im Zug sein!

Von: NB26@zone.com
An: bee1984@gmail.com
Betr.: Was zum TEUFEL ist los mit dir?
Zwei Fremde im Zug?

Von: bee1984@gmail.com
An: NB26@zone.com
Betr.: Was zum TEUFEL ist los mit dir?
Der Roman? Den MÜSSEN Sie doch kennen! Es gibt auch einen Film davon. Zwei Fremde treffen sich und beschließen, jeweils die Feinde des anderen um die Ecke zu bringen. Patricia Highsmith.

Von: NB26@zone.com
An: bee1984@gmail.com
Betr.: Was zum TEUFEL ist los mit dir?
AH – das kenne ich als «Schnittpunkte». Muss wohl die US-Version sein. Manchmal ändern sie die Titel.

Von: bee1984@gmail.com
An: NB26@zone.com
Betr.: Was zum TEUFEL ist los mit dir?
Sie sind in den USA?

Von: NB26@zone.com
An: bee1984@gmail.com
Betr.: Was zum TEUFEL ist los mit dir?
Nee. Viel glamouröser. Leeds.

Von: bee1984@gmail.com
An: NB26@zone.com
Betr.: Was zum TEUFEL ist los mit dir?
Okay, die Kundin hat gerade eine Textnachricht geschickt und ist auf dem Weg. Erzählen Sie mir, wie es mit dem Tweed tragenden Groß-

kotz weitergeht, Fremder. Ich muss unbedingt wissen, wie das zu Ende gegangen ist. Und es steht mir zwar nicht zu, aber ich würde doch raten, die Nachricht im Ton etwas herunterzufahren. Sie dürfen niemals wissen, dass sie einem an die Nieren gehen.

Von: NB26@zone.com
An: bee1984@gmail.com
Betr.: Was zum TEUFEL ist los mit dir?
Sie haben recht. Sie haben mir wirklich einen Gefallen damit getan, dass Sie die Mail zuerst bekommen haben. Und erzählen Sie mir, wie es mit der Pfirsichfrau weitergeht.
Sollten wir uns eigentlich einander vorstellen?

Von: bee1984@gmail.com
An: NB26@zone.com
Betr.: Was zum TEUFEL ist los mit dir?
Ich heiße Bee. Sie heißen N. B.
Fremde im Internet. Auf diese Weise können wir immer alles abstreiten, falls wir das je müssen ;-)
Sie ist da! Wünschen Sie mir Glück.

Von: NB26@zone.com
An: bee1984@gmail.com
Betr.: Was zum TEUFEL ist los mit dir?
Okay, Bee. Und danke schön. Sie haben mich heute gerettet. Wirklich.

Bee

Es ist schon erstaunlich, wie viele Warnsignale es gab, gleich von Anfang an. *Zwei Fremde im Zug* war nur eines davon. Wären die Dinge anders gelaufen, wenn wir weniger selbstzufrieden gewesen und den Hinweisen gefolgt wären? Vielleicht. Vielleicht hätte uns das sofort in den Irrsinn katapultiert, der uns bevorstand. Vielleicht hätte einer von uns beiden den anderen für verrückt gehalten und den Kontakt abgebrochen. Und dann ist da diese eine Sache: Ich weiß immer noch nicht, warum ich an jenem Tag in meinen alten Gmail-Account geschaut habe. Ich hatte ihn seit Wochen nicht mehr benutzt. Und wer antwortet überhaupt auf verirrte E-Mails von Fremden? (Nur Vollidioten.)

N. B. war derjenige, der sich zuerst wieder meldete («Wie lief es denn so mit der Pfirsichfrau? Hat sie Sie schon gebeten, einen Catsuit mit Leoprint für sie zu nähen? Bitte sagen Sie Ja.»), aber ich war diejenige, die den nächsten Schritt wagte, der uns Fremde, die einen albernen Schlagabtausch miteinander hatten, auf eine andere, eine tiefere Ebene führte. Ich tat es nicht absichtlich. Damals träumte ich nicht davon, von London nach Leeds zu ziehen, sonntags die Zeitung im Bett zu lesen und lange Spaziergänge durchs Moor zu unternehmen (oder wo auch immer die Leute aus Leeds spazieren gehen). Aber schon von Anfang an war das zwischen N. B. und mir etwas Gutes: Wir waren sofort entspannt miteinander und verloren jedes Urteilsvermögen, was sich lustig und befreiend anfühlte. Zwischen uns herrschte die unausgesprochene Übereinkunft, heikle Themen und allzu Persönliches nicht zu erwähnen – also keine Beziehungs- oder Sexsachen. Was es umso ironischer erscheinen lässt, dass die Saat für den nächsten Schritt ausgerechnet zu dem Zeitpunkt gesät wurde, als ich mit einem weiteren Fremden eine Verabredung hatte. Damals tat ich so etwas noch, wobei daraus selten mehr wurde als ein One-Night-Stand. Meine beste Freundin Leila sagte, ich sei süchtig nach dem Roulettespiel der Dating-App, nach der Spannung, ob ich auf AUF GAR KEINEN FALL, auf VIELLEICHT oder VÖGELN landen würde. «Klassisches Beziehungsvermeidungsverhalten», sagte sie immer, wenn sie herausfand, dass ich wieder einmal nach rechts gewischt hatte. «Du benutzt seelenlosen Sex mit Fremden dazu, um ein Loch damit zu füllen» (Leila ließ nie eine Zweideutigkeit aus. Und sie hatte natürlich recht, was mich anging).

Das Date («Matt 36») hatte vorgeschlagen, dass wir uns in einem dieser mit Aktienpaketen finanzierten Bistros in White City treffen sollten. Schon die Wahl dieses Treffpunkts hätte bei mir sofort die Alarmglocken schrillen lassen müssen. Falsche Jagdtrophäen an den Wänden, Vintage-Gemälde, die mit Sprühfarbe individuell verziert waren, Nischen mit Lederbänken, die eher für Instagramfotos als zum Sitzen gedacht waren, und Kellner, die von Kopf bis Fuß mit ironischen Tattoos bedeckt waren und vor Selbstgefälligkeit nur so strotzten. Wir hatten kaum Textnachrichten miteinander ausgetauscht – ich hatte viel zu viel Arbeit; er hatte gesagt, dass er es hasse, online zu kommunizieren. Daher wusste ich abgesehen von seinem beschissenen Restaurantgeschmack nur sehr wenig von ihm. Seine Profilfotos wirkten professionell, und seine dreizeilige Vita war so unverbindlich, wie es nur ging: *Stark. Schweigsam. Selbstbewusst.* Nicht, dass ich das hätte beurteilen können. Mein Profil – *Ein bisschen crazy. Habe Seele. Bringe Snacks mit* – war sowohl beschissen als auch banal, und ich benutzte es nur, weil Leila immer lachen musste, wenn sie es sah.

Ich war früh angekommen, mein Haar war noch feucht vom Duschen, und ich suchte mir eine Nische, von der ich einen guten Blick auf den Eingang hatte. Trotz der Nervosität, die ich immer spürte, wenn ich den Zeh in Tinders trübe Gewässer tunkte, war ich an jenem Abend ganz heiter. Ich hatte am Tag zuvor das Kleid an die Pfirsichfrau ausgeliefert (ja, pfirsichfarben, und ja, asymmetrisch; es zu nähen, war ein Albtraum), und sie hatte Fotos gepostet, auf denen sie es zu einem Mädelsabend trug (Hashtag: Verwandlung). Sie wirkte glücklich – beinahe triumphierend. Für sie war das Kleid ein Symbol dafür, dass sie eine Ehe hinter sich gelassen hatte, die schon lange zu Ende war, und das ließ all die Mühen, die ich darauf verwendet hatte, plötzlich nicht mehr so sinnlos erscheinen (und ja, ich hatte Gewissensbisse, weil ich mich über sie so beschwert hatte). Kurz überlegte ich, den Link dazu an N. B. zu schicken, aber weil sie meinen Namen getaggt hatte, hätte er in Sekundenschnelle herausfinden können, wer ich war, und man weiß ja, dass man Fremden im Internet nicht zu viel preisgeben soll.

Matt 36 kam nur fünf Minuten zu spät, als ich gerade mitten in meinem zweiten «Chocalotini» war. Auf den ersten Blick war er eindeutig ein Vielleicht: hatte einen Hauch von einem Nordengland-Akzent, sah seinen Profilfotos überraschend ähnlich, bestellte einen Jack Daniels on the Rocks, also kein Gesundheitsfanatiker. Aber von da an ging es bergab. Nach einem höflichen Lachen, weil ich einen Witz über die lustige Grimasse eines Elefantenkopfs über der Bar gemacht hatte, begann er einen Monolog über die fallenden Londoner Immobilienpreise und kam immer wieder darauf zurück. Erst erklärte ich mir das unablässige Gefasel damit, dass er vermutlich nervös war – aber das half nicht, weil es bedeutet hätte, dass zwei Drittel seiner Tinder-Bio Blödsinn waren.

Mein Handy summte in meiner Tasche, und ich lachte, als ich unter dem Tisch einen Blick darauf warf. Noch eine Mail von N. B.: «Also, wärst du lieber ein umgedrehter Zentaur oder eine umgedrehte Meerjungfrau?» Wir waren inzwischen zum Du übergewechselt und hatten schon den ganzen Tag lang kindische «Was wärst du lieber»-Albernheiten ausgetauscht.

Matt 36 hielt mitten im Wort inne. «Habe ich etwas Lustiges gesagt?»

«Nein. Tut mir leid. Ich bin nur nervös. Ich mach das hier nicht so oft.»

Er ließ mich mit der Lüge davonkommen, lächelte und legte den Arm auf das rutschige Leder der Rückenlehne der Bank. «Ich auch nicht. Du hast gesagt, du seist Designerin?»

Ich hatte vor N.B. den Erfolg meiner kleinen Schneiderei heruntergespielt – Angeber mag nun mal niemand –, und um ehrlich zu sein, konnte ich selbst immer noch nicht glauben, wie gut es lief. «Himmel, Stoff und Zwirn» (der Name war mir im betrunkenen Zustand eingefallen) war geboren worden, als ich Leilas Hochzeitskleid zu einem Geburtstagsgeschenk umfunktioniert hatte, mehr zum Scherz. Sie hatte es überall auf Instagram gepostet, und fast über Nacht waren die Aufträge und Bestellungen hereingeströmt. Mein kleines Unternehmen war gewachsen, bis ich eine sechsmonatige Warteliste hatte, die es mir erlaubte, meinen nervtötenden Job als Sportswear-Designerin in einem Mode-Outlet zu kündigen. Zugegeben, Matt 36 hörte sich diese Kurzfassung meiner Geschichte an, ohne einen glasigen Blick zu bekommen, und dann fragte er nach meinen Kunden.

«Zu meinen Lieblingskunden gehörte dieses Paar, das seine Hochzeitsanzüge in Kissen verwandelt haben wollte.» Ich hatte diesen Auftrag für charmant und geistreich gehalten, und als ich N.B. davon erzählt hatte, fand er das auch («Hoffentlich haben Sie die Nadeln herausgeholt»).

Matt 36 sah mich verwirrt an. «Kissen? *Im Ernst?*»

Und so wurde er von einem schwachen Vielleicht zu einem Auf-gar-keinen-Fall. Wenn nicht in genau diesem Moment der Kellner mit den Speisekarten aufgetaucht wäre, hätte ich die Verabredung in diesem Moment abgebrochen. Aber in meiner Wohnung wartete nichts auf mich: Ich hatte vergessen, die Tesco-Bestellung aufzugeben, und die köstlichen Düfte, die aus der Küche drangen, ließen mich die beschissene Deko beinahe vergessen. Ich entschied mich für die Poutine, und Matt 36 nahm das Gleiche. Als der Kellner außer Hörweite war, beugte er sich über den Tisch und gab zu, dass er gar nicht wisse, was eine Poutine sei. Das stimmte mich ihm gegenüber ein wenig milder.

«Das ist eigentlich nur ein großer Haufen Pommes mit Bratensoße und Käse. Alles gute Dinge.» Ich wusste das nur, weil ich es in einer Kochsendung gesehen hatte.

Er lachte, diesmal klang es ehrlich.

Mein Handy zitterte erneut, und ich entschuldigte mich und ging zur Damentoilette. Die Spiegel hatten die Form von Augen, und im dämmrigen Licht konnte ich nicht erkennen, ob schon der Punkt des Abends erreicht war, an dem meine Mascara zu den Wangen übergelaufen war.

«Tut mir leid, N.B. Kann nicht richtig reden.» Dann dachte ich eine Sekunde lang nach und fügte hinzu: «Bin auf einem Date» Das überschritt die «Nichts Persönliches»-Grenze, an die wir uns bisher gehalten hatten, aber hey, das lag bestimmt am Alkohol.

Zum ersten Mal antwortete er nicht sofort. Eine Minute verging. Dann noch eine. Ich überlegte schon, eine weitere Nachricht hinterherzuschicken, als er plötzlich antwortete: «Okay. Dann vielleicht später. Viel Spaß!»

Ich zögerte, ihn ziehen zu lassen, zumal ich ja wusste, was mich im Restaurant erwartete. «Eigentlich habe ich doch ein paar Minuten zum Plaudern, wenn es recht ist?»

«Hat dein Date nichts dagegen?»

«Ich bin im Damenklo.»

«Willst du dich verstecken? Oder nimmst du Koks?»

«Ich trinke eher Coke. Ich mache nur eine kurze Pause.»

«Klingt ja nicht besonders vielversprechend ...»

«Hatte schon Schlimmere.»

«Hat er denn noch alle Zähne?»

«Glaube schon. Jedenfalls hat er für sie bezahlt.»

«Was macht er denn so?»

Mr. Einigermaßen Selbstsicher hatte es mir gesagt, aber ich konnte mich nicht erinnern. «Weiß nicht. Irgendwas in einem Unternehmen? Trägt einen Anzug, hat eine schicke Aktentasche oder so ;-)»

«Eine schicke Aktentasche? Vielleicht ist er ein sehr alt aussehender Schüler. Oder ein Briefträger. Oder beides.»

«Haha. Ein sehr stylischer Schüler / Briefträger.»

«Nicht dein Typ?»

«Ich habe gar keinen.»

«Jeder hat einen Typ.»

«Ich nicht. Ich bin mehr für gleiches Recht für alle beim Daten.»

«Ah. Großzügig.»

Ich tippte: «Das ist eine nette Art, ‹verzweifelt› auszudrücken», löschte es aber dann wieder. «Sagen wir einfach, dass ich nicht so wählerisch bin.»

«Wirklich? Also gibt es für all die alleinstehenden Neonazis mit Hunde-Massenzuchtbetrieben noch Hoffnung?»

«Kommt drauf an. Bekomme ich einen Gratis-Welpen?»

«Nein, aber denk mal an all die Vorteile. Demos, Aufmärsche, Nazi-Haarschnitte, Abhängen mit großen Gruppen halb nackter Männer, Nächte in Gefängniszellen ...»

«Mmmm, sexy. Okay, also: keine Nazis, ob nun Neo oder nicht, keine Bauunternehmer, Tierversuchsanhänger, Homöopathen, Sektenmitglieder, Konservative, Fossilverbrenner, Klimawandelleugner, Golfer, Swinger, Hedgefonds-Manager.» Und dann fügte ich hinzu: «Und keine verheirateten Männer.»

Das war seine Gelegenheit zurückzuschreiben: «Dann bin ich wohl raus!», aber er schrieb nur: «Gute Auswahl». Es wäre das Einfachste auf der Welt gewesen, ihn zu fragen, ob er verheiratet, verlobt oder mit jemandem zusammen war, aber irgendetwas hielt mich zurück. Im Ernst? In diesem Stadium wollte ich es nicht wissen. Wenn er *tatsächlich* eine Beziehung hatte, hatte er die letzten Wochen eindeutig viel zu viel Zeit damit verbracht, mit einer fremden Frau zu chatten, was, obwohl es nicht wirklich unter Betrug lief, mir trotzdem nicht recht gepasst hätte.

«Wie haben sich du und der Aktentaschentyp denn kennengelernt?»

Ich überlegte, die Wahrheit ein wenig zurechtzubiegen, aber warum hätte ich das tun sollen? Daran war ja nichts Peinliches. «Tinder.»

«?????»

«Die Dating-App?»

«Nie davon gehört. Trauriger alter Sack, der keine Ahnung mehr von nichts hat.»

Wieder ein Warnhinweis: Wer hat noch nicht von Tinder gehört? Aber ich überging das. Wie ich alles überging, bis es zu spät war. «Wie alt ist der alte Sack denn? Musst du mir natürlich nicht sagen. Ich bin nur neugierig ...»

«Ungefähr 315 in Hundejahren. Auf dem Höhepunkt einer Midlifekrise. Oder kurz vor dem Freitod.»

«Hundejahre. Also durch sieben teilen, oder?» Ich rechnete das aus – natürlich tat ich das. Wenn er die Wahrheit sagte, war er Mitte vierzig. Akzeptabel.

«Nicht immer. Es kann sich ändern, wenn man kastriert ist oder einen Stammbaum hat. Und du?»

«273 Jahre jung. Aber ohne Stammbaum. Muss jetzt wirklich zurück. Er glaubt sonst, dass ich abgehauen bin.»

«Viel Glück. Halt mich auf dem Laufenden.»

Zurück im Restaurant wartete mein Essen schon auf mich. Aktentaschenmann hatte noch nicht angefangen zu essen, weil er von dem Riesenberg Kohlehydrate auf seinem Teller etwas verstört zu sein schien. Ich haute rein, weil ich viel zu viel Hunger hatte, als dass ich mich hätte schämen können.

Er betrachtete mich gönnerhaft. «Ich mag Frauen, die richtig essen können.»

«Jeder kann essen.»

«Meine Ex nicht.»

Ich seufzte innerlich. Immerhin war eine schlechte Beziehungsgeschichte noch besser als der Immobilienmarkt, sicherer als Religion oder Politik, und er brauchte keinerlei Aufforderung, um in die Einzelheiten zu gehen, die er mit einer ordentlichen Portion Bitterkeit servierte. Eine sechs Jahre lange Beziehung, keine Kinder, man lebte sich auseinander, hatte Vertrauensprobleme, es endete schlimm. Sie verkauften gerade ihre Wohnung in Brixton, was vermutlich seine Besessenheit von Immobilienpreisen erklärte.

Ich aß, er erzählte, aber ich musste wie eine ganz schlimme Social-Media-Süchtige immer wieder auf mein Handy schauen. *Halt mich auf dem Laufenden.* «Was hast du gerade gesagt, was du beruflich machst?», fragte ich, als er kurz Atem holen musste.

«Versicherungskaufmann.»

Ich tippte heimlich: «Habe herausgefunden, was er macht. Er ist beim MI5. Verdeckte Operationen.»

«Hat er die Lizenz, eine lächerliche Tasche zu tragen?»

Wenn Aktentaschenmann es merkte, dass ich ihn mit meinem Handy betrog, dann war es ihm offenbar egal. Er schob den Teller von sich und winkte nach der Rechnung. «Wollen wir die Summe teilen, oder ...»

«Oder was? Natürlich teilen wir sie.»

Er zuckte die Achseln. «Ich habe nichts dagegen zu bezahlen, wenn wir vögeln.»

Ich lachte in der Annahme, dass er einen Scherz gemacht habe. «Deal. Solange du noch einen Nachtisch drauflegst.»

«Wirklich?»

«Nein. Das machen wir natürlich nicht», antwortete ich irritiert.

Er beugte sich unangenehm nah zu mir herüber, und ich roch seinen sauren Atem. «Hätte wissen müssen, dass du eine Schlampe bist, die nur meine Zeit verschwendet. Mein Rat an dich: Wenn du das hier weitermachen willst, dann solltest du besser auf Nahkampfgewicht runtergehen, ja?»

Er hatte seine Stimme nicht erhoben, aber der gemeine Unterton nahm mir den Atem, als hätte er mich in den Magen geboxt. Mit einem Grinsen stand er auf, ging und ließ mich mit der Rechnung sitzen. Meine Hände zitterten, als ich die Karte durch das Lesegerät zog, und zwar so sehr, dass sogar der ansonsten nur mit sich selbst beschäftigte Kellner fragte, ob es mir gut gehe. Ging es mir gut? Nein, nicht im Mindesten. Bisher hatte ich es geschafft, die üblichen Dating-Horrorgeschichten zu vermeiden, und war so naiv zu glauben, ich hätte das im Griff.

Auf dem Nachhauseweg machte ich aus medizinischen Gründen einen Umweg zu Tesco, um Pringles zu kaufen, und als ich wieder in meiner Straße war, brannte meine Zunge von all dem Salz. Ich hatte ein Licht angelassen, aber nicht einmal Clarice' Umriss hinter dem vorderen Fenster tröstete mich. Ich duschte und ging zum Küchentisch, dem Mittelpunkt meines provisorischen Studios, wo mein aktueller Auftrag lag, ein Kleid aus den Neunzigern, dem ich einen französischen Saum nähen sollte. Die Arbeit war immer schon meine Zuflucht; man kann sich nicht in seinem Elend suhlen, wenn man einen Workaholic-Anfall hat und im Hintergrund einen Podcast hört, aber ich war nicht mit dem Herzen dabei. In den Reihenhäusern gegenüber – die meisten lieblose Airbnb-Wohnungen oder Geldanlageobjekte – war alles dunkel wie immer, und das apokalyptische Verlassenheitsgefühl, das von ihnen ausging, half nicht dabei, meine Stimmung aufzuhellen. Ich schob meinen Stuhl näher an Clarice heran, die stur neben ihren praktischeren, individuell einstellbaren Schneiderpuppen-Schwestern stand. Als Nate noch hier wohnte, hatte er darauf bestanden, sie in den Kellerraum zu verfrachten («Sie macht mir eine Heidenangst»), und das Erste, was ich tat, als er ging, war, sie wieder in den vorderen Raum zu schieben. Früher hatte Clarice meiner Mutter gehört, und sie war schon so lange in meinem Leben, wie ich mich erinnern konnte – eine kopflose Muse aus Holz und Plastik.

Es war eigentlich zu spät, um N. B. noch eine Nachricht zu schicken, aber ich tat es trotzdem, damit er sie sich am Morgen ansehen konnte. «Tut mir leid, dass ich verschwunden bin.»

Er antwortete sofort, und ich zuckte zusammen. «Kein Problem. Wie lief es denn?»

Bin gerade von einem Arschloch verbal missbraucht worden, und bei dir? «Rohrkrepierer. Ein Arschgesicht.»

«Das tut mir leid. Geht es dir gut?»

Nein. Um die drohenden Tränen herunterschlucken zu können, wechselte ich das Thema. «Kannst du nicht schlafen?»

«Ich leide unter Schlaflosigkeit.»

«Ich auch.»

«Warum vergeht die Zeit so spät in der Nacht langsamer?»

Es ist unmöglich, einen Tonfall aus einer Online-Nachricht einzuschätzen, aber ich spürte, dass wir uns langsam in tiefere Gewässer vorwagten. Jetzt bot sich vielleicht die Gelegenheit, ein wenig nachzubohren. *Wo führt das hier hin? Warum redest du um diese Zeit mit einer fremden Frau?* Stattdessen schrieb ich: «Bist du manchmal einsam?» Ich dachte kurz nach und klickte dann auf Senden.

«Ja.» Kein Zögern, kein «das ist aber eine komische Frage». «Du?»

Eigentlich war ich vom Glück gesegnet und privilegiert: hatte einen Beruf, den ich sehr mochte, keine gesundheitlichen Probleme, keine schwerwiegenden Süchte (wenn man mal von indischem Imbissessen und Tinder absah), eine Freundin, die mich liebhatte und unterstützte. Aber. *Aber.* Egal wie oft ich mir selbst sagte, dass ich im Grunde nicht mehr brauchte als hin und wieder mal mit jemandem in die Kiste zu springen – das Gespenst, allein alt werden und allein sterben zu müssen (vielleicht aufgefressen von Katzen – oder Schlimmerem), kam von Jahr zu Jahr näher. Ich hatte versucht, Leila diese Angst zu erklären, aber sie verstand sie nicht ganz. Wie hätte sie auch? Leila hatte zwei Jahre alte Zwillinge, beneidete mich um meine Freiheit, und natürlich konnte ihr Mann Lev hin und wieder unglaublich nerven, aber er war immer *da*. Um noch Salz in meine Wunde zu streuen, kam von der Wohnung über mir ein Krachen, gefolgt von leiser klassischer Musik. Meine Vermieter, Magda und Jonas, waren wieder spät auf.

Ich sah sie jeden Morgen, wie sie Arm in Arm am Fenster vorbei zum Laden spazierten. Jonas litt unter früh einsetzendem Alzheimer, und ich passte auf ihn auf, wenn Magda etwas zu besorgen hatte. Jonas war nicht schwierig. Er blieb meistens in seinem Sessel sitzen und summte vor sich hin. Ihre Wohnung war mit Musikinstrumenten vollgestopft, mit alten Büchern, Kunst und Fotos: die Überbleibsel eines reichen geteilten Lebens. Natürlich hörte man auch hin und wieder erhobene Stimmen und seltsame Geräusche von oben (aus irgendeinem Grund meistens donnerstagabends), aber trotz der Last, die sie schulterte, hatte Magdas Zuneigung zu Jonas nie nachgelassen; man sah es in ihrem Blick. Tief im Innersten war es das, was ich mir wünschte: eine Magda. Jemanden, der an meiner Seite blieb, wenn mein Verstand und mein Körper verfielen. Einen *Seelenverwandten*, wobei ich an dieses Konzept eigentlich nicht glaubte (oder mir einredete, dass ich nicht daran glaubte).

Das Handy vibrierte: «Bist du noch da?»

«Ja.» *Und übrigens, wie heißt du eigentlich wirklich? Wo bist du gerade? Was willst du vom Leben? Und was willst du von mir?* Und dann war da die größte und dümmste Frage von allen, die ich eintippte und abschickte, weil ich immer noch halb betrunken und genervt von mir selbst war, dass ich mich so jämmerlich benahm: «Bist du glücklich?»

Eine Minute verging, dann eine weitere. Dann: «Mein Leben ist beschissen. Ich habe das Gefühl, mit einer Fremden zu leben. Ich schaue in einen Tunnel und sehe weitere dreißig Jahre Not und Qual. Beantwortet das deine Frage?»

Keine hingeworfene Antwort. Keine Selbstironie. Kein Sarkasmus. Ein kurzer Rausch der Begeisterung – *jetzt kommen wir endlich weiter* –, sofort gedämpft durch Bestürzung: *Er ist verheiratet?*

Nick

Bist du glücklich?

Es fiel mir gar nicht ein, zu lügen oder mit einer dieser nichtssagenden Antworten zu kommen, die wir normalerweise ausspucken, wenn wir mit einer derart dümmlichen Frage konfrontiert werden und tief im Inneren wissen, dass es dem Fragesteller vollkommen egal ist. Er will nichts von unserer Schleimbeutelentzündung, unseren alten Eltern, die langsam gebrechlich werden, oder dem todkranken Hund wissen. Und ich antwortete so ehrlich, nicht weil ich an jenem Abend zu viel Alkohol getrunken und das Visier heruntergelassen hatte. Nein, ich *wollte* ehrlich sein, wollte diesen Furunkel des Selbstekels aufschneiden. *Den Furunkel des Selbstekels.* Meine Güte. Und das ist der Grund dafür, wenn es noch eines solchen bedurft hätte, dass ich in näherer Zukunft wohl keinen Buchpreis gewinnen werde.

Am Morgen, nachdem ich den Furunkel aufgeschnitten und mein Herz ausgeschüttet hatte, oder welche Metapher auch immer passt, wachte ich mit steifem Nacken und dickem Kopf auf dem Sofa auf und fühlte mich gleichzeitig leichter und schwerer: leichter, weil ich endlich vor mir selbst (und jemand anderem) zugegeben hatte, dass ich ein Versager war. Poll hatte mich zugedeckt, vermutlich, als sie zur Arbeit ging, und in der Geste lag sowohl etwas Fürsorgliches als auch etwas Passiv-Aggressives. Rosie beäugte mich böse von ihrem Korb aus, wütend darüber, dass mein Egoismus ihr Morgenritual gestört hatte. Normalerweise hielten wir beide uns an einen Tagesplan, in dem es darum ging, die Zeit möglichst gut zu füllen:

1. ***6.30 Uhr:*** Aufstehen. Poll eine Tasse Tee machen. Rosie hinauslassen. So tun, als wäre ich wach und heiter.

2. *7.30 Uhr:* Zurück ins Bett, um ein Stündchen zu schlafen, nachdem Poll zur Arbeit gegangen ist.
3. *8.30 Uhr:* Aufstehen. Koffeininjektion. Eine Dreiviertelstunde Morgenfernsehen. (Man weiß, dass man ein Problem hat, wenn man sich dabei ertappt, wie man in Unterwäsche *Die Tierbabyretter* schaut und ein wenig vor sich hin weint.)
4. Die Wäsche in die Maschine stecken. Schnell staubsaugen, wenn es nötig ist.
5. Den Geschirrspüler ausräumen, dabei Radio 1 hören, um sich wieder jung zu fühlen.
6. Die Selbstgerollten für den Tag vorbereiten, dabei die Nachrichten auf BBC hören, nur um sich wieder schlau zu fühlen.
7. Mit Rosie zur Morgenrunde / Waschung rausgehen.

Da es schon nach elf war, beschloss ich, die Punkte 1–6 auszulassen und direkt die Hunderunde anzugehen. Ich zog mir die erste Jacke an, die mir in die Hände fiel, aber das Handy auf dem Couchtisch schien mich dabei ebenso vorwurfsvoll anzusehen wie der Hund. Reue stieg in mir auf und erstickte die Leichtigkeit nach der Beichte. *Was hast du getan, Nick?* Zum Glück war der Akku leer, sodass ich mir den selbstmitleidigen Mist nicht ansehen musste, mit dem ich Bee in den frühen Morgenstunden gelangweilt hatte. Was als Spiel begonnen hatte, als Versuch, eine Fremde zum Lachen zu bringen, war inzwischen so groß geworden, dass ich Stunden damit verbrachte, mir «geistreiche» Bemerkungen für sie zurechtzulegen. Bee sah etwas in mir. Sie verstand meinen Sinn für Humor. Es war ihr egal – tatsächlich mochte sie es sogar –, wenn die Themen dunkler wurden. Das wollte ich nicht verlieren.

Ich steckte das Handy an seine Nabelschnur, leinte Rosie an und ging mit ihr nach draußen. Der Himmel hatte die Farbe von Abwasser, aber selbst sein trübes Dämmerlicht blendete meine verkaterten Augen. Wir machten unsere übliche Runde: durch die neue Siedlung am Ende unserer Straße (orangefarbene Als-ob-Ziegelverkleidung, geleaste E-Autos, die an ihren eigenen – meist illegalen – Nabelschnüren hingen); um den kahl werdenden Park herum (mit dem passenden Spitznamen «Hundescheiße-Wiese»), am Supermarkt und dem Kreisel vorbei, dann wieder zurück zur Dreadnought Street. Rosie war noch nicht bereit, mich vom Haken zu lassen. Ich folgte ihr wie ein dienstbeflissener Scheißhaufen-Sammler, und sie spielte mit mir, schnüffelte am Bordstein, tat so, als wollte sie weitergehen – und ging dann listigerweise ganz langsam weiter. Es war sinnlos, ungeduldig zu werden. Rosie war eine Hunde-Rentnerin und sehr eigensinnig. Wir hatten sie als Welpe für Dylan aus einem Tierheim geholt, direkt nachdem Poll mich gefragt hatte, ob ich zu ihr ziehen wolle, und sie sollte eigentlich meinen Weg in sein Herz ebnen: *Die schlechte Nachricht ist, dass deine Mummy einen neuen Freund hat. Die gute Nachricht ist: Wir haben dir einen Hund gekauft.* Nur dass der Hund aus irgendeinem Grund an mir hängen blieb. Über die Jahre hinweg – «Die Dreadnought-Jahre», würde ich sie nennen, wenn ich je meine Lebenserinnerungen aufschreiben würde (was ich gar nicht vorhatte) – sind wir irgendwie Verbündete geworden.

Wir schlurften weiter, und ich formulierte im Kopf Nachrichten an Bee. *Entschuldige, dass ich so ein hemmungsloses Verlierer-Arschloch bin. Du hättest dir das alles nicht anhören müssen. Sorry, sorry, sorry.* Immerhin war ich gut darin zu versagen. Darin war ich sogar ganz herausragend:

1. ***Verkrachter Schriftsteller:*** ein einziger veröffentlichter Roman, und zwar das, was sie früher Dick-Lit genannt haben. Ich hatte ihn in meinen Zwanzigern geschrieben. Es war ein typischer halb autobiografischer Wichserroman, der viel zu gewollt komisch war. Ein Rezensent fasste es so zusammen: «selbstzufrieden, wichtigtuerisch und voller Anbie-

derung». Diese Worte brannten sich in jenen Teil des Hirns ein, der einen morgens um ein Uhr weckt und *«Scheiiiiiiße»* schreien lässt, und sie trieben mir jeden Ehrgeiz aus. Vor ein paar Jahren, in meinem zweiten Jahr am College, wo ich Englisch unterrichtete, hatte ich ein paar Kinder dabei erwischt, wie sie darüber die Köpfe zusammensteckten, kicherten und sich gegenseitig die Sexszenen daraus vorlasen. Davon gab es in dem Text viele. Poll hatte es natürlich gelesen («Es ist ganz amüsant», mehr darüber zu sagen brachte sie nicht zustande), aber vor Dylan hatte ich es versteckt. Ich wollte nicht, dass er mich verurteilte.

2. ***Verkrachter Lehrer:*** Mit den Kindern kam ich ganz gut zurecht – ich wusste, wie ich ihre Aufmerksamkeit aufrechterhalten und sie zum Lachen bringen konnte. Ich mochte die Arbeit sogar – aber ich hatte keine Geduld für die Bürokratie, die mit dem Job verbunden war. Diese Karriere endete, als ich einem Schulinspektor während der Beurteilungswoche sagte, er solle sich verpissen.

3. ***Verkrachter Ernährer:*** Hin und wieder eine befristete Stelle als Lehrer, die mich in den Suff trieb. Ein Kurzauftritt als Assistenzmanager in einer Blue-Bay-Coffee-Filiale (ein sehr *kurzer* Kurzauftritt – ich hätte die Mitarbeiter auch mit Mord davonkommen lassen). Und jetzt eine fragwürdige Karriere als Lektor selbst verlegter Romane. Im letzten Monat hatte ich damit die riesige Summe von insgesamt vierhundert Kröten verdient.

4. ***Verkrachter Ehemann.*** Genug gesagt.

5. ***Einigermaßen okayer Stiefdad,*** aber das konnte ich selbst natürlich nicht beurteilen. Dylan hatte sicher seine eigene Meinung dazu.

6. ***Guter Hundebesitzer.*** Aber das war keine große Leistung, oder? Man muss die kleinen Scheißer nur nicht treten.

All das hätte Bee in die Flucht schlagen müssen. Vielleicht hatte es das auch. Wer will schon einen Verlierer mittleren Alters? Die Fünfzig winkte mir mit altersfleckigen Händen zu und lud mich in ein weiteres Jahrzehnt der Wertlosigkeit ein. Weshalb das Schweigen des Tweed tragenden Großkotzes umso mehr wehtat, denn aus irgendeinem Grund hatte dieses Projekt einen Funken entfacht, der von meinem früheren Versagen längst erstickt worden war.

Peinlicherweise hatte ein Teil, ein kleiner Teil von mir dem reaktionären Arschgesicht gefallen wollen. Ich hatte beeindruckt, ja, verdammt noch mal beeindruckt, den Hut vor dem Pesthauch alten Geldes gezogen. Ich hatte Poll gebeten, sein Buch zu lesen, aber sie war zu kaputt, als dass sie nach der Arbeit noch zu mehr in der Lage gewesen wäre, als sich eine sinnbefreite Kochshow im Fernsehen anzusehen. Ich hatte mich mit dem Text gequält, hatte Fehler ausgemerzt, ewig lange Sätze umgeschrieben und das Chaos – eigentlich Müll, der zugegebenermaßen einen guten Kern hatte – in etwas Lesbares verwandelt. Und dann das Formatieren. Das verdammte Formatieren … Als ich auf Senden klickte, musste ich weinen. Ich musste verdammt noch mal weinen. Diesen Teil hatte ich Bee verschwiegen.

Gott sei Dank hatte ich der Versuchung widerstanden, zu viele Einzelheiten über meine kaputte Ehe mit ihr zu teilen. Ich spürte immer noch genügend Loyalität Poll gegenüber, um das nicht zu tun. Abgesehen natürlich von dem «Mit einer Fremden leben»-Schocker. Und ehrlich gesagt, war das überhaupt wahr? Sie war immerhin noch dieselbe Poll. Ich war der Fremde. Ein Fremder, der kurz davor stand, eine emotionale Affäre zu beginnen. Die nicht die Gewissensbisse hervorrief, die sie verdiente hätte, weil jämmerlicherweise allein der Umstand, dass irgendjemand, und sei es eine Fremde, meine Gesellschaft schätzte, alles andere in den Hintergrund geraten ließ. Vor langer Zeit hatten Poll und ich das Fremdgehgespräch geführt, gemütlich im Bett aneinandergeschmiegt, in dem Wissen, dass es niemals geschehen würde: *Wenn du das jemals tun willst, Nick, dann will ich nichts davon wissen.*

Ich überquerte die Straße, um einer Frau auszuweichen, die von einem Staffordshire-Terrier hinter sich hergezogen wurde, und versuchte, die schwarzen Gedanken zu verdrängen. Rosie machte endlich ihr Geschäft, wofür sie natürlich die saubere Einfahrt eines Ahnungslosen benutzte. Bücken, Knie knacken lassen, aufsammeln. Manchmal schwang ich den Kackibeutel wie eine Prada-Handtasche: *Schaut mal alle her! Diese Hundehaufen, die ihr auf dem Bürgersteig seht? Ich war das nicht. Ich bin ein* verantwortungsvoller *Hundebesitzer.*

Auf der Zielgeraden. In der Sekunde, in der wir an ihrem Gartentor vorbeikamen, flitzte meine Nachbarin Lily aus der Haustür und streckte uns ein Vanilleteilchen entgegen. Rosie wusste, was zu tun war: mit dem Schwanz wedeln, die Pfote heben, die Leckerei sanft aus der Hand nehmen.

«Vermutlich willst du Tee, Junge», sagte Lily widerwillig zu mir, als täte ich ihr nur einen Gefallen. Wir beide wussten, dass ich das tatsächlich tat. Manchmal schlug ich extra einen Haken, um ihr aus dem Weg zu gehen, aber abgesehen von der Pflegerin, von mir und von Rosie hatte Lily niemanden mehr. Ich kaufte auch für sie ein, was jetzt so klingt, als wäre ich ein Heiliger, aber eigentlich war es nur wieder eine willkommene Gelegenheit für mich, Zeit totzuschlagen. Lilys Geschmack konzentrierte sich auf das Essen ihrer Kindheit – Walnüsse in Ahornsirup, Dosenlachs und Nachtische aus der Dose –, und ich mochte die Jagd auf Essen aus der Zeitschleife. Und diesmal war ich froh, sie zu sehen.

Ihr Reihenhaus war genau wie unseres, nur dass Poll und ich auf protzig machten, während Lilys Haus eine überheizte Höhle war, die in den Achtzigerjahren des letzten Jahrhunderts feststeckte. Rosie liebte sie: Es roch darin nach Jahrzehnten gebratenen Fleisches, und jede Oberfläche war mit irgendeinem Stoff bedeckt. Lilys Augen waren nicht mehr so gut, und während sie den Tee kochte, putzte ich ein wenig, kratzte die fettige Kruste an den Rändern der Arbeitsfläche weg und schrubbte die braunen Teeflecken im Ausguss sauber.

Während die Teebeutel zogen, um dem Tee die von Lily bevorzugte Industriestärke zu verleihen, beäugte sie mich misstrauisch. «Sie kommen heute zu spät.»

«War die ganze Nacht wach.»

«Liegt dir was auf der Seele, Jungchen?»

«Nee. Alles gut.»

«Du siehst aber anders aus.»

«Hab mich nicht rasiert.»

«Das ist es nicht allein.»

«Vielleicht habe ich etwas in den Knochen. Jedenfalls, wie geht es Ihnen?»

Es war leicht, sie abzulenken – sie konnte eine selbstbezogene alte Kuh sein, eine Eigenschaft, die teilweise aus ihrer Einsamkeit erwuchs. Sie begann sofort, über ihre neue Pflegekraft herzuziehen, die die unverzeihliche Sünde begangen hatte, Mandelmilch statt Kuhmilch zu kaufen, als sie für Lily einkaufen ging («Sehe ich etwa so aus wie jemand, der diesen Dreck trinkt, Junge? Ich weiß genau, was ich will.»). Ich hatte es auf die harte Tour gelernt, dass sie ihre Schimpftirade nur noch verstärken würde, wenn ich die arme Sau verteidigte, die Lilys Opfer des Tages war, daher ließ ich sie weiterschimpfen und stellte mich taub. Der Tee linderte meinen Kater etwas.

Ich entkam Lilys Fängen, ließ Rosie auf dem Sofa ihr Nickerchen nach dem Gassigehen machen und ging in meinen Schreibschuppen, der hinten im Garten verfiel, umwuchert von Brennnesseln. Wo auch immer ich war, sah ich jede Einzelheit vor mir, wenn ich an ihn dachte. Den klapprigen Heizlüfter, den Aschenbecher in Totenschädelform, den mir Dylan zu Weihnachten geschenkt hatte, als er seine «alternative» Phase durchmachte, den großen kaputten Rasenmäher, den schiefen Bücherturm, genügend Spinnen, um den Mars zu bevölkern, eine alte Spanplatte, aus dem Sperrmüll gerettet, die auf wackeligen Beinen stand und billige Schrauben verlor, und das wie lungenkrank klingende Schnaufen der Lüftung meines alten Laptops, einer Maschine, die sich mit der Zähigkeit eines russischen Bergarbeiters hartnäckig an ihr Leben klammerte, trotz der Mengen an Zigarettenrauch und Staub, die sie inhalieren musste. Es war hier drin im Winter zu kalt und im Sommer zu heiß, und das ganze Jahr über roch man die Ergebnisse der schrecklichen Kochkünste der Nachbarn, außerdem hörte man ständig Lilys Fernseher im Hintergrund, der immer voll aufgedreht war. Poll hatte die Schwelle des Schuppens noch nie übertreten; sie verstand nicht, warum ich nicht einfach Dylans Zimmer übernommen hatte, als er aufs College ging. Der Grund war ganz einfach: Der Schuppen gehörte *mir*.

Ich setzte mich und rauchte noch eine Selbstgedrehte. Dann öffnete ich den Laptop, fasste mir ein Herz und loggte mich ein. Was war es, was Bee und mich verband? Ich stellte mir ein unsichtbares Band im Cyberspace zwischen ihrem und meinem Herzen vor. Total unrealistisch, klar, aber es passte irgendwie. Ich war eifersüchtig gewesen, als sie sagte, sie sei auf einem Date (Scheinheiligkeit ist nicht unter meiner Würde), weshalb ich nicht schlafen konnte. Weshalb ich mit Rosie aufblieb und Wiederholungen von *Die Gerichtsvollzieher* schaute und den Gin trank, den Poll für die Besuche ihrer Mutter aufbewahrte.

Ich riss mich zusammen, öffnete den E-Mail-Account und klickte auf unser Gespräch, wobei ich gegen jede Logik hoffte, dass Bee mir eine Nachricht geschrieben hatte, während ich draußen ge-Rosie-t und ge-Lily-t hatte. Aber der Nachrichtenverlauf war genau so, wie ich ihn am Abend zuvor verlassen hatte – er hing sozusagen in der Luft –, also erlebte ich statt des Dopamin-Rausches, der jeder Nachricht von Bee folgte, den schweren Aufprall in der Realität. Offenbar hatte ich sie mit meinem selbstmitleidigen Mist doch in die Flucht geschlagen. *Also, was tust du nun dagegen? Schmollst du oder unternimmst du etwas?* Dieses Mal gewann *etwas unternehmen*, und nachdem ich fünf Minuten über die richtige Wortwahl nachgedacht hatte (na gut – zehn), schrieb ich: «Hey! Tut mir leid, dass ich dich gestern mit so schwierigen Themen belastet habe. Das war sicher das Letzte, was du hören wolltest. Ich würde die Schuld ja auf den Gin schieben, aber das wäre nicht wahr (und auch nicht fair dem Gin gegenüber, obwohl es das eklige billige Zeugs war). Jedenfalls, ich verstehe es absolut, wenn du dich lieber langsam zurückziehen willst (oder davonlaufen).»

Ich ließ mich gegen die Rückenlehne des Stuhls fallen und begann, mir eine weitere Kippe zu rollen, damit ich etwas zu tun hatte, und sagte mir, ich sollte lieber nicht zu große Hoffnungen haben, konnte aber nicht umhin, ständig auf den Nachrichtenverlauf zu linsen. Als eine Minute später Bees Antwort kam, setze ich mich so abrupt auf, dass ich eine halbe Packung losen Tabaks über die Tastatur verstreute.

«Du solltest vielleicht wissen, dass ich wirklich schlecht im Laufen bin. Das ist also keine Option ;-) Außerdem, wenn sich hier jemand entschuldigen sollte, dann bin das wohl ich, zumal ich damit angefangen habe und du nicht der Einzige warst, der schwierige Themen angeschnitten hat ... Wollen wir später weitermachen? Muss den ganzen Tag eine Anprobe nach der anderen erledigen :-(Ab ungefähr acht bin ich frei.»

Ich stieß die Faust in die Luft wie ein Zwölfjähriger. «Dann haben wir ein Date! Wir treffen uns um 20.30 hier? Ich mach Kaffee. Du brauchst mich nicht noch einmal alkoholisiert zu erleben. Viel Glück bei den Anproben.» Das würde reichen. Mein Hirn war noch zu träge, als dass ich mir etwas Besseres hätte einfallen lassen können. Die Erleichterung, sie nicht verjagt zu haben, ließ mich ein wenig lüstern werden, um ehrlich zu sein, welches Klischee könnte schlimmer sein als ein trauriger alter Verlierer, der sich in einem Schuppen einen runterholt? *So ein Typ bist du nicht. Du kannst ein besserer Mensch sein.*

Durch Bees Nachricht ermutigt, rettete ich den verstreuten Tabak und scrollte durch die restlichen Mails. In der Junkmail versteckt war eine Nachricht von Tweedy-Großkotz. Ich hatte Bees Rat angenommen und die Pöbel-E-Mail doch nicht abgeschickt, sondern nur noch einmal die Rechnung angehängt. Er schrieb:

Lieber Nicolas,

bitte nehmen Sie meine überbordende Entschuldigung für mein langes Schweigen an. Ich bin sehr unglücklich gefallen und habe mir dabei die Hüfte gebrochen, daher bin ich mit meiner Korrespondenz nicht hinterhergekommen. Ich bin aber jetzt wieder auf dem Weg der Besserung!!! Sie haben großartige Arbeit mit meinem Buch geleistet, tatsächlich weit mehr, als ich erwartet hatte. Ich habe die Zahlung jetzt zusammen mit einem Bonus veranlasst, weil mir klar ist, wie viel Arbeit Sie in diesen Text gesteckt haben. Ich danke Ihnen für Ihre Geduld. Ich habe es sehr genossen, beobachten zu können, wie Sie meine Gedanken zum Leben erweckt haben. Meine Enkelin Poppy hat versprochen, das Buch zum Verkauf ins Intranet zu stellen.

Hochachtungsvoll
Bernard Eldridge esq.

Ich las die Mail noch einmal und schaute dann in mein Konto. Fünftausend (minus die Überziehung, die mein bedingungsloses Grundeinkommen nie ausgleichen zu können schien). Er hatte also keinen Scherz gemacht, was den Bonus anging. Das hier war das Doppelte von dem, was ich berechnet hatte.

Es war nicht Poll, der ich als Erstes davon erzählen wollte, sondern Bee. Ich ging sogar so weit zu tippen «HEILIGE IN TWEED GEWICKELTE SCHEISSE, BEE, DU RÄTST NIE, WAS PASSIERT IST» und speicherte das dann in dem Ordner für Entwürfe ab. Sie arbeitete – und das hier konnte bis später warten. Stattdessen schrieb ich Bernie eine *überbordende* Antwort, in der ich ihm für die Bezahlung dankte und ihm gute Besserung wünschte. Schmierig, aber scheiß drauf.

*

Der Rest des Nachmittags verlief in einer Art erwartungsfrohem, fröhlichem Nebel. Ich ging auf und ab, ließ Bowie laufen – das «Silent»-Album, das ich am meisten mochte – und vollführte dazu ein kleines Siegestänzchen. Ich wollte unbedingt raus, dachte sogar über eine kurze Joggingrunde nach. Die Geldspritze war wie ein neues Kapitel. *Eine neue Hoffnung*. Ich konnte *atmen*. Es brachte mich fast um, Bee nicht zu schreiben, und Polls Reaktion auf die Neuigkeit per Messenger machte es nur noch schlimmer: ein schnödes «Toll», gefolgt von «Proben heute Abend, komme spät». Diese karge Reaktion tat mir mehr weh, als sie es hätte tun sollen. Weiß der Himmel, warum – ich hätte schon froh sein sollen, dass ich überhaupt eine Antwort bekommen hatte, zumal a) Poll ihr Handy normalerweise ausgestellt hatte, wenn sie bei der Arbeit war, und b) unsere Kommunikation dazu neigte, angespannt und unpersönlich zu sein, als versteckten wir uns hinter unserer Höflichkeit, und c) war ich mir ziemlich sicher, dass für Poll dieses winzige bisschen Glück, so ungewohnt es auch war, nicht ausreichte, um die Jahre auszugleichen, die sie mich dabei beobachtet hatte, wie ich das schmierige Ausgussrohr des Versagens hinuntergeglitten war, auf eine Zukunft zu, die im besten Fall das Äquivalent des metaphorischen Fettpfropfens in der Kanalisation war. Und da Poll es vorzog, dass die Dinge (und die

Menschen) ordentlich und vorhersehbar waren, war es kein Wunder, dass sie sich vom Ausguss zurückgezogen und ihre Energien in die Teile ihres Lebens gesteckt hatte, die nicht so unordentlich waren, wie zum Beispiel ihre Lehrerkarriere.

Am Ende rief ich Jez an, einen alten Kumpel aus meinen Lehrertagen. «Pub?»

«Niemand geht heutzutage noch in den Pub, Nick.»

«Ich hab das Geld, das ich dir schulde.»

«Mach dir darum keine Gedanken. Ich habe das schon abgeschrieben, um ehrlich zu sein.»

«Na, komm schon. Lass mich dich einladen. Du hast mich aus einem Loch gezogen.»

«Ich weiß nicht, Kumpel. Ich muss Aufsätze korrigieren. Und ich habe eine Lehrprüfung.»

«Umso mehr Grund, um ein paar zu kippen. Lässt dich die Qual besser ertragen.» Es war mir egal, dass ich verzweifelt wirkte.

Ich nahm Rosie mit. Die Unterhaltung zwischen Jez und mir war ungewohnt stockend, aber ich war zu begeistert, um darüber nachzudenken, ob das etwas bedeutete. Jez war nie ein Partylöwe gewesen. Vermutlich führte ich sein Zögern auf die Tatsache zurück, dass ich ihn nicht mehr angerufen hatte, seit er mir das Geld geliehen hatte. Nach drei Pints entschuldigte sich Jez aufs Klo. Alkohol macht einen normalerweise nur deprimierter, aber an dem Abend schenkte er mir die Illusion, dass alles möglich war. Selbst der längst vergessene Drang zu schreiben – für mich selbst, und nicht für irgendjemand anderen – kam wieder in mir auf. Auf ihrem Platz unter dem Tisch schnaufte Rosie und furzte sanft, als spottete sie nicht nur über meinen untypischen Optimismus, sondern als ahnte sie auch, dass mir bald eine Menge Scheiße um die Ohren fliegen würde. Jez' Handy gab blechern den Song von *Frey Fights Fear* von sich, und ich warf einen Blick darauf, erstaunt, einen Schnappschuss von Poll auf seinem Display zu sehen. Ich hatte ihr gar nicht gesagt, dass ich ein paar Pints mit Jez trinken gegangen war, ich schaute dennoch auf meinem eigenen Handy nach. Vielleicht hatte sie ja versucht, mich anzurufen, und mich nicht erreicht. Nichts. Jez' Handy klingelte erneut, als er gerade von der Toilette zurückkam. Ich musste ihn nicht fragen, warum ihn meine verdammte Ehefrau anrief. Die Antwort stand ihm ins Gesicht geschrieben.

Von: NB26@zone.com
An: bee1984@gmail.com
Kennst du das Gefühl, wenn man noch Stunden nach einer Begegnung denkt, warum habe ich das bloß nicht gesagt? Im Französischen gibt es dafür einen Ausdruck. L'esprit de l'escalier (habe ich gerade nachgeschaut). Siehst du? Selbst, wenn ich auf dem Tiefpunkt angelangt bin, kann ich noch ein nerviger Mistkerl sein.

Von: bee1984@gmail.com
An: NB26@zone.com
Noch mal, es tut mir SO LEID, N.B. Was hast du denn zu ihm gesagt?

Von: NB26@zone.com
An: bee1984@gmail.com
Nix. Bin einfach aufgestanden und gegangen. Habe den Hund vergessen, also musste ich noch einmal zurück. Ich hätte den Typen schlagen sollen oder so. Und ich fühle mich scheiße, dass ich dir das alles aufbürde. Es ist nur … ich weiß nicht, wie ich mich jetzt fühlen soll.

Von: bee1984@gmail.com
An: NB26@zone.com
Hey, es ist immer einfacher, so etwas einer Fremden zu erzählen, nicht wahr? Und bitte fühle dich nicht scheiße, dass du mir das

erzählst. Ich kann das vertragen. Du bist verletzt. Und du hast das Recht dazu. Betrug ist das Allerschlimmste.

Von: NB26@zone.com
An: bee1984@gmail.com
Hast du das auch schon erlebt?

Von: bee1984@gmail.com
An: NB26@zone.com
Allerdings.

Von: NB26@zone.com
An: bee1984@gmail.com
Willst du darüber reden?

Von: bee1984@gmail.com
An: NB26@zone.com
Nein! Du bist derjenige mit der Krise.

Von: NB26@zone.com
An: bee1984@gmail.com
Da wir gerade von Krisen sprechen – ihre Mitfahrgelegenheit ist gerade vorgefahren. Wünsch mir Glück.

Von: bee1984@gmail.com
An: NB26@zone.com
Ich bin hier, falls du mich brauchst. Jederzeit. Mitternacht. Drei Uhr morgens. Egal.

Von: NB26@zone.com
An: bee1984@gmail.com
Danke. Herrgott noch mal. Du bringst mich noch zum Weinen.

Von: NB26@zone.com
An: bee1984@gmail.com
Sie ist gerade gegangen. Sie hat mir alles gestanden. Es läuft wohl schon seit einem Jahr, seit sie sich zufällig bei einem Lehrgang getroffen haben. Ich komme mir so verdammt dumm vor. Sie hat gesagt, dass sie es immer wieder hinausgeschoben hat, mit mir zu reden, weil ich eine schwierige Zeit hatte und sie mich nicht «vollkommen zerstören» wollte.

Von: bee1984@gmail.com
An: NB26@zone.com
Willst du reden? Persönlich, meine ich.

Von: NB26@zone.com
An: bee1984@gmail.com
So verlockend das ist, besser, wir lassen es, wie es ist. Du musst mein unkontrolliertes Geflenne wirklich nicht mit anhören.
Die Sache ist, dass ich eigentlich wütender auf mich selbst bin als auf Poll. Ich hätte schon vor Jahren Schluss machen sollen.

Von: bee1984@gmail.com
An: NB26@zone.com
Und warum hast du es nicht getan?

Von: NB26@zone.com
An: bee1984@gmail.com
Aus vielen Gründen. Trägheit. Wegen meines Stiefsohns Dylan.

Von: bee1984@gmail.com
An: NB26@zone.com
Du hast einen Stiefsohn?? Wie alt ist er? Warum hast du mir davon nicht früher erzählt?

Von: NB26@zone.com
An: bee1984@gmail.com
Vielleicht, weil mein Leben auch so schon chaotisch genug ist, und ich wollte nicht, dass du denkst, «meine Güte, gibt's bei dem Kerl denn nur Dramen im Leben?». Er ist 24. Er war zwölf, als Poll und ich zusammenkamen. Er war ein bisschen empfindlich, als ich aufgetaucht bin. Es kam mir falsch vor, sein Leben noch einmal auf den Kopf zu stellen, als er noch kleiner war. Bin aber geblieben, als er aus dem Haus war. Wie ich schon sagte. Trägheit.

Von: bee1984@gmail.com
An: NB26@zone.com
Wir machen das doch alle so. Ich wohne immer noch in der Wohnung, die ich mir mit meinem Ex geteilt habe. Wann hat es eigentlich angefangen, bergab zu gehen?

Von: NB26@zone.com
An: bee1984@gmail.com
Gute Frage. Weiß nicht, ob es da einen genau zu bezeichnenden Zeitpunkt gibt. Am Anfang war alles gut. Ich glaube, dass wir dann irgendwann angefangen haben, einander als selbstverständlich zu sehen. Wir haben nicht mehr miteinander gelacht. Nicht darüber geredet. Aufgehört, Sex zu haben. Darüber haben wir auch nicht geredet. Sind in den Trott gefallen, dass wir auf dem Sofa gesessen und die Glotze angeschaltet haben. Einmal im Jahr Ferien in Tenby, Weihnachten mit ihrer beschissenen Familie, auf der Stelle treten. Wir haben das Leben als etwas gesehen, das man hinter sich bringen muss, nicht als etwas, das man … ich weiß auch nicht … leben muss.

Von: NB26@zone.com
An: bee1984@gmail.com
Okay, ich habe mir das Letzte jetzt noch einmal durchgelesen. Vielleicht einen Hauch prätentiös, moi?

Von: bee1984@gmail.com
An: NB26@zone.com
Ich verstehe genau, was du sagen willst.

Von: NB26@zone.com
An: bee1984@gmail.com
Ich glaube, wenn du Poll kennenlernen würdest, würdest du sie wirklich mögen. Vielleicht wärst du dann sogar auf ihrer Seite. Nicht, dass es bei einer solchen Sache überhaupt Seiten geben sollte.

Von: bee1984@gmail.com
An: NB26@zone.com
Es gibt immer Seiten.

Von: NB26@zone.com
An: bee1984@gmail.com
Ich weiß. Ich will nur sagen, dass ich kein Heiliger bin, Bee. Das kannst du mir glauben. Jedenfalls kotze ich mich selbst an. Ich will auf keinen Fall, dass du das Gefühl bekommst, meine Therapeutin sein zu müssen.
Erzähl mir von deinem gebrochenen Herzen.

Von: bee1984@gmail.com
An: NB26@zone.com
Uh. Das ist wirklich eine jämmerliche Geschichte.

Von: NB26@zone.com
An: bee1984@gmail.com
Warst du mit ihm verheiratet?

Von: bee1984@gmail.com
An: NB26@zone.com
Nein. Beinahe. Verlobt.

Er war Einkäufer bei Marks & Spencer, und ich war eine kleine Designerin. Es passierte alles ganz schnell. Zwei Wochen nach unserem Kennenlernen sind wir schon zusammengezogen.

Von: NB26@zone.com
An: bee1984@gmail.com
Zwei Wochen. Wow. Liebe auf den ersten Blick?

Von: bee1984@gmail.com
An: NB26@zone.com
Muss wohl so gewesen sein.

Von: NB26@zone.com
An: bee1984@gmail.com
Eine Frage: Wie weiß man eigentlich, ob man verliebt ist? Ich will nicht die langweilige wissenschaftliche Antwort, die jeder kennt – Dopamin, Serotonin usw. Sondern das andere, weniger fassbare Zeug.

Von: bee1984@gmail.com
An: NB26@zone.com
Man kann nicht aufhören, an den anderen zu denken. Man will immer mit ihm zusammen sein.

Von: NB26@zone.com
An: bee1984@gmail.com
Man fühlt sich mit dem anderen nicht mehr einsam.

Von: bee1984@gmail.com
An: NB26@zone.com
Er steht einem zur Seite.

Von: NB26@zone.com
An: bee1984@gmail.com
Der andere vervollständigt einen.

Von: bee1984@gmail.com
An: NB26@zone.com
Okay. Ich hab noch eins: Es ist wie nach Hause kommen.

Von: NB26@zone.com
An: bee1984@gmail.com
Ha! Okay, du gewinnst in Sachen Zynismus. Aber jetzt WEITER im Text. Warum habt ihr euch getrennt, und wie heißt er?

Von: bee1984@gmail.com
An: NB26@zone.com
Nate.

Von: NB26@zone.com
An: bee1984@gmail.com
Nate. Jetzt kann ich ihn mir vorstellen. Gesichtsbehaarung? Hochgewachsen? Tattoos? Hasst Fußball, aber mag Rugby? Redet hochgestochen daher? Eltern in der Unterhaltungsindustrie?

Von: bee1984@gmail.com
An: NB26@zone.com
Haha! Nein. Klein. Etwas über 1,70, so wie ich. Hatte mal einen Bart, aber damit sah er so aus, als verberge er etwas (Spoiler: Das tat er auch). Hochgestochen ja. Eltern beide Beamte!

Von: NB26@zone.com
An: bee1984@gmail.com
Und die Trennung? Hat er dich betrogen?

Von: bee1984@gmail.com
An: NB26@zone.com
Ja. Nur einmal, sagte er, aber wer weiß?

Von: NB26@zone.com
An: bee1984@gmail.com
Wie hast du es herausgefunden?

Von: bee1984@gmail.com
An: NB26@zone.com
Genau wie du. Übers Handy.

Von: NB26@zone.com
An: bee1984@gmail.com
Diese beschissenen Handys.

Von: bee1984@gmail.com
An: NB26@zone.com
Ich hatte geschnüffelt. Ich wusste, dass irgendetwas im Busch war. Ich wusste es einfach. Habe es gespürt. Er hat mit jemandem Textnachrichten ausgetauscht. Habe die Texte gelesen. Sie waren … ausgesprochen eindeutig. Ich hätte nie gedacht, dass irgendetwas so sehr wehtun könnte. Ich konnte eine Woche lang nicht zur Arbeit. Habe die meiste Zeit zusammengerollt dagelegen, geschluchzt und immer wieder Dancing on Ice geschaut. Ich wollte sterben. So dramatisch! Wenn meine Freundin Leila nicht gewesen wäre, weiß ich nicht, was ich getan hätte. Dann wollte er zurück, und ich hätte beinahe Ja gesagt. Die Sache ist, dass er genau wusste, wie sehr mich sein Betrug verletzen würde.
Ich bin altmodisch. Langweilig. Ich glaube an Monogamie. Jedenfalls glaubte ich daran. Danach habe ich für mich entschieden, dass Liebe, Beziehungen, der ganze Kram einfach nichts für mich sind.

Von: NB26@zone.com
An: bee1984@gmail.com
Findest du das immer noch?

Von: bee1984@gmail.com
An: NB26@zone.com
Ich weiß es nicht genau.

Von: NB26@zone.com
An: bee1984@gmail.com
Aber du gehst auf Dates. Also hast du es noch nicht ganz aufgegeben.

Von: bee1984@gmail.com
An: NB26@zone.com
Meistens sind es nur One-Night-Stands. Du kannst mich dafür gern verurteilen. Und nach Aktentaschenmann werde ich mir auch das noch einmal überlegen.

Von: NB26@zone.com
An: bee1984@gmail.com
Hey – ich bin der Letzte, der hier jemanden verurteilt. Und wer könnte je Aktentaschenmann und seine glänzende Karriere beim MI5 vergessen?

Von: bee1984@gmail.com
An: NB26@zone.com
Weißt du, du solltest das nutzen, was du gerade fühlst. Schreib es auf. Mach ein Buch daraus.

Von: NB26@zone.com
An: bee1984@gmail.com
HERRJE! Bei all dem Drama habe ich eins vollkommen vergessen: Ich habe auch eine gute Nachricht. Tweedy-Großkotz hat bezahlt!

Von: bee1984@gmail.com
An: NB26@zone.com
NEIN!!!!!!! UND??? Hat es ihm gefallen?

Von: NB26@zone.com
An: bee1984@gmail.com
Ja.

Von: bee1984@gmail.com
An: NB26@zone.com
Wusste ich's doch. Dann schreib noch ein Buch. Es muss doch etwas Gutes aus dieser Sache erwachsen können, oder?

Von: NB26@zone.com
An: bee1984@gmail.com
Du hast recht. Danke, dass du für mich da bist. Ich weiß nicht, was ich sonst getan hätte.

Von: bee1984@gmail.com
An: NB26@zone.com
Mir geht es genauso. Meinst du, wir sollten uns jetzt vielleicht unsere Vornamen verraten?

Von: NB26@zone.com
An: bee1984@gmail.com
Ich heiße Nicolas. Nick, wenn du willst.

Von: bee1984@gmail.com
An: NB26@zone.com
Ich heiße Rebecca. Oder Becca. Du kannst auch bei Bee bleiben, wenn du willst. Meine beste Freundin nennt mich Bee.

Von: NB26@zone.com
An: bee1984@gmail.com
Weil du so ein fleißiges Bienchen bist?

Von: bee1984@gmail.com
An: NB26@zone.com
Vielleicht. Kann aber auch daran liegen, dass ich sterbe, wenn ich dich steche.

Bee

Durch die Tatsache, dass Nick mir die Sache mit der Affäre anvertraute, entledigten wir uns einer weiteren Schicht unserer «Fremde im Internet»-Schutzschicht. *Jetzt geht es* richtig *mit uns los ...* Und unser Vertrauen und die neue Intimität wuchsen auf beiden Seiten («Du schneidest meine inneren emotionalen Furunkel auf, Bee, und ich mache das mit deinen.» «Igitt. Wirklich? Meine sind aber schwierig zu erreichen. Und eklig.» «Dann mal los. Skalpell (und Eimer) stehen bereit.»). Ich erzählte ihm nicht nur vom Nate-Desaster, sondern auch von meinen Eltern, ein Thema, über das ich nur sehr selten sprach, selbst mit Leila. Dass ich meine Kindheit damit verbracht hatte, mit anzusehen, wie mein Dad meine Mum immer und immer wieder betrog. Dass mein Dad sich jedes Mal, wenn er dabei erwischt worden war, wieder in unser Leben schlich, wobei er um Vergebung winselte («Ich bin ein kranker Mann, Lisbeth. Das war das letzte Mal, das schwöre ich.»). Wie ich zusehen musste, wie sich Mums Selbstwertgefühl langsam auflöste, weil sie immer wieder hoffte, dass er sich dieses Mal wirklich ändern würde. Als er uns schließlich verließ und mit einer dreißigjährigen Barista nach Australien verschwand («Vermutlich wollte er eigentlich mit einem Barrister zusammen sein, also einem Rechtsanwalt. Seine Rechtschreibung war immer schon schlecht.» «Zehn von zehn Punkten für schwarzen Humor, Bee.»), konnte ich endlich wieder atmen, aber es brachte meine Mum fast um. Ich hasste ihn dafür, was sie hatte seinetwegen durchmachen müssen, und ein gemeiner Teil von mir hasste auch sie dafür, dass sie es so lange mit ihm ausgehalten hatte. Deshalb hatte ich jahrelang Gewissensbisse, denn gerade, als sie wieder aufblühte, kam der Bauchspeicheldrüsenkrebs.

«Kein Grund für Gewissensbisse, Bee. Du warst immer für sie da, oder? Und es ist normal, die eigenen Eltern zu verurteilen, es schützt uns davor, dieselben Fehler zu machen wie sie. Gott, hör dir nur an, wie erwachsen und vernünftig ich daherrede. Als Nächstes lege ich mir noch eine Strickjacke und einen Volvo zu.»

«Und Golf. Vergiss nicht, Golf zu spielen.»

«Wer könnte vergessen, mit den Kumpels am neunzehnten Loch einen zu heben? Aber im Ernst, deine Mum würde nicht wollen, dass du dich damit quälst. Pack die Selbstvorwürfe weg.»

Ganz egoistisch gesehen erlaubte mir Polls Betrug, auch die Schuldgefühle wegzupacken, die wegen unserer immer enger werdenden Verbindung in mir aufgekeimt waren, und ich war ihr abwechselnd dankbar und wütend auf sie, was eine ziemlich unangenehme gedankliche Mischung war. «Ich kann nichts dagegen tun, ich sehe Poll immer als Nate oder als meinen Dad.»

«So ist das aber nicht, Bee. Ich will gar nicht sagen, dass das, was sie getan hat, keine Oberscheiße war, aber sie ist eigentlich ein guter Mensch. Sie hat natürlich einen beschissenen Männergeschmack, das gebe ich zu, aber man kann ja nicht alles haben.»

Die Tatsache, dass er sie auch noch verteidigte und das sogar ehrlich meinte, sprach für ihn. Genau wie die Leichtigkeit, mit der er von den ernsten Themen zurück in die Albernheit springen konnte. «Wenn man es mal so betrachtet, sind wir beide Waisen. Wie in einem Dickens-Roman. Wenn alles andere schiefgeht, können wir immer noch auf der Straße Streichhölzer verkaufen: ‹Sir, könnten Sie einen Schilling für uns erübrigen?›»

«Na ja, rein technisch gesehen bin ich keine Waise. Bedeutet das, dass ich dann Schornsteine fegen muss?»

«Also vielleicht emotionale Waisen?»

«Das kommt hin.»

Wir entdeckten noch andere Ähnlichkeiten. Wir hatten beide eine peinliche Vorliebe, Freundschaften zu vernachlässigen («Eigentlich ist mein Hund mein einziger Freund, und der bleibt nur, weil der das Futter mag.»), was mich daran erinnerte, dass ich mich dringend mal wieder bei Leila melden musste. Das war immerhin eine Freundschaft, die ich auf keinen Fall vernachlässigen durfte. Wir waren seit der Schule unzertrennlich, aneinandergeschmiedet durch unsere Außenseiterpositionen (sie war Aknegesicht, ich Specki-Bum-Bum). Sie hatte mir durch all die beschissenen Zeiten geholfen: Mums Krankheit; Nates miese Machenschaften. Ich stand ihr während der drei Runden künstlicher Befruchtung, ihrer Aufs und Abs mit Lev und bei den Reue- und Schuldgefühlen zur Seite, die sie hatte, weil sie ihr Steuerberatungsbüro nach der Geburt der Zwillinge aufgegeben hatte. Und obwohl sich unsere Leben auseinanderentwickelt hatten, ihres in die Vorstadt und zu Eltern-Baby-Morgen, meins in den Workaholismus mit einem Spritzer Tinder, gaben wir uns immer noch Mühe, einander zu sehen. Gerade als ich ihr eine Textnachricht schicken wollte, um ein Treffen vorzuschlagen, rief sie an, um einen Notspaziergang mit Gin zu erbitten.

«Es wäre ja kein Gin-Walk, wenn man ihn zu Hause einnimmt, oder, Bee?»

«Wir brauchen beide Bewegung, würden aber lieber trinken, und weil wir nicht die Zeit haben, beides ordentlich zu machen, kombinieren wir einfach beides.»

«Multitasking für funktionierende Alkoholiker?»

«Ganz genau!»

Nach kurzem Überlegen ließ ich das Handy auf dem Arbeitstisch liegen, als ich aufbrach, weil Leila wachsamer war als ein Grizzlybär und ich noch nicht bereit war, von der Sache mit Nick zu erzählen. Nicht, bis ich genau wusste, dass Nick und ich überhaupt eine Sache *waren*.

Normalerweise erzählten wir uns alles, aber sie hatte genug um die Ohren, als dass sie sich noch darum Sorgen machen sollte, ob ich mich kopfüber in eine Beziehung mit einem dahergelaufenen, bald geschiedenen Fremden stürzen sollte, den ich zufällig online getroffen hatte. Aber wenn während unseres Spaziergangs eine Nachricht ankäme, würde ich bestimmt nicht in der Lage sein, nicht daraufzuschauen, und Leila würde es mir sofort ansehen, dass etwas im Busch war.

Sie bahnte sich den Weg durch die Grüppchen Schule schwänzender Schulkinder und begrüßte mich mit einer Umarmung. «Gott, das habe ich wirklich gebraucht. Ich weiß, dass ich wirklich am Boden bin, weil es sich angefühlt hat wie Ferien, als ich in der U-Bahn war.»

«Wie lange hast du Zeit?»

«Siebenundvierzig Minuten. Levs Mum kämpft gerade mit den Zwillingen, und sie dreht durch, wenn sie nicht rechtzeitig zur Quizshow wieder zu Hause ist.» Leila trat einen Schritt zurück und musterte mich von Kopf bis Fuß. «Hmm. Du siehst *gut* aus. Du strahlst.»

«Ich strahle? So, als hätte ich zu viel gepeelt, oder so, als wäre ich einem Atomreaktor zu nahe gekommen?»

«Beides. Was ist los?»

Ich zuckte die Achseln. «Na ja, ich habe heute wunderbarerweise tatsächlich Zeit gehabt zu duschen.» (Das war gleichzeitig wahr und ein Ausweichmanöver.)

«Du Glückliche. Ich nicht, also komm mir bloß nicht zu nahe.»

Leila kam für unsere Gin-Spaziergänge immer zu mir, weil mein Viertel in West London in unmittelbarer Nähe zum Holland Park lag, und wir schauten uns beide gern an dem satt, was Leila «Immobilien stinkreicher Leute» nannte. («Willst du damit sagen, du bist stinkreich, Bee?» «Fürchte nicht. Hab ja gesagt, bin mit Nate hierhergezogen und einfach nicht wieder gegangen #Trägheit».) Wir schlenderten an den Imbissen und meinen geliebten Stoffläden vorbei, gingen durch die Hammersmith Grove und machten einen (halben) Powerwalk durch die Hochburg der Gentrifizierung und des Profitemachens mit dem Kauf und Wiederverkauf von Immobilien. Wir hatten einigen der protzigeren

Häuser Namen gegeben. Das viktorianische mit den Schiebefenstern und dem enormen Kronleuchter war der Bling-Palast, das ohne Vorhänge und mit dem riesigen abstrakten Gemälde an der Wand war die Exhibitionisten-Gasse, und unser Lieblingshaus, das Reihenhaus mit der Doppelfront, war das Gartenzwergheim, benannt nach dem frechen Deko-Element, das stolz zwischen den kunstvoll auf den Treppen arrangierten Blumentöpfen und Vogelkästen stand. Wir freuten uns immer, ihn zu sehen, teils, weil man einen billigen und fröhlichen Gartenzwerg in diesem Viertel, das regelmäßig im *Tatler* erwähnt wurde, nicht oft sah, und teils, weil es an sich schon ein Wunder war, dass ihn noch niemand geklaut hatte. Das Haus selbst war ebenfalls gewissermaßen ein Ausreißer. Es hatte dem Trend, den Vorgarten zu betonieren, erfolgreich getrotzt, und im Sommer wucherten hier Efeu und Blauregen, als hätte es eine Identitätskrise und sehnte sich heimlich danach, ein Landhaus zu sein. Leila hatte mir eine Dose fertig gemixten Gin Fizz gegeben, und wir lehnten uns gegen die Mauer, öffneten die Dosen und tranken.

Sie zeigte auf die Hausfassade. «Wie nennt man noch mal die Rankpflanze, die blau blüht?»

«Blauregen.»

«Ich merke, dass ich alt werde, weil ich anfange, Pflanzen toll zu finden. Und nicht nur die, die man rauchen kann.»

«Oh, oh. Als Nächstes besuchst du Gartencenter, und dann bist du bald so weit, dass du in die Grafschaften ziehst und Tories wählst.»

Die Eingangstür öffnete sich, und eine uralte Frau mit einer ziemlich kecken kastanienbraunen Perücke spähte zu uns hinaus. Leila winkte ihr zu. «Keine Sorge, wir baldowern hier nicht die Lage aus. Wir bewundern nur Ihren Blauregen.»

Die Frau schüttelte den Kopf und zog sich wieder zurück.

«Gott, ich vermisse London», seufzte Leila. «Das Misstrauen. Die Säuerlichkeit.»

«Bromley *ist* London.»

«Und wenn ich alt bin, werde ich auch eine irre Perücke wie die Gartenzwergheim-Frau tragen und mich mit meinen Falten anfreunden.»

«Du bist alt, weißt du noch?»

«Ich meine, so richtig alt. Neunzig. Ohne Schönheits-OPs oder Botox.»

«Hast du nicht vor drei Jahren Botox ausprobiert?»

«Verdammt, ja. Siehst du? Mein Hirn macht nicht mehr mit.»

«Oder dir ist das winzige Döschen Gin zu Kopf gestiegen.»

Wir wanderten weiter. Leila erzählte mir von den Zwillingen und ihrer Sorge, dass ihr Hirn wirklich wegen mangelnden Gebrauchs immer schlechter wurde. «Ich könnte ein paar Kunden annehmen, aber du kennst mich ja, wenn ich erst einmal damit anfange, drehe ich wieder durch. Lev sagt, ich solle irgendetwas Ehrenamtliches machen, aber kannst du dir vorstellen, wie ich Handtaschen und alte Männerunterhosen in einem Laden für Bedürftige sortiere? Ich würde die anderen Ehrenamtlichen mit meiner kontrollierenden Art in den Wahnsinn treiben. Jedenfalls reicht es jetzt mit meinem Gejammer. Erzähl mir ein paar aufregende Neuigkeiten aus deinem Single-Leben.»

Das Thema Nick war verboten – fürs Erste –, also erzählte ich ihr von dem katastrophalen Aktentaschenmann-Date und versuchte, es zu einer amüsanten Anekdote zu machen. Nicht die beste Idee, weil Leila sofort durchdrehte. Sie wütete über selbstgerechte Arschlöcher, drohte, ihn im Internet bloßzustellen und Schlimmeres. «Du hättest mich sofort anrufen sollen. Du sollst mit so etwas nicht allein zurechtkommen müssen.»

Ich sprach nicht aus, was ich dachte: *Ich* war *nicht allein.* «Es war mitten in der Nacht.»

«Ich wäre ganz sicher wach gewesen. Die Kinder haben beschlossen, dass ich schlafen kann, wenn ich tot bin. Bist du dir wirklich ganz *sicher*, dass es dir gut geht?»

«Ja, bin ich wirklich. Keine posttraumatische Belastungsstörung wegen eines schlimmen Dates, ich schwöre.»

Wir gingen zurück durch die Hammersmith Grove und überquerten die Straße, um eine heruntergekommene, aber elegante georgianische Dame unter den Häusern zu betrachten, das gerade erst verkauft worden war und zweifellos mit dem Äquivalent von Botox und Schönheitsoperationen für Häuser wieder aufgepeppt werden sollte. Leila konnte nicht widerstehen und wühlte in dem Container davor herum, wobei sie mit einem triumphierenden «Damit kann ich etwas anfangen» einen kaputten Korbstuhl herausholte.

Ich sah sie zweifelnd an. «Wirklich? Brauchst du überhaupt noch einen Stuhl?»

Wir wussten beide, dass er mit all den anderen Sperrmüllfunden, die sie nie zu restaurieren geschafft hatte, im Schuppen enden würde.

«Jemand muss das arme Ding davor bewahren, auf einer Mülldeponie elendiglich zu verrotten.»

Wir schlängelten uns durch die Busse, Hähnchenimbisse und normalsterblichen Passanten, die keine Trilliarden besaßen, um sie auf dem Immobilienmarkt anzulegen. Leila trug die Sitzfläche, ich das Gestell.

«Abendessen. Ganz bald. Versprochen? Komm zu mir, und ich mache uns was in der Mikrowelle warm. Lev kann auf die Zwillinge aufpassen, und wir können uns besaufen und uns eine Rache für dieses übergriffige Arschloch ausdenken.»

«Versprochen.»

«Weißt du, du siehst wirklich ziemlich gut aus, Bee.»

Ich sah zu, wie sie den geretteten Stuhl durch das Drehkreuz an der U-Bahn-Station manövrierte, und ging dann zurück zu Clarice in meiner leeren Wohnung. Aber als ich das Handy vom Arbeitstisch nahm und unser Gespräch öffnete, fühlte sich die Wohnung nicht mehr so leer an.

Von: bee1984@gmail.com
An: NB26@zone.com
Abgesehen davon, keine Neuigkeiten. Oh – abgesehen von einer einigermaßen erfolglosen Influencerin, die mich ständig um Gratis-Kleider anhaut.

Von: NB26@zone.com
An: bee1984@gmail.com
Abgesehen wovon?

Von: bee1984@gmail.com
An: NB26@zone.com
Manchmal vergesse ich, dass du ein Dinosaurier bist ;-) Du bist dran. Hast du es schon Dylan gesagt?

Von: NB26@zone.com
An: bee1984@gmail.com
Poll will noch auf den richtigen Zeitpunkt warten. *Gibt* es überhaupt einen richtigen Zeitpunkt? Er ist empfindsam, klar, aber er ist ja nun kein Fünfjähriger mehr, der sich selbst für die Trennung von Mummy und Daddy die Schuld gibt. Hoffentlich.

Von: bee1984@gmail.com
An: NB26@zone.com
Seine Hauptsorge wird vermutlich sein, dass es dir und seiner Mum gut geht. Solange du ihm das versichern kannst, kommt er schon zurecht.

Von: NB26@zone.com
An: bee1984@gmail.com
Mir geht es WIRKLICH gut.

Von: bee1984@gmail.com
An: NB26@zone.com
Nein, tut es nicht, und das wird auch noch eine Weile dauern, aber irgendwann wird es werden.

Von: NB26@zone.com
An: bee1984@gmail.com
Weise Worte. Aber das reicht jetzt mit den schwierigen Themen von meiner Seite. Es ist Zeit, wieder heiter zu werden, und du bist an der Reihe, dir eine dumme Frage auszudenken.

Von: bee1984@gmail.com
An: NB26@zone.com
Okay. Wie wäre es damit: Würdest du lieber einen ganzen Hund oder einen einzelnen Menschenfuß essen?

Von: NB26@zone.com
An: bee1984@gmail.com
Wow, Bee, das ist wirklich enorm dumm. Gut gemacht! Tierquälerei UND Kannibalismus. Darf ich sie denn braten?

Von: bee1984@gmail.com
An: NB26@zone.com
Nein. Und keine Soße.

Von: NB26@zone.com
An: bee1984@gmail.com
Dann den Fuß. Nicht, dass ich ein Fan von Füßen wäre (zu viele Knöchelchen), aber nach dem, was ich Rosie auf unseren Gassirunden habe fressen sehen, würde ich das Hunde-Carpaccio lieber überspringen. Stell mir noch eine Frage.

Von: bee1984@gmail.com
An: NB26@zone.com
Hier kommt eine weniger dumme Frage: Wen würdest du zu deiner Traum-Dinnerparty einladen?

Von: NB26@zone.com
An: bee1984@gmail.com
Dinnerparty?? Ich WUSSTE doch, dass du in Wirklichkeit ein Snob bist.

Von: bee1984@gmail.com
An: NB26@zone.com
Traum-Lieferdienst-Party dann eben.

Von: NB26@zone.com
An: bee1984@gmail.com
Das ist einfach. Rosie. Und dich.

Von: bee1984@gmail.com
An: NB26@zone.com
Aber das würde bedeuten, dass wir uns treffen müssten.

Von: NB26@zone.com
An: bee1984@gmail.com
Ich nehme an, das stimmt.

Von: bee1984@gmail.com
An: NB26@zone.com
Was wir nicht tun werden. Weil wir Regeln haben.

Von: NB26@zone.com
An: bee1984@gmail.com
Und obwohl Regeln dazu da sind, gebrochen zu werden, funktioniert

das hier gut. Fürs Erste. Es sei denn, du willst die Regeln trotzdem brechen?

Von: bee1984@gmail.com
An: NB26@zone.com
Nein. Ich mag es so. Es ist irgendwie so altmodisch. Wie in den alten Zeiten, als die Leute einander Briefe schickten und ewig auf eine Antwort warten mussten, ohne zu wissen, ob der andere vielleicht inzwischen gestorben ist oder so.

Von: bee1984@gmail.com
An: NB26@zone.com
Nick? Bist du noch da?

Von: bee1984@gmail.com
An: NB26@zone.com
Oh, verstehe. Sehr lustig.

Von: NB26@zone.com
An: bee1984@gmail.com
Ich hätte das damals nie geschafft. Mir ist schon nach einer Minute Nicht-Antworten langweilig gewesen.
Ich mag es auch. Es bedeutet, ich muss mir nicht die Haare bürsten oder die Zähne putzen oder auch nur darüber nachdenken, was ich anziehe. Nur dass du's weißt, ich bin schon angezogen, sonst fändest du mich vielleicht gruselig. Aber ich habe kein Händchen für Kleidung.

Von: bee1984@gmail.com
An: NB26@zone.com
Ist es eigentlich merkwürdig, dass ich beinahe gar nicht wissen will, wie du aussiehst? Ich meine, natürlich will ich es eigentlich. Aber jetzt noch nicht.

Von: NB26@zone.com
An: bee1984@gmail.com
Da kann ich dir keine Vorwürfe machen. Wir müssen dafür erst bereit sein. Es gibt einen Grund dafür, dass man mich den Quasimodo von Leeds nennt, und es ist nicht meine Vorliebe für Glocken.

Von: bee1984@gmail.com
An: NB26@zone.com
Auf Buckel-Witze lasse ich mich nicht ein. Zu billig.
Vielleicht sollten wir ein Codewort festlegen. Wenn einer von uns beschließt, dass es an der Zeit ist, die Regeln zu brechen, teilen wir Fotos oder treffen uns.

Von: NB26@zone.com
An: bee1984@gmail.com
Nett. Wie die Geheimcodes, die Sadomasochisten (offenbar …) benutzen. Irgendwelche Ideen?

Von: bee1984@gmail.com
An: NB26@zone.com
Ähm. Das Opus von Tweedy-Großkotz? Das Kleid der Pfirsichfrau? Der Fuß des alten Mannes?

Von: NB26@zone.com
An: bee1984@gmail.com
Also war es ein Altmännerfuß? Kein Wunder, dass es so zäh war.
Weißt du was, Bee, wir brauchen kein Codewort. Wenn es an der Zeit ist, werden wir es einfach wissen, glaube ich.

Nick

Mir ging es wirklich nicht gut. Bee hatte auch damit recht. Ich *wollte*, dass es mir gut ging, aber man kann eben nicht einfach zwölf Jahre Ehe vom Tisch wischen, ohne dass es eine emotionale Katastrophe nach sich zieht. Aber dank Bee, die den sechsten Sinn dafür hatte, wenn der Schwarze Hund wieder angeschlichen kam (und ich meine damit nicht Rosie – obwohl sie gern mal herumschleicht), war die Katastrophe nicht so schlimm, wie sie hätten sein können. Nur ein kleineres, örtlich begrenztes Unglück statt der Apokalypse.

Langweilig, aber wahr: Ich entdeckte, dass das abgenutzte alte Klischee «Die Zeit heilt alle Wunden» ein Körnchen Wahrheit in sich hatte. Ich gab mir Mühe, mich an meine Zeitfüll-Routine zu halten, ließ aber die frühmorgendliche gespielte Heiterkeit und das Teekochen aus naheliegenden Gründen aus (Poll ihren Morgentee zu bringen, war ja jetzt Jez' Aufgabe). Das Morgenfernsehen, Rosies Gassigang und den Besuch bei Lily behielt ich bei. Ich schrieb sogar dem Tweed-Typen zurück und fragte, ob ich sein Manuskript noch einmal durchgehen solle, um etwas zu tun zu haben, während Bee arbeitete (ich hatte beschlossen, das mit dem Großkotz wegzulassen: Ich fand Tweedy gar nicht mehr so schlimm).

Lily brauchte eine Woche, um ihren Empathie-Radar anzuwerfen und zu begreifen, dass etwas nicht in Ordnung war. «Habe deine launische Kuh von einer Frau länger nicht gesehen. Ist was im Busch, Junge?» (Poll hatte sich den Spitznamen «launische Kuh» eingehandelt, als sie Lily höflich gebeten hatte, die Lautstärke ihres Fernsehers herunterzuregeln. Für Lily war das gleichbedeutend mit einer Kriegserklärung.)

«Wir machen gerade eine Pause.»

«Ach nein. Aber das ist doch gut. Du findest eine Bessere als sie.»

Da ich mir ehrlich gesagt keinesfalls sicher war, dass das stimmte, lenkte ich sie mit den Tweedy-Neuigkeiten ab. Selbst da schaffte sie es, mir einen Dämpfer zu versetzen. «Das ist typisch für diese Leute mit Geld. Kann sich nicht dazu durchringen, sein Buch selbst zu schreiben, also bezahlt er einen armen, abgebrannten Kerl dafür.»

Die mürrische alte Schachtel hatte recht. Bee hatte vorgeschlagen, dass ich selbst aufschreiben solle – nur für mich selbst –, was ich fühlte, aber was *genau* fühlte ich eigentlich?

Der Schlag gegen mein Ego schmerzte die ganze Zeit (*Du hast mich allen Ernstes für* Jez *verlassen, Poll?* JEZ?), aber ich schwankte auch bei dem geringsten Anlass von gerechtem Zorn zu Erleichterung. Erleichterung, dass das, was sich schon so lange angekündigt hatte, endlich da war; Erleichterung, dass ich diesmal nicht der Böse war. Erleichterung, dass es mir Polls außereheliche Aktivitäten erlaubten, keinerlei Schuldgefühle wegen meiner (wenn auch nicht körperlichen) Verstrickung mit Bee zu empfinden. Aber im Hintergrund lauerten die Getreuen des Jämmerlichen Dreckskerl: Elend, Einsamkeit und Reue.

Es half nicht, dass das Haus sich so leer anfühlte, seit Poll gegangen war. Es war fast, als hätte nur sie allein die Ziegel und den Mörtel zusammengehalten. Und immer wieder durchzuckte mich der Schmerz, wenn ich eines der winzigen Dinge vermisste, die man für selbstverständlich nimmt, wenn man mit jemandem zusammenlebt – egal wie kaputt die Beziehung auch ist. Ich kaufte fast immer ein, aber Poll hatte aus irgendeinem Grund immer die Zahnpasta-Tabletten ausgewählt. Als ich aufwachte und den leeren Behälter vorfand, der nicht wie von Zauberhand wieder aufgefüllt worden war, verfiel ich sofort in eine stundenlange Depression mit Mundgeruch. Poll hatte mir gesagt, ich solle ihr eine Nachricht schreiben, sobald ich ausgehe, damit sie ihre

Habseligkeiten holen könne – «damit ich dich nicht runterziehe, Nick» –, und bei mehr als einer Gelegenheit hatte ich viel zu viel Zeit darauf verschwendet, darüber nachzudenken, welchen Teil unseres gemeinsamen Lebens sie in Jez' Van verstaute, während ich auf der Hundescheiße-Wiese herumlungerte. («Das klingt wie eines dieser Suchbilder für Kinder, Nick. Du weißt schon, diese Bilder, auf denen plötzlich ein Bild oder eine Verzierung fehlt, und man sich erinnern muss, was fehlt.» «Ich wäre ganz schlecht darin. Gestern brauchte ich vier Stunden, bis ich begriff, dass die Küchenuhr weg war.») Stück für Stück wurde Polls Seite des Schranks zu einer Wüste voller Kleiderbügel-Skelette. Ihre Hälfte des Bettes schien doppelt so groß zu sein (bis Rosie und ihre Kauspielzeuge sie besetzten). Die Wohnung roch sogar anders («Wie anders?» «Ich weiß auch nicht. Vielleicht einfach weniger parfümiert. Wobei das auch daran liegen könnte, dass das Schlafzimmer jetzt nach Eau de Rosie mieft»). Der Vorteil, das Haus für mich allein zu haben, um drei Uhr morgens schlechte Action-Filme zu gucken oder so laut, wie ich wollte, Musik zu spielen, machte die Leere nicht wett.

Und das hier würde auch nicht mehr lange mein Zuhause sein. Wir hatten die Einzelheiten noch nicht besprochen, aber wie konnte ich hier wohnen bleiben? Ich hatte vielleicht Geld hineingesteckt, indem ich Ratenzahlungen übernommen hatte (als ich es noch konnte), aber es war ihr Haus – ich war damals zu ihr gezogen. War dies hier jemals mein Zuhause gewesen? Ich hatte meinen Schuppen, meine Ecke des Schlafzimmers, ein kleines Glasregal im Badezimmer, ein Plätzchen auf dem Sofa, wo Poll vor einer Million Jahren mit den Füßen auf meinem Schoß gelegen hatte, aber das war's auch.

Poll. Als wir uns kennenlernten, hatte es da diese sofortige «Das hier fühlt sich richtig an»-Verbindung gegeben, die ich mit Bee erlebt hatte? Die kurze Antwort lautete: Nein. Da war kein wahrnehmbares Klicken gewesen, kein schönes Band, das uns aneinanderschmiedete. Wir waren erst Kollegen gewesen, dann Freunde, bevor die unausweichliche betrunkene Nacht kam. Klar, wir lachten hin und wieder miteinander, wir stritten kaum, und wir ergänzten uns (sie organisierte unseren Alltag, ich war für die Unterhaltung zuständig). In der ersten Zeit unserer Beziehung war das angenehm, wenn auch nicht aufregend, wobei ich mich noch ganz genau daran erinnere, wie ich auf dem Parkplatz der Kooperative von Saul, ihrem Ex, bedrängt wurde. Wir beluden gerade den Kofferraum mit den Papiertüten – das war damals, als wir noch gemeinsam einkaufen gingen und kochten –, als er auf uns zugestürmt kam. Ich wappnete mich für einen Kampf, aber er verlor den Schwung, als er in Schlagweite war: «Es wird nicht halten. Ihr werdet schon sehen. Es wird verdammt noch mal nicht halten.»

Und vielleicht verharrte ich deswegen auch so lange in der Beziehung: Ich wollte nicht, dass Saul recht behielt. Die Beziehung von Poll und mir hatte leise simmernd begonnen und war bis zum Ende genauso weitergegangen. Sie war niemals aufgelodert. Sie war einfach erstorben, ein bisschen wie in dieser fürchterlichen Metapher, weil keiner von uns sich die Mühe gemacht hatte, die Flamme zu schüren. Aber Bee und ich … Wo würde das enden? Ich musste mir nicht länger Gedanken darüber machen, dass wir eine emotionale Affäre hatten. Ich musste mir nur noch darüber Gedanken machen, wie ich *das hier* nicht wieder vermasselte.

Und dann war da noch Dylan. Wenn es irgendetwas gab, was Poll und mich verband, dann war es wohl er. Jemand musste es ihm bald sagen. Wie würde er es aufnehmen?

An einem Abend, als mir der Schwarze Hund besonders hartnäckig im Nacken saß, ließ ich mich nicht wie sonst sofort aufs Sofa fallen, sondern machte einen Umweg über Dylans altes Zimmer, setzte mich aufs Bett und starrte die Poster an, die immer noch an den Wänden hingen. Britney, Koalas Z, der unglaublich gut aussehende Hauptdarsteller in *Senses*. Ich hatte Bee schon einiges über Dylan erzählt, aber nicht *alles*. Einige Dinge waren verboten, selbst für sie.

Ich saß dort, genoss meine übliche Ein-Mann-Selbstmitleidsparty, als die Nachricht «Geht es dir gut?» aufpoppte.

Es ging mir nicht gut. Aber es würde schon werden. Auch damit hatte Bee recht.

Bee

Und wieder war ich diejenige, die uns zur nächsten, letztlich schicksalhaften Etappe schubste. Drei aufeinanderfolgende Ereignisse – *bam, bam, bam* – brachten mich dorthin. Ich hatte nie viel für Romantik übrig, aber wer wollte mir vorwerfen, dass ich glaubte, hier sei eine äußere Kraft am Werk?

Beim ersten Ereignis reiste eine Kundin, Gemma, den ganzen Weg von Bristol zur Anprobe an, begleitet von ihrer Mutter. Normalerweise kommunizierte ich mit den Kundinnen, die nicht in der Stadt wohnten, per Skype und zeigte ihnen, wie sie Maß nehmen mussten, aber Gemma hatte darauf bestanden, dass ich das persönlich tun solle. Als ich sie einließ, begrüßte mich die Mutter mit kühler Höflichkeit – es war ganz eindeutig, dass sie ihre Zweifel an dem Entschluss ihrer Tochter hatte – und wuselte dann um Gemma herum, als wäre sie ein Kind. Ständig fragte sie sie, ob sie auf die Toilette müsse oder etwas trinken wolle. Gemma lächelte mich entschuldigend an, aber ich konnte es der Mutter nicht verdenken, dass sie so sehr beschützen wollte. Gemma war so dünn, dass man jede Ader unter ihrer Haut sehen konnte – ich hätte ihr am liebsten ein Pommes-Sandwich und eine Umarmung geschenkt –, und in ihrem Blick lag Zerbrechlichkeit. Sie hatten ihr Kleid in eine undurchsichtige Plastikhülle gepackt, und kaum hatte die Mutter den Reißverschluss auch nur zur Hälfte aufgezogen, wusste ich schon, dass es ein besonderes Kleid war. Ein Vera-Wang-Kleid, mit Korsett, in einem wunderschönen Creme-Ton. Couture: die Sorte Kleid, die man an seine Kinder vererbt. Die meisten Roben, die ich umschneiderte, stammten von der Stange oder waren billige Designer-Raubkopien aus Massenproduktion. Mit meiner Schere jedoch in diesen Stoff zu schneiden, war ein Sakrileg. Selbst auf eBay würde man noch Tausende Pfund dafür bekommen. Als ich ihnen das sagte, erwiderte die Mutter rotzig: «Ich weiß das. Es ist ihr Wunsch, nicht meiner.»

Ich schaute Gemma an, und sie nickte mit glasigem Blick. Hinter dieser Sache steckte eine Geschichte, aber ich wollte nicht nachbohren. Irgendwann redeten die meisten meiner Kundinnen. Sie sahen mich nicht nur als Schneiderin, sondern auch als Therapeutin. Nach einigen Monaten hatte ich das Gefühl, alle traurigen Geschichten über enttäuschende Partner gehört zu haben: über die Betrüger, die Gaslighting-Typen, die es schafften, ihre Opfer vollkommen in den Wahnsinn zu treiben; die, die keinen Sex wollten; die, die zu viel Sex wollten. Andere ertrugen das Kleid im Schrank nicht mehr, aber wollten es auch nicht spenden oder auf eBay verkaufen. Die Glücklicheren – so wie das großartige Paar, das sich gewünscht hatte, dass ich ihre Anzüge in Kissen verwandelte – wollten eine Erinnerung. Das hier war anders; die Geschichte zu diesem Kleid schwebte bedrohlich in der Luft. Ich nahm Gemmas Maße, und dabei rannen ihr die Tränen über die Wangen. Stille Tränen, derer sie sich nicht einmal bewusst zu sein schien. Ich fragte sie, ob wir lieber aufhören sollten, aber dann begann sie zu reden, die Wörter stolperten übereinander. Gemma hatte ihren Ehemann mit Anfang zwanzig kennengelernt. Sie hätten «einfach gewusst», dass sie füreinander bestimmt seien, und zwar «im selben Augenblick», da sie einander gegenübergestanden hatten. Bereits nach einer Woche waren sie zusammengezogen, einen Monat später hatten sie einander gleichzeitig einen Heiratsantrag gemacht («Was wirklich unglaublich klingt, aber wir waren so harmonisch miteinander, dass es sich einfach … natürlich anfühlte.»). Gemmas Ehemann war nicht davongelaufen. Er hatte sie nicht betrogen oder vor dem Altar stehen lassen. Er war gestorben: bei einem Fahrradunfall in den Flitterwochen in der Toskana. Das Kleid war eine grausame Erinnerung daran, was sie verloren hatte. Sie konnte sich nicht vollständig von ihm trennen, hatte aber auch keine Vorstellung davon, was ich daraus machen sollte. Ich schlug vor, aus dem Unterkleid eine klassische, zeitlose Jacke zu machen, die sie das ganze Jahr über tragen konnte (das würde ich später bereuen – dafür waren meine gesamten Schneiderkünste gefordert, für die ich allerdings keine Zeit haben würde). Es würde bedeuten, dass das Kleid im Großen und Ganzen intakt bleiben würde und sie ihren geliebten Ehemann bei sich haben konnte, wann immer sie ihn brauchte. «Nah an deinem Herzen, Liebling», sagte die Mutter, die sich langsam für mich zu erwärmen schien. Beim Gehen flüsterte sie mir zu: «Sie hatten einfach nicht genug Zeit. Das ist nicht richtig, oder?»

Der zweite Schubs kam, als ich bei Leila war und ihr Versprechen auf ein Mikrowellen-Essen mit Alkohol einlöste. Weil ich fand, dass es eine interessante Geschichte war, erzählte ich ihr von Gemma, unterschätzte aber vollkommen die Wirkung, die die Geschichte auf mich selbst hatte. Also erzählte ich sie unter Tränen und erschreckte uns damit beide.

«Herrje», sagte Leila und gab mir ein Stück Küchenpapier. «Das ist ja wie das Ende eines Nicholas-Sparks-Films.» Lev hatte sich zurückgezogen und lieber den Albtraum übernommen, die Zwillinge zu baden und ins Bett zu bringen, um seiner Frau nicht helfen zu müssen, mich wieder aufzuwischen. Ich konnte es ihm nicht verdenken. «Okay», sagte Leila. «Was ist wirklich los bei dir?»

Und dann erzählte ich ihr von Nick. Er war ein so wichtiger Teil meines Lebens geworden, dass es sich nicht richtig anfühlte, ihn ihr noch länger zu verschweigen.

«Wie lange geht das schon?»

«Ein paar Wochen.»

«Ich *wusste* doch, dass es einen Grund dafür geben muss, dass du so strahlend aussiehst. Warum hast du mir noch nichts von ihm erzählt?»

«Weil ich wusste, was du sagen würdest. ‹Erzähle Fremden im

Internet nicht zu viel von dir, Bee. Er könnte ein Betrüger sein und so weiter und so fort.› Und dann … als ich hörte, dass er verheiratet ist, wusste ich, dass du das für zwielichtig halten würdest. Ich meine, selbst ich fand es zwielichtig.»

«Es *ist* zwielichtig. Und er könnte immer noch ein Betrüger sein.»

«Er hat mich noch nicht um Geld gebeten.»

«*Noch* nicht. Du hast kein Bild von ihm und hast ihn nicht gegoogelt. Er könnte ein achtzigjähriger Serienkiller sein, das weißt du nicht.»

«Ich auch, und das weiß er nicht.»

«Aber warum will er nicht mit Facetime mit dir telefonieren? Der verbirgt doch etwas.»

«Ich hab es dir doch gesagt. Wir haben Regeln. Wir mögen es so.»

«Und diese Regeln sind eben extrem günstig, wenn man zufällig ein Betrüger ist.»

«Siehst du? Genau deshalb habe ich dir nichts davon erzählt. Ich wusste doch, dass du mich ins Kreuzverhör nehmen würdest.» Wir bewegten uns auf einen Streit zu, was nur sehr selten passierte.

«Ich will einfach nicht, dass du wieder verletzt wirst.»

«Weiß ich doch. Aber du musst mir in dieser Sache vertrauen. Wir haben wirklich eine Verbindung, er und ich.»

Sie glaubte mir nicht. Ich konnte sehen, wie sie dachte: *Du kannst niemals eine so starke Verbindung online aufbauen.* Was Blödsinn war. Es passierte jeden Tag Tausenden von Leuten. Wenn sie mich in dieser Sache unterstützen sollte, brauchte Leila einen Beweis. Ich rief unseren E-Mail-Verlauf auf, der inzwischen schon geradezu lächerlich lang war, und gab ihr mein Handy. «Hier.»

Ich sah ihr aufmerksam dabei zu, als sie hindurchscrollte, und ganz kurz entdeckte ich etwas in ihrem Blick, das ich noch nie gesehen hatte. Neid? Sie gab mir das Handy zurück und sagte nach einer bedeutungsschweren Pause: «Okay. Ich verstehe es.»

«Wirklich?»

«Ja. So, wie ihr miteinander umgeht ... ich verstehe, warum du ihn toll findest. Und du warst ganz ehrlich mit ihm. In allem. Auch, was Nate angeht.»

Das stimmte nicht ganz. Ich hatte Nick nicht alles über Nate erzählt. Ich hatte ja nicht einmal Leila alles über ihn erzählt. Ich hatte ihr nicht gesagt, dass ich eine Woche, nachdem Nate mich in die Pfanne gehauen hatte, herausgefunden hatte, dass ich schwanger war. Leila machte damals die Fruchtbarkeitsbehandlung, und ich wusste, dass sie meine Entscheidung unterstützen würde, die Schwangerschaft abzubrechen, aber ich hatte das Gefühl, es wäre nicht richtig, sie damit auch noch zu belasten. Es war keine schwierige Entscheidung für mich. Wenn überhaupt, spürte ich vor allem Erleichterung. Die Sache hinter mich zu bringen, gab mir das Gefühl, wieder Kontrolle über mein Leben zu bekommen, das zu der Zeit immer katastrophaler zu werden schien.

«Weißt du, wenn er ein Betrüger ist, dann ein unglaublich kreativer. Normalerweise erzählen sie doch, sie seien Soldaten in einem Kriegsgebiet ohne Zugang zu ihrem Geld oder irgend so einen heldenhaften Scheiß. Ich weiß daher wirklich nicht, welchen Trick er nutzt, wenn er erzählt, dass er ein erfolgloser Schriftsteller in einer kaputten Ehe ist – vielleicht will er Mitleid?»

Ich schüttelte den Kopf.

«Okay, okay», sagte Leila beschwichtigend. «Hör mal, wenn du mit diesem Typen weitermachst, dann lass mich ihn vorher zumindest überprüfen.»

«Und wie willst du das machen? Ich kenne noch nicht einmal seinen vollen Namen.»

Sie gab einen entrüsteten Laut von sich. «Es gibt da viele Wege.» Sie fischte ihren Mac unter einem Haufen Kinderspielzeug heraus und machte sich an die Arbeit. «‹Nick freier Lektor›. So viele von denen kann es ja nicht geben.»

«Leila … kannst du mir in dieser Sache einfach mal vertrauen?»

«Komisch. zone.com ist nicht zu finden. Auch nicht die IP-Adresse. Vermutlich benutzt er Blocker.»

Lev kehrte von seinen Abendpflichten mit der Haltung eines Soldaten zurück, der gerade ein ganz besonders blutiges Gefecht überstanden hatte, und nahm sich ein Bier aus dem Kühlschrank. «Ihr redet doch wohl nicht schon wieder von dem Wichser, oder?» Der Wichser. Unser Name für Nate.

«Oh Gott, nein», sagte Leila. «Bee hat sich einen Neuen gesucht. Wir wissen nur noch nicht genau, wer er eigentlich ist.»

«Guuuut.» Lev schlich auf die Tür zu. «Wenn ihr mich braucht, ich liege im Bett mit Netflix und ein paar Beruhigungspillen.»

«Wehe, du schaust BoJack Horseman ohne mich weiter», rief Leila ihm hinterher. Sie schloss den Laptop und sah mich streng mit ihrem intensiven und durchdringenden Paddington-Bär-Blick an. «Wenn er dabei ist, seine Ehe zu beenden, bedeutet es, dass er frei ist. Das bedeutet wiederum, dass er womöglich mehr als ein One-Night-Stand wird – es sei denn, er ist ein Serienkiller, natürlich. Wie ist denn dein Gefühl dabei?»

«Ob er ein Serienkiller ist?»

Wieder dieser Paddington-Blick.

Welche Gefühle hatte ich, wenn ich die Möglichkeit in Betracht zog, dass Nick frei war, abgesehen davon, dass ich ein weniger schlechtes Gewissen hatte? Einerseits gab es keinen Zweifel an der Verbindung, die ich zwischen uns spürte, er brachte mich zum Lachen, schien ehrlich zu sein. Er langweilte mich nicht. Andererseits war er chaotisch. Er stand beruflich auf wackeligen Beinen und leckte sich nach einer Trennung die Wunden. Wer will schon Chaos? Und er wohnte nicht einmal in der Nähe von London. Aber er war Schriftsteller, und eine freche Stimme in meinem Kopf flüsterte: *Er kann überallhin ziehen.*

«Er ist noch nicht einmal geschieden.»

«Na und? Er sagt, die Ehe sei schon seit einer ganzen Weile tot. Du solltest ihn treffen. Dann weißt du, was Sache ist. Wenn er ein Betrüger ist, wird er eine Entschuldigung erfinden und nicht auftauchen, aber wenn nicht, lohnt es sich vielleicht, das zwischen euch auszubauen.»

«Ich will es nicht verderben.»

«Ich verstehe. Das hier ist sicherer für dich.»

Sie hatte recht. Nick und ich hatten Intimität ohne die Angst, enttäuscht zu werden. Die Beziehung voranzutreiben, könnte das verändern, was wir hatten, und – ja – den Traum zerstören. Und die Angst davor war Feigheit.

Leilas Worte verfolgten mich bis nach Hause. Als ich in die Goldhawk Road einbog, wirkte dort alles irgendwie seltsam; selbst die Fenster meiner geliebten Stoffläden schienen mich bösartig zu beäugen. Ich ging weiter zu meiner Straße. Die dunklen Gebäude erschienen unheilverkündender denn je, und ich glaubte immer wieder, Schritte hinter mir zu hören. Weshalb ich, als ich den Hausflur betrat und die Gestalt auf der Treppe stehen sah, völlig überreagierte und schrie. Jonas, der nichts als eine verlotterte Pyjamahose trug, weshalb man seine Rippen und sein Brustbein unter faltiger, gelblicher Haut sah, sagte irgendetwas auf Russisch zu mir und flitzte dann zur Tür. Ich knallte sie hinter mir zu, lehnte mich dagegen, doch er kam näher, seine Gestalt ragte über mir auf, nicht wirklich drohend, aber ausgesprochen zielgerichtet. Donnernde Schritte, dann tauchte Magda auf. Ihre Haare schwebten wie eine dünne, graue Wolke um ihren Kopf. Ohne das maskenhafte Make-up und das Kopftuch erkannte ich sie beinahe nicht.

«Tut mir leid, Rebecca», sagte sie. «Heute ist er irgendwie ganz anders.»

Ich half Magda, Jonas nach oben zu locken, und bot ihr an, Tee zu machen, während sie ihn sanft ins Schlafzimmer schob.

«Nein, nein. Wir trinken lieber einen Whiskey.» Sie wedelte mit der Hand in Richtung Getränkewägelchen, auf dem auch der Dekanter stand.

Ich setzte mich in Jonas' Lehnsessel – in dem er längst seinen Abdruck hinterlassen hatte –, kippte einen doppelten Whiskey und hörte zu, wie ihm Magda im Schlafzimmer leise etwas vorsang. Zehn Minuten später kam sie zurück, mit Lippenstift und dem Kopftuch. Wortlos schenkte sie mir nach und goss sich selbst ebenfalls einen ordentlichen Schluck ein. Dann setzte sie sich mir gegenüber.

«Wie schaffst du das nur, Magda?»

«Was denn?»

«Na, das?» *Wie schaffst du es, damit zurechtzukommen, dass derjenige, den du liebst, sich immer weiter von dir entfernt? Oder ist das immer noch besser, als allein zu sein?*

«Manchmal wünschte ich, dass er tot wäre.» Das kam hart und trocken. «Aber bereue ich die Zeit, die wir miteinander hatten? Nein. Ich würde es immer wieder tun, auch mit diesem Ende.»

Wir saßen schweigend da und tranken unseren Whiskey aus. Als ich ging, packte sie mein Handgelenk und sagte leise – so leise, dass ich mir nicht sicher war, ob ich es richtig gehört hatte –: «Warte nicht.»

Von: bee1984@gmail.com
An: NB26@zone.com
Wollen wir uns treffen?

Nick

Wollen wir uns treffen?

Ja. Nein. NATÜRLICH WOLLEN WIR UNS TREFFEN. Löschen, löschen.

Ich spürte, wie das Band zwischen uns schnalzte. Es hatte Bee Mut gekostet, das vorzuschlagen. Ich konnte sie nicht lange hinhalten, aber ich musste nachdenken. Die Sekunden wurden zu Minuten. Ich saß in der Küche, mein Hintern wurde auf dem harten Stuhl ganz taub, und ich kämpfte gegen die Versuchung an, mir einen Schluck Gin zu genehmigen.

Wollen wir uns treffen?

Bee war das einzig Gute in meiner Welt. Na ja, sie und Rosie (keine Frage, wer das Sorgerecht für den Hund bekommen würde). Wollte ich das vermasseln? An dieser Stelle müsste ich eigentlich sagen, *wenn ich nur gewusst hätte, wie alles kommen würde …* aber abgesehen davon, dass Andeutungen dieser Art in Romanen immer ein billiger Trick sind, war ich noch nie gut darin (und wenn ich etwas bin, dann nicht billig – wenn man Tweedy fragt).

Ganz versunken in diesem Hin und Her hörte ich kaum, wie die Eingangstür aufgerissen wurde. «Jemand zu Hause?», rief Dylan und tauchte dann mit einer Reisetasche in der Küche auf. Er musterte mich. «Da bist du ja.»

«Ja, da bin ich.»

«Mum hat mich gebeten, Zeug von ihr abzuholen.»

«Du bist um diese nachtschlafende Zeit den ganzen Weg von Brum hierhergekommen?»

«Nee. Wollte sehen, wie es dir geht.»

Dafür liebte ich ihn. «Sie hat es dir also endlich gesagt.»

«Klar.»

«Bier?»

«Nee.» Er wühlte in seinem Rucksack und zeigte mir seinen Joint. «Sag's aber nicht Mum.» Er setzte sich an den Küchentisch und zündete ihn sich an, ohne die Hintertür zu öffnen. «Du und Mum … Habe ich irgendwas getan?»

«Natürlich nicht. Du …» Dann ging mir auf, dass er mich aufzog. «Sehr witzig.»

«Tut mir leid. Konnte nicht widerstehen.» Er blinzelte mich durch den Rauch an und reichte mir den Joint.

«Wie geht es dir wirklich damit, Dylan?»

«Was Mum und dich angeht? Ich bin vierundzwanzig. Ich *glaube*, ich komme damit zurecht, dass sich meine Eltern scheiden lassen.»

Eltern. Wieder diese Wärme, die sich in mir ausbreitete. Also sah er mich als Vaterfigur. *Ich bin also doch kein totaler Versager.* «Wir werden immer Freunde bleiben, deine Mum und ich. Das weißt du, oder?» Würden wir das? Ein zittriges Bild von Weihnachtsfeiern bei Poll und Jez – wenn ich darüber nachdachte, klangen die beiden Namen wie Figuren aus einer Sendung für Kleinkinder.

«Ja.»

«Und ich werde immer für dich da sein.»

Er antwortete nicht auf dieses süßliche Klischee, wusste aber, dass ich es ehrlich meinte. Und das tat ich, obwohl es nicht einfach gewesen war, dorthin zu gelangen. Zu Beginn war ich im Umgang mit ihm völlig aufgeschmissen gewesen. Rückblickend war es wohl nicht die beste Idee gewesen, einfach den praktischen, rau-liebevollen nordenglischen Erziehungsstil meiner Eltern nachzuäffen, der eher weniger Umarmungen, dafür aber mehr «Geh raus spielen, das bisschen Eisregen bringt dich schon nicht um» bereithielt. Er war schlau, ein wenig nerdig, gefühlsstark, ernsthaft – kein bisschen so wie ich in seinem Alter. Ich war damals der großmäulige Klassenclown gewesen, der sich durch die Pubertät und die frühe Erwachsenenzeit pöbelte und vögelte.

Dank meines Namens, Nicolas Belcher, also Rülpser, hatte ich das Überleben schnell lernen müssen, und abgesehen von gelegentlichen Sticheleien schaffte ich es meistens, den Mobbern und Prüglern aus dem Weg zu gehen.

Dylan, der empfindsame Dylan, hatte nicht so viel Glück gehabt. Sie stürzten sich auf ihn, sowohl physisch als auch psychisch, und er versteckte sein Trauma jahrelang vor Poll. Bis am Abend vor seinem fünfzehnten Geburtstag alles zu einem schrecklichen Höhepunkt kam. Poll und ich sollten eigentlich ihren Eltern beim Umzug helfen, aber ich hatte mir einen Magen-Darm-Infekt eingefangen und kam unerwartet früh nach Hause. Schon in dem Augenblick, in dem ich die Tür öffnete, wusste ich, dass etwas nicht in Ordnung war. Dylans Musikgeschmack war normalerweise vanilleweich und harmlos, aber jetzt dröhnte The Innocence Project ihren wütenden Bass durchs Haus. Aber das war es nicht allein. Die ganze Atmosphäre war merkwürdig, irgendwie. Die Treppe hinauf, Klopfen an Dylans Tür, die panische Kälte, als er nicht reagierte, dann die Tür öffnen. Dylan mit einer Plastiktüte in der Hand, der versuchte, die Schlaufe an einen falschen toskanischen Balken zu hängen. Eine erstarrte Sekunde, und dann sagten wir beide gleichzeitig: «Scheiße.»

Er flehte mich an, Poll nichts davon zu erzählen. Es war nicht die Sorte Geheimnis, das man vor jemandes Mutter geheim halten sollte, aber ich tat es trotzdem – unter der Bedingung, dass wir etwas gegen die Gründe unternehmen mussten, die ihn zu einer solch drastischen Aktion getrieben hatten. Ein ruhiges, aber nachdrückliches Gespräch mit seinen Lehrern, in dessen Worten die Drohung mit einer Anklage mitschwang. Die Stunden, die ich vor dem Büro des Vertrauenslehrers verbrachte und angestrengt dem Gemurmel darin lauschte. Ich schlug mich auf Dylans Seite, als er die Universität verließ und stattdessen auf die Design-Schule gehen wollte, was einen weiteren Keil zwischen Poll und mich trieb. Ein Ereignis auf Leben und Tod hatte Dylan und mich zusammengeschmiedet – ein Ereignis, das keiner von uns mehr ansprach, aber das mir nie ganz aus dem Sinn ging. Wir hatten eine Menge miteinander durchgemacht, er und ich. Jetzt, da er Kunstkurator war, wirkte er ehrlich zufrieden, und er verdiente das Doppelte von dem, was ich auf dem Höhepunkt meiner Lehrerkarriere verdient hatte, also war alles am Ende gut geworden. Zumindest für ihn.

Ich hielt den Joint noch immer in der Hand, und er machte eine Handbewegung, damit ich ihn zurückgab. «Du siehst ... jünger aus, Nick.»

«Red keinen Scheiß.»

«Nein, wirklich. Weniger gestresst. Mehr im *Hier und Jetzt.*»

«Na ja, ich bin gerade im Begriff, stoned zu werden.»

«Vielleicht ist es auch eine Erleichterung, dass es endlich vorbei ist.»

«Was willst du damit sagen?»

«Mum und du, ihr habt die Sache doch nur noch pro forma durchgezogen. Ihr wart nicht mehr glücklich, ihr wart gelangweilt.»

«War das so offensichtlich?»

«Ja. Immerhin musst du nicht mehr so tun, als ob.»

Ich musste jemandem von Bee erzählen. Es war nicht richtig, dass es Dylan war, aber es platzte einfach aus mir heraus. «Ich habe jemanden kennengelernt. Aber so ist es nicht», erklärte ich hastig. «Ich habe deine Mum nicht betrogen. Das ist mehr so ihre Abteilung.» *Ruhig, Nick.* Ich schaute hoch. «Tut mir leid.»

«Schon gut. Sie hat dich ja betrogen. Und auch noch mit ihm. Jeremy. Uh.»

«Ich dachte, du magst ihn.»

«Er ist beschissen langweilig.»

Er *war* beschissen langweilig. Von der Beleidigung wurde mir ganz warm ums Herz. Ja, so kleinlich bin ich tatsächlich.

«Wer ist es denn?»

«Habe sie zufällig online kennengelernt. Wir haben uns ein bisschen unterhalten – nur unterhalten.» Meine Zunge fühlte sich von dem Joint ganz pelzig an. «Aber ... das ist etwas Gutes. Und sie will, dass wir uns treffen.»

«Dann mach das doch.»

Was ließ mich zögern? Angst, natürlich. Was, wenn ich der Sache nicht gewachsen war? Und andererseits – Oberflächlichkeit. Ich hatte alle Informationen über sie wie ein Puzzle zusammengesetzt, um mir ein Bild von Bee zu machen, und wenn sie nicht attraktiv war, würde es mir dann etwas ausmachen? Ja. Ein bisschen. Warum sollte ich lügen? «Ich habe Angst, es zu vermasseln. Habe Angst, dass es keine körperliche Anziehung zwischen uns gibt.» Da. Jetzt hatte ich es ausgesprochen.

Er verdrehte die Augen, eine Reaktion, die mich an ihn vor seiner Zeit als Teenager erinnerte. «Du kannst dann doch immer noch dein altes Leben zurückhaben.» *Meine Güte, du alter Sack.* «Liebst du sie?»

«Ich hab es dir doch gesagt, ich weiß nicht einmal, wie sie aussieht.»

«Und? Tust du es?»

«Weißt du was? Ich glaube, ich *könnte* sie lieben.»

Von: NB26@zone.com
An: bee1984@gmail.com
Dann machen wir das!

Von: bee1984@gmail.com
An: NB26@zone.com
Wirklich?

Von: NB26@zone.com
An: bee1984@gmail.com
Natürlich. Wann? Du entscheidest. Wie du weißt, ist mein Terminkalender ziemlich flexibel.

Von: bee1984@gmail.com
An: NB26@zone.com
Di / Mi? An den Tagen habe ich keine Anproben. Bist du dir sicher? Ich will dich nicht unter Druck setzen. Ich finde auch, dass das, was wir miteinander haben, gut funktioniert. Ich verstehe es, wenn du daran nichts ändern willst.

Von: NB26@zone.com
An: bee1984@gmail.com
Ich bin mir sicher. Aber jetzt bekomm du keine kalten Füße …
Für mich sind beide Tage in Ordnung. Wo denn? Ich komme auch gern zu dir. Dann mache ich einen Tagesausflug daraus. Wäre eine Gelegenheit, aus diesem Müllhaufen herauszukommen.

Von: bee1984@gmail.com
An: NB26@zone.com
Ähm … Unter der Uhr am Bahnhof Euston Station?

Von: NB26@zone.com
An: bee1984@gmail.com
Also unter der Uhr. Wie soll ich dich erkennen?

Von: bee1984@gmail.com
An: NB26@zone.com
Ich trage einen roten Mantel. Dich werde ich natürlich an dem Buckel und der riesigen Glocke erkennen.

Von: NB26@zone.com
An: bee1984@gmail.com
Einen roten Mantel? Mehr Hinweise bekomme ich nicht?

Von: bee1984@gmail.com
An: NB26@zone.com
Ich bin kein Supermodel, falls du das damit fragen wolltest. Ist das ein Problem?

Von: NB26@zone.com
An: bee1984@gmail.com
Es wäre eher ein Problem, wenn du eins wärst. Ich bin vielleicht doch nicht *ganz* Quasimodo, aber auch nicht Jason Frey.

Von: bee1984@gmail.com
An: NB26@zone.com
Wer ist das denn?

Von: NB26@zone.com
An: bee1984@gmail.com
Filmstar? Ex-Wrestler?

Von: bee1984@gmail.com
An: NB26@zone.com
Ach so. Im Ernst, wenn du vorher Bilder austauschen willst/anrufen oder zu WhatsApp überwechseln willst, dann können wir das machen.

Von: NB26@zone.com
An: bee1984@gmail.com
Nee. Lass es uns hierbei belassen. Wir sind schon so weit gekommen, warum sollten wir vor der nächsten Hürde zurückschrecken?

Von: bee1984@gmail.com
An: NB26@zone.com
Hey! Und trage auf jeden Fall Tweed. Ich fordere dich heraus …

Von: NB26@zone.com
An: bee1984@gmail.com
Herausforderung angenommen. Ich bin jetzt schon nervös. Aber auf gute Art. xx

Bee

Der große Tag ... Oh Gott. Wo sollte ich bloß anfangen? Leila kam am Morgen vorbei, um mich moralisch zu unterstützen. Sie hatte die Zwillinge ein paar Stunden bei ihrer Mutter lassen können. Sie saß auf meinem Bett, und ich probierte sechs oder sieben unterschiedliche Outfits an. Über uns spielte Magda leise Klavier, was sie schon seit Längerem nicht mehr getan hatte. Das Instrument musste gestimmt werden, und die schiefen Töne ließen die Melodie irgendwie unheilverkündend klingen, wie den Soundtrack eines B-Movies.

«Haare hochstecken oder offen lassen?»

«Offen lassen, natürlich.»

Ich hasste meine Locken; Leila fand sie toll. Sie war richtig wütend geworden, als ich sie vor ein paar Jahren abgeschnitten hatte (Nate auch, der fiese Kontrollfreak). Meine Achseln taten noch von der Rasur weh; der Rest von mir war so frisch gezupft und gewachst und gerupft wie ein Supermarkt-Huhn – ich hatte genau all das getan, wovon ich glaubte, befreit zu sein, nachdem ich Tinder gelöscht hatte. Ich war fast die ganze Nacht wach geblieben, um meine Wohnung aufzuräumen, und hatte alles weggeräumt, was irgendwie peinlich sein konnte (einen lustigen Vibrator, die schlimmsten Selbsthilfebücher, haufenweise abgelaufene und eingestaubte Make-up-Artikel im Badezimmer), für den Fall, dass Nick zu mir nach Hause kam. Ohne die Stoffproben und halb fertigen Kleider wirkte das nachgemachte Fünfzigerjahre-Mobiliar dunkel und ungemütlich. Der David-Bowie-Bettbezug war der einzige Farbfleck, und Ziggy Stardust sah mich mit seinen grellen, aufgedruckten Augen durchdringend an. Ich hatte nicht genügend Bücher. Würde er mich deshalb verurteilen? Er war immerhin Autor. In den Tagen vor dem Treffen hatte er mir eine Liste mit seinen Lieblingsromanen geschickt: einen davon hatte ich gelesen *(Der Fänger im Roggen)*, einen weiteren hatte ich bei Amazon bestellt *(Alles zerfällt)*, und einen versuchte ich immer noch aufzustöbern (*Sansibar* von Juliet Boyd). Ich konnte ihn online nirgends finden – WARNSIGNAL – und nahm naiverweise an, dass er vergriffen war.

Clarice würde neben dem Fenster bleiben. Ich würde mich nie mehr darauf einlassen, sie in die Abstellkammer zu verbannen – *das* war nicht verhandelbar.

Ich hatte meinen guten roten Mantel dampfgereinigt, auf eBay ein Paar schwarze Angle-Boots gekauft und in neue Unterwäsche investiert – wobei ich mich lange in der BH-Abteilung von Marks & Spencer gequält hatte. Nicht zu sexy, nicht zu spießig. Leila und ich entschieden uns für ein kleines Schwarzes, das ich noch im College geschneidert hatte. Früher war es eng anliegend gewesen, jetzt saß es ziemlich locker. Ich war so beschäftigt gewesen, dass ich, ohne es zu merken, ein paar Kilo verloren hatte.

«Du siehst hinreißend aus, Bee.»

«Ich werde niemals hinreißend aussehen.»

«Also, in meinen Augen schon. Wenn es nicht klappt, sei aber nicht zu enttäuscht, ja?»

«Nein, bin ich nicht.» *Gelogen.*

«Und geh auf Nummer sicher. Bleib in der Öffentlichkeit, wenn du irgendetwas Merkwürdiges spürst. Ruf mich so bald wie möglich an, und wenn er ein Arsch ist und du jemanden brauchst, der dich rettet, schreib mir einfach eine Textnachricht, und die Teufelskinder kommen dich holen.» Sie umarmte mich. «Hab dich lieb.»

Ich begleitete sie zur Tür und schaute ihr hinterher, wie sie die Straße hinunterging und um die Ecke verschwand. Ein Kriminaltechnik-Wagen parkte diagonal gegenüber der Straße, was bedrohlicher klingt, als es war. Die beiden Frauen darin lachten und rauchten. Ich vertrieb mir die Zeit damit, dass ich mein Haar glättete und eine Locke nach der anderen versengte, nur um etwas zu tun zu haben. Als ich schließlich aufbrach, schaute ich zu Magdas Fenster hinauf. Jonas starrte von oben auf mich hinunter, die Handflächen flach auf das Glas gelegt, wie ein Kind oder ein Gefangener.

Die Fahrt zum Euston Square dauerte normalerweise fünfundzwanzig Minuten, aber ich hatte lieber mit einer Stunde gerechnet, um auf der sicheren Seite zu sein. Der Waggon füllte sich immer mehr, und jeder der Passagiere, egal welchen Alters, hatte ein Handy am Ohr. Ich fing immer wieder einen Blick auf und fragte mich unwillkürlich, ob jemand aus der Menge wohl auch auf dem Weg zu einem potenziell schicksalhaften Treffen war. Unruhig, wie ich war, steckte auch ich mir die Hörer in die Ohren und hörte mir «Life on Mars?» in Dauerschleife an. Bowie war zwar einer unserer Berührungspunkte, aber irgendwie verstärkte dieser Soundtrack nur noch meine Nervosität.

Als Erstes begrüßte mich der Regen, als ich aus der U-Bahn-Station an der Euston Road gespuckt wurde, und ich blieb stehen, um einem Bettler ein paar Münzen in den Becher zu legen. Für das Glück. *Karma*. Weil ich noch Zeit hatte, ging ich zu den Toiletten, um mein Make-up zu kontrollieren. Das Licht ließ meine Haut ganz talgig erscheinen; der Regen hatte eine Stunde Glättarbeit an meinen Haaren zunichtegemacht.

Okay. Tief durchatmen. Jetzt geht's los.

Ich stand direkt unter der Digitaluhr, unsicher, bemühte mich, nicht zu schwitzen, und schaute zu, wie die Ziffern weiterklickten. Jedes Mal, wenn eine Durchsage kam, setzte sich die Menge um mich herum, die auf die Anzeigetafeln starrte, neu zusammen. Kleine Grüppchen schwärmten zu den verschiedenen Bahnsteigen aus. Der Geruch nach Fast Food und Zigarettenrauch wehte durch die Türen; jeder meiner Sinne war geschärft. *Das ist er. Der Augenblick, der mein Leben verändern kann.* Tick. Tack. Die Ziffern der Digitaluhr schalteten klackend auf 12.00 Uhr.

Nick

An dem Tag fühlte ich mich nicht wie ich selbst. Was nicht unbedingt schlecht war. An den vorhergehenden Tagen hatte sich Dylan um mich gekümmert und mir großzügig seine wertvolle Urlaubszeit gewidmet: «Sie ist Designerin, oder? Dann kannst du nicht so wie sonst gekleidet dort auftauchen, sonst sucht sie sofort das Weite.»

«Na toll. Sie hat mich aufgefordert, Tweed zu tragen. Ein Insider-Witz.»

Es war eine Herausforderung für ihn, und er genoss jede Sekunde davon. *Stiefdad-Umstyling.* Wir stöberten in Vintage-Läden, wo ich gähnen musste und Grüppchen älterer Damen dabei zusah, wie sie sich professionell durch die Strickjacken wühlten, und er sich in den viel kleineren Männerbereich verzog. Wir fanden einen dreiteiligen Tweed-Anzug aus den Fünfzigerjahren des letzten Jahrhunderts in einem Laden der Krebsgesellschaft. Die anderen Kunden sahen mich mit offenem Mund an, als ich aus der engen Umkleidekabine trat. «Das ist prima, Schätzchen», verkündete eine der Strickjacken-Jägerinnen. Er passte perfekt, «als wäre er für dich gemacht», wie Dylan es ausdrückte, um dann davonzuschweben und ein passendes Hemd dafür zu suchen.

Der Anzug kratzte eine wenig, aber er roch nicht muffig, wie das Zeug, das ich während meiner Grunge-Jahre zu Teenagerzeiten auf dem Flohmarkt gekauft hatte, und obwohl er noch älter war als ich, spürte ich, dass er weit mehr Integrität besaß. *Kleider machen Leute.* Ich konnte mir fast vorstellen, wie ich mit den Jungs von den Elite-Unis piekfein daherschwafelte, den «Pöbel» ärgerte, Restaurants verwüstete oder was diese privilegierten Säcke sonst so aus Spaß taten. *Wenn mich nur Ex-Großkotz-Tweedy Bernard so sehen könnte.*

Als Nächstes ging Dylan mit mir in einen schicken Friseursalon, wirbelte wie ein persönlicher Stylist um mich herum und bellte dem säuerlichen Friseur Kommandos zu. Und um das Ganze auf die Spitze zu treiben, bestand er darauf, ich müsse vierzig Euro für das Aufhellen meiner Zähne bezahlen. Ich wurde an einer Art elektrischen Stuhl festgeschnallt, mein Zahnfleisch schmerzte, ich sabberte auf ein Papierlätzchen und verabschiedete mich von dreißig Jahren Zigaretten- und Kaffeeflecken.

Ich war ein neuer Mann geworden. Ein neuer Mann, der den Anzug eines Toten trug (den Anzug habe ich immer noch).

In der Nacht davor schlief ich kaum. Um fünf Uhr gab ich auf und stand auf, duschte, bis meine Fingerspitzen verschrumpelt waren, rasierte mich, wobei ich mich zweimal schnitt, und zog mir meine Tweed-Haut über. Ich klatschte Gel in meine neue Frisur (oben lang, hinten und an den Seiten kürzer, damit es mit meinem neuen Vintage-Look zusammenpasste) und brachte Rosie dann nach nebenan. Lily hatte angeboten, auf sie aufzupassen. Sie zwinkerte mir wissend zu, als ich sie fragte, ob sie vielleicht auch über Nacht bleiben könne. Der alte Drachen gackerte über mein Aussehen, fragte aber nicht, wen ich treffen wollte. Sie murmelte nur: «Hoffentlich ist sie nicht auch so eine launische Kuh wie die andere.» Ich leistete mir zum ersten Mal in meinem Leben ein Erste-Klasse-Ticket, wodurch ich mich noch mehr wie ein Hochstapler fühlte. Zwischen all den vornehmen Passagieren schien ein gewisses Einverständnis zu bestehen, mit dem sie die gestresste Servicekraft ignorierten, die «Gratis»-Frühstückssandwiches verteilte.

Ich hatte ein Buch mitgenommen, konnte mich aber nicht darauf konzentrieren. Würden Bee und ich einander in die Augen schauen und einfach Bescheid wissen? Warum nicht? Immerhin hatten wir bereits eine solide Kennenlern-Geschichte, an die wir uns noch erinnern konnten, wenn uns schon ein Altenpfleger im Heim den Hintern abwischte. So etwas hatte ich noch nie erlebt

(Liebe auf den ersten Blick, natürlich nicht das Hintern-Abwischen). Begehren, ja, wer hat das nicht erlebt? Aber Liebe auf den ersten Blick? Echte Liebe? Nein.

Die anderen Passagiere öffneten Gin Tonics in Dosen und winzige Fläschchen Rotwein mit der Gier und der Vorfreude von Menschen, die entschlossen waren, etwas für ihr Geld zu bekommen, aber ich widerstand der Versuchung. Ich wollte nicht nach Alkohol riechen. Stattdessen trank ich eine Dose Billigcola. Dumme Idee. Das Koffein brachte meine Nerven nur noch stärker in Aufruhr.

Bingbong, und dann: «In Kürze erreichen wir Euston Station.» Bee schien zu glauben, es gebe keine direkte Linie von Leeds nach Euston, aber da war ich, nur noch Minuten von ihr entfernt.

Die Servicekraft eilte den Gang entlang und sammelte den Müll von den Tischen ein, um den Waggon für den nächsten Schwall privilegierter Arschlöcher vorzubereiten. Als ich ihr dankte, blinzelte sie überrascht und lächelte mich dann verschwörerisch an. «Schicker Anzug.»

«Danke. Habe ihn extra gekauft.»

«Haben Sie was Schönes vor?»

«Ich habe jemanden Schönes vor.» *Hoffentlich.*

Von: NB26@zone.com
An: bee1984@gmail.com
Verspätest du dich?

Von: bee1984@gmail.com
An: NB26@zone.com
Wollte dir gerade dieselbe Frage stellen!! Ich bin hier. Unter der Uhr?

Von: NB26@zone.com
An: bee1984@gmail.com
Ich auch.

Von: bee1984@gmail.com
An: NB26@zone.com
Okay. Bist du der große Kerl mit der Mütze?

Von: NB26@zone.com
An: bee1984@gmail.com
Keine Mütze. Groß stimmt aber. Trage einen dreiteiligen Tweed-Anzug, wie befohlen. Er juckt wie verrückt.

Von: bee1984@gmail.com
An: NB26@zone.com
Ich kann dich gar nicht sehen. Bist du sicher, dass du am Bahnhof Euston bist?

Von: NB26@zone.com
An: bee1984@gmail.com
Natürlich. Überall hängen verdammt große Schilder. Was hast du denn an?

Von: bee1984@gmail.com
An: NB26@zone.com
Den roten Mantel. Hab ich dir doch gesagt. Kannst ihn nicht übersehen. Grünen Schal. Stiefel. Unordentliche schwarze Haare.

Von: NB26@zone.com
An: bee1984@gmail.com
Warte mal kurz … Nein, das bist du nicht.

Von: bee1984@gmail.com
An: NB26@zone.com
Ich stehe doch direkt unter der Uhr!! Gegenüber vom Pret.

Von: NB26@zone.com
An: bee1984@gmail.com
Gegenüber von was?

Von: bee1984@gmail.com
An: NB26@zone.com
Dem Pret-Laden. Pret a Manger?

Von: NB26@zone.com
An: bee1984@gmail.com
Kann ich nicht sehen. OMG! Ich gehe zum Informationsstand.

Von: NB26@zone.com
An: bee1984@gmail.com
Siehst du mich jetzt? Ich winke.

Von: bee1984@gmail.com
An: NB26@zone.com
Nein. Schick mir mal deine Nummer. Ich rufe dich an. Das ist ja verrückt!

Von: NB26@zone.com
An: bee1984@gmail.com
90897886544

Von: bee1984@gmail.com
An: NB26@zone.com
Muss die Nummer nicht mit einer Null beginnen?

Von: NB26@zone.com
An: bee1984@gmail.com
? Das war schon immer meine Nummer.

Von: bee1984@gmail.com
An: NB26@zone.com
Keine Verbindung. Versuch's mal mit meiner. 0876567553

Von: NB26@zone.com
An: bee1984@gmail.com
Mach ich.

Von: bee1984@gmail.com
An: NB26@zone.com
Hast du es schon versucht?

Von: NB26@zone.com
An: bee1984@gmail.com
Drei Mal. Schlechter Empfang?

Von: bee1984@gmail.com
An: NB26@zone.com
Das nervt mich langsam. Mach mal ein Bild von dort, wo du stehst, und schick es mir.

Von: NB26@zone.com
An: bee1984@gmail.com
Hast du es bekommen?

Von: bee1984@gmail.com
An: NB26@zone.com
Kommt nichts.

Von: NB26@zone.com
An: bee1984@gmail.com
Hier steht, dass es abgeschickt worden ist. Ich schreie gleich ganz ganz laut BEE. Eins, zwei, drei.

Von: NB26@zone.com
An: bee1984@gmail.com
Hast du das gehört?

Von: bee1984@gmail.com
An: NB26@zone.com
Nein.

Von: NB26@zone.com
An: bee1984@gmail.com
Musst du aber eigentlich. Die Leute starren mich an, als wäre ich durchgedreht. Wie kann es sein, dass wir beide hier sind und uns trotzdem nicht sehen?

Von: bee1984@gmail.com
An: NB26@zone.com
Das ist unmöglich.

Von: NB26@zone.com
An: bee1984@gmail.com
Geh zu Bahnsteig 22. Stell dich unter die Anzeigetafel.

Von: bee1984@gmail.com
An: NB26@zone.com
Es GIBT keinen Bahnsteig 22.
Ich weiß, was los ist.

Von: NB26@zone.com
An: bee1984@gmail.com
?

Von: bee1984@gmail.com
An: NB26@zone.com
Du hast mich die ganze Zeit verarscht, oder? Irgend so ein großer Scherz. Arschloch. Arschloch. Lass mich bloß in Ruhe.

Von: NB26@zone.com
An: bee1984@gmail.com
Bee? ICH STEHE HIER AM BAHNHOF EUSTON. Ich verarsche dich überhaupt nicht.

Von: NB26@zone.com
An: bee1984@gmail.com
Bee?

Von: bee1984@gmail.com
An: NB26@zone.com
[Sie wurden von diesem Empfänger blockiert.]

TEIL ZWEI

Notting Hell

Protokoll der Sitzung der Berenstain-Society, 5, Livestock Road, Manchester, 15/04/2019

Schriftführer: Kelvin Oduah.
Vorsitzende: Henrietta Mueck.
Ebenfalls anwesend: Geoffrey Gleeson, Debbie Gough und Isaac French.
Abwesend (entschuldigt): Adil Singh.

Die Sitzung wurde mit einer Zusammenfassung des Protokolls des letzten Monats eröffnet, gefolgt von Debbie Goughs Verlesung der Grundsätze unserer Gesellschaft.
Ich (Kelvin Oduah) stellte dann die Tagesordnungspunkte vor. Ich berichtete, dass Nicolas Belcher, männlich, 45 Jahre, derzeit arbeitslos, am 01/04/2019 die Society kontaktierte [siehe Anlage 1a] und um «Hilfe bei einem ungewöhnlichen Problem» bat. Unter Anwendung der Vorsichtsmaßnahmen, die wir einstimmig in der Sitzung vom 13/06/2017 angenommen haben [siehe Anlage 1b/17], nahm ich per i-Mail und Telefon Kontakt mit ihm auf.
Mr Belcher berichtete mir, er habe «zufällig» Kontakt mit einer Frau aufgenommen, die er über eine fehlgeleitete i-Mail kennengelernt habe. Im Laufe mehrerer Wochen standen sie täglich miteinander in Kontakt. Das hatte dazu geführt, dass beide eine starke Zuneigung zueinander fassten. Als sie sich schließlich am Bahnhof Euston verabredeten, um sich persönlich kennenzulernen, war sie nicht dort gewesen, «obwohl sie schwor, dort zu sein, und ich glaubte ihr». Er sagte, dass die Frau, die ihm als Bee oder Rebecca bekannt war, «Hochzeitskleider umänderte» und in West London lebe. Er habe nach Schneidereien dieses Typs und unter

ihrem Namen gesucht, aber nichts gefunden. Auch die Möglichkeit, einer Lüge aufgesessen zu sein, habe er in Betracht gezogen, aber er sei «tief in seinem Inneren» davon überzeugt, dass sie ein ehrlicher Mensch sei.

In seiner Verwirrung habe Mr Belcher ihre Korrespondenz erneut gelesen und einige Diskrepanzen gefunden, die er «zu dem Zeitpunkt merkwürdig gefunden, aber nicht ernst genommen habe». Diese schlossen Folgendes ein:

Sie benutzte eine Dating-«App» namens «Tinder».

Sie bezog sich auf eine (ehrlicherweise bizarre) TV-Serie namens «Love Island».

Sie gab die Titel von Büchern immer «ein wenig falsch» wieder.

Sie hatte keinerlei Kenntnis von dem allseits bekannten Schauspieler Jason Frey.

Sie glaubte, es gebe keine direkte Zuglinie von Leeds nach Euston.

Sie sprach von Pfund als Währung statt von Euros.

Vor allem erwähnte sie, dass Donald Trump, der amerikanische Mogul, der gerade erst (erfolglos) wegen Umweltzerstörung verfolgt wurde, der Präsident der USA sei.

(An dieser Stelle unterbrach Geoffrey Gleeson mit der Bemerkung: «Das ist doch wohl ein [Kraftausdruck] Witz». Ich erwiderte, dass Mr Belcher ebenfalls berichtete, dass er geglaubt habe, sie habe einen Witz gemacht.)

Mr Belcher gab an, er sei in dem Versuch, diese Diskrepanzen zu verstehen, in ein «Intranet-Loch» gefallen, das ihn schließlich zu uns geführt habe. Er sagte, obwohl er glaube, dass es «mehrere Universen oder Zeitschienen gleichzeitig geben könne, sei die ganze Sache doch [Kraftausdruck] verrückt, oder?».

Isaac French nahm daran Anstoß, aber Henrietta Mueck erinnerte Isaac daran, dass er früher ebenfalls nicht daran geglaubt habe, bis er schließlich die Wahrheit akzeptieren konnte.

Ich merkte an, dass Mr Belchers Annahmen korrekt seien, dass dies der erste dokumentierte Fall von technologischer Informa-

tion sein könne, der durch das Netz geglitten sei. Isaac French erwiderte, «wir wüssten aus früherer Erfahrung», dass die Chancen gering seien, dass Mr Belcher «astrein» und ehrlich sei.
Henrietta Mueck schlug vor, sich selbst mit Mr Belcher auf «neutralem Territorium» zu treffen, um seine Behauptungen persönlich zu überprüfen. Geoffrey Gleeson und ich erklärten uns dazu bereit, sie zu begleiten. Zusätzlich kündigte Geoffrey an, Mr Belcher weiterhin unter Beobachtung halten zu wollen, um sicherzugehen, dass er nicht «wieder einer dieser [Kraftausdruck] Zeitverschwender» sei.

Nick

Verzweiflung. Hoffnung. In den Wochen, die auf das folgten, was später als Euston-Gate bekannt werden würde, machte ich überaus nahe Bekanntschaft mit beiden. Ich verstehe jetzt, warum verzweifelte Menschen bei der Religion Zuflucht suchen oder beginnen, an Aliens oder Verschwörungstheorien zu glauben. Denn manchmal reicht eine rationale Antwort einfach nicht aus. Manchmal muss man über den Tellerrand schauen. Und das Hoffnung-Verzweiflungs-Doppelpack hatte mich *weit* über den Tellerrand hinausgeführt, tatsächlich ganz bis zum Willow-Green-Schrebergarten, wo ich, Gott steh mir bei, auf ein paar Leute wartete, die selbst die Langmütigsten unter uns als «vollkommen durchgeknallte Sonderlinge» bezeichnen würden.

Aber der Reihe nach.

Was niederschmetternde Erlebnisse angeht, rangiert das Herumhängen auf einem Bahnhof, wobei man in einem albernen Anzug aufs Handy starrt, während man gerade innerlich zusammenbricht, ganz weit oben. Ebenso wenn man den nächsten Zug nach Hause nimmt, weil ein Sicherheitsmann einen mit steigendem Misstrauen beobachtet und man nicht weiß, was zum Teufel man sonst tun soll. Dann muss man mit dem mitleidigen «Hat wohl nicht geklappt»-Lächeln der leicht flirtenden Servicekraft zurechtkommen, mit der man auf der Hinfahrt ein wenig geplaudert hat; man muss am Haus der Nachbarin vorbeischleichen wie ein schmutziger Betrüger, weil man die streitlustige alte Kuh heute einfach nicht ertragen kann; man tritt in sein leeres, seelenloses Haus, das einem gar nicht wirklich gehört, und lügt den Stiefsohn an, wenn er einem eine Textnachricht schreibt, um zu fragen, wie es so gelaufen ist («Super! Sie wirkt sehr nett»). Und wer würde die abgrundtiefe Schande vergessen, wenn man danach am Küchentisch sitzt und die letzte Flasche schlechten Weihnachtsgin trinkt, um dort von der baldigen Ex-Frau überrascht zu werden, weil man vergessen hat, dass man ihr eine Textnachricht geschickt hat, dass man nicht zu Hause ist. (Immerhin war Jez nicht mitgekommen.)

Poll zuckte zusammen, als sie mich sah.

«Ich dachte, du wolltest heute erst spät wieder nach Hause kommen?»

«Wollte ich auch. Nun bin ich wieder da.»

«Warum?»

«Fühle mich nicht so gut.» *Ich glaube, der medizinische Fachbegriff ist gebrochenes Herz.*

«Du siehst gar nicht krank aus.»

«Danke. Glaub schon.»

«Was zum Teufel trägst du da eigentlich?»

«Wie sieht es denn aus?»

«Es sieht aus, als gingest du zu einem Nachmittagstanz in den Fünfzigern. Wo ist Rosie?»

«Lily passt auf sie auf.»

Ein Stirnrunzeln. «Ist das der miese Gin, den wir für Mum besorgt haben?»

«Genau.»

Sie sah mich mit ihrem Lehrerinnenblick prüfend an. «Was ist los, Nick?»

«Nichts. Kann ein gehörnter Mann in einem schlimmen Anzug sich heutzutage nicht mehr mit schlechtem Gin betrinken, ohne ins Kreuzverhör genommen zu werden?»

Sie schniefte. «Gehörnt. Was für ein Wort. Habe das seit Jahren nicht mehr gehört.»

«Na ja. Alter Anzug. Altes Wort.» (Ich lallte an diesem Punkt nur ganz leicht.) «Soll ich in den Schuppen gehen, damit du in Ruhe deinen Kram packen kannst?»

«Alles gut. Ich wollte nur meinen Personalausweis holen.»

«Tee?»

«Gibt es Milch?»

«'türlich nicht.»

Sie holte ein Glas heraus, setzte sich mir gegenüber und schenkte sich zwei Fingerbreit ein. Als sie hereinkam, hatte ein Teil meines Hirns, mal abgesehen von dem Erschrecken, eine ganz leichte Veränderung an ihrem Äußeren wahrgenommen (Poll wusste genau, was ihr stand, und hatte der Versuchung einer radikalen Veränderung nach der Trennung widerstanden), und ich hatte eine Weile gebraucht, um zu verstehen, was es war. Ihre Körpersprache war lockerer, entspannter. Als wäre ich das Äquivalent zu einem viel zu vollen Rucksack gewesen, den sie jahrelang mit sich herumgetragen hatte, und jetzt, da ich nicht mehr auf ihrem Rücken hing, konnte sie sich mit größerer Leichtigkeit bewegen. Dylan hatte etwas ganz Ähnliches an mir entdeckt, als wir vor meiner äußerlichen Veränderung in der Küche miteinander plauderten, und ich war wirklich dankbar, dass er mich jetzt nicht sehen konnte – ich hatte das Gefühl, in den letzten vier Stunden um vierzig Jahre gealtert zu sein.

Poll nahm einen Schluck und verzog das Gesicht. «Wie kann Mum dieses Zeug bloß trinken?»

«Du kennst sie doch. Sie würde auch Abwaschwasser trinken, wenn es 15 Umdrehungen hätte.»

«Sie hat neulich nach dir gefragt, weißt du.»

«Sie freut sich bestimmt sehr, dass du dem jämmerlichen Dreckskerl endlich den Laufpass gegeben hast.»

«Hör auf, Nick.»

Wir lächelten einander an.

«Dylan hat es gut aufgenommen.»

«Ja, nicht? Ich hatte Angst, er würde wütend auf mich werden. Es hätte mich nicht überrascht, wenn er mich verstoßen und sich auf deine Seite geschlagen hätte.»

«Hier gibt es keine Seiten, Poll.» Innerlich zuckte ich zusammen – hatte ich nicht genau das zu Bee gesagt? «Ich glaube, er ist eigentlich erleichtert. Er sagte, dass wir jetzt immerhin aufhören können, so zu tun, als wäre alles okay.»

«Weise Worte.»

«Weises Kind. Kein Kind. Ein Erwachsener. Herrje, wir sind alt.»

«Wir sind zumindest im Begriff, es zu werden.» Sie schob ihr Glas von sich. «Ich kenne dich. Ich merke doch, dass irgendetwas los ist. Du kannst wirklich mit mir darüber reden, Nick.»

Es war in der Tat verführerisch, den ganzen Dreck loszuwerden und es ihr zu erzählen. Was auch immer in unserer Beziehung passiert war, früher waren wir Freunde gewesen. Es war ja nun auch nicht so, als hätte ich jemand anderen gehabt, dem ich mich hätte anvertrauen können. Lily war keine Option. Dylan konnte nicht noch mehr Stiefvater-Unsinn gebrauchen, der sein Leben komplizierter machte. Meine Eltern lebten in der Untere-Mittelklasse-Vorstadt im Himmel, und dank einer Mischung aus Depression, Selbsthass und ausuferndem Geld-Borgen hatte ich die Brücken zu meinen anderen Freunden abgebrochen. Nach ein paar unentschlossenen Sekunden brabbelte ich irgendetwas von «zu viel Arbeit». Es wäre fürs Ego vielleicht gut gewesen, ihr von Bee zu erzählen: *Du bist nicht die Einzige, die von jemandem gewollt wird*, aber die niederschmetternde Schmach, dass Bee nicht aufgetaucht war, hätte das wieder zunichte- und sogar noch schlimmer gemacht. Und ich hatte nicht die Worte dafür, Poll angemessen zu beschreiben, wie zutiefst es mich getroffen hatte, dass Bee mich daraufhin geblockt hatte. Ich hatte noch gar nicht richtig begriffen, wie tief sie mir schon unter die Haut gegangen war, da war sie schon wieder weg.

«Ich mache mir Sorgen um dich, Nick.»

«Musst du nicht. Ich kriege das schon hin. Ehrlich, Poll. Du kennst mich, ich suhle mich gern mal im Selbstmitleid.»

«Wir müssen die anderen Dinge irgendwann klären. Die praktischen Dinge. Lässt du es mich wissen, wenn du dazu bereit bist?»

«Mach ich.»

Poll tätschelte mir schwesterlich den Arm und ging wieder. Ich hatte der Versuchung nicht nachgegeben, ihr von Bee zu erzählen, aber ich tat das Nächstbeste. Ich fragte mich, was Poll, die praktisch veranlagte Poll, wohl gesagt hätte, wenn ich es getan hätte?

Dafür muss es irgendeine Erklärung geben, Nick.

Ich war aufgetaucht, das wusste ich ganz sicher, es sei denn, mein ganzes Leben war eine einzige überraschende Wendung, und ich war massiv und vollkommen verblendet. Es gab nur einen Bahnhof Euston auf der Welt, daher konnte ich auch ein Missverständnis ausschließen. Und es *konnte* einfach nicht sein, dass Bee mich nicht gesehen und nicht gehört hatte, wie ich mir auf dem Bahnhofsvorplatz die Lunge aus dem Leib schrie. Daher blieb nur die Ego-vernichtende Möglichkeit übrig, dass sie da gewesen war, mich und meinen Tweed-Anzug gesehen hatte und sofort das Weite gesucht hatte. Unwahrscheinlich – denn die Bee, die ich kannte (oder zu kennen glaubte), war nicht grausam und auch kein Feigling. Wenn sie mich körperlich abstoßend gefunden hätte, hätte sie mich vermutlich eher sanft mit einem «Ich glaube, wir sollten nur Freunde sein, Nick» zurückgewiesen. Sie hätte mich nicht wie einen Volltrottel neben einem Fritos-Laden herumstehen lassen und so getan, als wäre ich derjenige, der etwas falsch gemacht hätte. Ich war dort. Und wenn *sie* keine Betrügerin oder Psychopathin war, der es Spaß machte, emotional labile Verlierer durcheinanderzubringen, und das glaubte ich wirklich nicht, dann musste sie auch dort gewesen sein.

Und dann war da dieses: *Es gibt keinen Bahnsteig 22.*

Ich konnte es dabei belassen, oder ich konnte versuchen herauszufinden, welche Erklärung es dafür gab. (Das tat ich nicht sofort – dafür war ich zu betrunken. Ich schlief den Gin aus, holte am nächsten Morgen Rosie wieder zu mir, wich Lily mit der Ausrede aus, ich müsse Tweedys Buch noch einmal überarbeiten, und trank zunächst ein ganzes Meer Kaffee.)

Im Schuppen, in dem mir die Spinnen und Rosie Gesellschaft leisteten (bis ihr langweilig wurde und sie wieder ins Haus zurücktrottete), fing ich damit an. Als die ausführliche Intranet-Suche nach irgendwelchen Hinweisen auf Bee / Rebecca und ihre kleine Schneiderei keinerlei Ergebnisse brachte, las ich unseren i-Mail-Verlauf noch einmal durch. Die Unterhaltung zwischen dem Nick von früher und Bee brachte mich zum Lachen, zum Weinen und dazu, peinlich berührt zusammenzuzucken (hauptsächlich Letzteres). Aber schließlich schoss ich mich auf ein paar Merkwürdigkeiten im Stil von «Bahnsteig 22» ein – hingeworfene Bemerkungen über Bücher, Filme, Politik und Technik. Es waren zu viele, als dass ich das hätte abtun können, vierundfünfzig, um genau zu sein. Und obwohl ich einige von ihnen als Scherze (Trump als Präsident, *im Ernst?*) oder als Schreibfehler oder als das hätte deklarieren können, was wir alle tun (wir geben vor, ein Buch oder einen Film zu kennen, um nicht uninformiert zu erscheinen), gab es andere, bei denen ich dem Nick von früher am liebsten einen Schlag auf den Hinterkopf versetzt hätte, weil er nicht gleich reagiert hatte: Zum Beispiel hatte Bee den Brexit erwähnt, warum hatte ich da nicht sofort nachgefragt, statt dumm, wie ich war, einfach anzunehmen, sie hätte eigentlich Biskuit oder Brot schreiben wollen?

Es war Patricia Highsmith, die mich schließlich ins Aluhut-Land führte. *Schnittpunkte* im Gegensatz zu *Zwei Fremde im Zug*. Nachdem ich vergeblich nach Bees Titelversion gesucht hatte, tippte ich aufs Geratewohl «Alternative Buchtitel keine Erklärung?» in die Suchmaske des Intranets. Versteckt inmitten eines Haufens nutzloser Links fand ich einen Artikel mit der Schlagzeile: «Diese Leute glauben, sie lebten in einem alternativen Universum, weil sie ein Kinderbuch gelesen haben!» Ein Artikel, nicht sehr freundlich, über eine Gruppe, die unter dem Namen Die Berenstain-Society bekannt war. Demnach gründeten ihre Überzeugungen auf dem (bizarr unlogischen) Fakt, dass sie sich an ein Kinderbuch mit dem Titel *Die Berenstein-Bären* erinnerten, wobei Berenstein aber BerenSTAIN geschrieben war. Statt das einfach so zu akzeptieren, hielten sie das für den Beweis, dass sie irgendwie in eine andere Realität geraten und «Heimatlose» seien. Ich dachte, *scheiß drauf* (wie ich schon sagte: Verzweiflung) und suchte die Intranet-Seite der Society. Darauf war nichts über ihre Überzeugungen zu finden, nur das Cover eines digital veränderten *Berenstein-Bären*-Buches, sodass dort unheilvoll stand: *Die Berenstain-Bären und DIE WAHRHEIT*, dazu ein Nexus-i-Mail-Link. Noch mal scheiß drauf. Ich schusterte eine i-Mail zusammen, in der ich meine Situation erklärte, und schrieb in die Betreffzeile: «Brauche Hilfe bei einem ungewöhnlichen Problem», um sie dann in die Welt der Irren loszujagen.

Nach einem surreal formellen und unerwartet vernünftigen i-Mail-Austausch und einem trockenen, wenn auch stockenden Telefongespräch mit Kelvin Oduah, der behauptete, Schriftführer der Gruppe zu sein, lud er mich schließlich ein, mich mit ihm und ein paar seiner Mit-Verschwörer zu treffen, um «die Belastbarkeit Ihrer Behauptungen zu verifizieren».

Also saß ich jetzt hier auf einer modrigen Bank neben dem baufälligen Kaffee-Kiosk in der Schrebergartenkolonie und fragte mich, was zum Teufel ich eigentlich damit erreichen wollte. Eigentlich wäre dies ein nettes Plätzchen, um Zeit totzuschlagen, wenn der Kiosk nicht geschlossen, abgesehen von mir und ein paar hartnäckigen Krähen das eine oder andere Lebewesen in der Nähe gewesen wäre und die Kolonie nicht neben einem Bestattungsinstitut gelegen hätte. Doch aus irgendeinem Grund schien mir das auch wiederum passend zu sein. Hier konnte man dabei zusehen, wie Omis sterbliche Überreste weggekarrt wurden, um zu Dünger zu werden, und gleich nebenan ein paar Kilo schön gedüngtes Gemüse für die Trauerfeier ausgraben. Der Kreislauf des Lebens in den Vororten von Leeds. Ich dachte darüber nach und nervte mich selbst mit pseudo-philosophischen Überlegungen, als ich hörte, wie jemand meinen Namen rief.

Auf den ersten Blick und trotz der Tatsache, dass sie auf geradezu spektakuläre Weise zusammengewürfelt wirkten, passten die drei Leute, die sich mir näherten, gar nicht zu dem Stereotyp von Irren, das ich erwartet hatte. (Um ehrlich zu sein, weiß ich immer noch nicht, was ich eigentlich erwartet hatte: glänzende Irrenhüte, riesige Bärte und vielleicht ein Clown-Make-up?) Es war ganz eindeutig, wer von den beiden Männern der drei Kelvin sein musste. Seine Erscheinung passte perfekt zu seiner präzisen, zugeknöpften Sprechweise – adrett, bebrillt und das Hemd ordentlich in vernünftige Hosen gesteckt, als hätte seine Mutter ihn angezogen. Nach einem sachlichen Händeschütteln stellte er mir seine Begleiter vor, Henrietta (undefinierbares Alter, graue Haare, graues Kostüm, Deutsch, einschüchternde Ausstrahlung) und Geoffrey (in seinen Fünfzigern, mit rundem Kopf, untersetzt und mit Anorak). Zunächst wirkte nur Geoffrey ziemlich schräg. Weder Henrietta noch Kelvin waren das, was man unter freundlich versteht, Geoffrey jedoch strahlte sofort offene Feindseligkeit aus.

Nach der Vorstellung verstummten wir, was keiner außer mir offenbar unangenehm fand. Als ich es nicht länger aushielt, sagte ich: «Schön hier. Treffen Sie sich immer an diesem Ort? Ihre Gruppe, meine ich?»

«'türlich tun wir das nicht», schnaubte Geoffrey. «Wir wären doch total bescheuert, Ihnen unser ... unser Hauptquartier zu zeigen, bevor wir wissen, ob Sie nicht unsere Zeit verschwenden.»

«Klar. Klingt logisch.» Es klang auf schräge Art und Weise tatsächlich logisch. Der Zeitungsartikel war brutal gewesen. Und Paranoia ging meistens mit Verschwörungstheorien Hand in Hand, oder?

Dann mischte sich Henrietta ein, die ich sofort als Anführerin ausgemacht hatte. «Nur um sicherzugehen, Mr Belcher, Sie haben schon alle anderen Möglichkeiten ausgeschlossen, die Ihre Situation erklären könnten?»

«Nennen Sie mich Nick, bitte. Wenn ich nicht verrückt bin oder sie eine Psychopathin ist, gibt es keine anderen Möglichkeiten. Weshalb ich jetzt hier bin. Mit Ihnen.» Ich lächelte. Keiner von ihnen erwiderte das Lächeln.

«Dann benennen Sie bitte die ‹Diskrepanzen› aus Ihrer Korrespondenz.»

«Ich habe sie in den i-Mails aufgelistet.» Ich warf Kelvin einen Blick zu, damit er das bestätigte, aber er vermied sorgfältig jeden Blickkontakt. Vielleicht fand er Henrietta genauso einschüchternd wie ich. Sie hatte die Selbstsicherheit von jemandem, der eine Bank oder gleich ein ganzes Land leiten sollte. Kaum die Sorte Mensch, die man in einer Schrebergartenkolonie bei einem heimlichen Verschwörungstheoretiker-Treffen zu finden erwartet.

«Ich würde es gern aus Ihrem Mund hören.»

Ich zählte die Ereignisse ungeschickt auf. Henriettas durchdringender, fragender Blick verunsicherte mich.

«Und Sie haben weder Rebeccas vollen Namen noch ihre Adresse?»

«Nein. Wir hatten diese Regeln, die besagten, dass wir keine persönlichen Informationen austauschen wollten.» Ich kicherte. «Wie dumm, oder?»

«Ja.» *Okaaay*. Sie streckte die Hand aus. «Diese i-Mails? Kann ich sie sehen?»

«Ich bin mir nicht sicher, ob ich das möchte.»

«Dann haben wir hier nichts mehr zu besprechen.»

Verdammt. Henrietta wirkte nicht wie jemand, der mit dem Handy türmen würde. Geoffrey schon, aber er war irgendwann während meines Referats herumgeschlendert und schaute sich eine Vogelscheuche in einem der Schrebergärten an. «Okay. Gut. Aber bitte verurteilen Sie mich nicht.»

«Ich bin nicht im Verurteilungsgeschäft tätig, Nicolas.»

Henrietta glättete ihren Rock und setzte sich mit durchgedrücktem Rücken auf die Bank. Kelvin blieb, wo er war, regungslos wie ein Stein, wobei er es trotzdem irgendwie schaffte, nervös zu wirken. Geoffrey zündete sich eine Selbstgedrehte an und kickte mit dem Fuß in der Erde um seinen neuen Vogelscheuchenfreund herum (der unbestreitbar besser gekleidet war als er). Es gibt nur wenig Dinge, die unangenehmer sind, als einer Fremden, die glaubt, aus einer anderen Welt zu stammen, dabei zuzusehen, wie sie durch die eigenen privaten Nachrichten scrollt. Henrietta ließ sich nichts anmerken: Sie hätte auch die Wettervorhersage lesen können und nicht mein und Bees stellenweise befremdliches «Würdest du lieber»-Hin-und-Her. Meine einzige Hoffnung auf Ablenkung blieb ein Gespräch mit Kelvin – das, oder Feindseligkeiten mit dem durchgeknallten Geoffrey auszutauschen. Aber Kelvin hatte sich in seiner wie auch immer gearteten inneren Welt verloren. Oder *anderen* Welt, zumal er sich ja als «Heimatlosen» bezeichnete. «Wann haben Sie zum ersten Mal bemerkt, dass Sie ein Heimatloser sind, Kelvin?»

Er zuckte zusammen wie ein Roboter, durch dessen Schaltkreise plötzlich wieder Strom fließt. «In meinen späten Teenagerjahren.»

«Wegen des falsch geschriebenen Buchtitels?»

«Das ist ein Hinweis auf meinen Status, ja.»

«Und es gibt noch andere?»

«Natürlich.»

Ich wartete auf mehr. Es kam aber nichts. «Gut. Und Sie hatten keine Probleme, mit diesem … Status zurechtzukommen?»

«Natürlich hatte ich damit Probleme, Nicolas. Jeder zweifelt am Anfang daran.»

«Ich verdammt noch mal nicht!», rief Geoffrey zu uns herüber.

Er musste das Gehör einer Fledermaus haben. Mir entging nicht, dass Kelvin bei Geoffreys Fluchen zusammenzuckte.

«Und was glauben Sie, wie hoch ist die Wahrscheinlichkeit, dass das hier geschieht? Dass Bee und ich uns in unterschiedlichen Realitäten oder Zeitebenen befinden und zufällig miteinander kommunizieren konnten?»

«Wir brauchen Zeit, um zu analysieren, ob es sich hier tatsächlich um einen Glitch handelt.»

«Einen Glitch?»

«Wenn irgendetwas durch das Netz gedrungen ist, muss es sich um eine Panne, einen Fehler im System gehandelt haben. Um einen Glitch.»

«Und das Netz ist …?»

«Das ist das, was wir als theoretischen Raum, oder dessen Fehlen, zwischen zwei Zeitschienen bezeichnen.»

«Ach so. Natürlich.»

Henrietta stand auf und reichte mir mein Handy. «Danke. Es ist ausgesprochen unglücklich, dass Ihre Kommunikationspartnerin den Kontakt abgebrochen hat, denn es wäre sehr nützlich, wenn sie die Geschehnisse ihrerseits bestätigen könnte. Ist es möglich, dass sie wieder Kontakt aufnimmt?»

«Da kann ich wie Sie nur raten, Henrietta. Ich hoffe es doch verdammt noch mal sehr.»

«Es gibt immer Hoffnung, Nicolas.» Der erste Hinweis auf so etwas wie Menschlichkeit.

Henrietta kam mir wirklich nicht wie der hoffnungsvolle oder romantische Typ vor, aber hey, ich war inzwischen so weit, dass mir jeder Hafen im Sturm recht war, egal wie verrückt er auch sein mochte.

«Also. Was passiert jetzt?»

Henrietta informierte mich sachlich darüber, dass sie sich erst miteinander würden beraten müssen, bevor mich die Gruppe als eins ihrer Mitglieder akzeptierte. Da ich gar nicht darum gebeten hatte, der Society beitreten zu dürfen, hätte ich das in diesem Moment höflich ablehnen müssen. *Hinterher ist man immer schlauer ...*

Ich dankte ihnen für das, was auch immer gerade geschehen war, und schaute ihnen hinterher, wie sie davongingen. Geoffrey blieb noch einmal stehen und warf mir zum Abschied einen bösen Blick zu. Dann schnippte er seine Zigarettenkippe in einen Komposthaufen.

Ich saß noch eine Weile auf der Bank, bevor ich mir eine Mitfahrgelegenheit rief. Das Treffen war merkwürdig gewesen, gelinde gesagt. Ich hatte zwar nichts Bahnbrechendes herausfinden können, aber es hatte zumindest gutgetan, *überhaupt* etwas zu unternehmen. Und Henrietta hatte etwas Glaubwürdiges an sich, vielleicht lag es an ihrer autoritären Ausstrahlung, die mich langsam die Vorstellung ernst nehmen ließ, dass dies hier womöglich tatsächlich eine Erklärung sein *könnte.* Eine völlig verrückte Erklärung, sicher, aber dennoch deutlich greifbarer als die Psychopathin-/Betrügerin-/Irrsinn-Erklärungen. Aber Henrietta hatte recht. Um sicherzugehen, würden Bee und ich unsere Beobachtungen abgleichen müssen. Es lag nicht nur an meinem Herzschmerz und der Tatsache, dass ich sie in jeder Sekunde vermisste, dass ich das dringende Bedürfnis verspürte, wieder Kontakt zu ihr aufzunehmen – ich musste wissen, ob ich jetzt inzwischen auch zu der Verschwörungs-Spinner-Brigade gehörte oder nicht.

Und dieses Band zwischen uns ... Konnte das der «Glitch» sein, den Kelvin erwähnt hatte? Existierte es noch? Ich hatte das Gefühl, dass es das tat, also gab es auch hier vielleicht noch Hoffnung.

Bee

Nach Nate-Gate hatte ich eine leichte Selbsthilfebücher-Sucht entwickelt (*Weiterleben: Wie man sich trennt, ohne zusammenzubrechen; Das zerbrochene Herz und andere Mythen; Der Trauerzyklus und wie man ihn durchbricht* und so weiter und so fort), was bedeutete, dass ich mich sehr gut mit den fünf Phasen der Trauer auskannte. Und nachdem ich Nick blockiert hatte, durchlebte ich sie alle in nur wenigen Stunden. Es war, als hätte mein Hirn, mein Herz, meine Seele – was auch immer – bei der Vorstellung, den Prozess erneut durchmachen zu müssen, mit dem Fuß aufgestampft und stattdessen den Schnellvorlauf meiner Gefühle gestartet, damit ich die Sache so schnell wie möglich hinter mich bringen konnte.

1) **LEUGNEN:** Als ich unter der Uhr stand, kam dieses Gefühl als Erstes. *Er ist hier. Er muss hier sein. Du hast irgendetwas falsch verstanden, du siehst ihn nur nicht. Ent-Blockiere ihn* jetzt. Stattdessen ging ich zum Sitzbereich im Halbgeschoss, kaufte mir einen grünen Tee an einem Stand, kippte gegen den Schock Zucker hinein, setzte mich und schaute hinunter auf die Pendler. Mein Herz setzte jedes Mal kurz aus, wenn ich jemanden sah, der Tweed trug. Meistens waren es ältere Frauen oder ein Mann mit einer Frau, und ich saß da, bis mein Tee kalt und all meine Hoffnung vergangen war.
2) **WUT:** *Scheiß-Nick. Scheißkerl. Soll er doch zur Hölle fahren, der beschissene Nick.* Ich überquerte die Kreuzung zum Bahnhof Euston Square, und ein Fahrradfahrer – männlich, in seinen Fünfzigern, glotzäugig, ich erinnere mich genau – fuhr über die rote Ampel ganz knapp an mir und ein paar anderen Fußgängern vorbei. Ich schrie ihn so heftig an, dass meine

Stimmbänder noch Tage danach schmerzten, was mir überhaupt nicht ähnlich sah. Wut macht mich sonst eigentlich immer eher introvertierter und weinerlich. Wer war also diese wortgewandte, fluchende, knallharte Frau? Ein Taxifahrer reckte die Daumen und rief: «Gib's ihm, Mädchen!», was sich gut anfühlte. Aber das hielt nicht lange an, denn sofort kam:

3) **VERHANDELN:** Ich wartete auf die U-Bahn nach Hammersmith, die wegen Bauarbeiten Verspätung hatte, und ich begann, mit einem Gott zu verhandeln, an den ich nicht glaubte: Wenn du das hier wieder gut werden lässt, dann werde ich ein besserer Mensch, helfe den Obdachlosen und spende mehr Geld.

4) **DEPRESSION:** Ich schluchzte heftig in der U-Bahn, und es war mir völlig egal, was die anderen Passagiere von mir dachten. Es war ein richtig hässliches Weinen (Keuchen; Rotz und Wasser; zerflossenes Make-up – das volle Programm). Rückblickend gab mir das den Glauben an die Menschheit zurück. Ein Straßenmusiker, der Akkordeon spielte, gab mir eine Packung Taschentücher und wollte dafür kein Geld; zwei aufgedonnerte Mädchen, die gerade auf dem Weg zum Westfield Shopping Centre waren, warfen mir mitfühlende Blicke zu und flüsterten im Vorbeigehen: «Das wird schon, Süße.»

5) **AKZEPTANZ:** Sie setzte ein, als ich meine Wohnung erreichte. *Tja, was hast du erwartet, du Idiotin? Du hättest wissen müssen, dass das geschehen würde. Es war einfach zu schön, um wahr zu sein.*

Ich setzte mich neben Clarice und ließ es zu, dass die Taubheit sich meiner bemächtigte, die mich schon nach Nate-Gate gerettet hatte. Mein Handy tanzte auf dem Tisch, weil ständig Texte und verpasste Anrufe von Leila eingingen.

Ich überlegte kurz, sie anzulügen, für den Fall, dass ich *wirklich* etwas missverstanden hatte (jemand in seiner Familie war kurzfristig krank geworden usw. usf.). Aber dafür hatte ich nicht mehr genügend Hoffnung übrig. «Er ist nicht aufgetaucht.»

«SCHEISSE. Bist du zu Hause? Ich komme.»

Sie ließ sich nicht abwimmeln. Ich versuchte, noch ein paar Tränen herauszuquetschen, bevor sie auftauchte, aber sie wollten einfach nicht fließen.

Ein Taxi fuhr vor – ein schwarzes, das sie ein Vermögen gekostet haben musste –, und ich rannte hinaus, um ihr beim Ausladen der Zwillinge zu helfen. Sie hatten keinen Mittagsschlaf gemacht und waren übellauniger als sonst, was irgendwie half. Die zwei völlig aufgedrehten Zweijährigen unterbrachen unsere Unterhaltung ständig, sodass ich gar keine Gelegenheit hatte, mich in meinem Selbstmitleid zu suhlen. Wir bestachen sie mit je einem Haferkeks, was uns eine Kekslänge Ruhe verschaffte. «Einfach nicht aufzutauchen, ist die Standardprozedur für Betrüger, Bee. Ich hätte dich nie dazu ermutigen dürfen, dich mit ihm zu treffen. Es tut mir furchtbar leid.»

Oh, die Versuchung, die Schuld dafür ihr zu geben ... einen Moment lang spürte ich völlig unangemessene Wut: *Ja, es ist alles deine Schuld, wir hätten ewig so weitermachen können, wenn du mich nicht überredet hättest.* Und dann setzte wieder die Vernunft ein. «Es war doch meine Entscheidung. Und es ist keine große Sache, wirklich nicht. Es ist ja nicht so, dass wir irgendwie eine Beziehung gehabt hätten, oder? Es wird schon wieder.»

Blödsinn.

In den folgenden Tagen war Leila einfach großartig. Lev auf seine Weise ebenfalls. Sie bestanden darauf, dass ich jeden Abend zum Essen kommen sollte – sie fragten sogar, ob ich für eine Weile zu ihnen ziehen wolle. «Mir geht es gut», sagte ich immer wieder. Schon wieder Blödsinn. Ich hatte die Akzeptanz-Phase natürlich noch längst nicht erreicht. *Netter Versuch, Hirn.* Meine Gefühle sprangen auf und ab wie ein Jo-Jo: eine ganze Bandbreite von pulsierender Wut, dass man mich so grausam hereingelegt hatte, bis hin zu Trauer. Das Schlimmste von allem aber war das Loch, das Nick zurückgelassen hatte, das Loch, das ich mit Arbeit und Podcasts zu füllen versuchte (die meisten von ihnen True-Crime-Geschichten, in denen ironischerweise meistens Betrüger oder Social-Media-Verbrechen vorkamen). Es war schon so normal für mich gewesen, ihm jeden Tag die Einzelheiten meines Tages zu schildern. Er war immer noch der Erste, dem ich es erzählen wollte, als ich eine Woche nach Euston eine B-Promi-Kundin gewann (mit toupierten Haaren, gebotoxt, das totale Reality-TV-Klischee), oder als ich eines schändlichen Tages kalte Baked Beans aus der Dose mit einer schmutzigen Gabel aß. Ich verbot es mir, unsere E-Mails erneut zu lesen und sie nach winzigen Hinweisen darauf zu durchsuchen, dass ich betrogen worden war, weil ich wusste, dass das gleichbedeutend mit einem Ticket nach Bessenheitshausen war.

Die Wut und der Kummer verwandelten sich in das Gefühl, erniedrigt worden zu sein, verstärkt durch ein hohles Lachen um drei Uhr nachmittags: *Du bist einfach nicht gut genug. Was, wenn er tatsächlich dort gewesen ist? Was, wenn er dich kurz angesehen hat und sofort «Kotz, nein danke» gesagt hat?* Es gab nur eine Hilfe für ein angeschlagenes Ego: Tinder. Ich erneuerte meinen Account und wischte gnadenlos auch noch die nervigsten Profile nach rechts, um das Risiko, abgewiesen zu werden, möglichst gering zu halten. Früher hatte ich Regeln dafür aufgestellt: keine Profile mit Bildern von Waschbrettbäuchen, mit Sonnenbrillen oder teuren Autos; keine Gruppenfotos; keine Fotos von Hunden oder Essen, mit denen die emotional Verletzten angelockt werden sollten, aber diese Regeln galten jetzt nicht mehr. Es wurde ein Spiel für mich. Ich wischte Profile mit dem Wort «Playa» darin nach rechts, Profile mit oberkörperfreien Jungen in ihren Zwanzigern, die sich an Porsches lehnten; mit schrecklich gekünstelten

Schwarz-Weiß-Fotos, und eins, das nur ein Foto von einem Eisbecher zeigte. Es stammte von «Sam43», und darunter stand: «Lass mich dich füttern.» Unter all den Profilen war es mit Abstand das gruseligste und erinnerte mich an diesen Deutschen, der im Internet nach jemandem gesucht hatte, der ihn essen sollte (ganz buchstäblich, meine ich). Das Dopamin, das nach jedem Match kam, half tatsächlich ein wenig, aber neunzig Prozent der Eröffnungssätze der ausgewählten Profile lauteten nur: «HEY.» Der gruselige Sam43 war eine Ausnahme, denn er hatte sich immerhin die Mühe gegeben, einen Halbsatz zu formulieren: «Ich mag dein Provil Bee.» Die Rechtschreibung war falsch, aber egal.

«Danke. Also. Du willst mich also füttern, oder was?»

«Hast du denn Hunger?»

«Immer. Magst du Frauen, die essen?»

«Jeder isst doch!»

Hmmmm.

Er schickte mir die Adresse eines Cafés in North London, das mehr ein Eiscafé als ein richtiges Café war. Ich wollte es scheußlich finden, fand es aber wider Willen doch cool, weil es so Vintage war. Pinkfarbene Wände, eine Glasvitrine im Fünfzigerjahre-Stil, in der dreißig Eissorten ausgestellt waren, und glücklich aussehende Mitarbeiter in Retro-Schürzen. Ich sagte mir, wenn ich zusätzlich zu ein bisschen Balsam auf mein geschundenes Ego noch ein Dessert bekommen würde, wäre das vielleicht nicht das Schlimmste, was passieren konnte.

Ich wählte einen Tisch am Fenster, und ein korpulenter Mann mit Schürze kam. Ich bestellte einen Cappuccino.

«Bee? Ich bin's. Sam.» Die Andeutung eines schottischen Akzents. Nettes Lächeln.

Blinzeln. «Ist das dein Café?»

«Jawohl. Bin gleich wieder da.» Er verschwand hinter dem Verkaufstresen und kam mit einer perfekten Kopie des Eisbechers im Profilfoto wieder. Sogar Wunderkerzen sprühten darauf.

Er setzte sich mir gegenüber. «Na los. Probier mal.»

«Willst du kein Eis?»

Er tätschelte seinen Bauch. Freundlicher Blick, dickes, kurz geschnittenes schwarzes Haar. «Ich versuche, das Eis nur zu machen und es nicht zu essen.» Normalerweise war es mir unangenehm, mich vor einem Fremden vollzustopfen, der selbst nicht isst, aber egal. Ich machte mich über den Eisbecher her.

Verschwörerisch beugte er sich vor. «Weißt du, ich habe das hier noch nie gemacht.»

«Ja, genau.»

«Nein. Wirklich.»

Und dann merkte ich, dass seine Mitarbeiter uns beobachteten und dabei so taten, als wären sie sehr beschäftigt.

«Sie haben mir geholfen, dich auszusuchen.»

«Mich auszusuchen? Als wäre ich ein Gericht auf der Speisekarte?»

Er wurde blass und murmelte eine Entschuldigung. Er hatte es verdient, für seine zwielichtige Dating-Politik getadelt zu werden, aber vielleicht verdiente er diese Bissigkeit dann doch nicht. Immerhin kippte ich gerade Wochen der Qual auf diesem netten Fremden aus. «Tut mir leid. Ich hatte ein paar schlimme Wochen. Und das hier ist köstlich.» Das stimmte.

«Schlimme Trennung?»

«Fürchterlich.»

«Ich auch.»

Und das war das Stichwort für seine ganze Geschichte … Ich wartete, aber er legte nicht sofort damit los. Ich bügelte meine Geschichte ein wenig glatt und mischte das alte Nate-Debakel mit hinein, weil das weniger verlierermäßig klang, als nur einfach einem Betrüger aufgesessen zu sein. Seine Geschichte war viel schlimmer: siebzehn Jahre verheiratet, und dann war seine Frau mit einem zwanzigjährigen Souschef durchgebrannt, der mal in der TV-Kochserie *Masterchef* den dritten Platz belegt hatte.

Er brachte mich zum Lachen. Da war definitiv ein Funken zwischen uns, und nicht nur wegen des Essens. Sam erfüllte so ziemlich alle Bedingungen eines «möglichen Beziehungskandidaten». Ich konnte mir vorstellen, mit ihm Zeit im Gelato-Café zu verbringen, mit seinen Mitarbeitern zu plaudern, zu lachen und vielleicht sogar Typ-II-Diabetes zu entwickeln, aber hey. Er war ein netter Kerl, ein echter Mensch, unsere Leben passten zueinander, aber er war nicht – und jetzt kommt's – der *Eine*. Es war wieder ein Test für mich, ich erlebte meine eigene Version einer Wendung, die normalerweise in romantischen Komödien vorkamen: *Sie hatte gedacht, sie sei über den Einen hinweg. Aber sie brauchte ein perfektes Match auf Tinder, um zu begreifen, dass sie sich GEIRRT hatte.*

Das schlimme Date mit dem irren Aktentaschen-Typen hatte mich dazu gebracht, die Sache mit Nick voranzutreiben. Und ein gutes Date mit dem genialen Gelato-Typen brachte mich dazu, wieder Kontakt zu ihm aufzunehmen. Denn natürlich nahm ich wieder Kontakt zu ihm auf. Ihr wusstet das doch. Damit hätte ich auch gleich anfangen können.

Von: bee1984@gmail.com
An: NB26@zone.com
Hey.

Nick

Hey. Wie kann eins der nervigsten Wörter der englischen Sprache so wunderschön klingen?

Wie sagt man: *Ich glaube, wir leben vielleicht in unterschiedlichen, parallelen Universen.*

Wie sagt man: *Ich glaube, ich werde gerade verrückt.*

Wie sagt man: *Ich glaube, ich liebe dich.*

Ganz einfach, man sagt es einfach. Und das tat ich.

Nur nicht sofort, weil Bees unerwartetes, lebensveränderndes «Hey» zum ungünstigsten Zeitpunkt überhaupt kam – als ich gerade mit Poll und Jez verhandelte. Ich hatte es nicht mehr länger aufschieben können und musste schließlich in den sauren Apfel beißen. Poll hatte vorgeschlagen, dass wir uns auf neutralem Territorium treffen sollten, um die «praktischen Einzelheiten» zu diskutieren, aber ich hatte darauf bestanden, dass wir uns in Jez' Wohnung trafen, teils, weil ich neugierig war, wie die beiden dort lebten, teils, weil ich wollte, dass sich Jez so befangen fühlte wie möglich. Nach unserer Aussprache in der Küche hatte ich Poll vergeben, aber Jez war immer noch eine gute Zielscheibe für meinen rechtmäßigen Zorn.

Auf dem Weg hatte ich mich einigen lächerlichen Rachefantasie-Szenarien hingegeben und mir vorgestellt, wie ich ihm schon beim Eintreten einen Kopfstoß versetzte und selbstgerecht schrie: «Wir sehen uns vor Gericht!», um dann hinauszustürmen, aber noch ein kurzes, unsterbliches «Es wird nicht halten» über die Schulter zu rufen (dieselben Worte, die Saul, Polls Ex, mir vor all den Jahren an den Kopf geworfen hatte). Doch als ich ankam, umarmte Poll mich, und Jez nahm mir den Wind aus den Segeln, indem er murmelte: «Es tut mir ja so leid, Kumpel, hau mir eine runter, wenn du willst, ich nehme es dir nicht übel», daher hatte ich keine Wahl: Ich musste mich wie ein Erwachsener benehmen.

Um ehrlich zu sein, und mal abgesehen von meinen Rachefantasien, war meine persönliche Fehde mit Jez angesichts der zögerlichen Erkenntnis, dass ich womöglich gerade eine reale Folge von *Spiegelwelt* erlebte, ziemlich in den Hintergrund getreten. Um das Sorgerecht für das Billy-Regal zu kämpfen, war mir gar nicht mehr so wichtig. Während Jez davonschlurfte, um Tee zu kochen, folgte ich Poll gehorsam ins Wohnzimmer. Es war sogar noch jugendlicher eingerichtet, als ich es in Erinnerung hatte, was mich aufheiterte. Sie hatte ihr Bestes gegeben, um es mit einem Teppich, meiner Ex-Küchenuhr (die hier merkwürdigerweise viel besser hinpasste), Kissen und Blumen zu verschönern, aber all das wirkte irgendwie seltsam in Kombination mit den mit Tesafilm an die Wände geklebten Postern, der Jukebox, der Gitarre und den Lautsprechern, die an der Wand standen (schrecklicherweise musste ich mir immer vorstellen, wie Jez Poll *Stairway to Heaven vorspielte*).

Poll setzte sich mir gegenüber und musterte mich von Kopf bis Fuß. «Du siehst müde aus. Wenn du das heute nicht tun willst, können wir es auch verschieben.»

«Nein. Ich habe das ohnehin schon zu lange hinausgeschoben. Lass es uns hinter uns bringen.»

«Ich habe es ernst gemeint, was ich gesagt habe, weißt du. Du kannst wirklich über alles mit mir reden.»

Es war wirklich verlockend, aber ich kannte Poll gut genug, um sicher zu sein, dass sie mir ans Herz legen würde, mich einweisen zu lassen, wenn ich ihr erzählte, dass ich mich neulich mit ein paar Leuten getroffen hatte, die glaubten, aus einer anderen Realität gekommen zu sein, weil ich hoffte, wieder Verbindung zu meiner Traumfrau aufnehmen zu können, die ich noch nie gesehen hatte.

Jez kam zurück und kleckerte Tee auf den Teppich. Mit den Bechern in der Hand und nach ein wenig lahmem Small Talk («Wie geht es Rosie?» «Gut.» «Wie geht es Dylan?» «Gut.» «Wie geht es deiner Mutter, Jez?» «Gut.») fingen wir an. Poll war unübertrefflich in derlei Dingen und hatte eine Liste der Ausgaben vorbereitet: Was ich bezahlt, welche Rechnungen sie beglichen hatte. Die Liste reichte Jahre zurück: War das ein Hinweis darauf, dass sie schon lange gewusst hatte, dass dieser Tag kommen würde? Ihrer beider Hände suchten einander immer wieder, und Jez sah sie mit einer Mischung aus Begehren und Heldenverehrung an, die ich abstoßend und – trotz allem – gleichwohl liebenswert fand. Gott weiß, dass Poll mehr als das bisschen glanzlose Zuneigung verdiente, das sie in den letzten Jahren von mir bekommen hatte. Der Plan war, seine Wohnung und unser Haus zu verkaufen. Poll würde mir meinen Anteil auszahlen, und das wäre es dann. Sie schlug vor, dass ich in dem Haus bleiben solle, bis wir einen Käufer gefunden hätten. «So hast du keinen Stress, so schnell wie möglich auszuziehen.»

Dann piepte mein Handy.

«Hey.»

Ich erinnere mich nicht mehr genau, wie ich reagierte, aber es muss ziemlich extrem gewesen sein, denn als ich wieder zu mir kam, starrten mich Poll und Jez an, als hätte ich gerade mein großes Geschäft auf dem Couchtisch gemacht.

«Was ist los?», fragte Poll.

«Ich muss los.»

«Aber wir sind noch nicht fertig.»

«Ich vertraue dir, Poll. Ich weiß, dass du fair bist. Mach, was du willst.»

Ich war voller Adrenalin. Die Götter waren auch auf meiner Seite, was Lily anging, denn sie stellte sich mir nicht in den Weg, als ich an ihrem Gartentor vorbeirannte. Als ich im Haus in Sicherheit war, brauchte ich mehr als eine Stunde, um eine Antwort für Bee zu verfassen. Es kam alles in einer Art Bewusstseinsstrom heraus und gipfelte in dem Treffen mit den Berenstains. Insgesamt wurden es fünftausend Wörter. Halb erwartete ich, dass dieser Wortstrom sie vielleicht verschreckte, aber ich bekam nur «Wir MÜSSEN reden. Versuch noch mal, mich anzurufen» als Reaktion.

Das tat ich, aber wie erwartet funktionierte es nicht. «Bee – wie geht es dir wirklich damit? Nimm dir Zeit, wenn du möchtest. Ich habe ewig gebraucht, um das hier zu akzeptieren. Ist etwas an der Sache dran? Sollen wir unsere Beobachtungen vergleichen?»

Sie antwortete lange nicht. Dann: «Ja.»

Wir blieben die ganze Nacht wach und machten auch am nächsten Tag weiter. Wir nutzten die seltsamen Unstimmigkeiten (die Bee «Hinweise» nannte) als Ausgangspunkt und arbeiteten uns vor. Sie sagte ihre Anproben ab, ich ließ Rosies Gassirunde ausfallen. Wir mussten in der Zeit ewig zurückgehen, aber am Ende fanden wir heraus, dass unsere Welten sich Mitte der Achtzigerjahre oder in den frühen Neunzigern auseinanderentwickelt haben mussten. Wir hatten zum Beispiel beide den Schrecken von Tschernobyl erlebt, aber die Reaktionen unserer jeweiligen Umwelt stimmten nicht überein. Von diesem Zeitraum an begann meine Welt, die Vorteile der grünen Energie zu nutzen; die Wirtschaft ihrer Welt verließ sich weiter auf Kohle. In ihrer Welt gab es überdies das kontroverse Attenborough-Abkommen nicht. («Was ist das denn?» – «Das Gesetz, das das Wachstum der Weltbevölkerung limitiert, natürlich.» «Auf der ganzen Welt??» «Jawohl – willst du damit sagen, dass es bei euch keine Beihilfe zur Sterilisation gibt?» «Nein, leider nicht.») Wir hatten beide Jahre des Thatcherismus und Blair hinter uns (wobei er in meiner Welt nur eine Legislaturperiode durchgehalten hatte, um dann von Brown abgelöst zu werden). In den USA hatten wir Gore (zwei Wahlperioden), gefolgt von Obama («Ihr habt ja so ein unglaubliches Glück, Nick»); sie dagegen hatte einen Haufen Bush-Legislaturperioden, Obama und dann Trump. («In meiner Welt ist er eine Witzfigur und ist wegen Umweltzerstörung verurteilt worden.» «Bei uns ebenfalls, abgesehen von dem Teil mit der Umweltzerstörung, leider.»)

«Hattet ihr das Attentat vom 11. September, Nick?»

«???»

«Als die Twin Towers eingestürzt sind?»

«Verdammt nein. Herrgott noch mal, Bee.»

«Also keinen Irakkrieg? Afghanistan?? ISIS?»

«Nein.»

«Brexit?»

«Du meinst Biskuit? :-)»

«Ha, ha. Brexit, der zermürbende Austritt Großbritanniens aus der EU? Kennt ihr den etwa nicht?»

«Nein. Nie gehört. Wir sind in der Eurozone.»

«Und ich fand es merkwürdig, als du immer wieder von Euros geschrieben hast! Herrgott noch mal.»

Beide Welten hatten Pandemien erlebt – in ihrer gab es erst in letzter Zeit einen Ebola-Ausbruch – aber nichts, was dem Ausmaß der Vogelgrippe von 96 gleichkam.

Um die Unterhaltung wieder etwas aufzuheitern («Ich kriege hier ernsthafte Depressionen, Nick») wechselten wir zum Thema Popkultur, die in unseren Welten überraschend ähnlich war:

«The Twilight Zone? (Denn jetzt wären wir da.) Star Trek? Star Wars?»

«Ja, ja und ja.»

«Die Star-Wars-Prequels?»

«? Nein. Nur 3.»

«Du Glücklicher. Das Marvel-Universum?»

«Ja. Senses?»

«Nein! Was ist das?»

«Das größte Film-Franchise aller Zeiten? Chinesisch-amerikanische Kollaboration?»

«Nein.»

«Gut. Es ist nämlich Mist. Und habt ihr wirklich keinen Jason Frey?»

«Nein, aber wir haben The Rock. Dwayne Johnson.»

«Den haben wir auch. Der kandidiert für den Senat.»

«Jetzt werde ich aber WIRKLICH neidisch.»

Und so ging es immer weiter. Wir gingen Völkermorde, Naturkatastrophen, Technologie und Politik durch.

Kurz gefasst: Ihre Welt war technologisch weiter als meine; meine war grüner («Ihr habt wirklich GAR KEIN Plastik mehr?» «Jawohl. Wurde 2001 verboten.»). In beiden Welten gab es Rassismus, Sexismus, soziale und geschlechtliche Ungerechtigkeiten und Kapitalismus, wenn auch mit kleinen Unterschieden (wegen des sozialen Stigmas, ein soziopathischer, gieriger Dreckskerl zu sein, gab es bei uns weniger Milliardäre). Wir hatten das Bedingungslose Grundeinkommen («Wow!» «Ja, nein, eigentlich nicht – mit 300 Euro kommt man nicht weit»). (Bee fasste meine Realität schließlich als «Quäker-Kapitalismus mit einem Schuss Sozialismus» zusammen.) Wir hatten beide Google und das Intranet (offensichtlich), aber bei ihr war es nicht datenschutzrechtlich reguliert. Außerdem hatten sie keine Freiwillige Sterbehilfe («So wie Dignitas?» «Jawohl. In jeder Stadt.»).

«Kann ich bitte in deine halb-utopische Welt kommen, Nick? Moment, habt ihr Netflix?»

«Nein.»

«Dann streich das wieder.»

Von: bee1984@gmail.com
An: NB26@zone.com
Wenn DAS wirklich gerade geschieht, dann weißt du, was das für uns bedeutet, oder?

Von: NB26@zone.com
An: bee1984@gmail.com
Ja.

Von: bee1984@gmail.com
An: NB26@zone.com
Sag du es. Ich kann es einfach nicht.

An: NB26@zone.com
Es bedeutet, dass es vollkommen unmöglich ist, sich zu treffen.

Bee

Die ganze Geschichte war völlig irre, ein WAS ZUM TEUFEL in Großbuchstaben, aber auf schräge Weise auch einleuchtend. Die Hinweise, Nicks Ehrlichkeit (von der ich tief in meinem Inneren gewusst hatte, dass sie nicht gespielt sein konnte), die technischen Probleme, wann immer wir uns außerhalb von E-Mails zu erreichen versuchten, wie zum Beispiel über Livecalls. Geschichten von Alternativen Realitäten und Paralleluniversen gehörten so sehr zu unserer DNA und Popkultur, dass sogar ich, ein Quantenphysik-Dummerchen, von ihnen wusste. Aber so bizarr es alles auch war, dauerte es überraschenderweise nicht lange, bis ich aufhörte, die Formel «Wenn es das wirklich IST, was hier geschieht» zu verwenden. Denn ich glaube, Anpassung und Akzeptanz liegen uns ebenfalls in den Genen. Nick hatte recht: Die Menschen brauchten Antworten. *Wir* brauchten Antworten, und das war die einzige, die wir hatten. Und so oberflächlich es auch klingt: Meine vorherrschende Reaktion war Erleichterung, dass ich ihn zurückhatte. Ein verlorenes Teilchen, das wieder an seinem Platz war.

Nick war derjenige, der die Frage aufbrachte, ob wir das alles «jemandem an offizieller Stelle» erzählen sollten.

«Wem denn?»

«Gute Frage. Bin mir nicht sicher, ob die Behörden unserer jeweiligen Welten eine Abteilung für Quanten-Anomalien haben.»

«In den Filmen gibt es doch immer irgendeine zwielichtige Organisation, die sich mit derlei Dingen beschäftigt.»

«Ja. Und es gibt auch immer einen Betonbunker, in dem man mit Leuten wie uns Experimente macht.»

«HA!! Eigentlich ist das gar nicht witzig. Ein Guantanamo Bay für Leute, von denen man annimmt, dass sie das Raum-

Zeit-Kontinuum übertreten haben … Wobei ich annehme, dass deine Welt die Freuden von Guantanamo und die offenen Folter-Außenposten der US-Regierung nicht kennt, die unter dem Vorwand errichtet wurden, uns alle ‹vor dem Terrorismus zu schützen›?»

«Das ist wohl so. Aber falls du dich jetzt schlecht behandelt fühlst, dann muss ich dir versichern, dass ich auch in keinem utopischen Paradies lebe. Wir haben auch unseren Teil an Menschenrechtsverletzungen hier zu ertragen.»

«Also behalten wir es für uns?»

«Für uns, ja. Nur die Berenstains wissen sonst noch Bescheid. Zumindest fürs Erste. Hey, gibt es eigentlich auch so eine Gruppe in deiner Welt?»

«Okaaaaaay. Habe gerade recherchiert. Keine Gruppe, aber es gibt TATSÄCHLICH ein Buch mit diesem Titel. Und du glaubst es nicht, es heißt ‹BerensTAIN›. Es ist eine ganze Serie.»

Und das war noch nicht alles. Nick hatte seine Berenstains, ich meine eigenen schwarzen Löcher, in denen ich während meiner Recherche verschwand: Reddit, 4-Chan und zahllose Foren, die sich Verschwörungen zur Multiversums-Theorie in all ihren vielen Ausformungen widmeten. Aber nirgends, nicht einmal in den finstersten Ecken, wurde je erwähnt, dass Menschen per E-Mail über die Zeitstrahlen hinweg miteinander kommuniziert hätten.

«Ist es möglich, dass wir die einzigen Menschen auf der ganzen Welt sind, denen das je passiert ist, Nick?»

«Vielleicht. Wer weiß das schon?»

Es klingelte an der Tür. Ich schaute aus dem Fenster, sie winkte mir zu und hatte diesen «WAS ZUM TEUFEL, BEE??»-Gesichtsausdruck. «Vergiss nicht, was du sagen wolltest. Habe Besuch.»

Ich ließ sie etwas zögerlich herein. Es war gute sechsunddreißig Stunden her, seit ich zum letzten Mal geschlafen, geduscht oder mir die Zähne geputzt hatte.

«Ich schicke dir schon seit verdammten Stunden Textnachrichten. Hast du dein Handy verloren oder so? Ich bin schon ganz krank vor Sorge.»

«Tut mir ja so leid, Leila. Ich habe mich total in meiner Arbeit verloren.»

Sie musterte mich mit ihrem scharfen Blick, der wie ein Radar jeden Blödsinn sofort aufspürte. «Du siehst scheiße aus. Aber trotzdem ...»

«Trotzdem was?»

«Trotzdem siehst du mehr aus wie du selbst. Ich weiß nicht ... glücklicher. Warum?»

«Du kennst mich. Arbeit hilft bei mir immer.»

Sie nahm es mir nicht ganz ab. «Hmmm. Aber mach das nie wieder mit mir. Ich habe mir ernsthaft Sorgen gemacht.»

«Ich weiß. Ich bin ein Arsch.»

Sie warf ihre Tasche aufs Sofa. «Und jetzt hol mir verdammt noch mal einen Drink. Lev passt auf die Zwillinge auf, und jetzt, da ich weiß, dass es dir gut geht, muss ich *sofort* die Situation genießen.»

Ich schenkte uns ein Glas Wein ein.

«Was zum Teufel ist das?»

Ich drehte mich um und sah, wie sie den Haufen halb ausgepackter Bücher begutachtete, der am Morgen gekommen war. In den Stunden nach Nicks Enthüllung hatte ich so ziemlich alles bestellt, was es über Multiversen, Quantenphysik und Paralleluniversen gab. (Nicht, dass das irgendwie geholfen hätte. Ich hatte Mathe schon in der Schule nie richtig verstanden.) «Ich erweitere meinen Horizont.»

Sie betrachtete den Klappentext des obenauf liegenden Bandes, es war von Kernphysiker Jim Al-Khalili. «Nicht dein Ernst.»

«Eine Kundin hat mein Interesse dafür geweckt.» Ich log sie wirklich nicht gern an, aber ich hatte das Gefühl, dass es zurzeit die richtige Entscheidung war. Nicht nur, weil ich nicht riskieren wollte, dass sie mich für verrückt hielt – ich war außerdem noch todmüde und hatte keine Energie, ihr alles zu erklären.

Sie hakte nicht nach, wofür ich den Zwillingen zu danken hatte. Sie war genauso erschöpft wie ich. Der Wein entfaltete sofort seine Wirkung – ich hatte seit Stunden nichts mehr gegessen –, und auf Leila schien er dieselbe Wirkung zu haben.

Sie leerte ihr Glas mit einem Zug. «Kann ich auf deinem Bett ein bisschen pennen? Ich brauche nur eine halbe Stunde, in der keiner nach mir schreit, damit ich ihm den Hintern abwische oder den Peppa-Wutz-Saftbecher nachfülle.»

«Natürlich.» Ich war versucht, mich neben sie zu legen. Aber Nick und ich waren noch nicht fertig. *Du kannst schlafen, wenn du tot bist*, hatte nicht nur Leila die Gedanken ihrer Kinder zitiert, sondern das hatte auch Mum immer gesagt, wenn ich sie gebeten hatte, es etwas ruhiger anzugehen – sie war ebenfalls ein Workaholic. Ihre Art, mit dem Leben klarzukommen.

Leila ließ sich auf Ziggy Stardust fallen. «Weißt du, dieser Bettbezug ist fürchterlich geschmacklos. Aber ich mag ihn irgendwie. Was für ein Mann. Was für eine Karriere. So jemanden werden wir nie wieder zu Gesicht bekommen, wie alle immer sagen.»

Und dann – wumms – fiel mir die Antwort auf Nicks und mein Dilemma ein und pustete die ganze Erschöpfung wie Staub fort: Nick hatte bemerkt, dass seine Lieblings-Bowie-Songs vom Album «Silent» kamen – das in meiner Welt nicht existierte. Patricia Highsmith hatte Nick zu den Berenstains und zur Wahrheit über unsere Situation und der niederschmetternden Erkenntnis gebracht, dass wir physisch niemals zusammen sein können würden. Es war Bowie – wieder eine unserer Schnittmengen –, der mir die Hoffnung gab, dass wir es doch konnten.

Von: bee1984@gmail.com

An: NB26@zone.com

Vielleicht gibt es doch einen Weg, wie wir zusammenkommen könnten …

Nick

Es lag auf der Hand. Es lag so klar auf der Hand. Ich konnte kaum glauben, dass ich nicht sofort daran gedacht hatte.

Wenn es alternative Versionen von Bowie, Trump und so weiter gab, dann war es möglich, dass es auch alternative Versionen von *uns* im Zeitstrahl des jeweils anderen gab. *Was* würde also sein, wenn wir diese Versionen fanden? Was, wenn wir Nicolas 2 und Rebecca 2 aufeinandertreffen ließen und unser «Insider-Wissen» das sogar noch weiter treiben würde? Obwohl wir rein technisch gesehen immer noch nicht würden zusammen sein können, war das doch besser als nichts. Immerhin würde ich sehen, wie er aussah (oberflächlich, *ich?*). Frustrierenderweise konnten wir nicht loslegen, bis Bee Leila verabschiedet hatte – was letztlich auch in Ordnung war, weil Rosie (inzwischen wirklich wütend) verzweifelt nach draußen musste.

«Okay, Partner. Lassen wir Operation Rebecca 2 und Nicolas 2 beginnen! Wo sollen wir anfangen?»

«Facebook. Das hast du doch, Nick, oder? Ein soziales Netzwerk, das von Soziopathen geführt wird und nur besteht, um unsere Daten abzugreifen?»

Das hatten wir, aber das Datenabgreifen war bei uns streng kontrolliert und nicht annähernd so allgegenwärtig – oder heimtückisch – wie in Bees Welt, und dank der Bewegung «Recht aufs Vergessenwerden» und der Verordnung zur Nicht-Nachverfolgung würde es einige Hürden zu überwinden geben – zumindest auf meiner Seite. So wie es sich anhörte, war ihre Welt praktisch der technologische Wilde Westen, verglichen mit meiner.

Wir begannen damit, die persönlichen Einzelheiten auszutauschen, die wir bisher gemieden hatten: voller Name, Alter (diesmal nicht in Hundejahren), derzeitige und ehemalige Adresse, dazu andere allgemeine Informationen, die bei der Suche helfen konnten: Schule, Universitäten, Arbeitsstellen (in meinem Fall ziemlich lückenhaft). Ich lernte Neues über sie: Sie war in Croydon aufgewachsen, hatte ein Stipendium für das Designstudium an der Goldsmith-Universität gewonnen («Toll gemacht!»); ihre kleine Schneiderei hieß «Himmel, Stoff und Zwirn» («zu albern, was meinst du?» «Ich finde es toll – du weißt doch, ich stehe auf Wortspiele»), und sie war in der Schule gemobbt worden. («Weiß auch nicht, warum ich dir das erzählt habe. Das hilft ja nun nicht bei der Suche.» «Da wir nicht wissen, was hilft, mach einfach weiter. Außerdem tut es mir leid, dass du das erleben musstest, Bee.» «Danke. Ich will gar nicht behaupten, dass es nicht scheiße war, aber es hatte auch etwas Gutes. Dank der Mobberclique mussten Leila und ich unsere Kräfte bündeln und wurden Freundinnen.») Nach dem Mobbing-Geständnis musste ich natürlich sofort an Dylan denken. Es wäre eine gute Gelegenheit gewesen, ihr von seinem Selbstmordversuch zu erzählen, aber ich hielt mich zurück, und nicht nur, weil mir der Zeitpunkt falsch vorkam, *diesen* emotionalen Furunkel zu berühren.

Sie erfuhr über mich ebenfalls Neues. Ich war mit meinem Nachnamen nicht besonders glücklich, aber vielleicht hatte der Nick in ihrer Welt ja die Vernunft besessen, ihn zu ändern.

«Ich mag ihn irgendwie. Er klingt ganz gut.»

«Nett, dass du das sagst, aber du bist eine schrecklich schlechte Lügnerin.»

«Hey, immerhin kann man ihn sich gut merken (anders als meinen Allerweltsnamen: Davies), und wenn man mal in Betracht zieht, was wir tun wollen, ist das ein großes Plus. Da wir gerade dabei sind: Drei. Zwei. Eins und LOS!»

Ich tippte ihren vollen Namen ein und fand ... nada. «Nichts auf meiner Seite.»

«Muss es aber! Ich bin in dieser Welt auch in den sozialen Netzwerken. Na ja, wenigstens meine Schneiderei ist es.»

«Vielleicht hast du deinen Namen geändert. Vielleicht bist du verheiratet?» *Schauder.*

«Ich würde nie den Namen eines Mannes annehmen.»

«Kann ich verstehen.»

«Und über die Schneiderei gibt es auch nichts?»

«Nein. Vielleicht hast du es hier anders genannt?»

«Kann sein. Leila und ich hatten eine Menge Namensideen. Aber dich habe ich gefunden. Ich weiß jetzt, wie du aussiehst!»

Jetzt geht's los … Aufregung, Angst, Panik. «Und? Bin ich genauso umwerfend gut aussehend wie in meiner Welt?»

«Ha! Netter Versuch. Auf deinen Autorenfotos siehst du ziemlich düster und ernst aus.»

Wow, du meine Güte … «Autoren-FOTOS? Plural?» Es gab eins, nur eins davon – auf der Rückseite meines Schrott-Erstlings. Düster und ernsthaft war es nicht. Wenn überhaupt, dann wirkte ich darauf, als hätte ich Verstopfung.

«Davon gibt es haufenweise. Du hast eine eigene Website, eine Wiki-Page und eine Facebook-Fanpage.»

Herrje. «Warte mal … willst du damit sagen, dass ich erfolgreich bin? Ein *erfolgreicher* Autor?»

«Sieht so aus. Ja, auf jeden Fall!»

Umpf. *Doppel-Herrje.* Ich war stolz auf mich und gleichzeitig … *nicht.* Ich würde eine Weile brauchen, um mit den widerstreitenden Gefühlen zurechtzukommen, die ich meinem Alter Ego gegenüber hatte, von denen die meisten mit meinem eigenen Ego zu tun hatten, aber die erste Frage, die mir einfiel, war: *Warum war Nicolas erfolgreich, und ich nicht?*

«Du schreibst außerdem Bücher unter einem Pseudonym.»

«Ich habe sogar ein Pseudonym?» Was für ein Multitasking-Workaholic hatte Bees Welt da hervorgebracht?

«M. G. Sanger.»

Beschissener Name – offenbar hatte Nicolas seine Lektion immer noch nicht gelernt.

Das hier erfuhr ich aus Bees erster oberflächlicher Suche:

Ich – alias Nicolas – hatte drei Romane unter eigenem Namen geschrieben und veröffentlicht. Der erste hatte einen ähnlichen Titel wie mein schrecklicher Erstling und schien auch dasselbe Thema zu behandeln. Er war gefloppt. Aber statt mich jahrzehntelang in Selbsthass und Selbstsabotage zu üben, hatte Nicolas irgendwie mit dem Schreiben weitergemacht. Er hatte zwar seit 2014 keinen Nicolas-Belcher-Roman mehr veröffentlicht, aber seitdem war jedes Jahr ein Sanger-Buch erschienen – eine Serie, von der Bee sagte, sie sei am ehesten als «Cosy Crime» einzuordnen, also weniger brutale Krimis, in denen der «übellaunige Polizeiinspektor Norman Kellerman» die Hauptrolle spielte (also *echt* jetzt, Nicolas).

«Also, den Rezensionen nach zu schließen, ist dein zweites Buch ein mörderisch lustiger Roman, in dem es um das geht, was beim Unterrichten hinter den Kulissen passiert. ‹Der Autor ist vielversprechend und ist eine einzigartig einfühlsame Stimme.› Und du hast massenweise gute Rezensionen für die Sanger-Serie auf Amazon. Das ist eine Website hier, auf der alles Mögliche verkauft wird».

«Die haben wir auch.»

Sie kopierte die anderen Rezensionen und versuchte, sie in eine i-Mail einzufügen, aber es kam nur kryptisches Kauderwelsch bei mir an.

«Irgendwelche Preise?»

«Nein, aber du warst bei einigen auf der Longlist. Ich habe all deine Bücher bestellt!»

Bitte, mach, dass sie kein Mist sind ... Mein Schriftsteller-Ego wollte mehr – mehr Informationen, mehr Einzelheiten über die guten Rezensionen –, aber ich musste auch noch an andere Dinge denken. «Was noch? Bin ich verheiratet?»

«Warte kurz ...»

Das war doppelt wichtig für mich, weil eine gemeine, schändliche Stimme in meinem Kopf flüsterte: *Vielleicht war es Poll, die dich gehindert hat. Vielleicht ist sie der Grund dafür, dass deine Karriere abgestürzt und in Flammen aufgegangen ist.* Ja, so weit ging ich.

«Ich weiß es nicht genau. Nichts Persönliches auf deiner Wiki-Seite, und ich brauche eine Weile, um deine Twitter- und Facebook-Accounts zu durchforsten.»

«Wie wirke ich denn?»

«Eine Sekunde ... Mal sehen ... na ja, immerhin folgst du niemandem, der merkwürdig ist, und du hast 23 Tausend Follower. Nicht übel!»

«Ich bin wie Jesus.»

«Haha. Dein Twitter-Profil ist cool: ‹Vollzeit-Autor. Teilzeit Space Oddity›.»

«Also ist Nicolas bei dir auch ein Bowie-Fan. Das ist eine Erleichterung.» War es das? Herrgott, ich wusste es nicht. «Lass uns Nicolas, erfolgreich und weltmännisch, wie er ist, fürs Erste beiseitelegen und uns auf dich konzentrieren. Gib mir eine Liste der anderen Namen für deine Schneiderei, die du dir ausgedacht hattest.»

Ich versuchte sie alle – nichts. Bee schlug vor, ihren Vater zu suchen, aber abgesehen von einer Erwähnung in einem uralten Artikel über eine längst aufgegebene Bio- und Umweltverfahrenstechnik-Firma, für die er früher gearbeitet hatte, war er ähnlich non-existent.

«Versuch mal herauszufinden, ob ich noch in meiner Wohnung wohne.»

«Bin dir schon längst voraus. Habe ich schon versucht. Fällt unter den Datenschutz.»

«Aber ihr habt doch die Gelben Seiten oder so etwas, oder? Ein Online-Telefonbuch?»

«Schon überprüft. Nicht aufgeführt.»

«Okay. Mist. Versuch es mal mit meiner besten Freundin Leila. Leila Khoury.»

Bee schickte mir ihre Adresse, aber wie erwartet war auch ihre Adresse geschützt, sodass ich nicht auf sie zugreifen konnte. Sie war Steuerberaterin, also tippte ich ein: Leila Khoury + Steuerberatung + Finanzen, und endlich wurde ich fündig: Auf einer Seite mit Steuerberatungsfirmen in Farringdon war auch eine «Leila L Khoury, Geschäftsführerin» aufgeführt.

«Ich glaube, ich habe hier ihre Büronummer.»

«Wow. Sie arbeitet in deiner Welt immer noch? In meiner hat sie nach der Geburt der Kinder damit aufgehört. Ruf sie an!!»

«Es ist Mitternacht!»

«Natürlich. Ich bin eine Idiotin. Die Zeit vergeht aber auch wie im Flug, wenn man ... was? Wie nennt man das, was wir hier tun?»

«Dafür gibt es keinen Ausdruck. Wir spionieren uns selbst hinterher.»

«Fühlt sich das für dich irgendwie falsch an?»

Tat es das? Ein bisschen. Nach dem Nicolas-Alter-Ego-Kinnhaken schwankte ich innerlich immer noch ein wenig. «Wir werden damit schon zurechtkommen. Und wenn das Ganze nicht klappt, können wir immer noch Sexting machen.»

«!! Als hättest du meine Gedanken gelesen. Hast du das schon mal gemacht?»

«Einmal vor ewigen Zeiten, als Poll auf einer Konferenz war.»

«Und?»

«Nicht so toll. Damals habe ich noch mit zwei Fingern getippt. Und du?»

«Habe letztes Jahr mal versucht, mit einem Typen Skype-Sex zu haben. Hat nicht geklappt. Ich hatte die ganze Zeit Angst, dass er es filmt und auf Pornhub hochlädt. Habe schließlich behauptet, mein WLAN habe den Geist aufgegeben.»

«Dann haben wir keine Wahl. Wir müssen dafür sorgen, dass es funktioniert.»

«Sieht ganz so aus».

Ich war viel zu aufgedreht, als dass ich hätte einschlafen können. Poll war vielleicht mit ihrem sterbenslangweiligen Traummann weggelaufen und hatte mir das Haus überlassen, aber ich brachte es immer noch nicht über mich, drinnen zu rauchen. Als ich draußen war, schien die Straße den Atem anzuhalten, alle Fenster waren dunkel. Ein paar Füchse bogen lässig um die Ecke, erschnüffelten missbilligend den Zigarettenrauch und trabten dann weiter durch die Siedlung, immer auf der Suche nach fetter Beute in den Recycling-Tonnen. Was mich daran erinnerte, dass ich Lilys Tonnen wieder zurück in den Garten schieben musste. Ich würde ihr bald sagen müssen, dass ich das Haus früher oder später würde verkaufen müssen. Es wäre nicht fair, wenn sie das Verkaufsschild ohne Vorwarnung sehen würde. Und ich würde darüber nachdenken müssen, wo zum Teufel Rosie und ich wohnen sollten. Wer wusste es schon? Vielleicht in London, mit Rebecca 2, wenn alles klappte, wobei diese Überlegungen natürlich voreilig waren. Und genau in diesem Moment sah ich ihn: einen Schatten, der zusammengesunken in einem zerbeulten Mini-Lec saß. Ich kannte die Autos der Nachbarn alle – die meisten der Bewohner in dieser Straße hatten die staatlichen Fördermittel für das Nicht-Fahren eingestrichen und besaßen kein eigenes Auto – und dies hier war keines von den wenigen, die es hier noch gab. Ich ließ Rosie hinter dem Gartentor zurück und ging näher heran. Ein auffälliger, kugelrund geformter Kopf, der sich wirklich nicht für eine Schädelrasur hätte entscheiden dürfen, lehnte an der Scheibe des Fahrersitzes: Geoffrey.

Ich klopfte gegen die Scheibe. Er schreckte hoch und starrte mich aus glasigen Augen an, während sein Hirn wieder hochfuhr.

«Was zum *Teufel* tust du hier, Geoffrey?»

Statt zu antworten, startete er den Motor. Man kann sich kaum eine weniger dramatische, ungeschicktere Flucht vorstellen. Weil er von zwei an den Ladestationen angeschlossenen Tesla-LECs eingeparkt war, musste er sich zentimeterweise aus der Parklücke freischaukeln. Himmelherrgott noch mal, an einem Punkt erwischte ich mich sogar dabei, wie ich ihm Handzeichen gab, um ihm zu helfen.

Ich dachte darüber nach, Bee mit dieser neuesten Wendung der Ereignisse zu wecken – hey, ich habe einen total ungeschickten Stalker! –, beschloss dann aber, es für mich zu behalten. Wir hatten auch schon ohne einen wild gewordenen Berenstain genug zu tun.

Von: bee1984@gmail.com
An: NB26@zone.com
UND??? Hast du Leila angerufen??

Von: NB26@zone.com
An: bee1984@gmail.com
Vor zwei Sekunden. Sie hat aufgelegt. Tut mir leid, Bee – ich hab's verbockt. Ich habe gesagt, ich sei ein alter Freund von dir, der versuche, wieder Kontakt zu dir aufzunehmen, aber sie hat es sofort durchschaut, gefragt, wie ich dazu komme, mich ausgerechnet bei ihr zu melden, und so weiter. Ich glaube, sie hält mich für einen gruseligen verrückten Stalker. Hab nichts aus ihr herausbekommen, was wir verwenden könnten.

Von: bee1984@gmail.com
An: NB26@zone.com
Mist. Aber das sieht ihr wirklich ähnlich – nicht deine Schuld. Sie beschützt mich eben.

Von: NB26@zone.com
An: bee1984@gmail.com
Tut mir leid. Soll ich es noch einmal versuchen? Ich könnte diesmal mit einem schottischen Akzent reden oder so.

Von: bee1984@gmail.com
An: NB26@zone.com
Dafür ist sie viel zu schlau. Mist. Irgendetwas über meinen Dad?

Von: NB26@zone.com
An: bee1984@gmail.com
Nein. Ich suche aber weiter. Die Wählerliste ist vor ein paar Jahren vor öffentlichem Zugriff geschützt worden. Wie schon gesagt, es ist schwierig, Leute zu finden, es sei denn, man hat einen Zugang zu den Daten.

Von: bee1984@gmail.com
An: NB26@zone.com
Und meine Mum?

Von: NB26@zone.com
An: bee1984@gmail.com
Ich habe einen Antrag im Einwohnermeldeamt gestellt, wie du gesagt hast.

Von: bee1984@gmail.com
An: NB26@zone.com
Danke. Ist es falsch zu hoffen, dass sie in deiner Welt überlebt hat? Ich meine, es ist ja nicht so, dass ich sie wiedersehen könnte, aber … UH. Du verstehst das schon, oder?

Von: NB26@zone.com
An: bee1984@gmail.com
Ich verstehe es. Natürlich.

Von: bee1984@gmail.com
An: NB26@zone.com
Danke. Ich mache mir langsam ein bisschen Sorgen um mich selbst … Wünschte, du könntest einen Privatdetektiv anheuern, der mich ausfindig macht.

Von: NB26@zone.com
An: bee1984@gmail.com
Habe leider nur begrenzte finanzielle Mittel. Anders als dein Nick.

Von: bee1984@gmail.com
An: NB26@zone.com
Das ist nicht «mein Nick»! Obwohl … er hat am Freitag eine Veranstaltung in York. Ein Krimifest. Soll ich dorthin fahren? Wäre das eine unverdächtige Art, ihn kennenzulernen?
Von: bee1984@gmail.com
An: NB26@zone.com
Nick? Bist du da?

Von: NB26@zone.com
An: bee1984@gmail.com
Ich bin hier. Diese ganze Sache fühlt sich so schräg an. Was, wenn du ihn kennenlernst, und er ist ein komplettes Arschloch?

Von: bee1984@gmail.com
An: NB26@zone.com
Das ist er ganz sicher nicht. Er ist du – irgendwie. Ist das nicht genau das, was wir geplant haben?

Von: NB26@zone.com
An: bee1984@gmail.com
Ja. Ja, das ist es. Hör gar nicht auf mich. Fahr einfach. Und ich habe nachgedacht, ich kann zwar keinen Privatdetektiv anheuern, aber ich könnte selbst Detektiv spielen. Nach London fahren, den Spuren folgen? Mir deine Wohnung ansehen, versuchen, mit Leila persönlich zu sprechen, ohne (hoffentlich) wie ein Psychopath rüberzukommen?

Von: bee1984@gmail.com
An: NB26@zone.com
Ich hatte gehofft, dass du das sagst! Vielleicht kannst du mit ihr einen Termin machen?

Von: NB26@zone.com
An: bee1984@gmail.com
Ich versuche es. Ich habe nur noch 1500 Euro auf meinem Konto, aber das muss sie ja nicht wissen. Ich werde einfach sagen, ich sei irgendein schwerreicher Investor oder so, der ihren finanziellen Rat für irgendein Projekt braucht. Werde einfach unglaublich viel Mist erzählen.

Von: bee1984@gmail.com
An: NB26@zone.com
Danke. Weißt du, ich muss einfach immer darüber nachdenken, dass Leila in meiner Welt die Arbeit aufgegeben hat, nachdem sie die Zwillinge bekommen hat. Und das hat ihr viel ausgemacht – sie vermisst ihre Arbeit. Als du mit ihr gesprochen hast, klang sie da glücklich?

Von: NB26@zone.com
An: bee1984@gmail.com
Ich wünschte, ich könnte dir das beantworten, Bee. Sie war zu sehr damit beschäftigt, mir zu sagen, ich solle mich verpissen.

Von: bee1984@gmail.com
An: NB26@zone.com
Ich weiß. Ich wünschte, ich könnte mich noch viel länger mit dir unterhalten, aber ich habe noch einen Riesenhaufen Arbeit. Wollen wir später noch mal plaudern?

Von: NB26@zone.com
An: bee1984@gmail.com
Viel Glück x

Bee

*W*o *war* ich – alias Rebecca 2? Warum konnte Nick mich nicht finden? Ich konnte mich von der Frage einfach nicht lösen: Was, wenn ich aus irgendeinem Grund mit Dad nach Australien ausgewandert war? Nein. Das konnte ich mir nicht vorstellen. Wir sprachen nur einmal im Jahr zu Weihnachten miteinander, und das war immer eine ausgesprochen befangene Unterhaltung. Was, wenn ich in einer ganz anderen Branche arbeitete? Ebenfalls unwahrscheinlich. Dank Mum hatte ich schon mein ganzes Leben lang genäht, und seit ich zehn Jahre alt gewesen war, hatte ich Designerin werden wollen – einen anderen Beruf hatte ich niemals in Erwägung gezogen. Was, wenn ... ich Nate geheiratet hatte? Was, wenn ich meine feministischen Überzeugungen über Bord geworfen und ihm nicht nur aus irgendeinem Grund verziehen, sondern auch seinen Namen angenommen hatte? (Ich hielt mir die Nase zu und bat Nick, dem nachzugehen. Wieder eine Sackgasse – Gott sei Dank.)

Dann kamen die dunkleren Gedanken: Was, wenn Rebecca 2 in Nicks Welt gestorben war? *Mord, ein Unfall, ein launisches Zeitbomben-Gen ...*

Nein – Nick hätte sicher irgendeine Traueranzeige zutage befördert. Oder: Was, wenn ich gar nicht auf die Welt gekommen war? Wenn wir uns verrechnet hatten und unsere Welten schon viel früher auseinandergedriftet waren? Was, wenn sich, wie bei *Zurück in die Zukunft*, meine Eltern gar nicht getroffen hatten? Oder wenn Dad sich dafür entschieden hätte, diese Attenborough-Beihilfe zur Sterilisation in Anspruch zu nehmen? Wenn es keine Bee in Nicks Welt gab, die zumindest auf den ersten Blick wie eine weniger verrückte Version meiner Welt wirkte, war dann die Abwesenheit meines alternativen Selbst der Grund dafür, dass sie besser war? Vielleicht war ich der Unterschied, der den Unterschied gemacht hatte.

Es geht nicht immer nur um dich. Aber es ging um mich, und ich konnte nichts daran ändern.

Dann, gerade als die Paranoia so richtig einsetzen wollte, kam die Bestätigung, dass ich am Leben war – oder zumindest, dass ich geboren und aufgewachsen war: «Du bist in dieser Welt auch auf die Goldsmith-Uni gegangen. Du bist unter den Ehemaligen aufgeführt. Habe versucht, das Büro dort anzurufen, aber sie wollten mir deine derzeitigen Kontaktdaten nicht herausgeben.»

«Na, das ist doch schon mal was!» Aber wo zum Teufel arbeitete ich jetzt? Die Erleichterung, dass es mich gab, wurde überschattet, als Nick mir später eröffnete, dass die Anfrage über Mum ergeben hatte, dass sie einen Monat früher als in meiner Welt verstorben war. Die Hoffnung, die ich gehabt hatte, dass ihre Krankheit in einer anderen Welt nicht gewinnen würde, erlosch, und noch Stunden später war der Schmerz über ihren Verlust wieder beinahe so intensiv wie damals direkt nach ihrem Tod. Mum hatte mich, so gut sie konnte, darauf vorbereitet (auch, was die praktischen Dinge anging – sie hatte all ihre Angelegenheiten geregelt, damit ich mich nicht damit belasten musste, mich durch ihre Habseligkeiten zu wühlen), aber niemand kann einen auf all die vielen, kreativen Methoden vorbereiten, mit denen die Trauer einen anfallen kann: die Doppelgängerin auf der Straße, die Mums guten Marks-&-Spencer-Mantel trägt; der Geruch von Weihnachtsgebäck; ein Freddy-Mercury-Song im Supermarkt. Niemand kann einen darauf vorbereiten, wie desorientiert man sich nach dem Tod eines Elternteils fühlt, wie *einsam* man ist. Mum und ich hatten jeden Tag miteinander gesprochen, und es vergingen Monate, bis ich nicht mehr jedes Mal zum Telefon griff, wenn irgendetwas – Großes oder Kleines – in meinem Leben passierte. Damals hatte mir Leila geholfen, meine Welt wieder ins Lot zu bringen. Jetzt hatte Nick diese Rolle übernommen.

«Und das Schlimmste daran ist, Nick, dass ich mich noch nie so verloren gefühlt habe. Und ich meine: wirklich verloren. Als wäre sie mein Anker gewesen und jemand hätte die Kette durchschnitten, sodass ich ganz einsam und allein wegtrieb. Gott. Tut mir leid. Das klingt so klischeehaft, schwach und jämmerlich.»

«Nichts davon, Bee. Und entschuldige dich bitte niemals dafür, wenn du ehrlich mit deinen Gefühlen umgehst. Das ist das Gegenteil von Schwäche. Du musst deinen eigenen Ratschlag beherzigen, was das angeht.»

«??»

«Als ich die Sache mit Poll und Jez herausfand, sagtest du, ich habe das Recht darauf, verletzt zu sein. Du auch. Damals und jetzt.»

«Danke, dass du das sagst. Du hast deine Eltern in ungefähr demselben Alter verloren. Hast du das auch so empfunden?»

«In geringerem Maße, ja. Aber wenn ich ehrlich bin, vermisse ich sie immer noch. Das ist nun mal die Sache bei bedingungsloser Liebe, man kann nicht genug betonen, wie sehr sie einen erdet. Und Eltern (ich meine natürlich die guten) sind Weltmeister darin, das ist ja ihr Job. (Na ja, das, und natürlich, einen total zu verkorksen.)»

Meine Arbeit und das Projekt Nicolas halfen dabei, die Trauer und die Verwirrung in Grenzen zu halten. Ich buchte ein Ticket für Nicolas' Veranstaltung, sicherte mir eines der letzten Zimmer in dem Hotel, in dem das Krimifest stattfinden sollte, und blockierte dafür meinen Terminkalender. Ich wartete gespannt darauf, dass Nick nach London fuhr, um zu erfahren, was er über die mysteriöse Rebecca 2 erfahren würde, aber seine Verabredung mit Leila sollte erst am Freitag stattfinden. *Schicksalhafte Synchronität.* Wir würden am selben Tag unsere Aufklärungsmissionen starten.

Ich wühlte mich außerdem weiterhin durch Nicolas' Social-Media-Accounts, um alles über sein Privatleben zu erfahren. Auf seiner Wiki-Seite wurden weder Ehen noch Kinder erwähnt, und auf seiner Facebook-Seite gab es keinen Beziehungsstatus. Nicolas war kein besonders eifriger Tweeter, aber alles, was er postete, einschließlich der Witze und kurzen Bemerkungen, wirkte sorgfältig durchdacht. Er verbrachte mehr Zeit damit, die Bücher anderer Autoren zu empfehlen und Wohltätigkeitsorganisationen anzupreisen, als sein eigenes Material, also war er vermutlich kein Egomane, und abgesehen von ein paar Re-Tweets hielt er sich aus der Politik heraus, er war also entweder feige oder besonders schlau. Natürlich folgte ich ihm sofort überall – vielleicht würde mir das für das Treffen am Freitag helfen («Hey, kenne ich dich nicht von Twitter?»). Die perfekte Gelegenheit, um Nicks Insider-Wissen von ihm selbst zu nutzen.

«Welchen Namen oder Avatar sollte ich benutzen, um Nicks Aufmerksamkeit zu erregen?»

«Poppen69?»

«Haha. Außerdem: eklig».

«Tut mir leid. Ich bin eklig. Ähm ... Mousyhairedgirl? Als Anspielung auf Bowie?»

«Super! Mach ich!»

Und es funktionierte. Nur Minuten, nachdem ich getweetet hatte: «Sehe @NicolasBBauthor auf dem @Krimifest am Freitag! Kann es kaum erwarten», folgte er mir zurück.

«Noch irgendwelche Tipps?»

«Ja, sag ihm, er hätte sich ein besseres Pseudonym ausdenken sollen.»

«Höre ich da ein wenig Bitternis heraus, Nick?»

«Tust du – ein kleines bisschen. Und sei eher zurückhaltend, Bee. Ich habe aufdringliche Leute nie gemocht.»

Der Rest der Woche verging in hektischem Multitasking: Ich tauschte Nachrichten mit Nick und Leila aus, kümmerte mich um meine Kunden, schlief nur kurz und arbeitete, während im Hintergrund Nicolas' Hörbücher liefen. Alles außer sein Erstling, den es weder als Hörbuch noch als E-Book gab und den ich von einem Online-Antiquariat hatte. Nick flehte mich an, ihn nicht zu lesen – es klang immerhin ziemlich ähnlich wie das, was er in seiner Welt geschrieben hatte –, aber ich konnte nicht widerstehen und blätterte hindurch. Er hatte recht: Der Roman war ziemlich schrecklich. Nicolas' zweites Buch dagegen war herzzerreißend und witzig. Das dritte wiederum ziemlich übellaunig (ich brach es schließlich zugunsten der Sanger-Romane ab). Ich schlug vor, Nick eine kurze Zusammenfassung der Handlung zu geben, so wie ein Buchblogger mit ADHS, aber er lehnte ab: «Bin mir nicht sicher, ob ich dazu schon bereit bin.»

«Bin ich unsensibel?»

«Um ehrlich zu sein, habe ich widersprüchliche Gefühle. Ich will alles wissen, und andererseits auch nicht. Ich habe aufgegeben, er nicht. Fühlt sich ein bisschen so an, als riebe man mir diese verpassten Chancen unter die Nase.»

«Verstehe.» Na ja, immerhin verstand ich es in gewissem Maße. Wenn Rebecca eine berühmte Designerin mit einem Atelier in Paris geworden wäre, hätte ich mich dann bedroht gefühlt? Ich werde es nie erfahren.

In der Nacht zum Freitag machte ich kein Auge zu. Ich sehnte mich danach, Leila alles zu erzählen und mit ihr zu beratschlagen, was ich tragen sollte (am Ende zog ich das an, was ich auch zum Treffen in Euston getragen hatte), aber sie würde nur krank vor Sorge sein, dass ich mich, blöd wie ich war, wieder auf eine toxische Beziehung einlassen würde. Ich konnte ihr nicht einmal sagen, wohin ich ging. Sie würde es ausgesprochen verdächtig finden, dass ich plötzlich so ein starkes Interesse für Quantenmechanik *und* Krimis hatte.

Die Tatsache, dass der Zug Verspätung hatte, linderte meine Ängste nicht, denn das bedeutete, dass ich zum Veranstaltungsort rennen musste und keine Zeit mehr hatte, mich vorher im Hotelzimmer frisch zu machen. Ich kam verschwitzt und atemlos dort an, als sie gerade anfangen wollten, und war gezwungen, ganz hinten im kleinen Saal des Hotels zu sitzen. Das Publikum bestand aus einem Meer aus grauen Köpfen. Zwei Sessel standen auf dem Podium vorn – mein Blick darauf war ein wenig behindert, aber nicht so sehr, dass ich nicht einen guten Eindruck von Nicolas bekommen würde, wie er leibte und lebte. Wir alle reden uns gern ein, dass die Persönlichkeit anderer uns wichtiger sei als das Aussehen, aber jeder weiß, dass das Blödsinn ist. Auf den Fotos hatte Nicolas wirklich etwas an sich (okay, ich gebe es zu, ich war schon sehr erleichtert, dass er nicht der Quasimodo von Leeds war), aber diese Attraktivität konnte im Bruchteil einer Sekunde verschwinden, wenn wir uns tatsächlich kennenlernten. Ich hatte mich vielleicht in seine Alter-Ego-Persönlichkeit verliebt, aber was, wenn die Chemie zwischen uns nicht stimmte? Und was, wenn er *mich* abstoßend fand? («Herrgott noch mal, Frau. Jetzt bist du wirklich lächerlich. Im Ernst, Bee, wenn er auch nur im Mindesten so ist wie ich, dann werdet ihr schon miteinander ins Geschäft kommen, es sei denn, du hast ein drittes Auge mitten auf der Stirn. Und selbst dann hättest du noch eine Außenseiterchance.»)

Alle verstummten. Und dann betrat er das Podium.

Nick

Diesmal war die Fahrt nach Euston nicht nur unbequem, sondern auch deprimierend, und das nicht nur, weil ich wieder meinen rechtmäßigen Platz in der Holzklasse eingenommen hatte. Es war eine Erinnerung an das schlimme Ende meiner letzten Fahrt – und eine Erinnerung daran (wenn es überhaupt noch eine gebraucht hätte!), dass es keine Hoffnung gab für Bee und mich, auf konventionelle Weise zusammen sein zu können. Obwohl ich Lily in letzter Zeit ein wenig vernachlässigt hatte, war sie bereit gewesen, auf Rosie aufzupassen, allerdings war ich nicht gänzlich ungeschoren davongekommen: «Der kommt auch nur vorbei, wenn er was will, nicht wahr, Rosie?» Ich hatte noch nicht den Mut aufgebracht, der alten Kuh von dem Verkauf des Hauses zu erzählen.

Der Zug rumpelte weiter, und ein Update von Bee nach dem anderen trudelte ein – praktisch als eine Live-Sendung von Nicolas' Auftritt.

«Du bist gut. Und lustig. Sehr selbstironisch. Ich wünschte, ich könnte das hier für dich aufnehmen!»

«Ich auch.» *Lügner.*

«Er sagt, die Figur des Detectives beruhe teilweise auf seinem/deinem Dad. Keiner, der Dummköpfe erträgt. Die Romane sind dem Fernsehen zum Kauf angeboten worden. Er sagt, sie hoffen, Jim Broadbent werde die Rolle übernehmen. Ich weiß nicht, ob es ihn in deiner Welt gibt, aber in Großbritannien ist er in dieser Welt ein absoluter Schauspiel-Star.»

Ach du meine Güte.

Ich war beinahe dankbar für den Teenager, der neben mir saß. Aus seinen Ohrhörern drang blechern Musik. Das war nervig genug, um mich von der verstörenden Vorstellung von Nicolas und

Bee abzulenken. Ich hatte immer noch nicht recht verdaut, was ich als Operation Doppelgänger bezeichnete. Ich wollte gleichzeitig, dass es klappte und dass es nicht klappte. Lag mein Widerstand daran, dass Bee mir voraus war, nur Minuten davon entfernt, «mich» kennenzulernen, während ich keinen Schritt weiter war und nicht einmal erfahren hatte, wie sie aussah? Oder lag es daran, dass es sich jedes Mal so anfühlte, als erhielte ich einen Schlag ins Gemächt, wenn ich an Nicolas' Erfolg dachte? (Vermutlich beides.) Und ich fürchtete mich vor dem Treffen mit Leila. Ich hatte ihrer persönlichen Assistentin einen Wisch zugeschickt, auf dem ich behauptete, der CEO eines Start-ups zu sein, das menschliche Fäkalien in Elektrizität umwandeln wollte («Das ist ein Scheiß-Business, Nick.» «Aber auch ein lukratives, wenn man sich mal im Intranet umhört.») – und ich betete, dass Leila vor dem Treffen nicht im Handelsregister nach mir suchte. Aber mein erster Zwischenstopp würde Bees Wohnung sein. In ihrer Welt hatte sie dort mit ihrem Ex gewohnt – dem berüchtigten Nate –, ich war neugierig. Und wer wusste schon? Vielleicht war sie immer noch dort. *Und wenn sie dort ist, Nick? Was willst du ihr dann sagen?* Bee und ich hatten das ausgiebig diskutiert. Die Wahrheit war natürlich ausgeschlossen, zumindest beim ersten Kennenlernen. («Zu riskant. Ich meine, wie würdest du denn reagieren, wenn ein Fremder an deine Tür klopfen und dir *so etwas* erzählen würde.») Schließlich schlug Bee vor, ich solle etwas Harmloses erzählen; dass ich in die Gegend ziehen wolle und ein Freund ihrer Freundin vorgeschlagen habe, ich solle mich bei ihr umhören.

Mit jeder neuen Nachricht von ihr wurde die Fahrt nach Euston deprimierender. («Okay. Ich lasse mir jetzt mein Buch signieren. Wünsch mir Glück!») Das vertraute Bingbong, die Passagiere, die hektisch ihre Habseligkeiten zusammenrafften, die Menschenmenge auf dem Bahnsteig. Als ich zum Ausgang gedrängt wurde, blieb mein Blick an einer vertrauten Gestalt hängen, deren fleischiger Kopf hinter dem Eingang einer Frites-Filiale auftauchte.

Geoffrey. Der verdammte, verdammte Geoffrey. Er versuchte, sich davonzumachen, aber seine Flucht war diesmal ebenso ungeschickt wie damals. Ich packte ihn an der Jacke, ein paar ältere Damen schüttelten missbilligend den Kopf, während wir miteinander rangelten. «Schon gut. Schon *gut*», sagte er und schüttelte mich ab.

«Bist du mir ganz von Leeds gefolgt?»

«Ja.» Na *und?*

«Wissen Kelvin und die anderen, dass du mir hinterherspionierst?»

Ein vernichtender «Natürlich, du beschissener *Volltrottel*»-Blick.

Ich hatte Kelvin gleich an dem Morgen angerufen, als ich Geoffrey vor meinem Haus entdeckt hatte, aber der Anruf war direkt auf die Voicemail gegangen.

«Ich nehme an, ich muss dich gar nicht erst fragen, warum du das tust. Es liegt ja auf der Hand, dass du und die anderen Berensteins ...»

«Stains.»

«Was?»

«Es heißt *stains.*»

Herrgott noch mal. «Egal. Ich habe schon begriffen, dass du und die anderen Irren» – (erstaunlicherweise schien ihn dieser Ausdruck nicht zu beleidigen) – «argwöhnisch und mehr als paranoid sind, aber was willst du damit erreichen, dass du mir hinterherspionierst? Auf ziemlich miese Weise, übrigens, denn du bist spektakulär scheiße darin.»

Seine Augen wurden kleiner und dunkler. «Du bist Autor, nicht wahr? Ich muss sichergehen, dass du nicht irgendein Dreckskerl bist, der versucht, unsere Gruppe zu infil... infil... infilwasauchimmer, um uns aussehen zu lassen, als hätten wir ... du weißt schon, Probleme.»

«Das schafft ihr schon ganz gut allein.» Und jetzt, da ich direkt vor ihm stand, sah er *wirklich* so aus, als hätte er so einige Probleme. «Und ich versuche nicht, euch zu infiltrieren.»

«Was machst du dann in London?»

«Geht dich einen feuchten Dreck an.»

«Siehst du? Deshalb glaube ich, dass du *wirklich* etwas zu verbergen hast.»

«Ich bin hier, um meine Steuerberaterin zu treffen, wenn du es unbedingt wissen willst.»

«Ja klar. Henrietta sagt, du hast keine müde Mark in der Tasche.»

«Und woher zum Teufel will sie das wissen?»

Ein Achselzucken. «Sie ist gut in solchen Sachen.»

«Was für Sachen?»

«Sachen herauszufinden.»

Das ließ mich stocken. Ich hatte sie als respekteinflößend empfunden, als wir uns kennengelernt hatten – aber worauf hatte ich mich da bloß eingelassen? «Spioniert sie mir auch hinterher? Jedenfalls ist sie dabei deutlich unauffälliger als du. Wenn ich dich je wieder dabei erwische, wie du mir hinterherschnüffelst, zeige ich dich wegen Stalkings an.»

Ein listiges Grinsen. «Also führst du *tatsächlich* etwas im Schilde.»

«Hör mal, Geoffrey. Ich schwöre beim Leben meines Hundes, dass ich null Interesse daran habe, deine blöde Gruppe zu infiltrieren und darüber zu schreiben. Es interessiert mich nicht nur einen Scheißdreck, sondern ich bin auch gar nicht diese Sorte Autor.»

«Eigentlich bist du gar keine Sorte Autor, wie ich das sehe.»

«Ach halt doch das Maul, du lächerlicher Dreckskerl.»

Ich marschierte davon und hielt nur kurz inne, um mich umzudrehen. Er folgte mir nicht – er blieb, wo er war, und starrte mir mit leerem Blick und halbem Lächeln hinterher. Als ich auf den Eingang der U-Bahn zuging, blieb ich immer wieder stehen, um sicherzugehen, dass er mir nicht auf den Fersen war. Um ganz sicher zu sein, sprang ich an einer willkürlich ausgewählten Haltestelle in der letzten Sekunde aus dem Wagen, was übrigens viel schwieriger war, als es in Spionagefilmen immer aussieht (ich konnte nur knapp vermeiden, dass sich meine Jacke in der sich schließenden Tür verfing). Auf dem Weg rief ich Kelvin an, doch wieder ging seine Mailbox an: «Hören Sie mal, Kelvin. Rufen Sie mich an, sonst schreibe ich wirklich was über euch.»

Ich war noch nie in Bees Londoner Wohngegend gewesen, und ich war ehrlich beeindruckt. Wie der größte Teil der Stadt lag auch dieser in einer Fußgängerzone, mit Fahrradwegen, die sich durch die Reihen alter und neu gepflanzter Bäume wanden. Ich ging Straße um Straße entlang, gesäumt von Stadthäusern, die allesamt Vorgärten hatten, in denen die Farben nur so explodierten. Hinter den Fenstern sah man überall sorgfältig ausgewählte Möbel und Kunstwerke. Es war hier weit ruhiger als in meiner Gegend, und ja, ich erlaubte mir, mir vorzustellen, mit Rosie hierherzuziehen. Sie hätte so viel Spaß dabei, die gepflegten Gärten und Einfahrten zu verwüsten.

Die Adresse, die mir Bee gegeben hatte, gehörte zu einem vierstöckigen georgianischen Stadthaus mit einer unauffälligen Fassadenisolation, die sich nur die Megareichen leisten können. Davor stand eine Reihe Kirschbäume. Sie hatte gesagt, dass sie im Erdgeschoss wohnte, und ich stand eine Minute dort und stellte mir vor, wie sie am Fenster saß, nähte und immer wieder innehielt, um mir eine Nachricht zu schreiben. Da die Vorhänge halb zugezogen waren, wusste ich nicht, ob jemand zu Hause war oder nicht.

Ich klingelte und wartete. Und jetzt, da ich direkt vor ihrer Tür stand, möglicherweise nur noch Sekunden davon entfernt, *ihr* von Angesicht zu Angesicht gegenüberzustehen, Rebecca, Bee (in gewissem Sinne), dämmerte mir plötzlich das Ausmaß dieser Situation, und mein Kopf wurde ganz leer – all die Gesprächseröffnungen, die ich auf dem Weg hierher eingeübt hatte, waren weg. Ich hätte mir allerdings auch keine Sorgen machen müssen, denn nach ein paar Minuten milder Panik öffnete ein Mann mit nacktem Oberkörper die Tür, dessen Muskeln so lächerlich gut definiert waren, dass ich zuerst glaubte, er trüge ein T-Shirt mit aufgedruckten Bodybuilder-Muskeln. Dummerweise ähnelte er in keiner Weise Bees Beschreibung von Nate (oder Jonas, dem Ehemann ihres Vermieters), und wenn das hier Beccas Partner war, dann würde ich absolut nicht mit diesem Muskelberg konkurrieren können. Er musterte mich mit vollkommenem Desinteresse, gähnte und sagte dann: *«Ja?»*

«Ich suche nach Bee? Becca? Rebecca Davies?»

«Nach wem?»

«Sie hat hier mal gewohnt. Oder sie wohnt hier. In einer der Wohnungen. Vermutlich.»

Er zuckte die Achseln und rief dann über die Schulter: «Mags? Schatz? Kannst du mal kommen?»

Eine glamouröse ältere Frau in rotem Seidenmorgenmantel erschien an der Tür (ich hatte sie ganz eindeutig bei etwas unterbrochen), die mich mit scharfem, schnellem Blick abschätzte. Ich wiederholte meine Fragen nach Bee und fügte die lahme Erklärung hinzu, ich sei ein alter Freund, der auf der Suche nach ihr sei.

«Dieses Haus ist ein Haus. Keine Wohnungen. Es gibt hier keine Rebecca.»

«Sind Sie Magda?» *Die berüchtigte Magda von Magda und Jonas,* hätte ich beinahe hinzugefügt.

«Woher kennen Sie meinen Namen?»

«Ich habe gehört, wie der ... der Typ das gesagt hat.»

Sie nahm es mir nicht ab. Wieder ein Aufblitzen von Misstrauen, dann knallte sie mir die Tür vor der Nase zu.

Totaler Reinfall. Also würde ich doch zu Leila müssen. Ich hatte noch eine Stunde, um zu ihrem Büro in Farringdon zu kommen, also blieb Zeit für einen Kaffee oder etwas Stärkeres. Auf dem Weg erzählte ich Bee von meinem Erlebnis, aber ich bekam keine

Antwort. Auch keine weiteren Nachrichten seit der Buch-Signierstunde. In meinem Kopf spielte sich ein höchst unwillkommener Film ab, in dem die Imaginäre Bee eine Version von mir selbst in irgendeinem kitschigen Bed & Breakfast in Yorkshire poppte. Das lief nicht unter Masturbationsfantasie, denn der Nicolas in meinem Kopf sah kein bisschen so aus wie ich. Sondern eher wie ein charmanter Jason Frey, der Inbegriff überkommener Männlichkeit, ungefähr wie der Muskelberg in dem georgianischen Stadthaus.

Kelvin rief an, als ich gerade vor Leilas Büro stand. «Endlich, verdammt noch mal. Haben Sie Geoffrey gebeten, er solle mir hinterherspionieren?»

Eine Pause. «Es wäre akkurater zu sagen, dass er es angeboten hat.»

«Was zum Teufel, Kelvin?»

«Ich zöge es vor, wenn Sie derlei Ausdrücke meiden würden.»

«Und ich zöge es, Herrgott noch mal, vor, wenn Sie Ihrem Volltrottel von einem Spion sagen würden, dass er mich verdammt noch mal in Ruhe lassen soll.» Schweigen. «Was ist eigentlich los mit diesem Idioten?»

«Geoffrey hatte einen Motorradunfall, bei dem sein Stirnlappen verletzt wurde. Es stimmt, dass er hin und wieder etwas … unberechenbar wirken kann.»

Als ich das hörte, hatte ich doch Gewissensbisse, weil ich ihn einen Volltrottel und Irren genannt hatte, aber nicht so sehr, dass meine Wut vollständig verraucht wäre. «Sagen Sie ihm, er soll aufhören, mich zu stalken, sonst hetze ich ihm die Polizei auf den Hals.»

Oh, die Ironie. Ich war gerade dabei, mich in Leilas Büro einzuschmuggeln, was, wenn vielleicht kein Stalking im engeren Sinne, doch jedenfalls nicht unbedingt in Ordnung war.

«Wir haben uns über Sie ins Benehmen gesetzt. Wir treffen uns mit Ihnen am Montagabend.»

Und damit beendete er das Gespräch. Super. Noch mehr Irrsinn. Genau das hatte mir heute noch gefehlt. Ich versuchte, meinen Ärger über Kelvin wegzuatmen, riss mich zusammen *(denk dran, du bist ekelhaft reich und erfolgreich, reich und erfolgreich)*, stieß die Glastür auf und versuchte, luxusverwöhnte Lässigkeit auszustrahlen. Das Erdgeschoss präsentierte sein edles Design mit Innenhof und Schildern, auf denen stand: «Über 70 Prozent unserer Mitarbeiter verrichten ihre Arbeit von zu Hause aus!». Schick und elegant, wie es hier war, wurde mir sofort mein verlottertes Äußeres bewusst. Mein Haar war schon wieder zu seiner üblichen Matte herausgewachsen, und mein einziges gutes Hemd war längst nicht gut genug für diesen Ort, jedenfalls nach dem hochnäsigen Blick des Assistenten zu schließen, der mich hinauf zu Leilas Penthouse bringen sollte. Und was war das für ein Penthouse: mit 180-Grad-Ausblick, alles ergonomisch perfekt eingerichtet, und ein Schreibtisch von der Größe eines Doppelbetts.

Leila, die ebenso elegant aussah wie ihr Büro, strahlte eine Selbstsicherheit aus, die sich aus der jahrelangen Erfahrung speiste, stets der klügste Mensch im Raum zu sein. Schon nach wenigen Sekunden wusste ich ohne den geringsten Zweifel, dass sie meine Lügen sofort durchschauen würde.

Es gab nur einen Weg. Ich atmete tief durch und sagte: «Leila. Es tut mir wirklich leid, dass ich mich unter Vorspiegelung falscher Tatsachen hier eingeschlichen habe, aber ich mache mir wirklich, wirklich Sorgen um Rebecca Davies. Bevor Sie mich also zum Teufel schicken, könnten Sie mir vielleicht sagen, ob sie am Leben ist?»

Von: NB26@zone.com
An: bee1984@gmail.com
Ich habe dich gefunden.

TEIL DREI

Natur versus Umwelt

Bee

Ich – also Rebecca – war verheiratet. Und hatte ein Kind.
Verheiratet.

Ein *Kind.*

Ich war eine MUM.

Zum Glück ruhte ich mich gerade in meinem Hotelzimmer aus, als ich diese Bombe von einer Nachricht bekam, was bedeutete, dass ich ein hysterisches «WAS ZUM VERDAMMTEN TEUFEL IST DA LOS?» herauslassen konnte, ohne dass sich ein neugieriges Publikum um mich herum versammelte. Ich hatte Zeit für mich gebraucht, nachdem ich Nicolas zum ersten Mal persönlich getroffen hatte. Außerdem war nach der Lesung und der Signierstunde mein Akku leer gewesen. Leider stellte ich fest, dass ich dummerweise mein Ladegerät zu Hause vergessen hatte, also musste ich hastig zu Boots pilgern und mir ein neues besorgen, was bedeutete, dass Nicks Botschaften der letzten zwei Stunden – eine schockierender als die andere – mit einem Ping im Sekundentakt auf meinem Handy eintrafen. Ich hätte vielleicht sogar überlegt, dass ich in einem alternativen Leben verheiratet war, aber wäre mir auch eingefallen, dass ich eine Mutter war? Nein. Auf keinen Fall. Ich hatte nur ganz kurz einmal die biologische Uhr ticken gehört, das war vor meinem dreißigsten Geburtstag. Es hatte nicht lange angehalten, und ich hatte das auf die soziale Konditionierung und die Tatsache zurückgeführt, dass einige meiner damaligen Kollegen in Elternzeit gingen. War Rebecca einer hormonellen Laune zum Opfer gefallen? Oder hatte sie beschlossen, die Schwangerschaft durchzuziehen, die ich beendet hatte? Unwahrscheinlich, denn sofort kam ein weiterer Schocker: Rebecca war nicht mit Nate verheiratet, sondern mit jemandem, der Benedict (*Benedict!*) hieß. Nicht nur das, sie hatte auch seinen

Nachnamen angenommen (adios, feministische Überzeugungen). Das erklärte, warum Nick solche Schwierigkeiten gehabt hatte, sie aufzuspüren.

Nachdem ich alle Kekse im Hotelzimmer und dazu noch einen zerdrückten Notfall-Bounty-Riegel aufgegessen hatte, den ich ganz unten in meiner Tasche gefunden hatte, war ich wieder ruhig genug, um Nick darum zu bitten, mir alles von seinem Treffen mit Leila zu erzählen.

«Also erstens – wie hast du sie davon überzeugt, mit dir zu sprechen? Hast du ihr die Wahrheit gesagt? Über unsere Situation, meine ich?»

«Herrgott, nein. Das hätte Stunden gedauert, selbst wenn sie mir geglaubt hätte. Nachdem ich sie angefleht hatte, mich nicht rauszuwerfen, sagte ich, dass ich mit dir auf die Goldsmith-Uni gegangen sei und wieder Kontakt zu dir aufnehmen wolle, aber dich nicht finden könne. Ich sagte, ich erinnere mich daran, dass Rebecca von ihr gesprochen habe. Außerdem habe ich ihr *womöglich* den Eindruck vermittelt, ich sei SS.»

«SS?? Hä?? Secret Service? Nazi?»

«Same Sexer.»

«Du meinst schwul?»

«Ja, aber das sagt man hier nicht. Glaube, das hat sich zu meinen Gunsten ausgewirkt, weil sie mich so nicht als Stalker-Bedrohung für dich gesehen hat.»

«Guter Schachzug. Ein Teil von mir fürchtet sich davor, es zu erfahren, aber was wissen wir über Benedict? Den Ehemann. Meine Güte, es fühlt sich wirklich merkwürdig an, das zu tippen.»

«Sitzt du?»

«Oh, oh, das klingt aber schlimm. Okay. LOS.»

«Du – Rebecca – hast einen Millionär geheiratet. Irgendeinen Öko-Mode-Pionier / Investor. Altes Geld. Haufenweise Geld. Lässt Tweedy wie einen armen Schlucker aussehen.»

Ich weiß nicht genau, *was* ich erwartet hatte – vielleicht einen

Nate-Klon? –, aber das hier ganz gewiss nicht. «Du machst doch Witze».

«Ich wünschte, das wäre so.»

«Nachname?»

«Mercer.»

Mercer, Mercer, Mercer. «Warte mal, hängt er mit der Mercer-Stiftung zusammen?»

«??»

«Das ist eine Stiftung, die aufstrebende neue Designer finanziell unterstützt. Ich habe mich dafür mal vor Jahren erfolglos beworben. Wenn er zum Mercer-Clan gehört, ist er stinkreich.»

Ich recherchierte auf Google, wollte es überprüfen. Aber dann begriff ich plötzlich, was das für uns bedeutete. Es war wie ein Schlag in die Magengrube. Durch den Schock hatte ich selbstsüchtigerweise nicht die Tatsache in Betracht gezogen, dass Rebeccas Ehe im Grunde unsere Pläne zunichtemachte. Ich kannte mich selbst gut genug, um mir ziemlich sicher zu sein, dass sie sich auf keine Affäre einlassen würde. Andererseits hatte Rebecca auch etwas getan, von dem ich mir sicher war, dass ich es niemals tun würde – mich fortzupflanzen – , wer wusste das also schon mit Sicherheit?

«Oh Mist, Nick. Was nun? Du musst ja am Boden zerstört gewesen sein, als du das gehört hast.»

«Na ja, mir ist schon in den Sinn gekommen, dass ich als Bald-obdachloser-und-gescheiterter-Autor womöglich keine gute Partie bin, verglichen mit einem Philanthropen mit Millionen auf dem Konto – selbst wenn Rebeccas Ehe nicht mehr gut läuft».

«Stell dein Licht bloß nicht so unter den Scheffel. Und warte mal, hat Leila wirklich gesagt, dass Rebecca Eheprobleme hat?»

An dieser Stelle erzählte er mir, dass Leila seit der Geburt des Babys (Scarlett) keinen Kontakt mehr mit ihr gehabt habe. Dieses Detail erschütterte mich ebenso wie die Verheiratet-und-ein-Kind-Nachricht.

«Warum?»

«Hat sie nicht genau erklärt.»

«Hat das was mit Benedict zu tun?» Konnte es das sein? Vielleicht. Andererseits war Leila auch während der Nate-Jahre an meiner Seite gewesen, obwohl sie und Nate sich verabscheut hatten.

«Könnte sein. Schwer zu sagen. Sie hat ihre Worte sehr genau gewählt, als sie von ihm sprach, sagen wir mal so.»

«Ist sie verheiratet? Hat sie Kinder?»

«Weiß nicht. Habe ich nicht gefragt. Ich habe nur nach dir gefragt.»

«Herrgott. Was, wenn sie die Kinder nicht hat?» Eine völlig auf den Kopf gestellte Welt, in der ich Kinder hatte – oder zumindest eins – und sie keins.

Mir fiel etwas ein, was sie mir gesagt hatte, als sie eine schmerzhafte Behandlung nach der anderen durchmachen musste, weil sie sich so sehr ein Kind wünschten: dass sie es nicht mehr ertrug, mit Leuten zusammen zu sein, die Kinder hatten, weil es einfach zu sehr wehtat. Hatte sie deshalb die Freundschaft beendet? «Sah sie traurig aus?»

«Ein bisschen, wenn sie über dich sprach, sonst nicht. Sie ist wirklich eine Nummer. Ihr Büro hat die Größe meines Hauses.»

«Irgendwelche Fotos von Kindern in diesem hausgroßen Büro?»

«Habe ich nicht bemerkt.»

Da war noch mehr: Soweit Leila 2 wusste, hatte Rebecca kein eigenes Geschäft – es gab also kein «Himmel, Stoff und Zwirn». Wie auch, ohne Leila? Die Schneiderei war erst gegründet worden, nachdem ich Leilas Kleid umgearbeitet hatte – meine älteste Freundin war meine erste Kundin gewesen.

«DANKE, dass du all das für mich tust, Nick. Das war bestimmt nicht leicht.»

«Ich gebe zu, dass es wirklich ein harter Tag war. Aber jetzt bist du dran. Wie lief es denn mit Nicolas?»

«Mal sehen ... ich glaube, das Wort, nach dem ich suche, ist: absolut scheiße».

Unser Zusammentreffen hatte nicht länger als zwei Minuten gedauert. Andere Leute standen hinter mir, um sich ihr Buch signieren zu lassen, und ich konnte ja kaum verzweifelt herumhängen, bis er fertig war. Zuerst lief es ungefähr so, wie ich es mir vorgestellt hatte. Er signierte mein Buch, «Für das Mädchen mit dem mausgrauen Haar», lachte und fragte, ob ich die von Twitter sei. In diesem Moment ließ die volle Surrealität dessen, was ich da tat, die Welt zur Seite kippen. *Es ist er – und doch NICHT er.* Mir war plötzlich ganz flau, ich nickte dumm und fand meine Stimme nicht. «Ich bin durchgedreht und habe es vermasselt. So nah bei ihm zu sein, bei *dir*, sozusagen, hat mein Hirn praktisch aufgeweicht. Als könnte ich die beiden Teile nicht mehr zusammenbringen. Ihn in Fleisch und Blut und DICH in meinem Kopf. Ergibt das irgendeinen Sinn?»

«Ja. Und nein. Aber was noch wichtiger ist: Fandest du mich toll? ;-)»

«Haha. Ist doch völlig egal, ob ich dich toll fand oder nicht, oder?»

«???»

«Du kannst doch ohnehin keine Beziehung mit Rebecca haben. Da ist es irgendwie nicht richtig, wenn ich mit Nicolas weitermache. Selbst wenn ich das könnte. Was ich nicht kann, weil ich es schon vermasselt habe. Es wäre nicht fair.»

«Aber so läuft das nicht, Bee. Fair passt hier nun mal nicht. Und wir müssen ja jetzt noch gar nichts entscheiden, nicht wahr?»

«Richtig.»

*

Falsch.

In der Nacht schlief ich nicht. Als Nick und ich uns voneinander verabschiedeten, ging ich sofort ins Internet und tippte «Benedict Mercer / Mercer-Stiftung» ein. Ich atmete tief durch und klickte dann auf «Enter».

Ganz oben auf der Seite erschien ein Artikel der *Financial Times* über die «Pioniere auf dem Feld der nachhaltigen Mode, die die Industrie für immer verändern». Mit rasendem Herzen scrollte ich weiter und blieb an einem Foto von einem Typen Anfang fünfzig hängen, glatt, frisiert, im Anzug, ganz Firmenchef. So ziemlich alles, was ich nicht mochte. Das konnte er nicht sein – oder doch? Ich grub weiter – es gab natürlich noch andere Benedict Mercers (einschließlich eines in den USA, der wegen Doppelmords im Gefängnis saß) – aber keinen, der so gut zu Nicks lückenhafter Beschreibung passte. Gemäß der Wiki-Page der Mercer-Stiftung war Benedict deren Finanzvorstand und arbeitete auch für verschiedene andere Wohltätigkeitsorganisationen, die sich Nachhaltigkeit und ethische Arbeitsbedingungen in der Modeindustrie auf die Fahnen geschrieben hatten. Er war mit einer gewissen Alina LaRusso verheiratet gewesen, einem amerikanischen Ex-Model, das 2014 nach einem tragischen Unfall in ihrem Haus in den Hamptons ums Leben gekommen war. Alinas Tod hatte es nicht in die britische Klatschpresse geschafft, vermutlich weil sie in den Staaten umgekommen war und die Familie Mercer genügend Geld und Einfluss hatte, ihre Privatangelegenheiten privat zu halten, wenn sie es wollte. *Der tragische Witwer.* Vielleicht war es das, was seine Anziehungskraft ausgemacht hatte. War mein anderes Ich von Benedicts Max-de-Winter-artiger Vorgeschichte angezogen worden, so wie die Heldin in dem passenderweise betitelten Roman *Rebecca?* Ich hoffte um meinet- / ihretwillen, dass es keine Mrs Danvers gab, die im Hintergrund lauerte. Und vielleicht *war* Benedict noch nicht einmal ein tragischer und sexy Witwer in Nicks Welt.

Verheiratet mit einem Millionär. Oder in dieser Welt, einem Milliardär. Und ja, gut, ein winziger Teil meines Selbst war beeindruckt. *«Das Mädchen hat es ja wirklich geschafft»*, konnte ich meinen Dad zu seinen Freunden auf dem Golfplatz sagen hören. Die Sache war nur, dass Männer wie Benedict sich normalerweise nicht für Frauen wie mich entschieden. Was so klingt, als wollte ich mich kleinmachen, aber das tue ich gar nicht. Es ist einfach wahr. Was mein Aussehen angeht, ist «einigermaßen gut aussehend» vermutlich der zutreffende Ausdruck. Ich war auf keinen Fall Model-Material, wie seine arme verstorbene Frau Alina. Und Frauen wie ich entschieden sich normalerweise auch nicht für Männer wie ihn. Mal abgesehen von Tinder und Nate-Gate war meine Dating-Geschichte voller kreativer Typen, die meist keinen Cent in der Tasche hatten. Ganz nach dem alten Witz, «*Was hat sie zuerst an dem Millionär Benedict Mercer angezogen, Rebecca?*» Waren wir so unterschiedlich? Mum und ich hatten immer kämpfen müssen, also war es mir wichtig, eine gewisse finanzielle Grundlage zu haben, aber ich hatte mich nie nach dem gesehnt, was Leila «stinkenden Jacht-Reichtum» nannte.

Ich starrte das Foto an. Nein. Das passte nicht zusammen.

Dann war da der Altersunterschied: Hatte sie nach einer Vaterfigur gesucht? *Ärgs, ärgs, denk bloß nicht darüber nach.* Und was war mit der Arbeit? Was tat sie den ganzen Tag? Ich konnte mir ein Leben ohne mein kleines Geschäft gar nicht vorstellen. Was mich zu Leila zurückbrachte – die in meiner Welt ihre Steuerberatungskarriere auf Eis gelegt hatte und in Nicks Welt nicht mehr in Rebeccas Leben vorkam. Und dann durfte ich nicht den Nebenstrang der Geschichte vergessen: Magda, die *ohne* Jonas war und mit (in Nicks Worten) «einer lebenden Sexpuppe vom Balkan» zusammenlebte.

Gegen sechs Uhr morgens wurde der Hunger, den ich seit Stunden ignoriert hatte, immer heftiger, sodass ich mich um ihn kümmern musste. Das Frühstück begann um sieben, und die Angestellten hatten gerade das Buffet aufgebaut, als ich hineinspazierte. Ich fiel vom Speck- und Würstchenfett-Duft beinahe ins Koma. Ich hege eine heimliche Liebe fürs Frühstück im Hotel: Es erinnert mich an die Zeit, in der Mum genügend Geld hatte, um Ferien in einem Billig-Resort in Wales zu machen. Ich hatte seit Jahren kein Schweinefleisch mehr gegessen, aber ich gab der Versuchung nach und türmte mir den Gegenwert eines ganzen Mastschweins auf den Teller, weil ich fand, dass ich mir das nach den schockierenden Erkenntnissen von letzter Nacht verdient hatte. Ich sah mich um, ob niemand guckte, nahm mir mit den Fingern einen Streifen gerösteten Speck und schob ihn mir direkt in die Futterluke. Und in diesem Moment passierte es.

«Hallo noch mal.»

Ich drehte mich um und sah Nicolas, der mit einem leeren Teller dastand und mich erwartungsvoll anlächelte. Weil mein Mund voller Schweinefleisch war, konnte ich nicht antworten, bis ich es unelegant heruntergewürgt hatte und dabei beinahe erstickt wäre (was vermutlich eine gute Anekdote ergeben hätte – ein romantisches erstes Kennenlernen, gekrönt von einem Erste-Hilfe-Einsatz).

Ich würgte ein «Hallo» heraus.

«Taugt der Kaffee etwas?»

«Habe ihn noch nicht probiert.»

«Na ja, dann wünschen Sie mir Glück, ich werde es jetzt wagen.»

Peinlich berührt ging ich zu einem Tisch. *Ganz toll gemacht, Bee.* Ich trug immer noch die Kleidung von gestern, hatte nicht geduscht oder mir auch nur das Haar gebürstet, geschweige denn die Zähne geputzt. Ich hatte eigentlich vorgehabt, zu essen und abzuhauen, um einen frühen Zug nach Hause zu erwischen; ich hatte nicht vorgehabt, Nicolas erneut über den Weg zu laufen und mich zum Affen zu machen. Ich konzentrierte mich auf meinen Teller – ich wagte es nicht, ihn anzusehen. Konnte nicht widerstehen und sah ihn trotzdem an. Er wirkte etwas rauer als bei der Signierstunde – mit Bartstoppeln und zerzaustem Haar –, was ihm gut stand. Und oh Gott, er steuerte direkt auf mich zu. Ich hatte vergessen, mir eine Serviette zu holen – ich war mir ziemlich sicher, dass ich jetzt auch noch Ei im Gesicht hatte.

«Darf ich mich zu Ihnen setzen? Oder ist das zu forsch?»

«Natürlich können Sie das.» Sein Teller war wie meiner voller schlimmer Dinge, weshalb ich mich nicht ganz so sehr verfressen fühlte. Ich versuchte, ein wenig Small Talk zu machen, unterdrückte den Drang, etwas Blödes (und Unwahres) zu sagen wie *Normalerweise stopfe ich mich nicht so voll.* In diesem Moment ging mir auf, wie viele meiner Zusammentreffen mit Männern mit Essen zu tun hatten. Aktentaschen-Typ. Gelato-Typ. Und jetzt Nicolas 2. Halb erwartete ich, dass er sagte: «Ich mag Frauen mit gutem Appetit.»

Er trank einen Schluck Kaffee.

«Und?»

«Schlecht. Richtig schlecht. Aber immer noch besser als ein Tritt in den Hintern. Der mich ebenfalls aufwecken würde, nehme ich an. Stehen Sie an einem Samstag immer so früh auf?»

«Nein. Muss einen frühen Zug nach Hause erwischen. Und Sie?»

«Ich auch nicht. Diese Veranstaltungen machen mich immer nervös. Habe hinterher zu viel schlechten Rotwein getrunken, um wieder runterzukommen. Schlechte Idee, hat mich nur wach gehalten.»

«Nervös? Wirklich? Hat man überhaupt nicht gemerkt. Sie waren großartig.»

«Das müssen Sie nicht sagen. Tatsache ist, dass ich den Namen des Mörders vergessen habe.»

«Hat keiner gemerkt. Ich auch nicht.»

«Und ich bin mir sicher, dass Sie das gar nicht hören wollten.

Von Rotwein bleibe ich wach, und Kaffee lässt mich allen möglichen Mist gestehen.»

«Dann hole ich Ihnen mal Nachschub.»

Er lachte. Ich entspannte mich. Die kognitive Dissonanz, die ich in der Signierstunde gefühlt hatte, verblasste jetzt. Das hier war er *wirklich*, nicht der Autor, der in der Öffentlichkeit stand. Ein Blick auf den Mann hinter dem Vorhang. «Wie soll ich Sie ansprechen? Mousyhairedgirl ist ein bisschen kompliziert, besonders für jemand mit einem schlimmen Kater. Mousy? Miss Girl?»

«Rebecca. Oder Bee, wenn Sie wollen.»

«Bee. Das gefällt mir. Nennen Ihre Freunde Sie so?»

So nennt mich dein anderes Ich.

Von: NB26@zone.com
An: bee1984@gmail.com
Ein Specksandwich zusammen, was? Ist das irgendein Euphemismus?

Von: bee1984@gmail.com
An: NB26@zone.com
Ha! Nein. Aber ich meine es ehrlich, was ich gesagt habe, Nick. Wir können das hier und jetzt abbrechen. Und alles so lassen, wie es ist.

Von: NB26@zone.com
An: bee1984@gmail.com
Willst du das denn?

Von: bee1984@gmail.com
An: NB26@zone.com
Wie gesagt, es kommt mir unfair vor.

Von: NB26@zone.com
An: bee1984@gmail.com
Es wäre nicht fair von mir, wenn ich dich darum bitten würde aufzuhören. Nicht jetzt, da ihr *Frühstück* zusammen hattet.

Von: bee1984@gmail.com
An: NB26@zone.com
Kannst du von Rotwein nicht schlafen?

Von: NB26@zone.com
An: bee1984@gmail.com
Genau. Ist das auch ein Nicolas-ismus?

Von: bee1984@gmail.com
An: NB26@zone.com
Er ist nicht so lustig wie du. Nur dass du's weißt.

Von: NB26@zone.com
An: bee1984@gmail.com
Ich wette, das sagst du zu allen Typen, die aufgrund einer zufälligen Laune von … irgendwas in einem alternativen Universum feststecken.

Von: bee1984@gmail.com
An: NB26@zone.com
Haha. Also, übrigens sieht der wahrscheinlichste Benedict-Mercer-Kandidat, den ich in dieser Welt finden kann, ÜBERHAUPT NICHT so aus wie jemand, in den ich mich verlieben könnte. Ich muss immer an Rebecca denken. Es sollte mir nicht so wichtig sein, ist es aber. Es ist ja fast so, als WÄRE sie ich.

Von: NB26@zone.com
An: bee1984@gmail.com
Ist sie ja auch irgendwie, Bee.

Von: bee1984@gmail.com
An: NB26@zone.com
Du weißt schon, was ich meine! Ich muss wissen, ob es ihr gut geht. Warum Leila nicht mehr mit ihr befreundet ist. Warum die Versionen von uns so anders sind als wir.
Warum sie mit jemandem verheiratet ist, der vielleicht stinkreich ist, aber aussieht wie ein Schauspieler aus einer Infosendung über Erektionsstörungen.

Von: NB26@zone.com
An: bee1984@gmail.com
!!!
Verstehe. Mir geht es auch so. Ist das Natur versus Umwelt oder so? Warum hat Nicolas mit dem Schreiben weitergemacht, und warum habe ich damit aufgehört?

Von: bee1984@gmail.com
An: NB26@zone.com
Okay. Wie wäre das: Wir suchen die Antworten auf unsere jeweiligen Fragen, schauen, wie das läuft, und beraten uns dann erneut? Deal?

Von: NB26@zone.com
An: bee1984@gmail.com
Deal.

Nick

Was die Operation Doppelgänger betraf, war Bee mir meilenweit voraus. Sie hatte Nicolas kennengelernt, und sie standen jetzt regelmäßig in Kontakt. Ich musste sehr lange darüber nachgrübeln, was ich als Nächstes tun sollte. Mal angenommen, ich würde tatsächlich ein Treffen mit Rebecca zustande bekommen und irgendwie die Einzelheiten herausbekommen, die Bee unbedingt wissen wollte, was wollte ich damit erreichen? Eine Affäre? Eine Ehe zerstören, so wie Jez? Aber wenn es auch nur eine Chance gab, egal wie winzig, dass Rebecca nicht glücklich war mit ihrem unglaublich gut aussehenden, philanthropischen Millionär, war es dann nicht richtig, die Sache zu verfolgen? Das Mindeste, was ich tun konnte, war, sie zu treffen. Ich wusste noch nicht einmal, wie sie aussah. Aber Nicolas wusste es, und er fand sie eindeutig attraktiv.

Aber bevor ich meinen nächsten Zug machte, musste ich einiges erledigen: Ich musste Lily eröffnen, dass das Haus verkauft werden würde. Das konnte ich nicht länger hinausschieben. Und dann musste ich zu dem Treffen gehen, zu dem mich die Berenstains geladen hatten – *wenn* ich überhaupt dorthin wollte. Ich wusste nicht recht, wovor ich mehr Angst hatte.

Dieses Mal lauerte Lily nicht an der Tür, als ich mit Rosie an ihrem Eingang vorbeispazierte. Ich hörte auch nicht das Plärren des Fernsehers – merkwürdig, denn normalerweise lief er rund um die Uhr («Die einzige Gesellschaft, die ich habe»). Ich klopfte. Wartete. Klopfte erneut. Man liest ja ständig von alten, einsamen Leuten, die in ihren Lieblingssesseln sterben und verwesen. Sollte ich die Tür eintreten? Die Polizei oder den Sozialdienst rufen? Dann erinnerte ich mich daran, dass sie einmal den Ersatzschlüssel unter der Türmatte erwähnt hatte, den sie dort für die Leute vom Gesundheitsdienst verwahrte («Erspart es mir, aufstehen zu müssen, um die Blödmänner reinzulassen.»). Ich wühlte gerade darunter herum, als sich die Tür knarrend öffnete.

«Oh. Du bist das.» Ein widerwilliges Schnaufen, dann ein Lächeln, als Rosie in die Wohnung lief. «Braves Mädchen.»

«Ich habe fast einen Herzinfarkt bekommen. Solche Sorgen habe ich mir um dich gemacht.»

«Das soll ich dir wohl glauben, Junge. Tagelang hast du dich nicht blicken lassen.»

«Dann gehe ich wieder. Soll ich?»

«Ach, sei nicht so blöd.» Sie winkte mich herein und ins Wohnzimmer. «Der Fernseher ist kaputt.»

Das war er nicht, sie hatte es nur fertiggebracht, einen Kanal zu wählen, der das Satellitensignal nicht empfing. Ich brauchte dreißig Sekunden, um das wieder zu richten. Ein tiefes Durchatmen, dann LOS: «Ich muss dir was sagen.»

«Immer raus damit, Junge.»

Sie zeigte keinerlei Gefühle, als ich ihr die Neuigkeit schuldbewusst stammelnd eröffnete. Es war, als gestünde ich einer besonders strengen Lehrerin eine winzige Übertretung, oder einer Polizistin. «Aber ich werde auf jeden Fall den Kontakt zu dir halten, Lily. Oder für dich einkaufen, wenn ich kann.»

«Mach dir keine Sorgen um mich, Junge. Du hast dein eigenes Leben, das weiß ich schon.» Wow: Wer *war* das? «Außerdem. Ich bekomme dieses neue Weibsstück, das das tun kann. Sie rührt sonst keinen Finger.» Also hatte sie sich doch nicht so sehr verändert. «Aber den Hund werde ich vermissen.»

Ich überlegte, ob Lily Rosie nehmen könnte, während ich meine nächsten Schritte der Operation Doppelgänger plante, aber der Hund musste Gassi gehen, und Lily würde das nicht jeden Tag schaffen. «Ich komme dich besuchen. Wir beide besuchen dich.»

Ein Kopfschütteln, als wollte sie sagen: «Na klar.» Dann: «Du ziehst jetzt mit der anderen zusammen, oder?»

«Mit welcher anderen?»

«Die, zu der du immer hinschleichst, um sie zu sehen.»

«Die Sache ist leider ein Rohrkrepierer. Sie ist verheiratet.»

«Kleines Affärchen, was?»

«Nein. Wir haben nicht ... ich weiß nicht, was ich in der Hinsicht tun soll, wenn du es unbedingt wissen willst.»

«Du liebst sie, oder?»

Habe sie noch nicht einmal persönlich kennengelernt. Ach scheiß drauf. «Ja.»

«Dann hol sie dir.»

«Ich hab's doch gesagt. Sie ist verheiratet. Und hat ein Kind. Ich kann nicht.»

«So etwas wie ‹ich kann nicht› gibt es nicht. Du tust, was richtig ist. Du bist ein guter Junge.»

«Ich bin fünfundvierzig.»

«Immer noch ein Junge, im Vergleich zu mir.» Sie kratzte Rosies Bauch und warf mir dann einen listigen Blick zu. «Ich war auch mal so wie du.»

«Ein Arschloch?»

«Nein, Junge. Ich habe mich in jemanden verliebt, der nicht ... wie heißt das noch? Zu haben war.»

«Und? Was ist aus ihm geworden?»

«Hab nie gesagt, dass es ein «Er» war, oder? Marion war verheiratet, als wir uns kennenlernten. Zu Beginn war es nicht einfach. Aber wir hatten immer noch mehr als fünf Jahre zusammen, bevor sie ging.»

«Wohin ging sie denn?»

«Krebs.»

Herrje. «Tut mir leid.»

Sie wühlte in einer Schublade und holte ein Foto heraus: Lily in ihren besten Zeiten in den Achtzigerjahren (um ehrlich zu sein, sah sie gar nicht so viel anders aus – so wie manche Kinder, die bereits alt aussehen), die auf einem Sofa saß und mit einer stämmigen Frau lachte, die einen Mopp schwarzer Haare auf dem Kopf hatte. Marion sah aus wie eine echte Schlägertype, obwohl sie eine Frau war, aber sie schienen ... zueinanderzupassen. Irgendetwas an ihrer Körpersprache wirkte *richtig*. Besser kann ich es nicht ausdrücken.

«Das hast du mir ja noch nie erzählt.»

«Hast ja auch nie gefragt, oder?»

Als ich wieder zu Hause war und mich auf das Treffen vorbereitete, von dem ich noch immer nicht wusste, ob ich hingehen würde, ertappte ich mich dabei, wie ich unter der Dusche weinte. Um wen oder was weinte ich? Um Lily? Mich? Poll? Das wusste nur der Himmel. Aber es half ein wenig – als hätte ich einen weiteren inneren Furunkel aufgeschnitten.

*

Weiß der Himmel, warum die Berenstains so verschlossen gewesen waren, was ihr Hauptquartier anbelangte, denn es stellte sich als heruntergekommene alte Gemeindehalle in einem Vorort von Manchester heraus. Passenderweise begann es zu regnen, als mich meine Mitfahrgelegenheit davor absetzte. Das Prasseln des Regens auf dem Blechdach klang wie ein sarkastischer Applaus. Ich wäre beinahe wieder ins Auto gestiegen, aber dann gewannen die Neugier über den «Richterspruch» und mein gerechter Zorn über Geoffreys Aktionen doch die Überhand. Bei unserem letzten Treffen war die Gruppe vorsichtig, misstrauisch und schräg gewesen, und auf der Fahrt hierher hatte ich mich auf einen ähnlichen Empfang eingerichtet. Aber als ich durch die Tür trat, ging Henrietta mit ausgestreckter Hand auf mich zu. «Danke, dass Sie gekommen sind, Nicolas. Und zuallererst, bitte entschuldigen Sie Geoffreys übereifriges Verhalten. Seien Sie versichert, dass wir ausgesprochen deutlich mit ihm darüber gesprochen haben.» Kelvin schenkte mir seine Version eines Lächelns und stellte mich den anderen Mitgliedern vor, von denen keines meinen Vorstellungen von einem Irren entsprach. Da war Isaac, ungefähr siebzig Jahre alt, der versuchte, wie ein weiser alter Mann auszusehen, aber eher wie ein frustrierter Golfer wirkte; Debbie, etwa fünfzig Jahre alt, pummelig und sonnig, und Adil, der ungefähr dreißig sein musste, aber wie ein Teenager ein Peace-Out-Kapuzenshirt trug. Er gurrte: «Ich habe ja so viel *Wunderbares* über dich gehört, Nicolas.» Tatsächlich begrüßten mich alle wie einen alten verlorenen Freund, mit Ausnahme von Geoffrey, der ein übellauniges «sorry» murmelte, wie ein Kind, das man gezwungen hatte, sich zu entschuldigen. Diese unerwartete und ziemlich übertriebene Charme-Offensive war, wie mir Bee später erklärte, im Grunde eine Taktik, wie sie von Sekten verwendet wurde. Sie funktionierte, denn schon nach einigen Minuten merkte ich, dass ich all meine Vorsicht fahren ließ.

Henrietta bat mich, Platz zu nehmen. Die Stühle waren in einem Kreis aufgestellt, so wie in einer Selbsthilfegruppe, und es gab Snacks, die Adil gemacht hatte («Niemand macht bessere Samosas, Nicolas», schnurrte Isaac. «Bitte, schlag zu.» Um ehrlich zu sein, waren sie tatsächlich verdammt lecker). Geoffrey lungerte außerhalb des Kreises in einer Ecke herum und trank eine Dose Bier, nachdem er jeden einzelnen in der Runde finster angesehen hatte.

Nach etwas Small Talk über das Wetter und einer merkwürdigen Anekdote über ein paar Frauen in ihrem Schrebergarten, die «die Auberginen stibitzt» hatten, klatschte Henrietta in die Hände und bat Isaac, die Grundsätze der Gesellschaft zu verlesen. Alle verstummten, und die Teilnehmer senkten den Kopf wie zum Gebet. Ich warf Geoffrey einen Blick zu: Er hob die Bierdose, als wollte er mir zuprosten.

«Wir geloben, diese Grundsätze in unserer und anderen Welten nach bestem Wissen und Gewissen zu beschützen.» («ICH WEISS, Bee. Da hätte ich schon weglaufen sollen.»)

Die Atmosphäre veränderte sich, und plötzlich stand ich im Mittelpunkt der Aufmerksamkeit.

Henrietta begann: «Wir glauben Ihnen, dass Sie derjenige sind, der Sie behaupten zu sein, Nicolas. Und wir glauben, dass Sie tatsächlich durch das Netz hindurch kommuniziert haben.»

«Schön. Also gut, glaube ich.»

«Sagen Sie, seit wir uns zum letzten Mal gesehen haben – hat Ihre Gesprächspartnerin wieder Kontakt zu Ihnen aufgenommen?»

Ein sechster Sinn flüsterte mir zu: *Lüge lieber.* Aber ich hörte nicht darauf. «Ja, das hat sie.»

Die Andeutung eines Lächelns. «Verstehe. Das freut mich für Sie. Und sie hat die von Ihnen bemerkten Diskrepanzen auch ihrerseits bestätigt?»

«Das hat sie.» Ich beließ es dabei, ohne es weiter auszuführen oder die Operation Doppelgänger zu erwähnen.

«Um noch einmal sicherzugehen: Sie können mit ihr nur via i-Mail kommunizieren, stimmt das? Und nur mit diesen speziellen Adressen?»

«Ja.»

«Und andere Medien? Fotos, Videos, Tabellen? Lassen die sich durch das Netz hindurch transportieren?»

«*Tabellen?* Warum fragen Sie nach Tabellen?»

«Tun sie es?»

«Was die Tabellen angeht, so weiß ich es nicht. Die anderen Dinge nicht. Wir haben es uns so erklärt, dass die Technik wahrscheinlich irgendwie nicht kompatibel ist.»

Kelvin und Henrietta wechselten einen schwer zu deutenden Blick. Adil und Debbie starrten mich jetzt mit einer Intensität an, wie sie religiöse Fanatiker gern an den Tag legen. Zum Glück bemühte sich Isaac gerade, eine gefüllte Zucchinihälfte zu essen, und scheiterte dabei, was die doch einigermaßen verstörende Atmosphäre ein wenig abmilderte. Zeit, auf Angriff zu schalten. «Haben Sie eine Theorie dazu, wie – oder warum – das alles geschehen sein könnte?» Wie Bee hatte auch ich versucht, die anscheinend zahllosen verschiedenen Theorien wie Multiversum / geteiltes Bewusstsein / Chaos / Quantenunsterblichkeit zu verstehen. Leider waren selbst die Artikel mit den Überschriften «Quantenmechanik für Anfänger» absolut verwirrend. Andere Erklärungen, von denen wir die meisten in Science-Fiction-Filmen gefunden hatten – der Was-auch-immer-das-ist-Glitch im Raum-Zeit-Kontinuum, ein schwarzes Loch, ein vertuschter Fehler am Hadronen-Speicherring (den es in unseren beiden Welten gab) –, waren ebenso unbegreiflich für unseren beschränkten intellektuellen Horizont.

Kelvin öffnete den Mund, um etwas zu sagen, aber Henrietta brachte ihn mit einem Blick zum Schweigen. *Interessant.* «Nein, haben wir nicht», antwortete Henrietta.

«Und was jetzt?», fragte ich.

Sie runzelte die Stirn. «Ich verstehe Sie nicht.»

«Bee und ich haben darüber gesprochen, ob wir jemandem davon erzählen sollen.»

«Jemandem?»

«Ich weiß auch nicht. Der Wissenschaft? Den Behörden?» *Und nicht nur einem Haufen vermutlich paranoider Irrer wie euch.* «Was Bee und ich da erleben – ich meine, das ist doch wirklich bahnbrechend, oder?»

«Inwieweit?»

«*Inwieweit?* Ich kommuniziere mit einem Menschen, der in einer anderen Welt lebt. Multiversum. Universum. Was auch immer.»

«Das ist keine gute Idee, Nick. Zuallererst liegt alles, was Sie an Beweisen haben, in Ihrer Korrespondenz, die gefälscht sein könnte – es ist sehr wahrscheinlich, dass man Ihnen nicht glaubt. Wir haben das in der Vergangenheit bereits erlebt.»

Ein zustimmendes Murmeln der anderen.

«Und zweitens, gesetzt den Fall, sie glauben Ihnen – dann wissen wir immer noch nicht, wie sie diese Information benutzen werden.»

«Sie meinen, sie würden vielleicht eine Waffe daraus machen? So wie in jedem beschissenen Thriller, der je geschrieben wurde?» Es sollte banal klingen, und das tat es auch.

Henrietta warf mir einen herablassenden Blick zu. «Haben Sie sonst noch Fragen an uns, Nicolas?»

Die hatte ich. Zufälligerweise sogar eine monumental dumme, aber ich musste sie dennoch stellen: «Gibt es irgendeine Möglichkeit, dass Bee und ich doch noch zusammenkommen könnten?»

Leere Blicke, auch von Henrietta. «Zusammen wie? *Physisch?*»

«Na ja, schon. Da Sie alle … Heimatlose sind … was glauben Sie, wie Sie durch das Netz gerutscht sind? Durch ein Wurmloch oder ein Portal oder so?»

Geoffrey lachte bellend auf. «Ein Portal. Verdammte Scheiße.»

Adil erbarmte sich meiner. «Tut mir leid, dir das sagen zu müssen, Nicolas, aber wenn wir wüssten, wie man durch das Netz reisen kann, wären wir ja keine Heimatlosen, oder?»

Auch wieder wahr.

Henrietta ergriff erneut das Wort. «Nicolas, haben Sie beide der Versuchung nachgegeben, Einzelheiten auszutauschen, um Ihre persönlichen Schicksale zu verbessern?»

Das hatte ich nicht. Das hatte ich tatsächlich nicht. «Was meinen Sie denn damit?» Aber dann fiel es mir wie Schuppen von den Augen: *Die Handlungen von Nicolas' Romanen.* Ich würde Bee dazu bringen können, sie abzuschreiben, damit ich sie als meine eigenen ausgeben konnte. Er war ich, ich war er, was bedeutete, dass es kein echter Diebstahl geistigen Eigentums war, oder? Falsch. Ich bin kein Moralapostel, aber ich würde Nicolas' Romane nicht einfach klauen. Dann also Technologie. Diese Dating-Apps, die Bee erwähnt hatte … Wenn ich es richtig machte, könnte ich nächste Woche schon Milliardär sein. Und mir mit Benedict einen harten Wettstreit darum liefern, wer von uns der Reichere ist. «Das ist mir ehrlich gesagt noch gar nicht eingefallen. Bis jetzt. Danke dafür.»

Schweigen, dann: «Wir würden es natürlich vorziehen, dass Sie jede Kommunikation miteinander einstellen.»

«Moment – was? Warum?»

«Um ehrlich zu sein, können wir das Risiko für unsere Welten nicht abschätzen, wenn Sie so weitermachen.»

«Risiko? Was tun wir denn Schlimmes?»

«Wissen wir nicht. Sie wissen es auch nicht.»

Dann verstand ich: «Sie reden vom Schmetterlingseffekt?»

«Ja, so kann man es ausdrücken. Dem zufolge, was wir aus Ihrer Korrespondenz erschließen können, hat Ihre Welt nicht das ...» – hier zögerte Henrietta und wedelte vage mit der Hand vor ihrem Gesicht herum, als suchte sie nach dem richtigen Wort – «... das *Gleichgewicht*, das wir in unserer gefunden haben. Das Sicherste wäre, jede Kommunikation zu unterlassen.»

Jetzt bereute ich es *wirklich*, ihr meine i-Mails überlassen zu haben. «Das werde ich aber nicht tun.»

«Wir hatten schon angenommen, dass Sie das sagen würden. Da es uns ganz klar ist, wie wichtig Ihnen diese Verbindung ist, möchten wir Ihnen einen Deal vorschlagen.»

Die gesamte Gruppe – einschließlich Geoffrey – starrte mich jetzt erwartungsvoll an. «Wenn Sie versprechen, dass Sie nicht versuchen werden, das Wissen anzuwenden, das Sie aus der jeweils anderen Welt besitzen, um strukturelle, gesellschaftliche oder wirtschaftliche Veränderungen anzustoßen, dann können wir das erlauben.»

«Moment mal – *erlauben?*»

«Genau. Wir haben abgestimmt, und es sind doch mehr Romantiker unter uns, als wir erwartet hätten.»

Isaac lächelte, als müsste ich das charmant finden.

«Na gut. Sagen wir also, ich lasse mich nicht auf diesen Deal ein. Was lässt Sie glauben, Sie hätten die Macht, mich daran zu hindern, etwas zu unternehmen?»

Wir verfügen über Mittel und Wege, Sie zum Aufhören zu bringen.

«Oh, Nicolas. Ich muss Ihnen nicht sagen, wie leicht es wäre, Ihre Geräte mit Viren zu infizieren, Ihren Zone-Account einzufrieren oder zu löschen und so Ihre Verbindung zu unterbrechen.»

Wow. «Sie *drohen* mir?»

«Ja.» Ganz sachlich. «Aber wir wären hier lieber alle Freunde. Kommen Sie schon. Nehmen Sie sich noch eine Samosa.»

Mein Instinkt sagte mir, einen Schwall Schimpfworte von mir zu geben und dann hinauszustürmen, aber irgendetwas hielt mich zurück. Wollte ich mir diese Leute wirklich zu Feinden machen? Wer wusste schon, wozu sie fähig waren? Warum sollte ich einen wütenden Hund weiter reizen? Ich nahm die Samosa, und sofort stieg die Raumtemperatur gefühlt von unter null auf warme Plusgrade. Die Stühle wurden zurückgeschoben, und Adil und Debbie begannen eine Unterhaltung mit mir, als wäre gar nichts Besonderes passiert. «Wir treffen uns einmal im Monat», sagte Isaac und zog den Reißverschluss seiner Jacke zu. «*Bitte* kommen Sie doch wieder.»

Von wegen.

Als ich ihnen endlich entkommen war, hatte der Regen aufgehört. Geoffrey stand draußen und rauchte. «Man sieht sich, Nick», grinste er, als ich an ihm vorbeiging. Ich schluckte die Antwort darauf herunter, die mir auf der Zunge lag – aber anders als die anderen hatte er immerhin den Anstand gehabt, während der gesamten Dauer des Treffens er selbst zu sein.

Erschüttert und wütend, wie ich war, kam mir die Idee, dass es immerhin schwieriger für die Berenstains und ihren Kettenhund Geoffrey sein würde, mich im Auge zu behalten, wenn ich nach Kent ziehen und mich vollkommen auf die Operation Doppelgänger konzentrieren würde. Ich musste ihnen für diesen Einfall danken.

Aber wollte ich wirklich in eine Stadt ziehen, die ich kaum kannte, nur um der Kopie der Frau hinterherzuspionieren, die ich liebte, in der schwachen Hoffnung, ihre Ehe zerstören zu können?

Ja.

Von: bee1984@gmail.com
An: NB26@zone.com
ERLAUBEN? Das haben sie wirklich gesagt?

Von: NB26@zone.com
An: bee1984@gmail.com
Jawohl.

Von: bee1984@gmail.com
An: NB26@zone.com
Meinst du, das könnten sie tun? Deinen Account löschen, meine ich?

Von: NB26@zone.com
An: bee1984@gmail.com
Weiß der Teufel. Ich weiß nicht genau, wozu sie fähig sind.

Von: bee1984@gmail.com
An: NB26@zone.com
Hast du ein Back-up in der Cloud gespeichert, für alle Fälle?

Von: NB26@zone.com
An: bee1984@gmail.com
Habe ich ein Back-up wo gespeichert?

Von: bee1984@gmail.com
An: NB26@zone.com
Egal ;-) Zwei Fremde im Zug.
Übrigens – HAST du eigentlich jemals darüber nachgedacht, unsere Verbindung dafür zu nutzen, reich/berühmt und so zu werden?

Von: NB26@zone.com
An: bee1984@gmail.com
Eigentlich nicht. Nicht, bis sie mich danach fragten. Ich habe immer nur darüber nachgedacht, was das alles für uns bedeutet. Und du?

Von: bee1984@gmail.com
An: NB26@zone.com
Nicht ein einziges Mal. Ist das nicht schräg? Macht uns das zu chronisch selbstbezogenen Menschen oder zu Romantikern?

Von: NB26@zone.com
An: bee1984@gmail.com
Beides vermutlich. Oder wir sind einfach nur so richtig, richtig dumm.

Bee

Es fühlte sich an wie Betrug, Nick E-Mails zu schreiben, während ich Nicolas Textnachrichten schickte und mit ihm auf Twitter scherzte. Nach unserem Treffen am Buffet hatte sich Nicolas zuerst gemeldet und eine Nachricht geschickt, und zwar noch während ich im Zug auf der Rückfahrt von dem Krimifest saß. («Danke, dass ich Ihr Frühstück stören und Sie zulabern durfte. Haben Sie den schlechten Kaffee auch nicht vertragen, oder bin das nur ich?») Seitdem hatten wir immer wieder miteinander Nachrichten ausgetauscht, aber bisher hatte ich noch keine elegante Art und Weise gefunden, wie ich die Fragen stellen konnte, auf die Nick Antworten wollte – ich war immer noch dabei, eine Beziehung zu ihm aufzubauen. Nicolas' Online-Persönlichkeit war nicht so geschliffen und frech wie Nicks, aber einige Male hätte ich die beiden dennoch beinahe verwechselt. Ich war kurz davor, auf Nicolas' Nachrichten auf dieselbe sarkastisch-freche Weise zu antworten, wie ich es bei Nick tat. Und meine Arbeit litt. Bei zweien meiner Aufträge hinkte ich hinterher (von denen einer ausgerechnet Gemmas mit Seide gefütterte Jacke war), und zum ersten Mal hatte eine Kundin ihr umgeschneidertes Kleid zurückgegeben, weil das Futter sich gelöst hatte. Eine unentschuldbare Schlamperei.

Zu diesem an sich schon toxischen Chaos kam noch meine immer stärker werdende Faszination für (oh, gib es doch zu, Bee) beziehungsweise *Besessenheit* von Benedict Mercer. *Benedict.* Wie hatten sie sich kennengelernt? Einen Mercer-Preis zu gewinnen, war eine große Sache. Ich hatte das nie geschafft, aber was, wenn Rebecca ihn gewonnen hatte? Was, wenn sich ihre Blicke über einem Bündel «Nachwuchs-Star-Designerin»-Geld und dem Prestige gekreuzt hatten, das der Preis mit sich brachte? Und dann war da noch Scarlett. Wer hatte nur den Namen des Babys ausgesucht? (Der Name ließ in meinem Gedächtnis nichts klingeln, obwohl ich ihn ganz gern mochte.) War er ein guter Vater? Aber es waren nicht nur die großen Dinge, auf die ich mich fixierte; ich konnte Stunden damit verbringen, mir auch die Kleinigkeiten vorzustellen. Zum Beispiel: Nannte sie ihn bei seinem vollen Namen? *Gibst du mir mal die Baby-Feuchttücher, Benedict?* Oder vielleicht war er für sie Ben oder Benny (uh).

Benedict war nicht in den sozialen Medien unterwegs, aber bei Google Images konnte man haufenweise Fotos von ihm auf Wohltätigkeitsveranstaltungen finden, immer im Smoking, perfekt frisiert, zusammen mit Modedesignern, Influencern, Models und reichen Leuten. Ich hasste derlei Veranstaltungen – es waren für mich praktisch Brutstätten für meine Sozialphobie. Wenn dieser Lifestyle auch in der anderen Welt vorherrschte, wie kam Rebecca damit zurecht? Hier bei uns besaßen die Mercers Bestandsimmobilien, die selbst einen Rupert Murdoch hätte erblassen lassen, einschließlich einer Villa im Herzen unseres Gin-Walk-Terrains. Anders als in Nicks Halb-Utopie, wo, dank einer schmerzhaft hohen Erbschaftssteuer und der hohen Abgaben für Besitztümer und Ländereien, das reichste Prozent der Bevölkerung relativ stark zur Verantwortung gezogen wurde.

Gemäß der Informationen von Leila 2 wohnten Ben und Becca ausgerechnet in Chislehurst – ironischerweise mit dem Bus gut vom Vorort der hiesigen Leila aus zu erreichen. Nick beschrieb ihre Gegend als «Reiche-Leute-Enklave, null Emissionen» und sagte, es werde seltsamerweise Wilderville genannt. Hier gab es so etwas nicht. Ich lief wirklich Gefahr, verrückt zu werden, aber ich würde nicht mehr erfahren können, bis mein persönlicher Detektiv aktiv wurde.

Ich brauchte eine Ablenkung, die nicht nur aus Arbeit und männlichen Doppelgängern bestand. Also lud ich mich selbst bei Leila zum Abendessen ein. Trotz meiner vielen Aufträge nahm ich mir ein paar Stunden frei, um vorher in Chislehurst umherzustreifen. Ich stellte mir vor, wie es wäre, in der alternativen, weichgezeichneten Welt von Schaukeln, Familiengärten und Vorstadtsiedlungen zu leben.

Die Zwillinge waren noch wach, als ich kam. Ich half Leila, sie zu Bett zu bringen – ein komplexer Prozess, der aus Vorlesen, mühsam verbrämten Drohungen und Bitten bestand und in direkte Bestechung mündete («Wenn ihr JETZT schlaft, geht Mummy *morgen* mit euch in den Park»). Ich versuchte erneut, mich in Rebecca hineinzuversetzen. Versuchte, mir vorzustellen, wie sie / ich warme Milch von unten holte, weil ein kleiner Mensch sie darum gebeten hatte. Zugegeben, als einer der Zwillinge seine Arme ausstreckte, damit ich ihm einen Gute-Nacht-Kuss gab, beneidete ich sie beinahe. *Beinahe.*

Leila schaltete das Licht aus, und wir schlichen wie Einbrecher die Treppe hinunter. Wir wussten, dass das kleinste Geräusch zum unausweichlichen, jammernden «Mummy!» und der Wiederholung des oben beschriebenen Prozesses führen würde.

Als wir wieder sicher in der Küche saßen, schenkte Leila uns beiden ein Glas Wein ein. «Danke, dass du mir dabei geholfen hast.» Sie trank ihr halbes Glas mit einem Schluck aus. «Du kannst das gut.»

«*Wirklich*? Findest du das wirklich?»

«Klar. Sie lieben ihre Tante Bee. Du solltest jeden Abend kommen – normalerweise wäre ich immer noch oben. Und würde zum tausendsten Mal den beknackten *Grüffelo* vorlesen.» Sie hob ihr Glas. «Prost jedenfalls!»

«Worauf trinken wir?»

«Ich habe einen neuen Kunden. Sozusagen.»

«Du arbeitest wieder?»

«Nein. Ehrenamtliches Zeug. Fundraising. Ich bin XR beigetreten. Extinction Rebellion.»

«Nein, wirklich?»

«Doch, wirklich.» Sie nickte in Richtung Lev, der mit Kopfhörern auf dem Sofa hing und auf die X-Box-Bedienung einhämmerte. «Er findet das nicht gut. Hält sie für Anarchisten. Findet, dass ich übertreibe. Aber irgendwer muss doch was tun, oder?»

Leila und ich hatten die übliche Aktivismus-Phase in unseren Teenager-Jahren durchgemacht – Greenpeace, Amnesty International und so weiter. Wir waren auf ein paar Demos gegangen, meistens, weil es Spaß machte, aber das hatte nicht lange angehalten. Wir leisteten beide «unseren Beitrag» (Mülltrennung, die Labour-Party wählen, hin und wieder eine Online-Petition unterschreiben, praktisch das, was gerade so eben das Gewissen beruhigte, ohne dass man aus seinem Sessel aufstehen musste), und obwohl man wirklich nicht sagen konnte, dass Leila kein soziales Bewusstsein hatte, hätte ich sie niemals als Hardcore-Öko-Kriegerin eingeschätzt.

«Warum XR? Hat das was mit deiner neu entdeckten Liebe zu Pflanzen zu tun?»

«Sehr witzig. Ich habe schon eine ganze Weile darüber nachgedacht. Weißt du, in welcher Welt die Kinder werden leben müssen, wenn wir uns nicht bewegen. Das ist ein Grund. Und um ehrlich zu sein, bist du auch einer.»

«Ich? Wie das denn?»

Sie lächelte mich hinterhältig an. «Komm mit. Ich muss dir was zeigen.»

Leicht amüsiert folgte ich ihr in den Garten, wo zwischen haufenweise Kinderspielzeug und dem rostenden Grill – eines von Leilas Fundstücken aus dem letzten Jahr – der Korbstuhl thronte, den sie aus dem Sperrmüll gerettet hatte. Sein zerrissener Sitz war jetzt repariert, die Stuhlbeine abgeschliffen (zugegeben, ein bisschen unregelmäßig, aber das sagte ich Leila natürlich nicht).

«Wow. Toll.»

«Ich habe es dir angesehen: Du hast nicht geglaubt, dass ich das schaffen würde; ich habe es als Herausforderung gesehen. Und es hat sich so gut angefühlt, etwas *zu tun*. Etwas Praktisches, meine ich. Ich dachte, wenn ich die Zeit dafür finde, so etwas zu machen, dann kann ich auch mehr tun, als Greenpeace monatlich einen Zehner zu überweisen. Aber wie schon gesagt, Lev versteht es nicht.»

«Ich aber.» Von ein wenig Möbelrestauration zum Aktivismus zu springen, leuchtete ein – Leila machte nie halbe Sachen. «Jetzt habe ich ein schlechtes Gewissen, dass ich nicht mehr tue.»

Sie boxte spielerisch gegen meinen Arm. «Dein Geschäft ist doch schon ethisch, Bee. Du bist doch praktisch eine Ein-Frau-Hochzeitskleid-Recycling-Fabrik.»

Wir gingen wieder hinein, und sie sagte: «Bee, wenn ich ehrlich bin, hat das Ganze auch eine egoistische Komponente. So habe ich etwas zu tun, wenn die Velociraptoren in die Schule kommen und ich mein Leben zurückhabe.» Eine Pause. «Das meine ich nicht so.»

«Du musst mir nichts erklären. Niemals. Ich verstehe schon. Ich weiß ja, wie sehr du sie liebst.» Und ich sah, unter wie viel Druck sie stand. Ungewaschenes Haar, ausgebeulte Jogginghose. Das hatte sie auch nicht daran gehindert, mich durch meine Krisen zu lotsen, oder? Rebecca hatte Leila 2 verloren – ich konnte es nicht riskieren, unsere Freundschaft in dieser Welt zu gefährden oder auch nur in Schräglage geraten zu lassen. Es war verdammt noch mal an der Zeit, dass ich etwas für sie tat. «Wie wäre es, wenn ich mal für euch babysitte? Ich könnte bei euch schlafen. Dann hättet ihr mal einen Abend für euch.» Ich hatte keine Ahnung, wie ich das schaffen sollte. Mit all der Arbeit und den Nachrichten mit Nick und Nicolas war es ohnehin ein Wunder, dass ich noch kein Karpaltunnel-Syndrom entwickelt hatte.

«Oh Gott, das wäre ja so wunderbar. Du meinst, eine ganze Nacht?»

«Warum nicht?»

«Sicher?»

«Natürlich. Ich war wirklich schlimm. Immer nur auf mich selbst bezogen. Es tut mir leid.»

«Sei nicht albern.» Sie schenkte nach. «Du hast in letzter Zeit wirklich einen Albtraum erlebt. Dann ist da noch deine Schneiderei, die unglaublich viel Zeit in Anspruch nimmt. Und von der ich übrigens das Neueste hören will.»

Ich fasste kurz zusammen, welche Kunden ich zurzeit hatte (dank der B-Promi-Kundin, die meine Schneiderei auf Instagram empfohlen hatte, lief meine Warteliste Gefahr, bis weit in das Jahr 2020 hineinzureichen), und jammerte ausgiebig über das Kleid, das die Kundin zurückgegeben hatte. «Ich kann immer noch nicht glauben, dass mir das passiert ist.»

«Mach dich deswegen nicht verrückt. Ist es vielleicht an der Zeit, dass du jemanden einstellst? Du kannst es dir ja jetzt leisten.» Das konnte ich. Und vermutlich sollte ich das auch tun. Zumal meine derzeitigen Ablenkungen weiterhin meine Arbeit beeinträchtigten. Der Wein entfaltete seine Wirkung, und ich hätte Leila beinahe alles erzählt. Die ganze Wahrheit. Die ganze verrückte Geschichte – von den beiden Nicolas – und den wahren Grund dafür, dass ich diesen einen Auftrag versemmelt hatte. Warum tat ich es also nicht? Es war nicht nur Feigheit – die Furcht, dass sie mir als eingefleischte Realistin nicht glauben würde (immerhin war es für jeden eine irre Geschichte) –, sondern es war einfach noch nicht der richtige Zeitpunkt. Ich würde Stunden brauchen, um alles auf die richtige Art und Weise zu erzählen. Und gesetzt den Fall, sie glaubte mir – was, wenn sie alles über ihr eigenes zweites Selbst wissen wollte? Über die Leila mit dem Eckbüro und der glänzenden Karriere. Die Leila, die vielleicht eine Familie hatte oder auch nicht. Außerdem war Leila weit klüger und prinzipientreuer als ich. Ich konnte mir ihre Reaktion genau vorstellen: *Warte mal, Bee. Also bist du in eine Situation geraten, die man als ein beispielloses wissenschaftliches Wunder bezeichnen könnte, und du benutzt es nur dafür, EINEN TYPEN ZU DATEN?* Stattdessen fragte ich:

«Was würde dich dazu bringen, keinen Kontakt mehr zu mir haben zu wollen?»

«Hä?»

«Ich meine, wir sind doch schon ewig Freundinnen, oder? Welchen Grund könnte es geben, nicht mehr meine Freundin sein zu wollen?»

«Im Ernst? Warum fragst du mich das?»

«Bitte tu mir den Gefallen.»

«Herrje. Vielleicht ... wenn du ein Kind umbringen würdest?»

«Wenn ich ein *Kind* umbringen würde? Du meinst einen der Zwillinge?»

«Nein, dann würde ich dich für einen Orden vorschlagen. Natürlich nicht einen der Zwillinge. Irgendein Kind. Ich meine, nicht, wenn du es aus Versehen überfahren würdest oder so. Wenn du absichtlich ein Kind umbringen würdest. Wenn du eine Serienmörderin wärst oder so.»

«Wow. Okay.»

«Oder wenn du mit Lev schlafen würdest. Nein. Streich das. Das würde ich dir vermutlich verzeihen. Oder du würdest mir leidtun. War ein Witz. Ja, das wäre echt scheiße, es sei denn, ich hätte es dir erlaubt. Leihweise, sozusagen.»

Lev schaute zu uns herüber und hob seinen Kopfhörer an. «Habe ich da meinen Namen gehört?»

«Ich habe Bee gerade gesagt, dass sie nur dann mit dir schlafen kann, wenn ich dich ihr ausleihe.»

Ein trockenes: «Ach so.» Dann wandte er sich wieder seinem Spiel zu.

«Wie kommst du denn überhaupt auf diese Frage?»

«Ich kann mir mein Leben ohne dich einfach nicht vorstellen.»

«Ohhh. Ich mir meins auch nicht. Warte mal. Du stirbst aber nicht oder so?»

«Nein!»

«Denn es sieht dir gar nicht ähnlich, so tiefsinnig zu sein.»

«Herzlichen Dank.»

«Du weißt schon, wie ich das meine. Was ist los?»

«Nichts.»

«Blödsinn.» Paddington-Blick.

Ich Vollidiotin. Ich hätte mir doch denken können, dass sie nicht aufgeben würde. Ihr die ganze Wahrheit zu sagen, war unmöglich, aber irgendeinen Brocken musste ich ihr bieten. «Ich habe jemanden kennengelernt. Sozusagen.»

«Persönlich oder online?»

«Beides.»

«Jetzt sag mir *bloß nicht*, dass du wieder Kontakt zu diesem Fake-Arsch aus dem Internet hast.»

«Nein! Natürlich nicht.»

«Und warum bist du dann so verschlossen?»

«Nach all dem, was mit Nate und ... dem anderen passiert ist, kam es mir nicht fair vor, dir noch eine Folge der beschissenen Bee-Dating-Show zuzumuten.»

«So ein Jammer aber auch. Jetzt raus mit der Sprache. Ich will alle Einzelheiten.»

Leila hatte etwas von unserem E-Mail-Austausch gelesen, sie wusste, dass Nick ein Autor/Lektor war, der in Leeds wohnte. Dem Nicolas, dem Autor, der in Leeds wohnte, bemerkenswert ähnlich – zu ähnlich. Ich stand vor einer Weggabelung: Ich musste mir eine Geschichte ausdenken oder ihr doch die Wahrheit erzählen.

Sie wartete. «Und?»

Dann: «Mummy!» Die Rettung in Gestalt der Zwillinge.

«Mist. Ich bin gleich wieder da.»

Ich bin nicht stolz darauf, aber ich entschied mich zu lügen. Ich nutzte die Zeit, die Leila zur Bändigung der Zwillinge brauchte, um mir eine überzeugende Geschichte auszudenken. Dass ich, nachdem ich von Nick in Euston versetzt worden war, wie verrückt gegoogelt und nach Nick+Autor+Leeds gesucht hätte. Das hätte mich zu einem anderen Mann namens Nicolas geführt. Mit mäßiger Neugier hätte ich einige seiner Romane gelesen und mich schließlich über Twitter mit ihm verbunden. Ich wäre schließlich zu einer seiner Veranstaltungen gegangen, wo wir uns persönlich kennengelernt und uns nett gefunden hätten. Ich erzählte all das Leila, hasste mich selbst dabei und beobachtete ihr Gesicht, um herauszufinden, ob sie mich durchschaut hätte. Vielleicht lag es am Wein; vielleicht auch an der Erschöpfung, aber sie schien es mir abzukaufen (immerhin hatte die Geschichte ein Körnchen Wahrheit in sich).

«Ich verstehe, warum du es mir nicht erzählen wolltest.»

«Ich wollte wirklich nicht, dass du dir um mich Sorgen machst, Leila. Das erschien mir unfair, zumal du mir ja schon nach der letzten Scheißgeschichte das Händchen halten musstest.»

Sie googelte Nicolas bereits. «Nicht übel. Weiß er, dass er die Rache für einen Internet-Betrüger ist?»

«Nein.»

«Meine Lippen sind versiegelt. Und versprich mir, dass du es langsam angehen lässt.»

«Ich verspreche es.»

Und ich meinte es ernst. Wirklich.

Nick

Auf meiner Seite knirschte die Operation Doppelgänger ziemlich. Ich war immer schon ein Stubenhocker gewesen. Ich ging nicht gern hinaus oder sogar weiter. Vielleicht lag das daran, dass mich meine Eltern eher spät bekommen hatten und ein halbes Jahr nacheinander während meines zweiten Jahrs an der Uni gestorben waren. So langweilig es war, ich hatte niemals daran gedacht, irgendwo anders zu leben als in meiner Heimatstadt. Ich brauchte nicht lange, um herauszufinden, dass es bemerkenswert einfach ist, das Leben zu ändern (oder es, wie in meinem Fall, in die Grütze zu reiten), wenn man es wirklich will.

Zunächst einmal brauchte ich Geld. Das Bedingungslose Grundeinkommen reichte nur bedingt, es waren keine neuen Kunden in Sicht, und Tweedy war noch nicht bereit für eine Fortsetzung. Poll war meine einzige Hoffnung. Nachdem ich zwei Selbstgedrehte geraucht hatte, um mir Mut zu machen und das Glück zu beschwören, rief ich an. Eine Prise emotionale Erpressung («Ich muss raus, um nicht durchzudrehen, Poll».), einen Hauch Bestechung («Wenn du eine schnelle Scheidung willst, ist das für mich vollkommen in Ordnung.»), *et voilà* – sie versprach, mir ein paar Tausender vom Erlös des Hausverkaufs vorzuschießen.

Als Nächstes musste ich mir eine Basis sichern, die Rebecca so nah wie möglich war. Das erwies sich als weit schwieriger. Die Mercers wohnten in einer teuren Gegend, die mein begrenztes Budget weit überstieg, und dann war da noch der Hund. Das einzige möblierte Zimmer, das ich mir leisten konnte, das fünf Minuten mit dem Bus von chez Mercer entfernt war und in dem ich Rosie halten durfte, lag in Orpington, befand sich in einem Wohnhaus und nannte sich «The Bergs». Die Buchungs-Website schien aus dem Mittelalter zu stammen, und in der einzigen Intranet-Rezension hieß es kryptisch und anonym: «Viel Glück!», aber die Besitzerin, Erika Berg, wirkte in der i-Mail freundlich und charmant exzentrisch («Also werden wir einen Autor beherbergen! Wie schön für uns.»). Erika bot mir an, das «Studio» unter dem Dach monatlich zu bezahlen. Mit inbegriffen war ein «kontinentales Frühstück, ich könne aber auch, für einen Aufpreis, ein Abendessen erhalten». Sie sagte, sie besitze einen alten Schäferhund namens Würstchen, der die Gesellschaft eines weiteren Hundes sicher genießen werde. Rosie war kein großer Fan ihrer eigenen Spezies (übrigens genau wie ihr Besitzer, Trommelwirbel), aber ich beschloss, es zu riskieren. Rosie war im Alter milder geworden; es war schon einige Jahre her, seit sie aktiv Streit gesucht hatte.

Als Nächstes: Was zum Teufel sollte ich mit all meinem Zeug tun? Alles, was ich wirklich besaß, waren Vinyl-Schallplatten, Bücher, die Hochzeitsalben meiner Eltern, Kleider und ein Hund. Ich spendete die Bücher dem Secondhandladen, bei dem ich den Anzug gekauft hatte, und verkaufte die Schallplatten an einen Flohmarktverkäufer. Mit der Entschlossenheit eines evangelikanischen Minimalisten stopfte und recycelte und warf ich weg, bis meine weltlichen Besitztümer in zwei große Koffer passten. Wobei ich den Tweed-Anzug behielt: Er war von zu großer emotionaler Bedeutung, als dass ich ihn hätte weggeben können. Es war gleichzeitig befreiend und deprimierend – zwei Koffer waren wirklich nicht viel dafür, dass ich schon fünfundvierzig Jahre lang auf der Erde lebte. Ich versuchte, nicht über die ebenso deprimierende Tatsache nachzudenken, dass mich nach zwölf Jahren in diesem Viertel nur eine alte Grantlerin vermissen würde.

Als Nächstes: Anruf bei Dylan. Seine Reaktion auf meine Neuigkeit war ein verständlicherweise ungläubiges: «Du ziehst *wohin?*»

«Kent.»

«Warum?»

Ach weißt du, das Übliche: Um eine Basis für milde Stalking-Aktivitäten zu haben, weil ich gerade eine vergurkte Seelenverwandten-Beziehung am Hals habe, die durch eine Quanten-Anomalie verursacht wurde. Ich konnte Dylan natürlich nicht die Wahrheit erzählen, versuchte aber, zumindest in ihrer Nähe zu bleiben. «Du erinnerst dich an meine i-Mail-Freundin?»

«Ist das was Ernstes?»

«Na ja, eigentlich nicht, aber ich werde herausfinden, ob es das sein könnte.»

«Gut für dich.»

War es das? Nur die Zeit würde das beantworten können.

Und schließlich: Wie sollte ich dorthin kommen? Mein Gepäck, Rosie, ihren Korb und ihre Näpfe in den Zug zu bekommen, würde schwierig werden. Aber Hilfe kam aus unerwarteter Richtung, denn Jez bot mir an, uns dorthin zu fahren.

Wollte ich vier Stunden im Auto mit dem miesen Verräter verbringen? Nein. Aber letztlich war es eine Win-win-Situation für uns beide. Es half ihm, seine Gewissensbisse zu mildern, und ich wurde chauffiert. Um nicht mehrere Stunden am Stück seinen Schuldeingeständnissen zuhören zu müssen, nahm ich Bowie mit und drehte die Lautstärke hoch. Abgesehen von einem berührenden Moment zwischen uns, als Rosie reisekrank wurde und wir Wasser und Feuchttücher suchen mussten, wechselten wir kaum ein Wort miteinander.

«The Bergs», ein gedrungener Bau aus den 1930er-Jahren lag auf einem recht hübschen Grundstück und war größer, als ich erwartet hatte. In dreister Missachtung der Begrünungsgesetze und im Gegensatz zu den gesetzestreueren Nachbarn war der Vorgarten zubetoniert, aber man kann ja nicht alles haben.

Jez half mir, Rosies Korb und die Reisetaschen auszuladen, und murmelte: «Es tut mir alles echt leid, Kumpel.»

Ich hatte Mitleid mit ihm. War es jetzt noch wichtig? «Es ist schon okay. Du kümmerst dich um sie, ja?» Wir wussten beide, dass es umgekehrt sein würde. Genau wie bei mir.

«Ich bin da, wenn du mich brauchst. Wir beide sind das.»

Das allerdings würdigte ich keiner Erwiderung.

Endlich zu Hause. Ich klingelte. Aus den Tiefen hörte ich gedämpft das Bellen eines sehr großen Hundes. Eine Ewigkeit lang kam niemand an die Tür. Als sie sich endlich öffnete, erschien als Erstes der Schäferhund. Er drängte sich trotz eines gekreischten «Würstchen! Nein!» aus dem Flur vor und lief sofort auf Rosie zu. Ich versuchte, gleichzeitig Würstchens Halsband zu erwischen und Rosie bei Fuß zu ziehen – Multitasking, das über meine begrenzten Reflexe hinausging –, aber ich hätte mir gar keine Sorgen zu machen brauchen. Ein kurzes Wedeln und Hintern-Beschnüffeln, und dann war es Liebe auf den ersten Blick. Nicht jedoch für Erika und mich. Der charmante i-Mail-Ton war nur Fassade gewesen. Die kuschelige, leicht exzentrische Frau in den Sechzigern, die ich erwartet hatte, war Lichtjahre entfernt von der Skandinavierin Anfang vierzig, kantig und spröde, die aussah, als hätte sie zu viele Knochen in ihrem Körper. Ihr Gesichtsausdruck und ihre Haltung hätten ihr sofort die Klischee-Rolle einer sadistischen Gefängniswärterin in einem durchschnittlichen Film gebracht. Sie würdigte mein «Wie schön, dass wir uns endlich kennenlernen» mit einem Nicken und einem «Ja, ja», dann scheuchte sie die Hunde hinein und wartete ungeduldig, bis ich ungeschickt die Taschen und Rosies Habseligkeiten in den Flur gewuchtet hatte.

Sie sagte unfreundlich: «Kommen Sie, ich zeige Ihnen das Haus», führte mich mit brutaler Effizienz durch die Räume und befahl mir, Rosies Näpfe und ihren Korb in der Küche zu lassen. Rosie, die Verräterin, ließ mich im Stich. Sie ließ sich gemütlich neben Würstchen in den Korb des Schäferhundes fallen. Wie der zubetonierte Vorgarten war auch die Einrichtung ein Triumph des Praktischen über Gemütlichkeit oder Ästhetik. Die Wände waren mit glänzender Industriefarbe in einem Magnolien-Ton gestrichen, die Möbel waren eine Studie in skandinavischer IKEA-Ungemütlichkeit, und laminierte Schilder mit merkwürdigen Schreibfehlern warnten auf passiv-aggressive Weise: «Becher und Teler NUR hier waschen»; «Riechen VERBOTEN» (Rauchen, nahm ich an, aber das andere traute ich ihr ebenfalls zu). Erika hatte den Laden fest im Griff. Überall roch es nach Lavendel-Putzmittel – davon schien sie immer eine Flasche in der Hand zu halten. Ihr einziger blinder Fleck waren die Haare von Würstchen, die in Büscheln im Haus herumlagen und an den Stuhlbeinen sowie in den Ecken zu Wollmäusen klumpten.

«Also. Das Wohnzimmer können Sie ohne Voranmeldung nutzen. Die Küche ebenfalls. Aber räumen Sie immer hinter sich auf.» Eine Pause, um den Satz zu betonen (und zu drohen): *«Immer.»*

Das Dachzimmer dagegen war sehr hübsch, als wären die wenigen überlebenden Flüchtlinge des ursprünglichen Charakters dieses Hauses vor Erikas Zorn dorthin geflohen. Ein honigfarbener Holzfußboden, ein altmodischer Schrank und ein Messingbett, auf dem eine gemütliche alte Flickendecke lag. Erika informierte mich darüber, dass sie von dem vorherigen Mieter übrig geblieben sei («einem Mann ohne Geschmack, wie Sie sehen können»). Das Zimmer war größer als erwartet, mit Dachschrägen und einer Art Mary-Poppins-Blick über die Dächer. Das Eck-Badezimmer war winzigst (ich brauchte ein paar Tage, bevor ich herausfand, wie ich mich verrenken musste, um mich auf die Toilette zu setzen, ohne mir die Knie an der Duschtür zu schlagen), aber immerhin musste ich es mit niemandem teilen.

«Essen Sie heute Abend mit uns? Dann können Sie die anderen Gäste kennenlernen.»

Ich war zu eingeschüchtert, um abzulehnen.

Ein ungemütlicheres Essen war schwer vorstellbar. Zurzeit wohnten dort zwei weitere Dauergäste, die unter anderen Umständen in Monty-Python-Sketchen hätten auftreten können. *Drei männliche Gäste, eine leidenschaftliche Wirtin, ausgelassene Späße.* Nur dass die Wirtin Furcht einflößend war und die Dauergäste ... merkwürdig. Auf dem Stockwerk unter mir wohnten Jorge, mager wie ein Skelett, der nie lauter als flüsternd sprach, und Maurice, unglaublich übergewichtig, der, als wir einander vorgestellt wurden, murmelte, er wolle mir lieber nicht die Hand schütteln, «aus Gründen, über die ich nicht sprechen möchte». (Als ich Bee die beiden beschrieb, nannte sie sie sofort Dick und Doof – wieder ein gemeinsamer Nenner im Meer des Weltwissens, den wir teilten.) Sie waren beide ziemlich einsilbig, und ich hatte den Eindruck, dass sie gar nicht ausziehen konnten, auch wenn sie wollten, sondern dass sie praktisch in der Falle saßen, wie in einer Sekte oder bei einer Entführung (nach einigen Versuchen schaffte ich es, aus Dick und Doof herauszubekommen, dass sie für dieselbe Atomenergie-Firma arbeiteten, obwohl sie in dem Haus niemals auch nur im Entferntesten zeigten, dass sie Freunde oder Kollegen waren).

Zum Glück war das Essen genießbar – eine vegetarische Lasagne, von der Erika behauptete, sie habe sie selbst gemacht, die aber dennoch eher so aussah wie ein hastig in der Mikrowelle erwärmtes Fertiggericht. Erika, der die angespannte Atmosphäre gar nicht auffiel, schenkte mir zum ersten Mal ein Lächeln, als ich sie nach dem einzigen Schmuck im Esszimmer fragte – einer Reihe von Fotos, die einen Mann in verschiedenen Tarnanzügen zeigte. «Ah. Das ist Petrus. Mein Mann. Er leistet wichtige Arbeit für den Weltfrieden auf der ganzen Welt. Wenn Sie Glück haben, lernen Sie ihn vielleicht kennen.» Maurice warf mir einen rätselhaften Blick zu. Da Petrus auf keinem der Fotos lächelte und ein gefährliches breites Kreuz hatte, schloss ich, dass ich wohl eher Glück hatte, wenn ich ihn nicht kennenlernte.

Wenn das Zimmer nicht so gemütlich gewesen wäre und Rosie sich entgegen aller Erwartungen nicht so wohlgefühlt hätte (sie verhielt sich, als hätte sie schon ihr ganzes Leben hier verbracht), wäre ich sofort gegangen.

An meinem ersten Abend dort tat ich nicht viel, außer das gemeinsame Essen zu ertragen (nie wieder), in den Garten zu schleichen (ein ebenfalls zubetonierter Gulag), um dort mit schlechtem Gewissen eine zu rauchen (oder zu *riechen*), auszupacken und Bee alles zu erzählen. Sie fand es lustig, dass ich in einem möblierten Zimmer in einer Herberge wohnte – in ihrer Welt gab es sie seit Jahren nicht mehr.

«Nicht nur das, sondern ich wohne auch in einer Dachstube wie ein Diener aus dem neunzehnten Jahrhundert. Oder wie ein altes Gepäckstück, das noch niemand weggeworfen hat.»

«Oder wie eine Fledermaus.»

«Schönen Dank dafür, Bee. Ich fühle mich viel besser mit meiner Wahl der Behausung, jetzt, da du mich ein fliegendes Nagetier genannt hast.»

«Fledermäuse sind toll. Müssen Künstler nicht sowieso in Dachstuben hausen?»

«Das sind Mansarden.»

«Ist doch dasselbe. Was ich auch gar nicht auf Wiki nachsehen musste. Ich finde, es klingt romantisch. Da wir gerade davon sprechen: Wie fühlst du dich, wenn du an morgen denkst?»

Morgen: mein erster Erkundungsversuch. Vielleicht meine erste Chance, Rebecca 2 in Fleisch und Blut zu sehen. «Nervös. Aufgeregt. Voller Angst, es zu versemmeln. Angst, dass sie mich für einen gruseligen Stalker hält, so wie Geoffrey.»

Im Gegensatz zu Bee, die einen plausiblen «Grund» dafür hatte, Nicolas kennenzulernen, war ich ein Mann von spektakulärer Planlosigkeit. Leila 2 war keine Option – sie und Rebecca hatten sich voneinander entfernt, und für sie war ich Rebeccas lange vergessener Same-Sexer-Kumpel. Ich konnte ja kaum an Rebeccas Tür klopfen und sagen: «Hallöchen! Sie kennen mich nicht, aber dank einer Quantenanomalie sind wir eigentlich Seelenverwandte. Könnten Sie vielleicht Teewasser aufsetzen?» Ich würde irgendwie improvisieren müssen.

Nach dem «kontinentalen Frühstück» (das eigentlich nur aus Toast und noch mehr Elend bestand) brach ich auf. Es fing ganz gut an. Rosie und ich stiegen in den richtigen Bus und fanden die Adresse. Und was das für eine Adresse war! Die Villa der Mercers schmiegte sich in eine landschaftsgärtnerisch gestaltete Null-Emissions-Siedlung an einem breiten Boulevard, flankiert von identischen Glas- und Zedernholzvillen, von denen jede mit einigem Abstand vom Nachbarhaus stand und mit üppigem Grün umgeben war, um die Privatsphäre zu schützen. Das Haus schien in seinem eigenen merkwürdig stillen Universum zu stehen, als könnten Geld und Privilegien die alltäglichen Geräusche des Proletariats ausblenden. Toll für die Bewohner, beschissen für jeden, der hier etwas ausbaldowern wollte (wie Geoffrey es vermutlich ausgedrückt hätte). Dies war kein Ort, an dem man lange unbemerkt auf der Lauer liegen konnte. Einzig die Tatsache, dass ich einen Hund hatte, erwies sich als ein Vorteil für mich. Ein Mann, der allein in der Straße herumhing: oh, oh. Ein Mann mit einem Hund: jedermanns Freund. Ich spazierte den Boulevard auf und ab, bis Rosie genug von den neuen Gerüchen hatte und rebellierte. Sie weigerte sich weiterzugehen und zog mich in die Richtung, von der sie wusste, dass dort irgendwo unser Zuhause lag. Wir waren schräg gegenüber von Rebeccas Haus, als eine Frau mit einem Buggy auf der Auffahrt erschien. Sie blieb stehen, um ihre Ohrhörer einzusetzen. Ich hielt den Atem an und wartete ab, für den Fall, dass sie sich umdrehen und mich sehen würde. Sie war schlank, hatte langes schwarzes Haar, das sie zu einem Pferdeschwanz gebunden hatte, und trug teuer aussehende Laufkleidung. Von meinem Platz aus konnte ich nicht viel von ihrem Gesicht erkennen, aber sie war auf jeden Fall attraktiv. War sie, was ich erwartet hatte? Wie ich mir sie vorgestellt hatte? Ja – und nein. Bee sagte, sie habe wirklich Schwierigkeiten gehabt, ihre Vorstellung von Nick mit dem echten Nicolas in Einklang zu bringen («Du meinst, du warst enttäuscht, Bee. Ich habe ja gesagt, dass ich kein Filmstar bin.» «Nein, nicht enttäuscht. Eher verwirrt.»).

Sie schaute sich nicht um und lief schnell weiter. Wir blieben in einiger Entfernung und schafften es, sie aus der Siedlung und in eine Fußgängerzone zu verfolgen, an der es Stände mit frischem Obst und Gemüse gab. Rosie hechelte schon vor Erschöpfung, in mir brodelte das Adrenalin: *Das könnte es werden!* Aber es sollte nicht sein. Sie trabte über eine Hauptverkehrsstraße auf die verschnörkelten Tore eines Parks zu, aber Rosie versteifte sich, und kein bisschen Schimpfen oder Flehen konnte sie dazu bewegen, noch einen Meter zu laufen. Ich konnte nur noch hilflos dabei zusehen, wie die Frau verschwand, die vielleicht Rebecca war oder auch nicht. Da ich keine andere Möglichkeit mehr hatte, als die Jagd aufzugeben, bevor sie überhaupt richtig begonnen hatte, ging ich traurig zur Bushaltestelle, belastet nicht nur von dem Fehlschlag und meiner Enttäuschung darüber, sondern auch von dem Gewicht des Hundes, denn Rosie bestand darauf, getragen zu werden. Keiner von uns beiden war besonders guter Laune, als wir wieder im The Bergs ankamen.

In der Sekunde, in der wir die Herberge betraten, stürzte sich Erika auf mich – sie musste im Flur darauf gelauert haben, dass wir zurückkamen. «Nick, wenn ich das so sagen darf: Das war wirklich ausgesprochen unfair von Ihnen.»

Was hatte ich getan? Ich war erst weniger als vierundzwanzig Stunden in dieser Herberge gewesen. Rosie ließ mich zugunsten von Würstchen und deren Korb im Stich.

«Wenn Sie Ihren Hund Gassi führen wollen, müssen Sie Würstchen bitte mitnehmen.»

«Oh, alles klar. Kein Problem.»

«Gut. Und übrigens habe ich bemerkt, dass Sie rauchen. Bitte tun Sie das nicht in der Nähe der Fenster.»

«Natürlich. Entschuldigung.» Ich ging zur Treppe, aber sie stellte sich mir in den Weg. «Gibt es noch etwas, Erika?»

«Ich habe Ihnen etwas ins Zimmer gelegt. Kommen Sie mit, ich zeige es Ihnen.»

Ich folgte ihr voller böser Vorahnungen. Ich mochte das Zimmer, wie es war.

«Da. Damit Sie schreiben können.» Ich hatte ein weiteres laminiertes Schild erwartet oder dass sie die Flickendecke durch einen abwaschbaren Plastiküberwurf ersetzt hätte, aber an der Wand standen ein kleiner, ziemlich hübscher viktorianischer Schreibtisch und ein gepolsterter Kapitänsstuhl «Sie sind hässlich, ich weiß. Ein Nachbar hat sie an die Straße gestellt. Ich habe die Jungs gebeten, die Stücke zu Ihnen raufzubringen.»

«Das ist sehr freundlich.»

«Bitte sehr. Ich kümmere mich um meine Gäste. Das hier ist jetzt Ihr Zuhause.» Das sagte sie ohne jede Wärme in der Stimme, sodass es eher gruselig klang.

Sobald sie das Zimmer verlassen hatte, legte ich meinen Laptop auf den Schreibtisch. Setzte mich davor. Starrte auf den Bildschirm: *Willkommen in meiner Welt der Qualen, Nick.*

Schreibe. Schreibe etwas. Schreibe irgendetwas. Wenn Nicolas das schaffte, musste ich es doch auch schaffen.

Aber was? Ich lebte selbst in einem Roman, warum sollte ich das nicht ausnutzen? Vielleicht würde es mir dabei helfen, den Irrsinn etwas besser zu verstehen. Und wer wusste es schon, vielleicht konnte ich sogar besser schreiben als mein Alter Ego. Bee hatte gesagt, dass Nicolas vor fünf Jahren zum letzten Mal einen Roman unter seinem eigenen Namen veröffentlicht hatte. Er konzentrierte sich jetzt auf die «Sanger-Bücher», wie sie sie nannte.

Einmal tief durchatmen, und ... LOS.

Es dauerte nur einige Sekunden, da lenkte ich mich schon wieder ab. Bee arbeitete sicher gerade, daher schrieb ich mein Update («Ich weiß jetzt, wie du aussiehst.») und speicherte es unter «Entwürfe». Zwei i-Mails – eine von Kelvin, der mich auf seine trockene Art daran erinnerte, wann das nächste Berenstain-Treffen stattfand (löschen), und eine ausschweifende Nachricht von Tweedy, der sagte, seine Enkelin habe «Ein Schuss ins Dunkle» (meinen Titel) auf BookPost hochgeladen. Ich klickte ohne große Erwartungen auf den Nexus-Link, den er angehängt hatte. Aber derjenige, den Tweedy damit beauftragt hatte, das Cover zu entwerfen, hatte gute Arbeit geleistet (die stimmungsvolle Silhouette eines Hauses auf dem Land, bedrohlich von einem Wald umgeben), und es gab darunter sogar schon einige Rezensionen. Würde ich es wagen, sie zu lesen, obwohl ich noch unter der posttraumatischen Belastungsstörung von den Rezensionen zu meinem eigenen Buch litt? Ich nahm an, damit zurechtkommen zu können. Ich hatte vielleicht neunzig Prozent des Romans geschrieben, aber dennoch hatte ich nicht das Gefühl, dass er wirklich meiner war. Ich überflog schnell die oberste Rezension, immer mit dem Finger auf der Escape-Taste für alle Fälle. «Habe das hier aus einer Laune heraus gekauft. Bin froh darüber. Habe es ohne Pause durchgelesen. Am Ende war ich vollkommen auf der Seite des Mörders, was ich wirklich nicht erwartet hätte. Von diesem Autor werde ich mehr lesen.»

Wow. Okay …

Die anderen Rezensionen waren ähnlich (obwohl ich eine davon meldete, weil sie einen Spoiler enthielt – ja, ich weiß).

Ich wünschte mir, diese Rezensionen direkt an Bee verschicken zu können. Immerhin sah die Welt schon ein bisschen heiterer aus.

Bee

Dünn: dieses Wort. Das Wort, das Nick benutzt hatte, um Rebecca zu beschreiben. Für mich hatte es Bedeutungen, die tiefer gingen als die unmöglich zu erreichenden «Schönheits»standards, die so ziemlich jedem Mitglied der Generation X eingehämmert worden waren. Dünn bedeutete für mich: Unglücklichsein. Als Nate und ich zusammen waren, war ich so dünn gewesen wie noch nie. Er hatte nie etwas so deutlich Grausames gesagt wie Aktentaschenmanns «Geh besser auf Nahkampfgewicht runter, ja?», aber man kann eben nur eine bestimmte Anzahl von Kommentaren wie «Na, wieder an den Magnums gewesen, Bee?» oder «Bist du dir sicher, dass du den Nachtisch auch noch essen solltest, Bex?» ertragen.

Ein Warnhinweis? Ich würde es nicht beurteilen können, bis Nick mehr erfuhr. Womöglich war die Frau, die er gesehen hatte, gar nicht Rebecca, sondern das Kindermädchen. Sie waren ja reich genug, um sich eins leisten zu können.

«Ich werde mich gleich morgen früh wieder darum kümmern, Bee. Wie läuft es auf deiner Seite? Wie geht es Leeds Antwort auf Raymond Chandler heute?»

«Sag du es mir. Du bist doch derjenige, der die hymnischen Rezensionen eingefahren hat. Ich freue mich so für dich, Nick. Wenn ich sie doch nur lesen könnte.»

«Das fände ich auch schön. Also? Was gibt es Neues?»

Ich tippte schon eine Antwort («Kann nichts Neues berichten.»), als das hier kam: «Bin in London, um meine Lektoren zu treffen. Abendessen? Drinks? Ziemlich spontan, ich weiß.»

Ich weiß auch nicht, warum ich dieses schlimme Restaurant als Treffpunkt vorschlug, in dem ich das schlimmste Date meines Lebens gehabt hatte. Um die nachgebliebenen, unangenehmen

Erlebnisse, die damit verbunden waren, auszuradieren? Um zu sehen, wie Nicolas darauf reagierte? Oder wie *ich* darauf reagierte? Ich hatte keine Zeit, mich ausgiebig damit zu beschäftigen, was ich anziehen sollte, und außerdem traf ich ihn ja ohnehin nur für Nick – oder etwa *nicht?* –, um die Antworten auf die Fragen zu bekommen, die Nick so sehr brauchte. Nicolas würde mich so nehmen müssen, wie ich war – verschmierte Mascara und so –, und mal ehrlich, er hatte mich schon bei unserem zufälligen Frühstückstreffen in schlimmem Zustand gesehen.

Er war schon dort, als ich ankam, und saß in derselben Nische, die ich damals auch ausgesucht hatte. Er sah sich leicht amüsiert die Speisekarte an und trank dabei Bier. Ich zögerte, bevor ich zu ihm ging. Obwohl ich in Nicolas' Gegenwart immer entspannter geworden war, je länger wir beim Frühstück im Hotel über Bowie und seine Bücher und meine Arbeit sprachen, wusste ich nicht recht, wie ich es fand, ihn wiederzusehen. *Gab* es da einen Funken zwischen uns? Aufgrund der Ticks und Eigenheiten, die ich Nicks Nachrichten entnommen hatte, hatte ich mir eine eigene Collage von ihm zusammengebaut, und dieses Bild legte sich immer wieder auf die echte Person aus Fleisch und Blut. Um es anders auszudrücken: Es war, als wären Nick und er zwei Hälften eines zerbrochenen Tellers, die ich in Gedanken nicht wieder zusammenfügen konnte, ohne dass die Bruchstellen sichtbar blieben. («Ist das ein dummer Vergleich, Nick?» «Nein. Er funktioniert. Vielleicht klaue ich ihn sogar.»)

Man liest immer davon, wie das Gesicht von Menschen «aufleuchtete», aber so banal es auch klingt: Genauso war es, als er mich sah. Ich war mir nicht ganz sicher, wie ich ihn begrüßen sollte. Sollte ich ihm die Hand schütteln? Ihn umarmen? Ihm rechts und links ein Küsschen geben? Zum Glück kam der Kellner (zum Glück nicht derjenige, der Zeuge des Aktenkoffermann-Debakels geworden war), um meine Getränkebestellung aufzunehmen, sodass jede potenzielle Peinlichkeit verflog.

Ich wollte direkt zum Punkt kommen, also platzte ich heraus: «Ich nehme, was er nimmt.» Der Kellner nickte und verschwand. Wir setzten uns hin. «Ich wollte das immer mal sagen. Es ist aber nichts Ekliges, oder? Oder etwas Nicht-Alkoholisches?»

«Heineken. Langweilig, ich weiß.»

«Na ja, du hasst richtiges Bier.»

«Woher weißt du das? Habe ich das auf Twitter gesagt?»

Ups. «Musst du wohl.» *Vorsicht, Bee.* Das war ein Nick-ismus, aus der Unterhaltung gerissen («Als mein Dad herausfand, dass ich Lager besser fand als Ale, war er erschütterter, als wenn ich ihm gesagt hätte, dass ich ein Mörder bin.»). Der Kellner brachte mir mein Pint.

«Prost.»

Wir tranken. Nicolas betrachtete die Einrichtung. «Dieses Lokal ist …»

«Es ist furchtbar, oder?»

«Na ja … schon. Warum hast du es denn ausgesucht?»

Oh, die Versuchung zu lügen … Aber es hatte schon genug Lügen gegeben. Ich erzählte ihm die ganze Aktentaschenmann-Geschichte. Ohne die Unterhaltung mit Nick darüber, natürlich.

«Was. Für. Ein. Arsch. Tut mir leid, dass dir das passiert ist, Bee.»

«Das bringt es nun mal so mit sich.»

«Na ja, sollte es aber nicht. Und ich verstehe, dass du noch einmal hierherkommen musstest. Irgendwie bedeutet das auch, dass er nicht gewonnen hat, oder?»

So hatte ich es noch gar nicht gesehen. Schlau. «Genau. Und das Essen ist gut, versprochen. Hast du auch eine schlimme Dating-Geschichte?»

«Ich gehe eigentlich nicht auf Dates. Ich bin ein Anhänger der seriellen Monogamie.»

«Hast du jetzt gerade eine Beziehung?»

«Nein! Ich wäre nicht hier, wenn das so wäre, oder?» Ein inneres, nicht ganz unangenehmes Schaudern. Für ihn war das hier offenbar wirklich ein Date.

«Schlimme Trennung?»

«Nein. Wir sind nur irgendwie ... stehen geblieben.» So ähnlich hatte Nick das Ende seiner Beziehung zu Poll beschrieben. Ein sanftes Auslaufen.

«Warst du schon mal verheiratet?»

«Was wird das hier? Die spanische Inquisition?»

«Entschuldige. Herrje.»

«Nee, du hast ja recht. Ich mache nur Witze. Nein. Hatte ein paar langjährige Beziehungen, aber diesen Schritt habe ich nie gewagt. Hat sich nie richtig angefühlt. Noch irgendwelche Fragen, bevor du an der Reihe bist?»

«Nur noch eine.»

«Klingt ja bedrohlich. Brauche ich dafür noch einen Drink?»

«Vielleicht.»

«Okay. Dann schieß los.»

«Wärst du lieber ein umgedrehter Zentaur oder eine umgedrehte Meerjungfrau?»

Ein Blinzeln. Dann lachte er. «Gibt es darauf überhaupt eine richtige Antwort?»

Mein Handy auf dem Tisch vibrierte. Ich hatte Nick nicht gesagt, dass ich ihn treffen würde, zumal ich wusste, wie sehr er mit seinem Alter Ego kämpfte. Statt ihn stundenlang schmoren zu lassen, wollte ich lieber erst einmal sehen, wie es lief, und danach berichten.

«Du kannst rangehen. Es macht mir nichts.»

Ich überlegte kurz, auf die Damentoilette zu verschwinden, entschied mich dann aber dagegen. Diesmal nicht. «Mein Handy kann warten.»

Ich habe lange darüber nachgedacht, wie ich den Rest des Abends am besten beschreiben könnte. Teile davon waren beinahe zu mühelos. Zu einfach. Vermutlich half der Alkohol dabei, dass sich die Nick/Nicolas-Zweiteilung auflöste und die entspannte Vertrautheit vorherrschte, die ich mit seinem anderen Ich aufgebaut hatte. Es fühlte sich sogar natürlich und zwanglos an, ihm die Antworten zu entlocken, die Nick suchte. Aber dann warf ich einen Blick auf das Handy, das wie ein tadelnder Anstandswauwau auf dem Tisch lag und immer wieder vibrierte, wenn eine weitere ignorierte Textnachricht einging, und ich begriff: Es ist er, aber auch wieder nicht. Sein Kern war da, derselbe entspannte Sinn für Humor, aber Nicolas nahm sich ein wenig ernster und hatte keine sardonische Seite. Ich musste mich zurückhalten, ihn nicht allzu genau zu beobachten – zog Nick auch an seinem Ohrläppchen, wenn er angestrengt über etwas nachdachte? Aß er auf dieselbe Weise (viel langsamer als ich und beinahe andächtig)? Wenn ich Nicolas kennengelernt hätte, ohne zuerst seine Persönlichkeit zu kennen, wie hätte ich ihn dann gefunden? Das war natürlich unmöglich zu beantworten.

Wir waren die Letzten, die das Lokal verließen, standen noch zusammen davor und warteten darauf, dass sein Uber-Taxi kam. Ein paar Minuten lang schwiegen wir. Es gibt immer diese Erwartungshaltung, wenn sich ein erfolgreiches erstes Date seinem Ende näherte – und diesmal war sie mit den Händen zu greifen. Er brach das Schweigen:

«Für den Fall, dass es nicht offensichtlich ist: Ich mag dich wirklich sehr, Bee. Ich würde das hier gern wiederholen. Es ist nur so, ich habe noch nie einen Fan gedatet.»

Wow. Hatte er das tatsächlich gerade gesagt? Ein bisschen eingebildet, was? «So siehst du mich? Als *Fan*?»

«Herrje. Ich habe es gerade so richtig versemmelt, oder?»

«Ja. Denn um ehrlich zu sein: So ein großer Fan bin ich gar nicht.» Es stimmte. Ich war erst beim zweiten Buch seiner Sanger-Reihe.

Er lachte.

«Machst du dir Sorgen, dass du in eine Situation wie in Stephen Kings «Sie» geraten könntest?»

«Nein. Himmel, nein. Aber es könnte dennoch eine Art Situation werden, oder? Eine ohne Blutvergießen. Oder Stalking.»

«Na ja, das könnte es …»

Und dann nahm er meine Hand, zog mich an sich und küsste mich. Ich will hier nicht Lore-Roman-mäßig werden (könnte ich auch gar nicht, selbst wenn ich es versuchte), aber etwas in mir *verschob sich*. Reagierte. Nein, es fiel an seinen Platz, als hätte mein Körper all meine Zweifel zur Seite geschoben und beschlossen, der Sache eine Chance zu geben.

Das Uber kam. «Wir sehen uns, Bee.»

Von: bee1984@gmail.com
An: NB26@zone.com
Es war eigentlich gar kein richtiges Date. Okay. Vielleicht war es das. Aber kein Date-Date.

Von: NB26@zone.com
An: bee1984@gmail.com
Bee, du musst mir nichts erklären. Wir haben das doch schon besprochen. Das war schließlich der Plan, erinnerst du dich?

Von: bee1984@gmail.com
An: NB26@zone.com
Ich weiß. Es fühlt sich aber trotzdem so an, als hätte ich etwas Falsches getan. Etwas Illoyales. Unfaires. Ich hätte dir davon erzählen sollen. Es tut mir leid.

Von: NB26@zone.com
An: bee1984@gmail.com
Zum hundertsten Mal. Du tust nichts Falsches. Und wir müssen ehrlich zueinander sein, zumal es sonst niemanden gibt, mit dem wir es sein können. Sonst werden wir irre. Es ist ja nicht so, als wären wir in einer Situation, die man als normal bezeichnen könnte. Oder rational.

Von: bee1984@gmail.com
An: NB26@zone.com
Du hast recht. Ich schiebe die Gewissensbisse jetzt weg. Fürs Erste. Okay. Also. Er ist definitiv nie verheiratet gewesen. Poll hat er nicht erwähnt, aber eine Jodie. Ich glaube, das war seine letzte große Beziehung. Klingelt da was?

Von: NB26@zone.com
An: bee1984@gmail.com
Nein. Ich kenne keine Jodie. Klingt nicht wie die Sorte Namen, mit der ich ausgehen würde.

Von: bee1984@gmail.com
An: NB26@zone.com
Du kannst doch niemanden anhand seines Namens beurteilen! Zugegeben: Bei «Benedict» musste ich auch schlucken. Aber es gibt doch jede Menge cooler Jodies. Jodie Foster, Jodie Kidd. Wenn die in deiner Welt existieren.

Von: NB26@zone.com
An: bee1984@gmail.com
Ja, ich weiß. Hör einfach nicht auf mich. Herrgott, er hat Poll wirklich nicht geheiratet?

Von: bee1984@gmail.com
An: NB26@zone.com
Klingt nicht so. Das muss ziemlich schräg sein für dich.

Von: NB26@zone.com
An: bee1984@gmail.com
Ist es auch. Das bedeutet, er hat die Freude verpasst, jahrelang an einer lahmen Beziehung festzuhalten, und den Spaß, vom besten Kumpel verraten zu werden.

Von: bee1984@gmail.com
An: NB26@zone.com
Es bedeutet aber auch, dass er keine Beziehung zu Dylan hatte. Wenn man das so sieht, ist er im Grunde der wahre Verlierer in der ganzen Sache.

Von: NB26@zone.com
An: bee1984@gmail.com
Wow, Bee. Wie du es immer schaffst, Mr Jämmerlicher Alter Sack aus seinem Selbstmitleid zu holen. Aber ja, du hast recht. Danke.
Okay. Gib mir mehr. Ich kann es aushalten.

Von: bee1984@gmail.com
An: NB26@zone.com
Er hat mir gesagt, warum er weitergeschrieben hat, obwohl sein erster Roman kein Erfolg war. Wie viel willst du wissen? Oder bist du bei diesem Thema noch zu empfindlich?

Von: NB26@zone.com
An: bee1984@gmail.com
Du meinst wohl, komplett vernichtet. Und: Ich will alles wissen.

Von: bee1984@gmail.com
An: NB26@zone.com
Du meine Güte, das war vielleicht schwierig, die Frage so zu stellen, dass ich nicht wie irgend so eine Irre klinge! Er wollte wirklich gar nicht über das Buch sprechen. Jedenfalls sagte er, ein Freund von ihm habe ihn mal so richtig auf den Pott gesetzt. Der habe ihm sogar eine Liste berühmter Autoren gegeben, deren Erstlinge von der Kritik verrissen wurden. Er habe ihm gesagt, er schulde es sich, es noch einmal zu versuchen. Und wenn er es nicht tue, werde er es bereuen.

Von: NB26@zone.com
An: bee1984@gmail.com
Welcher Freund?

Von: bee1984@gmail.com
An: NB26@zone.com
Einen Namen hat er nicht genannt. Tut mir leid, aber zu dem Zeitpunkt hatte ich schon vier Pints Lager intus. Er auch.

Von: NB26@zone.com
An: bee1984@gmail.com
Lager?

Von: bee1984@gmail.com
An: NB26@zone.com
Ja. Ihr habt dieselben Trinkgewohnheiten.

Von: NB26@zone.com
An: bee1984@gmail.com
Mein armer Dad. Dreht sich jetzt in beiden Welten im Grabe um. Sollte ich sonst noch etwas wissen? Hat er mich bloßgestellt? Irgendwas Peinliches getan?

Von: bee1984@gmail.com
An: NB26@zone.com
Was denn zum Beispiel? Tust du normalerweise peinliche Dinge bei Dates?

Von: NB26@zone.com
An: bee1984@gmail.com
Vermutlich. Wobei ich seit dreizehn Jahren keins mehr hatte. Und weiter kann ich mich nicht erinnern.

Von: bee1984@gmail.com
An: NB26@zone.com
Oh! Er hat auch gesagt, er sei ein serieller Monogamist. Ist das Natur versus Umwelt, was meinst du, oder genetisch?

Von: NB26@zone.com
An: bee1984@gmail.com
Vermutlich schiere Verzweiflung. Angst vor der Zurückweisung. Schätze lieber das, was du hast, so was.
Klingt, als stündest du als Nächste auf der Liste der Belcher-Beziehungen.

Von: bee1984@gmail.com
An: NB26@zone.com
So weit würde ich jetzt nicht gehen. Er sagte, es sei irgendwie schräg, mit einem Fan auszugehen.

Von: NB26@zone.com
An: bee1984@gmail.com
Nein! Was für ein arroganter Sack!

Von: bee1984@gmail.com
An: NB26@zone.com
Sei nicht so hart mit dir. Mit ihm. Du weißt schon, was ich meine. Er ist DU, weißt du.
Und er ist nicht arrogant. Er war sehr nett zum Kellner und bestand darauf, die Rechnung zu übernehmen. Hat ein riesiges Trinkgeld gegeben.

Von: NB26@zone.com
An: bee1984@gmail.com
Oh, na dann ist es ja okay.

Von: bee1984@gmail.com
An: NB26@zone.com
Los, frag schon.

Von: NB26@zone.com
An: bee1984@gmail.com
Was denn?

Von: bee1984@gmail.com
An: NB26@zone.com
Du weißt schon was. Aber nein, haben wir nicht. Gevögelt, meine ich.

Nick

Ich ließ das Frühstück aus und ging stattdessen in den Gulag, um eine zu rauchen und nachzudenken.

Weniger nachdenken. Mehr schmollen. Jez. Es *musste* Jez gewesen sein. Na ja, eigentlich *musste* er es nicht gewesen sein, aber wenn ich die schmutzigen Tricks in Betracht zog, die das Universum in letzter Zeit auf Lager hatte, hätte ich das gesamte Geld von Tweedy darauf verwettet, dass Nicolas' Karriere-Rettungsring von dem Kumpel geworfen worden war, der in dieser Welt mit meiner Frau durchgebrannt war. Ich knibbelte und knibbelte an Bees Neuigkeit, als wäre es eine verschorfte Wunde. Ich pulte unter der Kruste herum, wühlte in der fleischigen Erinnerung darunter herum. Jez und ich waren uns damals nah gewesen, wir waren frisch von der Uni und aus der Lehrerausbildung gekommen. Ich erinnerte mich dunkel daran, wie wir uns komplett betrunken hatten, nachdem die Rezension im *Sunday Herald* erschienen war, aber das war's auch schon gewesen. Es gab definitiv keine Liste.

Irgendwie war bei dem Date, das kein Date gewesen war, mehr gelaufen, als Bee mir gesagt hatte. Ich hätte froh sein sollen, dass sie die Verbindung zu diesem anderen Mann vorantrieb, der ja in Wirklichkeit gar kein anderer Mann war, sondern *ich*. Ich hätte froh sein sollen, dass sie ihn attraktiv fand, obwohl er wie ein arrogantes Arschloch klang.

Ich duschte, rasierte mich, schmollte, scrollte durch die i-Mails. Mit großartigem Timing wie immer, hatte Poll eine kurze und süße Mail geschickt, in deren Betreffzeile nur ein einziges Wort stand: Scheidung. Sie schlug eine Scheidung ohne Anwälte vor, was mir gut passte. Und wie das i-Mail-Äquivalent von Zuckerguss auf einem Kackhaufen, schloss sie ihre Mail mit der Neuigkeit, dass es einen Käufer für das Haus gebe. Was mich daran erinnerte, dass ich wirklich endlich Lily anrufen musste, was ich aus naheliegenden Gründen vor mir hergeschoben hatte. Abgesehen von einem etwas unangenehmen Augenblick, als ich sie daran erinnern musste, wer ich war – «Nick? Ich kenne keinen Nick», denn für sie war ich immer «Junge» gewesen –, war es nicht so grauenvoll, wie ich erwartet hatte. Sie fragte mich nach Rosie, lachte, als ich ihr von der neuesten Liebesaffäre des Hundes erzählte («Ich wusste doch, dass sie ein Flittchen ist»), und sagte dann: «Wie geht es deiner angeheirateten Frau?»

«Immer noch verheiratet.»

Ich lenkte von dem Thema ab und hörte mir geschlagene zehn Minuten ihre Beschwerden über ihre neueste Pflegerin an.

Um mich aufzumuntern, ging ich zur BookPost-Website, um die guten Rezensionen zu Tweedys Buch zu lesen. Es waren jetzt noch mehr. Viel mehr. Die Leute lasen dieses Ding tatsächlich. Und alle, abgesehen von einer, die sich an den Stellen störte, in denen von «Tierquälerei» die Rede war, waren begeistert. *Alles ist relativ*, wie meine Mum gesagt hätte. Ich las sie schon zum dritten Mal, um mich so richtig daran zu ergötzen, als Rosie kam, um mit mir Gassi zu gehen, Würstchen im Schlepptau. Es war schon beinahe die Zeit, zu der ich Rebecca in den Park hatte laufen sehen (*wenn* es Rebecca war). Hoffentlich tat sie das regelmäßig. Jedenfalls konnte es noch ewig dauern, bis ich es schaffen würde, irgendeine Art der Kontaktaufnahme hinzubekommen.

Es war mir nicht ganz wohl dabei gewesen, Würstchen mitzunehmen. Zu Hause war sie ein Miezekätzchen, aber ich wusste ja nicht, ob sich das Tier draußen nicht vielleicht wie ein Pitbull im Fell eines ältlichen Schäferhundes verhielt. Zum Glück ließ sich mit ihr sogar einfacher als mit Rosie umgehen. Sie saß gehorsam auf dem Boden des Busses (statt zu versuchen, einem älteren Mann auf den Schoß zu springen wie Rosie) und trabte ruhig an meiner Seite, ohne an der Leine zu zerren oder sich auf andere Hunde zu stürzen.

Wir gingen zum Park, der Hundescheiße-Wiesen aussehen ließ wie ... Hundescheiße-Wiesen. Gepflegte Wege wanden sich durch wilde Gebüsche und Wäldchen hindurch, flankiert von geschnitzten Bänken. Überall standen Wassernäpfe für die Hunde. Es gab einen ordentlich abgegrenzten Schrebergarten für die Allgemeinheit, der mindestens dreimal so groß war wie der, in dem ich das Berenstain-Trio kennengelernt hatte, und einen von Schilf gesäumten Ententeich, außerdem einen Musikpavillon. Es war ruhig und friedlich hier, ein Ort, an dem man Stunden damit verbringen konnte, spazieren zu gehen, sich zu entspannen und den Kopf frei zu bekommen. Leider würde *mein* Kopf mehr als die Pracht der Natur brauchen. Meine Güte, ich konnte wirklich ein elender Blödmann sein, wenn ich es wollte. Kein Wunder, dass Poll mich verlassen hatte. (Und jetzt, da ich Zeit hatte, darüber nachzudenken, fiel mir auf, dass die vielen Male, die sie gesagt hatte «Meine Güte, du bist wirklich ein elender Blödmann, Nick» eigentlich schon ein Hinweis darauf waren, dass ihr Geduldsfaden kurz vorm Reißen gewesen war.) Jez war verdammt langweilig, aber er war meistens heiter.

Ach scheiß drauf. Ich musste es wissen. Wie ein Hund, der an seinem Erbrochenen schnüffelt, oder ein Mörder, der an den Tatort zurückkehrt, konnte ich einfach nicht anders. Es war ein Schultag, aber ich hatte Glück und erwischte ihn in einer Pause. Er klang gleichzeitig vorsichtig und erfreut, dass ich ihn angerufen hatte.

«Geht es um die Scheidung, Nick? Ich kann nämlich mit Poll reden, und ...»

«Darum geht es nicht. Jez, vor vielen Jahren, als ich mein erstes Buch schrieb und es so verrissen wurde, hast du mich da versucht aufzumuntern?»

«Was? Wie kommst du denn jetzt darauf?»

«Denk einfach nach.»

«Na ja ... doch. Du warst wirklich am Boden zerstört deswegen, also sind wir ein paar Pints trinken gegangen, eigentlich mehr als nur ein paar, und ich habe dir damals gesagt, du sollst es dir nicht zu Herzen nehmen.»

«Hast du mir damals eine Liste berühmter Autoren gegeben, deren Erstlinge ebenfalls verrissen wurden, um mich wieder aufzuheitern?»

Schweigen, dann: «Weißt du, das ist jetzt wirklich merkwürdig, weil ich mich daran erinnere, darüber nachgedacht zu haben. Aber du schienst ziemlich schnell darüber hinwegzukommen, also habe ich es dann doch nicht getan. Ernsthaft, Kumpel. Geht es dir gut?»

«Mir geht es gut. Ich arbeite an einem neuen Buch.»

«Das ist doch großartig. Denn du bist wirklich, wirklich gut.»

Ich mochte ihn beinahe wieder. «Danke.»

War es so einfach? Konnte es *wirklich* sein, dass sich das Leben mit dem Schlag eines Schmetterlings so von Grund auf änderte? Offenbar. Kein Wunder, dass die Berenstains so paranoid waren. Meine Karriere war entgleist, weil Jez keine Lust hatte, eine Liste zu schreiben. *Nein. Nein. Das ist nicht fair, Nick.* Das war alles meine Schuld. Und Poll konnte ich auch nicht die Schuld für meinen mangelnden Ehrgeiz zuschieben. Wenn ich mich zusammengerissen und aufgehört hätte, mich in Selbstmitleid zu wälzen, wenn ich ein weiteres Buch geschrieben hätte, hätten wir beide vielleicht schon viel früher unsere Beziehung beendet. Ein Grund dafür, dass wir so lange an der Beziehung festhielten, war, dass sie nicht das Herz hatte, einen Hund zu treten, der schon am Boden lag.

Ich wanderte den Weg hinunter, der zum Teich führte, und blieb an einem besonders hübschen Platz neben einer Weide stehen. Würstchen und Rosie nutzten die Gelegenheit, um das Gras zu beschmutzen – sie waren jetzt so gut aufeinander eingestellt, dass sie sich sogar zusammen erleichterten. Ich war gerade dabei, die Haufen wegzuräumen, als Rosie kläffte. Ich drehte mich um. Ein kleines Mädchen wackelte auf Würstchen zu, die, weil ich ihre Leine losgelassen hatte, am Stamm des Baumes herumschnüffelte.

«Scarlett! Warte! Vielleicht sind diese Hunde nicht lieb.» Um die Ecke, etwas verlangsamt durch die Last ihrer Tasche und durch den Buggy, bog die Frau, die ich vom Grundstück der Mercers aus verfolgt hatte.

Würstchen mochte so weich sein wie Hundescheiße, aber ich hatte sie noch nie zusammen mit einem Kind erlebt. Immerhin war sie groß genug, um dem Kind einen Arm abzubeißen. *Die gute Nachricht ist, dass der Park hier wunderschön ist, Bee. Die schlechte ist, dass der Hund meiner Wirtin dein Kind umgebracht hat.* Scarlett würde schneller bei Würstchen sein als ich, aber ich gab mir trotzdem alle Mühe, stürzte mich auf die Leine und zerdrückte dabei die Hundekotbeutel.

Zum Glück warf sich Würstchen sofort auf den Rücken, die Pfoten in die Luft gestreckt, und seufzte leise, als das Kind ihr den Bauch streichelte.

Die Frau kam endlich bei uns an. «Scarlett! Du darfst doch nicht einfach so weglaufen.» Sie wandte sich an mich. «Es tut mir so leid. Ist es denn in Ordnung, wenn sie den Hund streichelt?»

«Natürlich.» Rosie hatte noch nie jemanden gebissen, aber ich blieb dennoch angespannt, als das kleine Mädchen ihren Kopf streichelte. Der Hund, zum Glück, wirkte nur etwas gelangweilt.

«Guck mal, Mami, der Wauwau mag mich!»

Mami. Verdammt. Also doch nicht das Kindermädchen. Jetzt, da die Angst vor dem drohenden Zerfleischen des Kleinkindes vorbei war, erlaubte ich es mir zu atmen; ich erlaubte es mir, das gesamte Ausmaß dessen zu begreifen, was hier passierte. Dass Rebecca hier war. In Fleisch und Blut. Direkt vor mir.

«Danke. Sie liebt Hunde.»

«Das sehe ich», und ich dachte: *Du bist es. Du bist es endlich.* Dunkle Augen, dunkle Haare, starke Nase, ausgeprägte Wangenknochen. Schlank. Ein wenig verklemmter, als ich sie mir vorgestellt hatte, aber das konnte auch daran liegen, dass ihr Kind gerade einen Schäferhund belästigt hatte. Ansonsten war sie eher noch attraktiver als die Bee in meinem Kopf.

Sie krauste die Nase. Ich war zu abgelenkt gewesen, als dass ich darüber hätte nachdenken können, aber von irgendwoher stank es gewaltig. Nicht von irgendwoher. Von mir. Mist. Der Kotbeutel war geplatzt, und der Inhalt war über meine Hand gelaufen.

«Hier.» Rebecca wühlte in ihrer riesigen Tasche und gab mir ein Paket Feuchttücher.

«Danke schön.»

«Bitte sehr. Es war ohnehin meine Schuld.»

«Gut, dass Sie mir nicht die Hand geben wollten.»

Ein angespanntes Lächeln.

Sag etwas anderes. Zieh die Unterhaltung in die Länge. Plötzlich war ich befangen und ließ den Augenblick verstreichen: exakt so, wie sich Bee gefühlt hatte, als sie Nicolas zum ersten Mal gegenübergestanden hatte.

«Na ja, danke noch mal. Komm, Scarlett. Wir müssen nach Hause.»

«Tschüs, Wauwaus! Tschüs, Mann.» Sie war zweifellos niedlich, wobei ich mir sicher war, dass Bee das «Daddy's Little Girl»-T-Shirt blöd gefunden hätte.

«Tschüs.»

Und damit gingen sie. Super gemacht, Nick. Rosie, Würstchen und ich schlenderten weiter. Weil ich so sehr damit beschäftigt war, mir Vorwürfe zu machen, schaffte ich es kaum, Rosie aus dem Weg eines wild herumstreunenden roten Setters zu reißen, bevor sie sich selbst auf ihn stürzen konnte.

Von: bee1984@gmail.com
An: NB26@zone.com
Also mehr ein beschissenes als ein romantisches Kennenlernen.

Von: NB26@zone.com
An: bee1984@gmail.com
Sehr witzig.

Von: bee1984@gmail.com
An: NB26@zone.com
Aber immerhin habt ihr euch jetzt kennengelernt, das ist doch schon mal was, oder?
Habe ich, ich meine, hat Rebecca glücklich ausgesehen?

Von: NB26@zone.com
An: bee1984@gmail.com
Ich habe sie nur fünf Minuten gesehen, Bee. Deine Tochter ist aber wirklich niedlich.

Von: bee1984@gmail.com
An: NB26@zone.com
Wenn ich daran denke, dann wirft mich das wirklich aus der Bahn. Um ehrlich zu sein, versuche ich, NICHT daran zu denken. UND? Findest du mich/sie toll? ;-)

Von: NB26@zone.com
An: bee1984@gmail.com
Natürlich. Nicolas ist eindeutig scharf auf dich, und ich nehme an, dass wir denselben Frauengeschmack haben.

Von: bee1984@gmail.com
An: NB26@zone.com
Ich habe nachgedacht. Darüber, was wir tun sollen. Sollen wir es sagen? Bevor die Dinge zu weit gehen? Ansonsten wird unsere Beziehung mit ihnen, wie auch immer sie aussieht, auf einer Lüge beruhen. Das kommt mir so manipulativ vor.

Von: NB26@zone.com
An: bee1984@gmail.com
Ehrlichkeit ist immer der beste Weg. Aber wie sollen wir das tun? Wenn ich jemanden gerade kennengelernt hätte, und diejenige würde mir sagen, dass ich ihr Seelenverwandter aus einer anderen Realität sei, würde ich vermutlich, nein ganz sicher, sofort schreiend weglaufen. Würdest *du* es wissen wollen? Immerhin sind sie ja wir, wie du immer wieder betonst.

Von: bee1984@gmail.com
An: NB26@zone.com
Ja. Nein. Vielleicht. Ich nehme an, wir müssen es nach Gefühl machen. Schauen, wie es läuft. Warum ist das alles nur so schwierig?

Bee

Dieser Kuss. Ich sah ihn immer wieder vor meinem inneren Auge. Nicolas musste es genauso gegangen sein, denn am folgenden Montag schrieb er: «Komm doch übers Wochenende nach Leeds.»

Wir wussten beide, was das bedeutete: Beschleunigung von null auf hundert. Mein Körper reagierte als Erster, ein warmer Schauder, *verdammt, ja*. Dann übernahm mein Kopf. Als ich nicht in den üblichen fünf Minuten antwortete, schickte er hinterher: «Vergiss, dass ich das gesagt habe. Zu viel, zu früh. Verstehe schon.»

«Das ist es nicht. Ich ertrinke nur in Arbeit.» Das stimmte – ich war gezwungen, die Nächte durchzuarbeiten. Ich konnte ihm ja kaum den wahren Grund für mein Zögern erklären: die Sorge, wie sich sein anderes Ich fühlen würde, wenn ich ihn besuchte. Wie *ich* mich fühlen würde. In der Nacht nach unserem Date hatte ich kaum ein Auge zugetan. Ich hatte an meinem Küchentisch gesessen und Nick Nachrichten geschickt, nur Stunden, nachdem ich mit Nicolas zusammen gewesen war – nachdem ich Nicolas *berührt*, ihn geküsst hatte –, und all das hatte mich so sehr erschüttert und aufgewühlt, dass ich die Folgen davon immer noch spürte, und nicht nur körperlich. Nicolas so nah zu sein, hatte meiner Kommunikation mit Nick noch eine weitere Dimension hinzugefügt: Denn nun konnte ich mir genau vorstellen, wie er lächelte, wenn er etwas Witziges sagte, ich konnte sein Lachen hören, seine unruhigen Hände sehen, wenn er etwas Persönliches erzählte. Nach unserem Treffen am Frühstücksbuffet hatte ich schon eine Ahnung davon gehabt, war aber zu befangen gewesen, um dem nachzuspüren. «Kann ich mich später dazu melden?»

«Klar.» Inzwischen konnte ich Nicks E-Mail-Tonfall sofort erkennen. Nicolas' allerdings nicht: Ich wusste nicht genau, ob dieses «klar» nur eine vernünftige Antwort war oder einen bockigen Unterton hatte.

Jedenfalls musste ich sowohl ihn als auch Nick warten lassen. Gemmas Jacke zu beenden, hatte Vorrang, und an dem Abend wollte ich die Zwillinge babysitten. Leila hatte mich beim Wort genommen (alle Achtung), und sie und Lev hatten sich ein Hotelzimmer für die Nacht gemietet: «Was romantisch klingt, aber eigentlich wollen wir nur mal wieder schlafen.»

Weil die letzten Handgriffe an Gemmas gutem Stück schwierig waren und all meine Konzentration erfordern würden, beschloss ich, ohne meine übliche Ablenkung durch Musik zu arbeiten. Nach ungefähr einer Stunde hörte ich Klaviermusik von oben. Es war schon eine Weile her, seit ich Magda hatte spielen hören. Heute leistete mir statt der üblichen traurigen klassischen Stücke Gershwins *Porgy and Bess* Gesellschaft, und ich bekam Sehnsucht. Mum hatte Musicals geliebt; sie waren der Soundtrack meiner frühen Kindheit. Ich hatte Magda und Jonas schon eine ganze Weile nicht mehr gesehen. Nachdem mir Nick Magdas paralleles Leben und dessen komplexe Folgen beschrieben hatte, die ich zu verdrängen versucht hatte, war ich ihnen, um ehrlich zu sein, aus dem Weg gegangen. Ich mochte sie nicht zusammen sehen. Es ging sogar so weit, dass ich sofort vom Fenster wegging, sobald ich das Klicken der Eingangstür hörte, weil das bedeutete, dass sie ihren täglichen Spaziergang unternahmen. Ich hoffte, dass die Musik ein Zeichen dafür war, dass es ihnen gut ging.

Die Musik verstummte, als ich den letzten Faden abriss. Ich legte die Jacke über Clarices Schultern, setzte mich hin und schaute sie an. Mum wäre stolz auf mich gewesen; es war meine bisher beste Arbeit. Dieses Gefühl war einfach mit nichts zu vergleichen.

*

Die Zwillinge waren schon im Bett, als ich ankam, eingerollt wie Kommas in ihren Gitterbettchen. Lev wartete unten an der Treppe. Er strahlte die Panik eines Gefängnisinsassen aus, dem man gerade eröffnet hatte, dass er frei käme, der es aber noch nicht glauben konnte. Leila gab mir einen Crashkurs in Kleinkinder-Babysitting.

«Die Notfallnummern hängen am Kühlschrank, und keine Panik, wenn sie aufs Klo wollen. Ihre Windeln liegen auf dem Wickeltisch, die kannst du benutzen. Jack ist schon ganz gut darin, aber Stevie hat noch immer Angst vorm Klo.»

«Gut.» Wie unglaublich peinlich ... ich konnte Leila ja wohl kaum gestehen, dass ich zwar die Patentante der Kinder war, sie aber immer noch nicht auseinanderhalten konnte.

«Ich schaffe das schon. Geht einfach. Wir sehen uns morgen früh wieder.»

Auf ihrem Weg hinaus blieb Lev noch einmal stehen, um mich zu umarmen (das hatte Seltenheitswert) und mir aus tiefstem Herzen «Danke» zu sagen. Leila boxte mich gegen den Arm und sagte: «Viel Glück, und vermassel es nicht.»

Das Weinen begann ungefähr zehn Minuten, nachdem sie gegangen waren. *Nur keine Panik.* Ich rannte nach oben. Einer der Zwillinge stand in seinem Gitterbettchen, tränenüberströmt und mit Rotz an der Nase. Eine kurze atemlose Pause, als er mich sah – *du bist nicht meine Mutter* –, und dann heulte er noch lauter weiter.

«Ist ja schon gut, ist schon gut. Ich bin ja da.» Er schrie jetzt aus vollem Hals. Zweifellos hatte er sofort begriffen, dass er in der Obhut einer Idiotin mit null mütterlichen Instinkten gelassen worden war. Nur, das stimmte doch gar nicht, oder? Rebecca hatte das hier bestimmt schon hundert Mal erlebt. *Hilf mir mal, Rebecca.* Das Wissen, dass ich es doch (irgendwo) in mir hatte, half mir. Es war ja schließlich keine Quantenphysik. Es war nur Poabwischen, Himmel noch mal.

«Möchtest du aufs Klo?»

Ein Schniefen und ein Nicken. Dann musste das hier wohl Jack sein. Ich hob ihn aus seinem Bettchen, nahm ihn an seiner kleinen Hand, und wir gingen ins Badezimmer. Der Klodeckel war mit einem Augenpaar und einem grinsenden Mund verziert, was ich ziemlich gruselig fand. Ich konnte verstehen, dass Steve Angst vor dem Klo hatte.

«Du bist ein guter Junge, Jack, nicht wahr?»

«Ja. Ein *großer* Junge.»

In diesem Moment fing Stevie an zu weinen. Er wollte nicht aufs Klo, konnte aber auch sonst nicht genau erklären, was genau ihm fehlte. «Saft?» Ein Nicken. Ich rannte nach unten, um die Saftbecher zu holen, und, scheiß drauf, auch ein paar Haferkekse, und dann wieder nach oben. Sie waren jetzt beide hellwach.

«Soll ich euch etwas vorlesen?»

Jack schüttelte den Kopf. «Spielen.»

Was würde Rebecca tun? Wahrscheinlich nicht, was ich tat, denn ich kapitulierte sofort. Innerhalb von Sekunden war der Kinderzimmerboden ein einziges Chaos aus Duplo- und Legosteinen. Ich genoss es irgendwie. Sie kommandierten mich herum, als wäre ich irgendeine Art Idiotin mit Inselbegabung, und zeigten mir geduldig, wie man die Teile zusammensetzen musste. Als sie noch Säuglinge waren, hatte ich sie eigentlich nicht als Individuen gesehen («im Grunde nur brüllendes Gepäck», so drückte es Leila aus), aber jetzt, da ich allein Zeit mit ihnen verbrachte, erkannte ich ihre Persönlichkeiten. Jack war der Anführer der beiden und kümmerte sich hinreißend um seinen Bruder. Stevie war gefühlvoller, schlang seine Arme um mich und gab mir ein Schoko-Haferkeks-Küsschen. Jack gähnte als Erster, und ich schaute auf die Uhr. Es war bald zehn Uhr.

«Also, wie wär's jetzt mit Schlafen?»

«Mummys Bett», verlangte Jack.

War das erlaubt? Heute Abend auf jeden Fall. Ich überprüfte Steves Windelhöschen (feucht, aber ich konnte es mit seiner Hilfe wechseln), und dann legte ich mich, je einen Zwilling rechts und links, auf Leilas und Levs riesiges Bett.

«Tsaichentrick», sagte Jack und zeigte auf den Bildschirm am Fußende des Bettes.

«Dafür ist es wohl ein bisschen zu spät, oder?»

«Tsaichentrick.»

Mit einer stummen Entschuldigung an Lev, Leila und Rebecca gab ich auch hier nach. Der Fernseher war bereits auf den Zeichentrickkanal eingestellt, was mein schlechtes Gewissen etwas milderte. Offenbar war ich nicht die Einzige, die mit Bestechung statt mit Strenge operierte. Es dauerte nur einige Minuten, bis sie beide eingeschlafen waren. Stevies Kopf lag an meiner Schulter, Jack hatte den Daumen im Mund.

Erfolg. Mit ein bisschen Hilfe von Rebecca. Und in gewissem Sinn auch Scarlett.

Ich würde lügen, wenn ich sagen würde, dass ich nicht neugierig auf sie war. Ein Teil von mir wollte alle Einzelheiten wissen: Hatte sie meine Augen, mein Haar, meine Bewegungen, meine Eigenheiten? Wem war sie ähnlicher, mir oder ihrem Vater? Aber was sollte das bringen? Ich würde sie niemals kennenlernen, und es war sicherer, diese schwierigen, emotional verwirrenden Gedanken wegzusperren, bis ich genügend Raum hatte, mich durch sie hindurchzuarbeiten. Ich sah mich immer noch nicht in einem Leben mit kleinen Kindern, und Rebeccas Entscheidung, ein Kind zu haben, hatte auch keine unbewussten Sehnsüchte geweckt. Aber nachdem ich in Gedanken ihre Hilfe empfangen hatte, während ich mich mit meinen inoffiziellen Patenkindern herumschlug, fühlte ich mich ihr ein wenig *verbundener*.

Jetzt aber an die Arbeit.

Ich konnte es nicht weiter hinausschieben.

Von: NB26@zone.com
An: bee1984@gmail.com
Ich wusste es! Schnell geschaltet, Nicolas. Immerhin erkennt er etwas Gutes, wenn es vor ihm steht. Pass bloß auf, Bee, sonst bist du bis Weihnachten verheiratet.

Von: bee1984@gmail.com
An: NB26@zone.com
Ich gehe natürlich nicht.

Von: NB26@zone.com
An: bee1984@gmail.com
Warum nicht?

Von: bee1984@gmail.com
An: NB26@zone.com
Du weißt, warum. Wir haben uns darauf geeinigt, dass wir uns nicht darauf einlassen würden, bis wir mehr über Rebeccas Situation wissen. Es kommt mir nicht richtig vor. Und ich merke, dass es dir auch nicht richtig vorkommt.
Es ist nicht fair.

Von: NB26@zone.com
An: bee1984@gmail.com
Wenn du nicht gehen willst, weil du ihn / mich körperlich abstoßend findest (was ich übrigens tatsächlich persönlich nehmen werde), dann tu es nicht. Aber das ist hier ja nicht der Fall. Na komm schon, Bee. Sei einfach ehrlich.

Von: bee1984@gmail.com
An: NB26@zone.com
Wenn ich gehe, dann weißt du, was das bedeutet.

Von: NB26@zone.com
An: bee1984@gmail.com
Natürlich weiß ich, was es bedeutet. Aber ich kann auf diese Weise nicht für dich da sein, Bee. So sehr ich das auch wollen würde. Und wenn du mal darüber nachdenkst, wäre das beinahe wie ein Dreier. Eine Quanten-Anomalie-Dreiecksbeziehung. Dafür muss es doch ein Wort geben. Ein Quanter? Ein Quaecker? Ein Dreiten?

Von: bee1984@gmail.com
An: NB26@zone.com
Ich kann nicht glauben, dass du wirklich Witze darüber machst.

Von: NB26@zone.com
An: bee1984@gmail.com
Doch, kannst du wohl. So ticke ich eben. Normalerweise tickst du auch so.

Von: bee1984@gmail.com
An: NB26@zone.com
Ich halte ihn hin. Warte, bis wir mehr über Rebecca wissen. Das hier geschieht alles so schnell. Viel zu schnell.

Von: NB26@zone.com
An: bee1984@gmail.com
Warte nicht. Geh einfach. Ich weiß, dass du es willst. Und ich will es auch. Wenn auch nur, weil ich sehen will, wie meine andere Hälfte lebt. Wenn du ihn abweist, nimmt er es persönlich.
Ich kenne mich doch. Wir Belchers sind empfindsame Seelchen. Irgendwie.

Von: bee1984@gmail.com
An: NB26@zone.com
Wenn unsere Situation umgekehrt wäre, was würdest du tun?

Von: NB26@zone.com
An: bee1984@gmail.com
Ich würde mich flachlegen lassen. Es ist auch schon eine Weile her bei mir. Im Ernst, GEH. Du hast meinen Segen, Bee, nicht, dass du ihn bräuchtest. Aber frag mich nicht nach irgendwelchen Insider-Sextipps. SO WEIT bin ich dann doch nicht bereit zu gehen.

Nick

Von allen Wochenenden meines Lebens war dieses eins der schlimmsten: Wie damals, als ich diesen Verriss zum ersten Mal gelesen hatte; als Dad in meiner WG anrief, seine Stimme kaum wiederzuerkennen, und mir eröffnete, dass Mum einen Schlaganfall gehabt habe; wie an dem Wochenende nach Dylans Selbstmordversuch. Ich war am Sonntagmorgen in einer derartigen Jammerlappen-Stimmung, dass selbst Dick und Doof fragten, ob es mir denn gut gehe.

«Nein, tut es zufällig nicht.» Ich pulte an einem Stück Toast herum und ließ die gummiartigen Emmentaler-Scheiben liegen, die Erika uns hin und wieder hinlegte, offenbar in der Annahme, das sei eine besondere Köstlichkeit.

Die beiden verloren das Interesse, aber Erika nahm den Köder auf. «Sind Sie krank?»

«Ja.» *Todkrank von mir selbst.* Als ich mich das letzte Mal so gefühlt hatte – in den guten alten Selbstekel- und Furunkel-Zeiten –, war Bee diejenige gewesen, an die ich mich gewandt hatte. Sonst hatte ich niemanden. Und Erika war der letzte Mensch, dem ich mich öffnen wollte, selbst wenn ich sie irgendwie von der Einzigartigkeit meiner Lage würde überzeugen können. Sie war die Sorte Mensch, die mir nüchtern raten würde, damit fertig zu werden oder einfach etwas Läppisches wie «Andere Frauen haben auch schöne Töchter» sagen würde. Das ist nicht das, was man hören will, wenn man in voller Jammerlappen-Stimmung ist. Ich wich ihnen allen für den Rest des Wochenendes aus und ernährte mich von Fertiggerichten, die ich heimlich in der Küche aufwärmte und heimlich aß, als alle schliefen. Ich schlich mich hinaus, um zu nachtschlafender Zeit zu rauchen. Immerhin hatten die Hunde etwas davon, weil ich stundenlang im Park herumlief, immer auf der Suche nach Rebecca. Sie tauchte nicht auf.

Du hast sie dazu überredet zu gehen, du bekloppter Kerl.

Ich hatte mich nie als eifersüchtigen Menschen gesehen. Aber das war ich ganz eindeutig. Weshalb ich mir die Frage stellte, ob ich überhaupt je wirklich verliebt gewesen war. Der Schmerz, den ich fühlte, als ich von Polls und Jez' Affäre gehört hatte, war nichts im Vergleich zu der beinahe körperlichen Qual, wenn ich daran dachte, dass Nicolas und Bee an diesem Wochenende zusammen waren. Sex hatten. LIEBE MACHTEN, oder wie auch immer man das ausdrücken wollte. Mir immer wieder *er ist DU, er ist DU, er ist DU* vorzusagen, half kein bisschen. Auch nicht: *Du wolltest, dass sie glücklich ist. Das war schließlich der Plan.* Es war ja auch nicht so, als hätte ich etwas daran ändern können. Es gab kein magisches Portal, das mich in ihre Welt bringen konnte («Überraschung!»). Wir hatten beschlossen, keinen Kontakt zueinander aufzunehmen, bis sie wieder zu Hause war, was es noch schlimmer machte. Es war der längste Zeitraum, den wir bisher getrennt voneinander verbracht hatten (sozusagen), seit wir uns nach Euston-Gate wiedergefunden hatten. Das hinderte mich nicht daran, alle fünf Minuten auf mein Handy zu starren, mit der winzigen Hoffnung, ein Update zu bekommen. Schließlich musste ich das Handy in der Schublade meines Schreibtisches einschließen.

Ich wollte, dass es für Bee wundervoll würde. Ich wollte, dass es ein erbärmlicher Schlag ins Wasser werden würde. Ich wollte, dass er ihr das beste Wochenende ihres Lebens bereiten, ihr den besten Sex ihres Lebens schenken würde. Und gleichzeitig wollte ich all das nicht.

Mehr kann ich dazu nicht sagen.

Bee

Oh welche Netze wir doch spinnen …

Fünf Minuten, nachdem ich in meinem Zug nach Hause saß, schickte Nicolas die Nachricht: «Vermisse dich jetzt schon XX»

Hätte Nick so etwas nach den beiden Tagen geschrieben, die wir miteinander verbracht hatten? Nein. Er hätte vermutlich etwas Lustiges geschrieben, hart an der Grenze zur Frechheit. Einen Witz nur für uns beide.

Hör auf. Ich war unfair. Ich antwortete: «Ich auch xx»

Es stimmte ja. *Sozusagen.*

Herrgott, Bee, worauf hast du dich da bloß eingelassen?

Ich öffnete den Gmail-Account, den ich jetzt exklusiv für meine Kommunikation mit Nick nutzte. Abgesehen von einem kleinen Blick am Samstagmorgen, als Nicolas duschte, hatte ich es geschafft, nicht hineinzuschauen. Wir waren zu unserem eigenen Wohl übereingekommen, an dem Wochenende keinen Kontakt zu haben. Es war sozusagen ein Pakt. Anders hätte es nicht funktioniert; ich wäre sonst nicht gegangen. Beinahe wäre ich auch *wirklich* nicht gegangen. Aber. *Aber.* Nick hatte recht. Wir würden niemals zusammen sein können. War die Sache es nicht wert, ausprobiert zu werden? Und ich war immerhin diejenige, die sich diesen Plan überhaupt ausgedacht hatte. *Vielleicht gibt es doch einen Weg, wie wir zusammenkommen könnten …*

Nick hatte seinen Teil der Abmachung erfüllt und sich nach seiner letzten Nachricht von Freitag nicht mehr gemeldet. Sie hatte mich erreicht, als ich gerade in den Zug nach Leeds gestiegen war: «Ach was, ist auch egal: Mein Unterbauch ist meine erogene Zone. Frag mich nicht, warum. Und gib dir keine Mühe, mir Schmutziges zu erzählen. Ich finde das immer unfreiwillig lustig.

Mehr bekommst du aber nicht von mir, aber wenn es nicht länger dauert als sieben Minuten, ist es seine Schuld, nicht meine. Sei vorsichtig. Over and out x»

Er wartete bestimmt. Ich war an der Reihe, etwas zu schreiben. Aber was?

Wir hatten einander geschworen, ehrlich miteinander zu sein, also konnte ich nicht einfach lügen, aber ich wollte ihn auch nicht mit der Wahrheit verletzen. Es klappte nicht recht, mich in seine Lage zu versetzen: Er nahm unsere parallelen Ichs so anders wahr als ich. Er sah Nicolas beinahe als Rivalen, als Bedrohung. Wie würde ich mich fühlen, wenn die Rollen umgekehrt wären? Wenn er derjenige gewesen wäre, der ein Wochenende mit Rebecca verbracht hätte, während ich zu Hause dahinschmachtete? *Na komm, Bee, sei ehrlich.* Ja, ich würde sie, glaube ich, ein wenig beneiden. Aber sie war keine Bedrohung für mich; ich wollte – nein, ich musste – wissen, dass sie glücklich war, ebenso, wie ich wollte, dass Nick glücklich war. Vielleicht war das so ein Männer-Frauen-Ding. Vielleicht lag es daran, dass Rebecca für mich nicht die Verkörperung dessen war, was Nick als sein berufliches Versagen ansah.

ALSO: Ich konnte ihm sagen, dass Nicolas nicht der superselbstbewusste erfolgreiche Mann war, wie er dachte. Dass er dieselben Zweifel und Unsicherheiten hatte und – womöglich – noch verletzlicher war. Ich konnte ihm sagen, dass Nicolas nicht so sardonisch, so scharfsinnig, so lustig und so unbefangen war.

All das stimmte.

Aber es stimmte auch, dass es besser gelaufen war, als ich zu erwarten das Recht gehabt hatte. Besser, als ich es rückblickend verdient hatte. Auf jeder Ebene. Und das, da war ich mir sicher, war etwas, was Nick sicher nicht wissen wollte. Etwas, das ich lieber ein wenig herunterspielen sollte.

Auf der Zugfahrt nach Leeds hatte ich mir immer wieder gesagt: *Hab bloß nicht zu große Hoffnungen.* Dieser Kuss und meine körperliche Reaktion darauf – dieses «Klicken» – konnten auch ein Zufall sein, ein einmaliges Ereignis. Und mein Körper hatte mich ja schon einmal betrogen, ganz besonders bei Nate. Als wir uns kennenlernten, hatte es zwischen uns förmlich geglüht. Wir hatten unsere Finger nicht voneinander lassen können. Wir fielen in die Wohnung, schafften es kaum ins Schlafzimmer, und einmal schlichen wir uns sogar im Restaurant zwischen den Gängen auf die Behindertentoilette («Wie in einem B-Movie», hatte Leila gesagt). Und man hatte ja gesehen, wohin mich das gebracht hatte: Jetzt hatte ich ein angeschlagenes Ego und eine beinahe krankhafte Abneigung gegen Beziehungen.

Nicolas wartete auf dem Querbahnsteig auf mich, und wieder sah ich ihn zuerst: Er hatte die Hände in die Hosentaschen gesteckt und wippte auf den Füßen. Er wirkte verträumt, etwas, was ich bei Nick nicht bemerkt hatte. Meine Nervosität und meine Zweifel verschwanden, als er mich zur Begrüßung umarmte. Klick. Ich atmete ihn ein. War das auch Nicks Geruch? (Vermutlich nicht, weil er ja rauchte.)

Zwischen uns war es sofort ganz entspannt, und ich bemühte mich sehr, darüber nicht allzu sehr nachzudenken. Und als spürte er meine Unsicherheiten und Sorgen (vorgeblich wegen Nate-Gate), gingen wir es langsam an.

Er nahm auf dem Weg zu seiner Wohnung meine Hand (das war zunächst unsere einzige körperliche Berührung). Seine Wohnung war schlicht möbliert, voller Bücher und wesentlich aufgeräumter, als meine je gewesen war. Im Laufe des Abends spürte ich an keiner Stelle irgendeinen Druck, was die Erwartung dessen, von dem wir beide wussten, dass es unausweichlich war, sogar noch sexyer machte, als wenn wir durch die Tür gefallen und im Flur gepoppt hätten. Eine Flasche Wein für mich, ein Bier für ihn. Er kochte, ich spielte den Souschef, als hätten wir es schon seit Jahren so gemacht. («Was hat er denn gekocht?» «Pasta mit

Knoblauch und Zitrone.» «Also, das ist ja wirklich einfach, DAS kriege ja sogar ich hin.»)

Wir sprachen über die Familie, Freunde, tauschten Anekdoten aus, und ja, okay, ich erzählte besonders die, mit denen ich auch schon Nick zum Lachen gebracht hatte – wobei ich mich ein wenig schuldig fühlte, weil ich dieses Wissen ausnutzte. («Fühl dich nicht schuldig – ich hätte dasselbe getan.») Keine Spur von Arroganz. Im Gegenteil. Nicolas gestand, er sei nach Jahren der Selbstzweifel und Unsicherheit («Na, klingt das irgendwie bekannt, Nick?») auf den «Zug der Kriminalromane» aufgesprungen, nachdem ein Verlag ihn fallen gelassen hatte. («Oh, buhuhu.» «Willst du das jetzt wissen oder nicht, Nick?» «Entschuldige. Erzähl weiter».)

Dann nahm er mit derselben entspannten Lässigkeit meine Hand und führte mich ins Schlafzimmer.

Ich musste lange darüber nachdenken, wie ich das Folgende ausdrücken sollte.

Nach meiner Erfahrung mit der Welt der One-Night-Stands kannte ich mich ganz gut mit den Hochs und Tiefs des Sex mit Fremden aus. Um *Forrest Gump* falsch zu zitieren (eine popkulturelle Referenz, die Nick übrigens nicht verstand), sind One-Night-Stands wie eine Pralinenschachtel. Meistens bekommt man die Normalen, Durchschnittlichen. Manchmal ein Orangen-Fondant, das kaum jemand wirklich mag, aber aus Verzweiflung trotzdem isst. Hin und wieder, aber selten, bekommt man eine Schokopraline mit Karamellfüllung. («Hübsche Analogie, Bee. Aber wohin soll sie uns führen? Jetzt spann mich nicht länger auf die Folter. War es eine der guten Pralinen, oder musstest du sie ausspucken und zurück in die Schachtel tun? Wie viele hast du verschlungen? Ach nein, streich das, sag es mir nicht.»)

Und ich sagte Nick nicht, dass ich zum ersten Mal seit Jahren vollkommen unbefangen gewesen war, dass ich gespürt hatte, dass Nicolas mich als *Ganzes* und nicht nur das Äußere wahrnahm. Ich sagte ihm nicht, wie gut wir zusammenpassten (und zwar nicht nur körperlich), dass wir denselben Rhythmus hatten, als hätten wir es schon seit Jahren getan. Na gut, *vielleicht* war das erste Mal einen Hauch ungeschickt, aber er hielt nicht inne, um zu fragen, «Ist das okay so?» oder «Gefällt es dir?», weil er das nicht tun musste. Wenn ich das jetzt noch einmal lese, klingt es lau, aber das war es nicht. Es war einfach nur ... *richtig.*

Wir verließen die Wohnung kein einziges Mal.

Den Sonntagmorgen verbrachten wir damit, eine französische Schund-Krimiserie auf Netflix zu schauen. Dazwischen aßen wir, hielten Nickerchen und streckten die Arme nacheinander aus. Er hatte auch eine alberne Seite: Wir drehten die Lautstärke herunter und versuchten, einander mit witzigen Dialogzeilen für die Protagonisten zu überbieten.

Gab es diese seltene Unbefangenheit zwischen uns, weil ich schon das Gefühl hatte, ihn durch und durch zu kennen (oder zumindest einen großen Teil von ihm), und er sich davon anstecken ließ? Wäre es so auch mit Nick gelaufen?

Einer von uns musste es aussprechen, und er tat es: «Ich habe das Gefühl, dich schon ewig zu kennen.»

Tust du auch. Sag ihm die Wahrheit. Sag es ihm, sag es ihm, sag es ihm. Ich glaube, dass ich damals schon wusste, dass das hier meine letzte Chance sein würde, bevor es zu spät war.

Aber ich tat es nicht.

Ich zuckte feige davor zurück, genau wie bei Leila.

Die Abenddämmerung wurde zur Nacht. Ich starrte das Handy an. Schaute hoch, sah mein Spiegelbild im dunklen Zugfenster. Ich hätte das Wochenende nicht durchziehen können, wenn der Nachrichtenverlauf zwischen Nick und mir geöffnet gewesen wäre. *Das Handy als Anstandswauwau.*

Ich konnte es nicht länger hinausschieben. Die erste Nachricht, die ich schrieb, lautete: «Als ich mit ihm zusammen war, warst die ganze Zeit DU in meinem Kopf.»

Nick

Ich liebte sie dafür, dass sie versuchte, meine Gefühle zu schonen. Ich liebte sie dafür, dass sie alles, was sie sagte, sehr vorsichtig ausdrückte. Sie betonte die Fehler und untertrieb die «guten Teile».

Aber ich hasste Nicolas. So. Ich habe es gesagt. Was den Begriff des Selbsthasses in eine Sphäre bringt, die an Buchstäblichkeit nicht zu überbieten ist. Und ja, ich weiß, dass Hass ein starkes Wort ist, aber wenn es nun mal passt, muss man es auch verwenden.

Ich hasste sein Leben. Seinen Erfolg als Autor. Seinen bequemen Teilzeitjob, in dem er Kreatives Schreiben unterrichtete. Ich hasste es, dass er Bee gestanden hatte, dass er sich wie eine «Ware im Ausverkauf» fühlte. *Wie kannst du es wagen, dich zu beschweren, wie kannst du es WAGEN – versuch nur einen Tag lang, dir meine billigen Ghostwriter-Schuhe anzuziehen, du privilegierter Drecksack.* Ich hasste es, dass er schon vor Jahren den Willen aufgebracht hatte, das Rauchen aufzugeben, dass er ins Fitnessstudio ging (Arschgeige), dass er Arbeitsdisziplin und einen strukturierten Alltag hatte, und ich HASSTE seine Wohnung, die mir Bee, obwohl ich ganz genau wusste, dass ich es bereuen würde, in allen Einzelheiten beschreiben musste. Drei Schlafzimmer, Fitnessstudio im Keller und ein Zimmer, das er als Bibliothek nutzte. («Hat er auch ein Angeber-Regal für seine Romane?» «Nein. Er hat drei davon. Zwei für seine Lizenzausgaben».)

Was. Für. Ein. Arschloch.

Und jetzt hatte er auch noch Bee.

Ich überlegte, die Rezensionen noch einmal durchzulesen, die mein brennendes Ego das letzte Mal beruhigt hatten, als ich mich wieder in meinem Menschenhass gesuhlt hatte, beschloss aber stattdessen, mit Rosie und ihrer geliebten Würstchen zum Park zu gehen. Immerhin war einer von uns in einer funktionierenden Beziehung. Ich nahm *Schnittpunkte* zur Unterhaltung mit. Ich würde ohnehin nichts zu Papier bringen können, bis ich die Bilder von Bee und Nicolas bei edlem Pralinen-Sex aus dem Kopf bekommen hatte. Der Art Sex, von der ich wusste, dass ich niemals dazu in der Lage sein würde. Ich wollte jede Einzelheit darüber wissen; ich wollte gar nichts davon hören. Sie würde es mir sagen, wenn ich fragte. *Reiß dich zusammen.*

Ich ging auf die Bank zu, die ich inzwischen zu «meiner eigenen» erklärt hatte, und die Hunde tollten im Gras. Gott segne Patricia Highsmith. Ich schaffte ungefähr fünfzehn Seiten, bis die halb-pornografischen-aber-nicht-auf-gute-Art Bilder in meinem Kopf wieder auftauchten. Rosie kläffte, und ich schaute auf. Scarlett und Rebecca kamen auf mich zu.

«Wauwau!»

Schlechtes Timing. Ich war nicht in der Stimmung, mich von meiner besten Seite zu zeigen. Wenn es die überhaupt noch gab.

«Hätten Sie etwas dagegen?», fragte Rebecca.

«Natürlich nicht.»

«Na, dann los, Scarlett.» Würstchen rollte sich auf den Rücken, und diesmal zeigte auch Rosie Interesse – vermutlich, weil das Mädchen einen Zwieback in der Hand hielt.

«Die Kleinere heißt Rosie», sagte ich. «Und die andere heißt Würstchen.»

«Würstchen!» Scarletts Stimme war klarer und ihre Aussprache feiner als die ihrer Mum, die mit einem weichen Londoner Akzent sprach.

«Willst du sie an der Leine halten?»

«Darf ich, Mama?»

«Wir wollen den netten Mann aber nicht stören, Scarlett.»

«Machen Sie nur», beruhigte ich sie.

«Danke, Wauwau-Mann.»

Wir sahen zu, wie Scarlett mit den beiden Hunden losging. «Nicht zu weit weg, Scarlett.» Dann sagte Rebecca zu mir: «Hoffentlich stören wir Sie wirklich nicht.»

«Nein, wirklich nicht.» Ich hob die Hand. «Und sehen Sie, heute brauche ich auch keine Feuchttücher.»

Sie lachte. *Bees Lachen.* Bis jetzt hatte ich nicht gewusst, wie sehr ich mich danach *gesehnt* hatte. «Was lesen Sie denn da?»

«Schnittpunkte.»

«Oh, dieses Buch habe ich *geliebt.* Ich erinnere mich daran, dass ich damals dachte, so etwas könne heutzutage nie wieder passieren. Dass man in einem Speisewagen sitzt und mit einem Fremden über einen Mord spricht, ohne sich Sorgen machen zu müssen, dass jemand mithört.»

«Ja. In der guten alten Zeit ging es weit zivilisierter zu, wenn man einen Mord plante.»

Sie lächelte und warf einen Blick auf die Bank.

«Bitte sehr.»

Ein kurzes Zögern, dann setzte sie sich neben mich. «Danke schön.»

Rosie, das manipulative kleine Luder, saß jetzt in ihrer unwiderstehlichen Bettel-Haltung da, mit erhobener Pfote und zur Seite geneigtem Kopf. Scarlett gab ihr den Zwieback.

«Ist das in Ordnung?»

«Klar, wenn es Sie nicht stört. Der Hund frisst absolut alles.»

«Wohnen Sie hier in der Gegend?»

«Bin gerade hierhergezogen.»

«Woher denn?»

«Leeds.»

«Der Arbeit wegen?»

«Recherche.» Darin steckte zumindest ein Körnchen Wahrheit. «Ich bin Autor. Ich arbeite an einem Roman, der in dieser Gegend spielt.»

«Oh, wow.»

«Nicht wow. Kein bisschen.»

«Habe ich denn vielleicht von Ihnen gehört?»

«Wenn, dann wäre es wirklich ein Wunder. Meistens bin ich Ghostwriter und schreibe anderer Leute Bücher.»

«Warum hier? Und was ist das für ein Buch?»

Gute Frage. «Eine Liebesgeschichte. Irgendwie. Aber jetzt zu Ihnen. Und Sie?»

Wieder ein Zögern. «Ich war Designerin, aber wir haben beschlossen, dass ich mich drei Jahre lang ausschließlich Scarlett widme.» Ihre Stimme klang angespannt. Das gefiel mir gar nicht. Sie wirkte zwar weit ruhiger als beim letzten Mal (was keine große Überraschung war, zumal es ein stressiges Zusammentreffen mit einem fremden Mann, zwei fremden Hunden und einem explodierenden Hundekot-Beutel war), aber dieses Zögern passte nicht zu meinem Eindruck, den ich von Bee hatte. Gleich von Anfang an war da eine natürliche Spontaneität zwischen uns gewesen, aber wie viel daran war auf die Tatsache zurückzuführen, dass Bee und ich uns nur online kennengelernt hatten, in einem Medium, das viele Unsicherheiten verdecken konnte?

«Designerin? Welche Richtung denn?»

«Festkleidung. Hauptsächlich Hochzeitskleider. Eine große Marke – nicht meine eigene.»

Ich merkte mir diese Neuigkeit, um sie später Bee zu erzählen. «Warum denn ausgerechnet das?»

«Gute Frage. Vielleicht, weil es so romantisch ist?» Ein selbstironisches Lächeln. «Nein. Das ist Quatsch. Ich bin irgendwie da hineingeraten, wenn ich ehrlich bin.»

«Na ja, der Hochzeitstag soll ja auch der schönste Tag im Leben sein.»

«Ich weiß. Wie traurig das ist, oder?»

Interessant. «Sehr. Vermissen Sie es? Die Arbeit, nicht den Hochzeitstag.»

«Ja. Manchmal. Verstehen Sie mich nicht falsch, Scarlett ist wunderbar, aber …» Sie zupfte an ihrem Top, dann an ihrem Haar – nervöse Angewohnheiten, von denen ich mich fragte, ob sie sie wohl mit Bee teilte. «Ich glaube, ich vermisse vor allem die Deadlines. Den Rausch, den man fühlt, wenn man etwas fertig bekommt, das Adrenalin.»

«Mama? Kann ich noch einen Zwieback für die Wauwaus haben?»

Ich zuckte die Achseln. «Für mich ist das okay.»

«Klar, Schätzchen.» Rebecca wühlte in ihrer riesigen Tasche und gab Scarlett vom Gebäck. Rosie trottete hinter ihr her und hatte den Blick auf ihre Hand geheftet.

«Unglaublich, dass ich Ihnen all das erzählt habe», sagte Rebecca, ohne mich anzusehen.

«Es fällt meist leichter, so etwas einem Fremden zu erzählen.» *Ah, es geht los.* Ich wiederholte Dinge, die ich auch schon zu Bee gesagt hatte.

Wie aufs Stichwort piepte mein Handy.

«Wollen Sie rangehen?»

Wollte ich das? Es war bestimmt Rebeccas anderes Ich, und Bee fühlte sich immer verwirrt, wenn sie bei Nicolas war und eine Nachricht von mir bekam. Jetzt verstand ich es zum ersten Mal. Es war wie dieses Klischee, als schaute man in einen Spiegel im Spiegel. Es brachte mich doch aus dem Gleichgewicht. Außerdem erwachte in mir ein kleines bisschen Rachsucht. *Jetzt kannst du mal sehen, wie man sich fühlt, wenn man nicht beachtet wird.* Aber ich riss mich zusammen. «Es dauert nicht lange. Bestimmt die Arbeit.»

Diese Lüge stellte sich diesmal als wahr heraus. Es war nicht Bee, sondern eine Nachricht von Tweedy. Er sagte mir auf seine übliche direkte und befreite Art, dass es *Ein Schuss in der Dunkelheit* erstaunlicherweise auf Platz eins der BookPost-Charts geschafft hatte. Und nicht nur das, einige Agenten und Verlage schnüffelten herum und fragten, ob es wohl eine Fortsetzung geben würde. «Heilige. Scheiße.» Es entfuhr mir, noch bevor ich darüber nachdenken konnte. Ich warf Scarlett einen Blick zu, die aber vollkommen in ihrer Wauwau-Welt war, dem kleinen Jesuskind sei Dank, und sah dann Rebecca an. «Tut mir leid.»

«Etwas Schlimmes? Oder Gutes? Sie müssen es mir natürlich nicht sagen.»

Das musste ich nicht, aber ich sagte es ihr dennoch. Sie lachte über meine Beschreibungen von Tweedys Macken und seinem Landsitz und schien sich wirklich für mich zu freuen. Ein Echo von meiner und Bees erster Unterhaltung – und jetzt, da sie ihre Zurückhaltung verlor, passte sie auch besser zu der Bee, die ich in meinem Kopf hatte. *So wäre es gewesen, wenn du diese Unterhaltung mit Bee persönlich geführt hättest.* Ich hätte ihr so gern erzählt, dass Tweedy uns in gewissem Sinne zueinandergebracht hatte. Dass ich nicht hier säße, mit zwei ältlichen Hunden und einem Kleinkind, und einen – das musste ich so sagen – verdammten Heidenspaß hatte, wenn er meine Rechnung nicht zu zahlen vergessen hätte.

«Was bedeutet das für Sie?»

Gute Frage. «Wenn wir wirklich eine Fortsetzung schreiben, will Bernie mir diesmal die Hälfte der Honorare überlassen.»

«Aber was ist mit dem Roman, an dem Sie jetzt arbeiten? Die Liebesgeschichte?»

Ach ja. Die vorgeschobene Geschichte als Verschleierungstaktik. Ups. «Hoffentlich werde ich damit fertig, bevor ich irgendeinen neuen Deal unterschreibe. Wenn es überhaupt einen gibt. Es ist ja noch zu früh, um es genau sagen zu können. Vielleicht kommt ja nichts dabei heraus.»

Es war so lange her, seit ich mich so gefühlt hatte. Stolz. Voller Hoffnung. Und beinahe – *beinahe* – glücklich.

«Das sollten wir feiern. Sie sollten das genießen.»

«Es gibt da ein Lokal mit Alkoholausschank an der Hauptstraße. Soll ich uns dort etwas kaufen?»

Sie erstarrte.

«Vergessen Sie, dass ich das vorgeschlagen habe. Mit einem fremden Mann im Park trinken. Ich verstehe schon, dass das seltsam ist.»

«Und ich muss wirklich Scarlett zu ihrem Mittagsschlaf hinlegen.»

«Klar. Natürlich.»

Sie packte ihre Tasche zusammen. Hielt inne. Dann: «Ich habe zu Hause noch etwas Champagner. Wollen Sie nicht mit zu mir kommen?»

Wow. Woher kam das denn plötzlich? «Wirklich? Ich will aber auf keinen Fall aufdringlich sein.»

Sie schaute zu Boden. «Das sind sie nicht.» Ein Zupfen an den Haaren, eins am Top. Ein Anzeichen dafür, dass sie ihr Angebot schon bereute? Wir sprachen beide gleichzeitig.

«Sie zuerst.»

«Normalerweise lade ich keine Fremden zu mir nach Hause ein, nur dass Sie es wissen. Ich dachte nur ... da Sie gerade erst in diese Gegend gezogen sind und niemanden kennen. Und ... damit es keine Missverständnisse gibt: Ich bin verheiratet.»

«Ich werde es ganz bestimmt nicht persönlich nehmen, wenn Sie Ihr Angebot zurücknehmen.»

Sie dachte ein paar Sekunden lang nach. «Nein. Nein. Wir können uns mit den Hunden in den Garten setzen.» Sie entspannte sich sichtlich. «Ich heiße übrigens Becca.»

«Nick. Sehen Sie? Und schon sind wir keine Fremden mehr.»

Ich bot an, den Buggy zu schieben und die Tasche zu tragen. Scarlett bestand darauf, die Hunde zu führen, weshalb wir sehr lange zu ihnen nach Hause brauchten, weil sie immer wieder stehen blieb und sie überall herumschnüffeln ließ. Aber es war mir egal. Scarlett lief voran, und wir gingen nebeneinanderher. Ich versuchte, sie nicht ständig von der Seite anzusehen: *Du bist es.*

Als wir uns dem Eingang zur Siedlung näherten, zögerte sie.

«Wenn du dich jetzt als irgendein irrer Axtmörder herausstellst, stehe ich ziemlich dumm da.»

«Ist schon gut. Habe meine Axt dem Schmied zum Nachschärfen gegeben.»

Sie lachte. «Hier entlang.»

Sie führte uns durch ein Tor neben der Garage mit Ladestation, dann in den Garten: eine kleine Wildblumenwiese, in der es summte und brummte, ein Teich. Ein Teil des Rasens war so gepflegt, dass er aussah wie Samt. Darauf stand ein Abenteuerspielplatz für Scarlett, der mindestens ebenso groß war wie der im Park. Die hintere Mauer des Hauses bestand aus Glas – getönt, leider, sodass das Innere abgesehen von ein paar Möbelumrissen ein Geheimnis blieb. Ich zeigte Scarlett, wie man die Hunde von der Leine ließ, und mit einem «Gleich wieder da» verschwanden die beiden im Haus. Die Hunde machten es sich sofort gemütlich. Würstchen schlief in einem Blumenbeet ein und knickte die Tulpen ab, Rosie ging viel zu interessiert den Teich inspizieren. Ich legte mich ins Gras und schaute zum Himmel hinauf. *Wie die oberen Zehntausend leben.* Ich überlegte, Bee eine Nachricht zu schicken: «rate mal, wo ich bin», entschied mich dann aber dagegen. Ich wollte diesen Augenblick nicht verderben.

Becca kehrte mit einer Flasche zurück, die aussah wie obszön teurer Champagner, zwei Gläsern und einem Napf mit Wasser für die Hunde.

Sie setzte sich neben mich, öffnete die Flasche und schenkte uns beiden ein. «Er ist ein bisschen warm, fürchte ich.»

«Warm ist gut. Prost.»

«Prost. Und herzlichen Glückwunsch. Ich habe noch nie einen berühmten Schriftsteller kennengelernt.»

«Hast du immer noch nicht.»

Einvernehmliches Schweigen. Ihre Befangenheit schien wie von der Sonne geschmolzen. Und sie wirkte kaum mehr wie eine Fremde. Wir *waren* ja auch keine Fremden. Oder?

«Dieses Grundstück ist unglaublich.»

«Danke. Es ist … einer von Bens Freunden hat das Haus entworfen.»

«Ben ist der Ehemann, nehme ich an?»

Ein Zupfen am Top. «Ja.»

«Wie habt ihr euch kennengelernt?»

«Er hat in eine Firma investiert, für die ich gearbeitet habe.» Tonlos, ein wenig vorsichtig.

«Liebe auf den ersten Blick?»

«Nein. Er war damals noch verheiratet. Und ich …»

«Du findest Affären nicht in Ordnung.»

Ein *Wow – Er-kann-meine-Gedanken-Lesen*-Blick. *Vorsichtig mit den Insider-Infos, Nick.*

«Ein Jahr später trafen wir uns wieder, da war seine Ehe schon kaputt. Ich wurde sehr schnell schwanger. Das war ziemlich erschreckend, ehrlich gesagt, weil Ben ja schon verheiratet war und sie keine Kinder hatten, daher dachte ich, er hätte sich sterilisieren lassen.» Sie kippte den Champagner schnell herunter. «Aber ich bereue es nicht.»

«Das verstehe ich. Sie ist ein süßes Mädchen.»

«Hast du Kinder?»

Beinahe hätte ich Nein gesagt. Aber ich hatte ein Kind, oder? Dylan.

Von: bee1984@gmail.com
An: NB26@zone.com
Warte mal – warum sollte sie annehmen, dass er sich hat sterilisieren lassen? Würde jemand, der so reich ist wie Benedict, die Beihilfe zur Sterilisation beantragen?

Von: NB26@zone.com
An: bee1984@gmail.com
Das ist hier einfach die üblichste Form der Verhütung. Jedenfalls wollte ich sie nicht ausfragen.

Von: bee1984@gmail.com
An: NB26@zone.com
Verstehe. Und ihr habt nur Champagner getrunken? Sonst ist nichts passiert?

Von: NB26@zone.com
An: bee1984@gmail.com
Nein. Wir haben geplaudert und nebeneinandergesessen, und dann bin ich gegangen.

Von: bee1984@gmail.com
An: NB26@zone.com
Aber da *muss* doch etwas zwischen euch gelaufen sein. Sie hat dich doch verdammt noch mal in ihr Haus eingeladen. Man lädt keine fremden Männer einfach so ins Haus ein. Jedenfalls nicht in meiner Welt.

Von: NB26@zone.com
An: bee1984@gmail.com
Sie ist verheiratet, Bee. Du bist doch diejenige, die ständig darüber redet, dass sie niemals fremdgehen würde.

Von: bee1984@gmail.com
An: NB26@zone.com
Aber gewissermaßen tue ich es doch, oder? Ich weiß, ich weiß, ich fange jetzt nicht wieder davon an.
Wie anders wirkt sie denn? Bei allem, was du von mir weißt – sind wir uns ähnlich? Anders kann ich das nicht ausdrücken.

Von: NB26@zone.com
An: bee1984@gmail.com
Sie ist vielleicht stiller. Nicht so heiter. Reservierter. Ich glaube, sie ist ein wenig einsam. Es klingt, als fühlte sie sich zu Hause eingesperrt, so ganz allein mit Scarlett. Ich weiß, dass du das nicht hören willst, aber ihr Kind ist wunderbar. Du solltest sie mal mit den Hunden sehen.

Von: bee1984@gmail.com
An: NB26@zone.com
Es ist gar nicht so, dass ich es nicht hören will. Es eher so, dass ich nicht weiß, wohin mit den ganzen Informationen – emotional, meine ich.
Meinst du, dass sie stiller ist, weil sie Vollzeitmutter und vermutlich dauermüde ist?

Von: NB26@zone.com
An: bee1984@gmail.com
Kann sein. Ich habe sie ja auch gerade erst kennengelernt. Wir haben Wochen gebraucht, bis wir uns bis ins Innerste kennengelernt haben, Bee. Nur dass wir aus Gründen, die auf der Hand liegen, nur den Teil mit dem Innersten haben.

Von: bee1984@gmail.com
An: NB26@zone.com
Hat sie Leila erwähnt? Oder den berüchtigten Benedict?

Von: NB26@zone.com
An: bee1984@gmail.com
Kein Wort über Leila. Beim Thema Ehemann war sie etwas offener. Ich kann jedenfalls bestätigen, dass er kein «sexy Witwer» ist, wie du das ausgedrückt hast. Hat eine Ex-Frau, aber die lebt noch fröhlich in New York. Becca und er haben sich kennengelernt, als er in die Firma

investierte, für die sie Kleider entworfen hat. Und ja – sie nennt ihn übrigens Ben, nicht Benny, wie du es vermutet hast.

Von: bee1984@gmail.com
An: NB26@zone.com
Verdammt. Ich hatte so gehofft, dass Rebecca den Preis der Mercer-Stiftung gewonnen hätte. Ich habe mich beworben, wurde aber nicht zugelassen.

Von: NB26@zone.com
An: bee1984@gmail.com
Da bist du noch mal davongekommen, Bee. Vertrau mir, es ist richtig scheiße, wenn das Andere Ich so viel Erfolg hat.

Von: bee1984@gmail.com
An: NB26@zone.com
Ist es schrecklich von mir, wenn ich sage, dass ich sie ein wenig verachte, weil sie nicht arbeitet und von Bennys Fantastillionen lebt?

Von: NB26@zone.com
An: bee1984@gmail.com
Es ist nicht schrecklich, nein, aber lass sie doch. Sie quält sich ganz eindeutig mit ihrer Entscheidung, und sie macht es mit Scarlett wirklich toll. Und es ist ja nicht für immer. Sie hat gesagt, dass sie das Adrenalin vermisst und wieder in den Job einsteigen will, sobald Scarlett zur Schule kommt.

Von: bee1984@gmail.com
An: NB26@zone.com
Du hast recht. Ich sollte nicht so hart mit mir sein :-)
Es klingt ein bisschen so, als wäre Benny definitiv die alternative Version von jemandem, der in meiner Welt auf großem Fuß lebt.

Von: NB26@zone.com
An: bee1984@gmail.com
Da wir gerade von deiner Welt sprechen. Könntest du etwas für mich tun?

Von: bee1984@gmail.com
An: NB26@zone.com
Immer.

Von: NB26@zone.com
An: bee1984@gmail.com
Könntest du nachforschen, was mit Dylan ist? Und mit Poll.

Von: bee1984@gmail.com
An: NB26@zone.com
Natürlich. Ich wollte dich schon fragen, ob du vielleicht nachforschen könntest, was mit Jonas ist.

Von: NB26@zone.com
An: bee1984@gmail.com
?

Von: bee1984@gmail.com
An: NB26@zone.com
Magdas Ehemann.

Von: NB26@zone.com
An: bee1984@gmail.com
Oh, ach ja. Toyboy-Magda.

Von: bee1984@gmail.com
An: NB26@zone.com
Ist doch merkwürdig, oder, dass man wissen will, was mit ihnen ist. Das ist doch bestimmt nicht gesund.

Von: NB26@zone.com
An: bee1984@gmail.com
Nichts von dem, was wir hier tun, ist gesund, Bee. Aber jetzt ist es wohl zu spät umzukehren, oder?

Bee

Ich wusste nicht, wie ich es ihm sagen sollte. Ich wusste nicht, *ob* ich es ihm sagen sollte. Ich schob es tagelang vor mir her. Beinahe hätte ich Leila alles gesagt. Ich hätte alles dafür gegeben, ihre Meinung dazu zu hören.

Ich hatte nur Sekunden gebraucht, um Poll online zu finden: einen YouTube-Clip, in dem sie eine Protestveranstaltung vor Westminster Abbey anführte: für staatliche Unterstützung im Kampf gegen den Selbstmord von Männern; ein Interview, in dem sie über den Tod ihres Sohnes sprach, bewegend und mit einer Leidenschaft, die nur aus Schmerz entstehen kann. Sie redete von Dylan, der sich an seinem sechzehnten Geburtstag das Leben genommen hatte. Trotz Nicks Beteuerungen, dass es nicht allein Polls Schuld gewesen sei, dass sie ihn betrogen hatte, hatte ich sie dennoch in meinem Kopf in die Ecke der schlechten Menschen gestellt, zusammen mit meinem Dad und Nate. Dieser Clip änderte meine Meinung von ihr von Grund auf. Ihrer Kampagne Geld zu spenden, war eine leere Geste, aber ich tat es dennoch, hinterließ dabei Nicks Namen als Spender. Ich wünschte mir, ihr sagen zu können, dass ihr Sohn in einer anderen Welt überlebt hatte, dass er ein gutes Leben führte, dass er glücklich und erfolgreich war. Nick hatte mir gesagt, dass Dylan empfindsam sei, dass er sich vieles zu Herzen nahm und «ein paar Probleme» gehabt habe, als er Teenager war. Aber das hier ... *Wie teilt man jemandem diese Neuigkeiten mit?*

Ich lungerte herum, beschäftigte mich mit den Dingen, die ich sonst so ungern machte, weil sie so wahnsinnig langweilig waren, die aber meine ganze Aufmerksamkeit erforderten – Kurierformulare ausfüllen, Bestellungen und Anproben planen, Instagram aktualisieren. Es half ein wenig.

Trotz meiner Versuche, den Ton meiner Nachrichten leicht und heiter zu halten, spürte Nick natürlich, dass etwas mit mir los war. Inzwischen kannten wir einander so gut, dass wir die Stimmung des jeweils anderen schon anhand eines falsch gesetzten Kommas erkennen konnten. Wir hatten geschworen, immer ehrlich zueinander zu sein, aber das … das hier war etwas anderes. Dank dem Erfolg des Romans und der Tatsache, dass er eine Verbindung zu Becca aufbaute, wirkte Nick zum ersten Mal seit Wochen einigermaßen heiter und voller Hoffnung. Dies hier konnte ihn ernsthaft aus dem Lot bringen. *Er muss es ja nicht wissen.* Ich konnte sagen, dass ich Dylan gefunden hatte und es ihm wunderbar ging.

«Was ist los? Nicolas hat doch nichts Schlimmes getan, oder? Bei der Menge an Arbeit, die du hast, hat er dich hoffentlich nicht gebeten, sein neuestes Bestseller-Werk zu lesen. Insidertipp: Wenn er es tut und dich um deine «ehrliche Meinung» bittet, dann ist das gelogen. Sag ihm einfach, es sei ein Werk von atemberaubendem Genie.»

«Ich glaube, ich brüte etwas aus. Vielleicht bin ich auch einfach erschöpft. Das, was wir da tun … es ist anstrengend. Emotional und körperlich.»

«Körperlich für dich, meinst du, nach deinem Hardcore-Doppelgänger-Sex-Wochenende.»

«Ich habe dir doch gesagt – so hardcore war es gar nicht.»

«Ich mach doch nur Witze. Irgendwie. Na komm, Bee, was kann ich tun, um dich aufzuheitern? Okay, okay. Ich gebe dir noch einen Insider-Sextipp. Hat er dich gebeten, diese Sache mit der Puppenhand und dem Elektroschock zu tun?»

Nick war nicht der Einzige, der gemerkt hatte, dass ich neben mir stand. Nicolas und ich hatten vage Pläne für das Wochenende gemacht. Er wollte mich besuchen, aber anders als Nick nahm er meine lustlosen Reaktionen persönlich. «Hey, wenn du findest, dass das zwischen uns nicht funktioniert, sag es einfach, Bee.»

Es liegt nicht an dir, sondern an mir. Ich musste es jemandem sagen. Vielleicht half es schon, nur ein Krümelchen der Wahrheit zu erzählen. «Das ist es nicht, ich habe nur gerade eine wirklich schlimme Nachricht bekommen.»

Er rief mich sofort an, und ich ging ran, bevor ich es mir anders überlegen konnte. In dem Moment, in dem ich seine Stimme hörte, *Nicks Stimme*, brach ich in Tränen aus. «Was ist denn los? Herrje, Bee. Was ist los?»

«Ich habe gerade gehört, dass ...» Wie sollte ich das ausdrücken? «Jemand, den ich kenne ... er hat sich das Leben genommen.»

«Ach du Scheiße, Bee. Was kann ich tun?»

«Du kannst nichts tun.»

«Ich bin schon auf dem Weg.»

«Du musst das nicht tun. Wirklich, es geht mir gut.»

«Doch, das muss ich sehr wohl tun. Schreib mir deine Adresse.»

Ich versuchte nicht, ihn aufzuhalten. Ich wollte, dass er hier bei mir wäre, und nicht nur, damit ich nicht alleine sein musste. Nach unserem Wochenende hatte ich geglaubt, dass der Riss zwischen Nick/Nicolas für immer gekittet sei, aber mit jedem Tag, der verging, öffnete sich der Spalt wieder. Es war, als bräuchte ich seine physische Präsenz, um die beiden zusammenzuhalten, um *mich* zusammenzuhalten. Was wir miteinander geteilt hatten, war real, es war etwas Besonderes, und ich wollte es nicht aufs Spiel setzen.

Er würde mindestens drei Stunden brauchen, um hierherzukommen. Ich hatte die Wohnung vor dem Wochenende putzen wollen, aber das war jetzt nicht wichtig. Er war ein entspannter Mensch; er würde Clarice und meine natürliche Schlampigkeit hinnehmen. Halbherzig wischte ich die Küchenarbeitsfläche ab, ließ es dann aber sein. Füllte noch mehr Lieferscheine aus. Antwortete auf noch mehr Anfragen. Begann eine E-Mail an Nick, brach dann ab. Wie sollte ich das ausdrücken? Dafür gab es keine Worte. Ich googelte gerade «Wie man jemandem sagt, dass jemand gestorben ist», als mir Nick, mit geradezu unheimlichem Timing, eine Nachricht schickte, um mir zu sagen, dass es Neues über Jonas gab.

«Willst du es hören?»

«Kommt drauf an. Schlechte oder gute Neuigkeiten?»

«Beides, glaube ich.»

Er hatte ein Video gefunden, einen Clip, in dem Jonas, Magda und ihre Freunde eine, so Nick, «verdammt wilde Abschiedsparty feierten, mit Live-Musik, Tanz und allem». Er sagte, dass die Menschen, die in seiner Welt die Freiwillige Sterbehilfe nutzten, so etwas oft veranstalteten.

«Und, Bee, ich wünschte wirklich, du könntest das sehen. Ich weiß, dass ich ihn nie kennengelernt habe, aber er sah so glücklich aus. Und sie auch.»

Das schockierte mich nicht. Nick hatte mir gesagt, dass die Freiwillige Sterbehilfe etwas ganz Normales in seiner Welt war, und ich hatte halb gehofft und halb gefürchtet, dass sich Jonas dafür entschieden hatte. Was ich aber nicht wusste – damals jedenfalls noch nicht –, war, wie ich selbst dazu stand.

«Hat er letzte Worte gesagt?»

«Sozusagen. Am Ende des Videoclips hat er Magda angesehen und gesagt: ‹Ich liebe dich. Warte nicht.› Und es sah so aus, als nähme sie sich das zu Herzen.»

«Warte nicht.» Magda hatte diese Worte zu mir gesagt, als ich Jonas im Flur über den Weg gelaufen war. Zufall? Ich schauderte.

Wenn Nicolas in diesem Moment nicht angekommen wäre, wäre ich ernsthaft in Gefahr geraten durchzudrehen. Es war zu viel. Alles war zu viel.

In der Sekunde, in der er in die Wohnung trat, schlang er die Arme um mich, und ich lauschte seinem Herzschlag. Echt. Fleisch und Blut.

«Setz dich. Du brauchst etwas zu trinken. Wo ist der Wein?»

Es war schon lange her, seit jemand so etwas für mich getan hatte. Dass er sich kümmerte, wie es Nate damals getan hatte, aber freundlicher, weicher.

Er schenkte mir ein Glas ein und schob mich zum Sofa.

«Soll ich jemanden für dich anrufen?»

«Nein. Es tut mir leid. Du hättest nicht den ganzen Weg hierherkommen sollen.»

«Sei nicht albern. Wer ist es?»

«Der Sohn eines alten Freundes. Ich muss nur ... Es gibt Leute, die es wissen müssen.»

«Soll ich hierbleiben, während du das tust?»

«Ja. Ja, bitte.»

Nicolas holte seinen Laptop hervor und setzte sich an den Frühstückstresen. «Ich bin hier, wenn du mich brauchst.»

«Danke.» Ich starrte mein Handy an. «Kann ich dich was fragen?»

«Natürlich.»

«Das klingt jetzt seltsam, aber stell dir mal vor, du hättest keinen Kontakt mehr zu jemandem, den du früher einmal geliebt hast. Würdest du wissen wollen oder lieber nicht, dass ihm etwas Schlimmes passiert ist?»

Er dachte darüber nach und sagte dann: «Ich würde es lieber wissen wollen.»

«Warum?»

«Ich glaube, weil ich gerne glauben würde, dass derjenige, den ich einmal geliebt habe, wollen würde, dass ich es weiß.»

Warte nicht.

Von: bee1984@gmail.com
An: NB26@zone.com
Es tut mir SO SO sehr leid, Nick. Ich würde alles dafür geben, um es ungeschehen zu machen.

Von: NB26@zone.com
An: bee1984@gmail.com
Es war richtig von dir, es mir zu sagen, Bee. Ich wusste tief in meinem Inneren, dass diese Möglichkeit besteht. Ich habe natürlich gehofft, dass es nicht so wäre, aber wir wissen alle, wie gern mich die Hoffnung verarscht.

Von: bee1984@gmail.com
An: NB26@zone.com
Warum hast du mir nicht früher von seinem Selbstmordversuch in deiner Welt erzählt? Das muss doch sehr belastend für dich gewesen sein. Wir teilen alles. Es macht mich fertig, dass du das alleine mit dir herumgetragen hast.

Von: NB26@zone.com
An: bee1984@gmail.com
Es war nicht so schwer. Und ich wollte es dir sagen, Bee, wirklich. Aber es steht mir ja eigentlich nicht zu, diese Geschichte zu erzählen.

Nick

Einiges von dem, was ich hier erzähle, lässt sich nur schwer ausdrücken, ohne dass ich wie ein kaltherziger Mistkerl oder Jammerlappen klinge, aber welchen Zweck hätte es, all das erneut zu durchleben, wenn ich nicht zumindest versuchte, ehrlich zu sein?

Meine erste Reaktion auf die Neuigkeit über Dylan war natürlich ein Schock. Die Sorte Schock, die sich wie ein Schlag in die Magengrube anfühlt und dann wie Eiswasser durch den ganzen Körper strömt. Dann setzte Trauer ein. Die Sorte, die einen überall trifft, aber vor allem ins Herz. Trauer um Dylan und Trauer um Poll. Der *Schmerz*, den sie in Bees Welt ertragen haben musste. *Immer noch* ertrug ... Das brachte die alten Gewissensbisse zurück, dass ich Poll nichts von Dylans Problemen erzählt hatte. Hatte ich deshalb auch Bee nichts davon erzählt? Weil es nicht in Ordnung war, mit ihr darüber zu sprechen, obwohl ich es Poll noch nicht gesagt hatte? Ich hatte damals nichts gesagt, weil Dylan mich gebeten hatte, es für mich zu behalten, und ich hatte unser zerbrechliches Vertrauen nicht gefährden wollen, bevor es zu einem starken Band werden konnte. Es war ein langer, langsamer Prozess für uns beide geworden – einschließlich einiger Monate der Paranoia, in denen ich meinem Stiefsohn praktisch hinterherspionierte, in sein Zimmer schlich, mich durch seine Habseligkeiten wühlte und (Herrje) seine Intranet-Historie auf Anzeichen hin durchsuchte, dass er es erneut versuchen würde. Und, so irrational es auch war, der Drang, ganz sicher zu sein, dass es ihm wirklich gut ging, war überwältigend. Mein Instinkt sagte mir, ich müsse sofort in einen Zug nach Birmingham steigen, um Dylan persönlich zu sehen, aber das wäre so ungewöhnlich für mich gewesen, dass er sofort kapiert hätte, dass etwas nicht in

Ordnung war. Nachdem ich mich etwas beruhigt hatte, rief ich ihn stattdessen an.

«Nick? Was ist los?»

«Hä?»

«Du schreibst sonst immer nur eine Nachricht, und auch nur, wenn du wichtige Neuigkeiten hast. Geht es Mum gut?»

«Ja, soweit ich weiß.» Immerhin ging es ihr in dieser Welt tatsächlich gut. «Ich dachte, ich ruf dich mal an, höre, wie es dir so geht.»

«Ich arbeite gerade, Nick.»

«Aber sonst ist alles in Ordnung?»

«Äh, ja. Natürlich. Du klingst irgendwie komisch. Ist denn mit dir alles okay? Ist die Pension, in der du wohnst, noch schräger geworden?»

«Das wäre schlichtweg unmöglich. Hey, warum kommst du nicht einfach hierher zu Besuch? Dann kannst du dir das Irrenhaus mit eigenen Augen ansehen. Rosie und ich würden uns so freuen, dich zu sehen.»

«Das mache ich, wenn ich freihabe.»

Danach rief ich Poll an. Ich erwischte sie, als sie gerade von der Schule kam. Ich empfand gleichzeitig Mitleid und Stolz auf Poll aus der anderen Welt. Sie hätte hier ungefähr dasselbe getan, wenn der schlimmste Fall eingetreten wäre – sie hätte all ihren Kummer dazu benutzt, etwas zu verändern. Die Unterhaltung verlief ungefähr so wie die mit Dylan: «Nick? Geht es ums Haus? Die Käufer sind ein bisschen schwierig, daher kann ich dir deinen Anteil noch nicht überweisen.»

«Darum geht es nicht. Ich wollte nur wissen, wie es dir geht.»

«Ist irgendwas passiert? Geht es dir gut?»

«Alles in Ordnung. Ich wollte dich wirklich nur kurz hören. Geht es Jez auch gut?»

«Ja.»

Jetzt hatte ich das Gegenteil von dem erreicht, was ich hatte erreichen wollen: Wenn überhaupt, dann machten sie sich jetzt Sorgen um mich. Merke: *Öfter anrufen.*

Ich versuchte, Bee zu versichern, dass sie das Richtige getan hatte, aber die Wahrheit war, dass ich nicht wusste, ob das stimmte. Dieser Zweifel wurde noch verstärkt, als sie gestand, dass Nicolas bei ihr war, der alles stehen und liegen gelassen hatte, um in der Stunde der Not bei ihr zu sein – das hätte *ich* sein sollen. Ich ging im Dachzimmer auf und ab und schaffte es wieder einmal, mir den Kopf an der Dachschräge zu stoßen. Schließlich schlief ich gegen drei Uhr morgens ein, wachte spät auf und hatte das Frühstück verpasst (immerhin eine gute Sache in dieser schrecklichen Situation).

Auf Zehenspitzen ging ich an den Gemeinschaftsräumen vorbei und schlüpfte hinaus, um eine zu rauchen.

Ich hatte die Zigarette gerade angezündet, als Erika ihren Kopf durch die Tür streckte. «Rauchen Sie schon wieder, Nick? Und sind Sie schon wieder so mürrisch? Was ist los? Macht Sie das Schreiben wütend?»

Ich hätte am liebsten jemanden beschimpft, besonders jemanden, der mich so gut durchschaut hatte: Niemand mag die Wahrheit über sich selbst hören, erst recht nicht, wenn sie einem so schonungslos ins Gesicht geschleudert wird. Sie tat es aber. «Um ehrlich zu sein, Erika, ich habe gerade gehört, dass sich jemand umgebracht hat, den ich liebe.»

Keinerlei sichtbare Gefühlsregung. «Kommen Sie mit.»

«Nein.»

«*Kommen Sie.* Aber werfen sie dieses schreckliche Ding zuerst in den Behälter, den ich dafür hingestellt habe.»

Sie wartete ab, bis ich die Zigarette im Stehaschenbecher aus rostfreiem Stahl ausgedrückt hatte, der extra so weit wie möglich von der Tür aufgestellt worden war, und dann folgte ich ihr ins Wohnzimmer. Ich war darin kaum je gewesen: Ich fand, es sei ihr Bereich. Sie öffnete einen Schrank, holte eine klebrige Schnapsflasche heraus, schenkte mir ein Glas ein und bellte: «Trinken Sie.»

«Es ist erst zehn Uhr!»

«Trinken Sie.» Sie sah dabei zu, wie ich es trank. Es blieb mir in der Kehle stecken, wärmte mich aber auch von innen. «Hören Sie mir zu. Hätten Sie irgendetwas tun können, um das zu verhindern?»

«Nein.»

«Nein. Das können wir nie. Wir werden auch nie erfahren, warum jemand die Entscheidung trifft, so etwas zu tun. Und das ist etwas, womit wir zu leben lernen müssen.»

«Haben Sie mit derlei Dingen persönliche Erfahrungen gemacht?»

«Ja. Mein Vater beging Selbstmord, als ich noch ein Kind war.»

«Ach du meine Güte. Es tut mir ja so leid, Erika.»

«Jaja. Also. Bitte rauchen Sie nicht mehr so nah am Fenster. Der Rauch zieht herein. Denken Sie an die Hunde, Nick.»

Mitgefühl im Erika-Stil. Aber sie hatte ja recht. Wie *hätte* ich es verhindern können? Und was die Hunde anging, so warteten sie schon an der Tür auf ihre tägliche Gassirunde durch den Park. In den Tagen, die auf das folgten, was Bee den «Champagner-Durchbruch» getauft hatte, hatten Becca und ich uns daran gewöhnt, uns an der Bank zu treffen. Und heute kam ich zu spät. *Schüttele es einfach ab, Nick.* Aber ich konnte es einfach nicht. Es ging mir mehr um Poll als um alles andere. Immer wieder dachte ich an die Prüfung, der sich ihr alternatives Ich hatte unterziehen müssen; immer wieder kehrten meine Gedanken zu jenem Augenblick zurück, in dem ich Dylan in seinem Zimmer erwischt hatte.

Ich war immer noch in Finsterhausen, als ich endlich den Park erreichte. Scarlett rannte mir entgegen und rief: «Wauwau-Mann!»

Ich gab ihr die Leinen, und sie ging mit den Hunden zu unserem Platz. Heute hatte sie eine Tüte mit Hundeleckerli dabei, was Rosie nicht entgangen war. Würstchen war so freundlich wie immer und rollte sich sofort auf den Rücken, um sich den Bauch kitzeln zu lassen.

Am Tag nach unserer spontanen Party war Becca ein wenig vorsichtiger mir gegenüber gewesen, so als hielte sie sich absichtlich zurück. Oder als gäbe sie sich besondere Mühe, keine falschen Signale zu senden. Aber heute begrüßte sie mich mit einem warmen Lächeln und schien voller Energie zu sein. «Ich dachte schon, du kommst heute nicht.»

«Tut mir leid. Bin aufgehalten worden.» Wir setzten uns auf die Bank.

«Ich habe dein Buch gelesen. Ich konnte gar nicht mehr aufhören. Habe kaum geschlafen.»

Völlig verwirrt von Kummer, Schlafmangel und dem Schnaps, hatte ich zunächst keine Ahnung, wovon sie sprach. «Welches Buch?»

«Na, *Ein Schuss in der Dunkelheit* natürlich.»

«Oh. *Wirklich?*»

«Ich verstehe, warum alle eine Fortsetzung wollen. Hast du schon Ideen dafür?»

Darüber konnte ich nicht nachdenken. Nicht, solange ich den Kopf voll mit Poll und Dylan hatte. Voller Schmerz.

«Entschuldige – habe ich etwas Falsches gesagt?»

«Nein. Es ist nicht deine Schuld. Ich bin heute einfach nicht ich selbst.»

«Ist was passiert? Haben sie beschlossen, *doch* keine Fortsetzung zu wollen?»

«Nein. Das ist es nicht.» Ich hatte eine Version der Wahrheit für Erika ersonnen; wollte ich Becca ebenfalls damit belasten? Ja und nein. Bees Worte: *Wir sollten ihnen sagen, was wir tun*. Eine moralische Grauzone. *Quanten-Unmoral.* Wenn ich ehrlich sein wollte, würde ich nicht wissen, wo ich anfangen sollte. Wie immer wählte ich die einfachste Version: «Habe nicht gut geschlafen.»

«Sag mir, ob ich hier eine Grenze überschreite, denn ich bin natürlich keine Autorin, aber ich frage mich ... was, wenn du es einfach umdrehst? Wenn du ihn ... ich weiß auch nicht ... zu einem Antihelden machst. So wie in den Ripley-Büchern.»

Highsmith: ein gemeinsamer Nenner. Und ich brauchte verdammt noch mal etwas, um mich davon abzuhalten, in Dylans Zimmer zu treten, diesen Moment aus Polls Blickwinkel erneut zu erleben. «Erzähl weiter.»

Es half. Das Bild verblasste, während wir Ideen austauschten. Als die Hunde und Scarlett keine Lust mehr hatten, miteinander zu spielen, war nicht nur Dylans Zimmertür fest verschlossen, sondern ich hatte auch einen Romanentwurf. «Erwarte aber nicht zu viel. Ich bin keine Highsmith.»

Sie verdrehte die Augen. Eine Angewohnheit, die ich mir oft bei Bee vorgestellt hatte, wenn ich absichtlich etwas Selbstkritisches schrieb. «Das ist Blödsinn, und du weißt es auch. Sich mit anderen Menschen zu vergleichen, ist immer dumm.»

Sie wandte sich zum Gehen, und ich nahm ihre Hand. Es war das erste Mal, dass wir einander berührten. «Weißt du, du hast mich heute gerettet. Ich war in einem schwarzen Loch gefangen. Und du hast mich herausgeholt.» Schon wieder hatte ich das wiederholt, was ich einmal zu Bee gesagt hatte. Aber es stimmte. Sie hatte mich *tatsächlich* aus einem Loch geholt (mit ein wenig Hilfe der skandinavischen Soziopathin).

Sie drückte meine Hand. Einen Moment lang wurde das Flirren zwischen uns stärker, dann schien sie sich innerlich zu schütteln und zog ihre Hand zurück.

Hier kommt der Teil, an dem ich kalt klinge. Oder herzlos, oder selbstsüchtig. Als ich nach Hause ging, wurden Erikas und Beccas Worte zu einer Erkenntnis, die meine Einstellung sowohl mir selbst als auch Nicolas gegenüber veränderte.

Nicolas war vielleicht derjenige mit dem Erfolg und der coolen Bude und dem flachen Bauch und dem Mädchen, das ich liebte.

Aber *ich* war derjenige, der Dylan gerettet hatte. Wenn ich Nicolas' Leben gelebt hätte, dieses alternative Leben, um das ich ihn beneidet hatte, dann hätte es Dylan nicht zurück ins Leben geschafft. Ich war vielleicht ein chronisch jämmerlicher Versager, der sich selbst hasste, aber ich hatte ihn gerettet. *Ich.* Nicht Nicolas. Und das war mehr wert als alles.

TEIL VIER

Sag was (oder lieber nicht)

Von: NB26@zone.com
An: bee1984@gmail.com
ALSO: Teilweise als Entschädigung für den Mord, mit dem er in Ein Schuss in der Dunkelheit davongekommen ist, aber vor allem, weil er heimlich ein Soziopath ist, verwandelt sich der feine Pinkel von Protagonist in einen leidenschaftlichen Tierschützer. Im Grunde in einen Ein-Mann-Umwelt-Rächer, der das Leben von Wilderern auslöscht, die Diebe seltener Vogeleier erwürgt und Dachsjäger köpft. Tweedy liebt das natürlich, weil sein Protagonist, in dem er sich sicher selbst wiedererkennt, praktisch ein supercooler Antiheld wird. Ihm auf der Spur ist eine junge Ermittlerin, listig und zäh natürlich, aber belastet durch etwas, was in ihrer Vergangenheit geschehen ist, denn offenbar haben listige und zähe Ermittler IMMER irgendwelchen Innere-Konflikte-Scheiß. Ich habe aber noch keine Ahnung, was es genau ist. Becca sagt, ich solle sie gegen die Konventionen zu einem Beispiel an Stabilität werden lassen. Glückliches Zuhause, kein nebulöses Trauma aus der Vergangenheit, und es dann am Ende auf eine Wendung hinauslaufen lassen, sodass der feine soziopathische Pinkel mit seinen Verbrechen davonkommt.

Von: bee1984@gmail.com
An: NB26@zone.com
Also ist die Ermittlerin heimlich auch eine Soziopathin?

Von: NB26@zone.com
An: bee1984@gmail.com
Sozusagen, ja. Oder vielleicht mag sie einfach Dachse furchtbar gern.

Von: bee1984@gmail.com
An: NB26@zone.com
Ich bin ganz Beccas Meinung. Sie scheint toll zu sein, was das Brainstorming angeht. Wer hätte gedacht, dass ich das in mir habe? ;-)
Vorwärts, Becca / ich!
Was ist der nächste Schritt?

Von: NB26@zone.com
An: bee1984@gmail.com
Wenn ich das Exposé fertig habe, will Tweedy es an seine Agentin schicken. Ein Treffen vereinbaren.

Von: bee1984@gmail.com
An: NB26@zone.com
Brauchst du nicht auch eine Agentin?

Von: NB26@zone.com
An: bee1984@gmail.com
Ich hoffe ja, dass sie uns vielleicht beide vertritt. Und bevor du es anbietest, nein, ich will nicht den Namen des Agenten von Nicolas dem Großen herausfinden. Selbst, wenn er / sie / sie in meiner Welt existieren, käme mir das zu inzestuös vor. Oder wie schummeln. Sie würden mich vermutlich ohnehin ablehnen, und dann müsste ich mindestens einen Monat lang schmollen.

Von: bee1984@gmail.com
An: NB26@zone.com
Das wollte ich auch gar nicht! Jedenfalls glaube ich nicht, dass Nicolas ihn wirklich mag. Ich dachte, du kämst jetzt besser mit deinem Alter Ego klar?

Von: NB26@zone.com
An: bee1984@gmail.com
Das tue ich. Das tue ich wirklich. Habe mich zusammengerissen. Ist er schon da?

Von: bee1984@gmail.com
An: NB26@zone.com
Nein. Der Zug hat Verspätung. Das ist wieder diese merkwürdige Symmetrie, oder? Dass du Becca nur an den Werktagen siehst, und ich ihn nur am Wochenende.

Von: NB26@zone.com
An: bee1984@gmail.com
Du machst ja schon ein bisschen mehr, als ihn nur zu «sehen», Bee.

Von: bee1984@gmail.com
An: NB26@zone.com
Ich weiß. Ich weiß. Ich wollte es dir nicht unter die Nase reiben. Es ist ja kein Wettbewerb. Mit Geduld und Spucke fängt man eine Mucke.

Von: NB26@zone.com
An: bee1984@gmail.com
Mit sehr viel Geduld. Aber da ist etwas. Es gibt noch Hoffnung. Und ja, bevor du fragst, wie du es immer tust: Es gibt immer noch keine Neuigkeiten von Benny oder Leila 2. Du / Becca lasst euch nicht in die Karten schauen. Loyal.

Von: bee1984@gmail.com
An: NB26@zone.com
Aber es gibt eine Möglichkeit. Irgendwo. Ich weiß es. Ich kenne mich doch. Ich würde niemals mit jemandem im Park flirten, wenn ich in jemand anderen verliebt wäre.

Bee

Mit Geduld und Spucke …
Zu langsam für mich. Viel zu langsam.

Ich hatte Nick nicht angelogen. Es musste irgendwo Ärger im Paradies geben, wenn Becca sich weiter mit Nick traf. Wenn ich mich geistig und emotional auf jemanden eingelassen hatte, schienen alle anderen Möglichkeiten, alle anderen Männer, im Hintergrund zu verblassen. Sie wurden dann praktisch zu den Non-Player-Figuren in Levs Videospielen. Und klar, ich wusste, dass sie einen inneren Konflikt austrug, einen *heftigen* Konflikt. Immerhin hatten wir denselben Hintergrund. Die Vorstellung, in die Fußstapfen unseres Vaters zu treten, würde ihr gar nicht gefallen. Und doch musste Becca auf irgendeine Weise spüren, dass Nick und sie füreinander bestimmt waren. Dass er irgendwie ihr Seelenverwandter war. So wie Nicolas meiner war. Oder meiner sein *könnte*. Jedenfalls so sehr, wie wir daran herankommen konnten.

Ich wollte nicht nur, dass Becca und Nick glücklich waren. Sie *mussten* glücklich sein. Die selbstsüchtige Wahrheit war: Wenn sie diesen Kreis nicht schlossen, würde es das vergiften, was ich mit Nicolas aufzubauen versuchte. Denn ich baute *tatsächlich* etwas auf.

Dieses Wochenende war kein Zufall gewesen. Bisher schien die Leichtigkeit zwischen uns noch lange nicht in Langeweile oder Gereiztheit umzuschlagen. Weil ich an den Wochenenden oft arbeiten musste, bot Nicolas großzügig an, jeden Freitag zu mir zu fahren (ich konnte ja schlecht Clarice und meine anderen Utensilien im Zug mitnehmen), und seit dem ersten Tag schien er sich in meiner Wohnung ganz wie zu Hause zu fühlen. Er hatte sich am Frühstückstresen eine Schreibecke eingerichtet, wusste genau, welche Seite des Sofas oder des Bettes er nehmen konnte, und füllte den Kühlschrank, ohne großes Aufheben darum zu machen. Immer wenn er kam, schien es ihm völlig egal zu sein, ob der Boden der Wohnung mit Stoffproben und -fetzen bedeckt war; er machte niemals spitze Bemerkungen über Clarice oder jammerte, wenn Magda ihre Musik zu laut hörte. Und bisher hatte er auch keine nervigen oder merkwürdigen Angewohnheiten gezeigt, wobei er allerdings merkwürdig ruhig schlief («Bei mir ist das auch so. Am Anfang unserer Beziehung hat mich Poll immer wieder wach gerüttelt, um sicherzugehen, dass ich nicht im Schlaf abgenippelt bin.»). Bisher hatte ich auch keine nicht hinnehmbaren sexuellen Vorlieben oder Fetische entdeckt («Was? Du meinst, er hat noch nicht den Latexanzug und den Spachtel herausgeholt? Na, dann kannst du dich ja noch auf etwas freuen, Bee.»). Ich wartete die ganze Zeit darauf, dass irgendetwas passieren, dass ein Warnschild aufleuchten würde. Nate hatte gewartet, bis ich ihm ganz ergeben war, um dann seine Schokoladenseiten-Verkleidung abzulegen. Darunter kam das schleimige Monster zum Vorschein. Aber Nicolas war nicht Nate. Er war Nick – in gewissem Sinne.

Und er war *freundlich*. Nick war das auch – aber er hüllte diese Seite von sich in schwarzen Humor und sardonische Kommentare. Nicolas' Freundlichkeit erstreckte sich nicht nur auf mich. An unserem ersten gemeinsamen Sonntag klopfte Magda an die Tür, um zu fragen, ob ich eine Stunde lang auf Jonas aufpassen könnte. Ich ging ihnen nicht mehr aus dem Weg. Genau wie Nick gezwungen gewesen war, mit der anderen Seite der Geschichte klarzukommen, hatte auch ich sie jetzt verdaut.

«Ich habe gerade eine Anprobe via Skype, Magda – kann ich das danach machen?»

Nicolas tauchte hinter mir auf. «Ich mache es.»

Ein Blick zu mir, dann zu ihm. Sie musterte ihn. «Das ist sehr freundlich.»

Nachdem ich mit der Kundin fertig war, stieg ich zu Magdas Wohnung hinauf. Nicolas saß Jonas gegenüber, blätterte in einem Buch und wirkte völlig entspannt. Jonas sah mich an und schenkte mir sein mehrdeutiges Lächeln. Ein Einverständnis? *Warte nicht.*

Für den einzigen Stress, den wir hatten, war ich selbst verantwortlich. Hin und wieder machte ich Fehler, vergaß, welche Scherze und Anekdoten ich mit welchem der beiden (Nick / Nicolas?) geteilt hatte: «Hey, ich hab dir ganz vergessen zu erzählen, die Ex-Brautjungfer der Pfirsichfrau will, dass ich ihr Hochzeitskleid ändere.»

«Wer?»

Vorsicht, Vorsicht.

Nick und ich wiederholten unseren Funkstille-Pakt an den Wochenenden nicht – das war ihm zu schwergefallen –, und mit der Zeit hatte ich auch nicht mehr das Gefühl, dass mein Handy als Anstandswauwau fungierte. Besonders wenn Nicolas mich dabei erwischte, wie ich über etwas lachte, was Nick mir geschickt hatte. Als er mich fragte, mit dem ich da schrieb, tat ich das, was Fremdgeher immer tun, wenn sie erwischt werden: Ich log. «Nur eine alte Freundin.»

«Die berüchtigte Leila?»

«Du kennst ihn nicht.»

«Ihn?» Mit einem Hauch Unsicherheit.

DICH. Sag es ihm. «Du kennst ihn nicht. Er ist Same Sexer.»

«Was ist er?»

Mist. «Schwul. Same Sexer ist der Ausdruck, den wir benutzen.»

«Komischer Ausdruck. Lerne ich ihn mal kennen?»

«Das bezweifle ich. Er wohnt nicht in diesem Land.» *Oder in dieser Welt. Und vermutlich noch nicht einmal in diesem Universum.*

Ich fühlte mich dabei schmutzig. Ich fühlte mich, als träte ich in die Fußstapfen meines Vaters, wobei er vor allem betrogen hatte, weil er die Aufregung und das Gefühl mochte, etwas Illegales und Betrügerisches zu tun. Das hier war nicht aufregend; es war anstrengend.

Aber Nicolas' Entspanntheit und seine Freundlichkeit machten den ständigen «Pass-auf-was-du-sagst»-Stress mehr als wett. Er hatte den Clarice-Test bestanden. Den Magda-Test. Da war noch der Leila-Test (ich hatte sie schon seit Wochen hingehalten, sowohl für mein als auch für Nicolas' Wohl). Die einzigen Gefahren für unsere Beziehung waren mein Verhalten und die Risse – die hartnäckigen Unterschiede zwischen den beiden Nicks. Die Risse, die wie von Zauberhand verschwanden, wenn Nicolas freitags zu mir kam, die aber ab Montag wieder auftauchten. Die Risse, die die Basis unserer Beziehung bedrohten und die, wie ich hoffte, verschwinden würden, wenn Nick und Becca endlich zusammenkamen. Und damit das passieren konnte, mussten wir mehr über Benedict wissen.

Mit Geduld und Spucke ...

Immer wenn Nick das Thema Benedict aufbrachte, wechselte Becca das Thema oder zog sich zurück. Das konnte an ihrer Loyalität liegen; vielleicht war es auch etwas Schwierigeres (ein kleiner Warnhinweis). Es konnte daran liegen, dass Nick ihr Leben mit seiner Quanten-Seelenverwandtschafts-Verbindung aus dem Gleichgewicht brachte. Es konnte auch an Scarlett liegen. Wenn ich Nick während meiner Zeit mit Nate kennengelernt hätte – jemanden, von dem ich aus meinem Bauch heraus gewusst hätte, dass er gut für mich wäre, vielleicht sogar der sagenhafte «Richtige» –, wäre ich zumindest hin- und hergerissen gewesen, dass sich ein Non-Player in unser Spiel gedrängt hätte. Nick hatte vielleicht nicht viel Glück, aber vielleicht gab es etwas, das ich von meiner Seite aus tun konnte.

Und dafür brauchte ich einen ausgeklügelten Plan. Milliardäre waren wie A-Promis, sie lebten in einer vollkommen anderen Sphäre als der normale Pöbel. Man kann sich mit so jemandem nicht einfach auf Facebook befreunden und ihn zum Kaffee einladen. Aber ich kannte jemanden, der vielleicht den Weg in diese Welt ebnen konnte. Jemanden, der in der Branche arbeitete. Jemanden, dessen Business es war, Netzwerke aufzubauen und sich an die großen Tiere heranzuschmeißen: Nate. Alias der Wichser.

Konnte ich? Sollte ich?

Ich hatte seine Nummer noch nicht gelöscht. Ich hätte das tun sollen, denn immer, wenn ich seinen Namen in meinem Adressbuch sah, durchzuckte mich ein Stich, schlimmer noch als der, den ich damals nach Mums Tod spürte, wenn ich ihren Namen sah. Ich hatte keine Ahnung, was Nate inzwischen machte. Ich hatte seit Jahren nicht mehr auf Facebook nachgesehen.

Ich scrollte hinunter zum Buchstaben N, und das einzige Wort, mit dem man meinen Zustand beschreiben konnte, war «flau».

Er antwortete beim zweiten Klingeln. «Na, *hallo*, Fremde.» Ich musste fast würgen – ein Reflex. «Ich habe nicht erwartet, wieder von dir zu hören. Nicht, dass ich mich beschweren möchte.»

«Wie geht es dir, Nate?»

«Gut, gut. Schlage mich so durch. Und du? Habe gehört, dass dein kleines Unternehmen boomt. Herzlichen Glückwunsch dazu übrigens.»

«Danke.» Die Tatsache, dass er auf dem aktuellen Stand war, was mich anging, überraschte mich weder, noch gefiel es mir. Ich überlegte kurz, wie die Frau hieß, die er hinter meinem Rücken gevögelt hatte. Ich musste wirklich nur sehr kurz überlegen: Die Wunde war zwar geheilt, aber nicht vergessen. «Wie geht es Alexa?»

«Wem?» Pause. «Oh. *Alexa*. Keine Ahnung. Das hat nicht gehalten.»

«Tut mir leid, das zu hören.» Ich hatte Alexa nie kennengelernt, wobei, ja, *okay*, ich hatte sie damals ein wenig auf Facebook gestalkt. Damals war ich aus naheliegenden Gründen nicht ihr größter Fan gewesen, aber jetzt erwischte ich mich dabei, wie ich dachte: *Da hast du aber Glück gehabt, dass du ihm entwischt bist.*

«Alles gut. Bin glücklicher Single. So habe ich Zeit, an mir selbst zu arbeiten.» *Würg, würg.* «Lustig, dass du gerade jetzt anrufst. Ich habe schon seit Längerem darüber nachgedacht, ob wir die Beziehung nicht wieder aufleben lassen könnten.»

Oh, diese Arroganz. Als wäre er derjenige gewesen, der die Sache beendet hatte. Als würde ich sofort wieder in seine Arme springen. Ich unterdrückte den Impuls, das Gespräch sofort zu beenden. *Tief durchatmen, Bee.* «Ah, leider bin ich in einer festen Beziehung.» *Fest. Ha!*

Schweigen. «Das ist ja schön für dich. Schön. Ist es jemand, den ich kenne?»

«Das bezweifle ich.» Ich hätte das Messer in seiner Wunde drehen können: *Er ist ein erfolgreicher Autor, Nate. Nicht irgendein drittklassiger Modeeinkäufer*, aber ich widerstand der Versuchung. Also direkt zum Thema: «Kennst du Benedict Mercer?»

«Herrje, Bex. *Du* hast ein Verhältnis mit Benedict Mercer?» Schock, Ehrfurcht – Unglauben. Als könnte er nicht glauben, dass jemand wie ich so einen großen Fang gemacht haben könnte. Ich hätte ihm so gern erzählt, dass ich in einem anderen Leben Benedict nicht nur persönlich kannte, sondern sogar mit ihm verheiratet war.

«Nein, natürlich habe ich kein Verhältnis mit ihm. Ich frage nur, ob du ihn kennst. Ich brauche jemanden, der mich ihm vorstellt. Ich denke darüber nach, mein Unternehmen zu vergrößern, und suche mögliche Investoren. Und er hat ja schon einige nachhaltige Modefirmen in seinem Bestand, oder?»

«Ich will dich ja nicht kränken, Bex, aber er ist wirklich ein großes Tier, und du bist … na ja, du weißt schon. Du bist es nicht.»

Beleidigung ist angekommen, du Waschlappen. Zeit für Manipulation. «Du hast recht, Nate. Ich glaube, ich wollte dir wohl nacheifern und mir ein hohes Ziel stecken. Aber wenn du ihn nicht *kennst*, ist das ja sowieso egal. Vergiss es einfach.»

Schweigen, während dieser Schlag gegen sein Ego und die Herausforderung in seinem Kopf miteinander kämpften.

«*Kennst* du ihn denn überhaupt persönlich?»

«Ich habe ihn ein paarmal getroffen.» Nate plusterte sich normalerweise auf und erwähnte bei jeder sich bietenden Gelegenheit, wen er alles Wichtiges kannte. Diese Wischiwaschi-Antwort bedeutete, dass er ihn vermutlich nur auf einer Party im Vorbeigehen gesehen hatte.

«Kannst du für mich ein Treffen mit ihm arrangieren?»

«Er hat viel zu tun, Bex.»

«Wie ist er denn so? Was für ein Mensch?»

«Genau, was man erwartet. Natürlich charmant, weil er es sich leisten kann. Stinkt nach Geld. Ist sehr auf seine Privatsphäre bedacht. Obwohl es eine Menge Medienrummel gab, als er mit Kat de Jong zusammen war.»

«Mit der *Designerin* Kat de Jong?»

«Natürlich.» *Was denn sonst, Bex.*

Wenn ich darüber nachdachte, hatte ich sie auf einigen der Google-Bilder gesehen, aber ich hatte gedacht, dass sie sich nur auf Branchenveranstaltungen miteinander fotografieren ließen, weil Kat (genau wie ich oder wie Becca) irgendwie nicht zu ihm zu passen schien. Ihr persönlicher Stil war ihrer Design-Ästhetik ganz ähnlich, dunkel und provokant mit einem androgynen Westwood-Vibe. Lichtjahre von Bennys konventioneller Jacht-und-Landsitz-Erscheinung entfernt. «Sind sie noch zusammen?»

«Ich bezweifle es. Den Gerüchten nach hat sie vor ein paar Jahren angefangen, Drogen zu nehmen. Seit 2017 hat sie keine Line ausgelassen und *lebt* praktisch in der Entzugsklinik.»

«Das wusste ich nicht. Arme Kat.»

«Ja. So was kommt vor. Warte mal, jetzt fällt mir ein, dass er in ein paar Wochen eine dieser öden Konferenzen zur Eindämmung von ausbeuterischen Arbeitsbedingungen in der Dritten Welt sponsert. Ich wollte dort eigentlich nicht hin, aber wenn du mitkämest, könnte ich euch vielleicht einander vorstellen. Du müsstest aber als mein Date auftreten.»

Würg. Würg. Kotz. «Klingt doch gut. Schick mir die Einzelheiten.»

Ich legte auf, bevor er noch etwas sagen konnte.

Von: NB26@zone.com
An: bee1984@gmail.com
Meine Güte, Bee. Das nenn ich mal Initiative. Muss schwer gewesen sein, den Wichser um einen Gefallen zu bitten.

Von: bee1984@gmail.com
An: NB26@zone.com
Ich musste hinterher duschen. Aber einer von uns muss Benedict treffen, nicht wahr? Oder zumindest eine Version von ihm. Ich fühle mich so zerrissen. Für Becca hoffe ich so sehr, dass er kein Nate-2.0-Wichser ist, der ihr das Leben zur Hölle macht. Aber für uns alle hoffe ich, dass er ein riesiger, riesiger Pimmel ist.

Von: NB26@zone.com
An: bee1984@gmail.com
Wer hat keinen riesigen, riesigen Pimmel.

Von: bee1984@gmail.com
An: NB26@zone.com
Wie niveauvoll. Bist du bei Becca auch so kindisch?

Von: NB26@zone.com
An: bee1984@gmail.com
Nein, aber es ist mein Traum, eines Tages auf diesem Niveau intellektuellen Austauschs mit ihr zu kommunizieren.

Von: bee1984@gmail.com
An: NB26@zone.com
Das schaffst du schon. WIR schaffen das schon.

Nick

Ich hatte jetzt eine Morgenroutine. Wie in der Poll-Zeit, aber ohne die Selbst-Geißelung.

7 Uhr: Frühstück mit den drei Mitbewohnern, wobei Erika sich meistens über einen winzigen Hausregelbruch aufregte («Teebeutel *müssen* ausgedrückt werden, bevor man sie wegwirft, wie oft muss ich das noch sagen?»), während ich und meine beiden Mitmieter über den Toastkrümeln schwiegen.

8 bis 9 Uhr: Kurz nachsehen, ob Bee etwas geschrieben hat. Ein Anruf bei Lily, wenn ich mich dazu in der Lage fühlte, obwohl unsere Unterhaltungen mit der Zeit immer stockender wurden. Vielleicht hatten wir immer Rosie zwischen uns gebraucht, um miteinander reden zu können.

9 bis 10.30 Uhr: Schreibzeit. Ich hatte damit begonnen, an der Fortsetzung zu arbeiten, Arbeitstitel: *Sabotage*. Der Vertrag war noch nicht verhandelt, aber warum sollte ich nicht einfach schon mal anfangen? Und endlich einmal flossen die Worte nur so aus mir heraus, als hätte ein innerer Klempner einen eingerosteten Wasserhahn aufgedreht.

11 bis 12 Uhr: Das Highlight des Tages, Treffen mit Scarlett und Becca im Park.

Eine Stunde am Tag war nicht viel. Verglichen mit Bee, die schon ungeheuer weit war, befand ich mich noch in den Startlöchern. Aber, wie Bee mich immer wieder erinnerte, es war kein Wettkampf: *Mit Geduld und Spucke …* Und meine Art, damit zurechtzukommen, war eben Arbeit. Es gab keinen Zweifel, dass Becca immer mehr Vertrauen zu mir fasste.

In der Wir-können-uns-alles-sagen-und-darüber-scherzen-Phase, die Bee und ich von Anfang an miteinander hatten, waren wir noch nicht, aber auf dem richtigen Weg. Wir hatten jetzt schon unsere privaten Park-Witze; wir dachten uns Geschichten und Spitznamen für die Passanten aus, die wir regelmäßig im Park trafen: Da war der ältere Mann, dessen Hund ihn durch den Park zerrte, während er schrie: «Toffee, *nein*», ihn nannten wir «Roter-Setter-Cowboy»; die deprimiert wirkende Mutter, die ihre Kinder Enten jagen und wild herumlaufen ließ, war «Valium-Mom», und der Jogger, der immer zur selben Zeit an uns vorbeihechelte, «Otto Normalo, der übergewichtige Jogger».

Und doch, im Vergleich zu dem entspannten Rhythmus zwischen Bee und mir, stockte die Konversation hin und wieder, als wäre das Metronom aus dem Takt geraten, als wäre der Bassist, der für den Flow unserer Chemie zuständig war, nicht gut drauf. Ich führte es auf das stets präsente, aber nie angesprochene Problem zurück, das zwischen uns stand: die Tatsache, dass sie verheiratet war. Denn es gab keinen Zweifel daran, dass sich die sexuelle Anziehung zwischen uns aufbaute. Immer wenn ich sie sah, spürte ich meinen eigenen, inneren Schmetterlingseffekt, und um meine schlechten Metaphern hier noch einmal so richtig durcheinanderzumischen, verstärkte sich das erotische Flirren in der Luft mit jedem neuen Treffen. Wir waren seit jenem Tag, an dem mir Tweedy die guten Nachrichten geschickt hatte, nicht mehr bei ihr zu Hause gewesen. Sie hatte mich nicht eingeladen; ich hatte nicht darauf gedrängt. Ich glaube, wir wussten beide, was passieren würde, wenn wir zu ihr gingen: schuldbewusster Sex auf der Waschmaschine oder dem Geschirrspüler.

Heute hatte ich Neuigkeiten zu «unserem» Buch – sie hatte mir ja mit dem Exposé geholfen. Wieder ein Dreier, sozusagen: ich, Tweedy und Becca. Tweedys Agentin Nazia war begeistert vom Exposé und hatte ein Meeting einberufen, um die letzten Einzelheiten zu klären – ein ordentliches Angebot war in Arbeit. Tweedy würde nicht nach London reisen («Bin immer noch recht wacklig auf den Beinen, lieber Junge, würdest du mir die Ehre erweisen?»), aber die Dinge wendeten sich zum Besseren.

Nachdem ich Scarlett die Hundeleinen gegeben hatte, wie ich das immer tat, erzählte ich Becca die Neuigkeit.

«Verdammt toll!» Becca neigte sich mir zu, als wollte sie mich umarmen, stockte dann aber. «Sieht aus, als müsstest du deine Liebesgeschichte erst einmal verschieben.»

«Sieht wirklich so aus, oder?» Kunst, die das Leben nachahmt, schon wieder.

«Mama. Kekse.»

«Kekse, *bitte*.»

«*Bitte*, Mama.»

Becca wühlte in der Tasche herum und gab ihr eine Packung Hundeleckerli. Scarlett schien niemals müde zu werden, Rosie dazu zu bringen, die Sitzposition einzunehmen und um ein Leckerli zu betteln. Rosie wurde dessen ebenfalls nie müde.

«Ben hat gefragt, warum ich immer Hundeleckerli kaufe.»

Ich hielt den Atem an. Dachte genau darüber nach, was ich als Nächstes sagen sollte. Es kam nur sehr selten vor, dass sie Ben erwähnte. «Was hast du ihm geantwortet?»

«Dass Scarlett sich mit ein paar Hunden angefreundet hat, die wir immer im Park treffen.»

«Was ja stimmt.»

«Ja.»

«Ich nehme an, du hast nicht erwähnt, dass du dich im Park ebenfalls mit jemandem angefreundet hast?»

Sie warf mir einen Blick zu. Schob sich eine Strähne hinters Ohr. «Nein.»

«Denn das sind wir doch, oder? Freunde.»

«Ja.»

Okay. Es war an der Zeit nachzuhaken. «Becca, ist bei dir zu Hause alles in Ordnung?»

Eine lange Pause. Sie wollte am Fingernagel knabbern, hielt dann aber inne, als hätte ihr jemand auf die Finger gehauen. «Ja. Was sollte denn nicht stimmen?»

«Du sprichst kaum je von ihm. Über deinen Mann.»

«Was willst du wissen?»

«Bist du glücklich?» Bee hatte mich das damals gefragt. Es hatte etwas in mir geöffnet. *Einen Furunkel aufgeschnitten.*

Sie schnaubte. «Glücklich. Warum müssen alle immer glücklich sein? Es geht mir ... es geht mir gut. Alles ist in Ordnung. Und Scarlett geht bald wieder in die Kita, dann habe ich mehr Zeit, mir zu überlegen, was ich als Nächstes tun will. Was die Arbeit angeht, meine ich.»

Wie immer lenkte sie vom Thema ab. «Hast du mal darüber nachgedacht, ein eigenes Unternehmen zu gründen?»

«Eigentlich nicht.»

«Ich glaube, du wärst gut darin.» *Ich weiß, dass du gut darin wärst.*

«Vielleicht.»

Sie hatte sich jetzt wieder völlig in sich zurückgezogen. Ich wechselte das Thema. Zum Glück wählte Otto Normalo gerade diesen Moment, um sich mit dem üblichen qualvoll verzogenen Gesicht an uns vorbeizuschleppen und zu winken. Wir winkten beide zurück. Wir hatten für uns beschlossen, dass Otto mitten in einer Midlifekrise steckte, und dieser Versuch, wieder in Form zu kommen, den er eindeutig als grauenvoll empfand, war immerhin genau das: ein Versuch, sich neu zu erfinden. Ich bewunderte ihn («Wir sollten ihn den Hartnäckigen Hartmut nennen.»). Oft, wenn er an uns vorbeikeuchte, musste ich mich zurückhalten, um ihn nicht anzufeuern: *Du schaffst es, Otti.* «Glaubst du, die Parkbesucher haben auch Spitznamen für uns? Und denken sich Geschichten zu uns aus?»

«Vermutlich glauben sie, dass wir eine Affäre miteinander haben.»

Sie erstarrte. Wurde rot. Sie wurde nur sehr selten rot.

«Mama!» Scarlett rief sie und brach die Spannung zwischen uns. «Guck mal!»

Eine Ente watschelte mutig auf die Hunde zu, angezogen von den Hundeleckerli, und Rosie beobachtete sie mit zu viel Interesse. Sie sprang auf sie zu, aber Scarlett hielt die Leine fest und zog sie wieder bei Fuß. «Rosie, *nein*.»

Diese Durchsetzungsfähigkeit: Hatte sie sie vielleicht von Benedict geerbt? Keine Frage, die gut bei Becca angekommen wäre – sie war gleichzeitig grenzüberschreitend und sexistisch. Und eine Frage, auf die ich die Antwort eigentlich nicht hören wollte.

Der Moment verging, und wir bewegten uns wieder auf sichererem Terrain, als wir über das Buch sprachen.

Auf dem Nachhauseweg hing ich jedes Mal meinen Tagträumen nach. Ich stellte mir vor, wie das Leben sein würde, wenn wir unsere Beziehung auf die nächste Ebene höben. Wo wir wohnen würden (natürlich klischeehaft in einem Cottage auf dem Land, mit einem Schreibschuppen für mich und einem Studio für Becca). Ich fragte mich, ob ich ein guter Stiefvater sein würde, der aus den Fehlern mit Dylan gelernt hatte. Ich würde Scarlett nicht mit einem Welpen bestechen müssen, weil sie ja schon Rosie und vielleicht auch Würstchen hatte, und außerdem waren sie und ich ja praktisch schon Freunde. Wir hatten unsere eigenen Rituale, eine High-five-Begrüßung, das Übergeben der Hundeleinen, und ich hatte ihr beigebracht, «Adios, Amigo» zu sagen, hauptsächlich, weil ich Becca damit erheitern konnte. Das einzige Problem dabei war natürlich Benedict. Dylans Dad war bereits vor der Geburt verschwunden, lange bevor ich auf den Plan getreten war, also hatte ich in dieser Hinsicht kein Problem gehabt. Irgendwie zweifelte ich daran, dass wir Kumpels werden und im Klubhaus des Golfplatzes einen trinken würden. Ich war mir ziemlich sicher, dass er mich als «Beccas kleinen Ausflug in das Proletariat» sehen würde. Ich war mir ebenfalls ziemlich sicher, dass ich ihn für ein privilegiertes Arschloch halten würde. Ich hielt ihn *jetzt schon* für ein privilegiertes Arschloch.

Als ich mich der Eingangstür näherte, begann Würstchen, die

normalerweise von dem Spaziergang durch den Park und einer Stunde Kleinkind-Bespielung todmüde war, um meine Beine herumzutanzen wie ein Welpe. «Was ist los, Mädchen?»

Kaum hatte ich das gesagt, rannte der größte Mann auf mich zu, den ich je gesehen hatte. Würstchen stürzte sich auf ihn und winselte vor Freude. Dann begriff ich, wer es war – Petrus, Erikas halb-mythischer Ehemann. Ich hatte ihn nur deswegen nicht sofort erkannt, weil er lächelte und damit anders als auf den Fotos nicht wie ein harter, angsteinflößender Kerl wirkte.

Nachdem er Würstchen geknuddelt hatte, streichelte er auch Rosie, musterte mich von oben bis unten, röhrte: «Also bist du der Mann, der meinen Hund geklaut hat», und schlug mir auf die Schulter (das tat verdammt weh).

In den drei Tagen, die er zu Hause war, schien sich die ganze Atmosphäre völlig zu verändern. Statt Tristesse und Anspannung herrschte plötzlich beinahe so etwas wie Partystimmung. Er war laut und tollpatschig, stampfte durch das Haus, brüllte bei jeder Gelegenheit vor Lachen, er war chaotisch und das genaue Gegenteil seiner Frau. Abgesehen davon, schien Erika aufzublühen, so als wäre ihre Sprödigkeit ein Panzer, den nur er knacken konnte. Selbst das Frühstück wurde besser. Aber Dick und Doof hielten sich von ihm fern. Zuerst nahm ich an, dass seine überlebensgroße Persönlichkeit ihre krankhafte Introvertiertheit bedrohen würde, aber inzwischen glaube ich, dass sie mit seinem Alkoholkonsum nicht zurechtkamen. Denn Petrus liebte Alkohol, und er trank nicht gern allein.

An seinem ersten Abend zu Hause bestand er darauf, dass ich mit ihm eine Flasche Georgischen Chacha trank. Genauso wie er die Gläser wegkippte, erzählte er seine Anekdoten: eine nach der anderen. Für seinen Job, der ihn um die ganze Welt führte, musste er offenbar auch schauspielern, als Bodyguard für dubiose Oligarchen einspringen oder durch Naturschutzgebiete patrouillieren, um Wilderer aufzuspüren. «Du kannst mein Leben irgendwann mal in einem deiner Bücher verwenden, Schreiber!» Er schien keinerlei moralische Bedenken bei seinen Jobs zu haben; der einzige Knackpunkt war – wie er mir gestand, als die Flasche schon beinahe leer war und das Zimmer sich drehte: «Meine Frau will, dass ich zu Hause bleibe. Sie hat Angst, dass ich mich in Gefahr begebe.»

In dieser Hinsicht hätte ich mir allerdings ebenfalls Sorgen gemacht. Seine Geschichten waren haarsträubend, eine Aneinanderreihung von Jason-Frey-Thriller-Nahtod-Szenarien. Wenn ich mal für einen Roman würde recherchieren müssen, könnte er sicher sehr nützlich sein. Petrus besaß ein enzyklopädisches Wissen über Waffen, Kampftechniken und, verstörenderweise, auch über die vielen Methoden, wie Söldner andere Menschen kaltmachten. Als er wieder aufbrach, hatte meine Leber empfindlich gelitten, aber ich hatte auch das Gefühl, einen Freund gefunden zu haben.

Nur einmal wurde er ernst, und zwar am Abend vor seiner Abreise. Er kam zu mir, als ich im Gulag rauchte. «Ich bin kein eifersüchtiger Mann, Nick, aber ich muss wissen, dass du meine Frau nicht begehrst.»

«Meinst du das ernst?»

«Jawohl.» In Sekundenschnelle war er wie ein anderer Mensch: nicht mehr jovial und feierfreudig, sondern hart und, ja, auch bedrohlich. Vermutlich war er so, wenn er arbeitete. Ich verstand jetzt, warum die Guten, die Bösen und die Stinkreichen ihn auf ihrer Seite haben wollten.

«Tatsache ist, dass ich in jemanden verliebt bin und an niemand anderen denken kann.»

Klick: Da war wieder der freundliche Petrus. Und erneut ein schwerer, schmerzhafter Schlag auf die Schulter. «Ich merke, dass du die Wahrheit sagst, aber ich musste mir sicher sein, okay? Jetzt noch einen Drink, dann erzählst du mir alles.»

Von: NB26@zone.com
An: bee1984@gmail.com
Der. Schlimmste. Kater. Meines. Lebens. Habe es heute kaum in den Park geschafft. Becca hat gesagt, dass sie fürchtet, ich könnte eine Lebertransplantation benötigen.

Von: bee1984@gmail.com
An: NB26@zone.com
Ich muss immer daran denken, dass sie das von der «Affäre» gesagt hat. Das bedeutet doch, dass sie daran denkt. Und ja, ICH WEISS, dass das alles schwierig für sie ist, aber wenn man es weiß, dann *weiß* man es einfach, oder? Ist ja nicht so, dass wir über eine Affäre im Nate-Stil sprechen. Du und sie – ich und DU – das ist etwas anderes. Es ist Schicksal.

Von: NB26@zone.com
An: bee1984@gmail.com
Ist es wirklich nicht schlimm für dich, mit mir darüber zu sprechen? Wenn ich an dich und Nicolas denke, macht es mich immer noch fertig.

Von: bee1984@gmail.com
An: NB26@zone.com
Natürlich ist es irgendwie schlimm. Aber ich möchte, dass du glücklich bist, Nick. Ich will, dass SIE glücklich ist. Symmetrie, erinnerst du dich? Und wenn ich eifersüchtig bin, dann deswegen, weil deine Beziehung eine Romanze ist, die langsam wächst.

Von: NB26@zone.com
An: bee1984@gmail.com
Vor allem viel langsam, aber wenig Romanze. Jedenfalls, müsste der

Wunderknabe nicht langsam mal bei dir sein? Es ist immerhin schon wieder Freitag.

Von: bee1984@gmail.com
An: NB26@zone.com
Er ist unter der Dusche. Bereitet sich auf den Leila-Test vor.

Von: NB26@zone.com
An: bee1984@gmail.com
Ach du meine Güte. Dann wünsche ich ihm mal Glück. Von dem ausgehend, was ich in meiner Welt von ihr gesehen habe, kann er das gebrauchen.

Bee

Er brauchte kein Glück. Er bestand die Prüfung mit fliegenden Fahnen. Vielleicht sogar ein bisschen zu gut, denn als Nicolas beim Abendessen mit Lev über dessen größte Leidenschaften sprach – seine Kanzlei und Mortal Kombat 11 –, flüsterte Leila mir immer wieder «WOW» zu. Und als Leila von *ihrer* neuesten Leidenschaft sprach und in eine Tirade über «unsere Scheiß-nutzlose Regierung» ausbrach, die «nichts gegen die Ölkonzerne tut», nickte er nicht nur, sondern unterhielt sich sogar angeregt mit ihr. Er stellte Fragen zu den Aussichten der Lobbyisten-Reform in den USA und bot ihr an, sie mit einem seiner alten Freunde von der Uni in Kontakt zu bringen, der Umweltwissenschaftler war. An dieser Stelle zeigte mir Lev verstohlen die gereckten Daumen.

(«Ich wusste doch, dass er es super machen würde, der aalglatte Scheißkerl. Ich dagegen musste mir eine ganz neue falsche Identität zulegen, um Leila 2 dazu zu bringen, mir fünf Minuten ihrer Zeit zu schenken.» «Na ja, sie hat ihn natürlich mit Nate verglichen, was, um ehrlich zu sein, keine besonders hohe Latte ist.»)

Hätte Nick, der weniger offensichtlich charmant, aber deutlich lustiger war, auch so einen Erfolg bei den beiden gehabt, wenn er sie kennengelernt hätte? Ja. Nein. Vielleicht. Da ich die Antwort niemals erfahren würde und weil das Nachdenken darüber die Tür für mehr Gewissensbisse und ihre Freundin, die Reue, öffnen würde, schob ich diese unangenehme Frage weit von mir.

Ich half Leila, die Reste des Lieferdienst-Thai-Essens in die neue grüne Tonne zu werfen. Schließlich sagte sie: «Hast du es ihm schon gesagt?»

Mir wurde ganz kalt. «Was habe ich ihm schon gesagt?»

«Die Internet-Geschichte mit dem fiesen Aktentaschen-Mann?»

Ach, *das*. Erleichterung und ein innerlicher Tadel, dass ich so paranoid war. Leila war der klügste Mensch, den ich kannte, aber wenn sie keine Gedanken lesen konnte oder heimlich mein Handy geklont hatte, konnte sie auf keinen Fall wissen, was wirklich los war. «Nein.»

«Findest du nicht, du solltest es ihm sagen?»

«Meinst du?»

«Vielleicht. Dieser hier ist wirklich gut. Und es ist niemals richtig, etwas mit einer Lüge zu beginnen. Oder mit einer Auslassung.»

Bisschen spät für diesen Ratschlag. «Du kennst ihn erst seit einer Stunde, Leila. Vielleicht verlässt er mich nächste Woche schon wieder.»

«Nein. So, wie er dich ansieht? Auf keinen Fall. Er ist der Richtige.» Dann umarmte sie mich. «Und ich freue mich ja so für dich.»

Ich hätte begeistert sein sollen, dass meine beste Freundin, die wirklich nicht der Typ war, um übereilte Urteile zu fällen, Nicolas ihr Gütesiegel gegeben hatte, aber ich wusste natürlich, dass ihr Haupt-Beweggrund die Erleichterung war, dass ich endlich einmal mit jemandem zusammengekommen war, der nicht auf der Liste der ersten zehn der schlimmsten Arschlöcher des Vereinigten Königreichs stand. Diese Gewissensbisse, wieder einmal, dass ich ihr so viele Folgen der «Beschissenen Bee-Dating-Show» zumutete.

Als Nicolas und ich von der U-Bahn nach Hause gingen, dafür die «landschaftlich schöne Strecke» durch die Hinterstraßen nahmen und mir all das im Kopf herumwirbelte, blieb er plötzlich stehen und drehte mich zu sich um, damit ich ihn ansah. Er war klug – so klug wie Nick. Natürlich hatte sein innerer Radar sofort bemerkt, dass etwas nicht in Ordnung war.

«Was ist los? Mochte sie mich nicht oder so?»

«Nein. Sie hält dich für die Wiederkunft des Herrn.»

«Schön wär's.»

Ich brachte ein Lächeln zustande. «Weiß nicht so recht.»

Wir gingen weiter. Als wir meine Straße erreichten, blieb er erneut stehen. «Das ist doch *wirklich* real, Bee, oder? Das bin nicht nur ich.»

«Nein, das bist nicht nur du.»

Und ich meinte es ehrlich. Wirklich. Zumindest *wollte* ich es ehrlich meinen.

Nick

Ich hatte kaum noch einen Gedanken an die Berenstains verschwendet, seit ich sie zum letzten Mal getroffen hatte, und Kelvins i-Mails jedes Mal gelöscht, ohne weiter darüber nachzudenken. Dann brachen sie ohne Vorwarnung wieder in mein Leben – beinahe buchstäblich. Als ich vom Park nach Hause ging, den Kopf voll mit meinem Buch und mit den Gedanken an Becca, bemerkte ich den Mini-Lec nicht, bis es zu spät war. Er bremste hart, die Reifen schon auf dem Bürgersteig. Nur wenige Zentimeter weiter, und er hätte Würstchen erwischt.

Geoffreys Kopf tauchte auf. «Einsteigen.»

«Auf keinen Fall.»

«Muss mit dir reden.»

«Dann mach das hier. Wie hast du mich überhaupt gefunden?»

«Hab dich schon eine Weile beobachtet. Hin und wieder, weißt du.»

Ich wusste *nicht*. Wie konnte mir das entgangen sein? «Du wirst besser darin.»

Ein Schnaufen. «Habe einen Kurs absolviert.»

«Es gibt Kurse dafür?»

«Ja. Jetzt steig ein.» Er zog den Kopf wieder zurück, beugte sich über den Beifahrersitz und öffnete die Tür. Bevor ich sie zurückreißen konnte, war Rosie schon hineingesprungen und stürzte sich auf die vielen halb gegessenen Snacks auf dem Rücksitz. Ihre Leine verfing sich dabei an der Gangschaltung, sodass ich sie von der Leine lassen musste. «Komm schon. Hol den großen Hund auch rein. Du wirst hören wollen, was ich zu sagen habe.»

Das Letzte, was ich wollte, war, Geoffrey und dem Gammel im Auto zu nahe zu kommen, aber wenn ich mich weigerte, würde er bestimmt Rosie als Geisel nehmen und mit ihr davonrasen, nur um mir einen Denkzettel zu verpassen. Würstchen kletterte fröhlich auf den Rücksitz, und nachdem ich weggeschoben hatte, was wie Geoffreys halbe Garderobe aussah, setzte ich mich neben ihn.

«Wohnst du im Auto?»

Ohne zu antworten oder in den Rückspiegel zu schauen, fuhr Geoffrey los, wobei er einem Elektrobus nur knapp entkam.

«Wohin fahren wir? Du wirst mich nicht erstechen, oder? Oder mich an einem Rastplatz rauswerfen?» Würstchen würde keinerlei Hilfe sein. Sie schaute durch die Lücke zwischen den Vordersitzen, die Zunge herausgestreckt, und genoss die Fahrt.

«Ich fahre nur um den Block. Für den Fall, dass wir verfolgt werden.»

«Wer sollte uns denn verfolgen?»

Er riss das Lenkrad nach links, fuhr über die Fahrradspur und hätte beinahe ein Tandem überfahren.

«Verdammt, Geoffrey!»

Seine aggressive Fahrweise war praktisch die Garantie für einen Unfall. Streichen wir das – sie *war* ein Unfall. Ohne langsamer zu werden, streckte er den Kopf aus dem Fenster, schrie: «Fick dich», weil die Radfahrer verständlicherweise mit Unmut darauf reagierten, ihm ausweichen zu müssen. Ich hielt mich am Haltegriff fest, während er in entgegengesetzter Richtung durch eine Einbahnstraße und über eine Fußgängerzone raste, um dann vor einem Gemüsestand auf einem Behindertenparkplatz zum Stehen zu kommen.

«Herrgott noch mal. War das wirklich nötig?»

Er ließ die Fenster vollständig herunter, holte ein Päckchen mit losem Tabak heraus und bot mir eine bereits gerollte Zigarette an. «Hier. Wirst du brauchen.»

Ich nahm sie und sagte mir, dass der Rauch einer Selbstgedrehten die Hunde schon nicht umbringen würde.

«Ich weiß, was du da tust, Kumpelchen», sagte er.

«Sieh an. Und was wäre das?»

«Du willst dich mit der ... wie soll ich das nennen ... mit der *Version* der Frau treffen, mit der du ge-i-mailt hast.»

Seine Überwachungsfertigkeiten mussten wirklich unglaublich viel besser geworden sein, wenn er das herausgefunden hatte. Ich war ehrlich beeindruckt und gleichzeitig ehrlich besorgt. «Wie zum Teufel hast du das herausgefunden?»

«Es war ja jetzt keine Quantengenialität.»

«Quantenphysik.»

«Das auch nicht. War leicht herauszufinden, wo du wohnst. Die alte Nachbarin hat mir deine neue Adresse gegeben. Ich habe ihr gesagt, ich hätte ein Paket für dich.»

«Lily?» Ich hatte ihr die neue Adresse für den Fall gegeben, dass Post käme. Ich konnte mir aber nicht vorstellen, dass sie sie einfach einem Fremden verraten würde. Sie hatte das auch während unserer gelegentlichen betretenen Unterhaltungen nicht erwähnt.

«Ach, so heißt sie? Sie ist eine nette alte Dame, was? Hat mir eine Tasse Tee angeboten.» *Auch du, Lily. Auch du.*

«Danach habe ich dich einen Tag lang verfolgt. Dann habe ich *sie* verfolgt. Habe gesehen, wo sie wohnt. Habe ein bisschen gebraucht, bis ich eins und eins zusammenzählen konnte. Habe es erst kapiert, als ich die Adresse mit dem Standesamtsregister abgeglichen und den Namen gefunden hatte. Rebecca. Genau wie der Name der anderen. Hat ganz schön viel richtig gemacht, was? Mit so einem Mann verheiratet zu sein.»

«Komm endlich zum Punkt, verdammt noch mal, Geoffrey.»

«Was du da tust, ist Einmischung. Das wird ihnen nicht gefallen.»

«Der Gruppe, meinst du.»

«Ja. Und du willst ganz sicher nicht, dass sie es herausfinden. Was sie gesagt haben. Was Henrietta gesagt hat. Das solltest du sehr ernst nehmen. Sie haben schon früher Leuten Dinge angetan, die ihnen in die Quere gekommen sind.»

«Was für Dinge?»

«Dieser Journalist, der einen Artikel über uns geschrieben hat. Den du gelesen hast, der dich zu Kelvin geführt hat. Du solltest mal sehen, wie es dem jetzt geht.»

Wow, du meine Güte. «Du willst jetzt aber nicht sagen ... warte, haben sie ihn zusammengeschlagen oder so?» Ich konnte mir Isaac und Debbie nicht *wirklich* dabei vorstellen, wie sie jemanden mit einem Golfschläger zu Tode prügelten.

«Nein. Henrietta hat sich mal seine Vergangenheit näher angeschaut. Sie fand einen Artikel, den er ... wie heißt das noch ... von jemand anderem abgeschrieben und als seinen eigenen ausgegeben hatte. Hat seine Karriere ruiniert.»

«Herrgott noch mal. Was ist Henrietta denn? Eine Ex-MI5-Agentin oder EU-Spionin oder so?»

«Wenn ich das wüsste. Ich sage nur, nimm sie lieber ernst.»

«Okay. Was willst du also damit sagen?»

«Nur, dass sie nicht unbedingt wissen müssen, was du da tust, verstehst du?»

«Ich kann dir nicht folgen. Ich dachte, du wärst ihr Spion. Oder so.»

«Ich sage nur, du hilfst mir. Ich helfe dir. Du beschaffst mir, was ich brauche, und ich sage ihnen, dass du ein lieber kleiner Junge bist und dich benimmst.»

«Und was ist es, das du brauchst?»

«Informationen. Aus der Welt deiner Frau.»

«Welche Informationen? Ich dachte, ihr wärt gegen diese Dinge, weil sie das Universum in Unordnung bringen könnten und so, blablabla.»

«So was nicht. Informationen über mich.»

Und dann erzählte er mir seine Geschichte. Es dauerte ein Weilchen, bis er fertig war. Geoffrey war nicht das, was man gemeinhin als wortgewandt bezeichnete. Er verlor mitten im Satz den Faden, hatte leichte Wortfindungsstörungen, und sein Akzent veränderte sich ständig, mal sprach er mit einem nordenglischen, mal mit einem Birmingham-Einschlag, hin und wieder klang er auch ein wenig irisch. Das war gleichzeitig frustrierend und faszinierend zu hören.

Als er fertig war, stank es im ganzen Wagen nach Würstchens Atem, obwohl die Fenster heruntergelassen waren.

Er hatte schon als junger Mann «Gefühle und Erinnerungen aus einem anderen Leben» gehabt. Eines, in dem er verheiratet war und eine Tochter hatte. Erinnerungen, die immer stärker und detaillierter wurden, «wie reale Träume». Da er jedoch unverheiratet und kinderlos war, hatte er Jahre geglaubt, eine Störung zu haben. «Habe mich sogar ein paar Wochen lang in die Geschlossene einweisen lassen, nur für alle Fälle.» Dann gab es im Intranet immer mehr Berichte, und er fand sich vor der Tür der Berenstain-Society wieder. Er tätschelte sich den Bauch. «Die anderen in der Gruppe, für die liegt alles an der ... an der Oberfläche. Aber ich, ich fühle es hier. Ganz tief im Inneren.»

«Versteh das jetzt nicht falsch, Geoffrey, aber könnten diese Erinnerungen vielleicht eine Folgeerscheinung deines Unfalls sein?»

«Ganz schön dreist, dass du das behauptest, zumal du ja derjenige bist, der eine Affäre mit einer Frau aus einem anderen ... du weißt schon.» Okay, da hatte er recht. «Und nein. Die Erinnerungen hatte ich schon lange davor.»

Er wollte, dass Bee in ihrer Welt nach ihm suchte: «Sie soll nur kurz nachprüfen, wie es mir geht. Herausfinden, ob ich wirklich eine Tochter habe, und wenn, wie es *ihr* geht.»

«Das wird der Gruppe aber gar nicht gefallen.»

«Die müssen es ja nicht wissen, oder? Kelvin ist schon okay, aber die anderen können mich mal.»

Wir hatten eine Abmachung. Er würde die Berenstains für mich im Auge behalten, ihnen versichern, dass ich mich gut benahm und mich an die Schmetterlingseffekt-Vermeidungsregel hielt; ich würde schauen, was Bee für ihn herausfinden konnte.

«Aber erhoffe dir nicht zu viel. Vielleicht findet sie gar nichts.» Ich musste an Dylan in der alternativen Realität denken. «Und wenn, dann kann es sein, dass du die Wahrheit gar nicht wissen willst.»

«Gut oder schlecht, ich will es wissen. Ich *muss* es wissen. Es würde mir wirklich viel bedeuten.»

«Gut.»

«Danke. Du bist ein Guter.»

«Ich dachte, du hasst mich?»

«Wie kommst du denn darauf?»

«Ach, ich weiß auch nicht. Vielleicht liegt es daran, dass du mir ständig gesagt hast, ich solle mich verpissen?»

«Du bist schon in Ordnung.»

«Ich brauche aber all deine persönlichen Daten.» Ich hatte das ja schon einmal gemacht; ich wusste, dass es seine Zeit dauern würde. «Aber könnten wir vielleicht einen Biergarten finden? Entweder das, oder ich brauche eine Gasmaske.»

Von: NB26@zone.com
An: bee1984@gmail.com
Tot? Bist du sicher, dass es er ist?

Von: bee1984@gmail.com
An: NB26@zone.com
Das wissen wir niemals zu 100 Prozent, oder? Aber es gibt zu viele Hinweise, die dagegen sprechen. Vater: Donald Alan Gleeson, irisch-katholisch.
Geboren am 31. Dezember 1958 in Wolverhampton.

Von: NB26@zone.com
An: bee1984@gmail.com
Wie und wann ist er gestorben?

Von: bee1984@gmail.com
An: NB26@zone.com
März 1985. Motorradunfall. Habe die Traueranzeige im Archiv der *Express & Star* gefunden. Hat mich einiges gekostet. Langsam werde ich zu einer richtigen Superspionin. Oder zu Miss Marple. Oder, um es noch weiter zu treiben: So etwas würde Kellerman in den Sanger-Büchern machen. Der wühlt sich auch ständig durch irgendwelche Archive.

Von: NB26@zone.com
An: bee1984@gmail.com
Klingt ja irre spannend.

Von: bee1984@gmail.com
An: NB26@zone.com
Na, na.
ABER es gibt eine Tochter. Und eine Enkelin.

Von: NB26@zone.com
An: bee1984@gmail.com
Herrje. Wirklich?

Von: bee1984@gmail.com
An: NB26@zone.com
Ja. Jenny, Pflegerin in einem Hospiz in Wales. RIESIGE Social-Media-Präsenz. Darauf wird Geoffrey allerdings nicht erwähnt.

Von: NB26@zone.com
An: bee1984@gmail.com
Gibt es irgendeine Möglichkeit, dass du mit ihr redest? Sie nach ihrem Dad fragst? Ich weiß, das ist viel verlangt. Er sagt, er habe all diese Erinnerungen an sie. Ich frage mich: Was, wenn ihre Erinnerungen zu seinen passen? Das ist vielleicht weit hergeholt, aber vielleicht lohnt es sich, das nachzuprüfen?

Von: bee1984@gmail.com
An: NB26@zone.com
Das kann ich aber nicht einfach so per DM oder per Facebook machen. Lass mich mal darüber nachdenken.
Und wenn die Erinnerungen der beiden zueinanderpassen, was soll das dann bedeuten? Dass Geoffreys Erinnerungen in meiner Welt in Geoffrey in deiner Welt übergegangen sind, als er starb? So wie ein geteiltes Bewusstsein? Oder wie Quantenunsterblichkeit? Wo das eigene Bewusstsein einfach in einen anderen Zeitstrahl oder so versetzt wird?

Von: NB26@zone.com
An: bee1984@gmail.com
Ich glaube, dafür gibt es keine richtige Theorie, Bee. Aber vielleicht bedeutet es, dass etwas dran ist an dem Berenstain-Quatsch mit den Netz-überschreitenden Heimatlosen.

Von: bee1984@gmail.com
An: NB26@zone.com
Was ich nicht verstehe, ist das hier: Nehmen wir mal an, dein Bewusstsein bewegt sich durchs Netz, wenn man stirbt. Warum läuft dann nicht jeder mit Erinnerungen aus seinem alternativen Leben herum?

Von: NB26@zone.com
An: bee1984@gmail.com
Kelvin hat gesagt, dass es einen Glitch geben muss, damit das Netz durchbrochen werden kann. Was auch immer das bedeutet.

Von: bee1984@gmail.com
An: NB26@zone.com
Aber ein Glitch worin? Im Universum? Im Multiversum?

Von: NB26@zone.com
An: bee1984@gmail.com
Ich glaube, der korrekte Terminus dafür ist «Ich habe keinen blassen Schimmer».

Bee

In einem anderen Leben hätte ich Privatdetektivin sein können. Vielleicht war ich das sogar. Denn ich hatte ganz eindeutig bislang verborgen gebliebene, verschlagene Seiten.

Letztlich war es ganz einfach, mich mit Jenny zu treffen. Unter dem Deckmäntelchen meiner Branche befreundete ich mich mit ihr auf Facebook und schickte ihr folgende Nachricht: «Herzlichen Glückwunsch! Sie sind Gewinnerin einer GRATIS-Kleider-Umänderung von HIMMEL, STOFF UND ZWIRN!»

Zurück kam: «Ist das irgendeine miese Masche?»

«Hallo! Nein, keine miese Masche, sondern Werbung.» Ich schickte ihr Links zu meiner Website (auf der Gemmas Jacke ganz vorn prangte) und zu Instagram.

«Wenn Sie kein Interesse haben, ist das kein Problem! Es gibt keinerlei Verpflichtungen und auch keine versteckten Kosten. Wir bitten Sie nur darum, ein Foto von ihnen in dem von uns umgeänderten Kleidungsstück oder Accessoire auf einer Medienplattform Ihrer Wahl zu posten.»

«Ich habe noch nie etwas gewonnen. Muss es denn ein Hochzeitskleid sein? Ich bezweifle, dass ich in meins noch passe. Wie geht es denn jetzt weiter?»

Wenn ich irgendeine Chance haben wollte, die sensiblen Informationen aus ihr herauszuholen, die Nick und Geoffrey wollten, musste ich sie treffen und hoffen, dass sie sich mir wie die anderen Kundinnen anvertrauen würde. Da sie Vollzeit arbeitete, bot ich an, am nächsten Samstag zur Anprobe zu ihr nach Wales zu fahren. Ich schlug Nicolas vor, dort das ganze Wochenende zu verbringen, ein AirBnB zu buchen und ein paar Tage auf dem Land zu genießen. Er stimmte sofort zu und bot mir an, mich am Abend davor dorthin zu fahren.

Er hatte die Clarice-, Magda- und Leila-Prüfungen alle mit wehenden Fahnen bestanden (Leila schickte mir immer noch «WOW-Vergeig das bloß nicht ;-)»-Nachrichten), und ein Kurzurlaub zusammen war die letzte Herausforderung. Der ultimative Test. Mit Nate zu verreisen, war immer ein Albtraum gewesen; unbekannte Territorien verstärkten seine schlimmsten Charakterzüge, machten ihn besonders wählerisch und zänkisch. Ich bezweifelte, dass es bei Nicolas auch so sein würde – ich *wusste*, dass es nicht so sein würde –, aber ich hatte auch begriffen, dass es die Risse nur noch verstärkte, wenn ich ihn mit dem Wichser und nicht mit Nick verglich.

*

Auf der Fahrt brauchte ich länger, als gut gewesen wäre, um zu begreifen, dass Nicolas stiller war, abgelenkter als sonst. Vermutlich, weil ich ebenso abgelenkt war.

Wenn er gefragt hätte, was mich belastete, wäre ich gezwungen gewesen, mir wieder eine Lüge oder Halbwahrheit auszudenken. Inzwischen war mir das Lügen zur zweiten Natur geworden. Unwahrheiten neigen dazu, zur Gewohnheit zu werden, aber sie vermehren sich auch. Schließlich geraten sie außer Kontrolle und wenden sich gegen dich («Wie Ratten. Oder eklige kleine Rennmäuse.» «Lügen-Ungeziefer. Gefällt mir, Bee.» «DAS HILFT JETZT GAR NICHT, Nick».). Vielleicht gab es da draußen im Multiversum irgendwo eine andere, mutigere Version von mir, die den Schneid und die Integrität hatte, Nicolas die ganze Wahrheit zu sagen. Eine Version unserer Geschichte, in der er und Nick gewissermaßen Freunde geworden waren, eine Version, in der ich ihm sagen konnte, was mich beschäftigte, ohne mir Sorgen darum machen zu müssen, dass er mich für ein verrücktes oder manipulatives Monster halten würde. Eine Version, in der er fragen würde: «Hey, was ist los, Baby?» Und ich würde antworten: «Ach weißt du, nur die Tatsache, dass ich eine Frau anlügen werde, deren Vater tot, aber gleichzeitig nicht tot ist, wenn du weißt, was ich meine. Die Tatsache, dass Quantenunsterblichkeit vielleicht tatsächlich ein FAKT ist und ich es womöglich beweisen kann. Außerdem will ich unbedingt, unbedingt beim nächsten McDonalds anhalten und einen Big Mac essen.»

Stattdessen fragte ich ihn: «Was ist los? Du bist viel stiller als sonst. Und obwohl ich noch nie mit dir in einem Auto gesessen habe, bin ich mir ziemlich sicher, dass es nicht daran liegt, dass du all deine Konzentration dazu aufwenden musst, um uns nicht in den Graben zu fahren.»

«Ist es so auffällig?»

«Ja. Schieß los.» Diese Anspannung: die ständige Angst, dass er eines meiner Lügenungeziefer entdeckt hat, weil er zu lange an der Wahrheit herumgeknabbert hat. («Okay, jetzt gehst du zu weit mit der Analogie, Bee.»)

«Meine Verleger mögen das Exposé für das nächste Sanger-Buch nicht. Meine Lektorin sagt, den knorrigen alten Mistkerl dazu zu bringen, in einem politischen Korruptionsskandal zu ermitteln, statt seine üblichen Fälle mit ermordeten Frauen im Inspektor Barnaby-Stil abzuwickeln, würde uns ‹die Leser entfremden›».

«Dann sag ihr, dass ich auch eine deiner Leserinnen bin und es mich auf gar keinen Fall entfremden würde. Ich bin ein ‹Fan›, das weißt du doch.»

Ein klägliches Lächeln. «Kann immer noch nicht glauben, dass ich das gesagt habe. Manchmal vergesse ich, dass wir uns so kennengelernt haben.»

Wie ich dafür gesorgt *habe, dass wir uns treffen. Oh, hallo, Gewissensbisse, euch habe ich ja auch bestimmt schon sechzig Sekunden lang nicht mehr gehört.* «Wirklich? Warum?» Ich würde es im Gegensatz zu ihm verständlicherweise nie vergessen.

«Nun, ich glaube, es liegt daran, dass ich so daran gewöhnt bin, mit Frauen zusammen zu sein, denen egal ist, was ich tue. In den fünf Jahren, die Jodie und ich miteinander verbracht haben, hat sie vielleicht die Hälfte meiner Exposés gelesen, und das ist schon hoch gegriffen. Und ja, ich weiß, dass sie ihre eigene Karriere und ihre eigenen Interessen hatte, aber ich habe mir dabei angewöhnt, diesen Teil meines Lebens für mich zu behalten. Ich vergesse immer wieder, dass du die erste Freundin bist, die wirklich *versteht*, was ich tue. Die interessiert ist.»

Wir hatten schon an unserem ersten gemeinsamen Wochenende unsere Ex-Beziehungsgeschichten ausgetauscht, aber das hatte er noch nicht erzählt. Da fiel mir auf, dass ich mehr über *Sabotage* wusste als über Nicolas' Pläne für sein nächstes Buch. «Soll ich dir helfen? Wenn du mit mir Plot-Ideen entwickeln willst, bin ich sofort dabei.» Wenn Becca das in sich hatte, dann ich ja wohl ebenfalls.

«Würdest du das wirklich tun? Hast du nicht schon genug am Hals?»

«Ich würde sehr gern helfen. Wirklich.»

Er nahm meine Hand. «Danke schön. Wenn ich damit anfange, nehme ich dich beim Wort.»

«Was würdest du denn schreiben, wenn du könntest? Wenn du die Wahl hättest?»

«Nicht schon wieder ein Buch über einen pensionierten Polizisten mit zu viel Freizeit, das ist schon mal klar. Der blöde Kellerman. Herrgott noch mal, wie sehr ich mir wünschte, den alten Sack umbringen zu können.»

«Wie würdest du das denn machen?»

«So schmerzhaft wie möglich.»

«Tod durch tausend Papierschnitte?»

«Ha! Ich würde ihn einen Schlaganfall erleiden lassen und ihn ins Pflegeheim verfrachten.»

«Das könnte eine ganz neue Serie werden: ‹Der Demenz-Detective›.»

«‹Die Pflegeheim-Fantasien›.»

«Aber wer hat denn nun die Katheterschläuche geklaut?»

«Wenn er sich doch nur daran erinnern könnte, wo er diesen letzten Hinweis hingelegt hat ...»

Wenn wir so miteinander scherzten, vergaß ich beinahe, dass er nicht Nick war. *Beinahe.* Wenn ich zu sehr darüber nachdachte, hatte ich ein wenig das Gefühl, Nick zu betrügen – als würde ich Nick Stück für Stück auslöschen, wenn ich Nicolas zu nahe kam. Also tat ich, was ich immer tat, und packte diese Gefühle in die Kiste in meinem Hirn mit der Aufschrift: «Hirnfick: Nicht öffnen».

Wir checkten in das Cottage ein, das tatsächlich so aussah wie auf den AirBnB-Bildern, und waren überrascht von dem Whirlpool und dem Stapel Waliser Pfannkuchen (die ich sofort in mich hineinstopfte), und dann fuhr mich Nick zu Jennys kleinem steinverkleideten Reihenhaus im nächsten Dorf. Er hatte ein Buch mitgenommen und sagte, er könne im Wagen warten, bis ich fertig sei.

Okay. Auf in den Kampf: *Hübsches Kleid, und jetzt erzählen Sie mir von ihrem verstorbenen Vater.*

*

Jenny war sehr gesprächig. Sie war lebhaft, so breit, wie hoch, und von Natur aus unablässig heiter. Sie erinnerte mich an die wunderbaren Hospizpfleger, die sich in ihren letzten Tagen um meine Mum gekümmert hatten.

Ihr Haus wirkte ganz genau wie ihre Persönlichkeit: vollgestopft und charmant. Ein Tablett mit Tee und noch mehr Waliser Pfannkuchen (tut mir leid, Cellulite) wartete bereits auf dem Tisch; das Kleid, ein muffiges Teil aus Tüll und Polyester, von dem sie sagte, sie habe es «auf dem Dachboden ausgegraben», lag über der Rückenlehne des Sofas drapiert. Sie deutete darauf. «Viel Glück, meine Liebe.» Das Glück würde ich gebrauchen können. Weil sie sagte, dass sie kaum Gelegenheit habe, allzu Glamouröses zu tragen, schlug ich vor, eine Jacke daraus zu fabrizieren, die ich mit dem Stoff des Unterrocks füttern wollte – der einzige Stoff, den ich für rettbar hielt. Wir scrollten durch Instagram, bis wir ein Design fanden, von dem wir beide dachten, dass es ihr stehen würde (Gemmas Auftrag nicht unähnlich – was ein paar lange Nächte und einen teuren Ausflug in die Goldhawk Road bedeutete, um weiteren Stoff zu kaufen). Aber das würde es wert sein. Diese Frau verdiente es, endlich einmal ein wenig verwöhnt zu werden. Sie sagte, ihre Scheidung sei freundschaftlich verlaufen, aber «dieses alte Ding in etwas Schönes zu verwandeln, würde mir alles bedeuten».

Als ich bei ihr Maß nahm, schaute ich mich im Zimmer um und suchte nach einem Aufhänger für mein eigentliches Anliegen. Das Glück war wieder auf meiner Seite, denn im Zimmer standen und hingen massenweise Familienfotos herum, einschließlich einigen von ihrem Hochzeitstag.

«Erzählen Sie mir von Ihrem Hochzeitstag.» Ich deutete auf ein Bild von Jenny, flankiert von zwei älteren Leuten. «Sind das Ihre Eltern? Sie sehen so glücklich aus. Besonders Ihr Dad.»

«Das ist mein Stiefvater. Er hat mich zum Altar geführt. Mein echter Dad ist gestorben, als ich sechs war.»

«Das tut mir sehr leid.»

«Schon in Ordnung. Meine Eltern waren da schon getrennt.»

«Ich habe meine Mum mit Anfang zwanzig verloren. Ich weiß, wie schwer das ist. Ich hoffe, er musste nicht lange leiden.»

«War ein Motorradunfall. Und das an meinem Geburtstag. Mum sagte, dass er zum Leichtsinn neigte. Er ist nicht sofort gestorben. Lag noch wochenlang im Koma. Damals habe ich nicht verstanden, was los war. Eigentlich hätte mich das für immer von Krankenhäusern abschrecken sollen, aber sehen Sie mich heute an.»

«Wie furchtbar. Aber ich bin mir sicher, dass Sie auch schöne Erinnerungen an ihn haben.»

«Wissen Sie, ich habe seit Jahren nicht mehr an ihn gedacht. Aber ich weiß noch, dass er zu diesem Geburtstag das ganze Zimmer – das ganze gesamte Zimmer, sagte meine Mum – mit Ballons gefüllt hat. Er soll ständig solche Dinge getan haben.»

Langsam kam ich mir vor wie ein emotionaler Minenarbeiter. «Was denn zum Beispiel?»

«Mal sehen ... er hat mal aus einer Laune heraus ein Wohnmobil gekauft und ist mit uns hoch nach Schottland gefahren. Mum sagte, wir hätten auf dem Weg eine Panne gehabt, außerdem war uns allen schlecht. Mum sagte, er habe Arzt werden wollen, war aber nicht schlau genug dafür. Stattdessen wurde er Krankenwagenfahrer. Man würde glauben, dass er im Laufe der Zeit vorsichtiger werden würde, bei all den Unfällen, die er zu Gesicht bekam.» Sie schnalzte mit der Zunge. «Ich habe ganz ehrlich seit Jahren nicht mehr an ihn gedacht. Wie komisch!»

«Ich hoffe, ich habe Sie damit nicht aufgewühlt.»

«Natürlich nicht, meine Liebe. Im Gegenteil, denn obwohl meine Mum sagte, er sei manchmal ganz schön nervig gewesen, war er wirklich eine sehr eigene Persönlichkeit, und so etwas sollte man nicht vergessen. Die Geschichten über ihn zu erzählen, ist ein Versuch, ihn am Leben zu erhalten, nehme ich an. Ich kenne noch ein paar andere, wenn Sie sie hören wollen? Jetzt fallen sie mir alle wieder ein.»

«Das würde ich gern.»

Ich war bester Dinge, als ich wieder zurück zum Auto ging, und noch ganz begeistert von dem unerwarteten Erfolg der Operation Jenny. Ich brannte darauf, Nick alles zu erzählen. Gerade wollte ich mich dafür entschuldigen, dass es so lange gedauert hatte, als mir Nicolas mein Handy gab, das ich versehentlich im Auto vergessen hatte.

«Als du weg warst, kam eine Nachricht.» Kein Vorwurf, nur ganz nüchtern gesagt, was irgendwie noch bedrohlicher klang. Mein Magen zog sich zusammen. *Mist, Mist, Mist.* Ich musste unsere Gmail-Unterhaltung offen gelassen haben. *Das war's. Er hat es herausgefunden.*

«Nate ist dein Ex, oder?»

«Was?»

«Das Handy piepte, als du weg warst. Ich will nicht, dass du glaubst, ich hätte geschnüffelt oder so, aber ich konnte es gar nicht vermeiden, die Nachricht zu sehen.»

Ich wischte sie hoch und las: «Wir sind dabei, Bella! Ruf mich an. xx»

Die *Erleichterung*. Und auch das Bedauern: Wenn es doch eine Nachricht von Nick gewesen wäre, wäre ich gezwungen gewesen, alles zu erzählen. Gezwungen gewesen, das Richtige zu tun.

«Zwischen euch läuft aber nichts mehr, oder? Denn wenn es doch so ist, dann sag es mir einfach.»

«Ich habe ihn nur gebeten, mich jemandem vorzustellen, der vielleicht Interesse daran hat, in mein Unternehmen zu investieren, das ist alles. Und ich musste schon fast dabei kotzen, als ich ihn darum bat. Ich schwöre, das war's. Es gibt schon einen Grund, warum wir ihn alle den Wichser nennen.»

Er betrachtete einen Moment lang prüfend mein Gesicht, dann nickte er. «Okay.»

«Du glaubst mir?»

«Ich glaube dir. Tut mir leid, dass ich so ein unsicherer Kerl bin.»

Du hast jedes Recht dazu.

Er beugte sich zu mir herüber und küsste mich. «Also, wie wäre es, wenn wir uns sinnlos besaufen und versuchen, nicht im Whirlpool zu ertrinken?»

«Klingt wie ein guter Plan.» Dabei dachte ich: *Ich Feigling, ich riesiger, riesiger Feigling.*

Von: NB26@zone.com
An: bee1984@gmail.com
Du bist so toll, Bee.

Von: bee1984@gmail.com
An: NB26@zone.com
Es war gar nicht so schwierig. Sie war sehr gesprächig.
Ist es nicht schräg, wie unglaublich das alles ist, aber wir es praktisch alles schon akzeptiert haben? Wie schnell wir uns an *unsere* Situation gewöhnt haben. Dass sie zu unserer Normalität geworden ist. Na ja, nicht wirklich NORMAL, aber du weißt schon.

Von: NB26@zone.com
An: bee1984@gmail.com
Das stimmt. Und jetzt muss ich Geoffrey erzählten, dass seine neue Normalität bedeutet, dass er in deiner Welt tot ist. Das mache ich wohl lieber persönlich, nehme ich an. Ich schaue mal, ob er sich mit mir in der Stadt treffen kann, nachdem ich den Termin mit Tweedys Agentin am Freitag hatte.

Von: bee1984@gmail.com
An: NB26@zone.com
Bist du deswegen nervös? Aufgeregt? Ich freue mich so sehr für dich. Es ist großartig, wie weit du gekommen bist seit den Tweedy-Rechnungsvermeidungstagen.

Von: bee1984@gmail.com
An: NB26@zone.com
Entschuldige. Das klang herablassend …

Von: NB26@zone.com
An: bee1984@gmail.com
Überhaupt nicht herablassend. Ich wäre genau genommen überhaupt nicht in dieser Situation, wenn du nicht wärst.

Von: bee1984@gmail.com
An: NB26@zone.com
Und Becca. Sie war immerhin diejenige, die dir mit dem Plot geholfen hat.

Von: NB26@zone.com
An: bee1984@gmail.com
Da wir gerade von der Operation Doppelgänger sprechen, wie geht es Nicolas dem Großen? Du hast ihn schon seit einer Weile nicht mehr erwähnt. Alles in Ordnung mit euch?

Von: bee1984@gmail.com
An: NB26@zone.com
Eigentlich schon. Er ist arbeitsmäßig ziemlich gestresst. Sein Verleger hat sein neues Exposé nicht gewollt.

Von: NB26@zone.com
An: bee1984@gmail.com
Mir blutet das Herz.

Von: bee1984@gmail.com
An: NB26@zone.com
Zickenkrieg. Was ist eigentlich mit «Mir geht es schon viel besser damit, Bee?» passiert? Ich WUSSTE doch, ich hätte es dir nicht sagen sollen.

Von: NB26@zone.com
An: bee1984@gmail.com
Ich bin einfach nur so ein Blödmann wie immer.
Hey – warum gibst du ihm nicht einfach die Handlung von «Ein Schuss in der Dunkelheit»? Könnte doch ein Cold Case sein, den sich dieser lahme Detective noch einmal anschaut.

Von: bee1984@gmail.com
An: NB26@zone.com
Das kann ich natürlich nicht! Es ist doch deine Idee!

Von: NB26@zone.com
An: bee1984@gmail.com
Wenn wir jetzt ganz spitzfindig sein wollen, ist es eigentlich Tweedys Idee. Tu das, Bee. Und dann schau, was er dazu sagt.

Von: bee1984@gmail.com
An: NB26@zone.com
Würde das nicht dem Berenstain-Schweigegelübde widersprechen?

Von: NB26@zone.com
An: bee1984@gmail.com
Sie werden es nie erfahren. Herrgott! Mir ist gerade eingefallen – schau mal nach, ob Tweedy in deiner Welt vielleicht auch einen Ghostwriter engagiert hat.

Von: bee1984@gmail.com
An: NB26@zone.com
Also geht es dir jetzt wirklich besser.

Von: NB26@zone.com
An: bee1984@gmail.com
Ja, wirklich.

Von: bee1984@gmail.com
An: NB26@zone.com
Gut. Hey – trag den Tweed-Anzug, damit er dir Glück bringt, wenn du die Agentin triffst. Mal sehen, ob du dich traust.

Nick

Den Tweed-Anzug zog ich doch nicht an. Und ich brauchte auch kein Glück. Nazia, Tweedys Agentin, eine Frau mit einem Hauch Pink in den Haaren und einem Hauch Rücksichtslosigkeit in ihrem Verhalten (was man bei einer Agentin vermutlich auch möchte), begrüßte mich mit einem parfümierten Küsschen rechts, Küsschen links und zog mich in ihr Büro herein. Während die vergrößerten, gerahmten Buchcover der beeindruckenden Autoren, die sie vertrat, auf uns heruntersahen, verbrachte sie eine halbe Stunde damit, mich mit Espresso und ausgesprochen schmeichelhaften Komplimenten zu bombardieren («Sie haben eine so *natürliche* Schreibstimme, Nick, habe sofort gemerkt, dass Sie sich vollkommen in das Innenleben Ihrer Figuren *eingefühlt* haben.») – das war natürlich alles Blödsinn, aber wen störte es schon? Mich jedenfalls nicht. Sie wollte mich nicht nur vertreten, «bei diesem und bei weiteren Projekten», sondern eröffnete mir auch die erstaunliche Neuigkeit, dass sie bereits einen Vorschuss bei «einem Verlag, der *Sabotage* wirklich den *Schub* geben wird, den es verdient», ausgehandelt habe. Es war keine riesige Summe, aber selbst wenn ich sie mit Tweedy teilte und Nazia ihren Anteil erhielt, würde ich immer noch mehr als im ganzen letzten Jahr verdient haben. Auch ein grober Abgabetermin stand schon fest, und mit einem letzten «Ich *freue* mich ja so darauf, Nick» komplimentierte sie mich mit Küsschen rechts, Küsschen links wieder aus der Tür.

Wenn da nicht die Tatsache gewesen wäre, dass ich auf dem Weg nach Euston war, um Geoffrey zu treffen, dem ich Bees Nachforschungsergebnisse mitteilen wollte, wäre ich wie eine Figur in einem Musical durch die Straßen gehüpft. Als Erstes erzählte ich es natürlich Bee: «Hab dir doch gesagt, dass du das schaukeln würdest, Nick. Ich habe gerade so laut YAY geschrien, dass ein Mann mit einem Hund sich beinahe in die Hosen gemacht hätte», dann sagte ich es Dylan – in der stillen Hoffnung, er würde es Poll und Jez weitererzählen – («Bin SO STOLZ auf dich, Ex-Stiefdad»), aber ich würde bis Montag warten müssen, bis ich es dem Menschen sagen konnte, dem ich es *wirklich* erzählen wollte. Becca.

Geoffrey wartete vor der Frites-Filiale auf mich, vor der wir uns beinahe geprügelt hätten, und sah die Passanten finster an. Er hatte die Schultern hochgezogen, als machte er sich kampfbereit. Vielleicht war er das auch. Wie würde er reagieren?

Er grüßte mich mit einem Nicken und widersprach nicht, als ich vorschlug, uns einen Tisch zu suchen und etwas zu trinken, weil «das hier eine Weile dauern könnte». Es dauerte allerdings eine Weile, bis er sich zu einer Bestellung durchringen konnte; das kundenfreundliche Lächeln auf dem Gesicht der armen Sau hinter dem Verkaufstresen wurde immer starrer, weil Geoffrey es sich tausend Mal anders überlegte.

Wir setzten uns in eine Ecke. Ich versuchte, zur Entspannung etwas zu plaudern, aber er reagierte unwirsch. «Sag es mir verdammt noch mal einfach.»

«Willst du zuerst die schlechte oder die gute Nachricht?»

«Die schlechte.»

Ich sammelte mich. «Das ‹Du› in Bees Welt hat es nicht geschafft, Geoffrey. Es tut mir leid, aber er … du bist bei einem Unfall gestorben.»

Wenn ihn das schockierte, zeigte er es nicht. «Wann?»

«1985.»

Er schaute in die Ferne. «Das ist genau das Jahr, in dem diese … Erinnerungen begannen. Wie?»

«Wie du gestorben bist?»

Ein *Sag ich doch*-Blick.

«Motorradunfall.»

Er nickte. «Klingt logisch. Habe auch hier auf meiner K. T. M. ziemlich auf die Tube gedrückt.»

«Bist du bereit für den Rest?»

«Schieß los.»

Zwei Minuten lang hatte ich Bees Informationen über Jenny wiedergegeben, als er losheulte. Er flennte richtig. Ich fragte ihn immer wieder, ob ich aufhören sollte, aber er schüttelte den Kopf. Es war ihm offenbar völlig egal, dass die Angestellten und die anderen Kunden uns mit steigender Besorgnis musterten. Vermutlich dachten sie, dass wir uns gerade inmitten eines schwierigen Trennungsgesprächs befanden. Ganz eindeutig aber waren die Erinnerungen miteinander verknüpft – besonders offensichtlich war das bei der Ballon-Anekdote –, und das ließ ihn so sehr weinen, dass es fast wie ein Jaulen klang.

Ganz langsam verwandelte sich das Flennen in ein Schluchzen und das Schluchzen in ein Schniefen.

«Ich wusste doch, dass ich nicht verrückt war. Wusste, dass da etwas dran war. Und es geht ihr gut? Hat sie ein gutes Leben?»

«Soweit Bee es beurteilen kann, geht es ihr großartig. Sie sagte, es sei schon lange her, seit sie jemanden kennengelernt habe, der so glücklich wirkt.» Trug ich zu dick auf? Absolut. Aber das war egal. «Du hast auch eine Enkelin, Megan. Bee sagt, sie geht bald in die Schule.»

Es lagen Servietten auf dem Tisch, doch er wischte sich die Nase am Ärmel ab. Sein Adamsapfel zuckte immer noch auf und ab wie ein Jo-Jo, aber das Schlimmste schien überwunden zu sein.

«Macht mir aber trotzdem Sorgen. Dass sie dort sind. In der Welt, weißt du. Muss dir doch auch Sorgen machen. Kann kein besonders guter Ort sein, wenn sie so einen total beschissenen Pimmelgesicht-Arsch gewählt haben wie diesen Trump.»

«Hä?» Ich stutzte kurz, aber dann war mir klar: Natürlich, die i-Mails, die ich am Anfang dummerweise den Berenstains gezeigt hatte. «Bee sagt, dass es besser wird. Es gibt Hoffnung.» Das hatte sie nicht gesagt. Das hatte sie niemals gesagt. Wir hatten nur einmal Dinge aus der «echten Welt» besprochen: als wir die Fakten unserer beiden Welten miteinander verglichen hatten. Operation Doppelgänger und unsere persönlichen Dramen hatten all unsere Zeit und unsere Atemluft aufgesogen; rückblickend glaube ich, dass unbewusst keiner von uns zu tief in das eintauchen wollte, was hinter den Kulissen unserer jeweiligen Welten vor sich ging. Wir bewohnten unser eigenes kleines Universum, und das reichte uns.

Geoffrey spielte mit einem Päckchen Stevia-Süße herum. «Und ich war ein Krankenwagenfahrer, sagst du?»

«Ja.»

«Ich erinnere mich, dass ich darüber tatsächlich nachgedacht habe, als ich noch jünger war.»

«Und warum hast du es dann nicht getan?»

«Bin stattdessen der Landleben-Truppe beigetreten. Habe mich auf Baumveredelung und Aufforstung spezialisiert.»

Da glaubt man, jemanden zu kennen …

Er tippte sich auf die Stirn. «Dann ist das passiert. Ein nicht zugelassener Langholzlaster hat meinen Landy seitlich gerammt. Musste es aufgeben.»

Nachdem ich meine Erfahrungen mit seinen Fahrkünsten gemacht hatte, nahm ich an, dass er der Schuldige in dem Unfall gewesen war. «Tut mir sehr leid, dass dir das passiert ist.»

Er zuckte die Achseln. «So ist das Leben. Man muss halt eine Menge Scheiße durchmachen.»

Das stimmte.

«Ich werde meinen Teil unserer Vereinbarung einhalten. Ich sage den anderen, dass du dein Leben jetzt weiterführst und dich nicht in den Lauf der Dinge einmischst. Was du für mich getan hast, das ist …» Sein Adamsapfel begann wieder, gefährlich zu hüpfen.

«Ich kann dir noch mehr Informationen besorgen, wenn du

willst. Auch Aktualisierungen. Ich kann Bee bitten, Jenny und Megan im Auge zu behalten.» Ich hatte dieses Angebot gar nicht machen wollen: Es war mir einfach so herausgerutscht, teils auch, um einen weiteren Weinkrampf seinerseits im Keim zu ersticken.

«Das würdest du tun?»

«Klar.»

Ein Schniefen, ein Nicken, noch ein Abwischen der Nase, die Reste blieben wie silbrige Schneckenspuren an seinem Ärmel kleben. «Lass uns draußen eine rauchen.»

Wir schlängelten uns durch die Menge, und ich vermied es, auf die große Bahnhofsuhr zu sehen. Aber das hinderte mich nicht daran, erneut die gesamte Bandbreite aller Gefühle zu durchleben, die ich vor, während und nach jenem schicksalhaften Nicht-Treffen gehabt hatte. Die Hoffnung, die Aufregung, die Verwirrung, und dann die Leere. All das musste sich in meinem Gesicht gezeigt haben, denn Geoffrey sah mich prüfend an und fragte dann: «Wie läuft es mit ihr? Mit der von hier.»

«Rebecca? Es … läuft.»

«Hast du es ihr gesagt? Wer du bist? Warum du mit ihr zusammen sein willst?»

«Nein.»

«Hast du Angst, sie hält dich für einen Verrückten?»

«Ja.»

«Na, das kann ich verstehen.»

«Bee – Bee aus der anderen Welt – sagt, wir sollten es ihnen sagen. Sie findet, sonst beginnen wir eine Beziehung mit einer Lüge.»

«Na ja, schon. Aber andererseits fangen alle Beziehungen so an. Man zeigt seine … seine beste Seite, wenn man jemanden neu kennenlernt. Das ist auch ein bisschen wie lügen.»

Weisheit, Geoffrey-Style. Und etwas, was Bee und ich nicht hatten tun müssen, als wir uns «kennenlernten». «Aber sie hat ziemliches Glück. Mit der Version von mir in ihrer Welt, meine ich.»

«Erzähl.»

Ach, warum nicht. Wir saßen draußen, rauchten, und ich erzählte ihm alles. Die Unsicherheit, die Eifersucht, die volle, ungeschönte Jämmerlicher-Blödmann-Wahrheit. Wer hätte gedacht, dass ausgerechnet Geoffrey mir helfen würde, wieder einen dieser nervigen emotionalen Furunkel aufzustechen?

Von: bee1984@gmail.com
An: NB26@zone.com
Also ist er wirklich ein Heimatloser. Weißt du, all das tröstet mich ein bisschen, was meine Mum angeht, wenn du verstehst. Der Gedanke, dass wir vielleicht doch irgendwie weiterleben, wenn wir sterben.

Von: NB26@zone.com
An: bee1984@gmail.com
Jetzt wirst du aber tiefsinnig, Bee.

Von: bee1984@gmail.com
An: NB26@zone.com
Das Glitch-Leben macht das mit einem, nehme ich an. Es ist ein bisschen, als schaute man über die Kante eines Abgrunds hinunter. Wenn man zu lange schaut, hat man das Gefühl, springen zu müssen.

Von: NB26@zone.com
An: bee1984@gmail.com
Bevor du springst, muss ich noch eins wissen: Hast du Nicolas das Exposé gegeben?

Von: bee1984@gmail.com
An: NB26@zone.com
Noch nicht. Ich warte noch, bis ich ihn persönlich sehe. Ich weiß noch nicht, wie ich erklären soll, wie ich an das Exposé gekommen bin, wobei es ja immer noch das gute alte «eine Kundin hat mir etwas erzählt, was mich zum Nachdenken gebracht hat» gibt. Er kommt erst morgen, weil ich heute Abend endlich einmal Benny in seiner ganzen Superreichen-Pracht zu Gesicht bekomme.

Von: NB26@zone.com
An: bee1984@gmail.com
Herrje! Ich war so mit dem Geoffrey-Drama und meiner eigenen Wohltätigkeit beschäftigt, dass ich das ganz vergessen hatte. Du hättest mich erinnern sollen!

Von: bee1984@gmail.com
An: NB26@zone.com
Habe selbst versucht, nicht allzu viel darüber nachzudenken, um ehrlich zu sein. Wünsch mir Glück, und hoffen wir, dass ich es nicht vermassele.

Bee

Die Veranstaltung war eine von diesen seelenlosen Stehpartys, auf denen ich mich immer unendlich einsam fühlte, aber nicht an diesem Abend: An diesem Abend war ich eine Frau mit einer Mission. Ich hätte viel nervöser sein müssen, als ich es war. Nicht nur, weil ich im besten Fall meinen Alternative-Realität-Ehemann persönlich kennenlernen würde – ich würde auch Nate zum ersten Mal seit der Trennung wiedersehen.

Er wartete schon vor dem Veranstaltungsort auf mich und scrollte durch sein Handy, während er mit halbem Auge schaute, ob da jemand herumlief, den er für sein Netzwerk anschleimen konnte. Als ich ihn da in seinem Paul-Smith-Anzug stehen sah, mit der Fensterglas-Brille und dem zurückgegelten schwarzen Haar, fühlte ich ... gar nichts. Nein. Das stimmte nicht ganz. Kurz durchzuckte mich ein Anfall von Selbstzensur: Was zum Teufel hast du dir damals dabei *gedacht*, Bee?

«Hallo, Nate.»

«Bella-Bex!» *Harr, harr.* Er musterte mich mit diesem vertrauten, besitzergreifenden Blick von Kopf bis Fuß. «Du siehst wunderbar aus.» Ich hätte zu gern geglaubt, dass er es so meinte. Aber das wusste man bei ihm nie. Ich hatte mir allerdings wirklich Mühe gegeben, mir ein Westwood-Kostüm zugelegt (secondhand, aber so gut wie neu) und war zum Friseur gegangen, um mir dort die Haare und das Make-up machen zu lassen (ich hatte die Stylistin gebeten, meine Haare zu glätten – Nate hatte es gehasst, wenn ich das tat).

«Du auch.» Stimmte nicht. Aus der Nähe bemerkte ich, dass er ein paar Pfund zugelegt hatte, und unter seinem Kinn begann die Haut ein wenig zu sacken. *Na, wieder an den Magnums gewesen, Nate?*

«Sollen wir? Ich habe ihn vor zehn Minuten reingehen sehen. Ich habe übrigens schon ein gutes Wort für dich eingelegt.»

«Danke.»

Im Saal standen bunte Grüppchen von Leuten herum, die ihren besten «Seht-mich-an»-Staat angezogen hatten, aber ich fand ihn sofort, fast als wäre ein Scheinwerfer auf ihn gerichtet. Er war in Wirklichkeit kleiner und untersetzter und hielt Hof. Ein Pulk von Arschkriechern in Designer-Kleidern stand um ihn herum.

«Ich hole uns was zu trinken», sagte Nate. «Ich weiß ja, wie sehr du so etwas hasst.» Diese rücksichtsvolle Seite, die Nate zu Beginn unserer Beziehung gehabt und in die ich mich verliebt hatte (oder geglaubt hatte, mich verliebt zu haben), halfen nicht, ihn netter zu finden. *Aber guter Versuch, Arschloch.*

«Bee!» Meru kam auf mich zugeschwebt. Sie war eine Modeikone und eine meiner ersten bekannteren Kundinnen. Noch eine Runde Küsschen links, Küsschen rechts. «Wie schön, hier ein vertrautes Gesicht zu sehen.»

Wir erzählten uns das Neueste aus unserem Leben, wobei Meru den größten Teil der Unterhaltung bestritt. Sie war eine albtraumhafte Kundin gewesen, beinahe so schlimm wie die Pfirsichfrau, aber ansonsten mochte ich sie, und immerhin musste ich so nicht allein herumstehen.

Nate kam mit einem Glas Rotwein für mich zurück und überschüttete Meru sofort mit seinem Charme, bis sie von einem Fan um ein gemeinsames Selfie gebeten wurde.

«Bereit?»

Ich nickte Nate zu. Jetzt ging es los. Ich spürte, wie ich ängstlicher wurde.

Einen Arm um meine Taille geschlungen (igitt), schleimte sich Nate durch die Menge auf Benedict zu. «Ben, darf ich Ihnen Rebecca Davies vorstellen. Sie ist die Designerin, von der ich Ihnen erzählt habe. Die Gründerin von ‹Himmel, Stoff und Zwirn›?»

Benedict sah mir direkt in die Augen und lächelte. «Natürlich. Wie wunderbar, Sie kennenzulernen.»

«Ich lasse euch dann mal allein», schnurrte Nate. «Komm hinterher zu mir, Bee. Wir müssen dringend noch ein bisschen miteinander plaudern.»

Endlich allein. *Hallöchen, Ehemann. In guten wie in schlechten Tagen, in Gesundheit und Krankheit, bis dass der Tod oder die Quanten-Pannen uns scheiden.*

«Mir gefällt der Name Ihres Unternehmens, Rebecca. Ihre Schneiderei ist genau die Sorte nachhaltiger Unternehmen, die wir gern unterstützen wollen.»

Unsere Unterhaltung dauerte sicher nicht länger als fünf Minuten, aber während der ganzen Zeit genoss ich Benedict Mercers volle Aufmerksamkeit, als gäbe es im ganzen Saal niemand anderen als mich: eine tödliche Dosis Charisma. Charisma. So wenige Menschen haben es, daher ist es so schwierig zu widerstehen, wenn es jemand besitzt. War es das, was Becca so angezogen hatte? Er stellte eine Frage nach der anderen (Kundenstamm, Social-Media-Reichweite, Arbeitsabläufe), und ich antwortete mechanisch, während ich die ganze Zeit dachte: *Ich habe dich geheiratet. Wir haben ein Bett geteilt, hatten Sex und haben ein Kind bekommen. Ich habe dich nackt gesehen. Du hast mich nackt gesehen. Ich habe dich im Schlaf furzen hören und gesehen, wie du Zahnseide benutzt.* Ich konnte den echten Benedict hinter dem gleißenden Licht, das er ausstrahlte, nicht sehen. Aber ich bemerkte auch keine Warnhinweise – außer in einem kurzen Moment, als er etwas verwirrt wirkte, weil er merkte, dass ich ihm nicht in den Hintern kroch.

«Wenn Sie einen Business-Plan oder Ideen haben, wie man Ihr Unternehmen aufwerten könnte, dann lassen Sie uns reden. Es war mir ein Vergnügen, Rebecca.» Er gab mir seine Visitenkarte. «*Bitte* zögern Sie nicht, mich zu kontaktieren.»

Ich fand ihn nicht peinlich. Aber ich fand ihn auch nicht attraktiv. Charmant, absolut. Aber nicht auf laszive Weise. Er flirtete auch nicht wirklich. Aber irgendwie fühlte sich die Vorstellung von ihm und mir – von ihm und Becca – *falsch* an.

Und ja, okay, selbstsüchtige Erleichterung: Das hier war definitiv kein zerbrechliches Seelchen, das am Boden zerstört wäre, wenn seine Frau sich von ihm scheiden ließe.

Direkt danach verließ ich die Veranstaltung. Ich verabschiedete mich nicht einmal mehr von Nate.

Als ich wieder zu Hause war, fühlte sich die Wohnung leerer an als sonst. Ich wollte unsere Nachrichten öffnen, um Nick alles zu erzählen, aber dann rief ich Nicolas an.

«Hey.» (Das Wort verband ich immer noch mit Nick: Immer, wenn Nicolas es sagte, bildete sich in meinem Hinterkopf ein schattenhaftes: *Er ist es, aber auch wieder nicht.*)

«Hey.»

«Wie ist es gelaufen? Hat der Investor angebissen?»

«Nee. Ich weiß auch nicht, was ich mir dabei gedacht habe. Ich bin doch glücklich, so, wie es ist. Es wird immer ein kleines Unternehmen sein, und das ist mir auch ganz recht.»

«Wie war es denn, den Wichser wiederzusehen?»

«Eklig. Aber es hat mich daran erinnert, wie viel Glück ich habe, dass jemand wie du in meinem Leben ist.»

Die Wahrheit: endlich einmal.

Von: NB26@zone.com
An: bee1984@gmail.com
Ein Typ wie eine charismatische Chiffre. Das war's? Genauer kannst du es nicht beschreiben?

Von: bee1984@gmail.com
An: NB26@zone.com
Ich habe ja nur fünf Minuten mit ihm gesprochen. Fünf sehr lange

und schräge Minuten, das stimmt allerdings. Aber was ich ganz sicher weiß, ist, dass er kein Mann ist, mit dem ich jemals glücklich werden könnte. Was bedeutet, dass er auch nicht der Richtige für Becca ist.

Von: NB26@zone.com
An: bee1984@gmail.com
Das wissen wir nicht genau, Bee. Natur versus Umwelt, erinnerst du dich?

Von: bee1984@gmail.com
An: NB26@zone.com
Ich WEISS es aber genau. Ich fühle es in meinem Bauch. Ich fühle es in meinen Genen. Oder in meinem genetischen Code. Ach, scheiß drauf. Ich WEISS es einfach. UND er ist auch kein sexy Witwer in ihrer Welt, also gibt es auch keine Entschuldigung für sie.

Von: NB26@zone.com
An: bee1984@gmail.com
Er ist Scarletts Dad, Bee.

Von: bee1984@gmail.com
An: NB26@zone.com
Genau. Und Becca weiß besser als jeder andere, dass es nichts Schlimmeres gibt, als «wegen der Kinder» in einer Ehe zu bleiben. Es verkorkst sie, und es verkorkst einen selber.

Von: NB26@zone.com
An: bee1984@gmail.com
Ich verstehe dich. Wir können jetzt nur noch improvisieren. Themenwechsel: Hast du dem heiligen Nicolas die Idee vom Schuss in der Dunkelheit erzählt?

Von: bee1984@gmail.com
An: NB26@zone.com
Ja.

Von: NB26@zone.com
An: bee1984@gmail.com
Und?

Von: bee1984@gmail.com
An: NB26@zone.com
Er findet sie toll.

Von: NB26@zone.com
An: bee1984@gmail.com
Ha! Gut. Aber wehe, er vermasselt sie.

Nick

Bee nannte es zufällige Synchronizität. Dass sich die Ereignisse in unseren Welten häufiger spiegelten, als dass es ganz auf Zufälligkeit hätte beruhen können. Eine Woche, nachdem sie den berüchtigten Benedict kennengelernt hatte, lief ich ihm ebenfalls über den Weg.

Die Wochenenden zogen sich meistens ziemlich hin, denn Becca und Scarlett hatten dann keine Zeit. «Familienzeit» nannte Becca es, ohne es weiter auszuführen, aber es lag auf der Hand, dass Benedict an diesen Tagen sein Charisma zu Hause verströmte. Sie erzählte nur selten davon, was sie als Familie zusammen unternahmen, diesen Teil ihres Lebens hatte sie immer noch fest verschlossen, aber Scarlett ließ hin und wieder einmal etwas aufblitzen. Sie erwähnte zum Beispiel einen Ausflug zu «Omi» (vermutlich Benedicts Mutter), die «komisch roch und Daddy immer so wütend» machte. Oder sie sagte: «Wir aßen Pizza, aber Mami sagte, sie hätte gar keinen Hunger.» Und einmal, ganz sachlich: «Daddy sagt, wenn ich mein Zimmer nicht aufräume, gibt er all meine Spielzeuge an arme Kinder in Texas.»

Montags hopste ich wie ein Kind am Weihnachtsmorgen aus den Federn. Ich konnte es kaum erwarten, Becca die Neuigkeiten über das Buch zu erzählen, dachte schon darüber nach, aus Spaß den Anzug anzuziehen, praktisch als Tribut an Tweedy. Und ich war immer noch stolz darauf, dass Nicolas *Ein Schuss in der Dunkelheit* angenommen hatte (na gut, da war immer noch ein wenig Angst, er könnte es viel besser machen als ich, aber das konnte ich irgendwie verdrängen). Ich war so heiter, dass es sogar Erika merkte. «Endlich sind Sie mal fröhlich. Schön. Aber dass Sie Ihre benutzten Handtücher wieder nicht in dem dafür bestimmten Bereich abgelegt haben, darf auf keinen Fall erneut passieren.»

Die Hunde waren ebenfalls wacher – es war, als wäre meine neue Energie ansteckend. Würstchens Hüften hatten ihr in letzter Zeit Probleme gemacht, an diesem Tag jedoch sprang sie herum wie ein Welpe. Wir waren früh dran, aber Scarlett und Becca warteten schon auf uns. Scarlett nahm die Hundeleinen und rief fröhlich: «Würstchen! Bei Fuß!» Becca warf mir nur einen Blick zu und sagte: «Sind wir dabei?»

«In trockenen Tüchern.»

Dann vergaß sie sich und schlang die Arme um mich. «Ich freue mich ja so für dich.» Ich reagierte – natürlich tat ich das. Ich zog sie fest an mich. Es war das erste Mal, dass wir echten körperlichen Kontakt miteinander hatten. Ich streichelte ihr das Haar, sie schaute zu mir hinauf, und dann war da ein Augenblick, länger als ein Augenblick, in dem ich sah, dass sie das hier ebenso sehr wollte wie ich. Ein Atemzug, dann versteifte sie sich, trat einen Schritt zurück und murmelte: «Entschuldige.»

«Wofür willst du dich entschuldigen?»

Sie wandte sich ab, strich sich nervös die Kleider glatt. «Das … das sind großartige Neuigkeiten, Nick.»

«Becca, sollten wir nicht darüber reden, was gerade passiert ist?»

«Nichts ist passiert.» Sie zeigte in Richtung Scarlett, die mit den Hunden auf dem Gras herumtollte. «Ich will das hier nicht verderben. Das verstehst du, oder?»

«Ja, natürlich.»

Nach ein paar Fehlstarts – und ein wenig Zögern – verfielen wir wieder in unsere übliche Park-Routine. Wir scherzten, plauderten über das Buch, lästerten über die anderen Parkbesucher. Nur dass es sich anfühlte wie Schauspielerei.

Ich erwartete fast, dass sie am Dienstag nicht auftauchen würde, doch sie kam. Und es war wieder eine Schauspielstunde: Wir taten so, als wäre alles normal, als gäbe es das erotische Flirren zwischen uns nicht.

(«Herrgott, Nick. Die sexuelle Spannung als Elefant im Zimmer? Oder im Park?» «Du musst wirklich an deinen Vergleichen arbeiten, Bee. Dieser hier ist ja so schlecht wie ‹Sex ist wie eine Schachtel Pralinen›. Aber, ja.» «Klingt ja verdammt sexy.» «Das ist es, und das ist es nicht. Sagen wir einfach: Wenn ich nach Hause komme, brauche ich ernsthaft ein wenig Zeit für mich allein.» «Du weißt schon, dass es nur eine Frage der Zeit ist, oder?» «Vielleicht. Aber wir hätten ja nun auch keinen Quickie hinter dem Musikpavillon haben können, während Scarlett mit den Hunden spielt und ihnen Leckerli gibt. Da hätten wir eine Tonne Leckerli gebraucht.»

Mittwoch und Donnerstag spielten wir wieder unser Bühnenstück.

Es passierte am Freitag. Später schob ich es auf den Regen. Aber eigentlich waren wir nur auf der Suche nach einer Entschuldigung gewesen. Wenn das Wetter schlecht wurde, verzogen wir uns normalerweise in den Musikpavillon, aber an jenem Tag, kurz nachdem wir uns getroffen hatte, regnete es ganz plötzlich wie aus Kübeln – einer jener Spätsommerregen, bei denen die Regentropfen so groß sind wie Babyköpfe.

Innerhalb von Sekunden waren wir alle pitschnass, und ich musste mir größte Mühe geben, nicht auf Beccas nasses T-Shirt zu starren, das an ihrem Körper klebte.

«Mami!», schrie Scarlett und lachte dabei.

Becca wühlte in ihrer Tasche. «Mist. Habe das Regenzeug vergessen.» Dann schaute sie zu mir hoch und sagte: «Komm, wir gehen zu mir.»

Wow. «Ganz sicher?»

«Ja, ganz sicher.» Sie schluckte und strich sich eine nasse Strähne aus den Augen. «Ben ist heute Morgen nach New York geflogen.»

Da wollte ich natürlich nicht widersprechen. Wir hasteten durchnässt, wie wir waren, zu ihrem Haus, nur dass ich diesmal Scarlett auf dem Arm trug, die sich wie ein Äffchen an mir festklammerte und immer wieder schrie: «Schneller, Wauwau-Mann!» Wir kamen atemlos und lachend am Eingang von Wilderville an, und als ich Scarlett absetzte, damit sie mit den Hunden vorgehen konnte, fing Becca meinen Blick auf. Es war ein Blick voller Begehren: ein schreckliches, schreckliches Wort, aber so war es. Okay, vielleicht war «Lust» doch treffender. Ich spürte sie in meinem ganzen Körper. Und ich meine buchstäblich meinen *ganzen* Körper.

So war es.

Nur dass das nicht alles war, denn als wir die Einfahrt hinaufgingen, blieb sie abrupt stehen, murmelte: «Oh, scheiße, nein.» Denn vor der Garage stand ein schicker Tesla-Jag. Ich wollte schon vorschlagen, mit den Hunden schnell zu verschwinden, als sich die Eingangstür öffnete und er hinaustrat. Ein Blick zu Becca, ein Blick zu mir – undurchdringlich –, dann zu Scarlett. «Letty!»

«Daddy!»

«Ach, mein Mäuschen. Sieh dich nur an. Du bist ja völlig durchnässt.»

Scarlett, die die Anspannung offenbar gar nicht bemerkte – zum Glück –, hielt die Leinen hoch. «Guck mal, Daddy. Das sind Würstchen und Rosie.»

«Das sehe ich.» An mich gewandt: «Und ich nehme an, Sie sind der Wauwau-Mann, von dem Scarlett ständig spricht?»

«Ganz genau!» Übertrieben heiter – ein peinlicher Versuch, unschuldig zu tun.

«Aber bestimmt haben Sie auch einen anderen Namen.» Er trat auf mich zu und streckte die Hand aus. «Ben.»

Ich wischte meine Hand an den Jeans ab, bevor wir uns die Hände schüttelten. Da sie ebenfalls nass waren, half es kaum. «Nick.»

Er war kleiner als ich, hatte eine breite Brust und strahlte völliges Selbstbewusstsein aus. «Schön, Sie endlich kennenzulernen.»

Ich vermied Beccas Blick, spürte aber, dass jede Faser ihres Körpers angespannt war.

«Ich dachte, du wärst in die Staaten geflogen, Ben», sagte sie.

«Elena hat es vermasselt. Hat mein Flugkontingent falsch ausgerechnet.» Er warf mir ein aufgesetzt kumpelhaftes Lächeln zu – als hätte ich auch ständig mit diesen Reiche-Leute-Problemen zu tun. «So ist das eben mit diesen Quoten, nicht wahr?»

«Ich habe Nick gesagt, dass er ins Haus kommen kann, um sich abzutrocknen. Wir sind in das Gewitter geraten.»

«Gut. Kommt rein. Ihr seid ja pitschnass.»

«Ich muss gehen. Wegen der Hunde.» Würstchen unterstrich das, indem sie sich netterweise so sehr schüttelte, dass Bens Seidenanzug mit schmutzigem Wasser besprüht wurde.

«Keine Sorge. Nehmen Sie sie einfach mit hinein!»

«Ben …»

«Jetzt mach kein Drama draus, Rebecca. Es ist alles gut. Sieh zu, dass du dir und Scarlett die nassen Kleider ausziehst.»

Becca vermied es gewissenhaft, Ben oder mich anzusehen, nahm Scarlett auf den Arm und verschwand im Haus.

Benedict scheuchte die Hunde und mich in die riesige Wohnküche. «Warten Sie hier, ich bringe Ihnen ein Handtuch.»

«Danke.»

Ich war noch nie in einem solchen Haus. Es war eine Studie in grauem Minimalismus, die Küchenschränke schienen organisch aus dem polierten Boden herauszuwachsen. Am hinteren Ende standen sich zwei strenge graue Ledersofas aggressiv gegenüber. Abgesehen von einem riesigen, klecksigen abstrakten Gemälde über einem von Glas umgebenen Loch, in dem sich vermutlich irgendeine Hitzequelle verbarg, gab es nirgends Farbe, herumstehende Gegenstände oder Gemütlichkeit. Keinerlei Hinweise darauf, dass hier gekocht, Essen aufbewahrt oder abgewaschen wurde. Kein Spielzeug, Bücher oder auch nur ein Kaffeebecher. Hier fühlte ich mich sogar noch ungepflegter als in Leilas Büroräumen: Das hier war einfach nicht meine Welt. Ich ahnte, dass es auch nicht Beccas Welt war – Benedict musste derjenige gewesen sein, der dieses charakterlose, irre teure Gefängnis konzipiert hatte. Natürlich war den Hunden das Innendesign völlig schnuppe, und sie machten es sich gemütlich. Würstchen ließ sich direkt auf den spiegelglatten Boden fallen, wo sie zweifellos eine hundeförmige Matte aus feuchten Hundehaaren hinterlassen würde. Rosie schnüffelte halbherzig an den Küchenschränken herum, in der Hoffnung, Krümel zu finden, gab es dann aber auf und fiel neben ihrer Freundin zusammen.

Benedict kam zurück und warf mir ein Handtuch zu.

«Danke sehr.»

«Ich würde Ihnen gern ein paar trockene Sachen leihen, aber ich fürchte, wir tragen nicht dieselbe Größe.» Er lächelte. Ich lächelte zurück. «Kaffee?»

«Ich will Ihnen keine Mühe machen.»

«Es ist keine Mühe. Immer nett, einen Freund meiner Frau kennenzulernen. Besonders den berüchtigten Wauwau-Mann. Espresso? Oder sind Sie ein Milchmann?» Aus seinem Munde klang es irgendwie wie ein Test.

«Espresso wäre toll.»

Er drückte einen unsichtbaren Knopf auf einer völlig glatten Oberfläche, und mit einem mechanischen Seufzen tauchte eine Maschine auf, die in ein edles italienisches Restaurant gepasst hätte. Noch ein anscheinend zufälliges Drücken auf einen weiteren unsichtbaren Knopf, und ein Regal tauchte auf, auf dem winzige, durchsichtige Espresso-Tässchen standen. Es war, als schaute man bei einer Zaubershow zu. Der Duft frisch gemahlenen Kaffees erfüllte den Raum.

Er reichte mir eine Tasse und lehnte sich gegen die Küchenarbeitsfläche. Ich blieb, wo ich war. Tropfte auf den Boden. Das Handtuch baumelte in meiner Hand. Ich trank aus dem winzigen Puppentässchen. Der Kaffee war verdammt köstlich.

«Erzählen Sie mir von sich, Nick. Ich nehme an, Sie arbeiten zu Hause, zumal Sie offenbar in der Lage sind, so oft in den Park zu gehen.»

«Ich bin Autor.»

«Tatsächlich? Beeindruckend. Habe ich schon von Ihnen gehört? Ich bin allerdings kein großer Leser, fürchte ich.»

«Sie haben vermutlich auch nicht von mir gehört.»

«Sie sind sicher nur bescheiden.» Sein Gesichtsausdruck veränderte sich. «Da ist sie ja!» Ich drehte mich um, weil Becca kam. Sie zupfte an ihren Kleidern und vermied es ganz offensichtlich, *viel zu* offensichtlich, mich anzusehen. Benedict streckte seine Hand aus, und sie tappte zu ihm hinüber. Ihre Schultern waren leicht gebeugt, die Körpersprache sehr bewusst. Jede Bewegung war nach innen oder auf ihn gerichtet – praktisch überallhin, nur nicht auf mich. Das hier war mehr als die Reserviertheit, die ich bemerkt hatte, als wir uns kennengelernt hatten. Das hier war jemand, der verzweifelt die Aufmerksamkeit von sich ablenken wollte.

«Sind Sie verheiratet, Nick?» Er warf einen Blick auf meine Finger.

«Getrennt.»

«Ah.»

Verdammt. Es hatte bei Leila funktioniert, und ich musste dringend etwas tun, um die Atmosphäre zu lockern. «Mein Partner … Er hat jemand anderen gefunden.»

Ein kurzes überraschtes Schürzen der Lippen von Benedict. Becca schien sich etwas zu entspannen.

«Das tut mir ja so leid. Wie lange waren Sie und … Verzeihung, wie hieß noch mal Ihr Partner?»

Scheiße. Verdammt. Und dann entfuhr es mir: «Jez.»

«Wie lange waren Sie zusammen?»

«Zwölf Jahre.»

«Na ja, das ist ja schon eine Menge.» Ein Blick zu Becca. «Neun mehr, als Rebecca und ich bisher geschafft haben, aber das kriegen wir schon hin. Stimmt doch, mein Schatz?»

Er zog sie an sich und küsste sie auf die Stirn, ohne den Blick von mir zu wenden.

Dieser Charme. Bee hatte recht. Man merkte, wie einfach es war, sich von ihm einsaugen zu lassen. Und wieder ausgespuckt zu werden.

Von: bee1984@gmail.com
An: NB26@zone.com
Und?

Von: NB26@zone.com
An: bee1984@gmail.com
Es war, als machte sie sich irgendwie weniger in seiner Nähe.

Bee

Weniger. Hatte ich das auch getan, als ich noch mit Nate zusammen war? Mich weniger gemacht? Ich rief sogar Leila an, um sie danach zu fragen.

«Eigentlich nicht wirklich weniger. Aber du warst eindeutig nicht immer du selbst, wenn du mit ihm zusammen warst.»

«Danke, dass du mir das nicht gesagt hast.»

«Ich *habe* es dir gesagt, Bee. Du hast damals nur nicht zugehört.»

«Stimmt. Tut mir leid.»

Und jetzt, da ich Benedict kennengelernt hatte, wusste ich, wie leicht es war, in dem Schatten vor sich hin zu welken, den er warf.

Wenn man die Wahrheit über jemanden erfahren will, dann muss man sich nur seine Freunde – oder Ex-Freunde und -Freundinnen ansehen. Wie Kat de Jong: Benedicts Ex-Freundin.

Also war es wieder an der Zeit, die guten alten Privatdetektiv-Fähigkeiten auszuprobieren. Kat, dem Rockstar unter den Designerinnen, die Gratis-Umgestaltung eines Kleides anzubieten, würde natürlich nicht klappen. Ich beschloss, dass es diesmal keinen Grund für eine Ausrede gab. Diese Situation erforderte eine direkte Herangehensweise. Ich würde ihr eine E-Mail schicken und sagen, dass eine enge Freundin von mir kurz davor sei, sich auf eine Beziehung mit Benedict einzulassen, und da jene Freundin die Neigung dazu habe, sich in toxische Männer zu verlieben, wolle ich als besorgte Freundin gern wissen, ob er ein anständiger Kerl sei. Darin steckte ja tatsächlich ein wahrer Kern (jedenfalls einigermaßen) – praktisch eine Babyhamster-Lüge in einer echten Lügen-Ungeziefer-Epidemie –, und ich musste einfach hoffen, dass a) Ben nicht gerade in einer Beziehung war, von der Kat wusste, und b) sie bereit dazu war, diese Sorte Informationen mit einer Fremden auszutauschen.

Weit schwieriger war es, an ihre Kontaktdaten zu kommen. Nate hatte recht: Sie hatte seit 2017 keine Kollektion mehr herausgebracht, und ihre Website war nicht mehr aktiv. Ich konnte sie nirgends auf den sozialen Medien finden, nicht einmal auf Instagram – unerhört für eine Designerin. Ich war in ein Kat-de-Jong-Google-Loch geraten, als eine Nachricht von Nicolas kam: «Schon im Zug?»

Mist – ich war so abgelenkt gewesen, dass ich die Fahrt nach Leeds völlig vergessen hatte. Diesmal sollte ich den berüchtigten Jez kennenlernen – passte ja wie die Faust aufs Auge zum Thema «Leute nach ihren Freunden beurteilen».

«Stecke in der U-Bahn fest! Sage Bescheid x»

Eine Stunde Zugfahrt und fünfzehn Suchseiten später fand ich endlich eine E-Mail-Adresse auf einer versteckten Business-Liste im Internet. Sie war zehn Jahre alt, daher konnte es gut sein, dass sie nicht mehr funktionierte, aber es war einen Versuch wert. Ich schrieb mein Anliegen und schickte die Nachricht in den Äther. Sie kam nicht zurück, daher konnte ich immerhin hoffen.

*

Aufregung. Kribbeln. Auf dem Weg zu der Tapas-Bar, in der wir Jez treffen sollten, brauchte Nicolas keine Superfähigkeiten, um zu merken, dass etwas im Busch war: Ich starrte die ganze Zeit auf mein Handy wie eine snapchatsüchtige Teenagerin.

«Was ist los?»

Lass das Ungeziefer los! «Nichts ist los. Ich habe einen Auftrag bekommen, der riesig werden könnte. Von einer großen Designerin. Ich warte nur auf die Bestätigung, mehr nicht.»

«Das ist ja toll, Bee. Bist du sicher, dass du wegen heute Abend nicht nervös bist?»

«Nein. Kein bisschen. So, wie du ihn beschreibst, klingt Jez … toll.» Jez, der Betrüger. *Pass bloß auf, Nicolas.*

In meinem Kopf hatte ich Jez beinahe zu einem Bösewicht aus einem Comicstrip hochstilisiert, einer aalglatten, den Schnurrbart zwirbelnden Nate-Figur, dreist und selbstbewusst und auf geschmeidige Art gut aussehend. Jez war nichts davon. Er war unsicher, hatte eine Neigung zum Labern und aß sogar noch unmanierlicher als ich. Ich konnte mir nicht vorstellen, dass die Poll, die ich in dem Videoausschnitt gesehen hatte – diese mutige, brillante Frau –, ihn auch nur im Mindesten attraktiv finden könnte.

Ich versuchte, mich an dem Gespräch zu beteiligen, wirklich. Ich versuchte, fröhlich dreinzuschauen, lachte künstlich über Jez' Witzversuche, sagte die richtigen Dinge. Lächelte, als Nicolas Jez erzählte, dass seine Verleger «absolut begeistert» von den *Ein Schuss in der Dunkelheit*-Kapiteln seien, die er ihm geschickt hatte.

«Bee hat mir die Idee geschenkt.» Er küsste mir die Hand. «Meine Muse.»

Ich zwang mich zu einem Lächeln, damit man mir nicht ansah, was ich wirklich dachte: dass Nick auf gar keinen Fall jemals so etwas sagen würde. Es sei denn, er nähme mich auf den Arm. *Das ist nicht fair, Bee.* «Das würde ich nicht sagen.»

«Es stimmt aber.» Er lächelte.

Jez begann eine spektakulär langweilige Anekdote über die Mühen und Schwierigkeiten von Ofsted zu erzählen, die Bildungseinrichtungen inspizierten, und als er Atem holen musste, entschuldigte ich mich und ging auf die Damentoilette, wie in der schlechten alten Zeit. Ich musste meine nervöse Energie irgendwo ablassen. Nick heimlich hinter Nicolas' Rücken Nachrichten zu schicken, hatte ich eigentlich zu vermeiden versucht, aber ich dachte mir, dass ein wenig Lästerei über Jez nicht als Illoyalität zählte, wenn man es mal damit verglich, was Jez Nick angetan hatte.

«Habe gerade den berüchtigten Jez kennengelernt.»

«Und?»

«Und es fiel mir wirklich, wirklich schwer, ihm nicht mit der Faust ins Gesicht zu schlagen.»

«Nur zu.»

«Er ist gar nicht, wie ich erwartet hatte. Er neigt zum Labern, oder?»

«Das stimmt, verdammt langweilig. Nee. Hör nicht auf mich, er ist schon okay.»

«Wow. Da hast du deine Haltung aber vollkommen geändert!»

«Ich weiß. Nenn mich Mr Großherzig.»

«Ich muss wohl zurück. Sonst denken sie noch, dass ich ins Klo gefallen bin.»

Ich hatte mich gerade wieder an den Tisch gesetzt, als mein Handy vibrierte. Ich hätte es beinahe nicht angesehen, weil ich dachte, dass es bestimmt Nick wäre, der nicht widerstehen konnte und doch noch eine fiese Bemerkung über Jez hinterherschicken musste.

«Sieh ruhig nach, Bee», sagte Nicolas. «Vielleicht ist es deine Kundin.»

«Nein. Das kann warten, ich will nicht unhöflich sein.»

«Aber wir haben nichts dagegen, oder, Jez?»

Jez zuckte die Achseln. «Mach ruhig.»

Also tat ich es, und ich brauchte all meine Kraft, um meine Reaktion auf Kats Antwort zu verbergen: «Sag deiner Freundin, SIE SOLL SICH VERDAMMT NOCH MAL VON IHM FERNHALTEN.»

Nick

Der Montag kam, Becca nicht. Ich wartete bis eins. Ich: besorgt; die Hunde: enttäuscht darüber, nicht ihre übliche Stunde Bauchkraulen und Leckerli zu bekommen.

Wir hatten keine Telefonnummern ausgetauscht, vielleicht war Scarlett krank, daher kam Becca nicht. Oder, düstere Vorstellung: Benedict hatte den Same-Sexer-Quatsch nicht geglaubt, die Chemie zwischen uns gespürt und Becca wie eine Prinzessin in einem schick designten Öko-Minimalistenturm eingesperrt.

Trotz Bees Versuchen, weitere Einzelheiten aus Kat herauszupressen, war die ominöse Sie-soll-sich-fernhalten-Bombe *alles, was sie schrieb*. Ich betete, dass ich es nicht noch schlimmer machen würde, wenn ich vorbeischaute, und machte einen Umweg über Wilderville, statt direkt zu The Bergs zurückzukehren. Ich prüfte zwei Mal nach, dass Benedicts schnittiges Gefährt nicht in der Einfahrt oder vor der Garage stand, und klopfte an die Tür. Nichts. Ich versuchte es am Seitentor, aber das war versperrt. Die Verblendung an der Fassade ließ nichts erkennen: Wenn Fenster die Augen eines Hauses sind, dann waren diese hier fest zugekniffen.

Ich bezweifelte, dass die Leute hier ein enges nachbarschaftliches Verhältnis pflegten – die Grundstücke waren praktisch hermetisch voneinander abgeriegelt –, aber ich versuchte es trotzdem, ging zu der Mini-Villa gegenüber (vor der ich auf und ab gegangen war, als ich Becca zum ersten Mal gesehen hatte) und klingelte.

Eine Frau, die ein reicher Lily-Klon hätte sein können, spähte durch den Türspalt hinaus. «Welche Religion wollen Sie mir verkaufen, junger Mann? Denn bevor Sie auch nur ein Wort sagen: Ich bin die Vorsitzende der Atheisten-Liga.»

«Freut mich für Sie. Mich würde interessieren, ob Sie Ihre Nachbarn von gegenüber kennen? Sind Sie vielleicht verreist?»

«Warum sollte ich das wissen?»

«Weil Sie … ihre Nachbarin sind?»

«Und was geht Sie das an, ob sie weggefahren sind oder nicht?»

«Ich bin ein Freund der Familie. Ein Freund von Becca. Wir treffen uns normalerweise im Park, aber heute ist sie nicht aufgetaucht.»

Sie sah mich an, als wollte sie sagen: *Na, das klingt ja total überzeugend, so ein abgerissener Kerl wie du soll mit ihr befreundet sein?*, aber dann begann Rosie, die offenbar Lily-Klons Stimmung spürte, ihr volles Bettel-Programm abzuziehen: auf die Hinterbeine, eine Pfote gehoben.

Die Frau wurde weich. «*Was* für eine kleine Süße.» Die gute alte Rosie.

«Scarlett – Beccas Tochter – hat es ihr beigebracht.»

«Wie niedlich. Ich kann Ihnen sagen, dass sie auf jeden Fall zu Hause ist. Ich habe sie vor einer halben Stunde ins Haus gehen sehen, als ich meine Azaleen gegossen habe.»

«Und die sind wirklich schön. Sie haben einen wunderbaren Garten hier.»

«Ja, ist er nicht hübsch?»

Nach ungefähr zehn weiteren Minuten Plauderei und dem Versprechen, die Broschüre der Atheisten-Liga zu lesen, die sie mir in die Hand drückte, schaffte ich die Flucht und überquerte die Straße zum Haus, wo ich erneut klopfte. Rosie, die sich wieder alle Mühe gab, schlug mit den Pfoten gegen die Tür, wobei sie das recycelte Teakholz, oder was auch immer es war, leicht zerkratzte. Schließlich rief ich: «Becca!», wie ein Irrer.

Das hatte schließlich Erfolg. Sie kam endlich heraus und schloss hinter sich die Tür. Rein körperlich sah sie gut aus, wenn sie auch verdammt angespannt wirkte.

«Wir haben im Park auf dich gewartet. Ich habe mir Sorgen um dich gemacht.»

«Mir geht es gut.»

«Und Scarlett?»

«Ihr geht es auch gut.»

«Und warum bist du dann nicht gekommen?»

«Ich dachte, es sei am besten, wenn wir uns nicht wiedersehen.» Mechanisch sagte sie es, ohne mir in die Augen zu schauen.

«Hat er gesagt, du sollst nicht mehr kommen?»

«Nein.»

«Tut er dir weh, Becca?»

«Nein! Außerdem geht es dich nichts an.»

«Im Haus wirktest du so, als hättest du Angst vor ihm.»

«Ich habe keine Angst. Er ist ... Scarlett braucht ihren Dad. Und ich mag dich, Nick. Natürlich mag ich dich. Aber ich kann nicht ... Selbst wenn ich wollte ... ich kann nicht.»

«Aber wir können Freunde sein, oder?»

«Nein. Du weißt es, und ich weiß es auch, wie das enden wird.»

Und was wäre so falsch daran? «Warum bleibst du, wenn er dich nicht glücklich macht?»

Sie knallte mir die Tür vor der Nase zu.

Bee

Nachdem ich ihr Nachricht um Nachricht geschrieben und um mehr Einzelheiten gebeten hatte, wobei meine letzte ein schlichtes, flehendes «BITTE» gewesen war, antwortete Kat schließlich.

«Bist du Journalistin?»

Das schockierte mich, und ich antworte, dass ich eine besorgte Freundin sei. Ich schickte ihr Links zu meiner Website. Nach einigem Hin und Her verabredete sie sich mit mir zu einem Treffen «Aber wehe, du bist nicht, wer du vorgibst zu sein.»

Ich sagte die Anproben für den Nachmittag ab und ging zu der Adresse, die sie mir geschickt hatte – einem Café in Shoreditch, das mich an das Restaurant von Aktenkoffer-Mann erinnerte. Zuerst erkannte ich sie nicht, weil sie anders aussah als auf den Fotos, die ich mir online von ihr angeschaut hatte. Sie trug eine Beanie-Mütze und einen sackartigen Parka statt der beneidenswerten schicken Unisex-Anzüge und dem typischen asymmetrischen Haarschnitt.

«Kat?»

Ein knappes Nicken. Ein prüfender Blick. «Setz dich.»

Ich setzte mich.

«Was hat dich dazu gebracht, mich zu kontaktieren? Oder, um es anders auszudrücken: Was an Benedict hat deine Alarmglocken schrillen lassen?»

Und wieder war ich mitten im Land der Halbwahrheiten. Kat hatte etwas von Leilas Scharfsinnigkeit; ich musste aufpassen, was ich sagte. «Wie ich es schon in meiner ersten E-Mail schrieb, hat meine Freundin in der Vergangenheit einige schlimme Beziehungen gehabt. Sie hat Männer gewählt, die nicht gut für sie waren. Ich wollte überprüfen, ob Benedict okay ist, denn um ehrlich zu sein, wirkte er auf mich zu gut, um wahr zu sein, als ich ihn kennenlernte.»

Ein Schnauben. «Genau. Er ist sehr charmant, wenn er will.»

«Und als ich deine Antwort bekam, habe ich ihr gesagt, sie solle sich von ihm fernhalten, aber das hat sie nicht getan. Das Problem ist, dass sie nicht allein ist. Sie hat eine Tochter.»

Ein gehauchtes «Oh verdammte Scheiße». Dann: «Du liegst völlig richtig.»

«Und wie schlimm ist es?»

«Sehr schlimm.»

Kat erzählte mir, dass sie sich am Anfang wie in einem Märchen gefühlt hatte, als sie sich kennenlernten. Sie, die arme Designerin aus der Arbeiterklasse, er, der trauernde Witwer, Philanthrop und Millionenerbe, «natürlich hauptsächlich auf Kosten von Sklaven erworben, aber *das* sagt ja keiner laut».

«Ich hoffe, es macht dir nichts aus, wenn ich das sage, aber er sieht gar nicht aus wie dein Typ.»

«Ist er auch nicht. Ich wollte gerade als Designerin groß herauskommen, und du weißt ja selbst, wie schwierig das sein kann. Und dann war er plötzlich da, mein beschissener Mr Rochester. Und ich war praktisch Jane Eyre.»

Schon wieder ein tragischer Held der Literatur.

«Und wie habt ihr euch kennengelernt?»

«Ich habe den Preis der Mercer-Stiftung bekommen. Und klar, es ist nicht ganz in Ordnung, wenn der Mäzen die Gewinner seines Preises vögelt, aber hey, wer kann da schon widerstehen? Und dann war da natürlich das Geld, das mich blendete. Urlaube, Kleider, Häuser, all dieser leere Mist. Es war … es führte mich zu Beginn einfach in die Irre. Es saugte mich ein. Ben benutzte sehr feines Sandpapier, mit dem er meinen Willen glatt schmirgelte. Er nimmt sich Zeit. Es ist keine körperliche Gewalt, sondern das subtile Untergraben deines Selbstbewusstseins. Eine beinahe unmerkliche Kontrolle. Du weißt ja, wie Gaslighting funktioniert. Das wissen wir alle. Man isoliert das Opfer von seinen Freunden und von der Familie, bringt es dazu, einen selbst als die ganze Welt anzusehen, und lässt die «Ich bringe dich ganz groß raus, Baby»-Karotte vor seiner Nase baumeln. Und ja, genau wie so ziemlich jede andere, die das hat durchmachen müssen, habe auch ich geglaubt, so etwas könne mir niemals passieren. Aber es ist mir passiert.» Sie verstummte. Dann sagte sie: «Sein großer Plan war, mich zu schwängern.» Mir lief ein kalter Schauer über den Rücken. «Das ist die ultimative Kontrolle, nicht wahr? Barfuß und schwanger in der Küche. Und noch eine zweite Geisel, wenn das Kind da ist.»

«Was hat dich dazu gebracht, ihn doch noch zu verlassen?»

«Ich hatte Glück, einer meiner Freunde hat ihn durchschaut und eingegriffen. Hat mir dabei geholfen abzuhauen. Aber in dem Moment wird es wirklich gefährlich. Wenn du gehen willst. Ben hat versucht, meinen Ruf und meine Karriere zu zerstören, aber immerhin bin ich lebend da raus. Alina, seine Ex-Frau, hatte dieses Glück nicht.»

Die Kälte wurde zu Eis. «Aber das war doch ein Unfall, oder?»

Lange Pause. «Wenn ich dir das erzähle, darfst du nichts darüber weitererzählen. Niemandem. Nicht einmal deiner Freundin.» Kat faltete die Hände und drückte sie zusammen. «Nachdem ich … es geschafft hatte, von ihm wegzukommen, habe ich Kontakt zu Alinas Familie in den USA aufgenommen. Es hieß, sie habe zu viele Beruhigungsmittel genommen, sei ausgerutscht, habe sich den Kopf angeschlagen und sei im Badewasser ertrunken. Was in den Medien nicht erwähnt wurde, war, dass sie gerade die Scheidung eingereicht hatte, und die Familie sagte, sie habe keine Tabletten genommen. Sie glauben nicht, dass es ein Unfall war.»

«Ach du Scheiße.»

«Deswegen habe ich gefragt, ob du eine Journalistin bist. Sie drängen darauf, dass die Ermittlungen zu Alinas Tod wieder aufgenommen werden und die Autopsie ihrer Überreste erneut durchgeführt wird. Damals wurde das verschwiegen, weil er ist, wer er ist. Und ich bin nicht die Einzige, die es geschafft hat, ihm zu entkommen. Es gibt noch andere da draußen. Aber wenn es irgendeine Hoffnung gibt, das alles ans Licht der Öffentlichkeit zu bringen und sein Verhalten zu beweisen, dann darf er es nicht wissen, noch nicht. Er kommt damit nicht durch, das schwöre ich. Aber bis dahin tu bitte, was in deiner Macht steht, um deine Freundin und ihre Tochter von ihm fernzuhalten.»

Selbstverwirklichung. Selbstentfaltung. Die Worte kamen mir in den Sinn, sie stammten aus den blöden Büchern, die ich früher gelesen hatte. Es entsprach immer wieder der Wahrheit: herauszufinden – nein, tatsächlich zu wissen –, wer man war, wozu man in der Lage war und wozu nicht. Das war in jeder Hinsicht entscheidend. Ich hatte die Bücher gelesen, die Kampagnen gesehen, ich glaubte zu verstehen, warum jemand trotz seiner Intelligenz bei einem missbräuchlichen Partner blieb, und wie Kat war ich mir sicher, *dass mir das niemals passieren würde.* Aber es war mir passiert. Es war uns beiden passiert. Es *passierte* gerade. Aber nie wieder. Nicht mir, nicht Becca und auf keinen Fall Scarlett. Meiner Tochter in einer anderen Welt. Der Tochter, an die ich zu denken versuchte und auch wieder nicht. Für die ich versuchte, nichts zu empfinden. Aber tief in meinem Inneren tat ich es doch mit einem heftigen Schutzinstinkt. Sie war schließlich auch *meine* Tochter.

Von: NB26@zone.com
An: bee1984@gmail.com
Scheiße. SCHEISSE.

Von: bee1984@gmail.com
An: NB26@zone.com
Ja. Scheiße.

Von: NB26@zone.com
An: bee1984@gmail.com
Also hat sie im Prinzip gesagt, dass er ein Mörder ist?

Von: bee1984@gmail.com
An: NB26@zone.com
Womöglich. Aber er ist auf jeden Fall ein gefährlicher Kontrollfreak.

Von: NB26@zone.com
An: bee1984@gmail.com
Was, wenn er in dieser Welt anders ist? Natur vs. Umwelt? Sieh uns an. In deiner Welt bin ich ein Bestsellerautor.

Von: bee1984@gmail.com
An: NB26@zone.com
Du bist auch in deiner Welt ein Bestsellerautor, erinnerst du dich? Und ihr seid nicht so verschieden. Nicolas hat dieselben Unsicherheiten wie du – wenn nicht noch mehr.
Wir dürfen das Risiko nicht eingehen. Denn selbst wenn er nicht das Ungeheuer ist, das er hier ist, mies genug ist er, oder? Nach dem, was du mir erzählt hast, bleibt Rebecca nur wegen Scarlett bei ihm. Du musst die beiden von ihm loseisen – und zwar, ohne dass er das merkt.

Von: NB26@zone.com
An: bee1984@gmail.com
Wie? Ich kann sie ja nicht entführen. Sie will mich nicht sehen, Bee.

Von: bee1984@gmail.com
An: NB26@zone.com
Würde sie denn Leila sehen wollen?

Nick

Bee hatte recht. Wir würden eine bessere Chance haben, wenn wir Leila 2 auf unsere Seite ziehen konnten. Wir diskutierten lange darüber, wie wir das am besten anstellen konnten, und kamen schließlich zu dem Schluss, dass wir ihr nur die Wahrheit sagen konnten. Die ganze Wahrheit. Da ich sie schon zweimal angelogen hatte und sie glaubte, ich sei Beccas ehemaliger Same-Sexer-College-Kumpel, den sie vor langer Zeit aus den Augen verloren hatte, standen die Chancen nicht besonders gut, dass sie mir genügend Zeit geben würde, um das ganze Elend zu erklären. Ich versuchte, meine Ansprache in Gedanken zu üben, dachte sogar kurz daran, sie zur Probe vor Dick oder Doof zu halten, um zu sehen, ob ich einen von ihnen davon überzeugen konnte, dass *«es andere Welten tatsächlich gibt, Leute, und jetzt sage ich euch, woher ich das so genau weiß»*.

Oh, hätte ich doch nur so viel Glauben und Sicherheit wie die Berenstains.

Statt Leila anzurufen oder zu versuchen, mich wieder in ihr Büro einzuschleichen, weckte ich meinen inneren Geoffrey und hing vor ihrem Haus herum. Der Klassiker. Kein bisschen stalkerhaft. Ziemlich ungemütlich. An jenem Abend war es schon empfindlich kühl, und in ihrem Viertel war Rauchen streng verboten.

«Ich brauche vielleicht deine Hilfe, Bee.»

«Ich bin hier. Nur, dass du es weißt: Nicolas ist auch hier, aber ich werde ihm sagen, dass ich eine Kundin beraten muss.»

Der blöde Nicolas. *Wir wollen ihm doch keinesfalls zur Last fallen, nicht wahr?*

Gegen sieben – und gerade, als ich beschloss, nach Hause zu gehen und die Sache abzuschreiben – erschien sie endlich.

Sie knöpfte sich den Mantel im Gehen zu. Ich musste laufen, um sie einzuholen. «Kann ich Ihnen einen Drink ausgeben?»

Sie blieb stehen und musterte mich von Kopf bis Fuß. «Hat Becca Sie geschickt?»

«Gewissermaßen. Hören Sie, als Erstes muss ich Ihnen sagen, dass ich nicht ganz ehrlich gewesen bin, was meine Beziehung zu Becca angeht, aber ich wäre nicht hier, wenn es nicht wirklich wichtig wäre. Nur einen Drink. Mehr will ich nicht.»

Ich wurde mit einem intensiven, durchdringenden Blick bedacht. Bee hatte ihn Leilas «Paddington-Blick» genannt. «Einen. Und Sie bezahlen.»

Wir fanden einen altmodischen Pub, der versteckt in einer Seitengasse lag, und nachdem wir unsere Drinks bestellt hatten, setzten wir uns an einen Tisch ganz weit hinten im Lokal.

«Und? Wehe, es ist nicht wirklich wichtig.»

Ich hatte nur eine Chance, ich durfte sie nicht vermasseln. «Ich werde Ihnen jetzt ein paar Dinge erzählen, die sehr schwer zu glauben sind. Sie werden denken, dass ich verrückt bin. Das kann ich verstehen. Wenn Sie zu irgendeinem Zeitpunkt das Bedürfnis haben, mir zu sagen, ich solle mich verpissen, werde ich gehen, und Sie werden nie wieder von mir hören.» Klang ich wie aus einem schlechten Film entlaufen? Auf jeden Fall. Gab es eine andere Art, es zu sagen? Auf keinen Fall. Und es schien zu funktionieren.

«Okay. Jetzt bin ich neugierig.»

Es dauerte zwei Flaschen Wein (auch noch roten, daher würde ich in der Nacht ganz sicher kein Auge zubekommen). Sie hörte zu. Und hörte zu. Sie stürmte nicht hinaus, kippte mir nicht den Wein ins Gesicht oder rief einen Krankenwagen, wie ich es mir vorgestellt hatte. An einem Punkt (als ich ihr davon erzählte, wie ich Becca zum ersten Mal im Park getroffen hatte) mussten wir unterbrechen, um Essen zu bestellen. Eins dieser banalen Dinge, die ich in einer hochintensiven, verwirrenden Situation wie dieser nicht erwartet hätte.

«Und das wär's. Bee – *meine* Bee, nicht ihre Becca – ist davon überzeugt, dass Benedict gefährlich ist. Sie ist sich sicher, dass Becca dringend von ihm weg muss.»

«Wegen der Dinge, die Bee über sie weiß, und zwar in ihrer ... wie nennen Sie das? Ihrer Welt? Realität?»

«Ja. Welt ist schon in Ordnung. Nennen Sie es, wie Sie mögen. Und ohne Ihre Hilfe sind wir aufgeschmissen.»

Ein langes Schweigen. «Kann ich die i-Mails mal sehen?»

«Sie meinen ... meine und Bees?»

«Natürlich.»

Das hatte ich ja schon mit den Berenstains durchexerziert. Ich würde nie diese schreckliche Unbehaglichkeit vergessen, als ich eine verkrampfte Unterhaltung mit Kelvin führte, während Henrietta durch meine und Bees Privatkorrespondenz scrollte. Aber das hier war irgendwie noch schlimmer. Bee und ich waren längst nicht mehr nur Fremde im Intranet, und allein beim Gedanken daran, wie Leila durch unsere Unterhaltung blätterte, fühlte ich mich verletzlich und nackt. Und dann waren da noch die anderen Teile meines Lebens, die unter dem (peinlicherweise ziemlich schmierigen) Handy-Biodisplay lauerten. Keine Pornos (dem Herrgott sei Dank), aber mein Suchverlauf war wegen der Recherche für *Sabotage* ein Google-Albtraum: «Wie stellt man ein Würgeeisen her?»; «Verbotene Substanz Glyphosat: kann man davon sterben?»; «Kann man eine Leiche zu Hause in Säure auflösen?» und so weiter und so fort. Aber hatte ich denn eine Wahl? Leila würde mir nicht einfach so glauben: Sie brauchte Beweise. Und wie fast immer in Zeiten der moralischen Unsicherheit dachte ich: «Scheiß drauf».

Ich öffnete die Unterhaltung, gab ihr das Handy und ging pinkeln, während sie las (übrigens pinkelte ich so schnell wie noch nie, denn neben all den anderen Unsicherheiten hatte ich plötzlich auch noch die irrationale Angst, sie könnte mit dem Handy weglaufen, während ich auf der Toilette war).

Als ich wieder zurückkam, scrollte sie immer noch mit undurchdringlichem Blick durch die Nachrichten. Als ich den Mund öffnete, um etwas zu sagen, hob sie die Hand. «Warten Sie.»

Ich wartete. Und wartete. Ich bestellte uns noch eine Flasche Rotwein. Denn es galt hier eine von den Redensarten, die von Bees Mutter und Leila 1 überliefert waren: *Ich kann schlafen, wenn ich tot bin.*

Schließlich gab Leila 2 mir das Handy zurück. «Das ist ...»

«Irre? Unmöglich? Vollkommen durchgeknallt mit Hirnfick-Streuseln?»

«Ja, das ist es. Ich wollte Ihnen wirklich sagen, Sie sollten sich verpissen und dass Sie irre sind.» Sie seufzte und fuhr sich mit der Hand durchs Haar. «Aber ich glaube Ihnen.»

«Wirklich?»

«Warum sollten Sie sich eine so komplizierte Geschichte ausdenken? Das hätte absolut keinen Sinn. Und diese i-Mails ... Sie klingen wie meine Becca. Bevor ... Sie wissen schon.» Sie lehnte sich zurück. «Ihre Bee redet ständig über Leila. Und ich habe längst nicht alles lesen können. Erzählen Sie mir von mir.»

«Was wollen Sie denn wissen?»

«Alles.»

Erst später, als Bee und ich die Zeit dazu hatten, das Gespräch zu analysieren, sagte sie mir, dass sie wünschte, sie hätte mich vorher gewarnt. Es gebe da Dinge, die Leila 2 vermutlich lieber nicht hören wolle. Aber da ich das nicht wusste, redete ich frei von der Leber weg. Hinzu kam, dass mein Empfindlichkeitenradar vom Alkohol vernebelt war. Daher war ich alles, nur nicht taktvoll. Leila ihrerseits wechselte abrupt zum Du.

«Warte mal ... Ich habe Zwillinge? *Zwillinge?*»

«Ja.»

«Zwillinge. Verdammte Kiste.» Sie atmete tief ein. Atmete wieder aus. Legte sich die Hand vors Gesicht. «Und einen Ehemann.»

«Ja. Er heißt Lev.»

«Lev. Moment. Lev Ali?» Ich nickte. «Herrje. Ich habe vor Jahren mit ihm Schluss gemacht. Habe mich immer gefragt, ob das die richtige Entscheidung gewesen ist.» Sie leerte ihr halb volles Glas. Inzwischen waren ihre Mundwinkel und Zähne blau vom Rotwein. Meine ebenfalls. Wir sahen aus wie besoffene Vampire.

«Zwillinge. Heiliges Kanonenrohr.» Sie griff erneut nach der Flasche.

Themenwechsel. «Leila, habt ihr zwei, also Becca und du, euch wegen Benedict überworfen?»

«Teilweise. Ich habe ihr gesagt, sie solle den Drecksack nicht heiraten. Sie tat es trotzdem. Ich konnte es einfach nicht mitansehen.»

«Hat er sie körperlich misshandelt?»

«Nicht, dass ich wüsste. Es war mehr seine Kontrollsucht. Es war, als saugte er ihre Funken auf, ihr Glitzern. Die Sache ist die: Ich weiß genau, was Becca will. Sie will Stabilität. Jemanden, den sie lieben kann. Und sie will nicht versagen. So, wie es ihre Eltern getan haben.» Sie klatschte mit der flachen Hand auf den Tisch. «Ich will mit ihr reden.»

«Sehr gut. Deshalb bin ich gekommen. Wir brauchen dich hierbei, Leila.»

«Nein. Ich meine, ich will mit *deiner* Becca reden.»

Bee

Mitternacht. Nicolas schlief stocksteif neben mir, den linken Arm über meine Taille gelegt. Auf dem Nachttisch vibrierte das Handy. Vibrierte erneut. Ich öffnete die Unterhaltung. Ganz gegen alle Wahrscheinlichkeit hatte Nick es tatsächlich geschafft, Leila 2 auf unsere Seite zu ziehen, und sie wollte mit mir reden.

Ich löste mich vorsichtig aus der Umarmung und stieg aus dem Bett.

«Wohin gehst du?» Schlaftrunken. Wirres Haar. Sein Schlafgesicht.

«Leila hat eine Krise.»

«Kann ich irgendwie helfen?»

«Nein. So ernst ist es nicht. Schlaf weiter.»

Er ließ sich wieder zurücksacken.

Ohne mich extra anzuziehen, tappte ich zum Arbeitstisch und zu Clarice, dabei tippte ich eine Nachricht.

«Wie viel weiß sie, Nick?»

«Alles»

«Hat sie in deiner Welt Kinder?»

«Nein»

Dann: *Oh scheiße.* «Weiß sie von ihrem anderen Ich? Weiß sie von den Zwillingen?»

«Ja»

Oh Leila. Wie dumm von mir, nicht daran gedacht zu haben. Wie dumm von mir, Nick nicht gewarnt zu haben, diese potenziell verletzende Information für sich zu behalten. Meine Leila hatte sich so gequält, indem sie sich Runde um Runde der Therapie zur künstlichen Befruchtung ausgesetzt hatte. Es hatte sie beinahe gebrochen: «Ich weiß, dass diese Welt ein schlimmer Ort ist und ich kein Kind hineinbringen sollte. Ich weiß das, Bee. Ich weiß, dass es irrational wirkt. Ich kann aber einfach nicht aufhören, daran zu denken. Ich kann nicht aufhören, mich danach zu sehen.» Hatte sich Leila 2 ebenso gequält, oder tat sie es noch? Damals, als wir unsere Fakten verglichen, hatte mir Nick vom Attenborough-Abkommen erzählt – einer Reihe Gesetze zum Schutz der Umwelt und der Menschenrechte, die die Selbstbestimmung der Frauen schützen, Sterilisation als Art der Geburtenkontrolle fördern und kleinere Familien unterstützen sollten. Und hatte er nicht auch erwähnt, dass künstliche Befruchtung nur für die absolut Superreichen bezahlbar war?

«Ich übergebe jetzt an Leila.»

Meine Finger zitterten. Gänsehaut auf den Armen. Und das lag nicht nur an der kühlen Nachtluft. Ein Vibrieren, als ihre erste Nachricht kam: «Erzähl mir etwas, um zu beweisen, dass du es wirklich bist.»

Ich schüttelte meine Hände aus. «Über dich oder über mich?»

«Über uns beide.»

«Okay. Was mich angeht: Von Kartoffelpüree muss ich würgen. Du: Du bist mit der Eihaut über dem Kopf geboren worden, die deine Mum aufbewahrt und getrocknet hat. Eines Tages hat sie sie einem deiner Freunde gezeigt, und er hat sich übergeben, als er begriff, was es war.» Nichts. Ich zählte bis dreißig. «Ist die Sache mit der Eihaut in deiner Welt auch passiert?»

«Ja. Nur, dass er sich nicht übergeben hat, sondern einfach davongelaufen ist.»

«Aknegesicht und Dicki-Bumm-Bumm sagen dir was?»

«Herrje, ja. Aber Ms Dennis hat der Sache ja ein Ende gesetzt.»

«In meiner Welt nicht.»

«Blöde Kuh!»

«Glaubst du es jetzt?»

«Ich glaube es. Und ich glaube es nicht. Ich will aber.»

«Verstehe».

«ALSO.»

«Also habe ich das andere Du gefragt, was dich dazu bringen würde, dich mit mir zu überwerfen.»

«Und.»

«Sie sagte, wenn ich ein Kind umbrächte.»

«Ha! Hat sich herausgestellt, dass du nichts auch nur annähernd so Drastisches tun musstest. Ich habe mich eigentlich nicht wirklich mit dir überworfen. Nachdem ich dir meine ehrliche Meinung über Benedict gesagt habe, hast du mich nicht mehr sehen wollen. Und ich ließ es zu.»

«Warum?»

Eine Weile kam wieder nichts, dann: «Weil es wehtat, als ich herausfand, dass du schwanger bist. Ich habe all die Tests gemacht und gewusst, dass ich nicht würde schwanger werden können. Ich wollte dich eine Weile nicht sehen. Ich bin ein schlimmer Mensch, was?»

«Nein. Kein bisschen schlimm. Du hast hier dasselbe durchmachen müssen. Dieselbe Qual. Wie viel soll ich dir erzählen?»

«Ich weiß nicht. Ach Scheiße. Bin ich eine gute Mum?»

«Die beste.» *Denk nach, denk nach*: Wäre es besser oder schlimmer für sie, wenn sie glaubte, dass ihr anderes Ich ein Leben voller Kinderfreude lebte? Schlimmer. Definitiv. «Die Arbeit für die Kinder aufgeben zu müssen, war für dich aber ein echter Albtraum. Und die Zwillinge sind ganz schön anstrengend.»

«Ich habe meine Arbeit aufgegeben?»

«Hast du. Und es hat dich beinahe umgebracht.»

«Und ich bin wirklich mit Lev Ali verheiratet?»

«Ja.»

«Glücklich?»

«Ja.» *Einigermaßen*. «Geht es dir gut, jetzt, da du das weißt? Hoffentlich erschüttert es dich nicht zu sehr.»

«Erschüttert ist eine Untertreibung. Aber ja, es geht mir gut.

Habe mich mit all den Dingen schon vor einer Weile arrangiert. Es wird wohl immer wehtun, aber es vernichtet mich nicht mehr.»

«Nick sagt, dass du unglaublich erfolgreich bist in deinem Job. Eine der Besten.»

«Hat er das gesagt? Es ist so merkwürdig, mir vorzustellen, dass du mit ihm über mich sprichst.»

«Merkwürdig ist wohl eine Untertreibung ;-)»

«Er sagt, dass du auch sehr erfolgreich bist.»

«Ist etwas mit meinem anderen Ich passiert, Leila? Etwas, das mich ... verändert hat?»

«Was denn zum Beispiel?»

Ich wusste nicht, wie ich es ausdrücken sollte, ohne unsensibel zu klingen. «Als ich in meiner Welt schwanger wurde, wollte ich es nicht behalten. Sie wollte es aber.»

«Ja, aber das war nicht einfach für sie.»

«Was hat denn ihre Meinung geändert? War er es? Hat er sie dazu gedrängt?»

«Um ehrlich zu sein, glaube ich, dass ich es war. Ich glaube, dass sie dachte, wenn ich schon kein eigenes Kind haben könnte, könnte ich immerhin so etwas wie eine zweite Mutter oder eine Tante für ihr Kind sein. Nur dass das vollkommen nach hinten losging, weil ich nicht damit zurechtkam. Was wiederum Benedict in die Hände spielte. Er muss begeistert gewesen sein, als ihre Freundin mit der großen Klappe aus ihrem Leben verschwand.»

Die *Erleichterung*, dass es ganz und gar Beccas Entscheidung gewesen war, schwanger zu werden, wenn auch teilweise aus Sorge um ihre beste Freundin. Hätte ich dasselbe für meine Leila getan, wenn sie niemals hätte schwanger werden können? (Ehrlich? Ich habe sie wirklich lieb, aber ich glaube nicht.)

«Sonst nichts? Nichts Traumatisches?»

«Was denn zum Beispiel?»

Die Dinge, die mir durch den Kopf gegangen waren ... Es waren unendlich viele. Die Dinge, die mir selbst passiert waren: Sex mit einem aufdringlichen Kerl im College, weil es leichter war, ihm nachzugeben, als Nein zu sagen. Aktentaschenmann. Das, was zahllose Frauen jeden Tag erleben müssen. Nate. «Ich weiß nicht genau.»

«Der Tod ihrer Mum hat sie wirklich erschüttert», sagte Leila.

«Der hat mich auch erschüttert.»

«Und sie hatte eine schlimme Trennung hinter sich, als sie mit Benedict zusammenkam. Hat ihr das Herz gebrochen.»

«Das war aber nicht Nate, oder? Nathan Ellis.»

«Nein. Einer der Designer, mit denen sie gearbeitet hat. Jackson Irgendwas? Ich war kein Fan von ihm, aber verglichen mit Benedict ist er praktisch ein Heiliger.»

Klick. Nate-Gate hatte mich zur Beziehungsphobikerin werden lassen. Becca hatte die entgegengesetzte Richtung eingeschlagen, als ihr Herz zerschmettert wurde – sie hatte sich jemanden gesucht, der auf dem Papier nach Sicherheit und Stabilität aussah. (Oh, die Ironie des Schicksals: Wer hätte gedacht, dass eine Dating App und eine Serie seelenloser One-Night-Stands sicherer waren, als sich auf einen Philanthropen einzulassen?)

«Hast du deiner Version von Nick die Wahrheit erzählt?», fragte Leila.

«Nein. Ich wollte es, aber jetzt ist es alles schon zu weit gegangen.»

«Hast du deiner Version von MIR erzählt, was los ist?»

«Nein.»

«Warum nicht?»

«Du hast schon genug am Hals, auch ohne diesen irren Quanten-Anomalien-Liebesdreieck-Scheiß. Und um ehrlich zu sein, wusste ich, dass du es nicht gut finden würdest, was wir hier tun. Du hättest es für manipulativ gehalten. Ich finde es ja auch manipulativ, aber ich glaube, ich könnte nicht einmal damit aufhören, wenn ich es wollte.»

«Liebe. Die macht einen ganz verrückt.»

Das war ein solcher Leila-ismus, dass ich lächeln musste. «Das ist wirklich wahr.»

«Und ich finde es wirklich nicht gut. Ich finde wirklich, dass es manipulativ ist, und auch ein bisschen so, als ob man etwas mit dem jeweiligen anderen Ich anfinge. Aber ich verstehe, warum du es tust. Nick liebt dich wirklich, weißt du. Ich kenne ihn zwar kaum, aber ich merke das.»

«Ich weiß. Ebenso, wie ich weiß, dass er mit Becca zusammen sein sollte.»

«Weil es mit seinem anderen Ich und dir so gut funktioniert?»

Eine Gelegenheit, mich Leila anzuvertrauen – oder einer Version von Leila. Eine Chance, den Zweifeln Ausdruck zu verleihen, die ich sonst mit niemandem teilen konnte. Aber hier ging es nicht um mich. Hier ging es um Becca und Scarlett. Ich ließ die Gelegenheit verstreichen. «Ja.»

Dann machten wir uns an die Arbeit: Operation Becca und Scarlett.

Von: NB26@zone.com
An: bee1984@gmail.com
Na ja, immerhin ist sie nicht sofort gegangen, als sie mich gesehen hat. Das ist ja schon mal etwas. Muss den Hunden und Scarlett dafür danken. Ich hatte zwar meine Zweifel, aber ein Hinterhalt im Park funktioniert offenbar doch.

Von: bee1984@gmail.com
An: NB26@zone.com
Was machen sie denn gerade?

Von: NB26@zone.com
An: bee1984@gmail.com
Leila redet immer noch die meiste Zeit. Becca wirkt ernsthaft genervt. Kann nicht hören, was sie genau sagen.

Von: bee1984@gmail.com
An: NB26@zone.com
Ich versuche, mir die ganze Zeit vorzustellen, wie ich mich fühlen würde, wenn man mir diese Geschichte erzählte.

Von: NB26@zone.com
An: bee1984@gmail.com
Genau das ist dir ja passiert. Und du bist auch damit zurechtgekommen. Warte, Scarlett will, dass ich Sandkuchen backe. Bin gleich wieder da.

Von: NB26@zone.com
An: bee1984@gmail.com
Sie reden immer noch. Warte. Leila kommt auf mich zu.

Von: NB26@zone.com
An: bee1984@gmail.com
Becca nimmt es ihr nicht ab. Ist kurz davor zu gehen. Hör mal, Bee. Wir haben vielleicht nur diese Gelegenheit. Du musst mal ein ernstes Wort mit dir reden.

Bee

Und mach schnell. Wir haben nicht lange Zeit. Schreibe etwas. Irgendetwas, von dem du glaubst, dass es hilft».

Ein ernstes Wort mit mir selbst. Mit Leila 2 zu sprechen, war das eine. Aber mit Becca zu sprechen ... Damals, zu Nates Zeit, als ich noch die Augen vor der Wahrheit verschloss – was hätte sie mir damals wieder geöffnet? Denk nach, denk nach, denk nach.

Ich wurde von einem *«Scheißkerl!»* aus meinen Gedanken gerissen. Ich war so von dem drohenden Drama in Beschlag genommen gewesen, dass ich Nicolas halb vergessen hatte. Er saß mit seinem Laptop an seinem angestammten Platz am Frühstückstresen (er war diesmal einen Tag früher gekommen, was ich schön gefunden hätte, wenn ich nicht gerade mit den Problemen in der anderen Welt zu tun gehabt hätte).

«Was?»

«Beschissene Rezension auf Amazon. Nicht nur nur ein Stern, sondern auch noch voller Spoiler.»

«Ist das alles?» *Denn ich muss mir jetzt dringend das Richtige einfallen lassen, um eine Version von mir selbst davon zu überzeugen, sich aus einer toxischen und gefährlichen Beziehung zu befreien.* Es klang schnippisch und ein wenig abschätzig.

«Vielen Dank für die Unterstützung, Bee. Mit wem schreibst du dir da eigentlich? Du bist schon seit Stunden damit beschäftigt. Es ist doch wohl nicht etwa wieder Nate, oder?»

«Natürlich ist er das nicht. Ich bin hier nicht diejenige, die verdammt noch mal rund um die Uhr mit Twitter beschäftigt ist und sich ununterbrochen selbst googelt.»

Wir erschraken uns beide. Das passte so gar nicht zu mir, zu Ms Konfliktscheu. Unser erster Streit. Schlechtes Timing.

«Ich gehe mal spazieren.»

«Gute Idee.»

Er knallte den Laptop zu und stürmte hinaus.

Ich schüttelte die Scham ab. Ich hatte keine Zeit, ich musste loslegen:

Becca. Ich weiß, wie schwer es dir fallen muss, das hier zu glauben. Mir ging es ebenso. Ich verspreche dir, dass ich mir keinen Scherz mit dir erlaube. Ich bin du. In einer anderen Welt. Ich lebe ein anderes Leben. Und zwar ein GUTES. Du kannst das auch haben.

Ich weiß nicht, wie ich das beweisen soll. Was kann ich sagen, damit du mir glaubst? Es gibt Dinge, die vermutlich nur mir passiert sind und dir nicht. Aber ich versuche es einmal:

Du kaust an deinen Nägeln, aber nie so weit, dass es jemand bemerken könnte.

Du hast am Daumen gelutscht, bis du zwölf warst.

Wenn dir jemand über das Haar streicht, musst du weinen, weil deine Mum das früher vor dem Einschlafen getan hat. Ich hoffe, dass sie das für dich auch getan hat. Ich habe immer noch ihre Schneiderpuppe (ich nenne sie Clarice, weiß auch nicht, warum).

Eine unserer Brüste ist größer als die andere, und früher hatten wir deswegen schreckliche Komplexe.

Ich verstehe, warum du mit Benedict zusammen bist. Genau wie dir ist mir einmal das Herz gebrochen worden. Nur dass ich danach den entgegengesetzten Weg eingeschlagen habe. Ich habe es vermieden, mich auf Beziehungen einzulassen, und geglaubt, dass ich diesen Teil meines Lebens aus mir herausschneiden könne wie einen Tumor. Bis ich Nick kennenlernte und sich alles veränderte.

Aber ich habe kein Kind. Du schon. Ich verstehe, dass du nach allem, was wir haben durchmachen müssen, Sicherheit für Scarlett willst. Nach dem, was Dad Mum angetan hatte. Nach all den Streitereien, die du in deinem Zimmer versteckt mit anhören musstest, während du so tatst, als passierte das gerade gar nicht. Die Erleichterung, als Dad endlich ging, aber auch der Kummer.

Ich verstehe, warum du dich von einem Mann angezogen fühltest, der vermeintlich SICHERHEIT und STABILITÄT versprach, alles, was wir als Kinder nicht hatten. Ich verstehe, warum du die Auseinandersetzung scheust. Ich tue das auch.

Aber in meiner Welt ist er gefährlich. In deiner Welt ist er es vielleicht auch. Gefährlich für dich und auch für Scarlett.

Und du gibst nicht gern auf, Becca. Aber man darf aufgeben. Ich verspreche, dass auch das in dir steckt.

Du musst kein Wort von dem hier glauben. Sag mir und Nick und Leila, wir sollen uns verziehen. Aber um Scarletts Willen denke bitte zumindest kurz darüber nach, was wir dir sagen wollen. Sprich mit seiner Ex-Frau. Sprich mit seinen Ex-Freundinnen. Tu wenigstens das.

Und Leila braucht dich. Du brauchst sie. Du musst das nicht alleine schaffen.

WARTE NICHT.

Ohne das alles noch einmal durchzulesen – dafür hatte ich keine Zeit –, klickte ich auf SENDEN.

Und wartete.

Von: bee1984@gmail.com
An: NB26@zone.com
Und? Hat sie es gelesen?

Von: NB26@zone.com
An: bee1984@gmail.com
Sie hat es gelesen. Dann hat sie das Handy zurückgegeben und ist gegangen.

Nick

Als die Funkstille sich auf eine Woche ausdehnte, dann auf eine zweite, war ich Nicolas sehr dankbar, dass er meine Sorge um Becca und Scarlett gewissermaßen zerstreute. Er war sehr damit beschäftigt, *Ein Schuss in der Dunkelheit* zu schreiben («Er benutzt sogar den Titel.»), und Bee hatte es sich zur Gewohnheit gemacht, mir immer wieder kleine Hinweise darauf zu geben, in welche Richtung er damit weitermachen wollte. Ich konnte Stunden damit verbringen, mich in einen gerechten Zorn hineinzusteigern, wenn sie mir einen Handlungsfaden erzählte, der vom Original-Plot abwich («Der Saboteur KANN AUF KEINEN FALL so ein Moralapostel sein! Merkt er denn nicht, dass es ihn eindimensional macht? SAG IHM, ER SOLL DAS LASSEN.»).

Was die Moral anging (oder Amoralität, die unseren Umgang mit dem Quantenpannen-Chaos-Land so sehr charakterisierte), so kämpfte Bee ganz eindeutig mit Gewissensbissen, weil sie Nicolas hinterging, aber sie spürte, dass ich etwas anderes als nur meine Schreiberei brauchte, um mit meiner Angst umgehen zu können (zweifellos für den Fall, dass sich *Sabotage* als Selbstsabotage herausstellte), und das half gegen ihr Gefühl, ihm irgendwie untreu zu sein. («Und hey, es ist WIRKLICH ein wenig so, als würdet ihr zusammenarbeiten, Nick.»)

Dann rief endlich Leila 2 an und brachte Neuigkeiten.

«Hat es geklappt?»

«Es hat geklappt.»

Leila 2 erzählte, dass Becca Kontakt zu Maria aufgenommen hatte, Benedicts Ex-Frau, die als Kostümdesignerin in New York arbeitete. Sie hatte nicht mit ihr reden wollen, was Becca so weit alarmierte, dass sie Marias Schwester aufspürte. Die Schwester bestätigte unsere schlimmsten Befürchtungen – dass Benedict aggressiv geworden war, als Maria endlich versucht hatte, ihn zu verlassen. Er hatte gedroht, ihre Karriere zu zerstören und Schlimmeres. Maria war praktisch gezwungen gewesen, sich «zu verstecken», und hatte ernsthafte Angst um ihr Leben. Erst als er ein neues Opfer gefunden hatte – Becca –, hatte er seinen Rachefeldzug beendet. Aber weil Benedict schlau und paranoid genug war, um seine Spuren zu verwischen, gab es außer Gerüchten keinen konkreten Beweis für sein Verhalten – jedenfalls zu wenig Beweise, um ihn anzuklagen. Und so war es wieder die uralte Geschichte: Er war derjenige mit dem Geld und der Macht. Maria nicht.

Aber die Informationen reichten aus, um Becca davon zu überzeugen, möglichst schnell das Weite zu suchen.

Leila 2 hatte Kontakt zu Lev aufgenommen, der sich des Falls annehmen wollte. Aber sie mussten vorsichtig sein. Zumal Benedict hier in dieser Welt eine Tochter hatte. *Daddys kleines Mädchen.* Kollateralschaden. «Lev sagt, wir brauchen Zeit, um die Anklage gegen ihn aufzubauen, für den Fall, dass er das Sorgerecht haben will. Wir brauchen Zeit, um nach anderen möglichen Opfern zu suchen.»

Daher hatten sie sich einen Plan ausgedacht. Becca hatte ihren Vater angerufen, zu dem sie seit Jahrzehnten keinen Kontakt mehr gehabt hatte. So wie sein australisches Gegenstück in Bees Welt lebte er weit weg – in Neuseeland. Er stürzte sich praktisch auf die Gelegenheit, sich wieder mit ihr zu versöhnen («Darauf möchte ich wetten, so ein schlechtes Gewissen, wie der Drecksack hat.»), und bot in allem seine Hilfe an. Dieses «alles» bedeutete, dass er behaupten würde, ernsthaft krank zu sein, vermutlich tödlich, und verzweifelt wieder Kontakt zu Becca und seinem einzigen Enkelkind suchte, bevor es zu spät wäre. («Schlau. Wer hat denn diese Idee gehabt, Nick?» «Becca, glaube ich.») Benedict konnte diese Bitte wohl kaum ablehnen. Und Becca würde damit die perfekte Entschuldigung haben, die Reise zu verlängern, wenn das nötig war.

Dann sagte Leila: «Sie will dich sehen, Nick. Sie sagt, du weißt schon, wo.»

*

Als ich sie auf unserer Bank sitzen sah, flatterten wieder die Schmetterlinge in meinem Bauch, aber *weniger* heftig. Sanfter. An ihrer Körpersprache, zugeknöpft, angespannt, sah ich, dass es ihr vermutlich genauso ging.

Scarlett rannte auf mich zu und umarmte mich. «Wauwau-Mann! Ich darf mit einem Flugzeug fliegen.»

«Ich weiß.» Ein Kloß in meinem Hals: Dieser traurige alte, klischeehafte Tagtraum, ein Teil ihres Lebens zu sein, war ebenfalls vorbei.

Wir warteten, bis Scarlett mit den beiden Hunden weiter entfernt auf dem Rasen spielte.

Ein vorsichtiges *Wie geht es dir?* schien nicht das Richtige zu sein. «Schön, dich zu sehen, Becca.»

«Dich auch.» Tonlos.

«Wann fliegt ihr?»

«Am Freitag.» Ein Zupfen an ihrem Oberteil. An ihrem Haar. «Ich fühle mich wie eine Spionin. Dass ich Ben anlüge, dass ich all das hinter mir lasse. Und auch noch zu Dad fliege. Wer hätte gedacht, dass *das* je geschehen würde.»

«Es ist ja nicht für immer.»

«Fühlt sich aber so an. Ben wird niemals aufhören. Er wird gewinnen wollen.»

«Leila und Lev werden das nicht zulassen. Ihr werdet alle wieder frei atmen können.»

«Was für ein Chaos. Erinnerst du dich, als du mich fragtest, ob ich glücklich bin?»

«Oh ja. Die einfachste Frage der Welt. Tut mir leid.»

«Nein, das muss es nicht. Ich war zuerst wirklich glücklich.

Dann sagte ich mir immer, dass ich es wieder sein würde, wenn ich es nur aussäße. Dass es besser werden würde. Ich bin so eine verdammte Idiotin. Ich fühle mich so *dumm.*»

«Du bist nicht dumm. Du bist alles, aber nicht dumm. Du darfst dir nicht selbst die Schuld an allem geben. Hey, ich bin mindestens fünf Jahre zu lang in einer Ehe geblieben.»

Der Schatten eines Lächelns. «Ich weiß. Du Armer. Und der arme *Jez.*»

«Und ganz ehrlich, das musst du mir glauben, da draußen wartet ein besseres Leben auf dich. Dafür gibt es sogar Beweise. Leila hat es dir gesagt, oder? Sie hat dir alles gesagt. Bee hat es dir gesagt.» Beweis. *Beweis.*

«Ein großer Teil von mir kann immer noch nicht glauben, dass ich das alles wirklich tue.» Sie schauderte. Rieb sich die Arme. «Ich glaube, ich muss mich wohl bei dir bedanken, aber zuerst war ich vor allem wütend. Nein, wirklich zornig. Ich war zornig auf dich. Auf Leila. Auf ... *sie.*»

Ich dachte noch lange hinterher daran, wie Becca *sie* gesagt hatte. Ich konnte verstehen, dass es so hart herausgekommen war – es war das Echo des Grolls, den ich Nicolas gegenüber fühlte. «Tja. Ich kann es dir nicht verdenken. Es muss sich wie ein völlig irrer Eingriff in dein Leben angefühlt haben. Ich kann es dir auch nicht verdenken, dass du uns nicht geglaubt hast. Aber ich bin für dich da. Ich werde immer für dich da sein. Für die Hunde auch.»

«Ich kann dich nicht mehr treffen, Nick.»

«Das verstehe ich, Bee» – an dieser Stelle zuckte sie zusammen, *Mist* – «Becca, meine ich. Du hast sicher ungeheuer viel zu organisieren.»

«Nein. Ich meine, nie wieder. Wenn ich zurückkomme. Diese Sache ... diese Sache, die da geschieht. Ob ich sie glaube oder nicht, es ist nicht richtig, was du da tust. Du und *sie.* Das weißt du, oder? Es ist manipulativ. Das musst du doch sehen. Sie auch.»

Manipulativ. Dasselbe Wort hatte auch Bee am Anfang benutzt.

Nur dass es jetzt von der anderen Seite des Spiegels kam. Es hatte genau den gewünschten Effekt: Es war ernüchternd und unangenehm und peinlich. «Tut mir leid.» Das war lahm, aber mehr bekam ich nicht heraus.

«Das ist es nicht allein. Ich hatte wirklich Gefühle für dich. Das weißt du. Ich habe natürlich versucht, sie zu bekämpfen. Selbst wenn wir faktisch zusammen sein könnten – und ich will nicht lügen: Ich habe darüber nachgedacht, es mir *vorgestellt* –, ich würde es schaffen. Ich will gar nicht daran denken, dass es eine Welt da draußen geben könnte, in der es Scarlett nicht gibt. Und du würdest mich immer daran erinnern.» Sie nahm meine Hand, die, wie der ganze Rest meines Körpers, ganz taub war. «Das verstehst du, oder?»

«Ich verstehe es.» Und das stimmte. Natürlich stimmte das. *Dylan.*

«Ich werde mich jetzt von dir verabschieden.» Sie schlang die Arme um mich, und ich zog sie an mich. Diesmal fühlte es sich anders an. Als umarmte ich eine Freundin, keine Geliebte. Wir verharrten lange in dieser Haltung. «Danke für das, was du getan hast, Nick. Und denk mal über das nach, was ich gesagt habe.» Sie trat zurück, wandte sich ab, seufzte zittrig, und dann sagte sie in einem bemüht heiteren Ton zu Scarlett, dass es Zeit sei, nach Hause zu gehen. Ich spielte mit und rief fröhlich: «Adios, Scarlett!», als wäre es ein ganz normaler Tag. Als würden wir uns morgen wiedersehen.

«Adios, Amigo! Tschüs, Würstchen. Tschüs, Rosie.»

Ich schaute ihnen hinterher. Trauerte um sie, und doch, da war kein magisches Band, das mich mit Becca verband, wie es zwischen mir und Bee existierte. Eine Anziehung, klar, eine Chemie, aber nicht diese Verbindung.

Von: bee1984@gmail.com
An: NB26@zone.com
Du hast mich gerettet, Nick. Becca, meine ich. Und Scarlett. Du hast uns alle gerettet.

Von: NB26@zone.com
An: bee1984@gmail.com
DU hast dich selbst gerettet. Mit der Hilfe von Leila 2 und deinem Dad. Ich weiß, dass du keine hohe Meinung von ihm hast, aber es scheint so, als hätte er wirklich Verantwortung übernommen.

Von: bee1984@gmail.com
An: NB26@zone.com
Ja. Ich weiß. Ich möchte wirklich gern glauben, dass er es tut, weil ihm etwas an uns liegt, und nicht nur, weil er gern als Held angesehen werden will. Aber egal, was zählt, ist, dass er *tatsächlich* Verantwortung übernimmt und Becca und Scarlett aus den Klauen von Benedict befreit sind. Und egal, was du sagst, wenn du nicht gewesen wärst, wären sie dort noch immer.

Von: NB26@zone.com
An: bee1984@gmail.com
Es liegt noch ein langer Weg vor ihnen, Bee. Benedict wird nicht einfach so aufgeben.

Von: bee1984@gmail.com
An: NB26@zone.com
Ich weiß. Aber immerhin gibt es Hoffnung. Lev ist ein sehr guter Anwalt. Der beste.
Und es bedeutet, dass sie irgendwann frei sein wird. Das bedeutet eine lange Wartezeit für dich, das weiß ich, aber Operation Doppelgänger wird weiterkämpfen!

Von: NB26@zone.com
An: bee1984@gmail.com
Wird sie nicht, Bee. Meine Seite der Brücke ist zusammengebrochen und niedergebrannt. Becca hat mir das ganz deutlich gemacht.

Von: bee1984@gmail.com
An: NB26@zone.com
Das sagt sie nur, weil sie Zeit braucht, um sich zu sammeln.

Von: NB26@zone.com
An: bee1984@gmail.com
Nein. Sie hat es ganz genau so gemeint. Sie sagte, dass das, was wir beide tun, manipulativ sei – klingt das irgendwie bekannt? Sie sagte, sie wolle sich keine Welt vorstellen, in der Scarlett nicht existiere, und ich würde sie immer daran erinnern.

Von: bee1984@gmail.com
An: NB26@zone.com
Ich kenne mich, Nick. Ich kann sehr stur sein und sehe die Dinge manchmal nicht ganz klar. Aber sie wird ihre Meinung ändern, das verspreche ich.

Von: NB26@zone.com
An: bee1984@gmail.com
Aber es ist nicht nur von ihrer Seite aus so, Bee. Am Anfang war da etwas zwischen uns, aber es hat sich verflüchtigt.

Von: bee1984@gmail.com
An: NB26@zone.com
Was meinst du damit? Du findest sie nicht mehr attraktiv?

Von: NB26@zone.com
An: bee1984@gmail.com
Das ist es nicht. Ich habe sie losgelassen, weil es besser für sie ist. Und es ist in Ordnung für mich. Wirklich.

Von: bee1984@gmail.com
An: NB26@zone.com
Das liegt doch nur daran, dass ihr nie zusammen sein konntet. Ich hatte dieselben Schwierigkeiten mit Nicolas. Hab ich dir doch gesagt.
Es gibt noch Hoffnung, oder?

Von: NB26@zone.com
An: bee1984@gmail.com
Nein. Aber hey, dass es eine von uns beiden geschafft hat, ist doch schon mal nicht schlecht.

Von: bee1984@gmail.com
An: NB26@zone.com
Verstehe ich nicht. Wie kannst du sie so einfach gehen lassen? Ich meine, sie ist immerhin ICH. Irgendwie. Und es ist mir völlig egal, wie unsicher oder bedürftig ich gerade klinge.

Von: NB26@zone.com
An: bee1984@gmail.com
Es ist das «irgendwie», das hier der Haken ist, oder? Sie ist du, aber andererseits auch nicht.

Von: bee1984@gmail.com
An: NB26@zone.com
Und was willst du jetzt unternehmen? Ich bin ja noch mit Nicolas zusammen. Das ist doch nicht fair.

Von: NB26@zone.com

An: bee1984@gmail.com

Wenn du das Wort noch einmal verwendest, schicke ich dir eine Woche lang nur inspirierende Sprüche.

Es ist alles in Ordnung, Bee. Ich schwöre es bei Rosies Leben. Ich werde mich einfach auf meine Arbeit stürzen und schreiben. Mir geht es gut. Wirklich.

TEIL FÜNF

Liebe ist eigentlich scheiße

Nick

Es funktionierte – eine Weile lang. Das Schreiben, meine ich. Ich verlor mich darin. Wurde davon absorbiert. So sehr, dass ich hin und wieder sogar ein wenig genervt war, wenn ich eine Nachricht von Bee in der Zeit bekam, die ich für mich als «Arbeitszeit» deklariert hatte. *Ich wette, du störst Nicolas auch nicht, wenn* er *schreibt.* Die Anzahl der Wörter stieg immer weiter an, manchmal kam es mir sogar so vor, als passierte das von alleine. Tweedy fragte immer mal wieder nach – ich mochte den alten Kerl immer lieber –, und dann schickte ich ihm ein paar Krümel und gab ihm kleine Rechercheaufgaben. Ich hoffte, dass er sich dadurch so fühlte, als sei es auch sein Projekt.

Und ich hielt mich an meinen Tagesablauf. Das schloss die Spazierrunde mit den Hunden durch den Park mit ein, allerdings vermied ich unsere Bank. Immer wenn ich sie sah, durchzuckte es mich. Die Hunde vermissten Becca und Scarlett ebenfalls. Es dauerte Wochen, bis sie damit aufhörten, an den Leinen zu zerren und zu versuchen, mich in unsere übliche Richtung zu ziehen. Leila 2 schickte mir hin und wieder Nachrichten: Sie hatten es geschafft, Beccas und Scarletts Reise zu verlängern, damit Lev der Rechtsanwalt mehr Beweise gegen Benedict sammeln konnte, bevor Benedict kapierte, was da gespielt wurde, und angriff. Denn angreifen würde er auf jeden Fall. Leila 2 bemerkte sogar einmal, dass sie sich wieder mit Lev traf. *Seht mich an, ich bin Nick der Beziehungsstifter.*

Einmal pro Woche schickte ich Geoffrey die aktuellen Erkenntnisse über seine Tochter und Enkelin. Einmal pro Woche rief ich bei Lily an (eine Aufgabe, für die ich mich jedes Mal wappnen musste – die alte Schachtel wurde jeden Tag mürrischer). Hin und wieder tauschte ich mit Dylan Textnachrichten aus. Es war einfach, Lily anzulügen, wenn sie überhaupt einmal nach meiner «Geliebten» fragte, aber mit Dylan konnte ich das nicht machen – es war schon schlimm genug, dass ich ihn monatelang mit Halbwahrheiten gefüttert und ihm ein Bild von ihr gezeichnet hatte, das im Prinzip eher Bee entsprach als Becca. Außerdem war Dylan schon (beinahe) von Anfang an dabei. Er hatte mich ermutigt, den Schritt zu wagen und Bee persönlich kennenzulernen; er hatte die Zeit für seinen Urlaub damit verbracht, mich zu verwandeln und mit mir den Tweed-Anzug zu kaufen. Er war in gewisser Weise in unsere Beziehung involviert und erwartete ganz klar, eines Tages Becca / Bee kennenzulernen.

Die ganze Wahrheit konnte ich nicht erzählen, aber ich blieb so nahe dran, wie es ging.

«Neuseeland? Aber sie kommt doch zurück, oder?»

«Nein. Die Versetzung dorthin ist für immer, und keiner von uns ist besonders gut darin, eine Fernbeziehung zu führen.» *Verdammte* Scheiße, *Nick.*

«Du hast nicht darüber nachgedacht, mit ihr dorthin zu ziehen?»

«Doch, aber ich muss auch an Rosie denken, und die Spinnen dort sind angeblich wirklich riesig, daher dachte ich, lieber nicht. Die Beziehung war sowieso auf dem absteigenden Ast, wenn ich ehrlich bin.»

«Bist du sicher, dass es dir gut geht? Du weißt schon, dass du mir nichts vorspielen musst, oder? Wenn du dich mal ausheulen willst oder so, dann nur zu.»

Oh Dylan ... «Das Schlimmste habe ich schon hinter mir, aber danke schön. So, jetzt haben wir aber genug über mich geredet, was ist denn jetzt mit dem Künstler, den du entdeckt hast? Dieser Milchprodukte-Aktivist, der diese gruseligen Kuh-Mensch-Skulpturen macht. Von den Bildern, die du mir davon geschickt hast, habe ich noch immer Albträume ...»

Kurz danach überfiel mich Poll mit einer Nachricht, in der

sie schrieb, dass der Hausverkauf jetzt klappen würde, dass die Scheidungspapiere bald kämen und dass ich meinen Teil des Erlöses aus dem Hausverkauf in ein paar Wochen bekommen würde.

Und jeden Tag wollte ich mich von Bee scheiden lassen, weil ihre Verbindung zu Nicolas immer stärker wurde.

Und schaffte es nicht.

Dann, innerhalb einiger Wochen, geschahen zwei unerwartete Dinge, die meinen Tagesablauf von Grund auf veränderten. Eines Morgens kam ich hinunter zum Frühstück, aber der Tisch war leer. Dick und Doof saßen sonst immer schon am Tisch, wenn ich kam, und zwar ab Punkt sieben Uhr.

«Wo sind sie denn?»

Erika zuckte die Achseln. «Weg. Sie sind gestern Abend abgereist.»

«Warum?»

«Ihr Vertrag ist ausgelaufen.»

In der gesamten Zeit, die ich hier schon wohnte, hatten wir kaum miteinander gesprochen, abgesehen von einem «Morgen!» am Frühstückstisch oder einem «Hey», wenn wir an der Treppe aneinander vorbeigingen. Hin und wieder drang ein unterdrücktes Kichern aus Hardys Tür, aber ansonsten waren sie so unaufdringlich, dass ich sie beinahe als Inventar gesehen hatte, wie die laminierten Schilder und Petrus' Altar. Und doch vermisste ich sie überraschend stark. Ein paar Tage machten Erika, ich und die Hunde allein weiter. Das hätte zu einer besonders angespannten Stimmung führen können, aber stattdessen schien es sie zu entspannen, weniger Leute herumkommandieren zu müssen. Freunde wurden wir zwar nicht; wir unterhielten uns selten über etwas auch nur annähernd Persönliches. Hin und wieder fragte sie, wie ich mit dem Buch vorankomme; ich fragte, wie es Petrus gehe, und abgesehen vom Frühstück blieben wir in unseren Teilen des Hauses, aber immerhin hörte sie auf, mich zu beschuldigen, die Hausregeln zu brechen, und manchmal tranken wir sogar etwas zusammen. Ich nahm an, dass sie sich eine harte Schale zugelegt hatte, um sich zu schützen (ich bin nicht einmal im Ansatz Psychologe, aber vermutlich begann das nach dem Tod ihres Vaters), und ihre Besessenheit, ihre Umgebung zu kontrollieren, gehörte dazu. Dann verkündete sie, dass sie einen Vertrag mit der Universität abgeschlossen habe, und als sich Gastprofessoren, Studenten und andere schräge Gestalten die Klinke in die Hand gaben, herumgescheucht und mit passiv-aggressiven Hausregelwarnungen bombardiert werden mussten, zog sie sich wieder in ihr altes, sprödes Ich zurück.

Etwa eine Woche, nachdem der erste neue Gast eingezogen war (ein Student aus China, der zu meiner Belustigung und Erikas ungebremstem Zorn mitten in der Nacht zum Kühlschrank schlich und die ganze Milch austrank), kam die zweite Unterbrechung meines Tagesablaufs. Erika klopfte an meine Tür, um mich mit wortreicher Säuerlichkeit darüber zu informieren, dass ich einen Besucher habe. Geoffrey saß im Wohnzimmer und sah so befangen aus wie noch nie. Erika reichte mir einen großen braunen Umschlag («Das hier ist ebenfalls gekommen.»), und mit einem beredten Blick auf das Schild «Besucher dürfen auf keinen Fall über Nacht bleiben» ließ sie uns allein.

«Sie ist wirklich ein Charmebolzen, was?», schniefte Geoffrey noch in ihrer Hörweite.

Ich schlug vor, mit den Hunden hinauszugehen. Die Passanten wichen uns weiträumig aus. Ich erzählte ihm die neuesten Erkenntnisse, die Bee von Jennys Social-Media-Seiten hatte: Eine Fernsehshow, die sie schaute, eine Zusammenfassung von Megans erster Woche in der Schule, ein neues Rezept, das sie ausprobiert hatte. Er saugte jedes Detail, ganz gleich wie banal, geradezu auf. Wir blieben an einer Bank stehen, um eine zu rauchen. Geoffrey holte ein paar Dosen Cidre aus seinem Rucksack und reichte mir eine.

«Warum bist du gekommen, Geoffrey?»

«Ich dachte, du könntest vielleicht einen Drink gebrauchen.»

Ich hatte ihm nicht erzählt, dass meine Seite der Operation Doppelgänger in sich zusammengefallen und niedergebrannt war, aber er musste bei unseren Telefongesprächen etwas gespürt haben. Ich erzählte ihm alles. Er hörte zu, trank und rauchte, rauchte, trank und hörte zu, und als ich fertig war, sagte er: «Ich bin nicht überrascht, dass sich der reiche Sack als der Falsche herausgestellt hat. Dreckskerl. Wenn ich so dürfte, wie ich wollte, wäre sein Arsch jetzt Schweinefutter.»

«Ja, das wäre schön.»

«Aber dein Mädchen und ihre Tochter sind in Sicherheit.»

«Fürs Erste. Sie will mich aber nicht wiedersehen. Oder mit mir sprechen.»

«Ich wusste doch, dass irgendwas mit dir los ist.» Er musterte mich. «Du siehst aber nicht allzu niedergeschlagen aus. Klingst auch nicht so.»

«Vielleicht hat es nicht sein sollen.»

«Eigentlich wolltest du immer die andere.»

«Ja. Die, die ich nicht haben kann.»

Er leerte seine Dose, zerdrückte sie und warf sie in einen Mülleimer, um sich dann eine neue aus dem Rucksack zu holen. «Es würde helfen, wenn du zu einem unserer Treffen kämst.»

«Warum? Argwöhnen sie etwas?»

«Ich sage nur, es würde uns allen helfen. Henrietta hat mich beim letzten Treffen deinetwegen ganz schön ... wie sagt man das noch ... in die Mangel genommen.»

«Und?»

«Hab ihr gesagt, dass du nichts Verdächtiges tust.»

«Das stimmt ja auch, oder etwa nicht?»

«Vermutlich.»

Der Cidre war warm und Würstchen seufzte tief und ließ sich zu Geoffreys Füßen fallen. Er streichelte ihr den Bauch. «Gutes Mädchen. Wollte immer einen Hund haben.»

«Dann hol dir doch einen.»

«Kann ich nicht. Bin zu viel unterwegs.»

«Was *tust* du eigentlich genau, Geoffrey?» Ich konnte es selbst kaum glauben, aber ich hatte ihn das tatsächlich noch nie gefragt.

«Was meinst du damit?»

«Was die Arbeit angeht. Was dein Leben angeht. Du weißt schon.»

Ein Achselzucken. «Ich fahre so herum. Sitze herum. Denke. Lese. Ich habe dein Buch gelesen.»

«*Ein Schuss in der Dunkelheit?*»

«Hä? Nee. Warte mal.» Er wühlte in seinem Rucksack und holte ein zerfleddertes Exemplar meines beschissenen Erstlings hervor.

«Wo zum Teufel hast du das denn aufgetrieben?»

«Habe es bei einem dieser ... spezialisierten Buchläden bestellt. Hat ja auch nicht viel gekostet. Hat mir gut gefallen.»

«Da bist du wohl der Einzige auf der ganzen Welt, dem es gefallen hat.»

Er leerte und zerdrückte die zweite Dose. So schnell, wie er trank, konnte er mit Leichtigkeit mit Petrus mithalten. Ich hatte erst etwa ein Drittel meiner Dose ausgetrunken.

«Könntest du deine Frau für mich um etwas bitten?»

«Klar.»

«Kannst du sie fragen, ob ich im Koma lag, bevor ich ins Gras gebissen habe?»

«Warum willst du das denn wissen?»

Er antwortete nicht sofort. «Ich habe mich das nur gefragt. Habe in letzter Zeit öfters über den Tod nachgedacht, was das bedeutet, all das.» Später dachte ich darüber nach, es hatte nicht ganz überzeugend geklungen, aber ich ließ es durchgehen.

«Ja, du hast im Koma gelegen. Jenny hat Bee erzählt, dass sie sich daran erinnern könne, dich im Krankenhaus besucht zu haben. Ich habe es dir nicht erzählt, weil ich fand, dass es auch ohne all die belastenden Einzelheiten schlimm genug für dich sein musste zu erfahren, dass du tot bist.»

«Stimmt.» Er starrte in die Ferne. Inzwischen kannte ich ihn gut genug, um zu wissen, dass das meist einen plötzlichen Stimmungsumschwung einleitete. Er warf die Kippe weg und umarmte mich ungeschickt. «Als ich gesagt habe, dass ich dir was schulde, habe ich es ernst gemeint. Halte durch.»

Von: bee1984@gmail.com
An: NB26@zone.com
Was, die GANZE Milch?

Von: NB26@zone.com
An: bee1984@gmail.com
Ja. Erika arbeitet schon an einem ganzen Haufen neuer laminierter Schilder, die den Konsum von Milchprodukten regeln sollen.
Nimmt denn der Schuss in der Dunkelheit Formen an?

Von: bee1984@gmail.com
An: NB26@zone.com
Oh, oh. Netter Versuch. Wir haben doch beschlossen, so etwas nicht mehr zu tun, erinnerst du dich?

Von: NB26@zone.com
An: bee1984@gmail.com
Bitte sagt mir einfach, dass er es sich anders überlegt hat und den reichen Typen nicht mit dem Mord davonkommen lässt.

Von: bee1984@gmail.com
An: NB26@zone.com
Damit. Fangen. Wir. Gar. Nicht. Erst. An.

Von: NB26@zone.com
An: bee1984@gmail.com
Hat er nicht, oder? Aber darum geht es doch überhaupt!! Dass man mit so einer Scheiße davonkommt, wenn man Geld und Einfluss hat.

Von: bee1984@gmail.com
An: NB26@zone.com
Ich weiß.
Themenwechsel-Alarm.

Von: NB26@zone.com
An: bee1984@gmail.com
Okay. Wie wäre es hiermit: Meine Scheidung ist heute durchgekommen.

Von: bee1984@gmail.com
An: NB26@zone.com
Oh Nick. Wie geht es dir?

Von: NB26@zone.com
An: bee1984@gmail.com
Gut. Richtig gut. Ehrlich. Bin vor allem erleichtert, dass Poll jetzt neu anfangen kann. Mach dir um mich keine Sorgen, Bee: Monsieur Jämmerlicher Blödmann ist immer noch fest in seine Kiste weggesperrt, versprochen.

Bee

Wenn überhaupt, dann erschütterte mich die Neuigkeit von der Scheidung und was sie bedeutete mehr als Nick. *In einem anderen Leben …*

Aber ich lebte kein anderes Leben. Im Grunde genommen war Nicolas bei mir eingezogen. Ich erinnere mich nicht daran, dass wir darüber gesprochen hätten, es passierte einfach, fast wie durch Osmose. Immer mehr Kleidungsstücke und Habseligkeiten verschmolzen mit meinen, ebenso mühelos, wie *wir* miteinander verschmolzen.

Einmal pro Woche fuhr Nicolas nach Leeds zurück, wo er unterrichtete. Die Mittwochabende waren Nick-Abende. Abende, an denen ich mich ohne Gewissensbisse mit ihm unterhalten konnte (oder mit nur wenig Gewissensbissen). An denen ich die Angst loslassen konnte, den Gmail-Account offen gelassen zu haben. Date Night, wenn das nicht so komisch klänge. Wir drei, unser Quanten-Dreier, sozusagen, machten weiter: eine Routine, die – fürs Erste – funktionierte (auch, wenn ein Mitglied unseres Dreiers nicht wusste, was wirklich geschah).

Aber. ABER. Denn ich finde immer ein «aber».

Manchmal, wenn ich arbeitete, erwischte ich mich dabei, wie ich im Kopf Pro- und Contra-Listen erstellte, wie Leila und ich es früher taten, wenn wir einen Jungen toll fanden (oder ein Mädchen, als wir unsere neugierige Zeit in der Pubertät hatten):

PRO Nicolas:

Unser Bedürfnis nach Sex ähnelte sich: zwei- bis dreimal die Woche. Ich hatte nie das Gefühl, das leisten zu müssen, was Leila «Erhaltungssex» nannte. (Nate hatte ständig Sex gewollt, so oft, dass ich mich schon vor ihm fürchtete.)

Nicolas war ein Gott im Haushalt. Kaufte regelmäßig bei Tesco online ein und vergaß niemals, Dinge wie Tampons oder Klopapier mitzubestellen. Räumte den Geschirrspüler aus, was ich am meisten hasste.

Konnte kochen (okay, ja, er hatte nur ein Repertoire von ungefähr sieben Gerichten, aber sie waren alle köstlich, und immerhin waren das drei mehr, als ich hatte).

Magda mochte ihn. Außerdem hatte er das Geheimnis der merkwürdigen Geräusche gelüftet, die donnerstagabends aus ihrer Wohnung drangen. «Seltsamerweise zerdrückt sie alle Dosen, bevor sie sie zum Recyclen bringt. Ich glaube, an ihnen lebt sie ihre Frustrationen aus.»

Am wichtigsten aber war, dass Leila (und Lev) ihn mochten.

Er machte nie Bemerkungen über mein Gewicht.

Er beschwerte sich nie, wenn ich meine Kleider auf dem Boden liegen ließ. Auch nicht darüber, dass meine Seite des Bettes wie ein Kriegsgebiet voller Unterwäsche und gebrauchter Taschentücher aussah.

Er hängte die Handtücher im Badezimmer immer ordentlich auf. Klappte den Sitz immer wieder herunter. Hörte mir zu, wenn ich über meine Arbeit reden musste. Und zwar hörte er wirklich zu und machte nicht nur regelmäßig die angemessenen Geräusche.

Er behandelte mich tatsächlich wie seine Muse: Wir verbrachten Stunden damit, Charakterzüge oder Handlungswendungen zu diskutieren, und er sagte niemals, dass meine Ideen beschissen seien, selbst dann, wenn sie es eindeutig waren.

So wie ich mochte er lieber im Bett abhängen und schlechte Serien schauen, statt auszugehen (einmal hatte er eine ganze Staffel Project Runway mit mir geschaut und nicht einmal dabei gemeckert).

Er engagierte sich politisch. Mehr noch als ich, was mir einen ordentlichen Tritt in den Hintern versetzte.

Er war ein Hellseher meiner Getränkegelüste: Er brachte mir

Tee oder Kaffee, wenn ich nur daran dachte, aufzustehen und den Kessel aufzusetzen.

Wenn er schrieb, wedelte er mit der Hand oder schüttelte den Kopf, als müsste er die Handlungen seiner Protagonisten nachspielen, was ich sehr niedlich fand.

Abgesehen von den Nick-Abenden und den versteckten Nachrichten hatte ich bei ihm nie das Gefühl, ich müsste aufpassen, was ich sage.

Er ermutigte mich, ohne zu drängen, einen Teil der Arbeit zu einer Schneiderin in Hammersmith auszulagern, was meinen Stresslevel wirklich senkte.

Obwohl ganze Tage vergingen, in denen wir so in unserer Arbeit versanken, dass wir kaum ein Wort miteinander wechselten, langweilte er mich nicht.

Wenn ich eine Kundin hatte, zog er ins Café oder bot Magda an, auf Jonas aufzupassen, damit sie ein paar Stunden für sich hatte (wieder diese Freundlichkeit).

Unser erster Streit blieb unser einziger. Als er an diesem Tag zurückkam, ich immer noch erschüttert vom Becca-Stress, entschuldigte er sich als Erster, obwohl ich diejenige war, die im Unrecht war.

Er roch immer gut.

Er war nicht geizig. Eine Woche nach seinem Einzug bot er an, die Miete zu teilen, obwohl er immer noch seine eigene Wohnung abbezahlte.

Er machte mein Leben *leichter*.

CONTRA Nicolas:

Er war nicht Nick.

Das war's. Das einzige Argument GEGEN ihn. Es war, als funktionierten Nick und Bee so gut miteinander, weil wir eine besondere, geheime Zutat hatten, die im Eintopf von Nicolas und Bee nicht vorhanden war: das Gegenstück zu ein wenig Petersilie auf dem Essen. Eine zusätzliche Knoblauchzehe. Ich redete mir ein, dass die Risse verblassen würden, wenn Becca und Nick den Kreis schlössen, und obwohl das nicht länger zur Debatte stand, verblassten sie *tatsächlich*. Aber das war nicht das wahre Problem gewesen. Und es war zu spät, die besondere Zutat hinzuzufügen: Das Essen stand bereits auf dem Tisch.

Ein CON. Das reichte nicht aus, um alles wegzuwerfen. Auf allen anderen Ebenen harmonierten wir. Auf jede andere Weise. Unter anderen Umständen wären wir perfekt füreinander gewesen. Wir *waren* ein perfektes Paar.

Als es also passierte, hätte ich nicht überrascht sein dürfen.

Donnerstagabend war Dosenzerdrück-Tag. Nicolas und ich hatten uns angewöhnt, die Stoppuhr zu starten, sobald Magda anfing, Blechdosen auf dem Boden herumzurollen und auf sie zu treten. Wer von uns am genauesten riet, wie lange die Sache dauern würde, durfte aussuchen, was wir am Abend bestellten. Es war zu einer albernen Tradition geworden. Aber gerade, als es losging, sagte Nicolas: «Zieh deinen Mantel an. Wir gehen aus.»

«Hä? Aber es ist Dosenzerdrück-Tag. Oh Mist … hast du eine Buchveranstaltung oder so, die ich vergessen habe?»

Er grinste. «Nein. Es ist eine Überraschung.»

«Ich mag keine Überraschungen.»

«Doch, magst du.»

Ich trug noch meine Arbeitsklamotten, kein Make-up, und hatte mir wie Magda ein Tuch um die ungewaschenen Haare gebunden. «Muss ich mich umziehen?»

«Nein. Es reicht, wenn du du bist. Na komm. Der Uber-Fahrer ist schon da.»

Auch auf der Taxifahrt wollte er mir nicht sagen, wohin wir fuhren. Er trommelte mit seinen Fingern vor Anspannung, Freude und noch etwas anderem.

Das Taxi hielt vor dem Restaurant, das ich immer noch Aktentaschenmann-Lokal nannte. «Was zum Teufel tun wir dort?»

«Da hatten wir unser erstes Date.» Da hätte ich es schon verstehen müssen. Er drängte mich hinein und zur Nische, die er reserviert hatte, gegenüber diesem lächerlichen Elefantenkopf. Statt Bier bestellte er eine Flasche Champagner.

«Was feiern wir denn? Ist irgendwas mit dem Buch passiert? Bist du auf der Shortlist von diesem Dagger-Award-Dings?»

Er nahm meine Hände in seine. «Bee. Ich habe so etwas noch nie gefühlt. Was wir haben. Es ist selten. Ich liebe dich.»

«Ich liebe dich auch.» Aber tat ich das auch? Eine Frage, die ich mir schon unzählige Male gestellt hatte. Liebte ich ihn um seiner selbst willen und nicht nur als Ersatz für Nick? Sie waren ein und dieselbe Person, aber auch nicht. Nicolas war einen Hauch bedürftiger. Weniger zynisch, als hätte Nick eine Niederlage und den damit verbundenen Kampf gebraucht, um diesen Teil seines Charakters zu formen. War das die fehlende Zutat? Ein CON. EIN EINZIGES.

«Was ich auf meine viel zu komplizierte Weise ausdrücken will, ist: Willst du mich heiraten?»

*

Ich sagte es Leila auf unserem Gin-Spaziergang, als wir gerade den Blauregen der Gartenzwerg-Frau bewunderten, der noch ein letztes Mal in voller sommerlicher Blüte stand.

Sie schrie halb auf, dann sagte sie: «Ich *glaube* es einfach nicht, dass du mich meinen Quatsch über die Zwillinge reden lässt, obwohl du solche Nachrichten hast.»

«Und? Wie findest du das?»

«Liegt es nicht auf der Hand, wie ich das finde?» Sie vergaß, dass sie die Dose mit dem Gin in der Hand hatte, schlang die Arme um mich und bekleckerte uns von oben bis unten. «Mist. Tut mir leid, Bee. Aber hey, das ist einfach Arme-Leute-Champagner. Herrje. Das geht ganz schön schnell, oder?»

«Ja. Zu schnell?»

«Wenn man es weiß, weiß man es nun mal.» Sie sah mich mit ihrem typischen Leila-Blick an. «Und du *weißt* es, oder?»

Ja. Nein. Vielleicht. «Ich weiß es.»

Sie musterte mich erneut. Aber weil sie sich so sehr für mich – und für sich selbst – freute, war ihr üblicher Blick für das Wesentliche offenbar getrübt. Eine Hochzeit bedeutete das Ende des chaotischen Lebens ihrer chaotischen besten Freundin. «Ich weiß, dass wir Feministinnen sind und bei diesem Zeug nicht so aus dem Häuschen geraten sollten, aber hast du dir schon Gedanken über die Hochzeit gemacht?»

«Noch nicht. Aber wir sind beide keine großen Fans von riesigen Veranstaltungen. Je kleiner, desto besser.»

«Das kann ich gut verstehen. Meine Hochzeit war ein Albtraum, erinnerst du dich? Verwandte aus drei Kontinenten, die wie die Kakerlaken aus dem Gebälk krochen. Und wer könnte jemals den Halal-Scheiß vergessen? Levs Mum redet immer noch darüber.»

«Es war kein Albtraum. Die Hochzeit war wunderschön.»

«Tja, wir bezahlen die Schulden dafür noch immer ab, also wehe, wenn nicht.» Sie klaute mir meine Dose und nahm einen Schluck daraus. «Aber klein oder nicht, darf ich dir bei der Planung helfen? Bitte?»

«Hast du nicht schon genug um die Ohren mit den Jungs? Und damit, die Welt zu retten?»

«Ja schon, aber das macht Spaß. Bitte?»

«Wir haben noch nicht einmal ein Datum festgelegt. Vermutlich fangen wir damit auch erst im nächsten Jahr an.»

«Aber darf ich?»

«Natürlich. Nur zu. Aber keine Aschenputtel-Kutschen, Schmetterlinge oder Tauben.»

«Wie wäre es denn mit einem dressierten Schwan, der die Ringe bringt? Nur das?»

«Ach, hau ab.»

«Spielverderberin. Was ist mit dem Kleid?»

«Im Ernst?»

«Mir zuliebe.»

«Ich habe doch noch Mums Kleid.»

«Das würde sie wunderbar finden, Bee. Und sie würde Nicolas lieben.»

Und Nick. Ich leerte die Dose, um mich von Treffen abzulenken, die niemals stattfinden würden, in keiner Welt.

«Und Kinder?»

«Die Zwillinge können natürlich sehr gern mitkommen.»

«Die meinte ich nicht! Wobei, im Ernst, wenn du dich für einen Veranstaltungsort entscheiden würdest, der absolut nichts für Kinder ist, könntest du dir meiner ewigen Dankbarkeit sicher sein. Gott, ich brauche so sehr eine Pause.»

«Was ist eigentlich mit ‹Ich fliege nie mehr› und ‹Mein CO2-Fußabdruck muss kleiner werden› passiert?»

«Das schiebe ich dann ein bisschen auf. Oder du könntest einen Ort in Großbritannien wählen, an dem man Kinder hasst. Jedenfalls meinte ich eigentlich Nicolas und dich. Ihr habt doch schon über Kinder gesprochen, oder?»

«Noch nicht.» Der liebe Gott wusste, warum. Eigentlich ging es bei diesem Thema um Grundsätzliches, und zwar so sehr, dass es sogar auf jedem Dating-Profil auftauchte. Wichtiger noch als «Bist du Sektenmitglied?» oder «Hast du schon mal jemanden umgebracht?».

«Du solltest ihm sagen, dass du keine willst. Es sei denn, du hast deine Meinung geändert?»

«Habe ich nicht.» Hatte ich nicht. Ich verstand jetzt Beccas Entscheidung – oder glaubte, sie zu verstehen –, und ich wusste, dass in mir eine gute Mutter steckte. Aber zu wissen, dass Scarlett dort irgendwo im Universum war, war für mich mehr als genug.

«Hast du es deinem Dad gesagt?»

«Nein. Ich will nicht Gefahr laufen, dass er herüberfliegt und darauf besteht, mich vor den Altar zu führen. Er liebt diesen patriarchalischen Scheiß. Ich denke darüber nach, wenn die Zeit dafür kommt.»

Sie boxte mich liebevoll auf den Oberarm. «Also, wer weiß es sonst noch?»

«Nur du, Magda und Jonas. Die Leute, die mir etwas bedeuten.»

Das war nicht ganz wahr, natürlich, denn dem Menschen, der mir am meisten von allen anderen etwas bedeutete, hatte ich es noch nicht gesagt. Dafür musste ich erst genügend Mut sammeln. Schon wieder stand ich vor einer moralischen Kreuzung, wie bei der Dylan-Sache. Er würde niemals davon erfahren müssen. *Was machst du am Wochenende, Bee? Oh, nichts, ich fahre nur mit Leila und Lev weg.* Aber das konnte ich ihm nicht antun.

Von: bee1984@gmail.com
An: NB26@zone.com
Ich weiß nicht, wie ich es dir sagen soll, Nick. Habe es so oft geschrieben und wieder gelöscht, dass ich es schon gar nicht mehr zählen kann. Okay. Jetzt kommt's: Erinnerst du dich, dass du sagtest, wenn ich nicht aufpasse, würde ich bis Weihnachten verheiratet sein?

Nick

Hochzeiten symbolisieren normalerweise das Ende einer Geschichte – «Und wenn sie nicht gestorben sind, leben sie noch heute». Es gibt einen Grund dafür, dass niemand *Aschenputtel 2: Die Scheidung* sehen will. Oder *Die Schöne und das Biest: Der Kampf um das Sorgerecht für den Kerzenständer* oder was auch immer das Ding war. Als Bee mir die Neuigkeit erzählte, war dies das Erste, was mir durch den Kopf ging: *Das ist es also: das Ende unserer Geschichte.*

Geteiltes Leid ist halbes Leid. Der liebe Gott möge mir beistehen: Als ich die Nachricht bekam, dachte ich sogar kurz darüber nach, nach Leeds zu fahren, um Lily oder Poll oder Jez zu treffen, in einen Zug nach Birmingham zu steigen, um mich an Dylans Schulter auszuweinen, und ich war kurz davor, Geoffrey anzurufen. Am Ende rief ich Leila 2 an. Ich musste mit jemandem persönlich sprechen, mich jemandem *anvertrauen*, der nicht in die Operation Doppelgänger involviert, aber gleichzeitig besonnener war als Geoffrey. Wir trafen uns in dem Pub, in dem ich ihr die ganze Wahrheit gesagt hatte.

«Eigentlich heiratet sie ja dich, wenn man es genau nimmt.»

«Ja. Dann aber auch wieder nicht.» Sie heiratete den perfekten Nicolas mit seinem perfekten Leben.

«Tja, dann gratulier ihr mal von mir.»

«Das könntest du auch selbst tun. Benutz mein Handy. Schick ihr eine i-Mail, wenn du willst.»

Sie zog eine Grimasse. «Nein. Als ich das letzte Mal mit ihr sprach ... ich bin hinterher fast durchgedreht. Es ist alles so schwierig zu verstehen. Weißt du, seit du mich in diese Situation mit hineingezogen hast, habe ich eine Menge gelesen.»

«Sehr gut. Jeder braucht ein Hobby.»

Sie warf mir einen «Haha, sehr witzig»-Blick zu. «Zur Recherche. Was hier passiert. Was mit dir und Becca – Bee, meine ich – los ist. Habe sogar mit einer Frau Kontakt aufgenommen, die sich auf dieses Zeug spezialisiert hat, und ihr die Lage geschildert, obwohl sie vermutlich geglaubt hat, es mit einer Verschwörungstheoretikerin oder einer schlechten Autorin zu tun zu haben, die in letzter Minute ein Logikloch in ihrem Text zu reparieren versucht. Sie sagte, das alles gehe «über die Physik hinaus». Ich meine, die Folgen ... es sind endlos viele. Das hier ist der eindeutige Beweis dafür, dass es tatsächlich andere Dimensionen da draußen gibt. Es könnte unser Verständnis vom Universum fundamental verändern. Hast du nicht das Gefühl, eine Verpflichtung dazu zu haben, das hier in die Welt hinauszutragen?»

«Nein. Ja. Vielleicht. Aber abgesehen von den Berenstains, wer würde mir glauben? Wir haben ja nur die i-Mails. Es gibt keinen Weg zu beweisen, dass wir sie nicht gefälscht haben.»

Eine Weile saßen wir nur da und tranken.

«Lev und ich haben uns getrennt.»

«Was? Warum?»

«Es gibt keinen richtigen Grund. Ich bin einfach nur allein glücklicher.»

«Wirklich? Das sagen die Leute meistens, obwohl es nicht stimmt.»

«Bei mir ist das nicht der Fall. Vielleicht ändert sich das eines Tages. Aber im Moment ...» Sie zuckte die Achseln.

«Ich auch.»

«Ich auch was?»

«Ich bin allein glücklicher.»

«Das bist du ganz eindeutig nicht.»

Noch eine Runde Mitleidstrinken.

Leila fing meinen Blick auf. «Wir könnten vielleicht Elendssex haben.» Einer von uns musste es aussprechen.

«Ich hätte dabei das Gefühl, Bee zu betrügen. Selbst wenn sie heiratet.»

«Ja. Ich auch.» Sie seufzte, und ich verstand, warum sie Bees beste Freundin war. «Also. Wann ist der große Tag?»

«Bee sagt, sie haben noch kein Datum festgelegt. Nächstes Jahr vielleicht.»

«Ich nehme an, dass mein anderes Ich die Trauzeugin werden wird. Früher bin ich gern auf Hochzeiten gegangen, aber jetzt habe ich dabei immer so ein leeres Gefühl.»

«Ich auch.» Ich wollte es nicht sagen. Aber es kam trotzdem heraus. «Und ich bin mir ziemlich sicher, wer der Trauzeuge sein wird.»

«Wer?»

«Mein Freund Jeremy. Jez.»

«Und?»

«In unserer Welt ist er mit meiner Frau durchgebrannt.»

Leila biss sich auf die Unterlippe, schaute weg. Ihre Schultern zuckten. Zuerst dachte ich, dass sie weinte, begriff dann aber, dass sie versuchte, ihr Lachen zu unterdrücken. «Tut mir so leid, Nick. Es ist nur ...» Jetzt brach sie doch in Lachen aus. Ich lachte mit. Denn schließlich, was soll man sonst tun, wenn man nicht mal mehr lachen kann?

Von: NB26@zone.com

An: bee1984@gmail.com

Dass wir weiter *Wir* sind, kommt mir irgendwie nicht mehr richtig vor. Jetzt, da du heiratest. Ich weiß, wie sehr du mit deinen Schuldgefühlen belastet bist.

Von: bee1984@gmail.com
An: NB26@zone.com
Es tut ja nicht nur mir allein weh. Dir auch. Ich weiß, dass es so ist. Und es ist nicht fair Nicolas gegenüber. Es ist keinem von uns gegenüber fair. Aber HERRGOTT, ich weiß nicht, ob ich aufhören kann. Allein der Gedanke, du könntest nicht da sein … schon dabei stehe ich kurz vor einer Panikattacke. Und was ist mit Geoffrey? Er wäre doch ohne die regelmäßigen Nachrichten über seine Tochter völlig aufgeschmissen.

Von: NB26@zone.com
An: bee1984@gmail.com
Mir geht es auch so. Aber wie wir es auch drehen und wenden, das hier bleibt eine platonische Affäre. Kannst du damit leben?

Von: bee1984@gmail.com
An: NB26@zone.com
Kannst du es denn? Du solltest rausgehen und Leute kennenlernen. Mit Frauen ausgehen. Warum tust du das nicht? Ich WÜNSCHTE, ich könnte Becca schreiben und ihr sagen, sie solle es sich noch einmal überlegen.

Von: NB26@zone.com
An: bee1984@gmail.com
Wie wäre das hier: Lass uns die Sache einfach langsamer angehen. Schauen, wie es läuft. Wir gehen einfach nach Gefühl vor, so wie wir es immer machen.

Bee

Also versuchten wir, es langsamer anzugehen, versuchten aufzuhören. Die längste Sendepause, die wir schafften, dauerte vierundzwanzig Stunden. Dann kam ein «Hey» von einem von uns, und wir fingen wieder an, miteinander zu reden.

Der «große Tag» war irgendwie eine nebulöse Sache. Er sollte irgendwann in der Zukunft stattfinden: nächstes Jahr, übernächstes Jahr. Es fühlte sich nicht *real* an. Ich glaube, deswegen genoss ich es gewissermaßen, darüber mit Nicolas zu sprechen.

Wir beschlossen, noch eine Weile hier weiter zu wohnen. Er wollte seine Wohnung verkaufen, dann würden wir darüber nachdenken, unsere Mittel zusammenzulegen und umzuziehen. Wir arbeiteten beide zu Hause, daher war es egal, wohin wir zogen, obwohl ich schon ein wenig in Panik bei dem Gedanken geriet, zu weit entfernt von London und Leila zu wohnen. Trotzdem scrollte ich gern durch die Immobilienseiten von Rightmove, genoss den Anblick geradezu unanständig luxuriöser Wohnungen und stellte mir mein zukünftiges Leben vor. Mein nicht bedrohliches, *nebulöses* zukünftiges Leben. Wir stimmten in allem überein: Keiner von uns wollte eine große Hochzeit. Es würden nur wir, unsere engsten Freunde (Leila und Jez) sein, und zwar an einem intimen Ort irgendwann in der *nebulösen* Zukunft.

Der einzige Knackpunkt kam auf, als ich gerade dabei war, den Ärmel von Jennys Jacke zu bügeln, die fast fertig war (diesmal war es einfacher gewesen, sie zu schneidern), Nicolas von seinem Laptop aufblickte und mich mit der Frage «Wie denkst du über Kinder» überrumpelte.

Oh, oh. Hier kam sie endlich. *Diese* Unterhaltung.

Ich versuchte, den Ton leicht zu halten. «Allgemein? Ich finde sie toll, solange man sie wieder zurückgeben kann.»

«Heißt das, dass du nicht willst, dass wir welche haben?»

«Wie wichtig ist dir das, Nicolas?» Eine gerissene, leise Stimme flüsterte: *Das könnte ein eleganter Ausweg sein, wenn du einen suchst.*

Die meiste Zeit war das «Notausgang»-Warnlicht über *dieser* speziellen Tür ausgeschaltet. Aber hin und wieder, meistens spät in der Nacht oder wenn ich heimlich mit Nick Nachrichten austauschte, leuchtete es auf und führte mich mit seinem befreienden Licht in Versuchung. («Wolltest DU eigentlich jemals Kinder, Nick?» «Eigene, meinst du? Kann ich eigentlich nicht beantworten, weil Dylan diese Lücke ausgefüllt hat, wenn es sie überhaupt je gab. Außerdem habe ich die Beihilfe zur Sterilisation in Anspruch genommen, als ich Poll heiratete.»)

Ein Achselzucken. «Es ist nicht so wichtig. Habe den Wunsch früher noch nie verspürt. Das war einer der Gründe, aus denen ich mit Jodie Schluss gemacht habe: Sie wollte Kinder, ich nicht. Aber jetzt ...» Wieder ein Achselzucken.

«Wie wäre ein Kompromiss: Wir legen uns einen Hund zu?»

Er zögerte, dann sagte er: «Ich habe mir immer einen Hund gewünscht.»

Die Zeit dehnte sich wie ein Gummiband in die Zukunft, nur dass Gummiband dazu neigt zurückzuschnappen. In Gestalt von Leila. Sie tauchte unangekündigt bei uns auf und sagte so etwas Blödes wie: «Ihr werdet es *nicht* glauben!»

Ich mache ihr keine Vorwürfe. Woher hätte sie es wissen sollen? Und seit ich ihr die Planung überlassen hatte, überflutete sie mein Postfach mit Vorschlägen für den Ort der Feier, mit Mood Boards und Pinterest-Links zum Thema «Lauschige Hochzeiten im kleinen Kreis – Do-it-yourself».

Sie kam sofort zum Thema, ohne auch nur abzuwarten, bis ich ihr einen Drink eingeschenkt hatte.

«Ich weiß, dass ihr beide eher an nächstes Jahr gedacht habt. Aber dieser *wundervolle* Ort in Cornwall, von dem ich euch erzählt habe – du weißt schon, Bee, ich habe dir die Bilder geschickt. Sie haben eine Stornierung in letzter Minute erhalten.»

Mein Gesicht musste ein Bild für die Götter abgegeben haben. Keiner von beiden bemerkte es, weil Leila schon ihr MacBook geöffnet hatte und Nicolas ihr über die Schulter schaute, während sie durch die Bilder scrollte. Okay – zugegebenermaßen war der Ort tatsächlich überwältigend. Eine Reihe kunstvoll dekorierter Steinhäuser auf einer Klippe mit Blick über das Meer. «Perfekt, oder? Ich hatte es ganz oben auf unsere Liste gesetzt, aber kaum Hoffnung gehabt, weil sie bis 2021 ausgebucht sind.»

«Wie Last Minute ist es denn?» Hörte sich meine Stimme panisch an? Vermutlich.

«Nächsten Monat.»

«Nächsten *Monat?*»

«Ich weiß, ich weiß. Aber wir müssen es jetzt bestätigen. Ein Riesenhaufen anderer Leute sind ebenfalls interessiert.»

Nicolas wandte sich mir zu. «Ich sage: Lass es uns tun. Bee?»

Mein Bauch schrie: NEIN. Aber die Seite an mir, die den Leuten gefallen will, meine weiche, meine verräterische Seite, die mich auch dazu gebracht hatte, viel zu lange mit Nate zusammenzubleiben, die Seite, die auch Becca verraten hatte, die Seite, von der ich geschworen hatte, dass ich sie niemals wieder gewinnen lassen würde – diese Seite übernahm das Steuer, und ich lächelte und hörte mich sagen: «Wunderbar.»

Nick

Nur noch eine Nachricht, dann höre ich auf. So wie beim Rauchen: *Nur noch eine Selbstgedrehte, dann höre ich auf.* Es war nicht nur eine Sucht. Dieses Band, das uns aneinanderschmiedete, war immer noch da, und so übertrieben und selbstsüchtig das auch klingt – ich fürchtete, dass es einen bleibenden Schaden hinterlassen würde, wenn wir es kappten. Einen Schmerz, den ich nicht bereit war zu ertragen.

Die Tage und Wochen verstrichen, und wir sprachen immer noch jeden Tag. Manchmal, hin und wieder, schaffte ich es, nicht an das näher rückende Unwetter in Form der Hochzeit zu denken, das sich am Horizont zusammenbraute (für die Beschreibung der Situation brauchte ich eine beschissene Metapher – sorry). Meistens vermieden wir das Thema. Wir sprachen über das Buch (meins, nicht Nicolas' Version – die jetzt verbotenes Territorium war), ihre Kunden, den alltäglichen Unsinn, über den wir früher auch immer geredet hatten. Wir waren beide talentierte Problemvermeider. Die roten Linien waren ein Beweis dafür. Ansonsten entwickelte sich mein Leben besser, als es das seit Jahren getan hatte. Meine Karriere nahm Fahrt auf. Das Geld vom Hausverkauf war auf meinem Konto, außerdem der erste Teil meines Vorschusses auf das Buch. Ich konnte mir problemlos eine Mietwohnung leisten, dachte darüber nach, nach Leeds zurückzuziehen – oder irgendwo anders hin. Aber a) hatte ich absolut keinen Bock, und b) würde Rosie mich umbringen, wenn ich sie von Würstchen trennte.

Leila 2 schickte mir immer wieder Updates. Nach einer kurzen Eingewöhnungsphase hatten sich Becca und Scarlett an ihr neues Leben gewöhnt, Lev hatte Kontakt zu Benedicts Ex-Frau aufgenommen und folgte ein paar vielversprechenden Spuren: zu zwei

Frauen in den USA, denen Benedict offenbar größere Summen gezahlt hatte, vermutlich als Ausgleich für irgendein Vergehen. Eine Zeit lang waren wir alle besorgt gewesen, weil Benedict angeboten hatte, zu Scarlett und Becca nach Neuseeland zu fliegen, aber zum Glück für uns alle konnte nicht einmal jemand, der so reich und mächtig war wie er, die Gesetze zur Regulierung von Fernreisen umgehen. Dieses Problem war also aus der Welt geschafft.

Petrus kam für ein paar Tage, füllte das Haus mit seiner lauten Persönlichkeit und verschreckte die neuesten Mieter: zwei kanadische Philosophiestudenten, die ungefähr so introvertiert waren wie Dick und Doof.

«Der Autor! Wie geht es deiner Frau?»

Petrus gehörte ganz und gar nicht zu denjenigen, denen ich mich hätte anvertrauen wollen, aber er erwischte mich in einem besonders verletzlichen Moment. Daher platzte ich heraus: «Sie heiratet. Jemand anderen.»

«Wir gehen aus. Sofort.»

«Aber was ist mit Erika?»

«Das ist ihr egal.» Ein harter Schlag auf die Schulter. «Heute finden wir dir eine neue Frau!»

Erika war es übrigens nicht egal («Nein, wir müssen so viele Dinge besprechen, Petrus!»), aber ich ließ es zu, dass er mich in eine Kneipe zerrte und bis zum Rand abfüllte. Die einzigen Frauen in der Kneipe waren die etwas ältere Frau hinter der Theke und ein Same-Sexer-Pärchen, das drei Runden Kurze mit uns trank, uns beim Pool-Billard besiegte und mit dem ich in der Ladezone für die E-Autos einen Joint rauchte, aber selbst wenn man mir ein ganzes Buffet attraktiver und williger Damen geboten hätte, bin ich mir nicht sicher, ob ich angebissen hätte. Es war nicht so, als hätte ich mich in einen Eunuchen ohne Sextrieb verwandelt. Aber ich wollte *sie*. Jammerte ich Petrus damit die Ohren voll? Wer weiß? Jede Erinnerung an mein mögliches Geständnis ist für immer in dem schwarzen Loch voller Wodka-Shots und einer Kotzsitzung um zwei Uhr morgens verloren.

Da ich den folgenden Tag ohnehin abschreiben konnte, schleppte ich meinen Kater und die Hunde in den Park, in der müßigen Hoffnung, etwas frische Luft könnte helfen. Das tat sie nicht. Ich schlich gerade nach Hause, als eine Nachricht von Geoffrey kam: «Muss dich dringend am Bahnhof treffen. 14 Uhr üblicher Ort.»

«Warum.»

«Komm, für mich.»

So eine Nachricht las man nur ungern, ganz besonders von Geoffrey.

Dank drei Aspirin und einem Tee aus Erikas geheimem Kräuterteevorrat, an dem ich mich einfach bediente, hatte ich nicht mehr das überwältigende Gefühl, gleich sterben zu müssen, vielmehr wuchs in mir das Empfinden, einen kleinen Schlaganfall zu haben, wobei der Geruch nach Frittiertem, der im Frites-Laden in der Luft hing, nicht gerade dabei half, die Übelkeit zu vertreiben. Ich entdeckte sofort Geoffreys unverwechselbaren Schädel, aber er war nicht allein. Ihm gegenüber saß Kelvin. Sie sahen merkwürdig zusammen aus. Geoffrey war unruhig und lebhaft und sah die Mitarbeiter böse an, die sich zweifellos an ihn erinnerten, weil er beim letzten Mal so sehr geweint hatte. Kelvin starrte ins nichts und war unheimlich still.

«Was ist denn hier los?»

Kelvin schreckte aus seiner Regungslosigkeit auf und kam direkt zum Punkt. «Geoffrey hat mir gesagt, was Sie versucht haben zu erreichen, und dass es aufgrund von Umständen, die sich Ihrer Kontrolle entziehen, nicht funktioniert hat.»

Geoffrey zuckte nur gleichgültig die Schultern, als hätte Kelvins Gegenwart wieder seine alte Berenstain-Unhöflichkeit hervorgeholt.

«Ich dachte, wir hätten einen Deal, Geoffrey?»

«Haben wir auch.»

«Ich verstehe Ihre Besorgnis, Nicolas, aber lassen Sie mich Ihnen versichern, dass ich keinerlei Absicht habe, das hier mit dem Rest der Gruppe zu teilen. Geoffrey hat Sie nicht verraten. Er und ich möchten Ihnen gerne helfen.»

«Wobei helfen?»

«Das zu erreichen, was Sie wirklich wollen. Bei unserem letzten Treffen fragten Sie, ob es irgendeine Möglichkeit gebe, mit der Frau zusammen zu sein, mit der Sie i-Mails ausgetauscht haben. Mit der Frau, die Sie lieben.» Als er das Wort aussprach, wand er sich ein wenig. *Liebe:eklig.* «Und ich freue mich, Ihnen mitteilen zu können, dass es einen Weg gibt, der das ermöglicht.»

Ich schaute zwischen den beiden hin und her. Geoffrey, der jetzt grinste. Kelvin, dessen Gesicht immer noch völlig ausdruckslos war. «Verstehe. Wie?»

«Wir bringen dich um», sagte Geoffrey.

«Ihr tut was?»

Kelvin schüttelte missbilligend den Kopf. «Nein, nein. Wir versetzen Sie zunächst in ein künstliches Koma.»

«Na, dann ist ja gut. Was zum Teufel ist das für ein *Scheiß?*»

Wieder schien sich Kelvin zu winden.

«Genau wie das, was mit mir passiert ist», mischte sich Geoffrey ein.

«Verstehen Sie, Nicolas, wir glauben, dass das Bewusstsein im Moment seines Erlöschens durch das Netz dringen kann. Für die Mehrzahl der Menschen ist das ein nahtloser und nicht messbarer Übergang.»

Mein armer, gequälter Kopf war nicht in der Lage, diesen wie immer völlig überfrachteten Wortsalat zu verdauen. «Könnten Sie das vielleicht auch noch mal auf Englisch sagen?»

«Ich weiß nicht, wie ich es noch deutlicher sagen könnte, Nicolas.»

Bevor ich Kelvin eine ungeduldige Replik geben konnte, sprang

Geoffrey ein. «Er will sagen, dass das, was mir passiert ist, im Grunde jedem passiert, nur dass die meisten Menschen es nicht merken.» Er strahlte stolz. «Ich bin ein spezieller Fall.»

Das kann man wohl sagen.

Surreal. Bizarr. Diese Adjektive reichten längst nicht aus, um die Situation zu beschreiben. Ein normaler Mensch wäre schon in diesem Augenblick ausgestiegen. Aber ich hatte die Normalität hinter mir gelassen, als Bee und ich zu unserer gemeinsamen Reise aufgebrochen waren. Ich sagte meinen potenziellen Mördern, sie sollten kurz warten, und ging zur Theke, um einen doppelten Espresso zu bestellen, wobei ich betete, dass er helfen würde, mein alkoholvernebeltes Hirn wieder in Gang zu setzen. Wenn überhaupt, verschlimmerte er noch die Übelkeit und die Bauchschmerzen. Ich ging zum Tisch zurück. In meiner Abwesenheit hatte Geoffrey aus den Stevia-Tütchen einen Turm gebaut.

Jetzt war ich an der Reihe, direkt zum Punkt zu kommen. «Deshalb hast du mich gefragt, ob du in Bees Welt im Koma lagst? Weil ihr beiden schon diesen ...» Plan war nicht das richtige Wort. «... diesen Irrsinn ausgeheckt hattet?»

«Na ja, schon», sagte Geoffrey.

«Um ganz sicherzugehen: Ihr wollt mich ins Koma versetzen. Und mich dann umbringen. Wie denn eigentlich?»

«Für höchste Effizienz müssten wir Sie in einen komatösen Zustand versetzen, der unter acht Punkte auf der Glasgow-Koma-Skala liegt. Um das ohne invasive Vorgehensweisen wie eine Intubation zu erreichen, würde ich, gemäß meinen ausgiebigen Recherchen, eine hohe Dosis Ketamin empfehlen», sagte Kelvin, trocken wie immer. «Natürlich müssten wir, um die Dosis zu berechnen, Ihr genaues Gewicht kennen.»

«Natürlich. Klar. Und dann würden Sie mich umbringen. Haben Sie dafür auch schon einen Plan, Doktor Mengele? Vielleicht wollen Sie das mit einem Kissen auf dem Gesicht bewerkstelligen? Oder mit einem Schlag auf den Kopf?»

Kelvin schürzte die Lippen. «Na ja, natürlich würden wir die Dosis schlicht so weit erhöhen, bis Ihre Hirn- und Atemfunktionen erlöschen. Bitte seien Sie versichert, dass Sie dabei keinerlei Schmerzen empfinden würden.»

Abgesehen von meinem Kater merkte ich, dass mir die Sache langsam Spaß zu machen begann. Man hat schließlich nicht jeden Tag die Gelegenheit, den Mord an der eigenen Person zu diskutieren. «Warum ein Koma?»

«Die Recherchen haben ergeben, dass die Unterdrückung der Hirnfunktionen vor dem Tod einen Glitch wahrscheinlicher macht. Nach der Theorie sind Sie sich dabei auf einer gewissen Ebene dessen bewusst, was mit Ihnen geschieht, sodass Sie den Prozess des Übertritts durch das Netz rational begreifen und akzeptieren können.»

Glitch. Schon wieder dieses Wort. Aber rational begreifen? An der ganzen Sache war gar nichts Rationales. Inzwischen begann das Koffein zu wirken und zerstreute den Alkoholnebel.

Etwas, was Bee einmal erwähnt hatte, fiel mir wieder ein. «Warten Sie. Millionen Menschen fallen doch jedes Jahr ins Koma und sterben. Wenn das Bewusstsein durch das Netz dringen kann, warum gibt es dann nicht Millionen Menschen so wie Geoffrey – Millionen heimatlose Menschen, die durch die Gegend laufen?»

«Vielleicht ist das so. Vielleicht manifestiert sich dieses Erlebnis als Déjà-vu. Oder in Träumen. Oder Panikattacken, oder in bestimmten Formen psychischer Krankheiten. Wir können es nicht mit Sicherheit sagen. Aber vergessen Sie nicht, diese Leute wissen ja nicht, was mit ihnen passiert – oder besser gesagt, was mit ihnen passiert *ist*. Sie hingegen werden in der einzigartigen Position sein zu *wissen*, was geschieht, was, wie wir glauben, die Wahrscheinlichkeit für das Auftreten eines Glitch erhöht.»

«Ein Glitch wie bei mir, nur mit … wie hast du das noch gesagt: Munition», sagte Geoffrey.

«Also. Sie sagen also, dass ich in Nicolas' Körper aufwache, nachdem Sie mich getötet haben?»

«In gewissem Sinne. Wenn Sie es auf so grobe und unwissenschaftliche Weise ausdrücken wollen.»

Irgendwie schaffte ich es, nicht über diesen typisch herablassenden Kelvin-ismus zu lachen. «Okay, okay. Sagen wir, dass tatsächlich ein Glitch auftritt, und ich schaffe es, mir dabei meiner selbst bewusst zu bleiben oder so, was ist dann mit Nicolas? Wie geht es ihm dabei? Macht ihn das nicht verrückt?» Ich warf Geoffrey einen Blick zu. «Wie hast du dich gefühlt, als dein anderes Selbst ... ich weiß auch nicht, angefangen hat, dein Bewusstsein zu infiltrieren?»

«Es war ja nicht so, als wäre ich von einem Alien zu was weiß ich gemacht worden. Zuerst habe ich gar nichts gefühlt. Hat eine Weile gebraucht. Hat mich praktisch beschlichen. Stück für Stück. Bin also nicht eines Morgens aufgewacht und hab gedacht, scheiße, wo ist eigentlich mein Kind oder so, wisst ihr? Habe Monate gebraucht. Hat sich nicht angefühlt, als würde ich, wie heißt das noch ... schizo oder so werden.»

«Aber du hattest doch Sorge, verrückt zu werden. Das hast du mir jedenfalls gesagt», meinte Nick.

«Ja, aber nur, weil ich nicht wusste, was mit mir passiert. Du weißt das dann. Und ehrlich, seit ich in der Gruppe bin und du es mir dann bestätigt hast, geht es mir *besser.*» Er tippte sich gegen den Kopf. «Wenn da nicht mein ... wie heißt das noch ... wäre, wäre ich schon hundert, glaube ich.»

Ich wandte mich wieder Kelvin zu. «Nehmen wir mal an, ich kaufe Ihnen das ab. Nehmen wir an, ich ziehe die Sache durch. Es gibt unendlich viele Welten, unendlich viele Realitäten, nicht wahr?»

«Das lässt sich unmöglich bestätigen oder widerlegen, Nicolas.»

«Aber sagen wir, es ist so. Woher wissen wir dann, dass ich

in genau *dem* Nicolas ankomme? In einer Welt mit *der* Bee. Was, wenn ich in einem Nicolas in einer Realität ankomme, in der, sagen wir, Bee nicht einmal geboren wurde?»

«Ich bin davon überzeugt, dass Ihre beiden Realitäten eng miteinander verbunden sind. Dass das Netz zwischen den beiden Realitäten besonders löchrig ist. Und dann ist da Geoffreys Erfahrung, von der wir dank Ihrer Untersuchungen wissen, dass sie sehr genau mit seinen Erinnerungen übereinstimmt – eine Übereinstimmung, die nicht nur rein zufällig sein kann. Dann ist da *Ihre* Erfahrung, durch das Netz hindurch kommunizieren zu können.» Die Unterhaltung. Auf jeden Fall ein ziemlich fantasievolles Bild. Ich konnte ihm einfach folgen. Stellte mir vor, wie ich mich daran wie ein Tiefseetaucher an einem Seil entlangzog. *Jetzt hör auf, Nick.* «Ich habe möglicherweise außerdem zusätzliche Beweise.»

«Was denn?»

Kelvin griff in seine Aktentasche und holte einen Umschlag heraus, der dem ähnelte, in dem Poll die Scheidungspapiere geschickt hatte, und legte ihn auf den Tisch.

«Warum wollen Sie das tun? Ich dachte, Ihr wärt alle dagegen, sich einzumischen.»

«Ich glaube tatsächlich, dass das, was wir zu erreichen versuchen, als Störung angesehen werden *könnte*. Aber andererseits werden wir eine solche Gelegenheit niemals wieder bekommen. Denken Sie nur mal, Nicolas. Wenn wir das optimale Ergebnis erreichen, werden Sie in der einzigartigen Situation sein, direkt mit uns kommunizieren zu können und das Konzept der Heimatlosigkeit zu *beweisen*.»

«Über den i-Mail-Thread, meinen Sie.»

«Ja.»

«Und du, Geoffrey? Warum drängst du so sehr darauf? Wenn es nicht klappt, bekommst du keine Neuigkeiten von deiner Familie mehr.»

«Doch, werde ich. Deine Frau scheint eine nette Person zu sein, und wir haben ja immer noch dein Handy.»

Wow. Okay. «Also würdest du einfach Bee eine i-Mail schicken und sagen, sorry, wir haben zufällig Nick absichtlich ermordet, keine große Sache. Wie geht es eigentlich Jenny heute?»

Ein altmodisch böser Geoffrey-Blick. «Das ist es nicht allein, du dummer Kerl. Du bist mein *Kumpel.* Ich will, dass du glücklich bist. Und wenn es wirklich klappt, hätten Jenny und Megan jemanden in ihrer Welt, der auf sie aufpasst. Das würdest du für mich doch tun, oder?»

Spiel einfach mit, Nick. «Klar würde ich das.» Zurück zu Kelvin. «Also warum tun Sie es dann nicht? Warum schlüpfen Sie nicht in *Ihr* anderes Ich in Bees Welt und berichten dann an sich zurück?»

Wieder eine der seltenen Reaktionen: eher ein Zusammenzucken als ein Winden. «Ein Experiment braucht einen Beobachter, Nicolas. Und ich habe keine besonders starke emotionale Verbindung zu dieser Realität. Sie schon. Geoffrey auch.»

«Also wollen Sie sagen, dass Liebe der Schlüssel ist.» Ziemlich niedlich, wenn man es mal bedachte. Ich hätte Kelvin nie für einen Romantiker gehalten.

«Es gibt einen Grund, dass Sie die Verbindung zu Rebecca Davies gesucht haben. Meiner Überzeugung nach ist es absolut möglich, dass das Intranet einen Spalt zwischen unseren Realitäten geöffnet hat und dass ständig viele Nachrichten aus unseren jeweiligen Realitäten das Netz durchdringen. Aber es braucht eine einzigartige und seltene Konstellation, damit sie sichtbar werden. Denken Sie nur daran, was nötig war, damit Sie und Rebecca Davies die Wahrheit über Ihre Situation begriffen. Ich glaube, das war kein Zufall.»

Dagegen konnte ich nichts einwenden. Bee und ich hatten das damals bis zum Erbrechen diskutiert. *Es hatte sein sollen.* «Und ihr habt damit beide kein Problem? Denn eigentlich redet ihr hier gerade über Mord. Und dessen werdet ihr angeklagt. Ihr könnt den Polizisten ja wohl kaum den wahren Grund dafür sagen, warum ihr mich um die Ecke gebracht habt. Die halten euch ja für verrückt.»

Wobei die Verteidigung bei dieser Geschichte leichtes Spiel hätte. Sie müsste tatsächlich nur auf geistige Unzurechnungsfähigkeit plädieren. «Irgendwelche Pläne, von denen ich wissen sollte, was den Verbleib meiner Leiche angeht? Die Mülldeponie, ein Straßengraben, oder wollt ihr mich irgendwo im Schrebergarten verbuddeln?»

Ausdruckslose Blicke von beiden.

«Ihr habt das noch nicht richtig durchdacht, oder?»

«Diese Details können wir noch ausführlich diskutieren, wenn Sie wollen, Nicolas», sagte Kelvin schließlich.

Keine Chance. Apropos: «Wie hoch ist die Wahrscheinlichkeit, dass das tatsächlich klappt? Eins zu einer Million? Zwei Millionen?»

«Viel mehr. Aber ebenso hoch ist die Wahrscheinlichkeit, dass wir nie wieder so eine Gelegenheit haben werden.»

Ich hatte früher schon Leute wie Kelvin kennengelernt. Sein ganzes Leben hatte ihm niemand geglaubt. Man hatte ihn ausgelacht. Kleingemacht. Und jetzt wollte er mich benutzen, um das Unmögliche zu beweisen.

«Aber selbst, wenn es klappt, sind immer noch die i-Mails der einzige Beweis für das alles. Die, wie Henrietta bereits sagte, zweifellos als gefälscht angesehen werden würden.»

«Aber *wir* wüssten es dann. Das wäre doch ein Anfang.»

Ich stand auf. «Danke für Ihr freundliches Angebot, aber so verlockend ein experimenteller Mord auch klingt, Sie kommen zu spät. Sie liebt jemand anderen. Sie heiratet jemand anderen.» Ein flüchtiges Bild von meinem Bewusstsein, das wie ein uneingeladener Gast auf ihrer Hochzeit auftaucht: «Überraschung!»

«Warten Sie», sagte Kelvin. «Bevor Sie die Sache ganz vom

Tisch wischen, Nicolas, bitte lesen Sie das Material.» Er schob mir den Umschlag zu. Und verdammt noch mal, ich nahm ihn.

*

Ich ließ den Umschlag ungeöffnet ein paar Tage lang auf dem Schreibtisch liegen. Es klingt vielleicht ein bisschen genervt, aber ich fühlte mich *verraten*. Geoffrey war inzwischen zu meinem Freund und Vertrauten geworden, aber offenbar stimmte der erste Eindruck doch, den ich von ihm gehabt hatte: Er war letztlich ein durchgedrehter Irrer. Erst um drei Uhr morgens, als ich schlaflos im Bett lag, öffnete ich den Umschlag und untersuchte den Inhalt: zwei Seiten sauber getippter Notizen, die interessanter- und lächerlicherweise mit «Fallstudie 024: TOP SECRET» überschrieben und von Kelvin in seinem typisch knochentrockenen und prüden Ton verfasst waren. Nachdem ich sie zweimal durchgelesen hatte, schloss ich sie in die Schreibtischschublade ein. Es war leicht, die Seiten zu verstecken, aber weit schwieriger, ihren Inhalt aus meinem Kopf zu tilgen. Und es wäre mir vermutlich sogar gelungen, mir einzureden, dass sich Kelvin diese «zusätzlichen, potenziellen Beweise» ausgedacht hatte, um mich davon zu überzeugen, seinen irren Plan zu akzeptieren, wenn ganz unten auf der letzten Seite nicht in seiner pingeligen Handschrift gestanden hätte: *Rebecca Davies bitten, die Angelegenheit aus ihrer Perspektive einzuschätzen.*

TEIL SECHS

Eine Hochzeit und ein Todesfall

Nick

Lily starb eine Woche, bevor Bee heiraten sollte.

Es war eine ihrer Pflegerinnen – Naomi –, die die Nachricht überbrachte. Sie sagte, sie habe meine Nummer in Lilys altmodischem Adressbuch gefunden. Es war die einzige Nummer, die noch aktuell war. Naomi versuchte, es zu beschönigen, was nett von ihr war, aber es war wohl kein einfacher Tod gewesen. Ein Sturz (sie war zweifellos über einen ihrer zahllosen Teppiche gestolpert), eine zerschmetterte Hüfte, und dann schien es sehr lange gedauert zu haben, bis man sie fand, zu spät jedenfalls für die Sanitäter, um sie wiederzubeleben. Naomi sagte, es sei ihr nicht gelungen, Verwandte ausfindig zu machen. Also blieb nur ich, um die Beerdigung zu organisieren.

Ich hatte Lily versprochen, sie mit Rosie zu besuchen, es aber nie geschafft. Und jetzt war es zu spät. Ich konnte diese Gewissensbisse nicht mit Bee besprechen: Das war nichts, was man so kurz vor dem «schönsten Tag im Leben» hören sollte. Vor dem Tag, der unserer Verbindung ein Ende setzen würde. Darum würde ich später trauern. Nachdem ich die elende alte Kuh betrauert hatte, die einst meine Nachbarin gewesen war: Die Frau, die früher einmal geliebt hatte, die letzten Jahrzehnte ihres Lebens aber allein verbringen musste.

Stattdessen rief ich Poll an, die pragmatische, nüchterne Poll, obwohl sie und Lily nicht gut miteinander ausgekommen waren. Aber als ich ihr die Neuigkeit eröffnete, bot Poll sofort ihre Hilfe an und lud mich ein, die Nacht bei ihr und Jez in dem renovierungsbedürftigen Haus zu verbringen, das sie gerade gekauft hatten. Ach, warum zum Teufel auch nicht. Ich war über die Grollphase längst hinaus und konnte eine Nacht woanders als im The Bergs gut gebrauchen.

Auf meinen Weg hinaus streckte ich den Kopf in die Tür von Erikas Höhle. Sie saß auf der Couch, die Hunde zu beiden Seiten, und schaute Fernsehen (meine alte Lieblingssendung: *Die Tierbabyretter*), was für sie ausgesprochen ungewöhnlich war. Morgens um diese Zeit besprühte sie normalerweise jede Oberfläche mit ihrem Lavendelspray und listete im Kopf Hausregelübertretungen auf.

«Können Sie heute mit den Hunden Gassi gehen, Erika?»

«Geht es Ihnen nicht gut?»

«Nein. Muss nach Leeds fahren. Eine Freundin von mir ist letzte Nacht gestorben.»

«*Schon wieder*? Auch Selbstmord?»

Herrje. Vielleicht dachte sie, dass Selbstmord normal für jemanden war, der dumm genug war, mit mir befreundet zu sein. «Nein. Fortgeschrittenes Alter.» Und Einsamkeit, vermutlich.

«Mein Beileid für Ihren Verlust, Nick.» Wow. Das sah ihr ja gar nicht ähnlich.

«Geht es Ihnen gut, Erika? Geht Ihnen unser Neuankömmling auf die Nerven?»

Der neueste Mieter war ein redseliger amerikanischer Professor, der die Neigung hatte, uns beim Frühstück in lähmender Ausführlichkeit und in allen Einzelheiten die Träume wiederzuerzählen, die er in der Nacht gehabt hatte. Immerhin stahl er nicht die Milch.

«Nein, nein. Das ist alles in Ordnung.»

«Geht es Petrus gut?»

Eine lange Pause, als fechte sie einen inneren Kampf mit dem Panzer um ihre Persönlichkeit aus. Der Panzer gewann. «Ja, ja. Es geht ihm sehr gut.»

Poll hatte angeboten, mich am Bahnhof abzuholen, aber vorher wollte ich noch etwas erledigen. Etwas, das ich allein tun musste. Aus irgendeinem Grund hatte ich erwartet, dass sich meine alte Gegend so sehr verändert hatte wie ich selbst, seit ich die Flucht ergriffen hatte, aber am Handlungsort der *Dreadnought-Jahre* war ganz eindeutig die Zeit stehen geblieben. Offenbar war meine Abwesenheit überhaupt nicht aufgefallen. Es war eine gleichzeitig melancholische und reinigende Erfahrung, den Spuren des früheren Nick zu folgen, den alten, vertrauten Abstecher über die Hundescheiße-Wiese zu nehmen, am Stop n Shop und den orangefarbenen Fassaden des Viertels vorbeizugehen und in die Dreadnought Street einzubiegen. Ich fühlte mich hier allerdings nicht mehr zu Hause. Und doch: Als ich vor Lilys Gartentor stand, schaute ich nicht zu meinem alten Haus hinüber. Ich wollte gar nicht wissen, ob die neuen Besitzer es renoviert oder vielleicht sogar meinen Schuppen abgerissen hatten.

Da Lily kein Testament hinterlassen hatte, würde sich die Stadt mit ihren Besitztümern befassen. Sie würden in Sozialkaufhäuser, auf Mülldeponien und in Recycling-Center geschafft werden: ein ausradiertes Leben. Der Ersatzschlüssel lag noch immer unter der Fußmatte, und ich hielt den Atem an, als ich eintrat. Aber ich hätte mir keine Sorgen zu machen brauchen: Der typische Geruch von gekochtem Fleisch hing noch immer hartnäckig in der Luft. Ich versuchte, die Tücher nicht anzusehen, die über den Sesseln und dem Tisch lagen, sondern ging direkt zur Schublade und holte das Foto heraus. In den nächsten Jahrzehnten würde es sowieso irgendwann auf dem Müll landen, aber noch konnte ich die Vorstellung nicht ertragen.

War Lilys Seele – oder was auch immer – nahtlos in einen anderen Zeitstrahl gewechselt, in einen, in dem sie vielleicht jünger war, um den unendlichen Kreislauf weiterzuführen? Hätten sich Marion und sie in einem anderen Leben vielleicht früher kennengelernt? Hätten sie dort die Gelegenheit, mehr Zeit miteinander zu verbringen? Ich schaute das Foto von Marion und Lily an, die für immer in den Achtzigerjahren stecken geblieben waren, und Kelvins Angebot erschien mir plötzlich unwiderstehlich anziehend. Nachts, wenn ich wach lag, erlaubte ich mir, die lächerlich gewundenen Gassen dieses Szenarios entlangzutanzen und mir zu überlegen: Was, wenn; *was, wenn?* Mehr hatte ich bisher nicht zugelassen. Aber dort, in Lilys Wohnzimmer, ging ich so weit, mein Handy herauszuholen, um Bee darum zu bitten, Kelvins Fallstudie zu überprüfen. Doch dann kam ich wieder zu mir. Nein! Ich verspürte zwar emotionale Qualen, aber ich war – noch – nicht an dem Punkt, an dem ich so verzweifelt war, mein Leben in die Hände von ein paar Verrückten zu legen. Und ich war auch nicht dazu bereit, der Frage nachzugehen, warum ich Bee noch nichts von Kelvins und Geoffreys schönen Plänen für mich erzählt hatte. Ich war an jenem Tag versucht gewesen, als ich das Café verlassen hatte – der ungefilterte Irrsinn dieser Pläne war eine Goldmine für schwarzen Humor, und wir hätten uns tagelang darüber lustig machen können –, aber ich hatte mich zurückgehalten.

Ich schleppte mich zu Polls und Jez' neuem Liebesnest in Bradford. Sie hatte es mir als Ort der Verkommenheit und des Verfalls beschrieben, aber eigentlich war es eine ganz nette frisch isolierte viktorianische Villa, die nur ein paar kosmetische Reparaturen benötigte. Poll begrüßte mich mit einer Umarmung; dann tat Jez nach kurzem Zögern dasselbe. Es fühlte sich weit weniger schräg an als erwartet. *Hey, Jez, in einem anderen Leben bist du mein Trauzeuge.* Ich sollte im Gästezimmer schlafen, der Superheldentapete nach zu urteilen das ehemalige Kinderzimmer. Passend im Grund, denn wie ein Kind hatte mich Poll an dem Tag behandelt: als wäre ich einer ihrer Schüler, der gerade eine traumatische Erfahrung gemacht hatte und rücksichtsvollen Umgang brauchte.

Eine Tasse Tee, ein paar sorgsam gewählte Worte: «Du hättest nichts tun können, Nick», dann zu den praktischen Dingen. Lily hatte niemals erwähnt, was mit ihren sterblichen Überresten geschehen sollte, daher entschlossen wir uns für das Naheliegende: chemische Bestattung. Die Tatsache, dass wir unsere Toten auflösten und Dünger aus ihnen machten, hatte Bee in den Tagen des Faktenvergleichs sehr fasziniert. Sie verbrannten ihre Toten noch. Aber das war ja im Grunde auch egal. *Es gibt keinen Tod.*

Nachdem wir die praktischen Dinge geregelt hatten, machte Jez Abendessen, während Poll und ich eine Flasche Wein tranken. Sie sagte, sie lese derzeit *Ein Schuss in der Dunkelheit* (dessen Filmrechte gerade verhandelt wurden – nimm *dies*, Nicolas), und «bisher, Nick, finde ich es ziemlich gut», was für Poll das Äquivalent zu einer Fünf-Sterne-Rezension war. Dieses unerwartete Lob riss mich von der Kante eines verführerisch tiefen Selbstmitleid-Abgrunds zurück auf sicheren Boden, und nach dem Abendessen bot ich an, zu dem Stop n Shop zu gehen, um mehr Alkohol zu kaufen. Jez ging als Erster ins Bett, aber Poll und ich blieben bis drei Uhr morgens wach, tranken, schwelgten in Erinnerungen und kicherten. Ganz unerwartet hatten wir wieder Spaß, so wie zu Beginn unserer Beziehung. Ich wollte ihr sagen, dass ich trotz Jez dafür verantwortlich gewesen war, dass die Beziehung fade geworden war. Es war meine Schuld gewesen. Ich hatte das verstanden. Egal, ob er todlangweilig war oder nicht, Jez machte sie glücklich. Er war *ihre* Bee.

Als wir betrunken ins Bett taumelten, sagte sie: «Du machst das schon, oder, Nick?»

«'türlich.» *Blödsinn.* Aber das war es, was sie hören wollte. Das war es, was alle hören wollen, weil es uns erlaubt, unser Leben weiterzuleben, ohne Schuldgefühle und Sorgen.

Ich setzte die chemische Bestattung und die Trauerfeier für den Tag von Bees Hochzeit fest. Warum auch nicht? Es schien passend, und wenn Lily die ganze Geschichte gekannt hätte, hätte ihr bestimmt auch die Ironie gefallen, die darin steckte.

Bee

Du bist glücklich. Er ist glücklich. Alle sind glücklich.
Und das stimmte, meistens.

Wer sich nie in dieser Situation befunden hat (und im Ernst, wer hat das schon?), versteht das vermutlich nicht. Dann könnte man denken, ich sei eine Idiotin gewesen, ein selbstsüchtiges Ungeheuer, weil ich es so weit hatte kommen lassen.

Hatte sich Becca am Tag vor ihrer Hochzeit mit Benedict dem Schwein auch so gefühlt? Als hätte sie auf einer Tretmühle gestanden, von der sie nicht hinuntersteigen konnte? Unfair. Nicolas war nicht Benedict. Er war ein anständiger Mann. *Mehr* als anständig.

Das Notausganglicht leuchtete auf und verlosch wieder; ich schwankte hin und her: *Das hier ist richtig, das hier ist gut, und NEIN.*

Es war alles geregelt. Die Zwillinge würden bei Leilas Mum bleiben, Leila und Lev waren schon einen Tag vorher zum Hochzeitsort gefahren, um dort alles herzurichten: «Oh Bee, es ist schöner als schön. Du wirst verdammt noch mal *sterben*, wenn du das alles siehst.» Eine Zeremonie am frühen Morgen, von einem Standesbeamten durchgeführt, ein Hochzeitsfrühstück, über das sich Leila und Nicolas zanken durften, ebenso wie über die Blumen und den anderen Schmuck. Dreitägige Flitterwochen im Hochzeits-Cottage der Anlage. Wir mussten über das Hochzeitslied nicht streiten. Es war ganz klar, dass es «Life on Mars?» sein musste. War das der Song, den Nick und ich in einem anderen Leben ebenfalls gewählt hätten? *Hör auf damit.*

Keine Zeit mehr, Bee.

Ich hatte Mums Hochzeitskleid umgeschneidert. Manchmal fühlte ich mich dabei, als schneiderte ich ein Leichenhemd, um mich dann wieder zusammenzureißen: Leila hatte recht. Mum hätte Nicolas (und Nick) geliebt. Ich hüllte das Kleid in Seidenpapier und dann in die Plastikhülle: fast wie ein Leichensack. *Hör auf damit. Hör endlich auf damit.*

Ich zog gerade den Reißverschluss daran zu, als Nicolas von hinten seine Arme um mich schlang und den Kopf auf meine Schulter legte. «Hey.»

«Hey.»

«Morgen um diese Zeit sind wir verheiratet.»

Sag es ihm, sag es ihm. «Ich nehme aber trotzdem nicht deinen Namen an.»

«Kann ich verstehen. Ich denke darüber nach, deinen anzunehmen.»

Und wieder zurück zu: *Das hier ist richtig, das hier ist gut.*

Magda und Jonas kamen herunter, um uns zu verabschieden. Ein seltenes Lächeln von Magda, ein seltenes Lebenszeichen von Jonas, der seine Schultern zu einem Takt in seinem Kopf bewegte. Halb erwartete ich, dass sie sagen würde: «Warte nicht» – oder vielleicht sogar Jonas.

Ich genoss die Fahrt. Nicolas und ich wetteiferten darin, den kitschigsten Song auszuwählen, den wir mitsingen konnten: Abba, The Prodigy, Oasis, Kylie, TLC. So etwas hätten Nick und ich sicher auch getan. *ES REICHT.*

Und der Veranstaltungsort war tatsächlich so prachtvoll, wie es die Bilder versprochen hatten. Eine winzige Kapelle, cool und künstlerisch. Eine umgestaltete Scheune mit einem Whirlpool. Ein Garten, der zu einem Privatstrand hinunterführte. Perfekt, wirklich. Nur wir fünf: Nicolas und ich, Lev und Leila, und der Untreue Jez, dessen Date ihn im letzten Moment versetzt hatte (vielleicht gibt es Karma *doch*).

Ich war ganz ruhig. Nicht glücklich. Nicht besorgt. Nur … Herrgott noch mal. Nur wie betäubt.

An diesem Abend gingen wir fünf in einen Pub. Keine Junggesellenabschiede in Prag oder so. Ich lachte und trank und setzte ein glückliches Gesicht auf, während mir mein Handy ein Loch in die Tasche brannte. Wir hatten beschlossen, Funkstille zu halten, bis es vorbei wäre. Wie damals, als das Hardcore-Doppelgänger-Sex-Wochenende stattgefunden hatte, wie Nick es immer noch nannte. Aber ich schlich mich vom Tisch fort und ging nach draußen, um trotzdem nachzusehen. Nichts von Nick. Was hatte ich erwartet? Dass er im letzten Moment ein Zeitportal oder so finden, sich in meine Welt transportieren lassen und die Hochzeit aufhalten würde, so wie in diesen romantischen Filmen, in denen die Leute im letzten Moment die Kirchentür aufreißen und sagen: «Heirate ihn nicht!»?

Leila schlich sich an mich heran, und ich zuckte zusammen. Zum Glück war sie zu betrunken, um zu bemerken, wie ich heimlich mein Handy zurück in die Tasche schob. «Alles in Ordnung mit dir, Bee? Hast du kalte Füße?»

Sag es ihr. Sag es ihr. «Mir geht es gut.»

«Hmm.» Ein ziemlich beschwipster Paddington-Blick. Dann grinste sie und holte eine Haschtüte aus der Tasche. «Das hier hilft bestimmt.»

Ich hatte seit Anfang zwanzig kein Hasch mehr geraucht. Damals hatte ich eine albtraumhafte Nacht beim Glastonbury-Festival, weil ich zu viele Cannabis-Kekse gegessen hatte und glaubte, sterben zu müssen. Aber ich brauchte etwas – irgendetwas –, was mich aus dem unmoralischen morastartigen Strudel riss, in den ich mich hatte saugen lassen. Oder etwas, was meine Taubheit noch tauber werden ließ.

«Erinnerst du dich an den Abend, bevor ich Lev geheiratet habe? Du und ich, besoffen von Bacardi in diesem schlimmen Hotelzimmer?»

«Natürlich erinnere ich mich.» Ich nahm einen tiefen Zug. Hustete.

«Ich hatte damals einen Riesenhaufen Zweifel. Jeder fühlt sich am Abend zuvor so. Was irre ist, wenn man mal darüber nachdenkt. Es ist ja kein Todesurteil. Es ist nicht so, als könnte man sich nicht einfach wieder scheiden lassen, wenn es nicht läuft.»

«Ich weiß.»

«Und er ist wunderbar, Bee. Er ist gut für dich.» Der Joint machte sie ganz rührselig. «Du wirst ja so *glücklich* sein.»

Das hier ist richtig, das hier ist gut.

Als sie wieder zurück nach drinnen schwankte, öffnete ich den Gmail-Thread.

Von: bee1984@gmail.com
An: NB26@zone.com
Wenn du nicht willst, heirate ich ihn nicht.

Nick

Sex und Tod: die klassische Kombination. So wie Surf and Turf. Oder Dick und Doof.

Es gibt keine Entschuldigung für das, was ich getan habe. Keine.

Wir waren nur sechs bei der Trauerfeier. Ich, Poll, Jez, zwei von Lilys unfairerweise beschimpften Pflegerinnen, Naomi und Beulah, und Dylan, den ich nicht mehr gesehen hatte, seit Bee die Nachricht über sein anderes Ich geschickt hatte. Ich umarmte ihn und biss mir so hart auf die Innenseite meiner Wange, dass ich nicht weinen musste.

Ich hatte sehr lange und gründlich darüber nachgedacht, mit welcher Musik wir Lily verabschieden sollten. Die Melodie eine ihrer Lieblings-Fernsehserien wäre wohl am angebrachtesten gewesen, aber den Soundtrack zu *Die Tierbabyretter* oder *Die Gerichtsvollzieher* in voller Lautstärke spielen zu lassen, während ihr Sarg hinter dem Vorhang weggefahren wurde, kam mir dann doch nicht richtig vor. Schließlich wählte ich einen Song vom Silent Album. Bowie würde sie ins Jenseits begleiten, ob sie wollte oder nicht. Im letzten Moment trat ich an den Sarg (auf dem eigentlich die Zierdeckchen hätten liegen sollen, die sie so sehr mochte) und legte das Foto darauf, das ich aus dem Haus entwendet hatte. Und so reisten sie gemeinsam fort. Asche zu Asche. Oder, in Lilys Fall: Wasser zu Dünger.

Zum Leichenschmaus fuhren wir zu Poll und Jez. Naomi und Beulah hatten nur Zeit für einen Drink. Wir mussten alle sehr lachen, als wir miteinander wetteiferten, wer im Laufe der Jahre die schlimmste Beleidigung von Lily gehört hatte (und von diesen Beleidigungen gab es *eine Menge*). Ich glaube, es hätte ihr gefallen.

Dylan fing meinen Blick auf und machte mir Zeichen. Er wollte rauchen. Dafür gingen wir heimlich in den Garten. Er berichtete mir das Neueste aus seinem Leben, und ich bedachte ihn mit den Erzählungen von den Bergs und versicherte ihm, dass ich wirklich über meine relativ neue «Trennung» hinweg sei. Dann hörte ich mich sagen: «Kann ich dich etwas fragen, Dylan? Und du kannst mir gern sagen, dass ich dich gefälligst in Ruhe lassen soll, aber als ich dich damals fand ... du weißt schon wann» – ich hielt inne, um zu sehen, wie er reagierte. Er wirkte wachsam, nickte aber, sodass ich fortfuhr: «Als ich dich damals fand, was hatte dich dazu gebracht? Wie fühltest du dich? Du weißt schon, kurz bevor du ...» *Mist.* Ich war gerade dabei, es richtig zu vermasseln. «Tut mir leid. Hör mir gar nicht zu. Das hier ist vermutlich das Letzte, was du hören solltest.»

«Schon gut, Nick. Entspann dich. Ich habe keine Probleme, darüber zu sprechen. Ich wollte einfach, dass es vorbei ist. Ich sah keinen Ausweg mehr. Ich hätte niemals gedacht, dass es irgendwann einfach aufhören würde.»

«Aber so fühlst du dich jetzt nicht mehr.»

«Nein.» Ein Achselzucken. «Ich habe dunkle Tage, klar, aber das haben ja alle, und wenn es wieder mal einer von diesen Tagen ist, komme ich damit inzwischen zurecht. Warum fragst du?»

Ich schlug ihm auf die Schulter, so wie Petrus. «Ich hab dich lieb, Kumpel. Wollte nur sichergehen, dass es dir wirklich gut geht.» Das stimmte und auch wieder nicht. Ich hatte ihn wirklich lieb und wollte sicher sein, dass er nie wieder über diese Möglichkeit nachdenken würde, aber der wahre Grund war, dass mir die Fallstudie und ihre Konsequenzen trotz meiner Entscheidung in Lilys Wohnung immer wieder durch den Kopf gegangen waren. Aber der Reiz, den ich nach Kelvins Angebot womöglich noch gespürt hatte, wurde durch diese Unterhaltung zunichtegemacht. Ich hatte Kelvins Plan «Mord» genannt, aber in Wirklichkeit war es Selbstmord. Und wenn ich ihn beging, wie würde sich Dylan fühlen, wenn er herausfand, dass ich mich umgebracht hatte? Das durfte ich auf keinen Fall riskieren.

Angenehm (oder unangenehm) betäubt, lehnte ich Polls Angebot ab, bei ihnen zu übernachten, und machte mich auf den Heimweg, wobei ich ein paar Dosen Cidre für die Zugfahrt mitnahm. Auf Trauerfeiern weht einen immer die Vergänglichkeit an, sie sind eine Erinnerung. *Eines Tages bist auch du an der Reihe, Kumpelchen.* Meine Vorstöße ins Quanten-Anomalie-Land mit der «Es gibt keinen Tod»-Eintrittsklausel reichten nicht aus, um den Gestank der Vergänglichkeit zu vertreiben. Der Zug zockelte weiter, und ich stellte eine mögliche Gästeliste für meine zukünftige Beerdigung zusammen. Ich schaffte es kaum zu einer zweistelligen Zahl: Das bekäme ich nur hin, wenn ich vor Tweedy das Zeitliche segnete.

Und dann stand da natürlich wieder der Elefant im Zimmer, den ich voller Selbstmitleid betrachten konnte. Der riesige, stinkende Elefant, der auf den Teppich geschissen hatte, auf den Hund getreten war und all den Nippes kaputt gemacht hatte.

Die Hochzeit.

Wenn du nicht willst, heirate ich ihn nicht.

Mir das zu schicken, war unfair, das wussten wir beide. Es musste ihre Entscheidung sein, nicht meine. Ich würde ihre kleine Nebenbeziehung sein. Eine emotionale Affäre, die sich irgendwann von selbst erledigen würde. Ich ließ mein Handy absichtlich abgeschaltet, um nicht in Versuchung zu kommen. Aber als ich mich durch die Menschenmenge am Euston-Bahnhof drängte, blieb ich unter der Uhr stehen und schaltete es ein. Ich tippte: «TU ES NICHT», mein Finger schwebte über dem Senden-Icon. Nein. Ich löschte es wieder. Schrieb es erneut, nahm dann den Akku heraus und steckte das Handy in die Tasche. Das konnte ich nicht für sie übernehmen. Nicht dieses Mal.

Als ich wieder bei The Bergs war und eine der Hausregeln brach, indem ich die Haustür betrunken hinter mir ins Schloss fallen ließ, tauchte Erika aus ihrer Höhle auf, sah mich an und befahl mir, mit ihr ins Wohnzimmer zu kommen. Sie wusste, wo ich gewesen war. Und in jener Nacht brauchte offenbar auch sie Gesellschaft. Sie bot mir einen Drink an, den ich kaum ablehnen konnte (das hätte sie nicht zugelassen). Dieser Drink führte zu einem weiteren. Dann zu einem dritten, weil aller guten Dinge drei sind. Aller schlechten Dinge übrigens auch.

Es passierte einfach.

Nichts passiert einfach.

Gott sei Dank waren Dick und Doof nicht da und konnten uns nicht hören. Wie wir auf dem Couchtisch zugange waren, beobachtet von zwei Hunden, die beide in unterschiedlichem Maß angeekelt waren.

Bee

Liebe Leute: Ich habe ihn geheiratet.

Nick

Der folgende Morgen war eine Symphonie des Selbsthasses. Asche in meinem Mund. Mein Puls war überall zu spüren, nur nicht in meinem Herzen. Ich hatte einen solchen Kater, dass ich mich wieder einmal so fühlte, als stünde ich kurz vor einem Schlaganfall oder einem Herzinfarkt. Beides hätte ich gern in Kauf genommen. *Diese Dinge passieren einfach:* ein abgegriffener Satz, der immer wieder aufgetischt wurde, um das Unentschuldbare zu entschuldigen. Was ich getan hatte, war schlimmer als nur unentschuldbar. Petrus war nett zu mir gewesen, und ich hatte ihn auf die schlimmstmögliche Art und Weise verraten. Ich hätte mir am liebsten selbst ins Gesicht geschlagen. Oder dorthin, wo es am meisten wehtat.

Ich brauchte Kaffee. Musste einen klaren Kopf bekommen. Musste die Dinge mit Erika klären. Ich würde nicht den einfachen Weg gehen, mich in meinem Zimmer verstecken und darauf hoffen, dass alles verschwinden würde.

Als ich den Frühstücksraum betrat, überrumpelte mich Erika mit ihrer üblichen Herablassung. Der redselige Professor befand sich inmitten der detaillierten Beschreibung seines letzten Traumes, der endlich einmal nicht unfassbar öde war, weil darin aus irgendeinem Grund seine Ex und ein Büffel mitspielten. *Das will niemand wissen.* Doch ich hätte ihn umarmen können. Sein Gerede nahm den Druck aus der Situation und schenkte mir genug Zeit, um ein wenig Toast herunterzuwürgen und ein paar Tassen Kaffee zu trinken, bevor ich mich dem Unausweichlichen stellen musste.

Als der Amerikaner schließlich ging, blieb ich noch etwas im Raum. Erika verspritzte schon wieder ihr Lavendel-Reinigungsmittel wie an jedem anderen normalen Morgen. Die Fotos von

Petrus schauten mich böse vom Sideboard aus an. «Erika ... Wenn Sie wollen, dass ich ausziehe, dann tue ich das.»

«Warum sollte ich das wollen?»

«Wegen letzter Nacht.»

«Da ist nichts passiert.» Ausdrucksloses Gesicht. Pokerface. Ein paar flüchtige Sekunden lang glaubte ich (beinahe), dass ich mir das alles nur eingebildet hatte. *Also so würde es sein.* Danach überkam mich feige Erleichterung. Ich würde noch eine Weile bleiben, aber ich würde ausziehen, bevor Petrus uns erneut einen Besuch abstattete.

Egal, ich verdiente es nicht, so einfach vom Haken gelassen zu werden. Ich wollte mich selbst bestrafen. Es musste sein. Ich steckte den Akku zurück ins Handy.

Von: NB26@zone.com
An: bee1984@gmail.com
Hast du es durchgezogen, Bee? Wenn ja, dann sollten wir jetzt hiermit aufhören. Ich liebe dich. Ich werde dich immer lieben, aber wir wissen beide, dass das, was wir tun, nicht fair ist. Du hattest recht: Es ist niemandem gegenüber fair.

Bee

Ich hörte das Piepen des Handys nicht. Ich stand unter der Dusche und wusch mir nach einem frühmorgendlichen Spaziergang am Strand den Sand von den Füßen. Das Wasserrauschen war das Hintergrundgeräusch für das mantrahafte: *Du bist glücklich, du bist glücklich, du bist glücklich* in meinem Kopf. *Noch viel wichtiger, ER ist glücklich. Wir sind alle glücklich. Es ist vorbei, du hast deine Entscheidung getroffen, jetzt leb damit.*

Ich trocknete mich ab und tappte ins Schlafzimmer.

Erstarrte.

Einer dieser qualvollen, lebensverändernden Augenblicke, in der die Zeit tatsächlich stehen zu bleiben scheint: Nicolas, der auf der Bettkante saß, mein Handy in der Hand. In seinem Blick lag die nackte Qual.

Von: bee1984@gmail.com
An: NB26@zone.com
Wer zum HENKER sind Sie, und wie genau ist Ihre Beziehung zu meiner Frau?

Nick

Zuerst glaubte mein dehydriertes Hirn, es handele sich um einen Scherz. Um einen dieser dummen, völlig unangemessenen Sätze, die Bee und ich früher austauschten, um uns gegenseitig zum Lachen zu bringen. Dann las ich den Satz noch einmal: ein eisiger, ernüchternder Guss über den Kopf.

Es gab keine andere Antwort darauf als: *Ich bin du. Ich bin eine deutlich weniger erfolgreiche, aber erstaunlicherweise emotional viel stabilere Version von dir. Ich bin du in einer anderen Welt. Die Version von dir, die alles vermasselt und aufgegeben hat, als du es nicht getan hast. Und Nicolas, es tut mir leid, es tut mir so verdammt leid, WIR WOLLTEN ES NICHT SO WEIT KOMMEN LASSEN.*

Aber wir *wollten* es so weit kommen lassen, oder? *Folie à deux.*

Ich reagierte nicht. Ließ all das ungesagt. Schlurfte wie ein Zombie in mein Zimmer. Setzte mich auf die Bettkante und starrte wer weiß wie lange auf das Handy.

Nichts als Funkstille von Bees Seite aus.

Ich ging mit den Hunden in den Park. Kam zurück. Schloss mich in mein Zimmer ein. Versuchte zu schreiben – versagte dabei. Versuchte zu essen – versagte dabei. *Nicolas weiß es. Sie muss ihm jetzt die Wahrheit gesagt haben.* Ich versuchte, mich in ihn hineinzuversetzen – versagte dabei.

Dann: «Es ist vorbei.»

Von: NB26@zone.com
An: bee1984@gmail.com
Oh Herrgott noch mal, Bee. SCHEISSE. Ich weiß nicht, was ich sagen soll. Wie geht es dir? WO bist du? Ist zumindest jemand bei dir?

Von: bee1984@gmail.com
An: NB26@zone.com
Bin immer noch im (OH GOTT) Hochzeits-Cottage und warte darauf, dass mich ein Taxi zum Bahnhof bringt. Nicolas ist sofort gegangen. Und wer kann es ihm zum Vorwurf machen?
Ich weiß nicht, wie es mir geht. Wen INTERESSIERT es, wie es mir geht? Ich hätte es nicht dazu kommen lassen dürfen. Was zum Teufel ist mit mir nicht in Ordnung?

Von: NB26@zone.com
An: bee1984@gmail.com
Mit dir ist alles in Ordnung. Hör mir zu. Das ist nicht deine Schuld.

Von: bee1984@gmail.com
An: NB26@zone.com
Das ist verdammt noch mal absolut meine Schuld. Ich bin eine dumme, selbstsüchtige Idiotin. Schlimmer noch als das.

Von: NB26@zone.com
An: bee1984@gmail.com
Das hier ist unser beider Schuld. Vor allem meine. Wo ist Leila? Ist sie nicht bei dir?

Von: bee1984@gmail.com
An: NB26@zone.com
Sie ist auch gegangen. Nachdem Nick gegangen war, habe ich ihr alles erzählt. Na ja, nicht alles. Nur das Wesentliche. Während ich erzählte, schwieg sie die ganze Zeit, und danach sagte sie: «Soll das ein Witz sein? Weil das nämlich verdammt noch mal alles kein bisschen lustig ist.» Ich schwor bei meinem Leben, dass es kein Scherz war, aber sie sagte nur: «Damit komme ich jetzt nicht klar, Bee», und fuhr mit Lev nach Hause. Wie sie es sagte. Es klang so kalt. Und so ENDGÜLTIG. Und es ist genau das, was ich verdiene.

Von: NB26@zone.com
An: bee1984@gmail.com
Leila kommt wieder, Bee. Das weißt du. Sie braucht nur Zeit, um alles zu verarbeiten. Man hört ja nicht jeden Tag so etwas.

Von: bee1984@gmail.com
An: NB26@zone.com
Vielleicht. Aber ich bezweifle das. Ich habe sie MONATELANG angelogen. Ich habe alle monatelang angelogen. Nicolas auch. Herrje. Als er wegfuhr … er war vollkommen gebrochen, Nick. Ich habe noch nie so einen Gesichtsausdruck gesehen. Doch, habe ich. Bei Mum. Und ich habe ihm das angetan. ICH.

Von: NB26@zone.com
An: bee1984@gmail.com
Was hast du ihm denn erzählt? Die Wahrheit?

Von: bee1984@gmail.com
An: NB26@zone.com
Ja und nein. Ich wollte ihm alles erzählen. Habe ich auch fast getan, aber … er hat mich gefragt, ob ich dich liebe.

Von: NB26@zone.com
An: bee1984@gmail.com
Und?

Von: bee1984@gmail.com
An: NB26@zone.com
Und dann habe ich ihm die Wahrheit gesagt. Und er hat mich gefragt, ob ich dich mehr liebe als ihn.

Von: NB26@zone.com
An: bee1984@gmail.com
Und?

Von: bee1984@gmail.com
An: NB26@zone.com
Und da habe ich ihm ebenfalls die Wahrheit gesagt.

TEIL SIEBEN

Schnittpunkte

Bee

Ich war nicht zu Hause, als Nicolas eine Woche nach der Hochzeit kam, um seine Sachen aus der Wohnung abzuholen. Redete mir ein, dass es am besten wäre, ihm nicht zu begegnen. Ich hatte unzählige Male versucht, ihn anzurufen und ihm zu schreiben, aber alles, was ich als Antwort bekam, war nur «Bitte hör einfach AUF damit». Ich hatte Jez angeschrieben und ihn gebeten, für Nicolas da zu sein und darauf aufzupassen, dass er zurechtkäme. «Er ist am Boden zerstört, Bee. Was zum Teufel ist eigentlich passiert? Er will es nicht sagen.» Ich nannte ihm keine Details – er war ja immer noch der Mann, den ich im Kopf unter Jez der Betrüger abgespeichert hatte –, aber ich sagte, dass es meine Schuld sei und dass Nicolas seine Unterstützung brauche.

Leila hatte mich am Morgen angerufen, nachdem mir die ganze Sache um die Ohren geflogen war. Sie machte sich Sorgen um mich, ernsthafte Sorgen, aber egal, wie ich es auch auszudrücken versuchte, sie konnte meine Geschichte immer noch nicht glauben. («Hab Vertrauen, Bee. Leila 2 hat es dir auch abgekauft, nicht wahr?» «Ja, aber deine Leila lebt nicht wie meine in einer Gegenwart, die mit Fake News und Verschwörungstheorien überflutet wird.») Und meine Leila hatte ihre eigene Theorie: «Hör mal. Vielleicht hältst du das, was du mir da erzählst, wirklich für die Wahrheit, Bee. Aber dieser andere Typ, mit dem du E-Mails austauschst, der macht dich nur ganz verdreht. Er erzählt dir Lügengeschichten. Und du fällst verdammt noch mal auch noch darauf herein.»

Das Gespräch endete in einer unserer seltenen Streitereien. Leila bestand darauf, ich solle mir professionelle Hilfe suchen, und dass sie diesen «offensichtlichen Blödsinn» auf keinen Fall unterstützen werde.

Als sie aufgelegt hatte, blieb ich die ganze Nacht wach und formulierte eine E-Mail an sie. Ich zählte alle Beweise auf, in der Hoffnung, sie damit überzeugen zu können. Ich überlegte hin und her, ob ich Leila 2 erwähnen sollte oder lieber nicht – ohne Kinder, erfolgreich, glücklich. Die Lev-lose Leila 2. Tausendmal schrieb ich die E-Mail und löschte sie wieder, dann speicherte ich sie in meinem Entwürfe-Ordner ab.

Und jetzt war Leila fort, und *ich* war in diesem Fall Nate. Ich war Poll. Ich war mein Dad. Ich war das Arschloch, das manipulative, selbstsüchtige Ungeheuer. Ich hatte Nicolas dazu verführt, mich zu lieben, hatte es zugelassen, dass er auf grausamste Weise meine Verbindung zu Nick herausfand, und dann hatte ich ihn gehen lassen, ohne auch nur den Anstand zu besitzen, ihm die ganze Wahrheit zu erzählen. Ich brauchte eine Weile, bis ich begriff, was der wahre Grund dafür gewesen war – und das war eine holprige, schmerzhafte Reise ins Land der Selbsterkenntnis. Jeder in Nicks Welt hatte ihm bis dahin die Wahrheit geglaubt. Was, wenn Nicolas das auch tun würde – und nicht nur das: wenn er es sogar akzeptieren würde? Das hätte meiner Selbstgeißelung gar nicht gepasst, meiner inneren Überzeugung, dass ich weder ihn noch Nick verdient hatte. Ich hatte nicht gelogen, als ich ihm gesagt hatte, dass ich Nick mehr liebte als ihn. Ich wünschte, ich hätte mir nicht vorstellen können, wie sehr das geschmerzt haben musste. Aber ich konnte es mir vorstellen. Und es geschah mir verdammt noch mal recht. Ich hatte es zu weit getrieben.

Ich war mir jetzt beinahe sicher, dass Nicolas schon die ganze Zeit geahnt hatte, dass irgendetwas zwischen uns nicht ganz richtig gewesen war (wobei dieses Etwas natürlich *Jemand* gewesen war). *Ist das hier real?* Deshalb hatte er mir vermutlich auch so übereilt den Heiratsantrag gemacht und sofort die Chance ergriffen, als das Hochzeits-Cottage frei wurde. Aber ob das so gewesen war oder nicht – egal. Es gab nur einen Menschen, der an der ganzen Sache die Schuld trug, und das war ich.

Während er also in meiner Wohnung war und seine Spuren aus meinem Leben tilgte, machte ich einen Gin-Spaziergang für mich allein. Nur ohne den Gin. Und weil das Leben gern noch einmal nachtritt, wenn man am Boden liegt, sah ich ein Schild vor dem Gartenzwerg-Haus. Die Tage des Zwergs und vermutlich auch des Blauregens waren gezählt. Ich überlegte kurz, Leila eine Textnachricht zu schicken, um ihr davon zu erzählen, mit dem Versprechen, dass ich den Gartenzwerg aus dem Container fischen würde, der unvermeidlich irgendwann aufgestellt würde. Stattdessen schickte ich die E-Mail an sie ab.

*

Als ich zur Wohnung zurückkehrte, schlug mir das Herz im Hals, weil ich fürchtete, ich könnte Nicolas über den Weg laufen – halb hoffte ich, halb fürchtete ich es. Magda wartete auf der Treppe.

«Komm», sagte sie. «Wir müssen reden.»

Ich folgte ihr kleinlaut hoch zu ihrer Wohnung. Ich war schon eine ganze Weile nicht mehr dort oben gewesen, und sie war ganz schön nachlässig gewesen. Auf den Bücherstapeln lag eine besonders dicke Staubschicht, und auf dem Klavier standen schmutzige Becher und Gläser mit Weinresten darin. Jonas saß in seinem Sessel und schlief, den Mund halb offen. Auch er wirkte schäbiger als sonst. Er war unrasiert und sein Anzug zerknittert und mit Krümeln übersät.

Magda murmelte etwas vor sich hin und suchte nach sauberen Gläsern. Ich stand neben dem Klavier und beobachtete, wie Jonas' Lider flatterten. Ich hoffte, dass er etwas Schönes träumte. Es war kaum elf Uhr, aber sie schenkte uns beiden einen Whiskey ein. Ich lehnte nicht ab. Ich hatte um zwölf einen Beratungstermin, aber nur über Skype, daher würde meine Fahne nicht auffallen. Ich konnte etwas gebrauchen, das die riesigen Schuldgefühle etwas abmilderte.

Magda sah mich prüfend an. «Warum?»

«Warum er gegangen ist?»

«Ja. Er war ein guter Mann. Sehr hilfsbereit. Einmal hat er mir sogar dabei geholfen, die Dosen für das Recycling zu zerdrücken. War es er, der sich getrennt hat, oder du?»

«Ich. Ich liebe jemand anderen.»

Ich wartete auf irgendwelche hellsichtigen Weise-Frauen-Worte oder zumindest darauf, dass sie «dummes Mädchen» murmeln würde, und versuchte, den Gedanken an Magda und ihren Toyboy in der anderen Welt zu verdrängen. Aber sie sagte nichts. Sie schüttelte nur den Kopf, zuckte die Achseln und trank. Jonas gab einen langen Seufzer von sich. Ich versuchte sehr, nicht an ihn und an *«Warte nicht»* zu denken. Und schaffte es nicht.

«Magda, vor Ewigkeiten, kurz nachdem ich Jonas auf der Treppe getroffen hatte, hast du etwas zu mir gesagt: «Warte nicht». Was hast du damals damit gemeint?»

Ihre Augen wurden zu glitzernden Schlitzen. «Daran erinnere ich mich nicht.»

«Du hast es eindeutig gesagt. Und zwar direkt, nachdem wir Jonas wieder in die Wohnung gebracht hatten und ich auf dem Weg zurück war.»

Ein missbilligendes Schnauben. Eine Pause. Dann: «Das war an einem Donnerstag, oder?»

Ich überlegte. «Ja.»

Sie nickte. «Der Tag vor dem Recycling. Wenn man zu lange wartet, bis man seinen Müll loswird, liegt das Zeug noch eine Woche länger in den Müllcontainern.»

Nimm DIES, Schicksal.

Von: bee1984@gmail.com
An: NB26@zone.com
Also gut. Jetzt sind wir wieder am Anfang. Nur wir beide.

Von: NB26@zone.com
An: bee1984@gmail.com
Da müssen wir wohl unsere Cybersex-Fertigkeiten etwas auf Vordermann bringen.

Von: bee1984@gmail.com
An: NB26@zone.com
Müssen wir wohl.

Von: NB26@zone.com
An: bee1984@gmail.com
Aber wird das ausreichen?

Von: bee1984@gmail.com
An: NB26@zone.com
Es wird ausreichen müssen.

Nick

Wieder in unsere frühere Beziehung zurückzukehren, war, als zöge man einen alten Mantel an. Das klingt jetzt nicht übermäßig sexy. Doch trotz all dem, was in der Zwischenzeit geschehen war, konnten wir problemlos unsere alte «Wir können uns alles sagen»-Beziehung wieder aufnehmen, wie in den Zeiten vor Operation Doppelgänger.

Bee brauchte diese tröstliche Vertrautheit dringend, weil sie immer noch mit zermürbenden Schuldgefühlen kämpfte.

Sie war nicht allein. Ich hatte Nicolas verabscheut. Ihn beneidet, und jetzt tat er mir leid. Nicolas war Bees und meinem Natur-versus-Umwelt-Experiment zum Opfer gefallen. Ich konnte auch nicht mein Insider-Wissen darüber teilen, wie er vermutlich mit einem gebrochenen Herzen umgehen würde. Das war etwas, was nur einer der beiden Belchers erfahren hatte; das Doppelgänger-Sexwochenende und die Wochen vor der Hochzeit kamen dem wohl am nächsten, waren aber nicht damit zu vergleichen. Denn so schmerzhaft das auch gewesen war, war ich damit zurechtgekommen, weil es immer noch einen Funken Hoffnung gegeben hatte. Hoffnung, die Nicolas nicht mehr hatte. Wenn ich jemals die Gelegenheit hätte, mich bei ihm zu entschuldigen, würde ich das tun.

Und ja, ich spürte auch einen Hauch des Triumphs, dass Bee doch noch mich gewählt hatte. Die fehlerhafte Version statt der makellosen. Die früher einmal fehlerhafte Version, denn jetzt würde ich die Abgabefrist schaffen, wofür Nicolas teilweise verantwortlich war. Wenn ich den Schmerz nicht gespürt hätte, als seine Beziehung mit Bee stärker wurde, hätte ich vielleicht die Flinte ins Korn geworfen und mich der Selbstsabotage hingegeben.

Ich blieb weiter in der Pension wohnen. Es war nicht nur wegen Rosie. Ich hätte Erika bestechen und ihr anbieten können, den räudigen alten Schäferhund zu kaufen, um dann mit Rosie und Würstchen in ein Cottage auf dem Land zu ziehen. Ich blieb, weil ich abergläubisch war: Ich hatte – erfolgreich – den größten Teil von *Sabotage* hier geschrieben. Ich würde wegziehen, wenn der Text fertiggestellt war. Und ich fühlte mich hier mehr zu Hause als je bei Poll. Der kleine viktorianische Schreibtisch. Der Geruch nach billigem Kaffee und Lavendel. Die Gäste, die sich die Klinke in die Hand gaben, und das Plauderroulette am Frühstückstisch. Die niedrige Decke in meinem Dachzimmer, an der ich mir schon tausendmal den Kopf gestoßen hatte. Die Duschkabine, in der man sich wie in einem Portal ins All fühlte. Der Blick von der Toilette aus. Das würde für eine Weile ausreichen. Und Petrus würde erst in einigen Monaten wiederkommen – Erika hatte gesagt, er habe einen Vertrag in Katar, wo er einen der wenigen übrig gebliebenen Scheichs als Bodyguard beschützte, der noch nicht das aus dem Gasverkauf angehäufte Geld seiner Familie durchgebracht hatte. Sie sagte, sie würde über Weihnachten zu ihm fahren, weshalb ich sturmfreie Bude haben würde, während ich den Text fertigstellte. «Und er hat versprochen, dass das sein letzter Vertrag sein wird.» Das war ebenfalls Teil ihres Panzers: Einsamkeit.

Wir redeten nie mehr darüber, was zwischen uns passiert war. Hin und wieder bat sie mich, einen Drink mit ihr zu nehmen, und hin und wieder nahm ich das Angebot an, aber keiner von uns beiden ließ es zu, dass mehr daraus wurde.

Und ich hatte Bee zurück. Die ganze Bee.

Würde es reichen? Würde es das?

Spätnachts dachte ich manchmal über die Sache mit dem komatösen Zeitstrahlwechsel nach und stellte mir die Frage: Was wäre wenn? Was wäre *wenn*?

Von: bee1984@gmail.com
An: NB26@zone.com
Frohe Weihnachten! Was schenkst du mir?

Von: NB26@zone.com
An: bee1984@gmail.com
Ist es noch nicht angekommen? Diese blöden inter-dimensionalen Postboten.
Wie läuft dein Tag denn so bisher? Hast du was von Leila gehört?

Von: bee1984@gmail.com
An: NB26@zone.com
Nein. Die Funkstille hält an. Aber mein Dad hat angerufen, und das Gespräch war weniger peinlich als sonst. Ich arbeite. Es ist großartig, wie viel man schafft, wenn man kein Privatleben hat.

Von: NB26@zone.com
An: bee1984@gmail.com
Wem sagst du das. Ich habe heute Morgen 3000 Wörter geschrieben.

Von: bee1984@gmail.com
An: NB26@zone.com
Gute oder schlechte Wörter?

Von: NB26@zone.com
An: bee1984@gmail.com
Um das einzuschätzen, ist es noch zu früh.

Von: bee1984@gmail.com
An: NB26@zone.com
Und was gibt es sonst noch Neues? Hast du schon die Rechtschreibfehler auf den laminierten Schildern verbessert?

Von: NB26@zone.com
An: bee1984@gmail.com
Nee. Ich habe sie allerdings umgehängt.
Dylan ist gerade bei Poll und Jez, und sie haben mich alle zusammen angerufen. Dylan sagt, er habe jemanden kennengelernt und will uns bald mit ihm besuchen. Und, oh ja, ich habe eine Weihnachtskarte bekommen. Sie ist mit «Alles Liebe, Maurice» unterschrieben. Ich brauchte Stunden, bis mir einfiel, von wem sie war: Erinnerst du dich noch an Dick und Doof?

Von: bee1984@gmail.com
An: NB26@zone.com
Ha!

Von: NB26@zone.com
An: bee1984@gmail.com
Was hast du denn als Weihnachtsessen gehabt? Truthahn mit allen Beilagen?

Von: bee1984@gmail.com
An: NB26@zone.com
Instantnudeln und eine Kiwi. Und du?

Von: NB26@zone.com
An: bee1984@gmail.com
Einen Käsetoastie. Musste aber erst den Schimmel abschneiden.

Von: bee1984@gmail.com
An: NB26@zone.com
Lecker! Okay. Da wir das jetzt geklärt hätten, was hast du gerade an?

Bee

Die Schuldgefühle verblassten nicht, sie waren immer da – würden für *immer* bleiben –, aber ich hatte keine Wahl, ich musste damit zurechtkommen. Und ja, ich vermisste Nicolas. Ich vermisste die Berührungen, die Umarmungen, den Sex, die Tasse Kaffee, die er mir jeden Morgen ungefragt auf den Nachttisch stellte. Ich vermisste ihn in meiner Nähe, das Klappern seiner Finger auf der Tastatur. Eine Welle des Kummers jedes Mal, wenn ich auf etwas stieß, das er zurückgelassen hatte. Als ich nach Hause gekommen war, hatte ich als Erstes das Bett abgezogen, das nach ihm roch. Nach *uns*. Ich stopfte Ziggy Stardust in eine Mülltüte. Mit der Bettwäsche verbanden mich zu viele Erinnerungen. In unserer ersten Nacht zusammen in der Wohnung hatte er gewitzelt, dass es schon immer sein sehnlichster Wunsch gewesen sei, einmal unter Bowie zu schlafen – ein Echo dessen, was Nick einmal gesagt hatte.

Ich verspürte Schuldgefühle und Kummer, aber keinen Zweifel.

Ich hatte Nick und unsere Form der Fernbeziehung wieder in meinem Leben. Ich hatte ihn ganz und gar zurück, ebenso, wie er mich ganz und gar wiederhatte. Und das Leben war wieder weniger anstrengend. Die Arbeit und Nick, statt die Arbeit, Nick, Nicolas und das ganze Drama.

Aber das Drama war noch nicht vorbei. Und als es zurückkam, tat es das von unerwarteter Seite: von Leila.

Ich hatte sie seit unserem Streit weder gesehen, noch von ihr gehört. Die Lücke, die sie in meinem Leben hinterlassen hatte, sah ich als wohlverdiente karmische Strafe. Dann, am Neujahrstag, tauchte sie vor meiner Tür mit einer klirrenden Tesco-Tüte und einem Blick auf, der ankündigte, dass ich die Standpauke meines Lebens zu hören bekommen würde.

Ich wusste nicht, was ich sagen sollte, außer «Es tut mir leid». Sie drängte sich an mir vorbei, ging direkt zum Frühstückstresen, und während sie uns beiden steife Gin Tonics mixte, befahl sie mir, «die Klappe zu halten», damit sie ausreden könne. Sie sagte, sie habe sich nach unserem Streit und der E-Mail zunächst nicht entscheiden können, ob ich eine krankhafte Lügnerin oder eine durchgedrehte Chaotin war, ob ich die Realität nicht sehen wollte oder wahnhaft war («Ich habe sogar recherchiert, ob man jemanden gegen seinen Willen dazu bringen kann, eine Beziehung einzugehen, Bee»). Sie brauchte eine Weile, bis Verwirrung und Wut über mein Handeln verraucht waren. Aber am schlimmsten fand sie, dass ich ihr die Wahrheit so lange verheimlicht hatte. «Ich meine, wir erzählen uns gegenseitig *alles*. Ich hatte das Gefühl, dass du unser Vertrauen missbraucht hast.»

«Darf ich jetzt auch mal was sagen?»

«Ja.»

Ich sagte ihr, dass ich ihr die ganze Zeit alles hatte erzählen wollen. Ich hatte mich geradezu danach gesehnt und es in einigen Situationen auch beinahe getan, aber dann war es irgendwann zu spät dafür gewesen. «Und natürlich bereue ich das. Ich hasse mich dafür. Aber Leila ... willst du damit sagen, dass du mir jetzt glaubst?»

«Ja. Nein. Scheiß drauf. Ja. Es ist ... Ich *kenne* dich, Bee. Du bist manchmal dein schlimmster Feind, aber du bist nicht grausam. Und was du Nicolas angetan hast, war grausam. Dafür musste es einen Grund geben, und so gern ich geglaubt hätte, dass du im Bann eines verdrehten Psychopathen warst, weil das, so beschissen es sein mag, wieder hinzukriegen ist, wusste ich im Innersten, dass es das nicht sein konnte. Und so irre das alles ist, es passt alles zusammen. Diese Nachrichten, die ich am Anfang gelesen habe, die Dinge, die du gesagt hast, das Zeug, das du in deine E-Mail eingefügt hast. Es passt zusammen. Und nein, ich glaube selbst nicht, dass ich das gerade sage.»

«Weiß Lev davon?»

«Herrgott, nein. Er würde glauben, dass wir beide völlig durchgedreht sind. Er ist viel zu rational, um damit zurechtzukommen, das weißt du. Also. Es gibt da ein paar Dinge, die ich wissen muss.»

Der Pegel des guten Tanqueray in der Flasche sank, und sie bombardierte mich mit Fragen.

Zuerst wollte sie von ihrem anderen Ich wissen: von der kinderlosen Leila.

Ich merkte, dass sie gemischte Gefühle hatte: Auf der einen Seite war sie stolz auf Leila 2, auf der anderen Seite machte es sie auch traurig. «Darf ich das lesen, Bee? Die Unterhaltung, die du mit ihr hattest?»

Ich dachte nicht lange darüber nach, ob das eine gute Idee war oder nicht. Es war mir zu wichtig, mit ihr Frieden zu schließen und die Freundschaft zu retten. Ich scrollte zurück in der Unterhaltung und gab ihr das Handy. Ich beobachtete ihr Gesicht, während sie den Thread las. Ein ganzes Kaleidoskop an Gefühlen: Schock, Überraschung, Kummer, Verwirrung.

«Herrje, das ist wirklich schräg.» Sie schauderte. «Zerrspiegelschräg.»

«Ganz genauso beschreiben es Nick und ich auch immer.»

«Aber sie hat recht. Ich hätte dir wirklich gesagt, dass das, was du tust, manipulativ und grausam ist.»

«Das ist es – war es.»

Sie nickte. Trank. Dann sagte sie in weicherem Ton: «Warum hast du es mir nicht gesagt, Bee?»

«Du weißt, warum. Es steht alles da.»

«Nein. Nicht das. Sondern dass du deine Schwangerschaft abgebrochen hast.»

Oh Mist. Das hatte ich ganz vergessen. «Du hast dich damals dieser Fruchtbarkeitstherapie unterzogen. Ich … das kam mir irgendwie nicht richtig vor.»

Sie dachte eine Weile nach. «Das verstehe ich. Das andere Ich kam nicht damit zurecht, dass das andere Du ein Kind bekam. Es war richtig, es mir nicht zu sagen. Das war nett von dir.» Sie schüttelte sich. «Wie hast du dich gefühlt, als du herausgefunden hast, dass dein anderes Ich Mutter ist?»

«Zutiefst schockiert. Das war noch schräger als Zerrspiegelschräg. Aber zu wissen, dass ich in der Lage bin, mich um ein Kind zu kümmern, hat mir dabei geholfen, die Zwillinge zu babysitten.»

«Ha!» Sie lächelte. Das erste hoffnungsvolle Zeichen dafür, dass es eine Chance geben könnte, unsere Freundschaft zu retten. «Mein anderes Ich sagt, ich habe mich von Lev getrennt. Habe ich deswegen meine Fruchtbarkeitstherapie abgebrochen? Weil ich keine alleinerziehende Mutter sein wollte?»

«Ich weiß es nicht sicher, Leila. Es könnte auch daran liegen, dass diese Therapien in Nicks Welt viel schwieriger zu bekommen sind, wegen des Attenborough-Abkommens.»

«Wegen des *Was?*»

Ich erklärte ihr es in Grundzügen. Zu diesem Zeitpunkt wusste ich noch nicht, was ich damit anrichten würde.

«Und es gab keine Proteste dagegen, dass Vasektomien unterstützt werden?»

«Vielleicht gab es sie. Er hat es nicht erwähnt.»

«Herrje. Kannst du dir so etwas hier vorstellen? Da würde sich doch sofort eine Gegenbewegung für Männerrechte zusammenrotten. Und das haben sie getan, um der Überbevölkerung Herr zu werden?»

«Ja.»

«Aus Umweltschutzgründen?»

«Ja.»

«Bee, wie viel grüner ist Nicks Welt eigentlich?»

Ich erzählte ihr, was ich wusste. Was nicht viel war. Wir hatten uns nur während unserer Faktenvergleich-Tage damit beschäftigt. «Sie nutzen schon seit Jahrzehnten keine fossilen Energiequellen mehr. In den Achtzigern haben sie damit aufgehört, glaube ich.»

«Und was nutzen sie jetzt?»

«Ähm …» Ich überlegte. «Nuklearenergie vorrangig, glaube ich. Und … Solarenergie?»

«Du weißt es nicht?»

«Nicht so genau.»

Das war jetzt kein Paddington-Blick mehr. Die Freundschaftsrettungsoperation ging den Bach runter – und zwar schnell. Das hier war nicht meine Freundin Leila, so böse, wie sie mich anschaute. Das hier musste Business-Leila sein. Intensiv, angespannt, kompromisslos. Ich fühlte mich wie eine Schülerin, die versuchte, eine sadistische Lehrerin zu beruhigen, und erwähnte die staatlichen Fördermittel für das Nicht-Fahren, dass es eine strenge jährliche Quote für Flüge gab (die immerhin Benedict, das Schwein, aufgehalten hatte), und dass es das Bedingungslose Grundeinkommen gab.

«Das Bedingungslose Grundeinkommen? Okay, also reden wir hier über eine *sehr* soziale Demokratie.»

«Irgendwie schon.»

«Und wie hoch sind die Kohlenstoffausstöße in seiner Welt gerade?»

«Ich weiß es nicht. Ähm … wahrscheinlich sind sie ziemlich niedrig.»

«Und politisch? Wer ist der Premierminister in seiner Welt?»

«Ich weiß es nicht.»

«Herrgott noch mal, Bee. Du bist wie diese Leute, die in den Nachrichten interviewt werden und nicht wissen, was der Brexit ist. Wie kann es sein, dass du das alles nicht weißt? Worüber redet ihr bloß den ganzen Tag?»

«Oh …»

«Erkennst du nicht, wie wichtig das ist? Dass diese alternative

Welt irgendwie Mittel und Wege gefunden hat, die Umweltapokalypse aufzuhalten oder zumindest zu verlangsamen, die auf uns zukommt? Hol dein beschissenes Handy raus, und zwar *sofort.*»

Von: NB26@zone.com
An: bee1984@gmail.com
Die Berenstains haben mich gewarnt, genau so etwas nicht zu tun.

Von: bee1984@gmail.com
An: NB26@zone.com
Aber wie sollen sie davon erfahren? Kannst du nicht einfach nachschauen? Bitte?

Nick

Vielleicht hatte Leila recht. Vielleicht waren Bee und ich einfach nur egoistisch gewesen. Wir hatten unsere «Kräfte» nicht für etwas Gutes eingesetzt, sondern die Warnung der Berenstains vorgeschoben, um all unsere Energien in die Operation Doppelgänger fließen zu lassen – und das, während Bees Welt in Flammen stand. Selbst Geoffrey hatte das Thema einmal aufgebracht: *Macht ihr euch keine Sorgen?*

Die beschämende Wahrheit war: Nein. Ich hatte der Sache nicht genügend Platz in meinen Gedanken eingeräumt. («Das ist nicht deine Schuld, Nick, sondern meine. Ich bin hier schließlich diejenige mit den Verbindungen zu dieser Welt. Leila hat recht, ich bin einer dieser Menschen, die durchs Leben spazieren und davon ausgehen, dass alles gut wird. Übrigens, als ich ihr erzählte, dass deine Welt die CO_2-Emissionsgrenzen, die wir 2040 erreicht haben wollen, schon seit ZEHN JAHREN erreicht hat, ist sie völlig durchgedreht.»)

Und so wurde es zu einem Nebenprojekt: *Rettet Bees Welt.*

Ich verbrachte ein paar Wochen damit, eine laienhafte Liste der Gesetze und Verordnungen zusammenzustellen, die hier galten, und fand einige Artikel und Studien im Intranet, die die Entwicklung von Energiequellen analysierten – für Privathaushalte und für die Industrie –, schrieb sie ab und schickte sie an Bee, die sie wiederum an Leila weiterreichte. («Reicht das fürs Erste? Ich weiß, dass es Vorrang haben sollte, deine Welt zu retten, aber ich muss auch noch ein Buch fertig schreiben. Mache mich wieder daran, wenn ich damit durch bin.» «Du hast schon mehr als genug getan! Danke xx») Immerhin war das Ende der Arbeit am *Saboteur* abzusehen. Noch ein letztes Kapitel. Wie Nicolas auch hatte ich lange hin und her überlegt, ob ich den feinen Pinkel in meiner Story mit seinen Missetaten davonkommen lassen sollte. Am Ende entschied ich mich für Bees und Beccas Idee. Ich hoffte, dass Becca es eines Tages lesen würde. Ich hatte schon beschlossen, das Buch ihr und Scarlett zu widmen: Ich war mir ziemlich sicher, Tweedy davon überzeugen zu können. Ich würde ihm einfach erzählen, Becca sei meine liebe verstorbene Mutter und Scarlett ihr treuer Hund, um an seine Sentimentalität zu appellieren.

Aber keine gute Tat bleibt ungestraft, wie man so sagt, denn mir drohte ein Problem von der Größe Kanadas: ein Problem, das in Gestalt von Leila 2 kam, in einem dieser Synchronizitäts-Hammer. Sie rief mich an.

«Benedict weiß es, Nick.»

«Er weiß was?»

«Dass die Geschichte eine Lüge ist. Er muss irgendjemanden angeheuert haben, der Becca hinterherspioniert hat, nachdem sie ihm gesagt hatte, dass sie immer noch nicht zurückkommen kann.»

«Mist.»

«Er hat einen Antrag gestellt, um Scarlett aus Neuseeland zurückzubringen. Wenn Becca nicht zustimmt, riskiert sie eine Anklage wegen Kindesentführung.»

«Mist. *Mist.*»

«Das ist nicht alles. Er droht auch, das ungeteilte Sorgerecht zu beantragen und sie vollkommen aus dem Leben ihres Kindes zu drängen.»

«Kann er das schaffen?»

«Becca hatte nach Scarletts Geburt eine schwierige Zeit. Postnatale Depression.»

«Und? Warum ist das ein Problem?»

«Lev sagt, dass er dann Experten und Zeugen heranholt, die schwören, dass Becca schon früher zu Selbstverletzung und riskantem Verhalten geneigt hat und Scarlett gefährden könnte.»

«Aber das ist absoluter Blödsinn. Was denn für Zeugen?»

«Das wissen wir erst, wenn die Sache vor Gericht geht.»

«Aber was ist mit unseren Opfern? *Unseren* Zeugen? Den Frauen, die Lev gefunden hat, seiner Ex-Frau, ihrer Familie?»

«Die Schwester ist noch dabei, aber die Ex-Frau und die anderen haben ihre Aussagen zurückgezogen. Lev sagt, dass sie seine Anrufe nicht mehr annehmen. Ich glaube, Benedict hat sie irgendwie herumgekriegt. Wir können uns jetzt nur noch auf Gerüchte stützen.»

Und Beweise aus einer anderen Welt. Das würde kaum vor Gericht standhalten. «Also sind wir am Arsch?»

«So, wie es derzeit aussieht? Ja. Absolut.»

Von: bee1984@gmail.com
An: NB26@zone.com
Ich wünschte, er wäre tot. Ich wünschte, wir könnten den Freund deiner Vermieterin rufen, um ihn um die Ecke zu bringen.

Von: NB26@zone.com
An: bee1984@gmail.com
Das würde er vermutlich sogar tun. Leider ist er noch ein paar Monate weg.

Von: bee1984@gmail.com
An: NB26@zone.com
So ein Mist. Ich habe tatsächlich noch nie jemanden so sehr gehasst, dass ich ihm den Tod gewünscht hätte. Aber jetzt tue ich es. Ganz ehrlich.

Von: bee1984@gmail.com
An: NB26@zone.com
Bist du noch da, Nick?

Von: bee1984@gmail.com
An: NB26@zone.com
Hallllooooo. Gibt es Leben auf dem Mars?

Von: NB26@zone.com
An: bee1984@gmail.com
Entschuldige. Hatte einen Anruf.
Das klingt jetzt vielleicht ein bisschen unangebracht, aber Geoffrey fragt mich ständig, ob du bereit wärst, etwas für ihn herauszubekommen. Nervt mich schon seit Ewigkeiten damit.

Von: bee1984@gmail.com
An: NB26@zone.com
Ich habe ihm / dir doch letzte Woche noch das Neueste zu Jenny geschickt, oder? Die Mail, in der ihre Katze eine Feldmaus in die Wohnung gebracht und Jenny ihren Weiterbildungskurs bestanden hat?

Von: NB26@zone.com
An: bee1984@gmail.com
Hier geht es um etwas anderes. Ein kleines Heimatlosen-Nebenprojekt, das er betreibt. Eine Fallstudie, die er von deiner Seite aus überprüfen lassen will.
Sag einfach, wenn du zu viel um die Ohren hast. Ist keine große Sache.

Von: bee1984@gmail.com
An: NB26@zone.com
Wenn ich dabei meine neuen verrückten Privatermittlungsfertigkeiten zeigen kann, bin ich dabei. Das lenkt mich wenigstens davon ab, mir vorzustellen, wie ich Benedict umbringe. Und ich muss dann nicht ständig über Leila nachdenken.

Bee

Es lenkte mich tatsächlich ab. Da war ich Nick so richtig auf den Leim gegangen, was? Aber ich mache mir keine Vorwürfe, dass ich es nicht begriffen und ihm den Quatsch von «Geoffreys kleinem Nebenprojekt» abgekauft hatte. Die Fallstudie, die die Abschrift eines Interviews einschloss, das einer der Berenstains mit einem Iren namens Iain O'Sullivan durchgeführt hatte, traf einen Nerv bei mir, und ich war davon mehr als nur ein wenig besessen. Trotz des klinisch-nüchternen Stils, in dem sie geschrieben war, war Iains Geschichte lebendig. Mehr noch, sie hatte Herz. («Ich wünschte, ich hätte die Zeit, die Sache für dich aufzubereiten, Bee, und mehr zu tun, als sie nur zu kopieren. Außerdem konnte derjenige, der die Abschrift angefertigt hat, es nicht über sich bringen, die Flüche auszuschreiben, also musst du sie dir selbst vorstellen.»)

Iains Geschichte begann im Jahr 2015, als er während einer offenbar besonders unangenehmen «Teambildungsaktivität» seiner Firma einen Schlag auf den Kopf erlitt. («Ich kann nicht glauben, dass es diesen schrecklichen Mist auch in deiner Welt gibt, Nick.») Er fiel ins Koma und wurde schon beinahe als hirntot erklärt. Entgegen allen medizinischen Prognosen wachte er ein Jahr später nicht nur vollkommen bei Sinnen, sondern auch mit der neuen und überraschenden Fähigkeit auf, Koreanisch zu sprechen. Da Iain weder jemals in Korea gewesen war, noch die Sprache gelernt hatte, versuchten sich die Ärzte dieses Phänomen zu erklären, indem sie annahmen, sein Unterbewusstes habe die Sprache aufgenommen, weil er vor dem Unfall hin und wieder koreanische Horrorfilme geschaut habe, aber Iain war davon nicht überzeugt. Während er an die lebenserhaltenden Maschinen angeschlossen war, hatte er etwas erlebt, was er zunächst für einen lebhaften Komatraum gehalten hatte. Einen Traum, in dem er «ein ähnliches, aber doch etwas anderes Leben in einer ähnlichen, aber doch etwas anderen Welt führte. Und mit anders meine ich nicht besser, denn diese Welt war ein [unflätiger Ausdruck]-Loch im Vergleich zu hier. Aber die [unflätiger Ausdruck] Sache war die, dass ich das Gefühl hatte, schon immer dort gewesen zu sein. Dass die andere Welt meine Realität war. Dass ich immer schon jene Version von «Ich» gewesen war, die in diesem [unflätiger Ausdruck]-Loch gelebt hatte.»

(«Nur, damit wir uns nicht missverstehen, Nick: Das, was Iain für einen Komatraum hielt, könnte auch sein Bewusstsein gewesen sein, dass irgendwie durch das Netz gedrungen ist und sich – ich weiß auch nicht – mit seinem alternativen Ich in einer anderen Welt verbunden hat?»

«Genau. Das, was man sonst ‹einen Geoffrey machen› nennt.»)

Iains Netz-durchdringende Eskapaden waren faszinierend, aber was mich wirklich packte, war der nächste Teil seiner Geschichte:

In seinem alternativen Leben in der alternativen Realität war Iain nach London gezogen, wo er sich in einen koreanischen Studenten namens Kyung-Soo Jeung verliebte, mit dem er ein paar Monate lang glücklich zusammenlebte. «Obwohl meine Mum das nur schwer akzeptieren konnte. Was [unflätiger Ausdruck unflätiger Ausdruck unflätiger Ausdruck] war, weil wir immer eine gute Beziehung zueinander gehabt hatten.» Kein gutes Zureden ließ ihn den Kummer über die verlorene Beziehung vergessen, als er aus dem Koma erwachte. «Es war, als wäre die Liebe meines Lebens [unflätiger Ausdruck] gestorben. Aber versuch das mal einem [unflätiger Ausdruck] Therapeuten zu erklären. [Unflätiger Ausdruck] Traum oder nicht, ich dachte die ganze Zeit, was, wenn mein Unterbewusstes mir das Bild des Mannes gezeigt hat, mit dem ich mein Leben verbringen sollte? Ich konnte das nicht einfach vergessen. Ich wusste, es war vielleicht weit hergeholt, aber ich musste versuchen, ihn in meiner Welt zu finden.»

Iain nutzte Details aus seiner «Traum-Realität» und fand einen möglichen Kandidaten, der als Übersetzer für die britische Botschaft in Seoul arbeitete («Wow, Nick, die Parallelen zu unserer Operation Doppelgänger machen mir Gänsehaut.»). Er flog dorthin in der Absicht, dort weitere Nachforschungen anzustellen, aber als er Jeung persönlich kennenlernte, ließ er all seine Pläne fallen: «Ich konnte mich nicht mehr zurückhalten. Er war es. Ich wusste, dass er es war. Ich schlang die Arme um ihn und brach in Tränen aus. Er dachte natürlich, ich wäre [unflätiger Ausdruck] komplett irre geworden. Er hatte keine Ahnung, wer ich war, aber ich wusste alles über ihn. Ich kann es [unflätiger Ausdruck] immer noch nicht glauben, dass er nicht sofort das [unflätiger Ausdruck] Weite gesucht hat, als ich ihm sagte, warum ich zu ihm geflogen war. Es war fast, als kannte ein Teil von ihm auch mich bereits.»

Auf der Online-Suche nach einer möglichen Erklärung für seine von [Unflätigen Ausdrücken]-wimmelnden Erfahrungen war Iain in die Umlaufbahn der Berenstains geraten («Du meinst wohl, in die Umlaufbahn des Irrsinns.»), ungefähr so wie Nick kurz nach Euston-Gate. («Nur dass ich ziemlich sicher bin, dass Iain keinen so schlimmen Kater hatte wie ich.»)

Was mich natürlich mehr als alles andere daran berührte, war, dass das hier im Grunde eine Liebesgeschichte war («in gewisser Weise wie unsere, Nick»; «Ja, scheint so, als habe das Quanten-Anomalien-Pannen-Land sein eigenes Liebesroman-Genre ausgespuckt. Wie sollen wir es nennen?»; «Natürlich Im Netz der Liebe, wie sonst.»). Eine Liebesgeschichte mit einem Happy End, denn Iain zog schließlich nach Seoul, um mit Kyung-Soo ein neues Leben zu beginnen. Das Happy End, das Nick und ich niemals erleben würden – nicht erleben konnten –, und das ich nicht kommentierte, weil ich zu feige war.

(«ALSO: Du willst sehen, ob ich hier Iain und/oder Kyung-Soo finden kann, in der Hoffnung, dass ich die 2015-verliebt-in-meiner-Welt-und-in-deiner-Welt-im-Koma-Geschichte verifizieren kann?»

«Na ja, um ganz genau zu sein, will Geoffrey, dass du dem nachgehst, aber die kurze Antwort ist: jawohl.»

«Werde mein Bestes geben. Aber die Wahrscheinlichkeit ist wohl eher gering. Zumal es offenbar Fantastrillionen an Realitäten gibt und das Multiversum aus gutem Grund so heißt, wie es heißt.»)

Ich hatte geglaubt, meine detektivischen Fähigkeiten so richtig ausleben zu können, um die Informationen zu finden, die Geoffrey haben wollte.

Ich lag falsch.

Von: bee1984@gmail.com
An: NB26@zone.com
Ich meine es ernst, Nick. Ich brauchte weniger als zwei Minuten, um den wahrscheinlichsten Iain O'Sullivan auf Facebook zu finden. Er ist nicht nur Ire und lebt in London, sondern sein Beziehungsstatus lautet «verheiratet», und zwar mit einem Kyung-Soo Jeung! Das muss doch das Paar aus der Fallstudie sein, oder? Das ist kein Zufall.

Von: NB26@zone.com
An: bee1984@gmail.com
Da hast du aber wirklich schnell gearbeitet, Bee. Offenbar haben rechtlich unregulierte Social-Media-Plattformen auch ihre Vorteile.

Von: bee1984@gmail.com
An: NB26@zone.com
Na ja, einen echten Vorteil ;-) Warte mal. Ich sehe mal eben seine

Bilder und Videos durch, um herauszufinden, wann sie sich kennengelernt haben – zum Glück ist er extrem lax mit seinen Privatsphäreeinstellungen.

Von: bee1984@gmail.com
An: NB26@zone.com
Okay. Ich kann bestätigen, dass sie sich 2015 kennengelernt und ein Jahr später geheiratet haben. Es gibt ein Video, in dem sie ein Ehegelübde leisten, das ist ziemlich lustig und liebevoll und hat mich ein bisschen zum Weinen gebracht, wenn ich ehrlich bin. Und dann hör dir mal das an: In einem von Iains Postings schreibt er, dass er jahrelang «verborgen habe, wer er wirklich sei», weil «seine Mum superreligiös ist», aber Anfang 2015 «ist etwas über mich gekommen», und er habe entschieden, dass es jetzt reiche und er verdammt noch mal auch verdiene, glücklich und erfüllt zu sein. Er sagt, dieses «Gefühl» habe ihm die Kraft für sein Coming-out gegeben und es seiner Familie zu erklären (die sich zunächst beschissen verhielt, sich dann aber fing). Danach sei er nach London gezogen und habe seinen wunderbaren (und übrigens unglaublich attraktiven) zukünftigen Ehemann kennengelernt.
Die beiden Seiten passen ohne jeden Zweifel zusammen. Und ich komme IMMER NOCH NICHT darüber hinweg, wie viele Parallelen es zu unserer Geschichte gibt.

Von: NB26@zone.com
An: bee1984@gmail.com
Ja. Ich auch nicht.

Von: bee1984@gmail.com
An: NB26@zone.com
Ich verstehe, warum Geoffrey wollte, dass ich dem nachgehe. Beide Iains sagen, dass der Glitch ihnen geholfen habe. Ein bisschen so, wie du Geoffrey helfen konntest, indem du ihm von Jenny erzähltest.

Von: NB26@zone.com
An: bee1984@gmail.com
Ja. Toll. Ich bin der König der Glitch-Macher.

Von: bee1984@gmail.com
An: NB26@zone.com
Meinst du, das reicht Geoffrey? Ich kann immer noch versuchen, mit Iain persönlich zu sprechen.

Von: NB26@zone.com
An: bee1984@gmail.com
Das reicht. Danke, Bee. Ich leite es weiter.

Von: bee1984@gmail.com
An: NB26@zone.com
Geht es dir nicht gut? Du klingst nicht … wie du selbst. Ist es der Stress wegen Benedict?

Von: NB26@zone.com
An: bee1984@gmail.com
Ja. Das setzt mir wirklich zu.

Von: bee1984@gmail.com
An: NB26@zone.com
Wir finden einen Weg. Du wirst schon sehen. Es gibt eine Antwort, sie ist uns nur noch nicht eingefallen.

Nick

Bee hatte natürlich gleichzeitig recht und unrecht, was das anging. Denn es *gab* eine Antwort, es war nur keine, die jemand, der noch bei Sinnen war, ernsthaft in Erwägung ziehen würde.

Es gibt wohl weniger Dinge, die surrealer sind, als einen möglichen Mord / Selbstmord in einer Frites-Filiale mit ihren riesigen Recycling-Tonnen mit Smileys darauf und Fotos mit fröhlichen Kohlehydrat-mampfenden Menschen an den Wänden zu planen. Aber ich hatte vorgeschlagen, dass wir uns dort treffen sollten. Immerhin war das «unser Lokal».

Sie kamen zusammen an. Geoffrey marschierte mit seiner typischen halb-aggressiven Ausstrahlung herein, Kelvin wirkte wie immer, als stünde er nur mit einem Fuß in der Realität.

Ich kam sofort zum Punkt – oder zumindest sofort, nachdem sie ihre Getränke bestellt hatten.

«Ich tue es. Das Experiment. Ich will es machen.»

Geoffrey lehnte sich zurück und brüllte «Ach du *Scheiße*», was ihm die bereits erwarteten besorgten Blicke von den Mitarbeitern eintrug. Kelvins Reaktion war etwas gebremster. Er zuckte zusammen, als hätte er einen milden elektrischen Schlag erlitten. Was für ihn vermutlich das Äquivalent zu einem Tanz auf dem Tisch bedeutete.

«Was hat Sie zu dieser Entscheidung bewogen? War es die Fallstudie?» Kelvin beugte sich über den Tisch. «Haben Sie eine Bestätigung von der anderen Seite des Netzes? Ich wäre ausgesprochen interessiert daran, Ihre Erkenntnisse zu lesen.»

Ich zeigte ihm Bees i-Mail, in der es um den Koma-Mann ging, und dann fuhr ich fort, bevor er mich mit Fragen bombardieren konnte. «Ich tue das nur unter einer sehr wichtigen Bedingung.

Es darf auf keinen Fall der Eindruck entstehen, ich hätte mir das Leben genommen – mit einer Überdosis oder was auch immer.»

Da Kelvin nicht sicher ausschließen konnte, dass Spuren des Ketamins, das benutzt werden würde, um mich in ein Koma zu versetzen, selbst «nach einer beträchtlichen Zeit» in meinem Körper nachweisbar sein würden, stand ich vor einem schier unlösbaren Problem.

Meine sterblichen Überreste einfach verschwinden zu lassen, kam nicht infrage. Spurlos zu verschwinden, würde Poll und Dylan und womöglich sogar Erika zu viel Kummer bereiten. Nach einer langen, auf bizarre Weise nüchternen Diskussion fiel Geoffrey eine mögliche Lösung ein. Er würde seinen Mini-Lec opfern («Das Ding pfeift sowieso aus dem letzten Loch.»), einen Unfall mit meinem Körper hinter dem Lenkrad fingieren und ein elektrisches Feuer zünden, sodass meine Überreste möglichst stark zerstört sein würden. «Ich werde sagen, dass ich dir den Wagen geliehen habe, weil du nach Leeds fahren und deine Familie besuchen wolltest.» Idiotensicher war das allerdings nicht.

«Wann möchtest du das denn tun, Nicolas?», fragte Kelvin. «Ich brauche mindestens eine Woche für die Vorbereitungen.»

Es gab ein paar Dinge, die ich vorher noch erledigen musste: den Roman beenden und mich dann mit einer (hypothetischen) Angelegenheit befassen, die ich nicht mit ihnen besprechen wollte. «Der 14. Februar?» *Das Valentinstag-Massaker*. Warum nicht?

Kelvin stand auf. «Ich melde mich.»

Ich bat Geoffrey, noch etwas zu bleiben, damit ich unter vier Augen mit ihm sprechen konnte. Das ließ er sich nicht zweimal sagen.

«Was hat dich denn wirklich zu dem Entschluss gebracht?»

«Ich liebe sie. Ich will nicht ohne sie leben. Wenn das bedeutet, dass ich sterben muss, dann bin ich dazu bereit.»

Er schnaubte. Ein Geoffrey-ismus, der alles bedeuten konnte – von Zustimmung bis hin zu «Soso».

«Kannst du etwas für mich tun? Beccas Mann ist auf dem Kriegspfad, und es würde ihrem Anwaltsteam helfen, wenn sie wüssten, was er im Schilde führt. Könntest du ihn eine Weile beschatten? Deine besonderen Beschattungskünste nutzen, um herauszufinden, ob er einen bestimmten Tagesablauf hat oder etwas Zwielichtiges plant? Ich bezahle dafür natürlich.»

Er betrachtete mich mit einem rätselhaften Blick. Dann spielte er mit seinen geliebten Stevie-Tütchen. «Das steckt nicht in dir, Nick.»

«Was steckt nicht in mir?»

«Du weißt schon. Du planst, ihn um die Ecke zu bringen, oder? Deshalb hast du es dir anders überlegt. Du willst ihn um die Ecke bringen, dann dich selbst, sozusagen.»

Mist. Erwischt. Inzwischen hätte ich wissen müssen, dass man Geoffrey nicht unterschätzen durfte. «Ich weiß nicht, wovon du redest.»

«Ach hör doch auf. Du würdest dich nicht darauf einlassen, wenn du nicht wüsstest, dass das andere Mädchen und ihr Kind sicher sind. Mir ist das egal, ich gehe nicht zu den Bullen. So ein Kerl? Der verdient doch, was er bekommen wird. Also. Wie willst du es durchziehen?»

Die (zu diesem Zeitpunkt noch hypothetische) Mordidee hatte ich noch nicht so richtig durchdacht. Denn für jemanden, der monatelang im Hirn eines Massenmörders verbracht hatte, der seine Opfer auf eine Million irre Arten und Weisen tötete, war ich erstaunlich wenig scharf darauf, einen echten Mord zu planen. Anders als der feine Pinkel war ich eben kein Soziopath. Und ich verfügte auch nicht über Petrus' Fähigkeiten (einmal hatte ich ihn gebeten, mir für meine Recherchen zu zeigen, wie man jemanden in den Schwitzkasten nimmt; *großer* Fehler).

«Weiß ich noch nicht. Ich muss ihn wohl in einen Hinterhalt locken. Es soll so aussehen wie ein Selbstmord.»

Ein Schnauben. Ein Zähne-Blecken. Die klassische Geoffrey'-

sche Zweiheit. «Um das durchzuziehen, braucht man mehr als eine Person.»

«Woher weißt du das? Hat dieser Beschattungskurs dir das beigebracht?»

«Gesunder Menschenverstand. Und ob er nun ein gefährlicher, aggressiver Mistkerl ist oder nicht, ich bringe niemanden um die Ecke.»

«Darum bitte ich dich auch gar nicht.»

«Ich habe es ernst gemeint, was ich gesagt habe. Ich schulde dir was. Und ich werde dir helfen, bis zu einem gewissen Punkt. Am besten ist es, es so simpel wie möglich zu halten.»

«Stimmt. Es so aussehen lassen, als wäre ein Einbruch aus dem Ruder gelaufen?»

«Vielleicht. Wo genau?»

«Bei ihm zu Hause? Ich kenne mich da ein bisschen aus. Es liegt abgelegen. Vielleicht sollte ich in der Einfahrt warten und ihm auflauern, wenn er von der Arbeit zurückkommt oder so?» Ich weiß, wie all das klingt. Aber ehrlich, an diesem Punkt wollte ich wirklich nur austesten, was möglich wäre. Es war noch nicht *real*. Wir hatten noch die Distanz zu der Sache – es war, als dächten Geoffrey und ich einfach nur über eine gute Handlung für *Saboteur* nach.

Ein Achselzucken. «Könnte klappen. Hast du schon überlegt, was du als Mordwerkzeug benutzen willst?»

Darüber hatte ich *tatsächlich* nachgedacht. Ein Messer war mir zu blutig. Ich schauderte schon, wenn ich nur daran dachte. Darüber schreiben zu müssen, war schon schlimm genug gewesen (wobei ich beim Blutrausch des feinen Pinkels, der den Wilderer abstach, immerhin einen Haufen schlechter Metaphern benutzen konnte). Jemanden zu erschlagen, war ebenso blutig, also schied das ebenfalls aus. Gift war meine Lieblingsmöglichkeit (der feine Pinkel hatte es fertiggebracht, einen Bauern zu töten, der Dachse keulte, indem er eine Dosis alten Unkrautvernichter in dessen

Tee gekippt hatte). Aber selbst wenn ich so etwas Tödliches in die Hände bekäme, wie würde ich es meinem Opfer dann verabreichen? Sollte ich mich mit einer fadenscheinigen Ausrede bei ihm einladen und das Zeug dann in Benedicts winziges Wassergläschen kippen, wenn er nicht hinsah?

Die einzige Möglichkeit lag auf der Hand: «Eine Waffe.»

Schnauben. Zähne-Blecken. Schnauben. «Ich habe eine, du auch?»

Nein. Aber ich kannte jemanden, der eine hatte.

*

Sich eine Einladung in Tweedys Villa zu verschaffen, war das Einfachste auf der Welt. Ich hatte nur noch ein paar Tage bis zur Fertigstellung des Manuskripts und sagte, dass ich «aus Glaubwürdigkeitsgründen» gern mal eine Waffe abfeuern würde. Wäre er als mein hochgeschätzter Mitarbeiter bereit, mir das zu ermöglichen?

«Aber natürlich! Ich habe seit Jahren nicht mehr geschossen, aber wir können den Krähen immer noch ein bisschen Angst einjagen, oder? Warum nicht!»

Das erste und einzige Mal, als ich Tweedys Bude besucht hatte, war ich mit öffentlichen Verkehrsmitteln gefahren: mit Zug und Elektrobus, der Kilometer um Kilometer auf überwachsenen Nebenstraßen entlangtuckerte und in dem es nach nassem Hund stank. Dieses Mal mietete ich mir ein Auto. Wenn ich es schaffte, eine Waffe zu klauen, würde ich sie kaum ins Gepäcknetz legen und sie unbemerkt nach Hause schaffen können.

Als ich endlich so weit war, meinen eingerosteten Fahrkünsten doch wieder etwas zu vertrauen und nicht mehr alle Konzentration darauf verwenden musste, keinen Unfall zu verursachen, verbrachte ich den Rest der Fahrt damit, über meinen Plan nachzudenken. Über meinen *hypothetischen* Plan.

Zum Glück für uns war Benedict, wie Geoffrey behauptete, ein Mann der Gewohnheit. «Kommt jeden Abend Punkt sieben nach Hause. Einmal hat er eine Frau mitgebracht, aber normalerweise ist er allein.» Wir würden einfach beten müssen, dass er an *dem* besagten Abend allein sein würde (aus diesem Grund war der Valentinstag vielleicht nicht die schlauste Idee).

Geoffrey wollte mich vor The Bergs abholen. Mich nach Wilderville bringen, wo er warten wollte, während ich – hoffentlich ungesehen – hineingehen und im Schatten des hilfreicherweise üppigen Grüns der nachhaltigen Anlage auf der Lauer liegen würde.

Und dann: BÄMM!

Danach: sofort zurück zum Mini-Lec, möglichst, bevor die Nachbarn Alarm schlugen.

Geoffrey würde mich nach Manchester zu dem Zufluchtsort bringen, den Kelvin zu diesem Zweck gemietet hatte («Er wohnt bei seiner Mum, deshalb können wir es nicht dort tun.»). Kelvin würde mich dann ins Koma versetzen. Und dann: Lichter aus und (hoffentlich): Hallo, neue Welt.

Nach ein paar Tagen Koma und Tod würde Geoffrey mit meiner Leiche im Auto wegfahren, einen Crash simulieren (er sagte, er habe einen passenden ländlichen Ort dafür gefunden), *et voilà*.

Ja, natürlich klang es dumm, wenn man es so schwarz auf weiß geschrieben sah.

Dieser Plan hatte mehr Löcher als ein Sieb. Viel zu viele Variablen, die nach hinten losgehen konnten. Ich – und Geoffrey – konnten festgenommen werden, bevor wir auch nur bei Kelvin ankamen. Becca konnte vorgeworfen werden, einen Auftragsmörder angeheuert zu haben, wenn mein Plan *tatsächlich* aufging (wobei es schwierig werden würde, das zu beweisen, denn sie hatte keine Ahnung von dem, was wir planten). Benedict konnte mich überwältigen und die Waffe gegen mich selbst richten. Wenn ich beim Schreiben von *Saboteur* auf diese Idee gekommen wäre, hätte ich sie vermutlich ziemlich schnell wieder verworfen. Es heißt immer, wir seien alle fähig zur Gewalt, aber war ich das wirklich? Ich hatte in der Schule ein oder zwei Mal David Melling verhauen, weil er einen meiner Kumpels drangsaliert hatte. Ich hatte Jahre danach einmal den Schlag eines Typen im Pub abgelenkt. Das war's.

Steckte die Fähigkeit, jemanden umzubringen, in mir? (Geoffrey sagte Nein.) Ich würde es erst erfahren, wenn es so weit war. Wenn es überhaupt dazu kam.

Und wenn sich mein Bewusstsein tatsächlich mit dem von Nicolas verband, was, wenn Geoffrey falschlag? Was, wenn die Geschichte des Koma-Mannes (die zugegeben ziemlich berührend war) nur ein Zufall oder kompletter Unsinn war? Was, wenn Nicolas und ich uns schließlich gegenseitig in den Wahnsinn treiben würden – eine Pattsituation zwischen den beiden Teilen einer gespaltenen Persönlichkeit?

Und dann war da Bee. Was zum Teufel sollte ich da tun? Sie konnte mich mühelos durchschauen, aber bisher schien sie noch zu akzeptieren, dass ich ein bisschen «komisch» klang, wegen des Stresses mit Becca und Scarlett. Es war nicht schön gewesen, sie unter Vorspiegelung falscher Absichten zu bitten, sich Iain Sullivans Fallstudie anzusehen. Aber selbst in diesem noch hypothetischen Stadium konnte ich ihr nichts sagen. Die Sorgen würden sie in den Wahnsinn treiben. Die Tatsache, dass ich überhaupt darüber nachdachte, trieb *mich* vor Sorgen beinahe in den Wahnsinn.

Jedenfalls kam mir das alles *immer noch nicht* real vor. Ich musste mich auf gar nichts einlassen. Ich musste nichts davon tatsächlich tun. Oder zumindest sagte ich mir das, als das Auto die lächerlich lange Auffahrt zu Tweedys Villa hinaufkroch.

Eine große Frau, die sich als Margie vorstellte, Tweedys Tochter, stand vor der Tür. Sie vereinte jedes Klischee über die ländliche Bevölkerung in sich (diesmal war es nicht meine Schuld). Sie hatte ein gerötetes Gesicht, war sachlich und nüchtern und stand in einem Rudel Labradore. «Daddy wartet auf Sie im Nebenzimmer, Nick. Er freut sich sehr, Sie zu sehen.» Sie verstummte und wuchtete die Eingangstür auf. «Vielleicht wollen Sie lieber Ihren Mantel anbehalten.»

Sie hatte recht: Das wollte ich. In der Villa roch es modrig, weshalb es sich drinnen – wenn das überhaupt möglich war – noch kälter anfühlte als draußen in der Winterluft. «Entschuldigen Sie bitte den Zustand des Gebäudes, Nick, wir hatten ein paar Probleme mit dem Dach.» Und mit den Wänden und den Böden, so wie es aussah.

Wir gingen durch einen finsteren Flur, in dem überall Eimer strategisch platziert waren, um das Wasser aufzufangen, das durch das Dach drang. Es ging über aufgequollene Holzdielen und an Wänden vorbei, von denen sich die Tapeten schälten wie abgestorbene Haut. War das Haus auch schon in diesem Zustand gewesen, als ich das letzte Mal hier gewesen war? Vielleicht hatte ich es nicht gemerkt – es war immerhin Sommer gewesen, und es war durchaus möglich, dass ich mich von dem prächtigen ersten Blick auf das Anwesen und Tweedys Whiskey hatte beeindrucken lassen. Vielleicht litten sie aber auch nur unter der neuesten Grundsteuer-Anhebung.

Im Nebenzimmer, einem kleinen Raum mit Bücherregalen an den Wänden und ein paar zerschlissenen alten Sesseln, war es Gott sei Dank wärmer – ein illegaler Holzofen gab alles im Kampf gegen die Zugluft. Tweedy stützte sich auf einen Stock, um sich aus dem Sessel hochzuwuchten. Er wirkte zerbrechlicher als bei unserem letzten Treffen, strahlte aber dieselbe Jovialität aus.

Er schüttelte mir mit seinen arthritischen Fingern die Hand. «Wie schön, Sie zu sehen.»

Margie ließ uns mit einem «Überanstreng dich nicht, Daddy» allein.

Diesmal bot er mir keinen Drink an – umso besser, zumal ich

am Nachmittag wieder nach Hause fahren wollte, ob ich meine Mission nun erfüllt haben würde oder nicht. Stattdessen forderte mich Tweedy auf, mir eine Tasse aus einer Kanne einzuschenken, die auf dem Couchtisch bereitstand. Wir tauschten ein paar Nettigkeiten aus, wobei Tweedy sich begeistert darüber ausließ, wie viel Spaß ihm die Rechercheaufgaben bereitet hatten, die ich ihm zugeschickt hatte (jede der Fragen hätte ich selbst innerhalb von fünf Minuten mit einer geschickten Google-Suche beantworten können).

«Also gut», sagte er schließlich. «Sollen wir loslegen?»

Ich folgte ihm durch ein Labyrinth von Fluren, auf deren verblichenen Wänden man die Umrisse von Bildern sah, die es schon lange nicht mehr gab (verkauft, vermutlich), bis wir schließlich vor einer Tür standen, die in einen Hauswirtschaftsraum von der Größe von Erikas gesamtem ersten Stock führte. Steinfliesen, Sattel- und Zaumzeug, Hundeleinen, ein Haufen von mit Spinnweben bedeckten Gummistiefeln und ein riesiger grollender, offenbar seit einem Jahrzehnt nicht mehr geputzter Gefrierschrank standen darin. Und dort, in der Ecke dieses Chaos: der mit einem Zahlencode gesicherte Waffenschrank. Ich bereitete mich innerlich auf eine raffinierte Öffnungszeremonie vor, aber das war unnötig. Der Schrank, der fast so uralt war wie Tweedy selbst, war nicht einmal abgeschlossen. Mindestens ein Dutzend Schrotflinten lagen in einem unordentlichen Haufen darin (es würde ihm bestimmt nicht auffallen, wenn eine davon fehlte?). Er holte ein paar davon heraus, überprüfte sie und reichte mir eine. Ich hatte noch nie eine Flinte in der Hand gehalten. Sie war ein wenig schmierig, und gleichzeitig fühlte sie sich (Herrje) ... *gut* an.

«Sie sind erst neulich gesäubert worden, alter Freund, also keine Sorge. Sie werden ganz bestimmt nicht nach hinten losgehen und dir deine Augen ausschießen, haha.»

«Aber ein Schuss daraus *kann* jemanden umbringen, oder, Bernie?»

«Das will ich hoffen, alter Freund. Im ersten Roman hat es ja funktioniert. Die Munition, die wir benutzen werden, ist heutzutage allerdings verboten. Nerviger Bevormundungsstaat.»

«Um das noch einmal klarzustellen: Um jemanden damit umzubringen, müsste man nur einmal damit schießen, oder?» Wobei ich mir natürlich vorstellte, dass Benedict aus seinem superschicken Auto stieg. Und ich. Mit der Flinte. In seiner Auffahrt. Kurz davor, eine reale Version von Cluedo zu spielen und sie zweifellos zu vermasseln.

«Na ja, man müsste schon ein *sehr schlechter* Schütze sein, um damit keinen ernsthaften Schaden anzurichten.»

Hoffentlich bin ich das nicht.

Tweedy steckte sich eine Schachtel mit Patronen in seinen Tweed-Mantel, gab mir ein paar schmierige Ohrenschützer, und dann gingen wir, die Schrotflinten unter den Arm geklemmt, hinauf zum Schlachtfeld, alias dem Garten. Wir brauchten eine Weile, bis wir dort ankamen. Tweedy belastete vor allem sein rechtes Bein und hatte einen Gang wie ein betrunkener Matrose. Der arme alte Kerl war nicht so fit, wie er in seinen i-Mails tat, und als wir das erreichten, was er «unsere Stelle» nannte, war er schon völlig außer Atem.

Er zeigte mir, wie man die Patronen in das Gewehr steckte. «Aber natürlich wissen Sie das schon längst, immerhin haben Sie das in aller Ausführlichkeit im Buch beschrieben.» Ich hatte das bei einer Google-Suche herausgefunden. Aber das hier war etwas ganz anderes.

«Worauf soll ich zielen?»

Vor uns stand eine Reihe trauriger nackter Bäume. Die versprochenen Krähen waren nicht aufgetaucht. Tweedy schlug vor, auf die «Ulme in der Mitte zu zielen, weil die sowieso gefällt werden muss». Mir kam es etwas grausam vor, auf einen Baum zu schießen, der praktisch ohnehin schon in der Todeszelle wartete, aber wenn ich nicht einmal den Mumm hatte, Grünzeug umzubringen, wie sollte ich dann mit einem menschlichen Ziel umgehen?

Ich zielte, wappnete mich für den Rückstoß und drückte den Abzug. Eine Sekunde später: PENG. Der Rückstoß war nicht so stark, wie ich erwartet hatte. Tatsächlich traf ich den armen Baum beim ersten Versuch und schoss ihm einen seiner Äste ab.

«Gute Arbeit, alter Junge. Jetzt versuch es mal mit dem Stamm.»

Peng: knapp vorbei.

«Pech.» Er gab mir die Schachtel mit den Patronen, und als er schoss (ebenfalls daneben), steckte ich ein paar davon ein.

Durchladen. Zielen. PENG. Ein Treffer: Rindenstückchen fielen wie ein splittriger Regen zu Boden.

«Ein toller Schuss! Brauchst du so etwas, um den Roman perfekt zu machen, alter Junge?»

«Auf jeden Fall.» Voller Adrenalin, wie ich war, spürte ich kaum die kalte Luft. *Es ist nur Recherche. Es ist nur Recherche. Es ist nur Recherche.*

«Mittagessen!», brüllte Margie.

Wir (beziehungsweise er) wankten wie die Matrosen zurück in den Eisschrank von einer Villa und aßen im Nebenzimmer, wobei wir die Tabletts auf den Knien balancierten und die Labrador-Gang jeden unserer Bissen genauestens beobachtete. Jeden zittrigen Bissen in Tweedys Fall, denn unser Ausflug hatte ihn ganz eindeutig erschöpft. Tweedy war jetzt nicht gerade eine große Hilfe gewesen, aber ich salbaderte davon, wie unschätzbar wertvoll seine Unterstützung für mich gewesen sei.

«Sehr freundlich, sehr freundlich. Aber das waren alles Sie allein, alter Junge. Darf ich Sie um einen Gefallen bitten?»

«Natürlich.»

«Könnten Sie bitte die Schrotflinten zurückbringen?» Er rieb sich das linke Bein. «Dieser alte Kumpel hier macht Zicken.» Sollte es wirklich so einfach sein?

Nicht unbedingt. Denn da war ja noch Margie. Aber die sagte: «Ich räume hier ab, dann bin ich weg, Daddy.»

«Wohnen Sie gar nicht hier?»

«Nein. Ich wohne in dem Cottage auf der anderen Seite des Anwesens. Er geistert hier allein herum.» Tweedy war bereits vor dem Feuer eingedöst. Es würde *tatsächlich* so einfach werden. Ich war gleichzeitig erleichtert und enttäuscht, dass dieses potenzielle Hindernis aus dem Weg geräumt war.

Ich half ihr, die Teller in die Küche zu tragen, einem riesigen, schummrig beleuchteten Muster an Baufälligkeit: aufgesprungenes Linoleum, Rohre, die kreischten und wackelten, als sie abwusch, ein schnaufender Ofen, der schon vor Ewigkeiten den Kampf gegen die Feuchtigkeit aufgegeben hatte.

Margie wischte kurz durch den Ausguss und drehte sich dann zu mir um. «Es gibt etwas, was ich Ihnen sagen muss, Nick.»

Paranoia: Ich war mir sicher, dass sie direkt in mein Hirn schauen konnte und den wahren Grund kannte, aus dem ich hier war.

«Das, was Sie für meinen Vater getan haben, hat ihm neue Lebensfreude gegeben. Sie haben sich wirklich Mühe gegeben. Es ging ihm schlecht, nachdem meine Mummy verstorben war. Er würde das niemals zeigen. Und dann sein Sturz. Und das hier wird so lukrativ und produktiv für Sie beide. *Danke*, dass Sie so geduldig mit ihm sind.»

Sie drückte meinen Arm, und dann gingen sie und ihre Labrador-Truppe hinaus.

Na toll. Da habe ich ja gar keine Schuldgefühle.

Die Schrotflinte klaute ich trotzdem.

Bee

Ironischerweise war es Nate, der als Erster die Neuigkeiten über Benedict überbrachte.

«Kopf hoch Bex. Benedict Mercer steckt in einer schlimmen MeToo-Sache, und die wird bald publik. Hoffentlich bist du nicht doch mit ihm im Bett gelandet ;-)»

Erst am nächsten Tag begannen die Medien darüber zu berichten. Zunächst gab es nicht viele Einzelheiten darüber: einen kurzen Artikel auf der Website des Guardian, eine Klatschglosse auf der Mail Online, «Ermittlungen zum Tod der Frau des Modemoguls wieder aufgenommen». Aber es war klar, dass Benedict auf dem Weg war, sich zu den Epsteins, Weinsteins und anderen Mistkerlen zu gesellen, die schon viel zu lange mit viel zu viel durchgekommen waren. Kat hatte die Wahrheit gesagt.

Ich schickte Nick sofort eine Nachricht. Wenn er hier zu Fall gebracht werden konnte, war das auch dort möglich.

Lev war in Nicks Welt an dem Fall dran, der, obwohl er einige größere Unterschiede zu dem Fall in meiner Welt aufwies, strafrechtlich immer noch recht ähnlich war. Es würde nicht schaden, mich mit dem Lev in meiner Welt «zu beraten». Zwei Rechtsanwalts-Hirne waren vielleicht besser als eins. Leila hatte deutlich gemacht, dass es keine Option war, mit Lev Klartext zu reden, aber das konnte mich nicht daran hindern, eine hypothetische Situation herzustellen. Ich konnte ja schließlich immer noch das alte «Habe das von einer Kundin gehört» aus der Tasche ziehen. Jetzt, da ich darüber nachdachte, wunderte ich mich, dass Leila das nicht schon längst vorgeschlagen hatte. Sie kannte die gesamte Becca-gegen-Benedict-das-Schwein-Geschichte, aber ich musste zugeben, sie war an jenem Tag im vollen Rettet-den-Planeten-Modus gewesen.

Ich schrieb ihr eine Textnachricht, um sie zu fragen, ob ich zu ihr kommen könnte. Der Abgrund zwischen uns schloss sich langsam wieder, aber es würde noch eine Weile dauern, bis man sicher hinüberkommen konnte.

Sie schickte zurück: «Okay, ja». Dann: «Lev fragt, ob du Milch mitbringen kannst.»

Ich übertrieb und kaufte Milch, Wein, Haferkekse, Pringles, drei Tafeln Lindt-Schokolade und dann ein paar Bananen, um der schlechten Ernährung entgegenzuwirken.

Lev ließ mich mit einem «Gott sei Dank bist du da, Bee» herein. An diesem Abend würde ich keine Gelegenheit haben, ihn zu manipulieren: Er trug noch immer seinen Arbeitsanzug, und seine Augen waren vor Stress ganz trüb. Im Hintergrund schrien die Zwillinge, und das Haus, in dem es sonst zwar auch nie picobello aussah, war jetzt ein Chaos aus Spielsachen, benutzten Bechern und Essensverpackungen vom Lieferdienst.

Von Leila keine Spur. «Wo ist sie denn?»

«Hat sich mit ihrem beschissenen Laptop ins Schlafzimmer verzogen. So ist sie schon seit Tagen. Ich weiß auch nicht, was in sie gefahren ist. Versuche sie die ganze Zeit dazu zu bewegen, zum Arzt zu gehen, vielleicht hat sie eine Depression. Ich weiß, dass ihr beide einen Streit hattet, aber hat sie dir gegenüber vielleicht erwähnt, was ihr so zusetzt?»

Na ja, Lev. Sie versucht gerade, die Erde zu retten, wenn du es genau wissen willst. «Hat sie nicht. Was kann ich tun?»

Er warf einen Blick auf die Uhr. «Könntest du die Zwillinge ins Bett bringen? Sie sind schon gebadet. Ich muss in zehn Minuten einen Anruf annehmen.»

«Mach ich.»

Diesmal war es nicht ganz so einfach, vielleicht weil die Jungen die Anspannung im Haus spürten, vielleicht auch, weil meine Becca-Mum-Verbindung langsam verblasste, aber ich schaffte es trotzdem, sie so zu bestechen, dass sie mit nach oben kamen. Wir spielten eine Weile mit den Bauklötzen, und ich las ihnen eine Geschichte vor (was mir richtig Spaß machte – Leila war schon genervt davon, aber *Der Grüffelo* war toll), dann streichelte ich ihnen übers Haar, wie es Mum früher bei mir getan hatte, und sie schliefen ein. Ich räumte das Zimmer notdürftig auf und klopfte dann an Leilas Zimmertür.

Sie saß inmitten von leeren Chips- und Salzstangenpackungen auf dem Bett, mit fettigen Haaren, und hatte das MacBook auf ihren Knien. Sie sah aus, als hätte sie tagelang nicht mehr geschlafen: Ihre Augen waren gerötet, die Haut teigig.

«Herrgott noch mal, Leila! Geht es hier um die Sachen, die Nick dir geschickt hat?» Dumme Frage: Was sollte es sonst sein? Aber ich brauchte etwas, um das Gespräch zu eröffnen.

Sie warf mir einen Blick zu, ohne mit dem Scrollen und Tippen aufzuhören. «Er hat nichts geschickt, was es hier nicht schon gäbe oder sich gerade entwickelt.»

«Na und? Er wird dir mehr schicken, wenn er seinen Roman beendet hat. Hab ich dir doch gesagt.»

«Du kapierst das nicht, Bee. Wir haben die ganze Technologie schon da. Nur den politischen Willen, den haben wir nicht.»

«Das wird schon werden.»

«Das *weißt* du nicht.» Sie sagte es mit solcher Verzweiflung, dass es klang, als würde sie gleich in Tränen ausbrechen. So hatte ich sie noch nie erlebt: ein Riss in ihrer ruhigen, rationalen Fassade. Ein Riss, den *ich* verursacht hatte.

Zeit für ein ernstes Wort. Normalerweise war sie diejenige, die diese Rolle übernehmen musste. Zeit, das zu ändern: «Hör mal, Leila. Die Kinder brauchen dich. Lev braucht dich. Jetzt reiß dich gefälligst zusammen und tue das, was du tun *kannst*.»

Sie zuckte zurück, öffnete den Mund, um etwas zu erwidern, und rieb sich dann das Gesicht. «Oh *Gott*.»

Ich setzte mich neben sie. «Lev macht sich wirklich Sorgen um dich. Ich auch.»

«Es ist nur … *Scheiße*, Bee. Es ist so frustrierend.»

«Wir finden einen Weg, das verspreche ich. Jetzt geh dich duschen. Du siehst scheiße aus, und besonders gut riechst du auch nicht.»

Ein Schnauben, ein Augenverdrehen. Erleichterung: Das passte schon mehr zu ihr. «Okay, okay.» Sie stand auf, ging zum Badezimmer und drehte sich noch mal zu mir um. «Du glaubst wirklich, dass das schon irgendwie wird?»

«Das glaube ich wirklich, ganz ehrlich.» Offenbar hatte ich es doch noch nicht geschafft, das ganze Lügen-Ungeziefer zu vernichten.

Nick

Als ich diesmal auf Senden klickte, um die aktuelle Fassung des Romans abzugeben, weinte ich nicht. Es war meine beste Arbeit. Das wusste ich. Und es steckte noch mehr in mir. Außerdem würde ich das Werk nicht veröffentlicht sehen (jedenfalls nicht in dieser Welt). Tweedy oder irgendein anderer Ghostwriter würde mit der Bearbeitung zu tun haben. Eine Aufgabe erledigt, drei standen noch aus vor dem Valentinstag-Massaker, das an diesem Abend stattfinden sollte. In sechs Stunden und fünfunddreißig Minuten, um genau zu sein.

Wenn alles danebenging, würde ich nicht als Romanautor bekannt werden. Sondern als Mörder. Oder als jemand, der einen Mord versucht hatte. Das wäre dann das, was ich hinterließe. *Wie fühlt sich das an, Nick?* Was mich an etwas anderes erinnerte: Ich hatte nicht daran gedacht, ein Testament zu machen. *Idiot.* Ich öffnete ein neues Dokument und schrieb ein paar Zeilen, in denen stand, dass alles, was ich besaß, an Dylan gehen solle, wenn mir etwas zustieße. Ich würde hoffen müssen, dass derjenige, der es las, nicht auf den Zeitstempel schauen würde. Ich hatte darüber nachgedacht, eine Abschiedstour zu machen. Mit dem Zug nach Birmingham zu fahren, um Dylans neuen Freund kennenzulernen, und danach weiter zu Poll und Jez. Aber wenn Kelvin und Geoffrey die Sache wirklich in den Sand setzten (da ich sie kannte, nahm ich an, dass das auch geschehen würde), würde die Tatsache, dass ich mich kurz vor meinem Tod so untypisch benommen hatte, den Verdacht nähren, dass ich mich doch selbst umgebracht hatte, und das konnte ich Dylan nicht zumuten. Wenn ich es tatsächlich schaffte, mein Bewusstsein mit Nicolas' zu verschmelzen, konnte ich mich immer noch mit meiner Ex-Frau in Bees Welt anfreunden, die dann nicht wissen würde, dass sie meine Ex-Frau war, und sie dann meinem besten Freund vorstellen. Noch ein bisschen Einmischung, aber diesmal nur in das Leben anderer Leute. Denn wenn Bee und ich dazu bestimmt waren, zusammen zu sein, waren sie es vielleicht auch. Und die Poll in Bees Welt verdiente jedes kleine Fitzelchen Glück, das sie bekommen konnte. Es tat weh, mich nicht richtig von Dylan verabschieden zu können. Es tat verdammt weh. Es fühle sich an, als betröge ich ihn. Denn es *gab* keinen Dylan in Bees Welt, und ich würde ihn in dieser zurücklassen. Als Kompromiss rief ich ihn an. Versuchte, so normal wie möglich zu klingen. Nach unserem Gespräch bei Lilys Trauerfeier hatte ich gewusst, dass es ihm gut gehen würde. Es *musste* so sein.

Und jetzt: die schwierigste Aufgabe von allen. Die Aufgabe, die ich immer vor mir hergeschoben hatte. Die i-Mail an Bee. Das Geständnis. Mir wurde körperlich übel bei der Vorstellung, wie sie dasaß und las, was ich mir da zusammenstoppelte.

Ich war gerade zehn Minuten dabei (alles, was ich bisher niedergeschrieben hatte, war «Liebe Bee»), als sie mir in dieser merkwürdigen Gedankenleser-Synchronizität eine Nachricht schickte: «Hast du *Sabotage* schon abgegeben?»

«Will es noch einmal durchlesen.»

«Zweifle nicht so an dir, Nick. Du kannst das!!! Sag mir, wenn du es abgeschickt hast, damit ich zur Feier des Tages etwas trinken kann.»

Du wirst wohl mehr als einen Drink brauchen, Bee …

Ich schrieb und löschte und schrieb bis zum letzten Moment. Das würde reichen müssen. Geoffrey würde in einer halben Stunde vor dem Haus stehen, und eine Sache musste ich noch erledigen.

Ich ließ die Sporttasche mit der Schrotflinte im Flur und die unausgereifte i-Mail-Granate im Entwürfe-Ordner und klopfte an die Wohnzimmertür. Erika und die Hunde hatten es sich wie üblich auf dem Sofa gemütlich gemacht. Würstchen wedelte mit dem Schwanz, als sie mich sah, Rosie schaute hoch, schnüffelte, als wollte sie sagen *Ach, du bist es bloß*, und gähnte dann.

«Tut mir leid, dass ich Sie damit belästigen muss, Erika, aber wäre es okay für Sie, ein paar Tage auf Rosie aufzupassen?» *Sozusagen für immer?*

«Haben Sie ein Problem?»

«Nein. Bin mit dem Buch fertig, und ein paar Kumpels haben mich eingeladen, um das mit ihnen zu feiern. Wir machen einen kleinen Ausflug.»

«Mit dem Mann, der hierhergekommen ist?»

«Ja, das ist einer von ihnen.»

«Der ist merkwürdig.» *Wenn du wüsstest.* «Gehen Sie jetzt schon?»

«Ja. Und ist es wirklich in Ordnung, wenn Sie auf Rosie aufpassen?»

«Natürlich.»

Ich trat zu der Hündin und streichelte ihr drahtiges Fell. «Gutes Mädchen.» Ich hatte einen Kloß im Hals. Rosie und ich hatten eine Menge miteinander durchgemacht. Trotz ihres etwas missmutigen Wesens war sie meine beste Freundin. Ich würde sie nie wiedersehen, aber ich wusste, dass sie mit Würstchen glücklich sein würde.

Erika beobachtete mich genau. «Alles in Ordnung bei Ihnen, Nick?»

Ich räusperte mich. «Ja. Ich bin immer so, wenn ich ein Buch fertiggestellt habe.»

«Ich bin glücklich, dass Sie es geschafft haben.» Glücklich. Dieses beschissene Wort schon wieder. *Warum müssen immer alle glücklich sein?* «Herzlichen Glückwunsch, dass es fertig ist. Wir müssen darauf unbedingt einen trinken, wenn Sie wieder zurück sind.»

«Das wäre schön. Danke. Bis bald.»

«Ja, ja.»

Ich schulterte die Tasche und ging hinaus in den Abend. Draußen war es kälter, als ich erwartet hatte, und ich wäre beinahe umgekehrt, um mir eine dickere Jacke zu holen, aber dann dachte ich: *Wozu? Du wirst ja wohl jetzt einige Zeit gar keine mehr brauchen, oder, Nick?*

Geoffrey war ganz pünktlich, der Mini-Lec schnurrte und hustete, hustete und schnurrte am Bordstein. Der Mini-Lec, den man auch als meinen zukünftigen, stinkigen Sarg bezeichnen konnte, wenn alles nach Plan lief.

Ich legte die Tasche auf den Rücksitz und setzte mich neben ihn. Es war zu dunkel, als dass ich seinen Gesichtsausdruck hätte erkennen können, aber sein Körper wirkte angespannter als sonst. Was wirklich etwas heißen wollte, denn Geoffrey war immer angespannt.

Das ist es jetzt. Wenn du das hier tust, kannst du nicht mehr zurück.

Er fuhr los. Ich schickte die i-Mail an Bee los und schaltete das Handy aus.

Von: NB26@zone.com
An: bee1984@gmail.com
Das hier ist das Schwierigste, was ich je schreiben musste. Das Schwierigste, was du je lesen wirst. Du wirst mich eine Zeit lang hassen. Ich kenne dich gut genug, um das sicher zu wissen. Und ich wünschte aus tiefstem Herzen, dass ich das hier vorher hätte mit dir besprechen können. Aber ich wusste, was du gesagt hättest: Tu es nicht. Es ist Irrsinn. Es ist verrückt. Das schaffst du nicht, Nick.
Ich konnte es dir bisher nicht sagen, aber jetzt muss ich es tun. Ich kann den Gedanken nicht ertragen, dich warten zu lassen auf eine Botschaft von mir, die nie kommen wird, ohne dass du weißt, warum. Der Grund, aus dem ich dich bat, dir diese Fallstudie anzusehen, war nicht Geoffrey. Du solltest es für mich tun. Kelvin und Geoffrey

glauben, dass es einen Weg für uns gibt, zusammen zu sein. Aber damit das möglich ist, kann ich physisch nicht mehr hier sein. Ich weiß nicht, wie ich das schreiben soll, ohne entweder selbstmordgefährdet oder durchgedreht zu klingen, aber scheiß drauf: Wenn ich hier sterbe, gibt es eine Chance, dass mein Bewusstsein durch das Netz gelangen und sich mit Nicolas' Bewusstsein vereinigen kann. Ja, ich WEISS, wie das klingt. Aber du hast dir diese Fallstudie selbst angesehen, Bee. Du weißt, dass es funktionieren KANN. Du weißt auch, dass es funktionieren kann, ohne dass Nicolas wehgetan wird.
Aber bevor ich das tue, muss ich noch etwas anderes erledigen. Etwas, das mit Benedict zu tun hat. Es geht alles zurück auf unseren ersten Warnhinweis: Zwei Fremde im Zug. Schnittpunkte. Wenn alles gut geht, wird Benedict nie wieder jemandem etwas zuleide tun. Ich tue das für Becca und Scarlett, aber auch für mich und für dich.
Bee. Ich liebe dich. Ich will nicht ohne dich leben. Du sagtest, bei Nicolas fehle noch eine Zutat. Vielleicht ist er MEINE fehlende Zutat. Wenn es eine Chance gibt, irgendeine Chance, sollten wir sie dann nicht ergreifen?
Ich weiß nicht, wie lange es dauert, bis ich dich finde. Eine Woche? Einen Monat? Aber ich WERDE dich finden.
Und dann können wir uns unter der Uhr am Bahnhof Euston treffen, um zwölf, genau, wie wir es damals geplant haben. Du trägst den roten Mantel. Ich einen Tweed-Anzug.
Warte auf mich.
Hab Vertrauen.

Bee

Nick und Nicolas redeten immer darüber, wie frustrierend es sein konnte, wenn ihnen das Wort oder der Satz, den sie brauchten, um eine Figur in ihren Romanen zum Leben zu erwecken, beständig entglitt. Nicolas' *Ein Schuss in der Dunkelheit*-Manuskript war voller XXXs, die er als Platzhalter benutze, wenn ihm das richtige Adjektiv nicht sofort einfiel.

Als ich die E-Mail las, war «Schock» nicht das richtige Wort für meine Gefühle. Auch nicht «Erschrecken». Auch kein anderes Wort im Vokabular. ALSO: *Als Bee die E-Mail las, fühlte sie XXX.*

Ich beendete gerade eine Anprobe, als die Mail kam. Die Kundin, Olivia, war Brautjungfer bei der Pfirsichfrau gewesen, und ich hatte sie vorgelassen, weil ich die Pfirsichfrau trotz ihrer Pingeligkeit immer noch in liebevoller Erinnerung hatte – aus den Zeiten der Annäherung zwischen Nick und Bee. Olivia ließ mir freie Hand («Ach, tun Sie einfach, was Sie mögen, meine Liebe!»), und es machte Spaß, mit ihr zusammen zu sein. Sie war eine konservative Version von Geoffreys Tochter Jenny, unverwüstlich, die Sorte Mensch, in deren Haus überall Schilder mit der Aufschrift «Live! Laugh! Love!» hingen.

Und sie war eine alte Klatschbase und erzählte mir alles über den Horror-Ex der Pfirsichfrau. «... und *dann* sagte er, er hätte keine Ahnung, wie sie auf seinen Computer kommen konnten. Aber man sucht doch nicht zufällig nach solchen Bildern, oder? Sie hat absolut keine Lust mehr auf Männer. Sagt, sie wolle jetzt ausprobieren, ob sie lesbisch ist. Na ja, sagte ich, warum nicht?»

Ich war gerade damit fertig geworden, den Saum abzustecken. Dann schauten wir in den Spiegel, um zu prüfen, ob die Länge richtig war. Sie seufzte. «Sie sind wirklich ein Wunder, meine Liebe.»

Ich öffnete den Reißverschluss des Kleides und ließ sie allein, damit sie sich umziehen konnte. Ich hatte darauf gewartet, dass Nick mir eine Mail schickte, in der er mir sagte, er habe den Roman abgegeben – endlich einmal gute Nachrichten! Und da Olivia mit dem Rücken zu mir stand und wieder eine Tirade über den Ex der Pfirsichfrau und seine harmlosen, aber zahlreichen Fetische abließ, warf ich einen Blick auf das Display.

Das war wirklich nicht die Nachricht, die ich erwartet hatte.

Als ich sie las, schien der Raum immer kleiner zu werden. Olivias Geplauder verklang; ich merkte kaum, dass ich das Handy zu Boden hatte fallen lassen.

Das Nächste, was ich wusste, war, dass ich auf dem Bett saß, Olivias Gesicht ganz nah vor mir. Sie rieb meine Hände warm. «Hey. Hey. Alles gut, meine Liebe. Alles wird wieder gut. Haben Sie heute gegessen? Liegt es daran, dass Sie unterzuckert sind? Mir wird immer schwummrig, wenn ich eine Mahlzeit auslasse.»

Sprechen. Ich musste *irgendetwas* sagen. Ich murmelte: «Es tut mir so leid. Ich habe gerade schlechte Nachrichten bekommen.» *Schlechte Nachrichten.* Die Untertreibung des Multiversums.

Olivia, die immer noch in Unterwäsche war, übernahm das Ruder. «Okay. Bleiben Sie da sitzen. Rühren Sie sich nicht vom Fleck.»

Ich tat, was sie mir sagte – ich war mir auch gar nicht sicher, ob ich mich hätte rühren können, wenn ich es gewollt hätte.

Ich saß da, fühlte mich XXX und starrte das Handy auf dem Fußboden an. Im Hintergrund hörte ich Olivia die Schränke durchsuchen, das Zischen des Kessels auf dem Herd. Ich würgte und hätte mich beinahe übergeben.

Stück für Stück erlaubte ich mir, darüber nachzudenken, was ich gerade gelesen hatte, näherte mich jedem einzelnen Absatz mit größter Vorsicht, als handele es sich dabei um gefährliche, zähnefletschende Raubtiere. Zuerst: Mord. Nick sprach davon, Benedict umzubringen. *Zwei Fremde im Zug. Schnittpunkte.* Aber ich wusste, dass er zu so etwas nicht fähig war. Ich kannte ihn. Ich *kannte* ihn. *Wenn er dazu fähig wäre, hätte ich nicht diese Gefühle für ihn.* Ich hatte mir auch schon ausgemalt, Benedict um die Ecke zu bringen; hatte diesem Schweinehund den Tod gewünscht. Aber das *umzusetzen*, war eine ganz andere Sache.

Dann ... das andere Problem. Ich stocherte vorsichtig darin herum, zog mich dann zurück. Nein. Ahh.

Olivia kam mit einem Becher Tee zurück. «Trinken Sie das, Kleine. Zucker gegen den Schock. Es ist nicht wissenschaftlich erwiesen, aber meiner Meinung nach hilft Zucker in jeder Lebenslage.»

Ich nahm den Becher mit tauben Händen. Trank einen Schluck. Zuckte zusammen. Sie musste ein halbes Kilo von dem süßen Zeug hineingeschüttet haben.

Sie setzte sich neben mich. «Möchtest du darüber reden? Es ist völlig in Ordnung, wenn nicht.» Dann: «Ist es ein Todesfall, meine Liebe?»

Ja. Ich brach in Tränen aus. Schluchzte. Sie zog mich in ihre Arme, und ich vergrub mein Gesicht an ihrer fleischigen Schulter, während sie mir über das Haar strich. *Tot. Er ist tot. Nick ist tot.* Selbstmord. Oder Mord. *Nick ist tot.*

«War es jemand, der Ihnen nahestand?»

Ich nickte.

«Gibt es jemanden, den ich für Sie anrufen soll?»

Ich wollte Leila nicht anrufen – ich wollte eigentlich nach der Anprobe zu ihr gehen, um nachzusehen, ob sie wirklich wieder im Lot war.

Die Schluchzer ließen nach. Sie gab mir ein Taschentuch. Ich wollte allein sein. Ich *musste* allein sein, um mir die Eingeweide des gefährlichen Raubtiers anzusehen. «Sie sind so nett gewesen. Aber es wird schon. Ich hatte es irgendwie erwartet.»

«War es ein älterer Verwandter?»

«Ja.»

«Na ja, ich gehe jedenfalls nirgendwohin, bis ich sicher bin, dass Sie wieder auf den Beinen sind.»

«Es geht schon, wirklich.»

Ich musste ziemlich toll schauspielern und massenweise Lügen-Ungeziefer auf Olivia loslassen, um sie davon zu überzeugen, dass es in Ordnung war, mich allein zu lassen. Natürlich ging es mir nicht gut. Aber. ABER. Unter dem XXX, dem Schrecken, der Angst lag auch Hoffnung. Nur ein ganz kleines bisschen. Aber dennoch war es Hoffnung.

Was, wenn es funktionierte? Was, wenn es wirklich funktionierte?

Nick

Unter allen enttäuschenden Spannungsabfällen war dies einer der besten. Oder schlimmsten. Wenn ich ein Buch so hätte enden lassen, hätten die BookPost-Rezensenten vor Wut geschäumt: «BIN SO ENTTÄUSCHT VON DIESEM ENDE!! Was hat sich der Autor dabei bloß gedacht???»

Als er im Auto saß und darüber nachdachte, was er als Nächstes tun würde, bildeten sich zarte Frostblüten auf der Windschutzscheibe und trübten seine Sicht. Diese Schönheit, diese Erinnerung an die Natur in all ihrer Komplexität ließ die Saat des Zweifels in seinem Herzen wachsen. Und er begriff in diesem Moment, dass er in Wirklichkeit leben wollte.

Blödsinn.

Ich würde nicht nur niemals so etwas schreiben, sondern das, was wirklich geschah, war außerdem weit banaler.

Geoffrey saß am Steuer, wir sprachen nicht miteinander. Mein Puls hämmerte in meinen Ohren. Mein linkes Knie zuckte vollkommen eigenständig, die Stimme in meinem Kopf sagte: *Ist das jetzt real genug für dich, Nick?* Wir fuhren am Park vorbei, die Straßen entlang, die mir jetzt so vertraut waren wie früher Dreadnought Street, und dann, viel zu früh, kamen wir an unserem Treffpunkt vor Wilderville an. Ich wünschte, ich könnte sagen, dass irgendeine Schicksalswendung oder etwas wirklich Wichtiges mich innehalten ließ. Oder dass das Abschicken meiner i-Mail an Bee der Grund war (denn das hätte der Grund sein *sollen*). Ich legte die Hand auf den Türgriff, als ich ganz schlicht und einfach aufwachte. Die klischeehafte Version wäre, *Ich kam wieder zur Besinnung.* Ich hörte einfach auf, so zu tun, als wäre ich eine Figur in einem beschissenen Roman, und verabreichte mir selbst das gedankliche Gegenstück zu der frauenfeindlichen «Hör auf, so hysterisch zu sein»-Ohrfeige. Und das war's. Das Schlimmste daran war, dass ich selbst kaum glauben konnte, dass ich es hatte so weit kommen lassen.

Ich war nicht dazu fähig. *Ich war einfach nicht dazu fähig*. Weder zum Mord noch zum Selbstmord.

Geoffrey sagte nichts zu meiner Bewegungslosigkeit. Er gab mir einfach eine Selbstgedrehte und zündete sich selbst eine an.

Keiner von uns beiden sagte ein Wort, bis wir sie bis auf den Filter hinuntergeraucht hatten. Mit einem «scheiß drauf» schnippte er seine Kippe auf die Straße hinaus. Offenbar würde Benedict in dieser Nacht nur ein wenig Abfall als Bestrafung erhalten. «Fahren wir noch nach Manchester, oder bringe ich dich wieder nach Hause, Nick?»

«Nach Hause.»

«Sicher?»

«Sicher.»

Wieder fuhren wir schweigend zu The Bergs. Er sprach erst wieder, als wir vor dem Haus parkten. «Mach dir deswegen keine Vorwürfe. Du bist immerhin weitergekommen, als ich je gedacht hätte.»

«Ja. Immerhin ganz bis zur blöden Auffahrt.»

«Du bist nicht dazu fähig, Nick. Hab ich dir ja gesagt.»

«Du hattest recht. Sagst du Kelvin bitte, dass es mir leidtut?»

Ein Nicken.

Ich stieg aus.

«Hast du nichts vergessen?»

«Hä?»

«Das Gewehr.»

«Mist.» Ich hatte es *wirklich* vergessen.

«Ach scheiß drauf. Ich schmeiß es in den Fluss.»

«Sicher?»

«Ja.»

Dann fuhr er, ohne sich zu verabschieden.

Ich schlich mit hängenden Ohren ins Haus. Ich klopfte an

Erikas Tür, murmelte ein kleinlautes «Ich hab's mir anders überlegt» und schlurfte dann in mein Zimmer, bevor sie nachfragen konnte, warum der Ausflug nicht stattgefunden hatte oder ob sie mir einen Drink anbieten konnte. Ich brauchte einen klaren Kopf für das, was bevorstand. Geoffrey und Kelvin hatten es vielleicht nicht geschafft, mich an diesem Abend umzubringen, aber ich war mir sicher, dass Bee es auf jeden Fall versuchen würde.

Von: NB26@zone.com
An: bee1984@gmail.com
Hast du mir schon verziehen?

Von: bee1984@gmail.com
An: NB26@zone.com
Nein, das habe ich verdammt noch mal nicht. Du hast mich zu Tode erschreckt. Ich dachte schon, ich hätte dich verloren. Wenn du selbst hier wärst, wüsste ich nicht, ob ich dich umarmen oder schlagen sollte.

Von: NB26@zone.com
An: bee1984@gmail.com
Schlagen. Eindeutig. Oder einen ordentlichen Kopfstoß, gefolgt von einem Knie in den Schritt. Und vergiss nicht den Schwitzkasten.

Von: bee1984@gmail.com
An: NB26@zone.com
Zu planen, Benedict das Schwein umzulegen, ist das eine, aber allein darüber nachzudenken, ein paar Irre an dir herumexperimentieren zu lassen? Hast du ERNSTHAFT gedacht, du könntest einfach so in Nicolas' Körper springen, so wie der Typ aus der Serie Zurück in die Vergangenheit?

Von: NB26@zone.com
An: bee1984@gmail.com
Dieser Typ aus was?

Von: bee1984@gmail.com
An: NB26@zone.com
Egal.

Von: NB26@zone.com
An: bee1984@gmail.com
Ist ja nicht so, als hätte ich das wirklich durchgezogen, oder?
Und wenn man mal darüber nachdenkt – wenn es geklappt hätte, wären Nicolas und ich buchstäblich Schreibkumpel geworden.

Von: bee1984@gmail.com
An: NB26@zone.com
Oder Seelenverwandte.

Von: NB26@zone.com
An: bee1984@gmail.com
Ha! Waffenbrüder. Oder Brüder mit Waffen. Nein, das ist Mist.

Von: bee1984@gmail.com
An: NB26@zone.com
Der Mann mit den zwei Hirnen.

Von: NB26@zone.com
An: bee1984@gmail.com
Gedankenleser. Oder Gedankenschreiber. Nein, das ist auch Mist.
Und ja, ich weiß, dass das Ganze blöd war. Ich weiß, dass es nie geklappt hätte. Aber ich habe immer noch das Gefühl, Becca und Scarlett im Stich gelassen zu haben. DICH im Stich gelassen zu haben.

Von: bee1984@gmail.com
An: NB26@zone.com
Sie kriegen ihn in meiner Welt, Nick. Lev wird einen Weg finden. Leila 2 wird einen Weg finden. WIR werden einen Weg finden.
Ich werde noch einmal Kontakt zu Kat aufnehmen, vielleicht hat sie irgendeine Insider-Information, die noch nicht in die Öffentlichkeit gedrungen ist und die wir nutzen können. Eine Information, die vielleicht irgendeiner Ruchlosigkeit entspricht, die er in deiner Welt begangen hat. Wart's nur ab.

Bee

Und genau das tat ich, tatsächlich war ich gerade dabei, eine E-Mail an Kat zu verfassen, als Leila auftauchte und alles wieder so richtig in die Grütze ging.

Von: bee1984@gmail.com
An: NB26@zone.com
Ich habe sie noch NIE so erlebt, Nick. Es war viel schlimmer als sonst. Sie sagt, die einzige Möglichkeit, die Welt zu verändern, sei zu BEWEISEN, dass wir es tun können. Sie sagt, wenn wir beweisen können, dass es eine bessere Welt gibt – nämlich deine –, dann ist das vielleicht der Schub, den die Leute brauchen, um etwas zu unternehmen.

Von: NB26@zone.com
An: bee1984@gmail.com
Und wie will sie das tun?

Von: bee1984@gmail.com
An: NB26@zone.com
Sie will sich an die Behörden wenden.

Von: NB26@zone.com
An: bee1984@gmail.com
Welche Behörden?

Von: bee1984@gmail.com
An: NB26@zone.com
Weiß ich auch nicht. MI5 oder so.

Von: NB26@zone.com
An: bee1984@gmail.com
Man wird sie als Verschwörungs-Irre abtun.

Von: bee1984@gmail.com
An: NB26@zone.com
Du kennst sie nicht, Nick. Na ja, du kennst vielleicht ihr ANDERES Ich. Wenn sie sich einmal etwas in den Kopf gesetzt hat, gibt es kein Halten mehr.

Von: NB26@zone.com
An: bee1984@gmail.com
Sie kann gar nichts tun, es sei denn, du gibst ihr dein Handy. Der einzige Beweis ist eine i-Mail-Unterhaltung, und wer würde so etwas Glauben schenken?

Von: bee1984@gmail.com
An: NB26@zone.com
Ich hoffe, du hast recht, Nick. Ich hoffe das wirklich.

Nick

Es passte irgendwie, dass Erika diejenige war, die die Totenglocke läutete. Ich saß am Schreibtisch und hatte gerade ein neues Dokument auf meinem Laptop geöffnet, um mich von der Operation Benedict abzulenken. Diesmal wollte ich nur für mich schreiben. Nicht für Tweedy, nicht für irgendjemanden sonst. Ich wollte UNSERE Geschichte erzählen. Meine und Bees. Ich hatte sogar schon einen Titel: *Impossible: Eine beschissene Liebesgeschichte*. Diesmal ahmte das Leben die Kunst nach: eine Version der Lüge, die ich damals Becca erzählt hatte.

Dann: Klopf-klopf. «Sie haben Besuch, Nick. Sie warten im Wohnzimmer auf Sie.» Das sagte Erika ohne die sonstige Genervtheit, als wüsste sie, dass irgendetwas Ernstes im Busch war. Zuerst setzte bei mir die Angst ein: Hatte Tweedy herausgefunden, dass ich die Schrotflinte geklaut hatte? Nein – wenn die Polizei da wäre, hätte Erika das sicher erwähnt. Es waren vermutlich nur Geoffrey und Kelvin, die es noch einmal versuchen wollten, mich davon zu überzeugen, mich von ihnen töten zu lassen.

Und tatsächlich waren Geoffrey und Kelvin da, aber sie waren nicht allein. Vor dem Kamin stand mit durchgedrücktem Rücken Henrietta. Keine (einigermaßen) warme Begrüßung heute. Todernst: eine Attentäterin unter den Verschwörungs-Irren.

«Scheiße», entfuhr es mir.

Ein eisiges Lächeln von Henrietta: «Das ist keine besonders elegante Begrüßung, Nicolas, aber ich verstehe Ihre Reaktion.»

Ich warf einen Blick zu Geoffrey, der überall hinschaute, nur nicht zu mir. Kelvin vermied ebenfalls jeden Blickkontakt.

«Ich bin mir sicher, dass Sie schon ahnen, warum wir hier sind, Nicolas.»

«Aber wir haben es doch gar nicht getan!», platzte ich heraus.

«Verzeihung?»

«Die ...» *Ach, sag es einfach.* «Die *Einmischung*, die wir geplant haben.»

«Sie sprechen vom Mord?» Es klang völlig sachlich. «Ja, dessen bin ich mir bewusst. Ebenso, wie ich von Kelvins Vorschlag weiß. Aber machen Sie sich keine Sorgen, Geoffrey und Kelvin sind bereits für ihre Einmischung bestraft worden und haben mich ihrer Reue versichert.»

«Hast du es ihr erzählt, Geoffrey?»

Er starrte auf seine Füße und schüttelte den Kopf.

Ich wandte mich an Kelvin. «Du? Weil ich einen Rückzieher gemacht habe?»

«Nein.» Sie sahen wirklich aus wie Schuljungen, die von ihrer Schuldirektorin gerügt worden waren.

«Da gibt es etwas, das Sie wissen sollten, Nicolas», fuhr Henrietta fort. «Erinnern Sie sich an unser erstes Treffen? Als Sie mir dankenswerterweise erlaubten, einen Blick in Ihre i-Mails zu werfen?»

«Natürlich.»

«Ich habe damals die Gelegenheit genutzt, Ihren Zone-Account zu klonen.»

Zuerst fand ich meine Stimme nicht wieder. Der Schock vermutlich. «Aber das ist illegal!» Es klang weinerlich. *Das ist gemein.*

«Das stimmt.»

«Bedeutet das ... Haben Sie *alle* meine i-Mails gelesen? Die ganze Zeit?»

«Ja.»

Das war übergriffig – und peinlich. Besonders, da Bee und ich es geschafft hatten, unsere Cybersex-Fähigkeiten deutlich zu verbessern.

«Ich musste sichergehen, dass Sie Ihren Teil der Abmachung einhielten.»

«Also wissen Sie alles?»

«Ja. Tatsächlich haben Ihnen die anderen Mitglieder, besonders Isaac, sehr die Daumen gedrückt.»

«Sie haben was?»

«Was Ihre Romanze mit Rebecca Mercer anging. Isaac war am Boden zerstört, als es nicht funktionierte.»

Verdammte Kiste. Hatten sie mein Leben wie Soap-Opera-Süchtige verfolgt? «Wusstest du das, Geoffrey?»

«Nein.»

«Weder Geoffrey noch Kelvin hatten Zugang zu den i-Mails», sagte Henrietta. «Nur der innere Kreis.»

«Aber Kelvin *gehört* doch zum inneren Kreis. Oder nicht?»

«Ja, aber er hat auch eine schwierige Geschichte. Ich argwöhnte schon, als wir Ihre Geschichte bestätigen konnten, dass er womöglich wieder eines seiner Heimatlosen-Experimente an Ihnen würde vollführen wollen.»

«Was meinen Sie mit *wieder?*» Hier folgte ja eine Schock-Attacke auf die nächste. Immer, wenn ich gerade aus den Trümmern des letzten Einschlags krabbelte, kam schon der nächste. «An wem?»

«An ihm selbst. Zum Glück konnte er rechtzeitig wiederbelebt werden.»

Deshalb hatte er so ausweichend geantwortet, als ich ihn gefragt hatte, warum er das nicht an sich selbst ausprobiert hatte. *Okay, okay. Die Truppen zusammenziehen.* «Wenn Sie schon von Anfang an wussten, was ich vorhatte, warum haben Sie es dann nicht verhindert?»

«Wir haben natürlich darüber nachgedacht. Tatsächlich haben wir abgestimmt, ob wir das tun sollten – und zwar in jedem besorgniserregenden Stadium. Wir waren einige Male nah dran.»

«Sie meinen, bei der Benedict-Sache.»

«Oh nein. Das nicht. Es zuzulassen, dass Sie ihn umbringen, ist einstimmig angenommen worden.» *Herrgott.* «Am strittigsten war, dass Sie die Buchidee weitergegeben haben.»

«Das fanden Sie gefährlicher als *Mord?*»

«Ja. Wir sind keine *Monster*, Nicolas. Wir haben beschlossen, dass er jemand ist, der auf Dauer mehr Schaden anrichtet als Gutes tut.»

«Okay. Worum geht es also bei all dem?»

«Um die Bedrohung natürlich. Durch Rebecca Davies' Freundin Leila. Wir waren besorgt, als Sie ihr Informationen zukommen ließen, aber nicht allzu besorgt, zumal die Informationen nur nach draußen gingen.»

«Wir haben nur versucht, Bees Welt zu helfen. Haben wir nicht die Verantwortung, das zu tun?»

«Vielleicht. Aber wir können nicht riskieren, dass die Kanäle zu beiden Seiten geöffnet werden und dass ihre Realität Einfluss auf *unsere* hat. Ich bin mir sicher, dass ich Ihnen nicht sagen muss, dass es da draußen Menschen gibt, die das als perfekte Gelegenheit dafür sehen würden, Populismus und Zerstörung aus jener Welt in unsere zu bringen. Nur weil diese Menschen hier keine Macht haben, bedeutet es nicht, dass es sie nicht *gibt*. Deshalb müssen wir den Mail-Thread zerstören.»

«Aber Sie haben selbst gesagt, dass es keiner glauben würde.» Verzweiflung lag in meiner Stimme: Wer konnte es ihr verübeln? Denn so irre die Berenstains als Gruppe auch waren, so sehr ich auch glauben wollte, dass Bees und meine Verbindung über das Technische hinausging, dass nichts und niemand den Thread würde zerstören können, so sicher war ich mir, dass Henrietta in der Lage war, genau das zu tun. Sie hatte offenbar die Fähigkeiten, heimlich mein Handy zu klonen und uns die ganze Zeit zu überwachen, und gemäß Geoffrey hatte sie auch keinerlei Probleme gehabt, die Karriere dieses Journalisten zu zerstören, der die Society verunglimpft hatte.

«Das ist ein Risiko, das wir nicht zu tragen bereit sind. Wir haben abgestimmt. Das ist endgültig.»

Ich wandte mich an Geoffrey, meinen ehemaligen Verbündeten

und Joker. «Aber das kannst du doch nicht wollen, Geoffrey. Was ist mit deiner Tochter?»

Endlich schaute er mir in die Augen. «Ich kann sie nicht aufhalten, Nick. Ich wünschte, ich könnte es.»

Hatte sie etwas gegen ihn in der Hand? «Tut mir echt leid, Kumpel.»

An dieser Stelle wünschte ich mir sagen zu können, dass ich tief in mir die richtigen Worte gefunden hätte, um diesen emotionalen Roboter von einem Menschen davon zu überzeugen, dass es etwas in mir zerstören würde, wenn sie den Thread zerstörte. Dass sie das nicht tun durfte und dass es einen anderen Weg gab, dass Bee und ich bei unserem Leben schwören würden, dass wir niemals mehr irgendwelche Einzelheiten aus der «echten Welt» austauschen würden, dass ich buchstäblich *alles* täte, wenn sie es sich anders überlegen würde. Aber ich schaffte es nicht. Ich war zu erschrocken. Zu betäubt.

Henrietta hob die Hand. «Es gibt aber auch eine gute Nachricht. Wir haben abgestimmt, und ich kann versichern, dass Benedict Mercer nicht ungestraft davonkommen wird. Sie werden sich keine Sorgen machen müssen, dass er Rebecca oder ihrer Tochter Scarlett irgendetwas antut. Alle mächtigen Männer haben Geheimnisse, finanzielle und private, die an Orten versteckt sind, die sie für sicher und unerreichbar halten. Aber nichts ist unerreichbar, und einige dieser Geheimnisse ziehen zwingend zehn Jahre Gefängnisstrafe nach sich.»

Ich hörte das kaum. Hörte mich sagen: «Wer *sind* Sie, Henrietta?»

Henrietta stand auf und strich sich den Rock glatt. «Und wir werden Ihnen eine Gelegenheit bieten, sich zu verabschieden. Immerhin das.»

Von: bee1984@gmail.com
An: NB26@zone.com
Oh Gott nein. Ich kann nicht … wie lange haben wir noch?

Von: NB26@zone.com
An: bee1984@gmail.com
Vierundzwanzig Stunden.

Bee

Was tut man, wenn man hört, dass man nur noch einen Tag zu leben hat? Das ist doch die Philosophie, nach der wir alle leben sollen. Lebe jeden Tag, als wäre es dein letzter. Genauso fühlte es sich an.

Wir taten das, was Menschen tun, wenn sie wissen, dass sie sterben müssen, was Mum und ich in ihren letzten Tagen getan hatten: Wir schwelgten in Erinnerungen. Gingen unsere Highlights und Herausforderungen miteinander durch: Tweedy. Die Pfirsichfrau. Bowie. Schnittpunkte. Und diskutierten, ob nicht doch das Schicksal etwas damit zu tun gehabt haben könnte. Vielleicht war die Rettung von Becca und Scarlett der wahre Grund dafür, dass es den Glitch gab, der wahre Grund dafür, dass wir uns begegnet waren. («Wenn das so ist, dann ist das Schicksal ein hirnverbrannter Scheißkerl, Bee.»)

Noch einen Tag zu leben.

Ein Todesurteil, das ironischerweise dadurch über uns schwebte, dass Leila den Wunsch hatte, für die Menschen auf diesem Planeten alles besser zu machen. Ganz anders als die egoistischen Manipulationen, mit denen Nick und ich uns beschäftigt hatten. Ich hasse sie nicht dafür, allerdings war ich eine ganze Weile schon sehr wütend darüber. Aber ich mache ihr keine Vorwürfe. Denn es kam uns wirklich so vor, als bräche alles in unserer Welt zusammen, als ob die Nerds recht hätten, die glaubten, wir wären 2016 aus Versehen in eine irre alternative Realität gerutscht, in der Pandemien, Populismus und Umweltverschmutzung herrschten. Ich verstand es. Leila hatte die Zwillinge, die ihre Sorge und ihre Panik noch verstärkten. Ich hatte ähnliche Gefühle, was Scarlett anging.

Wir lachten und weinten und erinnerten uns, und ich versuchte, dabei nicht auf die Uhr zu schauen. Die Zeit vergeht schneller, wenn man in der Todeszelle sitzt.

Nick

Das war's also. *That's all she wrote.*

Das hier ist meine Seite der Geschichte. Bee hat sicher ihre eigene. Vielleicht.

Vor drei Wochen hatten wir zum letzten Mal Kontakt. Eines Tages habe ich vielleicht den Mut, unser letztes Gespräch erneut zu lesen.

Henrietta stand zu ihrem Wort. Benedict war keine Bedrohung mehr. Vielleicht waren die Beweise immer schon da gewesen, vielleicht hatte sie einige von ihnen fingiert – wie auch immer, jedenfalls war der Gerechtigkeit jetzt Genüge getan. Es ist schwierig, die künftige Ex-Frau und ihre Tochter um den halben Erdball herum zu verfolgen, wenn man wegen schwerer Steuervergehen hinter Gittern sitzt und wegen strafbarer Fahrlässigkeit, schlechter Unternehmensführung, Umweltverschmutzung und Ähnlichem gegen einen ermittelt wird. Und vielleicht hat Bee recht. Vielleicht ging es tatsächlich die ganze Zeit vor allem darum, Becca und Scarlett zu retten. Wenn es so ist, kann ich damit leben.

Ich will, dass Du weißt – ich meine das *Du*, das dies hier vielleicht eines Tages liest (und wer weiß? Vielleicht lade ich es einfach bei BookPost hoch, um die Berenstains zu ärgern) –, dass das abgegriffene *Klischee Es ist besser, geliebt und verloren zu haben, als niemals geliebt zu haben* aus gutem Grund ein abgegriffenes Klischee ist. Denn es ist wahr. Manchmal kommt die Liebe nicht in der Gestalt, die man erwartet. Sie kommt auf einen zugerannt wie eine Jason-Frey-Figur und trifft einen mit einem Roundhouse-Kick mitten ins Herz, wenn man es am wenigsten erwartet (ich konnte das hier auf keinen Fall ohne eine gequälte Metapher abschließen). Ich hatte für eine Weile diese Liebe. Und das reichte mir. Es musste reichen.

Der i-Mail-Thread ist gelöscht, aber das Band, das uns verbindet, gibt es noch. Ich kann es fühlen. Ich glaube, ich werde es immer fühlen.

Von: NB26@zone.com
An: bee1984@gmail.com
Vielleicht finden wir uns irgendwann irgendwie wieder. Wenn es Schicksal ist, warum nicht?

Von: bee1984@gmail.com
An: NB26@zone.com
Vielleicht.

Von: NB26@zone.com
An: bee1984@gmail.com
Vielleicht schicke ich irgendwann wieder eine Nachricht hinaus, und du findest sie. Vielleicht ist dieses auf eine Trillion unterschiedliche Weisen schon geschehen.

Von: bee1984@gmail.com
An: NB26@zone.com
Vielleicht bin ich diejenige, die eine Mail an eine Arschloch-Kundin schreibt, die dann bei dir ankommt.

Von: NB26@zone.com
An: bee1984@gmail.com
In einer anderen Welt sind wir vielleicht sogar zusammen. Und glücklich.

Von: bee1984@gmail.com
An: NB26@zone.com
Oder wir zanken uns darum, wer an der Reihe ist, die Sachen zum Recycling zu bringen.

Von: NB26@zone.com
An: bee1984@gmail.com
Es war schön, solange es dauerte.

Von: bee1984@gmail.com
An: NB26@zone.com
Es war besser als gut. Es war alles.

Von: NB26@zone.com
An: bee1984@gmail.com
Ich liebe dich.

Von: bee1984@gmail.com
An: NB26@zone.com
Ich liebe dich.

Von: bee1984@gmail.com
An: NB26@zone.com
Sag es. Sag Auf Wiedersehen. Ich schaffe es nicht.
Mail Delivery Subsystem (mailer-daemon@googlemail.com) Your message to NB26@zone.com **has been blocked. Recipient address rejected: Access denied.**

EPILOG

Eine denkwürdige Affäre

Von: bee1984@gmail.com
An: NB26@zone.com
Betr: Gibt es Leben auf dem Mars?
Hey. Ich bin's wieder. Überraschung!
Diese Pandemie schlägt diejenige bei Weitem, die es deiner Erzählung nach in den 90ern in deiner Welt gab: Endlich mal ein Punkt für meine Welt!
Wenn du hier wärst, hätten wir diese Scheiße mit *links* hinter uns gebracht: Unsere ganze Beziehung war ja im Grunde ein einziger virtueller Lockdown.
Ich stelle mir diese E-Mails wie Flaschenpost vor, die ich von einem Schiff in den Ozean des Multiversums werfe. Du würdest sagen: «Überheblich, *moi*?» Aber dir zu schreiben, hilft mir. Ich bin süchtig nach der Hoffnung, dass diese Flasche dich DIESMAL erreichen wird. Also dann mal los …

Von: mailer-daemon@googlemail.com
An: bee1984@gmail.com
Betr: Gibt es Leben auf dem Mars?
[Your message to NB26@zone.com **has been blocked. Recipient address rejected: Access denied.]**

Von: bee1984@gmail.com
An: NB26@zone.com
Betr: Gibt es Leben auf dem Mars?
Ich habe mir heute alle Nachrichten erneut durchgelesen. Hast du das schon gemacht? Musste lachen und weinen, und manchmal war es ganz schön peinlich. Die haben wir wenigstens.

Von: mailer-daemon@googlemail.com
An: bee1984@gmail.com
Betr: Gibt es Leben auf dem Mars?
[Your message to NB26@zone.com **has been blocked. Recipient address rejected: Access denied.]**

Von: bee1984@gmail.com
An: NB26@zone.com
Betr: Gibt es Leben auf dem Mars?
Als Dad das letzte Mal angerufen hat, hat er etwas Lustiges gesagt: In der Zeit vor dem Virus hustete man, um einen Furz zu überspielen, jetzt furzt man, um ein Husten zu überspielen.
Bin heute zum Laden an der Ecke gegangen, um Milch für Magda und Jonas zu kaufen. Dabei habe ich mich wie ein mutiger Apokalypse-Kämpfer gefühlt. Ich bin geduckt losgerannt und Joggern und Fahrradfahrern ausgewichen, als könnte ich mich bei ihnen anstecken. Was natürlich möglich wäre. Ja, ich weiß. Nicht witzig. Du hättest das besser gemacht.

Von: mailer-daemon@googlemail.com
An: bee1984@gmail.com
Betr: Gibt es Leben auf dem Mars?
[Your message to NB26@zone.com **has been blocked. Recipient address rejected: Access denied.**]

Von: bee1984@gmail.com
An: NB26@zone.com
Betr: Gibt es Leben auf dem Mars?
Jonas ist heute Morgen gestorben. Nicht am Virus. Er ist einfach im Schlaf gegangen. Seine Leiche wurde von Sanitätern in Schutzanzügen abgeholt, was … XXX war. Scheiß auf die Regeln, ich bin zu Magda gegangen und habe mich zu ihr gesetzt. Sie wirkte ganz zerknittert. Nicht nur vor Trauer, das auch, aber es wirkte eher, als

könnte sie es sich nicht erlauben zusammenzubrechen. Sie schlief dann.
Als sie wieder aufwachte, putzten wir die Wohnung. Sie fand immer wieder Dinge von ihm, die sie zum Weinen brachten. Vermutlich geht es ihr dabei so wie mir, wenn ich unsere E-Mails lese. Ich habe auch geweint.
Als sie hörte, dass Jonas virtuell würde beerdigt werden müssen, sagte sie: «Pah! Lächerlich.» Und da wusste ich, dass sie es schon schaffen würde.

Von: mailer-daemon@googlemail.com
An: bee1984@gmail.com
Betr: Gibt es Leben auf dem Mars?
[**Your message to** NB26@zone.com **has been blocked. Recipient address rejected: Access denied.**]

Von: bee1984@gmail.com
An: NB26@zone.com
Betr: Gibt es Leben auf dem Mars?
Heute hatte ich einen Zoom-Call mit Leila. Im Hintergrund wüteten die Zwillinge. Sie und Lev sehen jetzt schon aus, als litten sie unter einer posttraumatischen Belastungsstörung. Sie hat aufgehört, sich zu entschuldigen. Es gibt Dinge, für die man sich nicht entschuldigen kann. Zum Beispiel, wie ich Nicolas behandelt habe.
Aber sie sagt, sie habe Hoffnung, dass das hier der Katalysator sein könnte, den wir brauchen, um mehr wie deine Welt zu werden. Ich? Ich glaube, dass es dazu mehr braucht, aber die Hoffnung stirbt zuletzt.

Von: mailer-daemon@googlemail.com
An: bee1984@gmail.com
Betr: Gibt es Leben auf dem Mars?
[Your message to NB26@zone.com **has been blocked. Recipient address rejected: Access denied.]**

Von: bee1984@gmail.com
An: NB26@zone.com
Betr: Gibt es Leben auf dem Mars?
Hier kommt eine große Nachricht.
Heute habe ich eine Mail von Nicolas bekommen.
Er will reden. Ich weiß auch nicht, warum. Leila schwört, sie habe ihm nicht gesagt, dass du (der andere Mann) nicht mehr im Spiel bist, aber sie lügt weit besser als ich, also wer weiß?
Er sagt, es gebe da Dinge, die er mir persönlich sagen will, wenn das hier vorbei ist. Vermutlich Dinge, die ich nicht hören will, aber zu hören verdiene. Dinge, die wir diskutieren müssen.
Wie zum Beispiel die Tatsache, dass wir rein rechtlich noch verheiratet sind?

Von: mailer-daemon@googlemail.com
An: bee1984@gmail.com
Betr: Gibt es Leben auf dem Mars?
[Your message to NB26@zone.com **has been blocked. Recipient address rejected: Access denied.]**

Von: bee1984@gmail.com
An: NB26@zone.com
Betr: Gibt es Leben auf dem Mars?
Ich wäre eindeutig lieber eine umgekehrte Meerjungfrau. Mir ist heute Morgen eingefallen, dass ich nie wirklich auf diese Frage geantwortet habe.

Von: mailer-daemon@googlemail.com
An: bee1984@gmail.com
Betr: Gibt es Leben auf dem Mars?
[Your message to NB26@zone.com **has been blocked. Recipient address rejected: Access denied.]**

Von: bee1984@gmail.com
An: NB26@zone.com
Betr: Gibt es Leben auf dem Mars?
Du müsstest uns mal sehen, Magda und mich, wie wir am Zuschneidetisch sitzen und zusammen Masken nähen, wie zwei alte Babuschkas. Ich habe oft darüber nachgedacht, ihr zu erzählen, wie sich Jonas in seinem anderen Leben entschieden hat. Aber das tue ich nicht. Manche Dinge hört man besser nie.
Ich kann mir Bowie nicht mehr anhören. Wie beschissen ist das? Ich gebe dir und Nicolas daran die Schuld.

Von: mailer-daemon@googlemail.com
An: bee1984@gmail.com
Betr: Gibt es Leben auf dem Mars?
[Your message to NB26@zone.com **has been blocked. Recipient address rejected: Access denied.]**

Von: bee1984@gmail.com
An: NB26@zone.com
Betr: Gibt es Leben auf dem Mars?
Die Welt hat sich wieder geöffnet. Zumindest fürs Erste.
Nicolas und ich treffen uns nächste Woche am Bahnhof. King's Cross, nicht Euston. Ich weiß nicht, wie das laufen wird. Ich frage mich, ob ich ihn ohne deinen Schatten jemals richtig sehen kann.
Was auch immer geschehen mag, ich werde ihm meine Sicht der Geschichte erzählen.

Er verdient es, alles zu erfahren. Endlich einmal die Wahrheit. Hoffentlich bekomme ich wenigstens dazu die Gelegenheit.

Von: mailer-daemon@googlemail.com
An: bee1984@gmail.com
Betr: Gibt es Leben auf dem Mars?
[Your message to NB26@zone.com **has been blocked. Recipient address rejected: Access denied.]**

Protokoll der Sitzung der Berenstain-Society, Livestock Road, Manchester, 01/07/2020

Schriftführer: Kelvin Oduah.
Vorsitzende: Henrietta Mueck.
Ebenfalls anwesend: Geoffrey Gleeson, Debbie Gough, Isaac French und Adil Singh.

Henrietta Mueck schlug vor, dass wir die übliche Verlesung der Grundsätze unserer Society zugunsten einer Diskussion darüber überspringen sollten, warum ich (Kelvin Oduah) dieses Notfall-Treffen einberufen hatte.
Ich schlug vor, Geoffrey Gleeson das Wort zu überlassen, zumal er derjenige war, der die Information erhalten hatte, von denen wir beide, er und ich, der Ansicht waren, dass sie dringend geteilt werden müsse.
Isaac French drückte seine Bestürzung über diesen Vorschlag aus. Geoffrey reagierte, indem er zu Isaac sagte: «Halt [unflätiger Ausdruck] das Maul, du Innerster-Kreis-[unflätiger Ausdruck] und hör einmal in deinem [unflätiger Ausdruck] Leben zu.»
Isaac gehorchte.
Geoffrey sagte, er habe Informationen, Nicolas Belcher betreffend, und zudem einen Polizeibericht, der die Angelegenheit behandele, die er vor der Gruppe vortragen wolle. Ich habe den Bericht hier angefügt:
Um 19.29 Uhr am 30. Juni erhielt die Polizei einen Notruf wegen eines schweren Angriffs, der im The Bergs, Syndol Lane, Orpington stattfand. Police Constable Shawna Ellis und Police Constable Sindiwe Lem fuhren zum Tatort. Die Besitzerin der Immobilie,

Ms Erika Berg, wirkte emotional aufgelöst und erklärte den Beamten, dass ihr Ehemann, Mr Petrus Humar, einen ihrer Mieter, Mr Nicolas Belcher, angegriffen habe, und zwar in dem Zimmer, das Mr Belcher im zweiten Stock der Pension bewohnte. Ms Berg informierte die Beamten außerdem davon, dass Mr Humar sich zurzeit im Wohnzimmer befinde, und versicherte ihnen, dass es auf dem gesamten Grundstück keinerlei Waffen gebe und dass, ihrer Meinung nach, Mr Humar kein Risiko für die Sicherheit der Beamten darstelle, da er «es nun seelisch verarbeitet habe und sich die Augen ausweine». Ms Berg sagte, sie wisse nicht, in welchem Zustand sich Mr Belcher befinde. Während PC Ellis den Verbleib und den Zustand von Mr Belcher in Erfahrung zu bringen versuchte, näherte sich PC Lem, der mehrere Weiterbildungen im Umgang mit psychisch Kranken absolviert hat, Mr Humar in der Absicht, ihn wegen etwaiger Körperverletzung festzunehmen und abzuschätzen, ob er medizinische Versorgung brauche. Mr Humar, der in der privaten Sicherheitsbranche tätig ist, beugte sich PC Lems Anweisungen widerstandslos und drückte sein Bedauern darüber aus, Mr Belcher angegriffen zu haben. Er informierte PC Lem darüber, dass seine Frau nach einer verbalen Auseinandersetzung, in der es um die Verlängerung seines Arbeitsvertrags um ein weiteres Jahr ging, erklärt habe, dass sie mit Mr Belcher ein einziges Mal Geschlechtsverkehr gehabt habe. Das habe ihn in Wut versetzt, und er habe daraufhin Mr Belcher konfrontiert. Nachdem PC Ellis festgestellt hatte, dass die Verletzungen, die Mr Belcher davongetragen hatte, ernsthaft und lebensbedrohlich waren, forderte sie einen Krankenwagen an und führte Wiederbelebungsmaßnahmen am Opfer durch.

Geoffrey schloss seinen Bericht mit der Aussage, dass sich Nicolas Belcher derzeit auf der Intensivstation befinde und dass seine Ex-Frau und sein Stiefsohn, die beide als seine nächsten Angehörigen aufgeführt sind, nun darüber entscheiden müssten, ob sie die lebenserhaltenden Maßnahmen abschalten sollten oder nicht.

Henrietta schlug eine kurze Pause vor, da Debbie Gough und Adil Singh auf diese Neuigkeiten mit sichtbarer Aufregung reagierten. Als wir uns wieder versammelten, schlug Henrietta vor, darüber abzustimmen, wie wir Nicolas Belchers am besten gedenken sollten, denn obwohl er kein aktives Mitglied der Society war, so war er uns doch verbunden. Geoffrey reagierte auf den Vorschlag mit «Er ist doch noch nicht [unflätiger Ausdruck] tot, ihr herzlosen [unflätiger Ausdruck]».

Isaac schlug vor, Geld zu sammeln, mit dem wir Blumen für Nicolas Belcher kaufen sollten, um unsere Unterstützung zu zeigen. Geoffrey und ich boten an, Nicolas zu besuchen, um sie dort abzuliefern. Die Sitzung wurde damit geschlossen.

<- Nachrichten NicolasB

Hey Nicolas. Ich bin hier. Am Bahnhof.
Stehe vor dem WH Smiths.
Verspätest du dich?
12.05 Uhr

Oder hast du es dir anders überlegt? Wenn, dann kann ich es dir nicht verdenken. Lass es mich nur wissen. Und du darfst dabei so brutal sein, wie du willst.
12.07 Uhr

Der Zug hatte ein wenig Verspätung.
Steige jetzt erst ein. Bin auf dem Weg.
12.07 Uhr

Ich trage einen roten Mantel. Habe mir übrigens die Haare geschnitten. Und zwar mit der Nagelschere. Es sieht echt scheiße aus. 😱

12.08 Uhr

Bin mir ziemlich sicher, dass ich dich wiedererkennen werde, Bee. So lange ist es nun auch nicht her.

12.08 Uhr

Ich weiß. Sorry. Bin nervös.

12.09 Uhr

Voraussichtliche Ankunft: +/– 2 Minuten

12.09 Uhr

Danke. Halte nach dir Ausschau.

12.09 Uhr

Kann dich immer noch nicht sehen. Das ist hier der Gesichtsmasken-Hauptbahnhof.

12.15 Uhr

Also, ich kann dich sehen. Ich gehe auf dich zu. Siehst du mich jetzt? Großer Kerl? Mit dem Handy? Regenbogen-Gesichtsmaske? Tweed-Anzug?

12.15 Uhr

Ende.